MONA KASTEN

Feel Again

mona kasten

feel again

roman

LYX

LYX in der Bastei Lübbe AG
Dieser Titel ist auch als E-Book erschienen.

Die Bastei Lübbe AG verfolgt eine nachhaltige Buchproduktion. Wir verwenden Papiere aus nachhaltiger Forstwirtschaft und verzichten darauf, Bücher einzeln in Folie zu verpacken. Wir stellen unsere Bücher in Deutschland und Europa (EU) her und arbeiten mit den Druckereien kontinuierlich an einer positiven Ökobilanz.

MIX
Papier | Fördert gute Waldnutzung
FSC® C014496
FSC www.fsc.org

Originalausgabe

Textredaktion: Stephanie Bubley
Covergestaltung: ZERO Werbeagentur GmbH
Coverabbildung: FinePic®, München
Satz: Greiner & Reichel, Köln
Gesetzt aus der Adobe Caslon
Druck und Einband: GGP Media GmbH, Pößneck

Printed in Germany
ISBN 978-3-7363-0445-1

16 18 20 19 17 15

Sie finden uns im Internet unter lyx-verlag.de Bitte beachten Sie auch luebbe.de und lesejury.de

Für alle, die bloß ein bisschen verbogen sind.
Für alle, die in jedem Tag eine neue Chance sehen.
Für alle, die nicht das sind, was man über sie sagt.

feel again playlist

Lovesick – Banks
Fuck With Myself – Banks
Better – Banks
Neptune – Sleeping At Last
Sweeter Bitter – 1ST VOWS
There Are Things That You And I Can Never Be – Gersey
10 d E A T h b R E a s T – Bon Iver
The Fear – Ben Howard
A Lack Of Color – Death Cab For Cutie
With Me – Sum41
The Hurt Is Gone – Yellowcard
Believe – Yellowcard
Not Good For Me – Hayden Calnin
Ultra-Beast – Hayden Calnin
The Funeral – Band of Horses
Idfc – Blackbear
Worthless – Bullet For My Valentine
Never Be Like You – Flume feat. Kai
Body Say – Demi Lovato
Someone To Stay – Vancouver Sleep Clinic

kapitel 1

Was zum Teufel mache ich hier eigentlich?

Diese Frage stellte ich mir nicht zum ersten Mal an diesem Abend. Eigentlich war es wie immer: Ich war umgeben von lauter Menschen und kam mir trotzdem vollkommen allein vor. Das Gefühl war für mich nicht neu. Genau genommen war es mein Dauerzustand. Aber hier, in diesem Club, in Gegenwart von lauter frisch verliebten Pärchen, die nicht mal eine Sekunde lang die Blicke voneinander losreißen konnten, erschien es mir einfach besonders unerträglich.

Oder anders gesagt: Ich musste mich beherrschen, nicht quer über den Tisch zu kotzen.

Dass ich mit zwei der Typen unserer überschaubaren Gruppe vor einiger Zeit selbst etwas gehabt hatte, machte die Sache nicht gerade besser. Zumal beide Geschichten ziemlich demütigend für mich geendet hatten. Ethan hatte mich damals, ohne mit der Wimper zu zucken, für »die Liebe seines Lebens« – Monica – abserviert, und auch Kaden hatte mich keines zweiten Blickes mehr gewürdigt von dem Moment an, in dem Allie auf seiner Türschwelle aufgetaucht war. Das war mittlerweile ein Jahr her.

Ob ich irgendetwas an mir hatte, dass Kerle in die Flucht schlug und dafür sorgte, dass sie sich bei der nächsten sich bietenden Gelegenheit in eine feste Beziehung stürzten?

Und wenn schon. Es war ja nicht so, als ob ich an etwas Ernsthaftem interessiert wäre.

Ich wandte den Blick von den turtelnden Pärchen um mich herum ab und ließ ihn stattdessen über die Tanzfläche schweifen. Dort entdeckte ich den rothaarigen Flummi, der der Grund für meine Anwesenheit in diesem Schuppen war. Ein Verlag hatte vor Kurzem eines von Dawns Büchern unter Vertrag genommen, weshalb sie uns zum Feiern hierher eingeladen hatte. Und da Dawn nicht nur meine Mitbewohnerin, sondern auch meine einzige wirkliche Freundin war, war ich mitgekommen. Denn auch wenn ich ihr das nur selten offen zeigte: Ihre Freundschaft war mir wichtig.

Ein feuchtes Geräusch ertönte zu meiner Rechten und ich bemühte mich darum, mein Gesicht nicht angeekelt zu verziehen. So gern ich Dawn auch hatte: Kaden und Allie beim Mandelhockey zuzusehen und -hören, war einfach zu viel des Guten. Ich brauchte dringend noch einen Drink, wenn ich den Abend überstehen wollte.

»Ich gehe zur Bar. Willst du auch noch was?«, fragte ich den Kerl, der neben mir saß. Ich hatte blöderweise seinen Namen vergessen, obwohl Dawn uns einander bestimmt schon hundertmal vorgestellt hatte. Es war irgendetwas mit I. Ian, Idris, Illias ... Mit Namen hatte ich mich schon immer schwergetan. Deshalb dachte ich mir für die meisten Menschen Spitznamen aus, wenn ich sie zum ersten Mal traf. Seiner war »Nerd«.

Er wirkte völlig fehl am Platz hier. Zum einen trug er ein Jeanshemd mit Fliege. Im Ernst, er trug eine *Fliege.* Sie war weiß mit blauen Punkten, und ich starrte sie nicht zum ersten Mal an diesem Abend einen Moment zu lange an, bevor ich meinen Blick über den Rest von ihm schweifen ließ. Seine Locken, von denen ich nicht sagen konnte, ob sie hellbraun oder dunkelblond waren, hatte er mit Gel oder Haarspray fixiert, damit sie ihm nicht in die Stirn fielen. Abgerundet wurde der geschniegelte Look mit einem halbrunden Brillengestell aus braunem Kunststoff.

Er war viel zu overdressed für das *Hillhouse*, und ich konnte dem Drang, seine geordneten Federn einmal gehörig durcheinanderzubringen, nur gerade so widerstehen.

Der Nerd erwiderte meinen kritischen Blick. Auch seine Augen hatten eine undefinierbare Farbe. Irgendwo zwischen Braun und Grün, von dunklen Wimpern umrahmt.

»Also?«, hakte ich nach.

»Was?«, fragte er, und eine leichte Röte trat auf seine Wangen.

Niedlich.

»Ob du einen Drink möchtest«, wiederholte ich langsam.

Er schluckte schwer. Es wirkte beinahe, als hätte er Angst vor mir. Wenn ich ehrlich war, wunderte mich das nicht. Alles an mir war ein einziges Warnschild: von dem schwarzen Eyeliner, den ich zu großzügig um meine Augen auftrug, über das Oberteil, dessen Cutouts die Form eines riesigen Totenkopfs hatten, bis zu den Stiefeln, mit denen ich schwere Metalltüren hätte eintreten können. Ich konnte ihm nicht verdenken, dass er erst mal vorsichtig war und einen gesunden Abstand zu mir hielt.

Aber da er und ich die Einzigen waren, die nicht mit der Zunge im Mund von jemand anders hingen, blieb uns wohl nichts anderes übrig, als uns miteinander zu beschäftigen. Wenigstens für diesen einen Abend.

»Danke. Ich habe noch«, sagte er mit einiger Verspätung und hob ein Glas mit rotem Cocktailschirmchen hoch.

»Bist du sicher, dass das dein Glas ist?«

Sein Blick schoss zu dem Glas in seiner Hand, und er zuckte zusammen. Seine Wangen wurden noch dunkler und nahmen ziemlich genau die Farbe des Schirmchens an. »Shit.«

Ich stand auf und nickte zur Bar. »Kommst du mit? Oder willst du den anderen lieber weiter zuschauen? Ich meine, ich habe kein Problem mit Spannern. Nur mir gibt das irgendwie nicht so den Kick, den ich heute Abend brauche.«

»Wie witzig, Sawyer«, meldete sich Monica zu Wort, erstarrte allerdings sofort, als ich ihr einen Schweig-oder-Stirb-Blick zuwarf.

Wenn ich etwas auf Knopfdruck beherrschte, dann diesen Blick, in dessen Genuss vor allem Leute kamen, von denen ich wusste, dass sie gern und viel hinter meinem Rücken über mich redeten. Oder die mir einen der wenigen Typen ausgespannt hatten, die ich jemals auch nur annähernd interessant gefunden hatte.

Ich brauchte wirklich dringend einen Drink. Oder drei. Zum Glück erhob sich auch der Nerd. Ich griff nach seiner Hand, ohne Monica und die anderen eines weiteren Blickes zu würdigen. Seine Finger waren ganz kalt, aber ich würde nicht riskieren, dass er mir auf dem Weg über die Tanzfläche verloren ging, weil er zu höflich war, seine Ellenbogen einzusetzen.

Bei der Bar angekommen, lehnte ich mich über den Tresen und lächelte Chase zu. Er war Barkeeper im *Hillhouse,* und unsere letzte Begegnung hatte nackt in seiner Wohnung geendet.

»Lange nicht mehr gesehen, Babe«, sagte er zur Begrüßung und schenkte mir ein träges Halblächeln. »Was darf's sein?«

Er stützte sich mit beiden Händen zu den Seiten meiner Arme ab und beugte sich zu mir nach vorne. Er war genau mein Typ: düstere Aura, Tattoos, zerzauste dunkle Haare und ein kantiges Gesicht, das von Bartstoppeln umrahmt war. Ich erinnerte mich genau daran, wie sie sich an den Innenseiten meiner Schenkel angefühlt hatten. Zu schade, dass er mittlerweile eine Freundin hatte.

»Ich hätte gerne einen Bourbon. Und für meinen Freund hier …« Ich sah den Nerd an.

»Ein Bier«, sagte dieser schnell, ohne mir oder Chase in die Augen zu sehen. Die roten Flecken hatten sich mittlerweile auf seinem Hals ausgebreitet und verschwanden unter dem engen Kragen seines Hemds.

»Ein Bier«, wiederholte ich.

Für einen kurzen Moment blickte Chase zwischen uns hin und her, eine Augenbraue nach oben gezogen. Es sah so aus, als wollte er etwas sagen, doch dann nickte er nur.

Mit einem »Geht aufs Haus« stellte er unsere Drinks wenig später vor uns auf den Tresen.

»Cool. Danke.«

Ich griff nach meinem Glas und warf dem Nerd einen zerknirschten Blick zu. »Ich bin echt schlecht, was Namen angeht«, fing ich an. »Wie heißt du noch mal?«

Zum ersten Mal an diesem Abend zeigte sich der Ansatz eines Lächelns auf seinem Gesicht. »Grant. Isaac Grant.«

Dieser Typ stellte sich allen Ernstes mit seinem Nachnamen vor. Als wäre er bei einem Bewerbungsgespräch. Oder James Bond.

»Dixon. Sawyer Dixon«, ahmte ich ihn nach und hob mein Glas. »Auf einen guten Abend, Grant, Isaac Grant.«

Kopfschüttelnd stieß er mit mir an.

»Also, Grant, Isaac Grant, was machst du hier?« Ich lehnte mich rücklings gegen die Bar, um die Tanzfläche überblicken zu können. Unsere Gruppe war von hier aus kaum zu erkennen, bloß ab und zu sah ich Dawns Haare in den bunten Lichtern aufleuchten.

»Dasselbe wie du, schätze ich.«

Ich nippte an meinem Bourbon. »Bist du gut mit Dawn befreundet?«

Er hob eine Schulter, als wüsste er nicht genau, was er darauf antworten sollte.

»Auf jeden Fall bist du kein großer Freund von Small Talk, oder?«, fragte ich.

Wieder der Ansatz eines Lächelns. Schade. Er hätte eigentlich ganz attraktiv sein können – wäre da nicht dieser Stock gewesen, der in seinem Hintern steckte.

»Und du bist sehr direkt«, erwiderte er so leise, dass seine Stimme beinahe von den wummernden Bässen verschluckt wurde.

»Ein Fluch oder Segen. Alles eine Frage der Perspektive, Grant, Isaac Grant.«

Er stöhnte auf. »Wirst du mich jetzt immer so nennen?«

Ich drehte mich zu ihm und lehnte mich seitlich gegen die Bar. »Was erwartest du denn, wenn du dich Leuten so vorstellst? Eigentlich bin ich sogar ein bisschen enttäuscht, dass du mir nicht auch gleich deinen zweiten Vornamen gesagt hast.«

In seine Augen trat ein amüsiertes Funkeln. Im Halbdunkel der Bar war es noch schwerer, ihre genaue Farbe auszumachen. Ich beugte mich ein Stück weiter vor und stellte fest, dass er genauso roch, wie er aussah: geschniegelt, sauber und akkurat. Mit Sicherheit benutzte er irgendein teures Aftershave.

Es überraschte mich, dass es mir gefiel.

»Verrätst du ihn mir?«, wisperte ich.

Seine Augen weiteten sich. Es machte Spaß, ihn aus dem Konzept zu bringen, stellte ich fest.

»Nur wenn du versprichst, nicht zu lachen«, sagte er.

Ich hob zwei gekreuzte Finger. »Niemals.«

Isaac holte tief Luft. »Theodore.«

Ich nickte anerkennend. »Isaac Theodore Grant. Gefällt mir. Hat etwas Erhabenes.«

Er hob eine skeptische Braue. »Findest du?«

Ich nickte und nahm noch einen Schluck von meinem Whiskey.

Er stieß ein atemloses Lachen aus. »Wenn ich das meinem Grandpa erzähle, freut er sich«, sagte er. »Ich wurde nach ihm benannt.«

Es war nett, zu sehen, wie Isaac mal ein bisschen lockerer wurde. Ich hatte ihn zum ersten Mal getroffen, als Dawn nach einem Vortrag zusammengebrochen war – weil sie Beruhigungsmittel genommen hatte, die ich ihr vorher zugesteckt hatte. Damals hatte er gewirkt, als würde er sich jeden Moment vor Aufregung übergeben.

»Hast du einen Zweitnamen?«, fragte er nach einer Weile.

Ich zuckte zusammen. Unwillkürlich schoss meine Hand zu dem Medaillon, das unter dem Kragen meines Tops auf meiner Haut ruhte. Ich drückte meine Handinnenfläche fest darauf und brauchte einen Moment, um unser belangloses Geplänkel wieder aufnehmen zu können.

Schließlich sagte ich, viel zu spät und mit einem viel zu breiten Grinsen: »Isaac Theodore! Ich kann nicht glauben, dass du ein Mädchen beim ersten Treffen schon so etwas fragst. Ich darf doch sehr bitten.«

Isaacs Blick wanderte zu der Hand auf meiner Brust. Er runzelte die Stirn.

»Dass ich dich entführt habe, hat übrigens einen Grund«, sagte ich schnell, um das Thema zu wechseln.

»Der da wäre?«, fragte er.

Wer zum Henker brachte es fertig, sich mit einer Flasche Bier in der Hand derart gewählt auszudrücken?

»Wir sind die Einzigen auf dieser Party, deren Hirn nicht von Liebe benebelt ist. Das bedeutet, wir müssen stark sein und zusammenhalten, Isaac Theodore. Komme, was wolle.«

Als er lächelte, erschienen um seine Augen lauter kleine Lachfalten. »In Ordnung.«

Ich hielt ihm mein Glas noch einmal hin. Als er mit seiner Flasche dagegenstieß, hatte ich die Hoffnung, dass der Abend vielleicht doch gar nicht so übel werden würde wie erwartet.

Eineinhalb Stunden und drei weitere Drinks später waren Isaac und ich in Sachen Small Talk zwar noch nicht wirklich viel weiter gekommen, eine Gemeinsamkeit hatten wir aber herausgefunden: Wir liebten es, Leute zu beobachten, vor allem, wenn sie seltsame Paarungsrituale auf der Tanzfläche durchführten.

»Ich könnte mich niemals so bewegen«, murmelte Isaac und legte den Kopf schräg. Ich folgte seinem Blick und entdeckte einen Typen, der einen ziemlich krassen Hüftschwung draufhatte.

»Ich könnte es dir beibringen.«

Er sah mich mit hochgezogener Braue an. »Hast du nicht vorhin gesagt, du tanzt nicht?«

»Ich tanze nicht zu so schrecklicher Musik. Aber ich weiß, wie man sich bewegt. Wenn du willst, zeige ich dir das bei Gelegenheit mal unter vier Augen«, sagte ich lächelnd.

Seine Wangen wurden wieder rosa. Inzwischen hatte ich es fünfmal geschafft, ihn zum Erröten zu bringen. Die Zehn wollte ich im Laufe des Abends unbedingt noch knacken.

»Ich habe das Gefühl, dass die Leute …«, er nickte in die Richtung der Tanzfläche, »… alle nicht tanzen, weil sie Spaß dran haben, sondern nur, weil sie …« Er unterbrach sich selbst und presste die Lippen fest aufeinander.

»Weil sie jemanden aufreißen wollen?«, half ich ihm aus. »Das stimmt. Das *Hillhouse* ist nichts anderes als eine Partnervermittlung für notgeile Studenten. Alle, die hier drin niemanden finden, können es gleich ganz bleiben lassen.«

Er hatte gerade die Flasche angesetzt und verschluckte sich. So heftig, dass es ihm zur Nase wieder rauskam. Ich reichte ihm hastig mehrere Servietten.

Er sah so komisch aus, dass ich laut lachen musste, was die Aufmerksamkeit von ein paar Mädchen erregte, die seitlich an der Bar saßen und Isaac und mich jetzt anstarrten. Als ich demonstrativ zurückstarrte und eine Augenbraue hob, steckten sie die Köpfe zusammen und tuschelten. Wenig später kicherten sie unüberhörbar.

Ich rollte die Augen und drehte mich wieder zu Isaac. Dieser starrte resigniert in seine Bierflasche.

»Was ist?«, fragte ich.

Er winkte ab. »Nichts.«

»Wegen denen da drüben? Mach dir nichts draus. Ich bin das gewohnt«, sagte ich schnell. Das Letzte, was ich wollte, war Mitleid, und schon gar nicht von jemandem wie Isaac.

Überrascht blickte er zwischen den Mädchen und mir hin und her. Dann breitete sich Erkenntnis auf seinem Gesicht aus. »Sie meinen nicht dich, Sawyer.«

»Was?«, fragte ich verwirrt.

Er trank den Rest seines Biers und stellte die Flasche auf dem Tresen ab. Sein Blick war fest auf das dunkle Holz geheftet. »Ich bin mit denen in einem Seminar. Sie sind … eher nicht so nett.«

»Was heißt das, ›eher nicht so nett‹?«, hakte ich nach. Mir gefiel nicht, wie er auf einmal aussah: als würde er sich schämen.

»Es ist bescheuert«, murmelte er ausweichend. »Vergiss es einfach.«

»Sag mir, was ›eher nicht so nett‹ bedeutet, Isaac Theodore«, forderte ich, diesmal mit mehr Nachdruck.

»Okay, okay.« Er hob kapitulierend die Hände und warf

einen letzten flüchtigen Blick zu den Mädchen. »Es ist keine große Sache. Seit das neue Semester vor drei Wochen angefangen hat, haben die es irgendwie … auf mich abgesehen.«

»Was heißt das?«

Er wurde wieder rot, aber diesmal konnte ich mich nicht darüber freuen.

»Ach, sie machen sich über meinen Kleidungsstil lustig … und anderen Kram.«

»Anderen Kram«, wiederholte ich langsam.

Isaac rieb sich verlegen den Nacken. »Sie ziehen mich damit auf, dass ich … angeblich noch Jungfrau bin.«

»Bist du das denn?«, fragte ich.

Er sah mir fest in die Augen und schüttelte den Kopf.

Aha.

»Dann sag ihnen das doch.«

»Das bringt nichts. Sie glauben, was sie glauben wollen. Letzte Woche habe ich gehört, wie sie gewettet haben, wer …«

»Wer …?«

Er räusperte sich. »Wer zuerst …«

»Wer es zuerst mit dir treibt?«, fragte ich erhitzt.

Er nickte kurz.

»Woher weißt du das?«

»Sie sitzen direkt hinter mir. Es ist schwer, nicht jedes Wort zu hören, das sie sagen.«

Wut flammte in mir auf, und ich brauchte einen Moment, bis ich wieder sprechen konnte. »Das ist das Geschmackloseste, was ich seit Langem gehört habe. Und ich höre viel Geschmackloses. Ich meine, selbst wenn es stimmen würde – das geht doch niemanden was an. Was fällt denen ein, so eine dämliche Scheiße abzuziehen?«

Isaacs Lippen öffneten sich leicht, und er sah mich an, als würde er mich erst jetzt zum ersten Mal richtig wahrnehmen.

»Hast du ihnen gesagt, dass du sie erbärmlich und widerwärtig findest und sie damit aufhören sollen?«, fragte ich.

Er schüttelte den Kopf. »Es ist mir egal, was sie denken.«

»Ich finde das aber nicht in Ordnung«, sagte ich und warf den Mädchen meinen Todesblick zu. Leider hatte er bei ihnen nicht den gewünschten Effekt. Im Gegenteil, sie begannen nur, noch lauter zu kichern.

Ich drückte den Rücken durch und trat einen Schritt von der Bar weg und auf sie zu, da griff Isaac nach meinem Ellenbogen und zog mich zurück zu sich an den Tresen. Er war ein gutes Stück größer als ich, und ich musste meinen Kopf in den Nacken legen, um ihm ins Gesicht sehen zu können.

»Es ist wirklich nicht wichtig. Und es macht mir nichts aus.« Er lächelte besänftigend, und merkwürdigerweise flaute meine Wut augenblicklich etwas ab.

»Ich finde es trotzdem scheiße.«

Er neigte seinen Kopf zur Seite und betrachtete mich eingehend. »Wieso?«

Ich blickte an seiner Schulter vorbei zu den Mädchen. Sie hatten noch immer nicht aufgehört zu lachen.

Zur Hölle mit ihnen.

Langsam drehte ich mich zurück zu Isaac und legte meine Hände flach auf seine Brust.

Ich spürte, wie sein Atem stockte.

»Weil ich dich schwer in Ordnung finde, Grant, Isaac Theodore Grant.«

Dann stellte ich mich auf die Zehenspitzen und küsste ihn.

kapitel 2

Als mein Mund seinen berührte, stieß Isaac ein gedämpftes Geräusch aus. Ich fing es mit meinen Lippen auf. Bestimmt drängte ich meinen Körper gegen seinen, bis er rücklings gegen den Bartresen stieß. Ich ließ meine Hand an seinem Nacken hinaufwandern, bis ich sie in seinem Haar vergraben und ihn fester an mich ziehen konnte.

Komm schon, Isaac. Spiel mit.

Ich leckte über seine Unterlippe, und er keuchte überrascht. Seine Hände glitten zu meinen Hüften und endlich, *endlich* erwiderte er den Kuss. Unsere Zungen trafen kurz, beinahe schüchtern aufeinander.

Dann löste ich mich von ihm und lehnte mich ein kleines Stück zurück.

Die Farbe, die seine Wangen jetzt angenommen hatten, gefiel mir deutlich besser als die, die noch vor ein paar Sekunden dort gewesen war, als er sich geschämt hatte.

Durch halb gesenkte Lider sah er mich an. Seine Augen waren ganz dunkel. Und plötzlich zog er mich wieder an sich und presste die Lippen fest auf meine.

Whoa.

Isaac schob eine Hand in meinen Nacken, die Finger der anderen spreizte er auf meinem Rücken. Er vertiefte den Kuss, drang mit seiner Zunge hungrig in meinen Mund. Eine enorme Energie ging von ihm aus und auf mich über, und für einen Moment blieb mir tatsächlich die Luft weg. Meine Knie wurden weich.

Meine verdammten *Knie* wurden weich.

Das war mir noch nie passiert.

Fest krallte ich meine Hände in den Stoff seines Jeanshemds und zog ihn noch enger an mich. Jetzt war kein Millimeter mehr zwischen uns. Ich saugte an seiner Zunge und spürte, wie sein Brustkorb unter meinen Händen vibrierte. Hitze schoss in meinen Magen und direkt weiter nach unten, als Isaac meine Unterlippe zwischen seine Zähne zog und zubiss.

Heilige *Scheiße*. Wer hätte gedacht, dass dieser Kerl so küssen konnte?

Diesmal war er derjenige, der sich zurückzog. Er lehnte seine Stirn gegen meine und atmete schwer.

Ich war genauso atemlos.

»Wo hast du gelernt, so zu küssen, Isaac Theodore?«, murmelte ich, meine Hände noch immer auf seinem Brustkorb.

Er öffnete den Mund, um mir zu antworten.

»Was zur Hölle macht ihr da?«, erklang es plötzlich direkt hinter mir, und ich wirbelte herum.

Dawn stand keinen Meter von uns entfernt und starrte uns fassungslos an.

Einen Moment lang hatte ich keine Ahnung, was ich ihr antworten sollte. Was *hatten* wir da getan? Dann sagte ich das Erstbeste, das mir in den Sinn kam: »Ich habe Isaac gerade dabei geholfen, seinen Ruf zu verbessern.«

Hinter mir spürte ich, wie Isaac sich versteifte.

Dawns kastanienrotes Haar war zerzaust, und sie blies sich den verschwitzten Pony aus der Stirn. Skeptisch blickte sie zwischen uns hin und her. »Kommt ihr zurück an unseren Tisch?«

Ich nickte und ließ zu, dass sie sich bei mir unterhakte. Als ich mich nach wenigen Metern zu Isaac umdrehte, starrte er auf den Boden.

Die Mädchen am anderen Ende der Bar hatten aufgehört zu lachen.

Der Montagmorgen begann wie jede Woche damit, dass ich mir vor meinem ersten Kurs einen großen Smoothie holte und damit über das Campusgelände spazierte. Woodshill war toll. Obwohl ich ein Junior und der Campus seit mittlerweile zwei Jahren mein Zuhause war, betrachtete ich die schönen Backsteingebäude mit den hohen Torbögen und die Statuen einflussreicher Personen jedes Mal so, als wäre es mein erster Tag hier. Es gab immer wieder etwas Neues zu entdecken.

Zum Beispiel war mir noch nie das Muster auf der Backsteinmauer direkt neben dem Astronomiegebäude aufgefallen. Ich stellte meinen Smoothie auf einer Bank ab, holte meine Spiegelreflexkamera aus der Tasche und ging in die Hocke. Durch die Linse betrachtete ich die Musterung im Gestein. Wahrscheinlich war dort Regen in das Gemäuer eingedrungen, und die Feuchtigkeit hatte sich ausgebreitet und es so verfärbt, dass es aussah, als ob ein Gesicht sich in Richtung der Sonne reckte.

Das Licht, das auf die Mauer fiel, war genau richtig. Immer noch durch die Linse blickend machte ich einen langsamen Schritt zurück und drehte am Rädchen für den ISO-Wert. Manuell stellte ich den Fokus ein.

Ich drückte auf den Auslöser. Wie immer sandte das leise Klicken meiner Kamera ein aufgeregtes Kribbeln in meine Magengegend, und ich bekam Gänsehaut. Fotografie war alles für mich. Es gab nichts, was mir mehr bedeutete, nichts, was mich auch nur annähernd so glücklich machte wie der Moment, in dem ich wusste, dass ich ein perfektes Foto geschossen hatte.

Nach einer Weile packte ich meine Kamera wieder ein, nahm meinen Smoothie und ging zu meinem Kursraum. *Visualisierung der Gesellschaft und ihrer Ideologien* war eines der wenigen Pflichtseminare in meinem Studium, das mir gut gefiel und mich nicht mit endloser Theorie zu Tode langweilte. Mittels Fotografie sollten wir bestimmte Aspekte der Gesellschaft widerspiegeln und dazu Stellung nehmen. In diesem Semester lautete die Aufgabe, einen Beitrag zum kritischen Verständnis der sozialen Wirklichkeit zu leisten. Leider gehörte zu dem Abschlussbericht, den wir schreiben mussten, auch eine theoretische Analyse. Ich hätte gut darauf verzichten können, aber für diesen Kurs nahm ich sogar das in Kauf.

»Morgen«, sagte ich in den Raum und bekam vereinzeltes Murmeln zurück.

Ich ging zu meinem gewohnten Platz in der ersten Reihe, ließ mich auf den Stuhl fallen und holte meinen Laptop aus der Tasche. Für ihn war damals mein gesamtes Gespartes draufgegangen, und er war neben meiner Kamera, die Dawn liebevoll auf den Namen Frank getauft hatte, mein teuerstes Besitztum.

Ich gab selten viel Geld aus. Da ich fast ausschließlich in der Mensa aß, brauchte ich nicht viel für Essen, und Klamotten kaufte ich meist gebraucht und nähte und schnitt sie mir so zurecht, dass sie mir gefielen. Das Van-Halen-Shirt, das ich heute trug, hatte ich mir beispielsweise für drei Dollar in einem Thriftshop in Portland gekauft. Es war viel zu groß, aber ich hatte auf der rechten Seite am Saum einen Knoten gebunden, damit man sah, dass ich Jeansshorts darunter trug.

»Sind wir vollzählig? Dann fange ich jetzt an«, sagte meine Dozentin, Robyn Howard, und allmählich ebbte das Murmeln im Raum ab. Sie öffnete ihre Präsentation, die sie mit dem Beamer an die Leinwand warf, und begann, mit Begriffen wie

Ortsspezifität, Wesentlichkeit und Modifikation um sich zu werfen. Ich mochte Robyn sehr, nicht zuletzt, weil sie jung war, blaue Haare hatte und mir – im Gegensatz zu vielen meiner anderen Dozenten – noch kein einziges Mal einen Was-will-die-eigentlich-hier-Blick zugeworfen hatte. Ihren Vorträgen konnte ich trotzdem nur mit einem Ohr folgen. Ich hasste Theorie.

Stattdessen öffnete ich das Photoshop-Programm und rief mein neuestes Projekt auf – eine Fotoreihe, die den Titel »Der Morgen danach« trug. In den letzten fünf Monaten hatte ich nach jedem meiner One-Night-Stands Fotos gemacht. Natürlich nicht von den Männern, mit denen ich geschlafen hatte. Das wäre geschmacklos gewesen und nicht mein Stil. Stattdessen hatte ich die Kleidungsstücke, die auf dem Boden verteilt waren, fotografiert und versucht, sie in besonderer Weise zu inszenieren. Ich hatte die Lichtstrahlen eingefangen, die am Morgen durch die Vorhänge geschienen waren, hatte Ewigkeiten auf dem Boden gehockt, um genau im richtigen Moment auf den Auslöser zu drücken. Die Bilder waren ästhetisch, elegant und sexy, und jeder, der sie sah, konnte in sie hineininterpretieren, was er wollte. Das war es, was ich an Kunst so liebte. Es gab kein Richtig und kein Falsch, kein Schwarz oder Weiß. Alles war okay, und alles hatte seine Berechtigung.

Ich öffnete die neueste Datei und betrachtete das Foto. Ich hatte es noch nicht bearbeitet, aber ich konnte schon jetzt sehen, dass es toll werden würde. Die ganze Szene war in rotes Licht getaucht, und was ich besonders mochte, war, dass der Fokus des Bildes nicht auf den Kleidungsstücken, sondern auf einer Uhr lag. Ich zoomte das Bild etwas näher heran, um das Ziffernblatt erkennen zu können, da atmete hinter mir jemand zischend ein.

Ich drehte mich um. Ein blondes Mädchen – ich glaubte, sie hieß Ashley – starrte mich mit weit aufgerissenen Augen an.

»Ist was?«, fragte ich.

Sie presste ihre Lippen zu einer schmalen weißen Linie zusammen und senkte den Blick wortlos auf ihren eigenen Laptop.

Stirnrunzelnd drehte ich mich wieder nach vorne.

Den Rest des Seminars verbrachte ich damit, das Bild zu bearbeiten. Als Robyn mit der Theorie durch war, ging sie durch die Reihen und kommentierte den Zwischenstand unserer Arbeiten. Bei mir angekommen, beugte sie sich über meinen Laptop und betrachtete erst das Bild mit der Uhr und dann noch mal die anderen Bilder, die ich ihren Ratschlägen folgend nach dem letzten Seminar noch mal an einigen Stellen überarbeitet hatte.

»Sehr schön, Sawyer«, sagte sie. »Mir gefällt, wie du auf diesem Bild hier mit dem Licht gespielt hast.«

»Nicht nur mit dem Licht …«, schnaubte das Mädchen hinter mir. Ich hatte keine Ahnung, was ihr Problem war, und widerstand dem Drang, auf ihre Bemerkung einzugehen, während meine Dozentin in unmittelbarer Nähe war. Dankenswerterweise ignorierte auch Robyn sie taktvoll.

»Hast du schon eine Idee für dein Abschlussprojekt?«, fragte sie stattdessen.

»Ich weiß noch nicht genau«, sagte ich. »Das hier ist nett, aber es ist mir noch nicht gut genug. Portraits fand ich spannend, aber als wir die letztes Semester machen mussten, hat mir auch da irgendetwas gefehlt. Ich hätte noch eine Reihe mit Bildern vom Campus, aber auch die scheint mir irgendwie nicht …«, ich suchte nach dem richtigen Begriff, »… *wichtig* genug.«

Robyn lächelte warm. »Du bist eine Perfektionistin durch und durch.«

»Nur, wenn es um Fotografie geht.«

»Lass dir nicht zu viel Zeit zum Nachdenken. Du hast großes Talent, aber denk daran, dass du auch eine Abschlussarbeit schreiben musst. Und die wird um einiges umfangreicher sein als die bisherigen Arbeiten, die du für mich gemacht hast.«

»Okay. Ich halte die Augen offen.«

Sie nickte kurz, dann wandte sie sich dem nächsten Studenten zu.

Nach der Stunde räumte ich meinen Kram zusammen und schulterte gerade meinen sackförmigen Rucksack, da stieß das Mädchen aus der Reihe hinter mir mit ihrer Schulter mit voller Kraft gegen mich und stürmte an mir vorbei aus dem Raum.

Was zur Hölle?

Ich folgte ihr schnellen Schrittes. Als würde sie auf mich warten, stand sie neben der Tür des Seminarraums, wo sie von zwei Freundinnen umarmt und getröstet wurde. Als sie mich entdeckten, warfen sie mir vernichtende Blicke zu.

»Habe ich dir irgendetwas getan, Ashley?«, fragte ich.

Sie fuhr zu mir herum. Rote Flecken hatten sich auf ihrem Gesicht ausgebreitet. Ihre Augen funkelten.

»Ich heiße *Amanda*, Schlampe«, fauchte sie.

Ups. Ich war wirklich nicht gut darin, mir Namen zu merken. »Und ich heiße Sawyer, und nicht Schlampe«, sagte ich ruhig. »Was hast du für ein Problem?«

Sie machte einen drohenden Schritt in meine Richtung. »Hattest du Spaß?«

Ich hatte wirklich keine Ahnung, was dieses Mädchen von mir wollte.

»Ich habe viel Spaß in meinem Leben, ja. Aber ich glaube, darum geht es gerade gar nicht, oder?«, erwiderte ich.

»Für wie blöd hältst du mich eigentlich? Denkst du, ich würde die Uhr nicht wiedererkennen? Unglaublich, dass du das Bild direkt vor meiner Nase aufmachst. Wie scheiße kann man denn bitte sein?«, keifte sie. Ihre Stimme war so hoch, dass sich meine Nackenhaare aufstellten.

»Komm mal runter«, sagte ich, bemüht, nicht ebenfalls laut zu werden. »Ich habe keine Ahnung, wovon du sprichst.«

»Du hast mit meinem Freund geschlafen!«

Überall auf dem Flur blieben Leute stehen und reckten ihre Hälse. Ein paar von ihnen erkannte ich, allen voran den Brillenträger, der gerade aus dem Raum schräg gegenüber gekommen war und nun – wie alle anderen – innehielt. Es war Isaac. Grant, Isaac Grant. Dawns Freund, den ich am Wochenende geküsst hatte. Dass er mich mit genau demselben Gesichtsausdruck ansah wie alle anderen Umherstehenden auch, versetzte mir einen Stich.

Ich versuchte, die Fassung zu bewahren und mir den Schock nicht anmerken zu lassen.

»Ich wusste nicht, dass Cooper eine Freundin hat.«

Amanda lachte und schluchzte gleichzeitig auf. Ihre Freundinnen streichelten beruhigend ihre Schultern.

Cooper, der verfluchte Wichser. Er hatte sie mit keinem Wort erwähnt. Nicht auf der Party, nicht, als er mich gefragt hatte, ob ich mit zu ihm wolle, nicht während wir miteinander geschlafen hatten.

Fuck.

Instinktiv trat ich auf Amanda zu. Gefühlt die halbe Uni hatte sich um uns versammelt und schien jedem unserer Worte gebannt zu folgen.

»Er hat nichts von dir gesagt«, sagte ich so leise, dass uns hoffentlich niemand verstand.

Sie hob den Blick, und der unbeschreibliche Zorn in ihren Augen war die einzige Warnung, die ich bekam. In der nächsten Sekunde holte sie aus und verpasste mir eine schallende Ohrfeige.

Der plötzliche Schmerz ließ mich Sterne sehen.

»Du dreckige Hure!« Ihre Stimme überschlug sich. Nur verschwommen nahm ich wahr, dass es um uns herum vollkommen still war und niemand etwas sagte. In meinem Kopf hingegen dröhnte es. Amandas Worte hatten mich von einem Moment auf den anderen in meine Jugend zurückkatapultiert. *Schlampe! Hure! Genau wie deine Mutter!*

Mir wurde schlecht. Amanda hob erneut die Hand. Trotz des Schocks reagierte ich und packte ihr Handgelenk.

»Du schlägst *mich*, weil dein Freund seinen Schwanz nicht in der Hose behalten kann?«, fauchte ich und grub meine Nägel in ihre Haut.

»Du mieses Stück …«

Ich verfestigte meinen Griff. Dann kam ich mit dem Gesicht ganz dicht an ihres. »Ich kann nichts dafür, dass dein Freund ein Arschloch ist«, sagte ich tödlich leise.

Ihre Hand erschlaffte, und sie begann zu weinen. Um uns herum stieg der Geräuschpegel wieder. Die Leute begannen zu murmeln. Ich hörte eine gezischte Beleidigung. Dann noch eine.

Es war zu viel. Meine Wange schmerzte, mein Schädel dröhnte, und ich bekam keine Luft mehr. Unvermittelt ließ ich Amanda los und machte auf dem Absatz kehrt. So schnell ich konnte, bahnte ich mir einen Weg durch die Leute, den Kopf erhoben, aber trotzdem nicht in der Lage, irgendetwas oder irgendjemanden zu erkennen.

Als ich fast draußen angekommen war, fasste mich jemand am Arm. Ich fuhr herum, war schon bereit dazu, mich zu wehren …

»Alles okay?«, fragte Isaac. Er betrachtete mich prüfend durch seine Brillengläser.

»Ich muss hier raus«, krächzte ich.

Er schaltete schnell und hielt mir die Tür auf. Mit wackeligen Beinen folgte ich Isaac, als er mich quer über den Campus führte. Schließlich machten wir vor einer Parkbank Halt, die etwas abseits im Schatten eines großen Baumes stand. Ich war froh, mich setzen zu können.

Zittrig holte ich Luft.

»Zeig mal«, meinte Isaac und beugte sich vor. Ich drehte mein Gesicht so, dass er sich meine Wange ansehen konnte. Sein Blick verdunkelte sich.

Ich ließ mich zurücksinken und schloss die Augen. Meine Hände zitterten weiterhin, aber die tiefen Atemzüge halfen mir dabei, mich wieder zu beruhigen.

»Hier, iss das«, sagte Isaac nach einer Weile.

Ich öffnete die Augen. Er hielt mir einen Schokoriegel vor die Nase. Zögerlich nahm ich ihn entgegen, wickelte das Papier herunter und biss ein kleines Stück ab. Im ersten Moment rebellierte mein Magen, aber dann merkte ich, dass die Schokolade mir guttat. Und obwohl ich eigentlich nicht viel für Süßigkeiten übrighatte, aß ich sie bis zum letzten Krümel auf.

Danach starrte ich für ein paar Minuten ins Nichts.

Es bestand keine Chance, dass Isaac nicht mitbekommen hatte, was Amanda zu mir gesagt hatte. Mit einem skeptischen Blick drehte ich mich schließlich zu ihm: »Wieso bist du mit mir gekommen?«

Er runzelte die Stirn. »Was meinst du?«

»Wieso sitzt du hier mit mir, wenn du genau weißt, was ich gemacht habe?«

»Das da drinnen ging gerade gar nicht.«

»Eine Schlampe wie ich hat es wohl nicht anders verdient«, sagte ich zynisch.

»Sawyer!« Isaac sah mich empört an.

»Was denn? Du hast Amanda doch gehört.«

»Mir ist egal, was du gemacht hast – jemanden zu schlagen, ist nie in Ordnung«, erwiderte er grimmig. Er sah mich weiter an, durch die Gläser dieser blöden Streberbrille, und ich fragte mich unwillkürlich, ob sie Sonnenstrahlen bündelten und auf mich richteten, weil mir völlig unerwartet ganz warm wurde.

»Ich wusste es nicht«, hörte ich mich plötzlich selbst sagen. Ich richtete den Blick auf meine Schuhspitzen, und meine Haare fielen mir vors Gesicht. Das war besser. Einen Vorhang zwischen mir und Isaacs wachsamem Blick zu haben, fühlte sich gut an.

»Er hat nie was von einer Freundin gesagt«, fuhr ich fort. »Ich hätte sonst nicht … Ich meine, ich würde nie …«

»Sawyer«, unterbrach Isaac mich sanft. »Ich glaube dir.«

Ich blickte auf und strich mir das Haar hinters Ohr.

Isaac studierte eingehend mein Gesicht. Dann fiel sein Blick wieder auf die Stelle an meiner Wange, wo sicherlich noch immer der Abdruck von Amandas Hand zu sehen war.

»Wir sind nicht das, was sie über uns sagen, Sawyer. Lass dir das nicht einreden.« Er lächelte mich aufmunternd an, und langsam, ganz langsam flaute das schmerzhafte Pochen in meiner Wange ab.

kapitel 3

Al musterte mich kritisch und verschränkte die Arme vor der Brust. Er war ein riesiger, bulliger Typ und sah aus, als könnte er mich und gleichzeitig zwei weitere Personen, ohne mit der Wimper zu zucken, einhändig zerquetschen.

Auf jeden anderen hätte er in diesem Moment wahrscheinlich einschüchternd gewirkt, da ich aber inzwischen seit vier Monaten im *Woodshill Steakhouse* arbeitete, kannte ich ihn gut genug, um zu wissen, dass sich hinter seiner grimmigen Fassade ein butterweicher Kern verbarg.

»Komm schon, Al. Gib dir einen Ruck«, sagte ich und zwang mir ein seltenes Lächeln aufs Gesicht. Ich wusste, dass es Wirkung zeigen würde. Das tat es immer, wenn ich mich mal dazu durchrang.

»In Ordnung. Aber wenn du mir meine Kunden vertreibst, fliegst du.« Er deutete mit dem Daumen über seine Schulter.

Jetzt war mein Lächeln nicht länger erzwungen. »Du bist der Beste.«

Er grunzte bloß, stieß die Klapptüren auf und verschwand wieder nach hinten in die Küche.

Endlich. Ich räumte hastig die letzten Gläser in das Regal hinter der Bar und ging danach zu dem riesigen Mischpult. Seit Al die Anlage vor ein paar Wochen angeschleppt hatte – angeblich ein Überbleibsel seiner Tage als DJ –, hatte es mich in den Fingern gejuckt, sie auszuprobieren. Doch nur ein Schritt in die ungefähre Richtung, und Als warnende Stimme war aus Richtung der Küche gedonnert und hatte gedroht, mich zu feuern, sollte ich auch nur an einem einzigen Rädchen drehen. Dabei müssten wir im Steakhouse meiner Meinung nach dringend bessere Musik spielen, wenn wir nicht nach und nach die Gäste mit Als langweiligen Gastro-Mixtapes vergraulen wollten.

Irgendwann musste er mal einen guten Musikgeschmack gehabt haben, dachte ich, als ich die Platten durchwühlte, die sich in dem Schrank unterhalb des Mischpults stapelten. Darin zu stöbern, war ein bisschen wie Weihnachten. Fassungslos zog ich eine Bullet-For-My-Valentine-Platte hervor. Sofort legte ich sie ein und drehte den Lautstärkeregler am Mischpult hoch. Wenig später schickte mir ein raues Gitarrensolo einen angenehmen Schauer über den Rücken.

»Sawyer, Kundschaft!«, rief meine Kollegin Willa.

Ich unterdrückte einen Seufzer, richtete meine schwarze Schürze und tröstete mich mit der Tatsache, dass ich wenigstens für diese Schicht einen guten Soundtrack haben würde.

Als ich durch den Vorhang an den Tresen trat, stahl sich gegen meinen Willen ein Lächeln auf mein Gesicht. Meine Mitbewohnerin balancierte auf einem der Hocker und war gerade dabei, ihren Steinzeit-Laptop auf den Tresen zu hieven. Ich war immer wieder erstaunt darüber, dass ein so kleiner, zierlicher Mensch ein derart riesiges Teil mit sich herumschleppen konnte.

»Ich dachte, du wolltest heute mit Loverboy nach Portland«, sagte ich zur Begrüßung und nahm eine Flasche Cola aus der Kühlschublade.

»Hallo, Sawyer, ich freu mich auch, dich zu sehen«, entgegnete Dawn trocken. »Und ja, wollte ich eigentlich auch, aber dann habe ich mich dazu entschieden, meiner allerliebsten Mitbewohnerin einen Besuch abzustatten.« Sie stützte die Ellbogen auf den Tresen und legte das Kinn auf ihren gefalteten Händen ab.

Ich schob ihr ein Glas eisgekühlter Cola zu. »Herzallerliebst. Also, warum bist du hier und nicht bei Cosgrove?«

Sie seufzte. »Er musste früher los.«

Ich hob eine Braue. »Und da ist er einfach ohne dich gefahren?«

Sofort schüttelte sie den Kopf. »Ich war im Kurs bei Nolan und habe nicht auf mein Handy geguckt. Es gab ... einen Notfall.«

»Ah.« Ich hakte nicht weiter nach. Dawn hatte mir schon vor einer ganzen Weile erzählt, dass ihr Freund Spencer eine komplizierte Familie hatte und oft ohne Vorwarnung nach Hause musste. Anscheinend war seine Schwester krank und auf seine Hilfe angewiesen.

»Interessante Musik, die Al heute aufgelegt hat«, sagte Dawn nach einer Weile.

»Er hat mich ans Mischpult gelassen.«

Ihr Gesicht leuchtete auf. »Na endlich! Du hast dir doch schon seit Wochen die Finger danach geleckt.«

Für einen Moment war ich überrascht, dass sie das sagte. Dann erinnerte ich mich daran, dass es Dawn war, die da vor mir saß. Egal, wie wenig ich über mich oder mein Leben sprach – es war unmöglich, mit jemandem wie ihr zusammenzuwohnen und nichts von sich selbst preiszugeben. Sie kannte mich einfach manchmal ein bisschen besser, als mir lieb war.

Aber das beruhte auf Gegenseitigkeit. Denn der Blick, mit dem Dawn mich in diesem Moment beäugte, war mir alles andere als neu.

»Na los. Frag schon«, seufzte ich und nahm die Gläser entgegen, die Willa mir auf einem Tablett reichte. Ich bedankte mich mit einem Nicken und fing an, sie abzuspülen.

»Was war das am Wochenende?«

Ich hielt inne. Ich hatte erwartet, dass sie mich auf die Sache mit Amanda ansprechen würde. »Was meinst du?«

Sie schnaubte laut.

Ich hob den Blick von der Spüle.

Sie zog vielsagend ihre Augenbrauen hoch, als würde ich mich absichtlich dumm stellen.

»Ich habe keine Ahnung, was du von mir willst.«

Dawn verdrehte die Augen. »Die Sache mit Isaac.«

Oh. Das hatte ich tatsächlich aus meinem Gedächtnis verdrängt. »Ach so. Das.«

»Ja. *Das*«, wiederholte sie. »Was hatte es denn mit diesem Abgeschlecke auf sich?«

Ich seufzte. Wie ich Dawn kannte, würde sie nicht lockerlassen, bis sie mir alles aus der Nase gezogen hatte. Also lieferte ich ihr die Kurzzusammenfassung.

Als ich fertig war, sah sie beinahe enttäuscht aus.

»Und ich dachte, ihr …« Sie hob die Schultern.

Ich schnaubte. »Dass ich eurem elitären Pärchen-Club beitreten will?«

Sie wurde knallrot.

Fassungslos starrte ich sie an. »Dawn! Willst du mich verarschen?«

»Was denn? Ihr saht süß zusammen aus!«, entgegnete sie trotzig.

»Ich habe ihm geholfen, weil er ein netter Kerl ist. Mehr nicht.«

»Und mit netten Kerlen fängst du grundsätzlich nichts an. Schon klar«, grummelte sie.

Ihre Bemerkung versetzte mir einen Stich. Unwillkürlich fasste ich an meine Wange. Es hatte über einen Tag gedauert, bis sie nicht mehr heiß und rot gewesen war.

»Tut mir leid. So war das nicht gemeint«, setzte Dawn schnell hinterher.

»Schon okay.«

»Isaac macht so was normalerweise nicht. Er ist total schüchtern. Ich weiß nicht mal, ob er …« Sie hob hilflos die Schultern.

»Ob er was?«, fragte ich.

Sie wurde schon wieder rot. »Naja, ob er schon mal eine Freundin hatte. Oder … du weißt schon …« Sie machte eine vage Handbewegung, die alles und nichts bedeuten konnte.

Das war etwas, was ich niemals verstehen würde: Dawn schrieb erotische Geschichten. Erotische Geschichten mit langen, expliziten, detailverliebten Sexszenen, die selbst mir die Röte ins Gesicht trieben. Aber sie brachte es nicht über sich, in der realen Welt über Sex zu reden, ohne vor Scham einen halben Herztod zu erleiden.

Ich stützte mich mit den Armen auf den Tresen. »Isaac ist keine Jungfrau mehr, falls du das meinst.«

Sie schnappte nach Luft. »Woher weißt du das?«

Ich erinnerte mich an seinen hungrigen Kuss und das Gefühl von seinen Händen auf meinem Körper. Zunächst war er schüchtern gewesen, aber dann hatte sich seine Zurückhaltung in Luft aufgelöst, und sein Kuss war gierig, beinahe verzweifelt geworden. Selbst wenn er mir vorher nicht gesagt hätte, dass er keine Jungfrau mehr war, hätte mir spätestens die Art, wie er mich berührte, verraten, dass er ganz genau wusste, was er tat.

»Ich weiß es einfach«, sagte ich schulterzuckend. »Für so etwas habe ich einen siebten Sinn.«

»Ist es nicht normalerweise der sechste Sinn?«

Ich verzog die Lippen zu einem schmutzigen Grinsen. »Was mein sechster Sinn ist, möchtest du nicht wissen, Dawn. Glaub mir.«

In einer fahrigen Bewegung griff Dawn nach ihrem Colaglas und trank einen großen Schluck, um darauf nichts antworten zu müssen.

Das nächste Seminar von *Visualisierung der Gesellschaft* war die reine Hölle. Die Mädchen, die hinter mir saßen, lästerten so laut über mich, dass es unmöglich war, ihre Stimmen auszublenden. Am Anfang hatte ich kurz überlegt, mich in die letzte Reihe zu setzen, hatte die Idee aber schnell wieder verworfen. Ich würde mich nicht verstecken.

Doch es war unfair. Cooper, der seine Freundin betrog, kam mit einem blauen Auge davon, aber ich war diejenige, die den Hass abbekam und als Schlampe beschimpft wurde. Wieso war das so? Unsere Gesellschaft war verdammt abgefuckt. Frauen zogen immer die Arschkarte. Es war zum Kotzen.

Die Vorlesung kam mir länger vor als sonst. Wahrscheinlich weil ich zum ersten Mal Robyns Theorie zuhörte, statt wie üblich meine Bilder zu bearbeiten. Erst nachdem Robyn ihre Präsentation beendet hatte, klappte ich meinen Laptop auf und schaltete ihn ein. Ich spürte die Blicke von Amanda und ihren Freundinnen auf meinem Rücken. Ihr Tuscheln wurde lauter. Ich verdrehte die Augen.

Eigentlich hatte ich vorgehabt, weiter an meiner »Der Morgen danach«-Reihe zu arbeiten, wusste aber, dass ich mich sowieso nicht konzentrieren konnte. Ich klickte stattdessen den Ordner mit den Fotos an, die ich über die letzten Monate verteilt vom Campus geschossen hatte.

Als Robyn während ihres Rundgangs bei mir vorbeikam, stutzte sie. »Hast du ein neues Projekt begonnen?«

Ich schüttelte den Kopf. »Das ist die Fotoreihe vom Campus, von der ich dir erzählt habe.«

Sie beugte sich über meinen Tisch und drehte den Laptop zu sich, damit sie sich selbst durch die Bilder klicken konnte. Bei ein paar nickte sie anerkennend, bei anderen wiederum war ihr nicht anzusehen, wie sie sie fand.

»Was ist mit den anderen Bildern?«, fragte sie.

Ich warf einen flüchtigen Blick über meine Schulter zu Amanda. Sie merkte es und funkelte mich aus zusammengekniffenen Augen an. Ich wandte mich wieder Robyn zu und schüttelte den Kopf. »Die habe ich vorerst auf Eis gelegt.«

»Das ist wirklich schade. Ich hätte sie gerne im Flur ausgestellt.«

Ich hielt den Atem an. Nur die besten Bilder des Studienganges wurden ausgestellt, und in den meisten Fällen nur welche der Absolventenjahrgänge. Dass sie letztes Jahr die Portraits, die ich von Dawn gemacht hatte, ausgesucht hatte, war schon ein riesiger Erfolg für mich gewesen. Und das nicht nur, weil ich danach unzählige Mails mit kleinen Aufträgen in meinem Postfach gehabt und in dem Monat mehr verdient hatte, als in jedem anderen seit Beginn meines Studiums. Dass Robyn mich nun zum zweiten Mal fragte, war eine wahnsinnige Ehre. Ich wollte meine Bilder unbedingt als riesige Ausdrucke in den Fluren der Universität hängen sehen. Doch Amandas Ohrfeige und das, was sie und die anderen über mich gesagt hatten, war noch immer präsent in meiner Erinnerung. Wenn diese Fotos offen zur Schau gestellt wurden, würde ich ihnen noch eine viel größere Angriffsfläche bieten, auch wenn ich das Foto mit Coopers Uhr längst in den Papierkorb verschoben hatte. Und wer konnte mir sagen, dass nicht noch ein Mädchen irgendetwas von ihrem Freund auf den Bildern erkennen würde?

»Kann ich noch einmal darüber nachdenken?«, fragte ich Robyn leise.

Sie sah mich prüfend an. »Es gibt Studenten, die sich für eine solche Möglichkeit die Hand abhacken würden. Es ist nicht fair, sie warten zu lassen, wenn du dir nicht hundertprozentig sicher bist, was deine Arbeit angeht.«

Ich schluckte schwer.

Sie hatte recht. Ich konnte dieses Angebot unmöglich ausschlagen. Dass Amandas Freund ein Arschloch war, war nicht meine Schuld. Auch wenn es mir leid für sie tat – ich hatte das nicht mit Absicht gemacht. Und ich würde mir diese einmalige Gelegenheit nicht nehmen lassen. Von niemandem.

»Du hast natürlich recht. Ich würde die Bilder sehr gerne ausstellen«, sagte ich und sah Robyn fest in die Augen.

Sie lehnte sich zurück und verschränkte die Arme vor der Brust. Obwohl sie jünger war als alle meine anderen Dozenten, strahlte sie eine ziemliche Autorität aus. »Okay. Dann schick mir die Bilder bis morgen Abend und sag mir, welche deine drei Favoriten sind. Ich schaue sie mir an und gebe sie anschließend in die Druckerei.«

Ich nickte und tippte mit vor Aufregung zittrigen Fingern eine Notiz in mein Handy. Wenig später verkündete Robyn, dass wir eine Pause machen sollten, und ich verließ sofort den Raum. Als sie sich von meinem Tisch entfernt hatte, war das Getuschel in der Reihe hinter mir schlagartig wieder lauter geworden, und ich hatte ganz deutlich die Worte »Schlampe« und »Der ist doch echt nichts peinlich« gehört. Ein ganz unangenehmes Kribbeln hatte sich in meinem Körper ausgebreitet, und ich hatte es kaum erwarten können, an die frische Luft und weg von diesen Feindseligkeiten zu kommen.

Genau wie deine Mutter.

Was ich wollte, war einfach nur meine Ruhe. Es hatte mich

noch nie interessiert, was andere über mich dachten. Und ich würde ganz sicher jetzt nicht damit anfangen zu versuchen, es den Leuten recht zu machen.

Ich drehte eine kleine Runde über den Campus und hielt bei einem der Wagen inne, an denen Limonade ausgeschenkt wurde. Ich erkannte die Person, die davor stand, sofort. Wenn ihn nicht die komischen Hosenträger und die Brille verraten hätten, dann ganz sicher die hektischen Bewegungen. Oder das schüchterne Stammeln.

Anscheinend fand er sein Portemonnaie nicht. Während die Bedienung schon ungeduldig von einem aufs andere Bein trat, kramte er wie ein Irrer in den Hosentaschen seiner Chinohose rum. Die junge Frau hinter dem Tresen warf mir einen entschuldigenden Blick zu.

»Was darf's für dich sein?«, fragte sie.

»Grapefruit.«

Sie nickte und drehte sich um, um mir einen Becher einzuschenken.

Isaac schien mich nicht bemerkt zu haben. Seine Bewegungen wurden immer gehetzter, und auf seinem Hals erschienen lauter rote Flecken. »Ich hatte es vorhin noch, sorry«, murmelte er.

Die Bedienung stellte meinen Becher neben Isaacs. »Kein Stress. Notfalls stellst du dich den Rest des Tages einfach zu mir und wäschst ab.«

Sie zwinkerte ihm zu, und Isaac lief – wenn das überhaupt möglich war – noch röter an. Sein Mund klappte ein Stück auf, und es sah so aus, als wollte er etwas sagen. Allerdings kam nichts raus. Während sein Gesicht total erstarrt war, fanden seine Hände sein Portemonnaie in der hinteren Tasche seiner Hose. Er zog es heraus, und im nächsten Moment hörte ich Geldmünzen über den Boden rollen.

Er hatte es fallen lassen. Und es war offen gewesen.

»Shit«, zischte Isaac, beugte sich runter und begann, sein Geld wieder einzusammeln.

Ich konnte diese Katastrophe keine Sekunde länger mit ansehen. Ich kramte einen Schein aus meiner Tasche und bezahlte beide Limonaden. Anschließend nahm ich die Becher vom Tresen und tippte mit dem Fuß gegen Isaacs Bein. Er blickte hoch, und ich musste mich anstrengen, nicht loszulachen, so verzweifelt sah er aus.

»Oh, ähm, hi«, stammelte er und rieb sich den Hinterkopf.

»Komm mit«, sagte ich und deutete mit dem Kinn in Richtung des Unigebäudes.

Er klaubte noch schnell die letzten Münzen vom Boden auf, bevor er sich mit knallrotem Kopf erhob. Ich reichte ihm seinen Becher, und wir gingen schweigend über das Campusgelände zum Eingang der Fakultät.

»Danke«, murmelte er nach einer Weile.

»Du hast ausgesehen, als würdest du jeden Moment einen Herzinfarkt bekommen«, gab ich zurück und nippte an meiner Limonade. Sie war ein bisschen bitter, genau so, wie ich es mochte. »Da musste ich einschreiten.«

Er presste bloß die Lippen aufeinander und starrte auf seinen Becher.

Ich stieß ihm den Ellenbogen in die Seite, bis er mich wieder ansah. »Das war ein Witz, Grant, Isaac Grant.«

Doch der bittere Ausdruck blieb auf seinem Gesicht, und ich verspürte das merkwürdige Bedürfnis, etwas dagegen zu unternehmen. Ich kannte Isaac zwar nicht sonderlich gut, und an dem Abend von Dawns Feier war er auch zurückhaltend gewesen, aber ich hatte ihn noch nie dermaßen schüchtern und verkniffen erlebt. Und auch nicht so stumm. Ich überlegte fieberhaft, was ich sagen könnte, um ihn auf andere Gedanken zu bringen.

»Was studierst du eigentlich?«, fragte ich ihn nach einer Weile. Überraschung flackerte in seinem Blick auf, und auch ein Funken Dankbarkeit, wenn ich es richtig deutete.

Es dauerte einen Moment, bis er antwortete. »Von allem ein bisschen. Ich bin gerade erst ins zweite Jahr gekommen und habe noch keinen blassen Schimmer, was mein Major sein wird.«

»Wie alt bist du?«, fragte ich weiter.

»Einundzwanzig. Ich bin später an die Uni gegangen, weil ich nach der Highschool eine Weile bei meinen Eltern gearbeitet habe.«

»Und was machen deine Eltern?«

Allmählich nahm die Röte in seinen Wangen ab, und obwohl er immer noch etwas verkrampft wirkte und den Limonadenbecher so fest umfasste, dass ich Angst hatte, er würde ihn jeden Moment zerdrücken, schien er sich etwas beruhigt zu haben. Ich war froh, dass ich ihn getroffen hatte. Dieser kleine Spaziergang mit ihm war eine willkommene Gelegenheit, mich von dem abzulenken, was mich gleich wieder in meinem Kursraum erwarten würde.

»Wir haben eine Farm.«

Abrupt blieb ich stehen. Ich ließ meinen Blick über Isaac wandern, von seinen fein säuberlich gestylten Haaren zu den Rändern seines Brillengestells, über die grauen Hosenträger bis zu seinen sauberen braunen Derbyschuhen. Ich hatte noch nie jemanden gesehen, der weniger wie ein Farmer aussah als Isaac. »Verarsch mich nicht.«

Ein Funkeln trat in seine Augen. »Tu ich nicht.«

Fassungslos betrachtete ich ihn. »Aber … du siehst so sauber aus.«

Ein paar Sekunden vergingen, in denen er mich einfach nur anstarrte. Dann warf er den Kopf in den Nacken und lachte laut. Inzwischen waren wir im Flur unserer Kursräume angekommen, und das Echo seines Lachens war überall zu hören. Ich stellte fest, dass Isaac, wenn er lachte, überhaupt nicht steif wirkte. Plötzlich war er das völlige Gegenteil von dem Kerl, der eben noch mit hochrotem Kopf seine Münzen vom Boden aufgesammelt hatte.

Ich hätte den Anblick genossen – wenn Isaac sich nicht gerade über mich lustig gemacht hätte. Ich hakte einen Finger unter seinen rechten Hosenträger und zog ihn von seinem Körper weg. Dann ließ ich ihn zurückschnallen, und er landete mit einem Klatschen wieder auf Isaacs Brust.

Der stöhnte schmerzerfüllt und rieb sich die Stelle. »Autsch.«

»Verdient.«

Er schmunzelte. »Das wird einen blauen Fleck geben, aber das war es wert. Du hättest dein Gesicht sehen sollen.«

Ich schnaubte. »Du bist überhaupt nicht so nett, wie ich dachte. Und ich glaube dir kein Wort, solange ich keine Beweisbilder gesehen habe.«

Isaac warf einen Blick auf seine Uhr. »Beim nächsten Mal. Ich muss wieder rein«, sagte er und deutete mit dem Daumen zu dem Raum, der schräg gegenüber von meinem lag.

»Okay«, sagte ich und konnte mir nur gerade so ein Seufzen unterdrücken. Mein Kurs würde auch jede Minute weitergehen. Und wenn ich auf etwas keine Lust hatte, dann darauf, mir noch mehr Beschimpfungen von Amanda und ihren Freundinnen anzuhören.

»Noch mal danke für die Limonade, Sawyer.«

Ich nickte bloß abwesend und drückte dann die kalte Klinke runter, um zurück in den Kursraum zu gehen.

kapitel 4

Als ich an diesem Nachmittag nach Hause kam, klappte ich sofort meinen Laptop auf und machte mich an die Bildauswahl für Robyn. Jetzt, wo ich nicht mehr in einem Raum mit lauter Leuten saß, die mich mit ihren Blicken zu töten versuchten, konnte ich deutlich ungehemmter arbeiten. Und sogar das aufgeregte Kribbeln, das ich immer hatte, wenn ich wusste, dass ein Bild richtig gut war, kam endlich wieder. Bald würden die Fotos im Flur der Universität hängen, zehnmal so groß, wie sie jetzt gerade auf meinem Bildschirm waren. Es war egal, was jemand wie Amanda über mich dachte. Nur das zählte.

Ich war gerade dabei, die Bilder innerhalb des Bearbeitungsprogramms in verschiedene Ordner zu sortieren, als plötzlich eine Fehlermeldung aufflackerte. Ich klickte sie weg – und alle Bilder verschwanden.

Vom einen auf den nächsten Augenblick.

Stirnrunzelnd schloss ich das Programm, nur um es gleich darauf wieder zu öffnen.

Nichts.

Ich schluckte schwer und suchte den Ordner, in den ich die Bilder, die ich für Robyn herausgesucht hatte, verschoben hatte. Er war nicht mehr da. Genau genommen war kein einziger Ordner mehr da. Stattdessen wurde der Laptop immer heißer auf meinem Schoß.

Und dann wurde der Bildschirm plötzlich schwarz.

Ich riss die Augen auf und drückte sofort auf den Knopf zum Anschalten. Nichts geschah, also drückte ich noch mal. Und noch mal. Mehrmals hintereinander. Kalter Schweiß bildete sich auf meiner Stirn und meinen Handinnenflächen.

Als der Laptop endlich wieder ansprang, stieß ich ein erleichtertes Seufzen aus, das Dawn auf mich aufmerksam machte. Auch sie arbeitete gerade, wie immer mit ihren riesengroßen Kopfhörern, die kaum ein Geräusch zu ihr durchdringen ließen. Dass sie sich jetzt zu mir umdrehte, ließ mich wissen, dass mein Seufzer wohl ziemlich laut gewesen sein musste.

Sie setzte die Kopfhörer ab. »Alles in Ordnung da drüben?«, fragte sie, aber ich nahm es gar nicht richtig wahr. Mein Laptop war gerade wieder hochgefahren und ich wartete darauf, dass meine Ordner und Programme wieder auf dem Desktop erschienen.

Taten sie leider nicht. Da war gar nichts. Mein Desktop war vollkommen leer.

»Fuck!«

Dawn kam zu mir rüber und setzte sich neben mich. »Was ist los?«, fragte sie.

»Meine Bilder sind weg«, sagte ich und deutete auf den Bildschirm. »Auf dem Laptop ist gar nichts mehr.«

»Verdammt«, murmelte sie und drehte den Laptop zu sich. Sie machte ein paar Klicks und öffnete ein paar Ordner, hörte aber wenig später auf. »Was hast du gemacht?«

»Ich glaube, ich hatte zu viele Programme gleichzeitig offen, und er war überfordert. Das hatte er schon ein paarmal, aber dabei sind nie Dateien verloren gegangen«, sagte ich atemlos. Scheiße, ich bekam keine Luft mehr. Meine ganzen Bilder waren weg!

»Hast du ein Backup gemacht?«, fragte sie weiter.

Ich konnte nur den Kopf schütteln, während ich versuchte, mich zu beruhigen, und in Gedanken die Möglichkeiten durchging, die mir blieben.

»Hast du einen Abgabetermin?«

Ich nickte abwesend. »Morgen. Robyn will noch mal Bilder von mir im Flur ausstellen.«

Dawns Augen weiteten sich. Sie wusste, wie wichtig eine solche Chance für mich war. »Du brauchst jemanden, der sich mit so was auskennt. Und zwar schnell.«

»In einem Fachhandel werden die das Teil auseinandernehmen, und das wird ewig dauern«, murmelte ich, während ich wahllos Ordner öffnete und wieder schloss und mir den Treiber der Festplatte anzeigen ließ. Wenn ich ehrlich war, hatte ich keine Ahnung, was ich da tat, aber ich hatte das Gefühl, irgendetwas mit meinen Händen machen zu müssen, um nicht durchzudrehen. »So lange habe ich nicht. Robyn wollte die Bilder morgen in den Druck geben.«

So ein verdammter Mist. Ich lehnte mich auf dem Bett nach hinten und gegen die Wand. Das konnte ich vergessen.

»Kommt drauf an, wo du hingehst«, meinte Dawn langsam. »Isaac kennt sich mit Computern aus. Er arbeitet in einem Technikfachhandel.«

Ich setzte mich sofort wieder auf. »Grant, Isaac Grant?«

Sie zog eine Augenbraue hoch, nickte aber. »Isaac-der-den-du-abgeschleckt-hast-Isaac. Er arbeitet an fünf Tagen die Woche bei *Wesley's* in der Porter Road. Er kann sich das bestimmt mal ansehen.«

Ich klappte den Laptop zu und stand so schnell auf, dass ich für einen kurzen Moment schwarze Pünktchen vor den Augen sah. Dann stieg ich in meine Boots, ohne sie zuzuschnüren, und schlüpfte in meine Lederjacke. Ich packte den Laptop in meinen Rucksack, schwang ihn über eine Schulter und riss die

Tür auf. Mit einem Fuß draußen hielt ich inne und murmelte: »Danke, Dawn.«

Anschließend machte ich mich auf den Weg.

Wesley's war ein großflächiger, zugestopfter Laden, in dem es nach Kabeln und Pappkartons roch. Ich hielt mit einer Hand meinen Rucksack auf der Schulter und lief durch die verschiedenen Abteilungen, vorbei an Kühlschränken, Backöfen und Waschmaschinen. Isaac konnte ich nirgends entdecken. Als ich die TV-Abteilung betrat, sah ich einen dürren Mann auf einer Ledercouch sitzen, der sich offensichtlich einen Actionfilm ansah – auf rund zwanzig Bildschirmen gleichzeitig.

»Entschuldigung?«, rief ich ihm zu. Die Schießerei, die aus den riesigen Surroundsystemen dröhnte, war ohrenbetäubend laut. Der Kerl drehte seinen Kopf in meine Richtung. Sein Hals war so lang, dass er ihn wahrscheinlich um dreihundertsechzig Grad hätte drehen können. Er hatte einen dünnen Schnurrbart, in dem ich glaubte, Reste von seinem Mittagessen erkennen zu können.

»Was ist?«, fragte er und machte sich nicht die Mühe, den Ton leiser zu stellen.

»Ich suche Isaac Grant«, antwortete ich laut. »Bin ich hier richtig?«

Jetzt drehte er die Lautstärke doch herunter. »Hat sich die kleine Kröte wieder verkrochen?«, knurrte er und erhob sich schwerfällig.

Perplex sah ich ihn an. Er schob sich an mir vorbei und ging zu einem Tisch am Rand der Verkaufsfläche. Darauf stand ein Bildschirm, direkt daneben ein Mikrofon. Der Kerl drückte auf einen grünen Knopf und ging mit dem Mund so dicht an den Kopf des Mikros, dass sein schwerfälliger Atem durch alle Lautsprecher des Ladens zu hören war. Ew.

»Grant, beweg deinen Arsch nach B12. Kundschaft.«

Es dauerte keine Minute, und ich hörte hastige Schritte, die immer lauter wurden. Ich drehte mich um und sah Isaac auf uns zu sprinten. Ich hätte es nicht für möglich gehalten, aber in diesem Laden, umgeben von lauter Technik, mit seiner Brille und dem blauen, eng anliegenden Shirt, auf dem das Logo des Ladens prangte, sah er tatsächlich noch nerdiger aus als sonst. Allerdings auch sehr kompetent.

Seine Augen weiteten sich, als er mich erblickte.

»Was machst du denn hier?«, fragte er atemlos.

Ich hob die Schulter, über der mein Rucksack hing. »Ich habe einen Laptop-Notfall. Dawn hat mir gesagt, dass du hier arbeitest.«

Sein Blick schwankte kurz zu seinem Chef.

Dieser musterte uns mit einem abschätzigen Blick. »Ich bin wieder hinten. Nächstes Mal kommst du von selbst raus, wenn Kundschaft da ist, verstanden? Wir haben die Kameras nicht umsonst installiert.«

»Geht klar, Wesley«, sagte Isaac leise. Sein Gesicht war eine undurchdringliche Maske, und er wirkte angespannt. Plötzlich war ich mir nicht mehr sicher, ob es eine gute Idee gewesen war, ihn einfach so zu überfallen. Erst als sein Chef sich von uns wegdrehte und zurück zu den Fernsehbildschirmen lief, wagte Isaac es, mich anzusehen. Er lächelte unsicher.

»Um was für eine Art von Notfall handelt es sich denn?«, fragte er.

Ich rückte den Riemen auf meiner Schulter zurecht. »Ich habe morgen einen wichtigen Abgabetermin, aber mein Laptop hat den Geist aufgegeben. Er ist ausgegangen, und als ich ihn danach wieder angemacht habe, war die ganze Festplatte leer. Ich brauche dringend meine Bilder.«

Er nickte langsam. »Komm am besten mit nach hinten.«

Er führte mich in den hinteren Bereich des Ladens. Durch eine schwere Metalltür gelangten wir ins Lager, wo sich Kartons in meterhohen Regalen stapelten. Als ich mir sicher war, dass wir uns außer Hörweite befanden, wisperte ich: »Dein Chef ist ja ein ganz schönes Arschloch.«

Einen Moment lang schien Isaac nach einer diplomatischen Antwort zu suchen, dann sagte er leise: »Er ist … schwierig. Aber die Bezahlung ist nicht schlecht.« Er zuckte mit den Schultern.

»Was sind deine Aufgaben hier?«, fragte ich.

»Eigentlich alles. Ich berate Kunden, kassiere, arbeite in der Werkstatt und verräume die Ware.«

Ich hob die Augenbrauen. »Das ist eine ganz schön lange Liste.«

»Es ist okay«, sagte er und hielt mir eine weitere Tür auf, die zu einem kleinen Büro führte. »Hier rein.«

Ich betrat den muffigen Raum und sah mich um. Mehrere Bildschirme und PC-Gehäuse standen in den Regalen neben Kisten, aus denen Kabel und Tastaturen herausragten. Auf dem Boden war etwas ausgebreitet, das für mich wie das Innere eines Computers aussah, und überall lagen Drähte und Werkzeug. Ich musste aufpassen, nirgendwo draufzutreten.

»Tut mir leid. Wesley räumt prinzipiell nicht auf, und manchmal komme ich einfach nicht hinterher«, sagte er, während wir uns den Weg zum Schreibtisch bahnten. Dort angekommen schuf Isaac etwas Platz, indem er drei Tastaturen aufeinanderstapelte und sie in eines der Regale legte. Dann nahm er vor einem Rechner Platz und schaltete ihn ein.

»Dawn meinte, du arbeitest hier jeden Tag«, sagte ich und setzte mich auf den Stuhl neben seinem, meinen Rucksack auf dem Schoß.

»Unter der Woche, ja. Am Wochenende helfe ich bei meinen Eltern aus, wenn Wesley mich nicht für eine Doppelschicht einträgt.«

Und ich dachte, meine drei Schichten im Steakhouse wären viel. »Sieben Tage die Woche und dann noch die ganzen Vorlesungen – das ist ein ganz schönes Pensum.«

»Es ist machbar und finanziert mir mein Studium«, sagte er leichthin.

»Du finanzierst dein Studium selbst?«, fragte ich überrascht.

Isaac sah mich an, diesmal mit einem sehr ernsten Ausdruck in den Augen. »Ich habe vier Geschwister, und meine Eltern führen eine große Farm.«

Er machte nicht den Eindruck, als würde er wollen, dass ich weiter nachhakte. Dabei hätte ich nichts lieber als das getan. Ich kannte niemanden, der sich allein durch das Studium bringen musste. Selbst ich wurde von meiner Schwester unterstützt. Aber Isaac war sowieso anders als alle Menschen, die ich je zuvor in meinem Leben kennengelernt hatte.

Ich musste ihn ein bisschen zu intensiv angestarrt haben, denn nach ein paar Sekunden wandte er den Blick mit roten Wangen ab und rückte die Tastatur zurecht, obwohl das eigentlich nicht nötig war.

»Magst du mir deinen Laptop geben?«, fragte er unvermittelt.

Ich nickte und öffnete die Schlaufe meines ramponierten Rucksacks. Ich hatte ihn – wie so vieles, das ich besaß – in einem Secondhandladen ergattert, und allmählich machte sich das bemerkbar. Mit festem Griff zog ich meinen Laptop heraus und legte ihn vor Isaac auf den Tisch.

Er klappte ihn auf, drehte ihn auf den Kopf, um die Anschlüsse begutachten zu können, und holte dann aus einer Schublade im Schreibtisch ein graues Kabel heraus, mit dem er seinen Rechner und meinen Laptop verband. Danach fuhr er ihn hoch. Er machte eine kompliziert aussehende Tastenkombination, und auf seinem Bildschirm erschien ein schwarzes Feld mit lauter grünen Zahlen und Buchstaben.

Ich versuchte, zu verstehen, was er da tat, ließ es aber nach kurzer Zeit wieder bleiben und betrachtete statt des Bildschirms Isaac, der offensichtlich in seinem Element war.

Er tippte auf seiner Tastatur rum und runzelte konzentriert die Stirn. Dieser ernsthafte Ausdruck stand ihm. Generell sah er heute objektiv betrachtet ziemlich gut aus. Seine blonden Haare waren nicht wie sonst an seinen Kopf betoniert, sondern ganz zerzaust und wild. Wahrscheinlich, weil er bei der Arbeit im Lager geschwitzt hatte. Und auch das stinknormale T-Shirt stand ihm gut. Normalerweise war er immer so zugeknöpft. Dabei sollte er meiner Meinung nach viel öfter so etwas anziehen.

»Ist dein Laptop heiß geworden?«, fragte Isaac plötzlich.

Ertappt riss ich meinen Blick von seinen Unterarmen los und nickte schnell. »Ja, aber er ist auch schon drei Jahre alt oder so.«

Er brummte. »Benutzt du ihn viel im Bett?«

»Meistens schon.«

Wieder brummte er. Anscheinend war er nicht sonderlich gesprächig, wenn er arbeitete. Ich blieb still und sah ihm ein paar Minuten weiter zu.

»Ah, da sind sie ja«, murmelte er nach einer Weile.

»WAS?«

Bei meinem Schrei zuckte Isaac zusammen. Er tippte weiter und antwortete, ohne mich anzusehen: »Deine Dateizuordnungstabelle war defekt, und durch einen Hardwaredefekt ist deine Festplatte gecrasht. Ich habe eine File Recovery gestartet und die Festplatte mit dem Filesystem Check geprüft. Es dürfte gleich alles wieder da sein. Allerdings sind deine Dateien jetzt unter Umständen nicht mehr geordnet, sondern im Namen mit Zahlen versehen, die man dann manuell wieder ändern muss.«

»Heißt das, meine Bilder sind wieder da?«, fragte ich ungläubig.

Er nickte. »Yep, nur die Dateibezeichnung ist anders. Ab sofort würde ich die Daten jedes Mal gleich auf einer externen Festplatte sichern. Nicht, dass deine Bilder noch mal verloren gehen. Ich glaube, ich habe hier noch irgendwo eine, die ich dir mitgeben kann«, sagte er, während ich fassungslos zwischen meinem Laptop und ihm hin- und herblickte.

Isaac erhob sich und stieg mit seinen langen Beinen über den Kram, der auf dem Boden verteilt war. Er wühlte eine Weile in einer Kiste, die in einem der Regale stand. Dann reichte er mir einen schwarzen, rechteckigen Block, den ich perplex entgegennahm.

»Wie viel bekommst du?«, fragte ich, während ich die Festplatte zusammen mit meinem Laptop in meinem Rucksack verstaute.

»Das ist okay.«

Ich runzelte zweifelnd die Stirn.

»Im Ernst«, versicherte er mir. »Das sind alles Sachen, die verramscht werden.«

Kopfschüttelnd sah ich ihn an. »Danke, Isaac.«

Er lächelte mit roten Wangen und schob die Brille auf seiner Nase nach oben. »Hab ich gern gemacht.«

kapitel 5

»Oh ja, das magst du.«

Ich widerstand dem Drang, die Augen zu verdrehen. Eigentlich war Topher Culkin richtig gut im Bett. Er wusste, wie er sich bewegen und was er mit seinen Händen tun musste. Nur leider redete er zu viel.

Viel zu viel.

»Das *magst* du, oh ja«, raunte er wieder, dieses Mal direkt in mein Ohr. Wortwörtlich *in* mein Ohr. Er kam so dicht ran, dass sein Atem sich feucht in meiner Ohrmuschel anfühlte. Bäh. Am liebsten hätte ich ihm den Mund zugehalten. Hätte ich das gewusst, hätte ich mehr getrunken.

Ich hob mein Becken an, in der Hoffnung, dass er meinen empfindlichsten Punkt erneut treffen würde. Er stieß hart in mich und … *Jackpot!*

Ich ließ den Kopf in den Nacken fallen und stöhnte laut. Genau das war es.

»Komm schon, Baby«, stöhnte Topher. Er schob eine Hand unter mein Bein und hob mein Knie gegen seine Brust.

»Genau da«, seufzte ich, als er den Punkt erneut traf.

Das Lob bekam ihm gut. Er schob sich wieder und wieder in mich, bis mein Körper anfing zu beben. Ich kratzte mit den Nägeln über Tophers Rücken und spürte förmlich, wie all die Wut, der Frust und die angestaute Energie dieser beschissenen

Woche endlich aus mir herausströmten. In diesem Moment dachte ich an gar nichts. Es war das beste Gefühl der Welt.

»Baby, du bist so verflucht …«

Ich versenkte meine Nägel noch tiefer in Tophers Schulter und brachte ihn damit erfolgreich zum Schweigen.

Er biss die Zähne zusammen, so fest, dass sie knirschten, und die Muskeln in seinem Bauch spannten sich an. Ich drückte den Rücken durch und genoss das Gefühl von seinem Körper auf mir und seiner Härte in mir.

Topher ächzte. Nach einem weiteren, tiefen Stoß erschauerte er. Ich klammerte mich an seinen Schultern fest, während ich fühlte, wie er in mir zuckte.

Atemlos rollte er sich von mir und ließ sich auf den Rücken fallen. Für ein paar Minuten waren nur unsere abgehackten Atemzüge zu hören.

»Das war gut, Baby. Wahnsinnig gut.«

Ich brummte nur. Ich war immer noch wie im Rausch und wehrte mich nicht dagegen, als Topher einen Arm um mich schlang und einschlief.

Am frühen Morgen schlich ich mich aus Tophers Wohnheimzimmer und besorgte mir – und wie immer auch Dawn – auf dem Weg nach Hause Frühstück. Mein Schädel pochte, aber aus Erfahrung wusste ich, dass es nichts war, was ein ausgiebiger Spaziergang, ein großer Smoothie und ein Käse-Bagel nicht wieder gutmachen konnten.

Als ich im Wohnheim ankam, ging es mir schon deutlich besser. Am liebsten wäre ich direkt zu den Duschen gegangen, aber ich musste vorher ein Handtuch und Sachen zum Umziehen aus dem Zimmer holen.

Vor unserer Tür hielt ich kurz inne und lauschte. Das hatte ich mir angewöhnt, nachdem ich Dawn und Spencer einmal in flagranti erwischt hatte – etwas, das ich nicht noch mal erleben wollte. Spencers blasser Hintern tauchte heute noch in meinen Träumen auf – und zwar nicht in den guten.

Zwei Stimmen drangen durch die Tür zu mir durch. Eine war männlich, und auch wenn es sich nicht so anhörte, als wären die beiden mit etwas Anrüchigem beschäftigt, klopfte ich trotzdem zweimal zur Warnung, bevor ich die Tür öffnete.

Dawn saß an ihrem Schreibtisch, allerdings nicht mit Spencer, sondern mit Isaac. Die beiden waren über ihre Schreibblöcke gebeugt und blickten auf, als ich reinkam.

»Lange Nacht?«, fragte Dawn.

Ich zuckte mit den Schultern und reichte ihr die Tüte mit ihrem Frühstück – einem riesigen Schokoladenmuffin. »Hätte ich gewusst, dass du da bist, hätte ich noch einen mitgebracht.«

Isaac sagte nichts, sondern betrachtete mich langsam von oben bis unten. Sein Blick ging von dem tiefen Ausschnitt meines schwarzen Minikleids über die zerrissenen Strumpfhosen zu meinen Boots und wieder hoch zu meinen Haaren, denen man mit Sicherheit ganz genau ansah, was ich in der Nacht zuvor getan hatte.

Isaacs Kiefer spannte sich an. Ich hätte zu gerne gewusst, was er dachte.

»Kein Problem«, sagte Dawn. »Wir teilen einfach und – oh, nein, sorry, Isaac. Du hast Pech gehabt. Sie hat mir meinen Lieblingsmuffin mitgebracht. Danke, Sawyer!«

»Kein Ding«, murmelte ich und ging zu meiner Kommode.

»Nein, wirklich«, sagte Dawn nachdrücklich. »Du bist zu gut zu mir.«

»Schon okay.« Ich öffnete die unterste Schublade und holte Shorts, ein Shirt und frische Unterwäsche heraus.

Dawn wedelte mit dem Muffin in der Luft herum. »Dieser

Muffin ist der Beweis dafür, dass du mich liebst!«, verkündete sie triumphierend.

Ich schnaubte und ging mit meinen Sachen über dem Arm zur Tür. Die Situation war mir unangenehm, und Isaacs wacher Blick, der zwischen mir, Dawn und dem Muffin hin- und herwanderte, machte es nicht besser.

»Ich bin duschen.«

Als ich die Tür hinter mir zuzog, hörte ich Dawn sagen: »Sie *liebt* mich.«

Dawn und Isaac saßen bis zum späten Nachmittag zusammen und lernten. Ich versuchte, so zu tun, als wären sie nicht da, stopfte mir meine Kopfhörer in die Ohren und fing an, die Bilddateien auf meinem Laptop zu sortieren. Es waren mehr als tausend – das Ergebnis von zwei Jahren Fotografiestudium –, und seit Isaac sie aus den Tiefen meiner Festplatte gerettet hatte, war meine komplette Ordnung zerstört. Alle Dateien befanden sich in einem Ordner und waren mit ellenlangen Zahlen- und Buchstabenkombinationen benannt, was bedeutete, dass ich jede einzelne einmal öffnen musste, um herauszufinden, wo sie hingehörte.

Während ich durch die Bilder klickte, wurde mir bewusst, dass ich noch immer keine Ahnung hatte, was ich für mein Abschlussprojekt machen sollte. Von den Campusbildern war Robyn nicht besonders begeistert gewesen, und auch die »Der Morgen danach«-Fotoreihe kam nicht infrage. Mit der Ausstellung war das Projekt für mich abgeschlossen. Außerdem wollte ich, solange ich noch studierte, so viel wie möglich ausprobieren, um später ein breit gefächertes Portfolio vorweisen zu können.

Ich brauchte dringend eine Eingebung. Es musste etwas sein, das zu mir passte, meine Handschrift trug und gleichzeitig interessant für Robyn war. Gerade jetzt, wo sie sich noch mal für mich eingesetzt hatte und meine Bilder ausstellte, wollte ich sie nicht enttäuschen.

Ich browste durchs Netz und ließ mich auf meinen Lieblingsseiten inspirieren. Ich erstellte ein Moodboard, auf das ich alles schob, was mich halbwegs ansprach, aber der Funke wollte einfach nicht überspringen. Irgendwann stöhnte ich frustriert auf und ließ meine Stirn auf den Laptop sinken.

»Geht mir genauso, Sawyer«, meinte Dawn und gähnte ausgiebig.

»Ich könnte auch eine Pause vertragen«, stimmte Isaac zu.

»Wollen wir was bestellen?«, fragte meine Mitbewohnerin.

»Von mir aus gern«, meinte Isaac. Er blickte kurz zu mir und sah dann sofort wieder auf seine Notizen.

»Was ist mit dir, Sawyer?«, fragte Dawn.

Ich nickte und streckte die Arme über meinem Kopf aus.

Wenig später saßen wir um meinen runden Tisch, vor uns so viel asiatisches Essen ausgebreitet, dass davon wahrscheinlich eine Großfamilie satt geworden wäre. Es war schön, zur Abwechslung mal nicht in der Mensa zu essen, allerdings ein Luxus, den ich mir nicht häufig leisten konnte.

»Was hat Madison eigentlich gesagt?«, fragte Dawn und fischte sich eine Frühlingsrolle aus einer der kleinen Pappschachteln.

Isaacs Rolle fiel währenddessen mit einem Plumps auf den Tisch. Mit geröteten Wangen hob er sie auf und schob sie sich ganz in den Mund.

»So schlimm?« Dawns Ausdruck wurde mitfühlend.

»Pflimmer«, antwortete er mit vollem Mund.

Ich nahm eine große Gabel Nudeln und starrte beharrlich auf meinen Teller.

»Wieso schlimmer?«, hakte Dawn nach.

Isaac rutschte auf seinem Stuhl hin und her und stieß dabei mit seinen langen Beinen so heftig gegen den Tisch, dass eine Schachtel umfiel. Ich stellte sie wieder auf und sah Isaac an. Es war offensichtlich, dass ihm Dawns Fragerei unangenehm war. Aber sie ließ nicht nach. In dieser Hinsicht war sie wie ein Terrier. Sie biss sich fest und ließ erst wieder los, wenn sie wusste, was sie wissen wollte.

»Wieso guckst du so, als hätte sie dich verprügelt?«, fragte sie weiter. Ihre Augen wurden groß. »Sie hat doch Ja gesagt, oder nicht?«

Isaac schüttelte den Kopf. Er hatte noch immer die Frühlingsrolle im Mund und fing erst jetzt langsam an zu kauen. Anscheinend hatte er nicht vor, seine Antwort weiter auszuführen. Stattdessen starrte er auf die Serviette, die neben seinem Teller lag, und begann, sie in ihre Einzelteile zu zerrupfen. Aber Dawn wandte ihren Blick nicht von ihm ab, und schließlich knickte er mit einem Seufzen ein.

»Sie hat mir einen Korb gegeben«, sagte er zu seinem Teller.

»Was? Wieso das denn?«, fragte Dawn empört.

Wieder rückte Isaac so komisch auf dem Stuhl herum. Diesmal hob ich die Pappschachtel nicht auf, als sie umfiel.

»Sie hat … einfach kein Interesse.«

Ich nahm die letzte Frühlingsrolle und dippte sie in die Chilisauce. Dawns Pech, wenn sie sich lieber über Isaacs Datingversuche unterhalten wollte.

»Aber warum denn nicht? Du bist ein lieber Kerl und total attraktiv, außerdem …«

Dawn kam nicht weiter, weil Isaac sich nämlich verschluckte, als sie ihn als attraktiv bezeichnete.

Ich konnte es Madison nicht verübeln, dass sie kein Interesse hatte. Um einen Typen, der so wenig Selbstbewusstsein hatte, würde ich auch einen großen Bogen machen. Egal, wie nett er auch sein mochte.

»Ich war mir so sicher, dass ihr euch gut verstehen würdet«, murmelte Dawn und stützte das Kinn auf einer Hand ab. Mit der anderen nahm sie wieder ihre Gabel und stocherte gedankenverloren in ihren Nudeln herum.

»Nimm's mir nicht übel, Dawn, aber ich möchte nicht mehr von dir verkuppelt werden. Das ist schon das zweite Mädchen, das mich mitleidig angesehen und mir einen Korb gegeben hat, und langsam habe ich keine Lust mehr, mich zum Affen zu machen«, sagte Isaac und tauschte seine Stäbchen gegen eine Plastikgabel.

»Du bist einfach zu nett«, hörte ich mich plötzlich selbst sagen.

Dawn und Isaac sahen mich beide fassungslos an. Innerlich verdrehte ich die Augen. Warum hatte ich nicht meinen Mund gehalten?

»Ist die Wahrheit«, sagte ich schulterzuckend. »Die Mädchen, mit denen Dawn versucht, dich zu verkuppeln, sind wahrscheinlich nicht an den netten Kerlen von nebenan interessiert.«

»Du weißt doch gar nicht, mit wem ich ihn alles verkuppeln will«, sagte meine Freundin vorwurfsvoll.

Ich hob eine Braue. »Grace. Madison. Everly.«

Isaac gab ein ersticktes Geräusch von sich.

Ich warf den beiden einen herausfordernden Blick zu.

»Wehe, du antwortest ihr«, knurrte Dawn.

»Aber sie hat recht.«

»Ich habe einen siebten Sinn, wenn es um so was geht.« Ich schob ein paar weitere Nudeln in meinen Mund.

»Ist es nicht normalerweise der sechste Sinn?«

»Frag nicht«, murrte Dawn. Sie stützte das Kinn auf ihre zierlichen Hände. »Was habe ich falsch gemacht?«

»Gar nichts«, sagte ich, nachdem ich heruntergeschluckt hatte. Dann deutete ich mit meiner Gabel auf Isaac. »Du bist einfach zu nett.«

»Hör nicht auf sie. Deine Traumfrau ist irgendwo da draußen und wartet nur auf dich«, ging Dawn dazwischen, doch Isaac ignorierte sie und drehte stattdessen seinen Stuhl ein Stück mehr in meine Richtung.

»Heißt das, ich muss mich wie ein Rüpel benehmen, um ein Date zu bekommen?«, fragte er.

Wie ein Rüpel benehmen. Innerlich verdrehte ich die Augen. Nur Isaac würde auf die Idee kommen, sich so auszudrücken, um das Wort »Arschloch« zu vermeiden.

Ich hob abwägend die Schultern. »Kommt drauf an. Was genau suchst du denn?«

Er biss sich auf die Unterlippe. »Ehrlich gesagt ist es mir mittlerweile egal. Ein einziges Date zu bekommen, wäre schon ein echter Fortschritt.« Seine Wangen waren inzwischen dunkelrot, aber er sah mich unbeirrt an.

»Dann solltest du dringend ein bisschen selbstbewusster werden«, sagte ich. »Und vielleicht was an deinem Look ändern.«

»Was ist verkehrt an meinem Look?«, fragte er und klang dabei ernsthaft interessiert.

Ich zuckte mit den Schultern. »Eigentlich nichts. Wenn man auf deinen nerdigen, superkorrekten Stil steht. Ich meine, bei dir ist ja kein Haar an der falschen Stelle. Bestimmt gibt es Mädels, die das heiß finden, aber die meisten fühlen sich davon wahrscheinlich im ersten Moment etwas eingeschüchtert.«

»Hm.« Isaac blickte an seinem Hemd hinab und fingerte gedankenverloren an der Fliege an seinem Kragen herum. Heute war sie türkis.

»Ich könnte dich innerhalb eines Monats zu einem Bad Boy

machen, der an jedem Arm ein Mädchen hängen hat«, sagte ich leichthin.

»Meinst du?«, fragte er.

Ich nickte. »Ziemlich sicher, ja. Ich meine, die Grundvoraussetzungen bringst du mit.«

Ein Lächeln breitete sich auf seinem Gesicht aus.

Und da klickte es.

Ich hatte ein Bild vor Augen. Nein, es waren zwei. Eines von Isaac, wie er jetzt aussah – mit Brille, Fliege und akribisch gestylter Frisur. Und eines in Schwarz-Weiß, das einen vollkommen anderen Isaac zeigte – einen Isaac mit zerzausten Haaren, der locker und selbstbewusst wirkte und ein Mädchen im Arm hielt. Oder zwei.

Vorher und nachher.

Die Transformation des Isaac Grant.

Es wäre das perfekte Thema für meine Abschlussarbeit.

»Wieso starrt ihr euch so an?«, fragte Dawn.

»Ich schlage dir einen Deal vor«, fing ich an.

»Ich höre.«

Ich beugte mich vor, die Unterarme auf meine Knie gestützt, und sah ihm direkt in die Augen. »Ich mache einen Bad Boy aus dir und helfe dir, ein Date mit dem Mädchen deiner Wahl zu bekommen. Im Gegenzug halte ich alles auf Fotos fest und mache daraus mein Abschlussprojekt.«

Eine Weile lang studierte er konzentriert mein Gesicht, so als würde er nach versteckten Absichten suchen. »Meinst du das ernst?«, fragte er schließlich.

»Isaac, du brauchst dich für niemanden verändern, nur damit du …« Aus dem Augenwinkel sah ich, dass Dawn merkwürdige Bewegungen mit ihren Händen machte, doch ich konnte meinen Blick nicht von Isaacs braun-grünen Augen losreißen.

»Was, wenn ich mich verändern *will?*«, fragte er leise.

Die Frage war an Dawn gerichtet – aber ich war diejenige, die antwortete.

»Ich würde sagen, dann haben wir einen Deal.«

Ich streckte meine Hand aus. Einen Wimpernschlag später schlug er ein. Ich erinnerte mich daran, dass es nicht einmal eine Woche her war, dass wir Hände geschüttelt hatten und seine Haut vor Nervosität kalt und klebrig gewesen war. Jetzt fühlte sie sich angenehm warm an, und ich strich mit dem Daumen kurz darüber.

In Isaacs Augen flackerte etwas auf.

Wir werden so viel Spaß miteinander haben, Isaac Theodore.

Dawn stöhnte gequält auf. »Oh Gott, was habe ich nur angerichtet.«

kapitel 6

»Guck nicht mich an. Tu einfach so, als wäre ich nicht da«, sagte ich konzentriert. Ich machte einen Schritt auf Isaac zu und ging vor ihm in die Hocke. Eigentlich hätte ich für diese Bilder einen Assistenten gebraucht, jemanden, der mir mit dem Licht half und aufpasste, dass sich nichts in Isaacs Brille spiegelte. Aber es würde auch so klappen.

Zumindest solange Isaac seine Aufregung in den Griff bekam.

»Du machst mich nervös«, gab er zurück, und schon wieder zuckte sein Blick zu mir und genau in die Kamera.

»Schau auf deinen Bildschirm«, sagte ich.

Er seufzte, tat aber, was ich sagte.

Zwar war die Idee hinter dieser Fotosession, Isaac so zu zeigen, wie er vor seiner Transformation war – schüchtern, unbeholfen, verkrampft. Aber die Bilder sollten natürlich wirken und alltäglich. Wie Schnappschüsse eben. Sie sollten nicht »Ich-bin-so-aufgeregt-weil-Sawyer-mich-fotografiert-Hilfe!« schreien.

Erneut drückte ich den Auslöser. Isaac zuckte zusammen.

»Okay, so wird das nichts«, murmelte ich. Ich nahm die Kamera runter und trat um den Schreibtisch zu ihm.

Isaac war vor Schreck fast vom Stuhl gefallen, als ich heute Nachmittag bei seiner Arbeit aufgetaucht war und die Kamera auf ihn gerichtet hatte. Sein Chef hatte in der TV-Abteilung wieder einen Film geschaut und nicht gemerkt, wie ich mich an ihm vorbei in die Werkstatt geschlichen hatte. Ich hatte Isaac unbedingt überraschen und mein Kommen nicht ankündigen wollen. Wenn er sich stundenlang im Voraus Gedanken gemacht hätte, wäre er jetzt wahrscheinlich noch steifer gewesen. Wobei ich eigentlich bezweifelte, dass das überhaupt möglich war.

Vielleicht war er aber auch einfach immer noch erstaunt, dass ich es mit unserem Deal tatsächlich ernst gemeint hatte.

»Ich hätte dich vorwarnen sollen. Ich bin überhaupt nicht fotogen«, murmelte er.

»Das stimmt nicht«, sagte ich und beugte mich an ihm vorbei, um den Rechner einzuschalten. »Gibt es nicht irgendetwas, das du an diesem Computer zu erledigen hast?«

Er zuckte unbeholfen mit den Schultern.

Ich sah mich im Raum um. Dann ging ich zum Fenster und versuchte, die schweren braunen Vorhänge, die davor hingen, ein Stück weiter aufzuziehen. Eine Wolke Staub kam mir entgegen, und ich hustete.

»Ich habe ewig nicht mehr sauber gemacht. Sorry.« Isaac kam zu mir und zog die Vorhänge ganz auf.

»Bist du auch noch Wesleys hauseigene Putzkraft?«, krächzte ich.

Er reichte mir seine Wasserflasche. »Manchmal.«

Ich nahm einen Schluck und stellte die Flasche zurück auf den Schreibtisch. »Er beutet dich aus.«

Isaac zuckte wieder nur mit den Schultern. »Und wenn schon. Geld ist Geld.«

»Du könntest sicher einen anderen Job finden«, versuchte ich erneut, aber er drehte sich um und setzte sich wieder auf den Schreibtischstuhl.

»Ich könnte die Liste hier digitalisieren«, schlug er vor und hielt ein Blatt in die Höhe, auf dem lauter Zahlen standen.

Ich ließ ihm den Themawechsel durchgehen. »Super. Es wirkt realistischer, wenn du dich beschäftigst.« Ich trat ein paar Schritte zurück und hob die Kamera wieder vor mein Gesicht, während Isaac anfing zu tippen. Ich betrachtete ihn durch die Linse, ging ein Stück in die Knie und drückte den Auslöser. Das aufgeregte Kribbeln kroch über meine Haut, das mir immer verriet, dass ein Bild gut geworden war.

»Sehr schön«, murmelte ich.

Ich fokussierte Isaacs Gesicht. Er blickte konzentriert auf den Bildschirm und ließ sich nicht von mir ablenken. Ich nahm mir fest vor, ihm ab sofort immer etwas zu tun zu geben, wenn ich ihn fotografierte.

Ich machte einen Schritt zur Seite, um das Regal im Hintergrund ganz mit draufzubekommen – und blieb mit meinem Fuß in einem Kabel hängen. Ich verlor das Gleichgewicht und stürzte zu Boden. In letzter Sekunde gelang es mir, meine Arme schützend um meine Kamera zu legen.

»Shit, Sawyer!« Isaac sprang vom Stuhl und ging neben mir in die Hocke. Vorsichtig berührte er meinen Arm. »Alles in Ordnung?«

Benommen nickte ich. Noch immer auf dem Boden liegend, drückte ich auf das kleine grüne Dreieck auf der Rückseite meiner Kamera, mit dem man die letzte Aufnahme aufrief. Grinsend setzte ich mich und zeigte sie Isaac.

»Das war es wert.«

Er betrachtete das Bild. Mehrmals blinzelte er. »Ich sehe gut aus«, sagte er verdutzt.

»Warte erst, bis ich mit dir fertig bin«, gab ich schmunzelnd zurück.

Seine Wangen wurden rosa.

Auch das würde ich mit der Kamera einfangen.
Irgendwann.

»Du siehst aus, als würde ich dich foltern«, sagte ich. Der Auslöser der Kamera klickte.

Isaac presste die Lippen fest aufeinander. Sein Kehlkopf hüpfte nervös, als er schluckte. »Die Leute starren uns an.«

Ich nahm die Kamera vom Gesicht und blickte mich um. Kaum jemand sah in unsere Richtung. »Wir brauchen ein paar Bilder von dir auf dem Campus. Außerdem guckt kein Mensch hierher.«

Isaac seufzte. Dann schüttelte er seine Hände aus. »Okay. Neuer Versuch.«

Ich hob die Linse wieder vor mein Gesicht. »Lehn dich gegen die Wand«, leitete ich ihn an. Ich trat die wenigen Schritte zu ihm und hob seine Hände ein Stück an, um das Buch, das er hielt, in den richtigen Winkel zu bringen. »Und jetzt bleib genau so. Es soll natürlich wirken.«

Isaac hob skeptisch die Augenbrauen. »Ich habe noch nie in meinem Leben an einer Wand gelehnt und ein Buch gelesen. Es fühlt sich nicht sehr natürlich an.«

»Stell dich nicht so an. Die Bilder werden super.«

Da Isaac bei *Wesley's* seine Arbeitsuniform getragen hatte, hatte ich ihn dazu überredet, mich heute noch mal hier zu treffen, damit ich ein paar Bilder von seinem Vorher-Style machen konnte. Ich hatte ihn im Vorfeld gebeten, sich so wie immer anzuziehen, was nach seiner Definition ein Hemd mit Krawatte, darüber ein Pullover mit V-Ausschnitt, eine dunkelblaue Chinohose und Derbyschuhe bedeutete.

Ich hatte mein Augenrollen nur mit Mühe unterdrücken können. Und ich blieb bei meiner Meinung: Isaac sah nicht aus wie ein Farmer. Er sah nicht mal aus wie ein Student. Er sah aus wie Isaac Theodore Grant, der dritte, Lord von Blablabla. Ich konnte es kaum erwarten, Zugang zu seinem Kleiderschrank zu bekommen und einmal gründlich auszumisten.

Er ließ seinen Blick erneut über den Vorplatz der Universität wandern. Es war egal, dass das bereits der dritte Ort war, an dem wir versuchten, vernünftige Bilder zu machen – er war noch immer viel zu nervös und unsicher. Dabei war das Licht hier wirklich wunderschön. Es wäre eine Schande, das nicht auszunutzen. Ich beschloss, Isaac keine Anweisungen mehr zu geben und einfach zu schießen.

»Wow«, murmelte ich nach ein paar Minuten und drückte ein letztes Mal auf den Auslöser. »Gar nicht so schlecht.«

»Sind wir fertig?«, fragte er hoffnungsvoll.

»Gott, du bist schlimmer als Dawn.« Ich klickte mich durch die Bilder. Die Perfektionistin in mir sah sofort Tausende Dinge, die ich hätte besser machen können, aber alles in allem konnte sich das Ergebnis sehen lassen. Isaac Grant, wie er leibt und lebt. Genau das, was ich wollte.

»Heute Abend steht noch, oder?«, fragte ich, während ich meine Kamera vorsichtig in meinem Rucksack verpackte.

»Ja.«

»Soll ich uns was zu essen mitbringen?«, fragte ich.

Isaac schüttelte den Kopf. »Der Onkel meines Mitbewohners hat ein Restaurant in der Stadt, und wir bekommen täglich Reste, die für zwanzig Personen reichen. Also komm gerne hungrig.« Er sah auf seine Uhr. »Ich muss los.« Er schulterte seine Ledertasche und hob dann unbeholfen die Hand. »Bis später.«

Ich nickte ihm zu und machte mich dann selbst auf den Weg nach Hause. Ich hatte noch eine Hausaufgabe, die ich für *Technische Verfahren und Prozesse* erledigen musste, und auch wenn sich meine Motivation in Grenzen hielt – ich konnte es nicht ewig hinauszögern.

Doch als ich zurück ins Wohnheim kam, wäre ich am liebsten sofort wieder umgedreht. Aus unserem Zimmer drang nicht nur Dawns, sondern noch eine weitere weibliche Stimme in den Flur. In den allermeisten Fällen bedeutete das, dass Allie zu Besuch war. Die Stimmung zwischen uns war nach wie vor merkwürdig – was wahrscheinlich normal war, wenn man eine Vergangenheit hatte wie wir beide. Trotzdem musste ich dem Drang, wegzulaufen, mit aller Macht widerstehen.

Ich sah nicht auf, als ich in den Raum trat, und schloss geräuschlos die Tür hinter mir.

»Hallo, Schwesterherz!«

Ich erstarrte und fuhr herum.

Neben Dawn auf meinem Bett saß meine Schwester Riley.

In der nächsten Sekunde tat ich etwas, das ziemlich untypisch für mich war: Ich stieß ein lautes Kreischen aus.

In einem Satz sprang ich auf meine Schwester zu und fiel ihr um den Hals. Gemeinsam taumelten wir auf dem Bett nach hinten, ein Knäuel aus Armen, Beinen und Haaren. Nur halb nahm ich wahr, dass Dawn sich kichernd erhob und in ihre Zimmerhälfte ging.

Es dauerte eine Weile, bis ich es über mich brachte, Riley wieder loszulassen. »Lila. Gefällt mir«, sagte ich und nahm ein paar ihrer welligen Haarspitzen zwischen meine Finger.

»Hellblond«, gab sie zurück und imitierte meine Bewegung. »Langweilerin.«

»Ich mag meine Haare«, sagte ich und streckte ihr die Zunge raus.

»Du hast mir gefehlt.« Noch einmal nahm Riley mich in den Arm.

»Was zum Teufel machst du hier?«, fragte ich.

Riley wohnte noch immer in Renton, einer Stadt knapp viereinhalb Stunden von Woodshill entfernt. Wir waren beide dort aufgewachsen und hatten dort die Hölle auf Erden erlebt. Ich hatte nie verstanden, wie sie hatte bleiben können – ich brachte es kaum über mich, mich für die Dauer eines kurzen Besuchs dort aufzuhalten.

Was wahrscheinlich auch der Grund war, warum wir immer telefonierten, uns aber nur selten sahen.

»Du hast am Montag gar nicht gesagt, dass du vorbeikommst.«

»Es gibt Neuigkeiten, die ich meiner kleinen Schwester persönlich mitteilen wollte, und nicht übers Telefon«, sagte sie.

Sie grinste mich an, und ich wurde daran erinnert, wie ähnlich sie unserem Vater sah – im Gegensatz zu mir. Ich war mehr oder weniger das Ebenbild meiner Mutter. Was unseren Kleidungsstil und unsere Liebe für Tattoos und auffälliges Make-up anging, waren Riley und ich allerdings schon immer wie Zwillinge gewesen. Das hatte sich bis heute nicht geändert.

Ich war so beschäftigt damit, Rileys Anblick in mich aufzunehmen, dass ich erst gar nicht bemerkte, dass sie mit ihrer linken Hand vor meinem Gesicht herumfuchtelte. Ein Funkeln ließ mich innehalten.

Dann erstarrte ich. An ihrem Ringfinger steckte ein Platinring mit einem schwarzen Diamanten.

»Morgan hat mir gestern Abend einen Antrag gemacht.« Riley strahlte mich an.

Mein Mund klappte auf.

Und gleichzeitig sank mir das Herz in die Hose.

»Sawyer? Ich gehe rüber zu Spence«, sagte Dawn vom anderen Ende des Raumes. »Herzlichen Glückwunsch, Riley.«

Ich konnte den Blick nicht von Rileys Hand losreißen, also nickte ich nur, ohne aufzusehen.

»Herzlichen Glückwunsch«, wiederholte ich Dawns Worte

mit rauer Stimme und spürte, wie sich dabei meine Brust zusammenzog.

Riley war alles, was ich hatte. Sie war der einzige Mensch auf dieser Welt, der mich kannte und mich verstand. Der wusste, warum ich so war, wie ich war. Dem ich vertraute.

Ohne Riley war ich vollkommen allein.

Ich merkte, wie die Panik in mir hochkroch und sich an die Oberfläche kämpfte.

Ich musste das Thema wechseln. Schnell.

Ich räusperte mich. »Ich habe endlich ein Abschlussprojekt gefunden.« Mit einem künstlichen Grinsen auf dem Gesicht blickte ich wieder zu ihr auf.

Riley runzelte verwirrt die Stirn. Ich sah die Enttäuschung in ihren Augen, aber ich sprach einfach weiter. »Da ist dieser Kerl, der ist ein totaler Nerd und schafft es einfach nicht, ein Date zu bekommen. Ich werde ihn zum Aufreißer machen und daraus eine Fotoreihe zusammenstellen. Oh, und habe ich schon erzählt, dass Robyn meine ›Morgen danach‹-Reihe ausgestellt hat?«

Einen Moment lang sah Riley mich schweigend an. Dann schloss sie kurz die Augen, schluckte schwer und holte Luft. »Nein, hast du nicht. Das ist wirklich toll.« Ihr Grinsen war mindestens genauso künstlich wie meins.

»Die Bilder hängen jetzt bis nächste Woche im Flur«, erzählte ich weiter in dem verzweifelten Versuch, diesen unangenehmen Moment hinter mich zu bringen und die Stille zwischen uns zu füllen.

Meine Schwester würde bald ihre eigene Familie haben. Eine, von der ich kein Teil sein würde.

»Das ist super.«

»Ja.« Ich räusperte mich und spielte an der Ecke eines meiner Kissen herum. »Wie ist es in der Tierklinik?«

»Toll, wie immer.«

»Dann läuft ja alles super«, murmelte ich.

»Ja.«

Unwillkürlich berührte ich das Medaillon, das an einer Kette um meinem Hals hing. Es anzufassen löste in mir jedes Mal ein vertrautes Gefühl aus, das sich wie Zuhause anfühlte. Es beruhigte mich. Rileys Blick glitt zu meiner Hand, und sie schluckte schwer.

»Was würden Mom und Dad wohl sagen?«, fragte sie kaum hörbar, so, als hätte sie die Frage an sich selbst gerichtet.

Ich hatte darauf keine Antwort.

Riley fuhr am frühen Abend wieder zurück, weil sie zur Frühschicht in der Tierklinik sein musste. Wir hatten das Thema ihrer Verlobung für den Rest des Nachmittags konsequent ausgeklammert, auch wenn es wie ein riesiger Elefant die gesamte Zeit im Raum gestanden hatte. Ein paarmal war es still zwischen uns geworden, und Riley hatte so ausgesehen, als wollte sie etwas sagen, doch dann hatte ich die Pause schnell mit irgendwas Belanglosem gefüllt.

Nachdem sie sich schließlich verabschiedet hatte, hatte ich eine Weile auf meinem Bett gelegen und die Decke angestarrt. Ich hatte versucht, an nichts zu denken. Und vor allem nichts zu fühlen. Doch meine Gedanken hatten sich überschlagen, und von einer Sekunde auf die andere hatte ich das Gefühl, keine Luft mehr zu bekommen.

Daraufhin hatte ich mir meine Kamera geschnappt und war nach draußen gegangen. In der Natur von Woodshill konnte ich mich immer gut ablenken. Isaac hatte mir seine Adresse aufs Handy geschickt, und der Weg dorthin würde nur zwanzig Minuten dauern, also ließ ich mir Zeit und versuchte, meinen Kopf frei zu bekommen und mich zu beruhigen.

Ich wollte mich für Riley freuen. Wirklich. Mir war nichts wichtiger, als dass es ihr gut ging und sie glücklich war. Aber die Vorstellung, sie nicht mehr für mich zu haben und sie an jemanden anderen zu verlieren – es tat einfach weh.

Riley und ich hatten eine schreckliche Kindheit und Jugend gehabt. Ich hatte immer geglaubt, dass wir durch das, was uns widerfahren war, eng miteinander verbunden waren und einander besser verstanden als jeder andere. Aber plötzlich fühlte es sich so an, als wäre da eine riesige Distanz zwischen uns. Eine Distanz, die ich nicht würde überbrücken können, weil ihr Leben von einem Tag auf den anderen völlig anders war als meins. An den Punkt, an dem sie sich jetzt befand, würde ich niemals kommen. Jemandem vertrauen, jemanden lieben. Jemanden so nah an sich heranlassen, dass man alles miteinander teilte. Und dass man sich versprach, den Rest des Lebens miteinander zu verbringen. Das würde ich niemals können. Da war ich mir vollkommen sicher.

Ich führte keine Beziehungen. Das Einzige, was ich zuließ und verstand, war Sex – mehr nicht. Dass ich so war, war mir bisher nie unnormal vorgekommen, weil Riley es auch immer so gemacht hatte. Selbst als sie vor mehr als drei Jahren Morgan kennengelernt hatte, hatte sie mir erzählt, dass es ihr schwerfiel, sich ihm gegenüber zu öffnen, und dass sie nicht glaubte, für etwas Festes gemacht zu sein.

Dass sich das geändert hatte, war völlig unbemerkt an mir vorbeigegangen. Oder ich hatte es vielleicht einfach nicht wahrhaben wollen.

Jetzt war sie verlobt. Sie würde tatsächlich heiraten und mit Morgan eine Familie gründen. Und ich würde für immer die kleine verrückte Schwester bleiben, die nichts auf die Reihe bekam und nur für Ärger sorgte. Genau wie früher.

Am liebsten wäre ich umgedreht und zu meiner Stammkneipe gegangen, wo der Besitzer wusste, dass ich noch keine einundzwanzig war, mir aber trotzdem jeden Alkohol ausschenkte, den ich haben wollte. Doch als ich um die Ecke bog, ragte Isaacs Wohnblock vor mir auf, und ich verdrängte den Impuls. Ich hatte ein Projekt, an dem ich arbeiten musste, und Ablenkung würde mir jetzt guttun.

Ich drückte auf die Klingel, auf der Isaacs Name und noch ein weiterer standen. Der Öffner summte wenig später, und ich ging die Treppe nach oben. Im ersten Stock wurde auf der linken Seite die Tür geöffnet, und ein gut aussehender schwarzhaariger Kerl mit Bart streckte den Kopf in den Flur.

»Du musst Sawyer sein«, meinte er und zog die Tür ganz auf. Dann reichte er mir die Hand. »Grant ist noch nicht wieder da, aber komm ruhig schon mal rein. Ich bin Gian.«

»Hi.« Ich ergriff seine Hand.

Im Gegensatz zu Isaac sah Gian mit seinem T-Shirt und der Jeans auf den ersten Blick geradezu normal aus. Doch als ich an ihm vorbei und in die Wohnung der beiden trat, war mir schlagartig klar, dass er mindestens ein genauso großer Nerd wie Isaac sein musste, wenn er hier lebte. Mal abgesehen von der Fußmatte, auf der »Willkommen Muggle« stand, hingen im kleinen Flur zwei gerahmte Plakate von *The Legend of Zelda.* Im angrenzenden Wohnzimmer waren unzählige originalverpackte Actionfiguren in einem hohen Holzregal drapiert, und in der hintersten Ecke des Zimmers stand eine lebensgroße Figur von Darth Vader, der einen Arm um eine Pappversion von Bilbo Beutlin gelegt hatte.

Gian deutete auf einen gemütlich aussehenden Sitzsack, der neben dem Sofa stand und die Form eines dicken, türkisfarbenen Pokémons hatte. »Mach es dir doch schon mal auf Relaxo bequem. Möchtest du was trinken?«

»Ja, danke.« Zögerlich setzte ich mich und schaffte es nur

gerade so, einen überraschten Laut zu unterdrücken. Es fühlte sich an, als würde ich von einem riesigen Marshmallow verschluckt werden. Herrlich.

»Eigentlich sollte Isaac schon vor zweieinhalb Stunden wieder hier sein«, meinte Gian, während er mir eine Dose Cola hinstellte und sich dann auf das große braune Sofa fallen ließ. Er streckte die Beine aus und überkreuzte sie auf dem Wohnzimmertisch.

»Sein Chef lässt ihn bestimmt Überstunden machen. Dieses Arschloch«, meinte ich.

Gian nickte kräftig. »Genau! Ich sag ihm schon seit Wochen, dass er kündigen soll.«

Sich mit Gian zu unterhalten, war überraschend leicht. Er hatte keine Berührungsängste und plapperte einfach drauflos, was wahrscheinlich daran lag, dass er weder von mir eingeschüchtert war, noch vorhatte, mich ins Bett zu kriegen – die beiden Reaktionen, die ich normalerweise in Männern hervorrief, wenn sie mir zum ersten Mal begegneten. Er erzählte mir, warum er zum Studieren nach Woodshill gekommen war – wegen seiner Exfreundin Regina –, wie er Isaac kennenglernt hatte – über seine Exfreundin Regina – und wie er und Isaac zusammen in dieser Wohnung gelandet waren – wegen seiner Exfreundin Regina. Mit ihr hatte Gian zuerst hier gelebt, allerdings hatte sie ihn vor einiger Zeit wohl übel abserviert. So oft, wie Gian ihren Namen sagte, ging ich davon aus, dass er noch weit davon entfernt war, über sie hinweg zu sein.

Als Isaac nach einer Stunde noch immer nicht zurück war, wärmte Gian die Lasagne auf, die er vom Restaurant seines Onkels mitgebracht hatte, und brachte mir einen Teller. Dazu bekam ich ein großes Glas Rotwein, das ich dankend entgegennahm.

Die Haustür öffnete sich, als wir gerade aufgegessen hatten. Wir hörten Isaac kurz im Flur hantieren, dann kam er ins Wohnzimmer. Obwohl ich ihn noch nicht lange kannte, merkte ich sofort, dass etwas nicht stimmte. Ohne uns eines Blickes zu würdigen, stapfte er an uns vorbei nach hinten in sein Zimmer. Es schepperte laut, und er fluchte. Dann fiel die Tür ins Schloss.

Gian und ich sahen einander an.

»Alles in Ordnung, Bro?«, rief Gian.

Es kam keine Antwort.

Ich kämpfte mich aus dem Relaxo-Sitzsack, stellte mein Weinglas auf dem Tisch ab und durchquerte das Wohnzimmer. Ich klopfte vorsichtig an Isaacs Tür. Er antwortete nicht, aber ich öffnete sie dennoch einen Spaltbreit.

Isaac saß mit gesenktem Kopf auf seinem Bett. Er trug seine Arbeitskleidung und hielt in einer Hand seine Brille. Mit der anderen rieb er sich die Nasenwurzel.

»Wesley hat mich rausgeworfen.« Er sprach leise.

»Fuck«, zischte ich und betrat das Zimmer ganz. Es war minimalistisch eingerichtet und genauso sauber und aufgeräumt wie Isaac selbst. Nur vor dem Bett lagen auf dem Boden ein paar Stifte, ein Ordner und Blätter, die Isaac wahrscheinlich vom Schreibtisch gefegt hatte. Ich machte einen großen Schritt darüber und setzte mich zaghaft neben ihn.

»Er hat mir gekündigt. Von jetzt auf gleich. Weil er jemanden gefunden hat, der die Arbeit für weniger Geld macht und noch mehr Stunden in der Woche übernimmt.«

»So ein Arschloch«, knurrte ich.

Isaac zuckte nur resigniert mit den Schultern.

Ich hob eine Hand, um sie ihm auf die Schulter zu legen, überlegte es mir in letzter Sekunde aber anders und ließ sie wieder in meinen Schoß fallen. Wo war Dawn, wenn man sie brauchte? Sie wusste immer, welche Worte in solchen Situationen die richtigen waren. Ich hingegen hatte keinen blassen Schimmer, was eine angemessene Reaktion war.

Allerdings wusste ich, wie ich mich fühlen würde, wenn Al mir vom einen auf den nächsten Tag gekündigt hätte. Absolut beschissen.

»Scheiß auf den Dreckskerl!«, sagte ich schließlich entschlossen.

Isaac drehte den Kopf zu mir, und in seinen Augen leuchtete es kurz auf. Dann war aber diese niederschmetternde Hoffnungslosigkeit wieder da, sowohl in seinem Blick als auch in seiner Stimme, als er sagte: »Was mache ich jetzt?«

Ich griff nach seinem Arm und sagte das Erste und das Einzige, was mir in diesem Moment einfiel. »Du findest was Besseres. Und bis dahin trinken wir Gians Wein und stopfen uns den Bauch mit Lasagne voll. Okay?«

Isaac sagte eine Weile lang nichts. Doch dann nickte er langsam und stand auf.

kapitel 7

Wenn es etwas gab, worin ich gut war, dann, Probleme erfolgreich zu verdrängen – zumindest für die Dauer eines Abends. Das Zauberwort war Alkohol, und glücklicherweise gab es in diesem Haushalt davon mehr als genug. Nachdem wir zwei Flaschen Rotwein ausgetrunken hatten, zauberte Gian noch eine Flasche Amaretto aus den Tiefen seines Zimmers hervor, die wir ebenfalls zur Hälfte leerten.

Mittlerweile merkte ich den Alkohol ziemlich, was wahrscheinlich der Grund dafür war, warum ich mich gerade mit einem Tweed-Jackett bekleidet durch Isaacs Kleiderschrank wühlte.

Das eigentliche Ziel dieses Abends war gewesen, Isaacs Kleidung auf ein nicht-nerdiges Niveau zu bringen. Als Isaac mich daran erinnert hatte, war Gian der Gedanke gekommen, dass ich die Sachen ja der Reihe nach anprobieren und den beiden vorführen konnte. Wenn etwas für gut befunden wurde, kam es auf den Behalten-Stapel, das, was gar nicht ging, auf den Spenden-Stapel.

Es war mir ein Rätsel, warum ich zugestimmt hatte. Isaacs Kleiderschrank war das Seltsamste, was ich je in meinem Leben gesehen hatte. Abgesehen von fünf Millionen Tweed-Jacketts stieß ich beispielsweise auf eine weiß-rote Kutte, braune Lederharnische, Handstulpen und eine nahezu echt aussehende Klinge. Oder ein grünes Kleid mit passender … Zipfelmütze. Oh Mann.

Etwas ratlos starrte ich auf den Berg von Klamotten und entschied mich schließlich für die Zipfelmütze. Dann trat ich wieder zu den Jungs ins Wohnzimmer. Sie waren gerade dabei, zwei weitere Amaretto-Shots runterzukippen. Gian knallte sein Glas auf den Wohnzimmertisch, und als er mich erblickte, weiteten sich seine Augen erst, bevor er schallend loslachte.

»Das nenne ich mal ein Fashion-Statement!«

Ich hob die Arme in dem mir viel zu großen Jackett. »Isaac, wir müssen dringend über diese Altherrenkleidung reden«, sagte ich.

Er vergrub stöhnend das Gesicht in den Händen.

»Und über die Kostüme«, fügte ich hinzu und deutete vielsagend auf die Zipfelmütze auf meinem Kopf.

Isaac lugte zwischen seinen Fingern hindurch und murmelte irgendetwas Unverständliches.

»Ich hab eine Klingen-Attrappe in deinem Schrank gefunden. Das war ein bisschen gruselig.«

Er ließ langsam die Hände sinken. Seine Augen waren ganz glasig, was mir verriet, dass er den Alkohol mindestens so sehr merkte wie ich. »Die Kostüme ziehe ich im normalen Leben nicht an. Die sind für die *Comic-Con*. Da … verkleiden wir uns.«

Ich hatte keine Ahnung, wovon er sprach. »Ihr verkleidet euch?«

»Cosplay«, half Gian aus und fügte, als er meinen verständnislosen Blick sah, hinzu: »Wir basteln die Kostüme unserer Lieblingscharaktere aus Games oder Filmen nach. So wie Link aus *Zelda* zum Beispiel.« Er nickte zu der Mütze.

Ich zog sie von meinem Kopf und sah sie an. »Die hast du selbst gemacht?«, fragte ich verblüfft.

Isaac nickte. »Ja.«

Ich deutete über meine Schulter in sein Zimmer. »Und die anderen Kostüme, die da drinnen hängen, auch?«

Wieder nickte er.

Gian schnaubte und boxte ihm gegen die Schulter. »Er tut so, als hätte er alles allein gemacht, dabei habe ich geholfen. Bevor er hier eingezogen ist, war er nämlich noch Cosplay-Jungfrau.«

Ich sah zwischen den beiden hin und her.

»Hier, ich habe Fotos«, sagte Gian hilfreich. Er wischte mit dem Finger über sein Handy. »Das war letztes Jahr in San Diego.«

»Ich weiß nicht, ob Sawyer daran so interessiert ist«, murmelte Isaac.

»Bin ich«, sagte ich. Ich ließ mich in die Lücke zwischen den beiden fallen und zog die Beine auf die Couch. Mein Fuß berührte flüchtig Isaacs Oberschenkel, was ihn erstarren und bemüht unauffällig ein Stück von mir wegrücken ließ. Ich unterdrückte ein Seufzen. Wir hatten noch so viel Arbeit vor uns.

Als Gian mir sein Handy vor die Nase hielt, nahm ich es ihm ab und betrachtete das Bild.

Es zeigte Isaac und Gian, die in merkwürdige, aber ziemlich gefährlich aussehende Kutten gehüllt waren und silberne Armschienen trugen, aus denen jeweils eine spitze Klinge hervorragte.

Ich ging näher an das Bild heran. Wie selbstbewusst Isaac aussah. Man erkannte ihn zwar kaum, weil sein halbes Gesicht von der Kapuze verdeckt wurde, aber in einem solchen Aufzug vor die Tür zu gehen, erforderte Selbstbewusstsein. Eine ganze Menge sogar. Es musste also irgendwo in ihm stecken.

»Wir haben uns als Altaïr Ibn-La'Ahad und Ezio Auditore da Firenze aus *Assassin's Creed* verkleidet«, erklärte Isaac leise.

Es schien ihm trotz des Alkohols unangenehm zu sein, dass ich von seinem Hobby erfahren hatte.

»Du willst mir also sagen, dass du dich traust, so was anzuziehen, auf eine Convention zu gehen und wie ein Killer zu posen, aber sobald du von einer Frau angesprochen wirst, fällst du in Ohnmacht?«, fragte ich.

Isaac wich meinem Blick aus und sah stattdessen in sein leeres Amarettoglas.

»Das kann man gar nicht miteinander vergleichen, auf solchen Conventions laufen schließlich alle in Kostümen rum«, kam Gian ihm zur Hilfe.

Eine Weile dachte ich darüber nach. Isaac war für mich wie ein Buch mit sieben Siegeln. Er war schüchtern und wollte nicht auffallen – verkleidete sich aber als Meuchelmörder und zog sich an wie ein Großvater.

»Was ist hiermit?«, fragte ich schließlich und zupfte am Ärmel des Tweed-Jacketts. Erst jetzt fiel mir auf, dass es sogar Ellenbogenpatches hatte. Wie scheußlich. »Das ist aber doch kein Kostüm, oder?«

Isaac zuckte mit den Schultern.

»Komm schon, Grant, Isaac Grant. Erzähl mir, wie es zu deinem … außergewöhnlichen Kleidungsstil kam«, sagte ich.

Er überlegte einen Moment. »Während meiner Schulzeit durfte ich mir meine Sachen nie selbst aussuchen. Von meinem ersten eigenen Geld habe ich mir dann meinen Schrank neu eingerichtet.«

Er sagte das, als wäre es keine große Sache für ihn gewesen, aber ich spürte deutlich, dass mehr dahintersteckte.

»Erzähl ihr von der Highschool, Mann«, forderte Gian.

Isaac versteifte sich. »Da gibt's nichts zu erzählen.«

»Das klingt aber nicht so«, bemerkte ich und sah ihn neugierig an. Er erwiderte meinen Blick und seufzte schließlich leise.

»Ich hatte eine blöde Schulzeit. Ich wurde immer aufgezogen, weil ich Secondhandklamotten anhatte … die ich mir auch noch mit meiner Schwester teilte. Und nach dem Abschluss habe ich dann entschieden, mich nur noch so anzuziehen, dass *ich* es in der Hand habe, worüber sich andere lustig machen. Eine Fliege ziehen vielleicht nicht viele in unserem Alter an, aber sie zu tragen, ist eine bewusste Entscheidung, die ich treffe. Ich fühle mich gut damit. Wie ein Mann, nicht wie ein kleiner Junge. Und wenn mich jetzt jemand aufzieht, dann …« Er verstummte und presste die Lippen fest aufeinander.

»Nicht, weil du keine andere Wahl hast«, beendete Gian den Satz.

Ich sah zwischen den beiden hin und her, und eine Weile war es still zwischen uns. Dann sagte Isaac betont locker: »Die Highschool ist aber ja für die meisten der absolute Horror.«

Ich erstarrte, als von einem Moment auf den anderen Erinnerungen in mir hochkamen. Erinnerungen, die ich sonst nie zuließ und um jeden Preis versuchte zu verdrängen. Ich hörte ihre Stimme, als würde sie neben mir stehen:

Schlampe. Genau wie deine Mutter.

Und auch die Stimme meiner Schwester: *Morgan hat mir einen Antrag gemacht.*

Den ganzen Abend hatte ich es geschafft, nicht an Riley zu denken. Ich würde jetzt nicht damit anfangen.

Ich schenkte mir Amaretto nach und leerte das Glas in einem Zug. Dann sagte ich: »Ihr beide seid wirklich gute Freunde, oder?«

»Kann man so sagen. Als Isaac hier eingezogen ist, ging es mir wirklich beschissen. Aber er hat mir da rausgeholfen. Er ist einer der besten Kerle, die ich kenne.«

Isaac hob den Kopf und sah Gian überrascht an, als könnte er nicht glauben, was dieser gerade über ihn gesagt hatte.

Gian richtete sich auf dem Sofa auf. »So, aber wenn wir jetzt noch weiter über Gefühle reden sollen, brauche ich mehr Alkohol. Isaac hat mir von eurem Deal erzählt. Was ist die erste Lektion, die du ihm beibringen wirst?«

Der Themenwechsel ließ meinen alkoholvernebelten Kopf schwirren. Zumal ich mir noch gar nicht überlegt hatte, was ich nach der Kleiderschrankaktion mit Isaac vorhatte.

Lange darüber nachdenken musste ich allerdings nicht. Es lag auf der Hand, wobei er am dringendsten Hilfe nötig hatte.

Ich setzte die Zipfelmütze wieder auf und rückte sie auf meinem Kopf zurecht. Isaac sah aus, als würde er jeden Moment grinsen müssen, es sich aber nicht erlauben.

»Flirte mit mir«, sagte ich.

Der Ansatz des Grinsens verschwand aus seinem Gesicht. Er riss die Augen auf. »Was?«, krächzte er.

»Ich möchte, dass du mit mir flirtest«, wiederholte ich. »Wir sind beide betrunken, ich trage eine Zipfelmütze und ein Tweed-Jackett – mehr zum Affen machen als ich kannst du dich also gar nicht.« Ich wedelte mit dem Zipfel der Mütze in seine Richtung.

Isaac öffnete den Mund und schloss ihn wieder. Ich legte den Kopf auf die Seite und wartete einen Moment. Als sein Blick immer verzweifelter wurde, seufzte ich. »Ich kann es auch erst mit Gian vormachen, wenn dir das lieber ist.«

»Nein«, sagte er sofort.

»Okay, also los. Wir sind in einem Club. Gian, du bist Isaacs Wingman.« Ich erhob mich von der Couch und deutete auf die Stelle, wo ich gesessen hatte. Ich schenkte mir Amaretto nach und ging mit meinem Glas ans gegenüberliegende Ende des Raums, wo ich mich neben Darth Vader und Bilbo stellte. »Ich stehe hier drüben mit meinen Freundinnen an der

Bar. Was machst du, um mich auf dich aufmerksam zu machen?«

Isaac starrte mich hilflos von der Couch aus an.

»Blickkontakt«, half ich aus. »Wenn du ein Mädchen auf dich aufmerksam machen willst, musst du Blickkontakt zu ihr aufnehmen. Aber du darfst sie nicht in Grund und Boden starren, das ist creepy.«

Sofort wandte Isaac seinen Blick ab.

»Und du darfst auch nicht ständig auf den Boden schauen. Das macht einen schon beim Zusehen nervös. Guck immer mal wieder hin, während du dich mit deinem Freund unterhältst. Bemerkt sie dich, lächelst du sie an. Wenn sie zurücklächelt, kannst du mutig sein und sie ansprechen.«

Isaac nickte so gewissenhaft, dass ich beinahe lächeln musste. »Okay.«

»Also, flirte mit mir.«

Man konnte Isaac ansehen, wie unangenehm ihm die Situation war. Gian schenkte zwei Gläser Amaretto nach, drückte eins davon Isaac in die Hand und sagte dann übertrieben laut: »Wow, guck mal da drüben an der Bar!«

Isaac verdrehte die Augen, sah aber flüchtig in meine Richtung. Und dann ein zweites Mal. Beim dritten Mal lächelte er schüchtern.

Ich lächelte zurück – wahrscheinlich etwas anzüglicher als nötig, denn Isaac wurde feuerrot und ließ prompt sein Glas fallen. Herrgott, dieser Kerl.

»Shit«, stieß er aus und schnappte sich eine Serviette, um den Amaretto von seiner Hose zu wischen.

Gian war vor Lachen auf der Couch zusammengebrochen. »Gott, Grant. Du bist ein hoffnungsloser Fall.«

»Ist er nicht«, gab ich zurück und quetschte mich wieder zwischen die beiden auf die Couch. »Sexy lächeln und angelächelt zu werden, müssen wir eben noch üben. Wir haben ja noch den ganzen Abend.«

»Ich brauche mehr Alkohol«, sagte Isaac resigniert.

Ich schüttelte den Kopf. »Du musst das auch nüchtern können.«

Er stieß hörbar die Luft aus. »In Ordnung. Zeig mir, wie ich sexy lächle.«

Im nächsten Moment erklang ein langsamer Song mit tiefem Bass. Als ich zu Gian sah, tippte dieser mit unschuldiger Miene auf seinem Handy herum.

Ich wandte mich Isaac zu. Dann neigte ich meinen Kopf leicht zur Seite, blickte durch gesenkte Lider zu ihm hoch. Langsam lächelte ich ihn an.

Es hatte den gewünschten Effekt: Sein Blick heftete sich auf meinen Mund, und er schluckte schwer.

»Jetzt du«, forderte ich.

Isaac räusperte sich.

Er legte seinen Kopf auf die Seite – und grinste breit. Es sah furchtbar aus.

Hinter mir prustete Gian los.

»Ich sagte, sexy lächeln und nicht wie ein Irrer.«

Isaac stöhnte. »Das ist so demütigend.«

»Stell dich nicht so an«, sagte ich. »Versuch es langsam. Erst der eine Mundwinkel, dann der andere. So als würdest du mich nur mit deinem Lächeln dazu überreden wollen, dir meine Nummer zu geben.«

»Okay.« Isaac atmete tief ein. »Okay.« Er schüttelte seine Hände aus und lehnte sich seitlich gegen das Sofa. Dann hob er den Blick zu meinen Augen … und lächelte. Langsam und träge. Und ziemlich sexy.

In meinem Bauch kribbelte es.

»Also, meine Nummer würdest du so bekommen«, meldete

sich Gian hinter mir zu Wort und spielte eine Fanfare auf seinem Handy ab.

Isaacs Lächeln wurde breit. »Habe ich Lektion eins bestanden?«

Ich hob die Augenbrauen. »Lektion eins, Kapitel eins, ja. Jetzt folgt Kapitel zwei: Flirten im Gespräch.«

»Das ist einfach großartig. Habe ich schon erwähnt, dass ich euer Projekt liebe?«, fragte Gian.

»Super, du kannst Isaac zeigen, wie man richtig flirtet, wenn du das so gut kannst«, schlug ich vor und machte eine auffordernde Handbewegung in Isaacs Richtung.

Gian hob sofort entwaffnet die Hände. »Das sollten wir lieber lassen.«

Ich wandte mich wieder an Isaac. »Wenn du ein Mädchen ansprichst, frag erst mal nach ihrem Namen. Du kannst anfangen mit ›Hi, ich bin Isaac, und du bist …?‹ oder so. Wenn sie dann ›Ich heiße Blabla‹ sagt, antwortest du mit: ›Blabla. Ich liebe diesen Namen.‹ Dann fühlt sie sich gleich geschmeichelt. Voilà, Einstieg geschafft.«

Seine Mundwinkel zuckten. »Das bekomme ich hin.«

»Aber was, wenn sie einen schrecklichen Namen hat?«, fragte Gian. »Da könnte ich das nicht mit ernstem Gesichtsausdruck sagen. Stell dir vor, sie heißt Apple Blue Flower oder so. Ich könnte mich nicht durchringen und ihr da ein Kompliment machen.«

Isaac lachte, während ich die Augen verdrehte und Gian ignorierte.

»Nächster Punkt: Ein Gespräch beginnen.«

Sofort verging Isaac das Lachen wieder.

»Mach das von der Situation abhängig. Triffst du sie in einem Café, sagst du etwas über den guten Kaffee, den sie dort machen. Seid ihr auf einer Party, könntest du über die Musik reden oder die anderen Menschen, die anwesend sind. In einem Vorlesungssaal könntest du den Einstieg über den Dozenten oder das Seminar finden.«

»Aus deinem Mund klingt das so einfach. Meistens ist es ja nicht das Thema, das mir fehlt.«

Ich nickte. »Sondern der Mut, ich weiß. Aber es ist echt nicht schwer, und was soll denn groß passieren? Du merkst schnell, ob jemand Interesse an dir hat oder eben nicht. Wichtig ist, dass du es versuchst und dich traust.«

Er nickte langsam.

»Und mit der Zeit wirst du bestimmt selbstbewusster. Wenn ihr erst mal im Gespräch seid und du merkst, dass es gut läuft, dann fang auch ruhig an, sie zu berühren. Nicht antatschen«, sagte ich mit einem Seitenblick auf Gian. »Aber leichte Berührungen, am Arm oder an der Schulter oder so. Das ist unschuldig, macht aber deine Absichten deutlich.«

»Okay.« Isaac wirkte, als würde er sich in Gedanken jedes meiner Worte notieren.

»Das üben wir jetzt«, sagte ich.

»Braucht ihr mich dafür?«, fragte Gian.

Ich schüttelte den Kopf.

»Gut«, stieß er erleichtert aus. »Ich muss dringend aufs Klo.«

Ich ignorierte ihn. »Also«, sagte ich zu Isaac. »Wir sind auf einer Party. Ich sitze hier, starre durch die Gegend und habe niemanden, der sich mit mir unterhält – dann kommst du, und so weiter.«

Er schluckte. »Geht klar.«

Ich wartete ein paar Sekunden, aber Isaac machte nichts. Er starrte mich einfach an.

»Lächeln, Isaac«, sagte ich.

»Oh, es geht schon los!«

Ich vergrub das Gesicht stöhnend in den Händen. Als ich

wieder aufblickte, sah Isaac aus, als wäre sein Ehrgeiz geweckt worden. Er räusperte sich und schüttelte seine Hände aus. Dann stand er auf, ging ein paar Schritte durchs Wohnzimmer. Er drehte sich wieder zu mir um, und dann lächelte er, genauso, wie ich es ihm gesagt hatte. Er kam langsam auf mich zu. Überrascht von dem plötzlichen Umschwung in seinem Verhalten, sah ich ihm einfach nur zu, als er sich neben mich auf das Sofa sinken ließ.

»Hi, ich bin Isaac«, sagte er. Seine Mundwinkel zuckten kurz, als er mir die Hand entgegenstreckte. »Und du bist?«

Ich ergriff seine Hand. Er drückte meine kurz und strich mit dem Daumen über meinen Handrücken, genau wie ich es getan hatte, als wir unseren Deal besiegelt hatten. Dieser kleine Streber.

»Ich bin Apple Blue Flower, aber meine Freunde nennen mich Blue«, säuselte ich.

Es kostete Isaac augenscheinlich Mühe, nicht loszulachen, aber er riss sich zusammen. »Blue. Was für ein schöner Name.« Er hielt meine Hand noch einen Moment länger fest, dann ließ er sie los. »Lahme Party, oder?«

Ich zuckte mit den Schultern. »Ich hatte eigentlich gehofft, dass mehr Leute da wären.«

»Geht mir auch so. Aber, Blue?« Isaac lächelte wieder und beugte sich ein Stück zu mir. Er berührte meinen Arm, nur ganz flüchtig. »Ich finde, der Abend sieht jetzt schon um einiges vielversprechender aus als noch vor wenigen Minuten.«

Das ... machte mich sprachlos.

Eben hatte er noch kein einziges Wort rausbekommen und wäre fast vom Sofa gefallen, als ich ihn mit meinem Fuß berührt hatte. Anscheinend musste man nur seinen Ehrgeiz ankurbeln, und die Sache lief.

Ich räusperte mich. »Finde ich auch.«

Isaacs Lächeln wurde breiter. Sein Blick war intensiv, fast intim, als er ihn über mich schweifen ließ.

Das heiße Kribbeln, das durch meinen Körper lief, traf mich völlig unerwartet. Ich starrte ihn an.

Er starrte meinen Mund an.

»Was hab ich verpasst?«

Gians Stimme ließ mich zusammenzucken. Ich rückte ein Stück von Isaac weg. »So würde ich dir definitiv nicht nur meine Nummer geben«, sagte ich betont lässig.

Isaac strahlte, was niedlich aussah, weil er gleichzeitig tomatenrot wurde. Mit diesem Isaac kam ich deutlich besser zurecht als mit der verführerischen Version von gerade eben.

»Das war doch schon mal ganz gut. Lektion eins: abgeschlossen. Jetzt können wir weiter deinen Schrank ausmisten.«

Isaac sah so aus, als wüsste er nicht, ob er sich freuen und weinen sollte. Er ließ sich in die Kissen zurücksinken, während Gian zum Sofa trottete und ihn abklatschte. »Gut gemacht, Mann. In ein paar Wochen bist du ein verdammter Casanova.«

Ich stand auf. Der Alkohol in meinem Blut machte sich bemerkbar, und ich musste einen Moment die Wand fixieren, um das Gleichgewicht zu behalten. Kein Wunder, dass Isaac es geschafft hatte, mich aus dem Konzept zu bringen.

Ich lief zurück in sein Zimmer und zog das Jackett aus. Es kam auf den Spenden-Stapel, während ich die Mütze zurück zu den anderen Kostümen hängte. Dann holte ich das nächste Kleidungsstück aus dem Schrank, zog es über meine Jeans und mein T-Shirt und ging mit großen Model-Schritten zurück ins Wohnzimmer. Ich kam vor Isaac und Gian zum Stehen, drehte mich einmal vor ihnen im Kreis und stemmte dann eine Hand in die Hüfte.

Gian brach in schallendes Gelächter aus.

Isaac vergrub stöhnend das Gesicht in den Händen.

»Weg damit, oder?«, fragte ich.

Isaac richtete sich ruckartig auf. »Aber vielleicht brauche ich sie noch!«

»Es sind gelbe Hosenträger! Mit Elchen drauf!«, rief ich aufgebracht. »Du bist einundzwanzig, nicht sechs, und auch kein Kindergärtner oder Clown. Es gibt keine Erklärung und kein Argument auf dieser Welt, das mich dazu bringen könnte, die nicht auf den Spenden-Stapel zu schmeißen.«

»Sie hat recht. Die sehen nicht mal an ihr gut aus.« Gian sah mich erschrocken an. »Nichts für ungut.«

»Ich dachte eigentlich immer, gelb steht mir«, sagte ich, konnte mir ein Grinsen aber nicht verkneifen.

»Gott, Sawyer, sie sehen schrecklich aus. Zieh sie aus«, murmelte Isaac.

Ich legte den Kopf zur Seite. »Mh. Ich weiß nicht. Plötzlich gefallen sie mir doch ziemlich gut. So gut, dass ich sie behalten möchte und ab sofort immer anziehen werde, wenn wir uns treffen.«

Isaac schwankte, als er aufstand. Er deutete mit dem Finger auf mich. »Ausziehen.«

»Das könntest du übrigens auch zu den Mädchen sagen, die du versuchst rumzukriegen«, kicherte ich und wich zurück, als er einen Satz auf mich zumachte.

»Nieder mit den Elchen!«, rief Gian.

Ich wich einen weiteren Schritt zurück.

»Weg mit den Hosenträgern, Sawyer.«

»Sonst was?«, bluffte ich und tat, als würde ich meine schwarz lackierten Nägel inspizieren.

Auf Isaacs Gesicht breitete sich ein diabolisches Grinsen aus. »Du hast eine Sache vergessen, Dixon«, meinte er in einem ziemlich unheilvollen Tonfall.

»Was denn?«, fragte ich

»Ich habe drei jüngere Geschwister.«

Dann ging alles ganz schnell. Isaac sprang auf mich zu und riss mich auf den Boden. Ich ächzte, als wir beide auf dem Teppich landeten, ich unter ihm, seine Hand an meiner Taille.

»Wehe«, war alles, was ich hervorbrachte, bevor er begann, mich zu kitzeln. Ich schrie auf und versuchte, ihn von mir herunterzustoßen, doch er war gnadenlos.

»Hör auf!«, quietschte ich.

Irgendwann ließ er von mir ab. Atemlos blieben wir nebeneinander auf dem Boden liegen.

»Wer hätte gedacht, dass die knallharte Sawyer Dixon eine Schwäche hat«, sagte er amüsiert, und mehr zu sich selbst als zu mir.

Und dann passierte es: Ich lachte.

Am Sonntag arbeitete ich im *Woodshill Steakhouse*. Gegen Abend wurde es so voll, dass ich hinter der Theke kaum hinterher kam und sogar beim Servieren helfen musste. Willa war überraschend krank geworden, und Al hatte auf die Schnelle keine Vertretung auftreiben können. Normalerweise war ich nur für den Ausschank und das Vorbereiten der Dips für die Vorspeisen zuständig – heute musste ich gefühlt überall gleichzeitig sein, und selbst das reichte nicht.

Al kam irgendwann fluchend aus seinem Büro. »Ein verdammter Mist ist das«, schimpfte er. Er nahm sich eine Schürze vom Haken hinterm Tresen und reichte sie mir. »Hilf mir mal, bitte.«

Al hielt die Schürze fest, während ich sie mit einer Schleife festband. Er war so breit gebaut, dass die Bänder kaum um ihn herumreichten. Ich hingegen musste sie doppelt um meine Taille binden, damit sie mir nicht um den Körper baumelten.

»Fällt Willa die ganze Woche über aus?«, fragte ich.

Al brummte lediglich.

»Ich kann diese Woche sicher noch ein oder zwei Schichten übernehmen, wenn du mich brauchst«, bot ich ihm an, aber Al lachte nur bellend.

»Ich fürchte, ein bis zwei Schichten reichen nicht, Dixon. Aber danke für das Angebot.«

»Was ist denn mit Willa?« Willa und ich pflegten ein Auf-der-Arbeit-dulden-wir-uns-aber-im-wahren-Leben-würden-wir-niemals-etwas-miteinander-zu-tun-haben-wollen-Verhältnis. Als Al mich eingestellt hatte, hatte sie es nicht versäumt, ihn darauf hinzuweisen, dass mein Ruf in Woodshill nicht gerade der beste war und er mich lieber von den männlichen Gästen fernhalten sollte, wenn er nicht innerhalb von ein paar Tagen einen Skandal an der Backe haben wollte.

Ich hatte mir danach keine Mühe gegeben, nett zu ihr zu sein.

»Sie wird in den nächsten sechs Monaten nicht mehr kommen«, sagte mein Chef, gerade in dem Moment, als es in der Küche klingelte. Das nächste Essen stand bereit. In schnellen Schritten liefen wir nach hinten.

»Ist ihr was Schlimmes passiert?«, fragte ich und nahm zwei der Teller in die Hand.

»Wie man's nimmt. Für manche ist ein Kind ja ein Weltuntergang.«

Ich erstarrte. »Willa ist *schwanger?*«

Al nickte und hielt mir einen weiteren Teller entgegen. »Risikoschwangerschaft. Ihr ist absolute Bettruhe verordnet worden.«

»Fuck«, murmelte ich.

Ich wusste noch nicht einmal, was ich heute Abend essen würde, während Willa, die nur ein Jahr älter war als ich, bereits verheiratet und nun auch noch schwanger war. Verrückte Welt.

»Ja. Aber erst einmal überleben wir diesen Abend. Dann sehen wir weiter. Jetzt geh, das Essen wird kalt«, sagte Al barsch und scheuchte mich aus der Küche.

Ich servierte das Essen, schenkte Getränke aus und hielt dem Wahnsinn stand. Al versuchte zu helfen, aber er war es nicht mehr gewohnt, im Service zu arbeiten, und stand mir die meiste Zeit mehr im Weg, als dass er mir Arbeit abnahm. Zu allem Überfluss tauschte er außerdem die Platte, die ich aufgelegt hatte, gegen eine seiner öden Lounge-CDs aus, deren Musik meiner Ansicht nach überhaupt nicht in diesen Schuppen passte.

Alles in allem war es ein ziemlich beschissener Abend. Auch wenn ich Willa nicht leiden konnte, musste ich doch zugeben, dass sie einen guten Job machte und fehlte. Ich kam nicht einmal dazu, Dawn eine Cola einzuschenken – geschweige denn, mich länger als eine halbe Minute mit ihr zu unterhalten.

»Sorry«, sagte ich atemlos, als ich endlich eine freie Minute fand.

»Es ist super voll, mach dir keine Gedanken. Ich hab eh zu tun«, meinte sie und deutete mit dem Kinn auf ihren Laptop.

»Bekomme ich einen neuen Porno?«, fragte ich und schob ihr das Glas über den Tresen zu.

Sie rollte mit den Augen. »Nur weil da Sexszenen sind, macht es das nicht gleich zum Porno, Sawyer.«

»Es gibt Pornos, in denen es weniger zur Sache geht als in deinen Büchern«, gab ich zurück.

»Ich glaube, ich will gar nicht wissen, wie viele von meinen Geschichten du gelesen hast.«

»Bisher nur sechs. Aber seit ich für deine Website diese Grafiken mit den Zitaten gestaltet habe, will ich noch mehr lesen.«

Dawn lächelte. »Die hast du übrigens ganz toll gemacht. Danke noch mal.«

»Kein Problem.«

Sie biss sich auf die Unterlippe und sah mich eine Weile lang mit großen Augen an.

»Dein Gesicht läuft schon rot an. Spuck's aus«, sagte ich mit einer ungeduldigen Handbewegung.

»Erzähl mir von deiner Schwester!«, platzte sie heraus.

Ich erstarrte. »Was?«

Dawn hielt sich die Wangen, als würde sie sie so kühlen können. »Du redest nie über deine Familie. Aber ich habe sofort gesehen, dass sie das gleiche Tattoo wie du am Arm hat.« Sie deutete auf die kleine Schwalbe auf meinem rechten Arm.

Ich nickte langsam und strich mit dem Daumen über mein erstes Tattoo. »Das stimmt.«

»Sie war so süß und aufgeregt und konnte es kaum erwarten, bis du wiederkommst. Ich habe den Ring sofort gesehen, aber sie wollte mir keine Frage beantworten, bis sie es zuerst dir erzählt hat.«

Dawns Worte versetzten mir einen Stich. Nicht nur, dass ich beschlossen hatte, Rileys Verlobung konsequent aus meinen Gedanken zu verbannen. Jetzt von Dawn zu hören, wie aufgeregt meine Schwester gewesen war, als sie gestern vor meiner Tür gestanden hatte …

Ich schluckte. Ich war genau das, was die Leute immer über mich behaupteten: herzlos und eiskalt.

Dawns Gesichtsausdruck wechselte innerhalb einer Sekunde von aufgeregt zu todernst: »Du siehst nicht sehr glücklich aus. Ist ihr Verlobter ein Arsch?«, fragte sie leise. Wenn sich jemand mit arschigen Ehemännern auskannte, dann Dawn.

»Nein, Morgan ist super«, sagte ich schnell, um sie zu beruhigen. Und ich meinte es auch so. Wenn Riley schon jemanden heiraten musste, dann war Morgan der beste Kerl, den sie sich dafür hatte aussuchen können. Er war lustig und liebevoll, und Riley vertraute ihm so sehr, dass sie ihm *alles* erzählt hatte.

Und er war trotzdem bei ihr geblieben.

»Was ist dann los? Irgendetwas stimmt nicht, das kann ich sehen.«

Ich presste die Lippen fest aufeinander. Das, was mir auf der Zunge lag, konnte ich nicht sagen. Nämlich dass ich schlicht und einfach nicht wollte, dass Riley mit jemand anderem als mir zu einer Familie wurde.

Dawn würde es nicht verstehen und denken, ich wäre ein eifersüchtiges Biest.

»Ich finde einfach, dass man nicht sofort heiraten sollte«, sagte ich deshalb schulterzuckend.

Dawn kaute auf ihrem Strohhalm herum. »Du weißt, dass diese Ansicht niemand mehr teilt als ich. *Niemand.*« Einen Moment lang schien sie nach den richtigen Worten zu suchen. »Aber schlussendlich ist es jedem selbst überlassen, wie er darüber denkt und was er machen möchte.«

Ich wich ihrem Blick aus und schob eine Serviette auf der Theke hin und her. Genau das war es, was mich so fertigmachte: Riley und ich standen uns nicht nur sehr nahe. Wir waren eins. Wir hatten schon immer gleich gedacht, gleich gehandelt und gleich gefühlt. Nur deshalb hatten wir unsere Kindheit und Jugend durchstehen können.

Ich hatte wohl den Augenblick verpasst, in dem sich das geändert hatte.

»Aber was mich noch viel mehr interessiert«, sagte Dawn plötzlich, und ich sah sie wieder an.

»Hm?«, machte ich.

Sie wackelte mit den Brauen. »Du warst gestern Abend bei Isaac und bist erst ziemlich spät zurückgekommen.«

Ich nickte. »Ja. Ich habe seinen Mitbewohner kennengelernt und seinen Schrank ausgemistet.«

»Aha. Seinen *Schrank ausgemistet*«, sagte sie zweideutig.

Ich stützte mich mit den Ellenbogen auf den Tresen und beugte mich ganz dicht zu ihr. »Wenn du es genau wissen willst: Ich habe ihm beigebracht, wie man richtig …«

»Sawyer!«, bellte Al und schnipste nach mir.

Ich schnalzte mit der Zunge. »So ein Mist aber auch.«

Dawn starrte mich aus großen Augen an. Dann hob sie anklagend den Finger. »Du bist so böse!«

Ich grinste, schenkte ihr Cola nach und ging zurück in die Küche, um Al den nächsten Teller abzunehmen.

Der Abend ging genauso stressig zu Ende, wie er begonnen hatte. Die Tatsache, dass weder er noch ich sechs Arme hatte, machte Al unausstehlich und wütend, was mich wiederum unausstehlich und wütend machte, und das ließ uns mehr als einmal hitzig aneinanderrumpeln.

Um die Wogen zwischen uns wieder zu glätten, erlaubte Al mir, nachdem die letzten Gäste gegangen waren, Musik auszusuchen. Ich entschied mich für ein altes Album von den Smashing Pumpkins, und meine Laune besserte sich schlagartig. Vor allem, als Al dann auch noch zwei Bier aufmachte und eins vor mich hinstellte. Ich nahm sofort einen Schluck und lehnte mich seitlich gegen die Arbeitsfläche.

»Soll ich nächste Woche ein paar mehr Schichten übernehmen, Al?«, fragte ich.

»Gern. Bis ich einen Ersatz für Willa gefunden habe, bin ich dankbar für jede Unterstützung. Und wenn dir in der Zwischenzeit jemand einfällt, der einen Job gebrauchen könnte, lass es mich wissen.«

Ich schüttelte den Kopf. »Ich kenne n–« Ich unterbrach mich selbst und hätte mir am liebsten gegen die Stirn geklatscht, weil ich nicht sofort darauf gekommen war. »Doch. Ich kenne jemanden, der dringend etwas sucht.«

»Mit Erfahrung?«, fragte er.

»Ich fürchte, du musst dich damit zufriedengeben, dass er freundlich, engagiert und zuverlässig ist.«

Er nickte kurz. »Nimm ihn nächste Woche zu deiner Schicht zum Probearbeiten mit. Dann sehen wir weiter.«

kapitel 8

Für den nächsten Tag hatte ich mich mit Isaac in meinem Lieblingssecondhandladen etwas außerhalb von Woodshill verabredet. In seinem Kleiderschrank klaffte nach unserer radikalen Aktion am Wochenende eine große Lücke, die wir mit neuen Sachen füllen wollten. Das heißt, die *ich* mit neuen Sachen füllen wollte. Isaacs Gesicht nach zu urteilen, trauerte er immer noch seinen gelben Hosenträgern hinterher.

Nichtsdestotrotz konnte ich ihm ansehen, dass er beeindruckt war, als wir das *Cure Closet* betraten. Es befand sich in einem alten Lagerhaus, das zwar umgebaut worden war, den Industrial-Stil aber nie verloren hatte. Unzählige Kleiderständer standen um aufeinandergestapelte Holzpaletten herum, die zu Verkaufsflächen umfunktioniert worden waren, dazwischen ragten riesige Betonsäulen in die Höhe, die über und über mit Stickern von Bands beklebt waren. An den Wänden türmten sich Schuhe, Taschen und andere Accessoires in Regalen, und von den Decken hingen prunkvolle Kronleuchter, die eigentlich überhaupt nicht zum restlichen Flair des Ladens hätten passen dürfen, sich aber dennoch perfekt ins Bild fügten.

»Ich habe keine Ahnung, wie wir hier drin jemals etwas finden sollen«, murmelte Isaac.

»Nur weil es in diesem Laden mehr als drei Hemden gibt, die akkurat gefaltet nebeneinander im Regal liegen. Aber keine Sorge, ich bin bei dir.« Ich klopfte ihm auf die Schulter und lief, ohne zu zögern, auf den ersten Kleiderständer zu.

»Hast du ein System?«, fragte Isaac hinter mir.

Ich verdrehte die Augen. »Nein.«

»Das heißt, du gehst einfach so los? Wollen wir uns vorher nicht vielleicht einen Plan machen? Was brauche ich denn überhaupt? Wir hätten eine Liste machen sollen. Müssten wir nicht zuerst nach hinten …«

Ich fuhr zu ihm herum und hob die Hand, um ihn vom Weiterreden abzuhalten. »Dieser Shoppingtrip ist das Highlight meiner Woche. Mach ihn mir nicht kaputt, indem du mir was von systematisiertem Bummeln erzählst.«

Er nickte und tat, als würde er seinen Mund verschließen.

»Gut.«

Ich rieb mir die Hände und legte los. In den ersten Reihen wühlte ich mich durch Shirts und Pullover und nahm alles mit, von dem ich dachte, es könnte an Isaac gut aussehen. Als der Stapel auf meinem Arm zu schwer wurde – immerhin trug ich auch meine Spiegelreflexkamera um den Hals –, hielt ich ihn Isaac hin, der ihn schmunzelnd entgegennahm.

Als wir bei den Hosen ankamen, nahm ich erst einmal seine Hüfte in Augenschein. »Dreh dich mal«, sagte ich und machte die Bewegung mit meinem Zeigefinger in der Luft.

Er kam meiner Aufforderung nach, und ich betrachtete seinen Hintern. Mh. Eigentlich gar nicht so schlecht. Aber ich würde ihn heute aus diesen Chinohosen und in ein Paar Jeans bekommen – koste es, was es wolle.

Ich schätzte seine Größe und zog ein Paar schwarze Levi's aus den Regalen, die scharf aussahen. Danach ging ich zielstrebig zu den Kleiderständern, auf denen die Lederjacken hingen. Ich hob die abgewetzteste, die ich auf den ersten Blick finden konnte, vom Bügel und betrachtete sie prüfend.

»Eine Lederjacke? Um Himmels willen, bitte nicht«, stöhnte Isaac.

»Ich dachte, du willst ein Makeover.«

»Dass ich mich von meinen Jacketts verabschieden muss, ist schon Makeover genug. Ich sehe doch aus, als hätte ich mich verkleidet, wenn ich so was anziehe«, sagte er und nickte zu der Jacke.

Ich hielt sie ihm probehalber an. »Du wirst sexy darin aussehen.«

Das ließ ihn verstummen.

Auf dem Weg zu den Umkleiden fragte ich Isaac noch nach seiner Schuhgröße und fischte zwei Paar Boots und ein Paar Sneakers aus den Regalen. Wir hatten mittlerweile so viele Sachen, dass Isaac die blanke Panik ins Gesicht geschrieben stand, also teilten wir alles erst einmal in verschiedene Outfits ein und hängten die Teile ordentlich auf. Danach nahm ich auf der riesigen Polsterlandschaft Platz, die vor den Umkleiden aufgebaut war.

Der schwarze Samtvorhang der Umkleidekabinen hörte einen halben Meter über dem Boden auf, und ich konnte sehen, wie Isaac sich aus seiner Hose schälte und sie dann ordentlich zusammengefaltet auf dem Boden ablegte, seine Schuhe stellte er direkt daneben. Er begann, mit einem Bein in die erste Jeans zu schlüpfen, und hielt kurz inne. Bestimmt hatte er die Risse an den Knien entdeckt. Ich biss mir auf die Lippe, um ein Kichern zu unterdrücken.

Schließlich zog er die Hose ganz an und hüpfte auf der Stelle, wahrscheinlich, um sie über seine Hüften zu bekommen. Ich konnte es nicht erwarten, ihn darin zu sehen.

»Zieh die schwarzen Boots dazu an«, rief ich ihm über die Rockmusik hinweg zu, die im Laden spielte.

Er murmelte irgendetwas, das nach »Was tue ich hier bloß?«

klang. Nach zwei weiteren geschlagenen Minuten schien er sich endlich fertig angezogen zu haben, doch er kam nicht aus der Umkleide.

»Ich sehe aus wie ein Clown, Sawyer.«

Ich stöhnte genervt. »Komm raus und lass mich das beurteilen.«

Er zögerte noch einen Moment. Dann zog er den Vorhang auf.

Langsam ließ ich meinen Blick über ihn wandern – von den schweren dunklen Boots an seinen Füßen über die dunkelblaue Jeans im Used-Look, den Gürtel und das graue Nirvana-Shirt, über dem er die dunkelbraune Lederjacke trug. Er hatte die Brille abgenommen, und seine Frisur war ein welliges Durcheinander, weil er sich aus- und wieder angezogen hatte.

»Du siehst gut aus«, sagte ich.

Seine Augen weiteten sich, und er blickte an sich hinab. Dann sah er mich skeptisch an, als würde er abwägen, ob ich mich über ihn lustig machte.

Ich hob währenddessen meine Kamera an.

»Dreh dich für mich«, sagte ich und beobachtete durch die Linse, wie er meiner Aufforderung nachkam.

Hatte ich es doch gewusst. Sein Hintern sah in der Jeans phänomenal aus. Ich drehte am manuellen Fokus und drückte den Auslöser. Als es klickte, wandte Isaac sich wieder zu mir um.

»Hast du gerade ein Bild von meinem Hintern gemacht?«, fragte er und sah dabei noch skeptischer aus als zuvor.

»Ja. Der ist nämlich erste Sahne.«

Isaacs Mund klappte auf. Er lief rot an.

Noch immer durch die Linse blickend, stand ich auf. *Klick.*

Er wandte den Blick ab, um nicht in die Kamera zu gucken, und deutete auf die Risse in der Jeans über seinem Knie. »Die ist kaputt.«

»Das gehört so«, erwiderte ich.

Klick.

»Wieso sollte ich zwanzig Dollar für eine Jeans ausgeben, die kaputt ist?« Er wirkte ehrlich verwundert.

Ich ließ die Kamera wieder an meinem Hals herunterhängen. »Die kostet nur zwanzig Dollar? Dann musst du sie auf jeden Fall mitnehmen.«

Isaac betrachtete mich eingehend. »Du meinst das wirklich ernst.«

Ich nickte. »Du nimmst alles davon mit. Die Boots und Lederjacke sind gute Basics. Die kannst du mit allem kombinieren.«

Er sagte nichts, sondern starrte nur weiter skeptisch an sich herunter.

Ich klatschte in die Hände. »Nächstes Outfit!«

Kopfschüttelnd drehte er sich um und schloss den Vorhang hinter sich.

Während er sich umzog, betrachtete ich die Bilder, die ich eben geschossen hatte. Isaac sah darauf vollkommen verwandelt aus. Kein Mensch würde darauf kommen, ihn als Nerd zu bezeichnen, wenn er ihm so auf der Straße begegnen würde. Ich konnte es kaum erwarten, ihn in diesen Outfits zu fotografieren – richtig zu fotografieren, mit gutem Licht und vor einer geeigneten Kulisse. Und in der Zwischenzeit würde ich das Bild von seinem Hintern zu meinem Desktophintergrund machen, nur um Dawn zu ärgern. Beim Gedanken an ihr entsetztes Gesicht musste ich grinsen.

»Das kann nicht dein Ernst sein«, sagte Isaac plötzlich.

»Was?«, fragte ich.

»Du kannst mich nicht zwingen, das anzuziehen.«

Ich rollte mit den Augen. »Hör auf, dich so anzustellen, und zieh es einfach an.«

»Es ist ein *Muskelshirt*, Sawyer. Hast du mich mal angeguckt?«

Eine Minute verging. Dann noch eine.

Ich seufzte. Dann würde ich ihn eben zu seinem Glück zwingen. Kurzerhand trat ich zur Umkleide und riss den Vorhang auf.

»Hey!«, rief Isaac und fuhr zu mir rum.

Mein Mund klappte auf.

Isaac starrte mich an. Und ich starrte Isaac an.

Denn Isaac sah nicht nur gut aus.

Isaac war *heiß*.

Die enge schwarze Jeans saß tief auf seinen Hüften. Seine nackte Brust war glatt und hart. Muskeln zeichneten sich auf seinem Bauch ab, definiert und wohlgeformt, und verschwanden V-förmig unter dem Bund seiner Hose.

Einen Moment lang fehlten mir die Worte.

»Ich …«, begann ich schließlich, und meine Stimme versagte für einen Moment. Ich schüttelte fassungslos den Kopf. »Shit, Isaac. Wie ist *das* denn passiert?«

Ich machte einen Schritt auf ihn zu und berührte leicht seinen Bauch, als ob ich mich vergewissern wollte, dass die Muskeln nicht aufgemalt waren.

Waren sie nicht. Sie zuckten unter meiner Berührung.

Isaacs Haut fühlte sich samtig und warm an.

Er räusperte sich. Sein Körper war stocksteif, sein Blick auf meine Hand fixiert, und ich hätte schwören können, dass er sogar den Atem anhielt. »Ich habe dir gesagt, dass ich auf einer Farm groß geworden bin.«

Ich hob meine Kamera. Erst nach ein paar missglückten Versuchen fanden meine Finger den Auslöser. »Unglaublich«, murmelte ich. »Du trägst immer zwanzig Schichten Kleidung, kann doch keiner ahnen …«

Isaacs Mundwinkel verzogen sich grimmig, und ich machte noch ein Foto.

»Ich hab nichts an, Sawyer«, sagte er und griff nach oben, um den Vorhang wieder zuzuziehen.

Blitzschnell sprang ich nach vorne und in die kleine Umkleide.

Isaac starrte mich an. »Was machst du denn da?«, krächzte er.

»Nur gucken«, antwortete ich. »Für mein Projekt haben sich gerade ganz neue Möglichkeiten eröffnet.«

Erneut ließ ich meinen Blick über Isaacs Oberkörper wandern. Ich hatte schon viele durchtrainierte Körper gesehen, aber deren Muskeln waren meistens durch zu viel Gewichtheben und Proteinshakes entstanden und nicht wirklich ästhetisch. Isaac hingegen war auf eine unaufdringliche, authentische Weise heiß, die ich noch nie gesehen hatte – die mir aber überraschend gut gefiel.

Isaac hingegen schien die Situation unendlich unangenehm zu sein. Er trat vom einen aufs andere Bein, und mittlerweile hatten sich rote Flecken auf seinem Hals gebildet.

Ich verdrehte die Augen. »Du musst dringend lernen, Komplimente anzunehmen.«

Er schluckte hart. »Ist nicht so leicht.«

»Warum nicht? Ich bin doch sicherlich nicht die Erste, die dir das sagt.«

Er rieb sich mit beiden Händen übers Gesicht. »Sawyer …«

»Hattest du wirklich noch nie eine Freundin?«

Isaac sah mich nicht an, sondern zog sich einen grauen Strickpullover aus dem Klamottenstapel, der neben ihm auf einem Stuhl lag. Ich fotografierte, wie er ihn sich überzog.

»Hatte ich. Nur nicht in der letzten Zeit.«

»Wie lange schon nicht mehr?«, fragte ich und sah an Isaacs

Schulter vorbei in den Spiegel, in dem er sich betrachtete. Unsere Blicke trafen sich.

»Drei Jahre. Und das damals ging auch nur über ein paar Monate und war ... keine ernste Sache oder so.« Einen Moment lang blieb er still. Dann deutete er auf das Strickteil, das er angezogen hatte. »Wie findest du den?«

Niemand konnte besser von einem Thema ablenken als ich, von daher wusste ich genau, was er da tat. Ich ließ es ihm durchgehen. Auch wenn ich so neugierig war, dass ich fast platzte. »Gekauft. Nächstes.«

Er zögerte einen Moment. »Du wirst nicht wieder rausgehen, oder?«

»Nein«, sagte ich schlicht und hob einen Stapel Klamotten von einem der Hocker und legte ihn auf dem Boden ab. Dann stellte ich mich mit der Kamera in der Hand auf den Hocker und deutete Isaac an, fortzufahren.

»Voyeurin«, murmelte er und zog den Pullover über seinen Kopf.

Ich drehte mich so, dass ich sein Spiegelbild von oben fotografieren konnte.

Klick.

»Nerd.«

Das nächste Shirt war langärmlig und schwarz. Es spannte um seine Schultern und betonte seinen Oberkörper perfekt. »Spannerin.«

Klick.

»Dreh dich ein Stück zur Seite, genau so.« Wieder drückte ich auf den Auslöser. »Jeder andere Typ wäre froh, wenn ein Mädchen ihm freiwillig mit in die Umkleide folgt.«

Ich lehnte mich zur Seite.

Mein rechter Fuß rutschte vom Hocker, und ich quietschte, als ich das Gleichgewicht verlor.

Isaac reagierte blitzschnell und schlang einen Arm um meine Taille. Er fing mich auf und riss mich herum, sodass ich nicht auf den Boden prallte. Wir taumelten gegen den großen Spiegel, ich mit dem Rücken zuerst, so fest, dass mir für einen Moment die Luft wegblieb.

Isaac war der Länge nach gegen mich gepresst.

Ich fühlte seinen harten Bauch und seine Brust, die gegen meine stieß, als er ausatmete. Seine Hüfte, die fest gegen meine drückte. Und die Beule in seiner Hose.

Ein Ziehen machte sich in meinem Unterleib bemerkbar. Wie von selbst schob ich mich ihm entgegen. Isaac holte zischend Luft.

Sein dunkler Blick war unergründlich.

»Ich bin aber nicht jeder andere Typ«, sagte er mit rauer Stimme. Ich konnte spüren, wie angespannt er war.

Jeder andere Kerl würde die Situation ausnutzen. Jeder andere würde mich gegen den Spiegel drücken und sich alles von mir nehmen. Ohne Zögern. Ohne Fragen.

Aber Isaac tat nichts dergleichen. Stattdessen machte er einen Schritt zurück und half mir dabei, wieder auf den Hocker zu klettern. Dann zog er das T-Shirt über den Kopf, als wäre nichts gewesen.

kapitel 9

Es war der erste September, und das bedeutete, dass mir der schlimmste Monat des Jahres bevorstand. In drei Tagen, am Todestag meines Vaters, würde ich nach Renton zu Riley fahren und mit ihr zusammen zum Grab unserer Eltern gehen.

Ich hasste den September. Jede einzelne Sekunde davon.

An diesem Morgen war ich mit einem mulmigen Gefühl im Magen und einem pochenden Schädel aufgewacht – so wie jedes Jahr, wenn der Monat begann. Es war, als hätte mein Körper eine innere Uhr und schaltete pünktlich um Mitternacht auf »Schmerz und Trauer« um.

Dawn merkte sofort, dass etwas mit mir nicht stimmte, und lud mich ein, abends mit ihr zu Spencer zu gehen und dort abzuhängen. Aber das Letzte, was ich heute brauchte, war die Gegenwart anderer. Außerdem hatte Al mich ohnehin für eine Schicht im Steakhouse eingeteilt.

Ich hatte ein Nachmittagsseminar und machte mich direkt danach auf den Weg. Das milde Wetter besserte meine Laune ein kleines bisschen, vor allem, weil es mir gelang, vor meiner Schicht noch ein paar Bilder von der schönen Landschaft zu machen. Ein leichter Nebel lag im Tal, und die Bergspitzen des Mount Wilson verschwanden in tief liegenden Wolken, durch die sich die letzten Strahlen der Abendsonne schoben. Die

Szene hatte eine beruhigende, friedliche Wirkung auf mich, und das konnte ich wirklich gut gebrauchen.

Doch als ich beim Steakhouse ankam, erstarrte ich mitten im Gehen. Isaac stand davor und lächelte, als er mich entdeckte.

»Was machst du denn hier?«, fragte ich harsch, bereute es aber sofort. Isaac hatte mir nichts getan, und er konnte nichts dafür, dass ich mich gerade nicht im Griff hatte. Während ich normalerweise eine Meisterin im Verdrängen war und mir Tag für Tag einreden konnte, dass ich nichts fühlte und dass es mir gut ging, funktionierte das heute einfach nicht. Stattdessen fühlte ich so viel, dass es mich zu überfluten drohte und mir die Luft abschnürte. Und ich hasste, dass ich es nicht abstellen konnte.

Gefühle waren scheiße.

»Du hattest gesagt, ich soll zu deiner nächsten Schicht mitkommen«, antwortete er und stieg mit mir die Stufen zum Eingang hinab.

Er trug seine neuen Sachen. Die dunkelblaue abgewetzte Jeans, dazu ein schlichtes schwarzes Shirt und gemütliche Sneakers. Selbst seine Brille war in dieser Kombination weniger nerdig als sonst. Er sah gut aus, stellte ich fest, was mich merkwürdigerweise noch mürrischer machte.

»Hab ich vergessen«, murmelte ich. Ich holte tief Luft. Darauf war ich heute nicht vorbereitet gewesen. Es würde die Hölle werden, jemanden einzulernen, ihm alles zu zeigen und die Geduld dafür aufzubringen. Auch wenn dieser jemand Isaac war.

»Ist alles okay?«, fragte er und kam vor mir zum Stillstand, beide Hände in den Taschen seiner Jeans vergraben.

Am liebsten hätte ich mich umgedreht und wäre gegangen. Ich wollte heute niemanden um mich haben und schon gar nicht jemanden, der mir eine solche Frage stellte und mich ansah, als würde er mich kennen, obwohl er *nichts* über mich wusste. Aber ich hatte Isaac den Job angeboten und Al bereits gesagt, dass er kommen würde. Ich würde mich wohl oder übel zusammenreißen müssen.

»Klar«, sagte ich lahm und nickte in Richtung Eingang. »Komm. Dann wollen wir dich Al mal vorstellen.«

Es vergingen ein paar Sekunden, in denen Isaac mich einfach nur ansah, so, als könnte er direkt in meine Seele blicken und meinen Bluff erkennen. Doch dann nickte er nur und folgte mir schweigend ins Restaurant.

Ich führte ihn direkt nach hinten in Als Büro. Mein Chef saß auf seinem Schreibtischstuhl und sah darauf – wie auf jedem anderen Stuhl auch – überdimensional groß aus. Vor ihm auf dem Schreibtisch lagen mehrere dicke Ordner, in denen er Papierkram zu erledigen schien. Als wir reinkamen, hob er den Kopf und sah zwischen Isaac und mir hin und her.

»Hey, Al. Das ist der Bewerber für Willas Stelle«, sagte ich.

Al erhob sich, und ich merkte, wie Isaac sich neben mir versteifte. Inzwischen hatte ich mich daran gewöhnt, wie furchterregend und gefährlich Al mit dem rasierten Schädel, den riesigen Armen und der bulligen Statur aussah – aber für Isaac, der ihm zum ersten Mal gegenüberstand, wirkte er sicher überwältigend.

Al musterte Isaac einmal von oben bis unten. »Das ist also der freundliche, engagierte und zuverlässige junge Mann, von dem du erzählt hast?«

»Genau.«

Er trat um den Schreibtisch zu uns und verschränkte die Arme vor der Brust. »Kannst du kellnern?«

Isaac wirkte etwas blass um die Nase, als er den Kopf schüttelte. »Bis vor Kurzem habe ich noch in einem Technikfachhandel gearbeitet. Dort habe ich neben der Werkstatt auch in der Kundenbetreuung ausgeholfen, aber …«

»Ich habe gefragt, ob du kellnern kannst«, unterbrach Al ihn.

Isaac holte tief Luft. »Noch nicht. Aber ich bin bereit, zu lernen.«

Al nickte und reichte ihm die Hand. »Das wollte ich hören. Ich bin Albert Phelps, hier nennen mich alle Al.«

Isaac schlug sofort ein. Ich war ziemlich beeindruckt, dass er nicht zusammenzuckte, als Al seine Hand drückte, und stattdessen nur ein paarmal heftig blinzelte. »Grant, Isaac Grant.«

Nur mit Mühe unterdrückte ich ein Schnauben.

»Unter der Woche ist für gewöhnlich nicht viel los, da kann es sein, dass du Schichten auch mal alleine übernehmen musst. Am Wochenende sind wir eigentlich meistens zu zweit oder dritt hier. Sawyer ist für den Ausschank zuständig, dein Job wäre der Service im Innenraum, also das Aufnehmen der Bestellungen und das Bedienen. Sie wird dir alles zeigen.« Er nickte mir zu, was in Al-Sprache so viel bedeutete wie »Macht euch aus dem Staub, ich muss weiterarbeiten«.

Ich beschloss, Isaac zuerst den Umkleideraum zu zeigen, in dem die Spinde standen. Kaum hatten wir die Tür zu Als Büro hinter uns zugezogen, schüttelte er sich die Hand aus und atmete zischend ein.

»Ich glaube, er hat mir ein paar Knochen gebrochen«, meinte er.

Ich verzichtete darauf, Isaac zu sagen, dass Al ihm wahrscheinlich nicht nur die Knochen seiner Hand, sondern die seines gesamten Körpers brechen könnte, wenn er es denn wollte. Stattdessen zog ich zwei Schürzen aus meinem Spind und machte vor, wie man sie am Rücken richtig zusammenband.

Ich wollte gerade an Isaac vorbei in die Küche treten, da hielt er mich am Arm zurück.

»Was?«, fragte ich irritiert.

»Du siehst nicht sehr glücklich aus«, sagte er und ließ seine Augen forschend über mein Gesicht wandern, so als würde er etwas darin suchen. Was das war, das wusste ich nicht.

»Ich sehe nie glücklich aus, Isaac. Das nennt man Resting Bitch Face«, sagte ich tonlos.

»Ich kenne dein Gesicht inzwischen ganz gut. Normalerweise sieht es besser aus.«

Ich schnaubte. »Und ich dachte, ich hätte dir beigebracht, wie man jemandem schmeichelt. Vielleicht bin ich doch nicht so gut, wie ich dachte.«

Er sah betroffen aus. »Du weißt, wie ich das meine. Ich wollte damit nur sagen, dass du aussiehst, als …«

»Ja? Wie sehe ich aus?«, fragte ich und machte einen herausfordernden Schritt auf ihn zu. Am liebsten hätte ich ihn angeschrien, einfach nur, weil er mich nicht in Ruhe ließ.

Isaac seufzte leise. Dann zog er mich an sich.

»Du siehst aus, als könntest du eine Umarmung gebrauchen«, sagte er leise.

Ich brauchte einen Moment, um zu verstehen, was er da tat.

Der Mistkerl *umarmte* mich tatsächlich.

Ich hielt die Luft an, als sich seine Arme noch ein Stück fester um mich schlossen. Er strich mit einer Hand über meine Schulter, mit der anderen über meinen unteren Rücken. Es war beinahe eine tröstende Geste. Ich ballte die Hände zu Fäusten.

»Sawyer, du bist steif wie ein Brett. Die Kraft der Umarmung kann sich nicht entfalten, wenn du dich so verkrampfst.«

Ich stieß hörbar die Luft aus. »Du spinnst doch.«

Isaac löste einen Arm von mir, um nach meinem zu greifen und ihn um seinen Rücken zu legen. Dasselbe machte er bei dem anderen. Dann hielt er mich wieder fest.

Ich spürte seinen Herzschlag und seine ruhigen Atemzüge.

Er hielt mich einfach nur fest. Ohne etwas zu sagen. Und ohne seine Hände wandern zu lassen – was ich von einem Mann, dem ich körperlich so nahe war, eigentlich gewohnt gewesen wäre.

Isaac hielt mich, und irgendwann merkte ich, wie mir warm wurde und sich mein Körper langsam entspannte. Der Schmerz war noch da, aber plötzlich war er erträglich und drohte mich nicht mehr von innen heraus zu zerdrücken.

Schließlich löste sich Isaac von mir. Er legte seine Hände auf meine Schultern und schob mich ein Stück weit von sich weg.

»Jetzt ist das Bitching Resting Face auf magische Weise verschwunden.«

»Es heißt Resting Bitch Face.«

»Mir egal, wie es heißt. Du siehst besser aus.«

»Deine Komplimente sind herzerwärmend. Nerd«, fügte ich hinzu, um zwischen uns wieder so etwas wie Normalität zu bringen.

Er schmunzelte. »Deshalb gibst du mir ja auch Nachhilfe. Ich dagegen kann aufgrund meiner langjährigen Erfahrung als großer Bruder wahnsinnig gut umarmen.«

»Hör auf, so selbstgefällig zu gucken, und komm mit nach vorne, damit ich dir zeigen kann, wie man kellnert.«

Isaac lachte, ging aber ohne ein weiteres Wort durch die Tür in die Küche.

Ich blieb einen Moment lang stehen und sah ihm nach.

Erst als sich mein Herzschlag wieder einigermaßen normalisiert hatte, atmete ich tief durch und folgte ihm.

Drei Stunden später beobachteten Al und ich von meinem Platz hinter der Theke aus fassungslos, wie Isaac fünf Teller auf einmal balancierend aus der Küche eilte und sie mit einem strahlenden Lächeln vor die Gäste an Tisch zwölf abstellte. Jeden Teller vor die richtige Person natürlich. Auf dem Weg zurück räumte er Tisch sieben ab und schaffte es, die Teller und Gläser so zu türmen, dass er alles in einem Rutsch mitnehmen konnte. Er verschwand durch die Klapptüren in die Küche, nur um im nächsten Moment wieder herauszukommen, um das Tablett mit Getränken, das ich vorbereitet hatte, an Tisch neun zu bringen.

Mit hochgezogenen Augenbrauen drehte ich mich zu Al.

Er starrte Isaac hinterher. Ich hatte ihn noch nie sprachlos erlebt.

Nach einer Weile sah er mich an. Dann umfasste er meinen Kopf mit seinen riesigen Pranken und drückte mir einen festen feuchten Kuss auf den Scheitel.

»Ugh!«, rief ich und boxte ihn in den Magen.

»Du hast einen gut bei mir, Dixon. Der Junge ist ein Geschenk«, sagte er. Er deutete mit dem Zeigefinger auf mich. »Im Ernst, merk dir das. Ich mache sofort den Vertrag fertig.«

»Klar«, murrte ich.

Ich war zweimal zum Probearbeiten hier gewesen, bevor Al mir die Zusage gegeben hatte. Obwohl ich es nicht wollte, war ich ein bisschen neidisch auf Isaac.

Gab es eigentlich irgendetwas, was dieser Kerl nicht konnte?

Wäre er nicht mein Abschlussprojekt und inzwischen so etwas wie ein Freund gewesen, hätte ich ihn aus tiefstem Herzen verabscheut.

Aber irgendwie war es auch faszinierend zu sehen, wie Isaac von einer Sekunde auf die andere in seinen Arbeitsmodus wechseln konnte, total konzentriert war und sich von nichts ablenken ließ. Dann strotzte er vor Energie und Tatendrang, während er sonst immer zurückhaltend und verunsichert war bei allem, was er tat.

Wie machte er das, dass er auf einmal so offen und freundlich mit den Kunden reden konnte, ohne auch nur ein einziges Mal rot zu werden? Es war beinahe, als hätte er einen Schalter, den er für die Arbeit umlegen konnte.

Nachdem die letzten Gäste das Steakhouse verlassen hatten, machte ich mich an den Kassenabschluss, während Isaac die letzten Tische abräumte und sauber wischte. Als er fertig war, kam er mit dem Geschirrtuch in der Hand zu mir an den Tresen. Er wickelte es sich erst um die eine und dann um die andere Hand, dann sah er mich erwartungsvoll an. »Und? Wie hab ich mich gemacht?«

»Al macht gerade deinen Vertrag fertig, Streber.«

Er wurde aschfahl. »Wirklich?«

Ich nickte.

Isaac sah mich ein paar Sekunden lang mit offenem Mund an. Dann breitete sich ein Lächeln auf seinem gesamten Gesicht aus. »Du hast mir den Arsch gerettet, Sawyer. Danke.«

»Kein Ding«, sagte ich. »Komm mit, dann kann ich dir noch zeigen, wo der Vorratskeller und der Lastenaufzug sind.«

Er folgte mir nach unten, und ich erklärte ihm knapp, wie er von hier Flaschen und andere Vorräte nach oben befördern konnte.

»Wir können eigentlich gleich die Getränke für morgen nachfüllen, wenn wir schon mal hier unten sind«, schlug ich vor.

Isaac nickte und begann, mir Flaschen aus den Getränkekisten zu reichen. Ich stellte sie in den Aufzug und notierte auf einer Liste, wenn eine Kiste leer war. Eine Weile arbeiteten wir schweigend nebeneinander. Immer mal wieder warf ich Isaac von der Seite einen Blick zu, betrachtete sein konzentriertes Gesicht, registrierte, wie effizient und gewissenhaft er selbst an eine so einfache Aufgabe wie diese heranging. Es war klar, wie sehr er diesen Job wollte. Er wollte ihn offensichtlich so sehr, dass er es schaffte, all das, was ihn sonst zurückhielt, einfach abzuschütteln.

Er reichte mir eine Flasche aus der Kiste, und ich war so in Gedanken, dass ich danebengriff und aus Versehen seine Hand streifte.

Er lächelte mich an, als ich ein »Sorry« murmelte, und ich stellte fasziniert fest, dass er weder zusammengezuckt noch rot geworden war. Stattdessen hielt er mir die Flasche einfach ein zweites Mal hin, und dann eine weitere.

»Warum brauchst du so dringend einen Job?«, fragte ich ihn. »Ich meine, ich verstehe, warum du Geld verdienen willst. Aber es scheint hier ja fast um Leben und Tod zu gehen.«

Isaac hantierte mit einer der Getränkekisten. Mit dem Rücken zu mir sagte er: »Meine Eltern haben zwar eine Farm, und es läuft auch ganz gut, aber ...« Er hielt kurz inne.

»Du musst es mir nicht erzählen, wenn du nicht willst«, sagte ich, hoffte aber, dass er es dennoch tun würde. Je mehr er erzählte, desto weniger Gelegenheit hatte ich, über meine eigenen Probleme nachzudenken.

»Nein, Quatsch, es ist kein Geheimnis«, meinte er und hievte eine Kiste von einer anderen. Er räusperte sich und nahm einen tiefen Atemzug. »Kurz bevor ich meinen Schulabschluss gemacht habe, ist mein Dad schwer krank geworden und musste dann auch operiert werden. Zu der Zeit war es nicht besonders gut um uns bestellt, die Mais- und Sojaernte ist in dem Jahr super schlecht ausgefallen. Meine Eltern hatten gerade ihr ganzes Erspartes für neue Erntemaschinen ausgegeben, außerdem waren zwei Scheunen baufällig und mussten renoviert werden. Ich musste eine Menge Aufgaben übernehmen, obwohl ich eigentlich ...« Er hielt inne.

»Was wolltest du eigentlich?«, hakte ich nach.

Er sah mich an. »Ich hatte nie vor, auf der Farm zu bleiben, sondern wollte immer studieren.«

»Aber durch die Sache mit deinem Dad bist du dortgeblieben.«

Sein Blick wurde dunkel. »Bin ich.«

»Für wie lange?«

»Mehr als ein Jahr.«

»Das ist echt lang.«

»Das war gar nicht das Problem … zumindest nicht so richtig. Für mich stand immer fest, dass ich irgendwann weggehen würde, um etwas anderes auszuprobieren. Ich wollte unbedingt gucken, ob es noch andere Dinge gibt, die mir liegen, und so viele Fächer wie möglich studieren. Aber anscheinend habe ich meine Sache gut gemacht. Meine Eltern waren stolz darauf, wie ich alle Aufgaben bewältigt habe. Sie dachten, ich hätte meine Meinung geändert.«

Ich stellte eine weitere Flasche in den Aufzug. »Hattest du aber nicht.«

Er ließ sich mit seiner Antwort Zeit. »Nein.«

Es war offensichtlich, dass es ihm schwerfiel, darüber zu reden. Ich hakte nicht nach, weil ich es selbst hasste, wenn Leute nicht aufhörten, mir Fragen zu Sachen zu stellen, die sie nichts angingen.

»Als ich es meinem Dad gesagt habe«, fing er nach einer Weile wieder an, »ist er total durchgedreht. Er war sich sicher, dass ich den Hof übernehmen würde, dabei habe ich das nie gesagt. Dann hat er mich quasi rausgeschmissen.« Isaac schluckte. »Seitdem habe ich kaum ein Wort mit ihm gewechselt.«

»Aber du hast mir mal erzählt, du würdest jedes Wochenende nach Hause fahren, um dort zu helfen.«

Er zuckte mit den Schultern. »Tue ich auch. Ich fahre wegen

meiner Geschwister hin, damit ich Zeit mit ihnen verbringen kann. Und wegen meiner Großeltern, die im selben Haus leben wie wir. Nebenher mache ich eben, was so anfällt. Aber mit meinen Eltern spreche ich kaum. Sie sind ziemlich enttäuscht von mir.«

Isaac hatte die Zähne fest zusammengebissen. Als er mir die letzte Flasche hinhielt, wich er meinem Blick aus.

»Das ist echt scheiße, Isaac«, sagte ich.

Er lächelte traurig. »Finde ich auch. Aber es ist, wie es ist. Ich werde meine Meinung nicht ändern, auch wenn ich den Hof liebe. Deshalb versuche ich, meinen Eltern nicht auf der Tasche zu liegen. Sie wollten nie, dass ich studieren gehe, aber …« Er hob hilflos die Schultern. »Ich musste einfach mal raus und sehen, was die Welt sonst noch zu bieten hat. Gucken, was ich überhaupt machen will. Es gibt so viel zu lernen, so viel zu entdecken, wovon ich bisher nur einen Bruchteil gesehen habe. Ich wollte einfach … mehr.«

Das konnte ich gut verstehen. Ich hatte damals dasselbe gefühlt, auch wenn ich aus anderen Gründen aus Renton geflohen war.

»Also verdienst du das Geld, das du von deinen Eltern nicht annehmen willst«, murmelte ich.

Er nickte. »Es ist auch nicht so leicht, wenn man vier Geschwister hat. Meine große Schwester Eliza studiert an einer Eliteuni, was unfassbar teuer ist. Und dann sind da noch Ariel, Levi und Ivy. Geld ist bei uns immer knapp bemessen.«

»Wie alt sind deine Geschwister?«, fragte ich.

»Eliza ist ein Jahr älter als ich, also zweiundzwanzig. Ariel ist acht, Levi sechs, und Ivy ist im März zwei Jahre alt geworden.«

»Oh, wow. Dann liegt zwischen euch aber ein ganz schöner Altersunterschied.«

Isaac lächelte schief. »Mom und Dad wollten schon immer eine große Familie, aber nach mir hatte meine Mom eine Fehlgeburt. Das war … nicht so leicht für sie. Es hat gedauert, bis sie sich wieder getraut haben. Und dann waren wir plötzlich zu siebt.«

Ich versuchte im Kopf auszurechnen, wie alt Isaacs Eltern wohl waren, wenn sie nach so vielen Jahren noch mal probiert hatten, Kinder zu bekommen.

»Meine Mom war bei meiner Geburt zwanzig«, erklärte er, als hätte er meine Gedanken gelesen. »Sie und mein Dad haben früh geheiratet.«

»Was halten deine Eltern denn davon, dass du so viel arbeitest?«

Aus irgendeinem Grund konnte ich nicht damit aufhören, Isaac mit Fragen zu bombardieren. Normalerweise empfand ich es als lästig, wenn jemand so viel über sich erzählte, aber bei ihm war es anders. Es interessierte mich, was er sagte. Ich *wollte* mehr wissen.

»Sie finden es überhaupt nicht gut, dass ich finanziell auf eigenen Beinen stehe. Ich glaube, sie sind sauer, weil sie mich mit nichts erpressen können. Aber mein Grandpa meint, Dad wäre einfach zu stolz und würde nie zugeben, wie sehr es ihn verletzt, dass ich mich so von ihnen entfernt habe. Dabei hatte ich es ursprünglich nur gut gemeint. Vor ein paar Jahren, als ich noch auf der Highschool war, hätten wir den Hof beinahe verkaufen müssen, weil es so schlecht um uns stand.«

Ich fluchte leise, aber Isaac lächelte. »Zum Glück kam es nicht so weit. Wir mussten allerdings sparen, überall, wo es nur ging. Unser Geld hat nicht für neue Kleidung gereicht, sodass Eliza und ich unsere Sachen teilen mussten. Du kannst dir sicher vorstellen, wie beliebt ein Junge an der Highschool ist, der dieselben Klamotten wie seine Schwester trägt.«

»Du hast schon mal gesagt, dass deine Schulzeit … nicht gut war.«

Er schnaubte. »Es war die Hölle. Meine Mitschüler waren … die Hölle.«

»Nur weil du keine neue Kleidung anhattest?«, fragte ich.

»Weil wir arm waren. Richtig arm. Und jeder wusste das. Man hat es ja auf den ersten Blick gesehen. Nicht nur an den Klamotten. An meiner Schultasche, meinem Pausenbrot, meinen nicht vorhandenen Sportschuhen. Für Teenager ist so was Grund genug, einem widerliche Sachen in den Spind zu stecken oder aufzulauern und mehrere Nachmittage hintereinander im Mädchenklo einzusperren.«

Auf seiner Stirn hatten sich tiefe Furchen gebildet, aber er sah eigentlich eher verwirrt als wütend aus, so als könnte er sich gar nicht richtig erklären, warum ihn diese Erinnerungen so aufwühlten.

Aber ich hatte es verstanden.

Deshalb war Isaac so, wie er war. Es ging nicht um Hemden, saubere Schuhe oder ordentliche Haare – es ging um Kontrolle, die er im Gegensatz zu früher jetzt über sein Aussehen und seine Wirkung auf andere hatte.

Ich fragte mich, was es bedeutete, dass er diese Kontrolle in den letzten Tagen ausgerechnet an mich abgegeben hatte.

»Ich bewundere, dass du noch immer an den Hof deiner Eltern fährst. Ich weiß nicht, ob ich das könnte«, sagte ich nach einer Weile.

»Egal, ob sie meine Entscheidungen gut finden oder nicht – meine Familie ist mein Zuhause. Das wird sich niemals ändern.«

Bei seinen letzten Worten fing mein Herz heftig an zu hämmern. Genau so empfand ich Riley gegenüber.

Isaac nahm mir den Stift ab und setzte den letzten Haken

auf der Liste. Als hätte er meine Gedanken gelesen, fragte er unvermittelt: »Hast du Geschwister?«

»Ja, eine Schwester.«

»Wie alt ist sie?«

»Dreiundzwanzig. Sie arbeitet in einer Tierklinik und … hat sich vor Kurzem verlobt.« Die Worte fühlten sich so falsch in meinem Mund an, dass sie mir kaum über die Lippen kamen.

»Das ist doch toll. Oder?« Sein Tonfall und der Blick, mit dem er mich ansah, verrieten mir, dass Isaac viel zu aufmerksam war.

»Ich … ja«, murmelte ich. Ich brachte es nicht über mich, ihm die Wahrheit zu sagen: nämlich dass mich der Gedanke, dass meine Schwester mit jemandem ein neues, ganz anderes Leben aufbauen könnte, in Panik versetzte.

»Es ist merkwürdig, dass Leute ihr gesamtes Leben durchgeplant haben, wenn man selbst noch keine Ahnung hat, was man eigentlich will, oder?«, sagte Isaac, während er die Tür des Lastenaufzugs schloss. »Wenn ich mir meine Babyfotos angucke, sind meine Eltern darauf jünger, als ich jetzt bin. Das ist ein total seltsamer Gedanke. Aber jeder hat halt ein anderes Timing.«

»Das ist gar nicht das, was mich so fertigmacht«, hörte ich mich plötzlich selbst sagen. Die Worte waren einfach so aus mir herausgekommen, ohne dass ich sie hätte zurückhalten können. Vielleicht war es, weil Isaac mir gerade so viel von sich erzählt hatte. Vielleicht aber auch, weil ich spürte, dass es mich von innen heraus auffressen würde, wenn ich diese Gedanken noch weiter für mich behielt.

»Sondern?«, fragte er sanft.

Ich wich seinem Blick aus. »Es ist einfach …« Ich biss mir auf die Unterlippe.

Isaac wartete.

Ich holte tief Luft. »Riley und ich waren uns immer so ähnlich. Wir ticken total gleich. Vor allem übers Heiraten hatten wir dieselben Ansichten. Und jetzt verlobt sie sich. Bestimmt wird sie auch bald schwanger.« Ich zog die Nase kraus. »Wir haben überhaupt nichts mehr gemeinsam. Dabei ist sie die einzige Person, die …«

… *mich versteht.*

Ich biss mir von innen auf die Wange, um mich vom Weitersprechen abzuhalten.

»Also hast du das Gefühl, dass sie sich von dir entfernt?«, fragte Isaac.

Ich starrte auf den grauen Steinboden und senkte meine Zähne noch ein bisschen tiefer in meine Wange. Schließlich zuckte ich mit den Schultern.

»Kenne ich irgendwoher«, sagte er und lehnte sich neben mich gegen die Wand.

Ich sah ihn fragend an.

»Bei Eliza und mir war es so ähnlich. Wir waren als Kinder unzertrennlich, auch weil zwischen uns fast kein Altersunterschied liegt. Aber zum Ende der Highschool hat sie sich verändert. Während ich durch die Hölle gegangen bin, war sie bei ihren Mitschülern total beliebt. Sie hätte mir das Leben damals um einiges leichter machen können, wenn sie mich in ihre Clique integriert hätte. Aber das ist eben die Highschool. Jeder kämpft für sich allein. Und als sie dann nach Harvard gegangen ist, ist der Kontakt zwischen uns immer weniger geworden.«

»Wie bist du damit umgegangen?«, fragte ich leise. Dass Riley und ich irgendwann nicht mehr miteinander sprechen würden, war meine allergrößte Angst.

»Erst habe ich sie in Ruhe gelassen, schließlich ist die erste

Zeit am College total aufregend und stressig. Aber irgendwann habe ich sie dann zur Rede gestellt. Inzwischen hat sich unser Verhältnis wieder gebessert. Aber sie ist echt weit weg. Es ist nicht mehr so wie früher.«

Das war nicht das, was ich hatte hören wollen. Aber es endete eben nicht jede Geschichte so, wie man es sich wünschte. Niemand wusste das besser als ich.

»Das ist echter Mist.«

»Ist schon okay. Es ist schwierig, wenn man Erwartungen an den anderen hat und gleichzeitig dessen Erwartungen nicht erfüllen kann. Aber ich vermisse sie tierisch.«

»Wenigstens ist meine Schwester nur im nächsten Bundesstaat und nicht am anderen Ende des Landes. Dreitausend Meilen ist eine ziemliche Entfernung«, sagte ich.

Isaac nickte.

Ich dachte über das nach, was er mir gerade erzählt hatte. Noch vor wenigen Tagen hätte ich Isaac in einem einzigen Wort zusammenfassen können: Nerd. Doch jetzt war er plötzlich so viel mehr: Sohn und Bruder. Jemand mit einer schweren Jugend, jemand, der willensstark und mutig war, aber trotzdem nicht vergaß, wo er herkam. Jemand, den ich bewunderte.

»Naja, aber so ist es eben«, unterbrach er meine Gedanken. »Was sagen denn deine Eltern zu Rileys Verlobung?«

Es fühlte sich an, als hätte er mich mit Eiswasser übergossen. Meine Nackenhaare stellten sich auf, und meine Brust wurde so eng, dass mir die Luft wegblieb.

Ruckartig erhob ich mich. Ich drückte auf den Knopf vom Aufzug und setzte ihn damit in Bewegung.

»Sawyer …«

»Es ist spät, und ich muss zu Hause noch was für die Uni erledigen«, sagte ich mit fester Stimme. »Außerdem will ich nicht, dass Al denkt, dass wir weiß Gott was hier unten treiben. Am Ende überlegt er sich das mit deinem Vertrag noch mal anders.«

Ohne Isaac anzusehen, ging ich zur Kellertreppe.

Er folgte mir schweigend, doch ich konnte seinen nachdenklichen Blick den gesamten Weg nach oben auf meinem Rücken spüren.

kapitel 10

Nach Renton zu fahren, fühlte sich nicht wie Nach-Hause-Kommen an. Im Gegenteil, wie jedes Mal waren die zwei Stunden im Zug dorthin für mich die schlimmsten zwei Stunden des gesamten Jahres. Mein Kopf hämmerte von dem Alkohol, den ich am Abend zuvor in mich gekippt hatte, um wenigstens einigermaßen schlafen zu können, und mein Magen rebellierte, weil ich morgens keinen Bissen hinunterbekommen hatte.

Als der Zug schließlich zum Stehen kam und ich ausstieg, musste ich gegen den Drang ankämpfen, auf der Stelle umzudrehen, wieder einzusteigen und zurück nach Woodshill zu fahren. Oder woandershin. Egal wohin. Doch ich riss mich zusammen. Riley und ich hatten diesen Tag schon so oft miteinander durchgestanden. Wir würden es auch heute schaffen.

Als ich Riley schließlich am Bahnsteig entdeckte, ging es mir tatsächlich sofort besser. Diese Wirkung hatte sie schon immer auf mich gehabt. Als unsere Eltern noch lebten und danach, wenn meine Tante Melissa wieder einmal ihren schlechten Tag an mir ausgelassen und ich mich daraufhin in meinem Zimmer unter der Decke verkrochen und geweint hatte. Es war erst besser geworden, wenn Riley zu mir gekommen war und mich getröstet hatte.

Unwillkürlich fragte ich mich, wie lange sie diese Rolle wohl noch für mich übernehmen konnte. Oder wollte.

Neben Riley stand Morgan, einen Arm um ihre Schulter gelegt. Sie hatten mich noch nicht gesehen, deshalb konnte ich den Anblick der beiden für einen Moment in Ruhe in mich aufnehmen. Sie sahen aus wie füreinander gemacht. Morgans Körper war wie Rileys auch von oben bis unten tätowiert. Da er dunkelhäutig war, kamen die Tattoos bei ihm ganz anders zur Geltung als bei Riley und mir. Sein Kleiderschrank schien aus genau vier Teilen zu bestehen: Jeans, schwarzes Shirt, Lederjacke, Bikerboots. Ich hatte noch nie etwas anderes an ihm gesehen. Dazu die Tunnel in seinen Ohrläppchen und die schweren Ringe an seinen Fingern – wer ihn nicht kannte und wusste, dass er in Wirklichkeit so zahm wie ein Kaninchen war, war von seinem Äußeren wahrscheinlich im ersten Moment abgeschreckt.

Er passte perfekt zu Riley. Und es war nicht zu übersehen, wie glücklich die beiden miteinander waren.

Warum konnte ich mich nicht für sie freuen?

Sie bemerkten mich, als ich nur noch wenige Schritte von ihnen entfernt war. Riley löste sich sofort von Morgan und schlang beide Arme um mich. Ich erwiderte die Umarmung fest.

»Hi, Nervensäge«, flüsterte sie in mein Ohr.

»Hi, Vorstadtmutti«, gab ich genauso leise zurück.

Sie kniff mich in die Schulter, und ich fluchte.

»Die Dixon-Schwestern, wieder vereint. Was für ein schöner Anblick«, meinte Morgan neben uns.

Auch er umarmte mich und drückte im Anschluss sanft meine Schulter. »Schön, dich zu sehen, Sawyer«, sagte er aufrichtig.

»Gleichfalls.«

Ich spürte Rileys erwartungsvollen Blick auf mir und wusste, dass ein »Herzlichen Glückwunsch« angebracht war. Schließlich war es das erste Mal, dass ich Morgan seit der Verlobung sah. Aber ich brachte es einfach nicht über mich.

Nach einer Sekunde zog er einen Mundwinkel leicht nach oben und ließ meine Schulter wieder los.

»Wollen wir?«, fragte Riley leise und legte einen Arm um mich.

Von Wollen konnte keine Rede sein.

Zum Friedhof dauerte es mit dem Auto keine halbe Stunde. Auf dem Weg dorthin redeten wir kaum. Weder Riley noch ich waren der Typ für Small Talk, zumal wir beide wussten, dass es keinen Sinn hatte, über Dinge wie die Uni oder die Arbeit zu sprechen, wenn wir uns auf dem Weg zu Moms und Dads Grab befanden.

Auf dem Parkplatz öffnete Morgan den Kofferraum und holte einen Strauß mit weißen Wildblumen heraus, den er und Riley gekauft hatten, bevor sie mich aufgesammelt hatten. Dann ließ er uns allein, und Riley und ich machten uns auf den Weg durch den Greenwood Memorial Park.

Die Anlage war gepflegt, mit sattem grünen Rasen und großen Bäumen, die das gesamte Gelände umgaben. Der einzige Grund, warum sie so gut in Schuss gehalten wurde, war wahrscheinlich, dass Jimi Hendrix hier begraben lag und der Greenwood Memorial Park mehr eine Touristenattraktion als ein Friedhof war. Mom und Dad waren riesige Fans von ihm gewesen und hätten sich über die Tatsache sicherlich gefreut, von daher ging das für Riley und mich in Ordnung.

Wenige Meter vom Grab entfernt griff ich nach Rileys Hand und krallte mich fest an sie. Zusammen gingen wir die letzten paar Schritte und kamen schließlich vor Moms und Dads Grab zum Stehen.

Schweigend starrten wir auf die Grabsteine. Sie waren schlicht und unauffällig – massive Natursteine mit runden Kanten. Einzig ihre Namen, Erin und Lloyd Dixon, sowie das Datum ihres Geburts- und Todestages waren eingraviert. Ich war neun Jahre alt gewesen, als es passiert war, Riley gerade zwölf. Wären wir älter gewesen und hätten entscheiden dürfen, hätten wir veranlasst, dass eine Songzeile aus Simon & Garfunkels *The Sound of Silence*, dem Lieblingssong der beiden, auf dem Stein stand. Etwas, das verriet, dass diese beiden Menschen, die hier begraben waren, eine Persönlichkeit gehabt hatten. Und dass es Leute gab, die um sie trauerten.

So waren es einfach nur … Steine.

Ich schluckte schwer. Riley ließ meine Hand los und beugte sich hinunter, um den Blumenstrauß abzulegen. Dann nahm sie mich in den Arm. Wir weinten nicht – zwischen Riley und mir lief seit mehr als zehn Jahren ein unausgesprochener Wettkampf, wer weniger Emotionen zeigen konnte. Aber die Art und Weise, wie wir uns aneinanderklammerten, ließ uns beide wissen, wie wenig okay wir in Wirklichkeit waren.

Mit meiner freien Hand umfasste ich mein Medaillon. Ich ließ meinen Daumen über den verschnörkelten Rand fahren. Einmal. Zweimal. Dann stärker, bis die scharfen Kanten in meine Haut stachen. Riley merkte es und drückte mich fester.

Es wurde nicht leichter. Ganz gleich, wie viele Jahre vergingen – es würde nie leicht sein, vor dem Grab unserer Eltern zu stehen. Der Schmerz war überwältigend, und heute war einer der Tage, an denen ich ihn voll und ganz fühlte. Ein Tag, an dem ich es kaum in meiner Haut aushielt, weil es so wehtat. Es war schmerzhaft und qualvoll und zu viel.

»Ich glaube, sie wären stolz auf uns«, meinte Riley nach einer Weile leise.

Antworten konnte ich darauf nicht. Ich hatte keine Ahnung, was Mom und Dad gesagt hätten, hätten sie mich jetzt gesehen. Ich trank zu viel Alkohol, schlief mit zu vielen Männern und hatte kaum Freunde. Ich gönnte meiner Schwester ihre Verlobung nicht, weil ich nicht wollte, dass sie mich alleine ließ. Das Einzige, worin ich gut war, war die Fotografie.

»Bestimmt«, sagte ich tonlos. Das Wort fühlte sich falsch an in meinem Mund, wie eine klebrige Masse, die ich lieber wieder heruntergewürgt hätte, als sie laut auszusprechen.

Ich war froh, als wir den Friedhof wieder verließen. Morgan wartete am Ausgang auf uns, und Riley lief geradewegs auf ihn zu und in seine Arme. Ein paar Sekunden hielt er sie nur, dann strich er sanft über ihren Rücken und flüsterte ihr etwas ins Ohr, das ich nicht verstand.

Mein Herz zog sich schmerzhaft zusammen, und ich drehte mich weg.

Ich konnte meine Erleichterung kaum verbergen, als wir uns schließlich auf den Weg zum *Hot War* machten. Der kleine, verrauchte Raum war unser Stammclub in Renton, und seit ich dreizehn war, fielen wir hier jedes Jahr am vierten September ein und tranken so viel und so lange, bis das Gewicht dieses Tages uns nicht mehr zu erdrücken drohte und die Tatsache, dass uns damals nicht nur unsere Eltern, sondern auch unsere Kindheit genommen wurde, nicht mehr ganz so unerträglich erschien.

Riley, Morgan und ich gingen durch den schmalen, mit Graffitis besprühten Eingang und nahmen an einem der runden Holztische Platz. Es war früher Nachmittag, weshalb außer uns nur der Inhaber des *Hot War* anwesend war. Morgan ging zur Bar und holte uns drei Flaschen Bier sowie drei randvoll gefüllte Schnapsgläser. Wir stießen nicht an, sondern kippten den Whiskey einfach runter. Danach nahm Morgan die Gläser und ging zurück zur Bar, um eine zweite Runde zu holen. Ich starrte auf die Bierflasche in meiner Hand und wünschte mir nichts mehr, als dass dieser Tag endlich zu Ende wäre.

Der Alkohol half. Nach einer Weile fiel die Anspannung von uns ab, und wir begannen, uns zu unterhalten. Ich liebte es, wenn Riley von ihrem Job erzählte. Sie war Tierarzthelferin, was hervorragend zu ihr passte, da sie schon immer eine magische Beziehung zu Tieren gehabt hatte. Riley brauchte sie nur streicheln oder ihnen ein paar Worte zuzuflüstern, und schon beruhigten sie sich.

»Wirklich, Sawyer. Du hättest ihn sehen sollen. Er war winzig, hatte aber so große Ohren, dass sie auf den Boden hingen. Als er aus der Narkose erwacht ist, ist er die ganze Zeit über seine eigenen Ohren gestolpert«, sagte sie grinsend. Sie lallte bereits ein kleines bisschen und tippte wild auf ihrem Handy, weil sie mir unbedingt das dazugehörige Bild zeigen wollte.

»Jetzt will sie auch unbedingt einen Beagle«, sagte Morgan leise zu mir und nippte an seinem Bier.

Riley stieß ein triumphierendes Geräusch aus und hielt mir das Handy vors Gesicht.

Ich musste mich zurücklehnen, um überhaupt etwas erkennen zu können. Auf dem Bild war ein Hund, der mit einer Pfote auf seinem eigenen Ohr stand und kurz davor war, zur Seite zu kippen.

»Der sieht ja aus, als wäre er betrunken«, sagte ich. »Und die Ohren!«

»Sag ich doch!«, rief Riley aufgeregt. »Baby, ich will auch einen Hund mit Ohren.«

»Ich glaube, das musst du noch ein bisschen mehr eingrenzen.«

»Einen mit *langen* Ohren«, ergänzte sie.

»Geht klar. Aber erst nach der Hochzeit.«

»Einverstanden.«

Einen Moment lang sahen sie sich lächelnd an. Dann wurde Rileys Blick nachdenklich, und sie schwenkte ihr Schnapsglas ein paarmal hin und her. Dann holte sie tief Luft und sah mich an. »Die Hochzeitsplanungen sind mittlerweile voll im Gange.«

Ich konnte es nicht verhindern: Ich versteifte mich. Riley merkte es natürlich. Seit sie bei mir im Wohnheim gewesen war, hatten wir dieses Thema jedes Mal ausgeklammert, wenn wir miteinander telefoniert hatten. Und auch wenn ich wusste, dass ich der Realität irgendwann ins Gesicht blicken und ihre Entscheidung akzeptieren musste, hätte ich mir gewünscht, dass sie mich wenigstens heute noch damit davonkommen ließ. Stattdessen sahen sie und Morgan mich erwartungsvoll an.

Ich zwang einen freundlichen Ausdruck auf mein Gesicht. »Das ist … schön.«

Ein Flackern trat in Rileys Augen. Es verschwand nach einem Wimpernschlag wieder, aber ich hatte es genau gesehen. Ich kannte meine Schwester gut genug, um zu wissen, dass sie dieses Mal nicht lockerlassen würde. Ihre nächsten Worte bestätigten mich. »Inzwischen haben wir sogar schon eine Location gebucht.«

Ich versuchte alles, um mein Lächeln im Gesicht zu behalten, bekam allerdings kein einziges Wort heraus. Es war, als steckte ein fetter Klumpen in meinem Hals. Und in meinem Magen. Dieser Tag war schlimm genug – warum musste sie ihn jetzt noch schlimmer machen?

Ich starrte an Riley vorbei auf das riesige Graffiti, das hinter ihr an die Wand gesprüht war. Es musste neu sein, denn ich hatte es noch nie zuvor gesehen. Eine Meerjungfrau saß auf einer Klippe, und ihr grünes Haar hing über ihre nackten Brüste bis zu ihrer Taille, wo ihr Körper in einen schillernden Fischschwanz überging. Das Bild wurde von blauen und grünen Neonröhren beleuchtet und sah ziemlich cool aus. Schade, dass ich meine Kamera nicht dabeihatte. Es wäre ein tolles Motiv gewesen.

»Es wird eine coole Feier«, holte Riley mich aus meinen Gedanken. »Wir haben eine Scheune gebucht, in der Freunde von uns letztes Jahr geheiratet haben, und wir haben beschlossen, auf Caterer zu verzichten. Jeder, der mag, soll einfach eine Kleinigkeit fürs Buffet mitbringen.«

Mein Lächeln wurde immer gezwungener. Großer Gott, was war los mit mir? Warum konnte ich mich nicht wie ein normaler Mensch verhalten und mich einfach freuen? Oder wenigstens so tun als ob?

»Meine Freundin Harlow aus der Klinik und Janice, die ich noch von der Highschool kenne, werden Brautjungfern sein.«

Ich erstarrte und wagte es nicht, Riley anzusehen. Oh Gott, jetzt würde es kommen. Sie würde mich fragen, ob ich mich an ihrem Hochzeitstag neben sie an den Altar stellen, ihren Strauß halten und dabei zusehen würde, wie sie sich von mir verabschiedete und ganz offiziell eine neue Familie bekam. Ich schluckte schwer und unterdrückte den Drang, die Augen fest zusammenzukneifen.

»Wir haben auch schon eine Standesbeamtin gefunden, die die Trauung in der Scheune durchführt. Und Freunde von uns, die in einer Band sind, werden an dem Tag die Musik spielen – das wird so toll.«

Oh. Okay. Wohl doch nicht.

»Und weil die Planung momentan so gut läuft, wollen wir schon im November heiraten«, fügte Morgan hinzu.

Ich riss die Augen auf. »Im November?«, krächzte ich.

Die beiden nickten, und in meiner Brust schwoll ein Ballon an, der jeden Moment zu platzen drohte.

»Wir wissen, dass das sehr wenig Zeit ist, um eine Hochzeit zu planen, aber es soll ja auch keine traditionelle Zeremonie werden oder so. Alles, was wir wollen, ist, einen schönen Tag mit unseren Freunden zu verbringen – ganz locker und ungezwungen«, erklärte Morgan.

»Alle halten uns für verrückt«, sagte Riley lächelnd.

»Sind wir ja auch«, murmelte Morgan und beugte sich vor, um ihr einen Kuss auf die Stirn zu drücken. Danach sahen sie sich an, und Riley wurde ganz rot.

Der Ballon in meiner Brust platzte.

Was machte ich hier überhaupt noch? Meine eigene Schwester wollte mich noch nicht mal als ihre Brautjungfer. Nicht, dass ich scharf auf den Job gewesen war, aber Riley zuliebe hätte ich es getan. Für Riley würde ich alles tun. Aber anscheinend wollte sie das überhaupt nicht.

Rileys Verlobung hatte mir eine solche Angst gemacht, weil ich geglaubt hatte, dass ich sie in dem Moment verlieren würde, in dem sie Ja zu Morgan sagte. Doch jetzt merkte ich, dass das schon längst geschehen war.

Sie hatte sich von mir entfernt, zu weit, als dass ich sie würde einholen können.

Ich war allein.

Mit zitternden Fingern griff ich nach meinem Glas und kippte den restlichen Whiskey runter. Dann stellte ich es ein bisschen heftiger als notwendig auf dem Tisch ab.

Riley runzelte die Stirn. »Eigentlich wollte ich dich fragen, ob du die Bilder für unsere Einladungen machen möchtest.«

Ich schnaubte. »Eigentlich.«

»Ja, eigentlich. Momentan bin ich aber am Überlegen, ob das

eine schlaue Idee ist. Du machst nämlich nicht den Eindruck, als würdest du dich für uns freuen.«

Ruckartig stand ich auf. Der Alkohol ließ mich einen Moment auf der Stelle schwanken.

Riley und Morgan starrten mich an.

»Sorry«, murmelte ich und machte einen Schritt vom Tisch weg. »Sorry. Aber ich kann nicht.«

So schnell ich konnte, lief ich zum Ausgang des *Hot War*. Erst als ich die schwere Stahltür aufdrückte und mir die frische Septemberluft ins Gesicht stieß, wagte ich es, wieder einzuatmen.

Ich lehnte mich neben die Tür an die Wand. Inzwischen war es dunkel, und ich starrte in den sternlosen Himmel, während ich versuchte, meinen Puls unter Kontrolle zu bekommen. Ich hatte mich so bemüht, mich zusammenzureißen. Aber warum hatte Riley ausgerechnet heute dieses Thema auf den Tisch bringen müssen?

Ich war so in Gedanken, dass ich den Kerl neben mir erst bemerkte, als mir der Rauch von seinem Joint in die Nase stieg. Ich drehte meinen Kopf. Sein intensiver Blick ruhte auf mir, aber er sagte nichts. Ich musterte ihn langsam von oben bis unten. Er sah gut aus – mit seinem kantigen Gesicht und den halblangen blonden Haaren, die mich an Kurt Cobain erinnerten. Ohne den Blick von mir abzuwenden, hob er den Joint erneut an seine Lippen und zog daran. Ich beobachtete, wie der Rauch seinen Mund verließ.

Dann reichte er mir den Joint. Als ich ihn entgegennahm, merkte ich, dass meine Finger zitterten. Ich war noch immer so wütend auf Riley und auf Morgan, aber vor allem auf mich selbst. Ich musste dringend runterkommen. Ich zog an dem Joint und spürte sofort, wie er mir zu Kopf stieg. Ich schloss die Augen. Das war genau das, was ich jetzt brauchte.

Ich rauchte selten und vergaß jedes Mal, wie gut es sich anfühlte, wenn das Gras langsam, aber sicher alle Gedanken aus dem Kopf drängte, bis nichts als ein monotones Rauschen übrig blieb. Ich nahm zwei weitere tiefe Züge. Als ich Kurt Cobain den Joint zurückgeben wollte, hatte er bereits den nächsten in der Hand und schirmte ihn und das Feuerzeug vom Wind ab. Nachdem er ihn angezündet hatte, winkte er ab.

»Behalt ihn. Du siehst aus, als könntest du es gebrauchen.«

Wenn er wüsste. »Danke.«

Ich lehnte mich gegen das Gemäuer und schloss die Augen. Irgendwann kamen Kurts Freunde aus der Kneipe und stellten sich zu ihm. Ich lauschte ihrem sinnlosen, betrunkenen Gerede, während ich fertig rauchte. Mit jedem Zug verschwand die Panik in meinem Inneren ein bisschen mehr.

Aber die Enttäuschung und die Wut blieben. Dabei war ich am meisten auf mich selbst wütend. Ich war wütend, weil ich mich nicht freuen konnte, obwohl ich mich freuen wollte. Ich war wütend, weil ich auf keinen Fall wollte, dass Riley mich in ihre Hochzeitsplanungen einbezog, mir aber trotzdem wünschte, dass sie wenigstens gefragt hätte. Und ich war wütend, weil ich wusste, dass ich es niemals zulassen würde, dass mir jemand so nahe kam, wie Morgan Riley nahe gekommen war. Ich hatte zu viel Angst, verletzt zu werden.

Zu wissen, dass ich vollkommen auf mich allein gestellt war, tat weh. Ich musste dringend aufhören, über Riley nachzudenken. Und vor allem über diese gottverdammte Hochzeit.

Als hätte jemand meine Gedanken gelesen, klingelte mein Handy. Ich holte es aus meiner Jeanstasche.

Riley.

Ich starrte auf ihren Namen, dann drückte ich sie weg. Das Display zeigte mir zwei Nachrichten an, die ich im Laufe des Nachmittags bekommen hatte. Eine war von Dawn, die mir viel Spaß in Renton wünschte und mich bat, Riley für sie zu grüßen. Ich schnaubte und antwortete nicht. Die zweite war von Isaac und beinhaltete bloß ein Foto, auf dem ein zerbrochenes Weinglas zu sehen war.

Wahrscheinlich lag es am Gras, aber der Druck in meiner Brust wurde plötzlich ein wenig leichter. Ich drückte auf »Antworten«. Es war schwieriger als gedacht, die richtigen Tasten zu treffen.

Und ich dachte schon, du hast magische Hände oder so.

Seine Antwort kam postwendend. Ich warf einen Blick auf die Uhr. Die erste Schicht, die er alleine mit Al gehabt hatte, musste inzwischen vorbei sein.

Meine Hände sind auch magisch. Ich bin nur leider gegen Al gelaufen.

Ich stellte mir vor, wie Isaac, der nicht nur Respekt, sondern auch so etwas wie Todesangst vor Al hatte, sich tausendmal hintereinander bei ihm entschuldigte, weil er erstens ein Glas kaputt gemacht und zweitens Al berührt hatte. Ich musste schmunzeln.

Hast du dir dabei was gebrochen?

Ich glaube, ich habe eine Beule an der Stirn.

Zeig her

Es vergingen ein paar Minuten, bis mein Handy wieder summte. Isaac hatte ein Selfie gemacht, auf dem er auf seine Stirn deutete, einen nachdenklichen Ausdruck im Gesicht. Er trug keine Brille, und die Spitzen seiner feuchten Haare kringelten sich an seiner Stirn. Außerdem hatte er nichts an. Ich sah zwar nur seine Schultern, erinnerte mich aber genau an die Muskeln an seinem Bauch und seine glatte, warme Haut. Bei der Vorstellung wurde mir warm.

Ich sehe keinen Boiler, nur einen hübschen Kellner.

Einen Boiler sehe ich auch nicht …

Verdammte Autonknksdbt.

Shit, meine Fingerspitzen waren von dem Gras wie taub und die Tasten meines Handys viel zu klein.

Wenn ich es nicht besser wüsste, würde ich sagen, du hast getrunken. Gibt's was zu feiern?

Ich verzog das Gesicht. Meine Wangen brannten, und es fiel mir schwer, das Gleichgewicht zu halten. Ich lehnte mich wieder an die Wand.

Ich hasse die Welt und wünschte, ich wäre woanders.

Es war mir egal, was Isaac von mir dachte. Und es war mir auch egal, dass diese elf Worte das Ehrlichste waren, das ich jemals irgendjemandem auf dieser Welt von mir erzählt hatte.

Isaac antwortete mit einem Bild von einem kleinen Mädchen. Verwirrt hielt ich mir das Display näher vor die Augen.

Heilige …

Das Mädchen war etwa vier Jahre alt und sah wirklich niedlich aus – wenn man von ihrem furchtbar krummen Haarschnitt absah. Sie hatte sich nämlich ganz eindeutig eine Schere genommen und sich damit selbst eine neue Frisur verpasst. An manchen Stellen waren ihre Haare nicht einmal zwei Zentimeter lang, an anderen Stellen reichten sie ihr bis zur Schulter. Meine Mundwinkel zuckten.

Jede Wette, dass du zumindest gegrinst hast, schrieb Isaac.

Mölgich. Was ist passiert?

Als Ariel vier war, hat sie meine Bastelschere geklaut und ein bisschen Friseur gespielt.

Erneut sah ich mir das Bild an. Jetzt musste ich wirklich grinsen. Die Frisur sah einfach scheußlich aus.

Arme ariel.

Pft. ICH war derjenige, der Hausarrest bekommen hat!

Armer Isaac.

Schon viel besser.

Hast du dir auch mal die hare selbst geschnitten?

...

komm schon

Nein, habe ich nicht. Aber ich habe Klebstoff genommen und versucht, meine Locken damit glatt an meine Stirn zu kleben, weil sich im Kindergarten immer alle über die Kringel lustig gemacht haben. Sie haben mich Curlyfry genannt. Ich musste etwas dagegen unternehmen.

bwahahahah

Lach nur. Jegliche Beweisbilder wurden vernichtet.

Ich glaue dir kein Wort, curlyfry

Das kränkt mich. Wirklich.

Kein. Wort.

Es gibt keine!

her damit

… irgendwann vielleicht.

Ich wusste nicht, was ich darauf antworten sollte. Ich drehte das Handy in meiner Hand. Inzwischen war das Gehäuse ganz warm geworden.

»Hey, Rockergirl. Lust, mitzukommen?«, fragte Kurt Cobain plötzlich und stieß mir den Ellenbogen leicht in die Seite. Ich drehte mich zu ihm und seinen Freunden, die alle in Aufbruchsstimmung zu sein schienen.

»Wohin?«, fragte ich. Meine Zunge fühlte sich schwer in meinem Mund an, und ich schwankte etwas auf der Stelle.

Kurt grinste und fuhr sich durchs Haar. Es sah nach einer

geübten Bewegung aus. »Wir verlegen die Party zu mir nach Hause. Du bist herzlich eingeladen.«

Ich betrachtete ihn eine Weile.

Dann nickte ich langsam, stopfte mein Handy zurück in die Tasche und stieß mich von der Wand ab.

kapitel 11

Am nächsten Morgen wachte ich mit pochendem Schädel auf. Die Wände drehten sich, obwohl ich noch im Bett lag, und ich brauchte einen Moment, um zu realisieren, dass ich mich in Rileys Gästezimmer befand und nicht in Woodshill.

Die Matratze bewegte sich. »Guten Morgen!«

Oh Gott, mein Kopf würde jeden Moment platzen. Riley kletterte über mich und setzte sich auf meine Oberschenkel. Dann pfefferte sie mir ein Kissen ins Gesicht.

»Verdammt, Riley«, stöhnte ich. »Du bist eine miese Schwester.«

»Danke, gleichfalls.« Sie pikte mich in die Schulter. »Morgan hat gesagt, du bist erst heimgekommen, als er schon auf dem Weg zur Arbeit war. Stimmt das?«

»Kann sein.« Ich rieb mir über das Gesicht und blinzelte mehrmals. Meine Schwester war ungeschminkt, und so waren die gräulichen Schatten unter ihren blauen Augen nicht zu übersehen. Anscheinend hatte sie die letzte Nacht genauso mitgenommen wie mich. Ich hasste es, der Grund für den traurigen Blick in ihren Augen zu sein.

Sie drückte mit ihrer Faust in meinen Magen, und ich krümmte mich.

»Hör sofort auf damit«, brachte ich hervor. »Es sei denn, du willst, dass ich dein Gästezimmer vollkotze.«

Sofort verschwand ihre Hand. Sie rutschte von mir herunter und ließ sich neben mich auf das Bett fallen. Eine Zeit lang blieben wir so liegen und schwiegen, den Blick an die Decke gerichtet.

»Ich weiß, dass das alles sehr plötzlich kommt, Sawyer«, sagte Riley irgendwann.

Ich drehte meinen Kopf zur Seite und sah sie an. Ihre lila Haare sahen auf dem grünen Kissenbezug aus wie ein ausgebreiteter Fächer.

»Und ich weiß auch, dass Veränderungen nicht einfach für dich sind – mir geht es auch so. Das weißt du«, fuhr sie fort. »Aber das ist die erste Veränderung in meinem Leben, die mir keine Angst macht. Ich kann es kaum erwarten, Morgan zu heiraten. Ich bin glücklich mit ihm. Ich würde mir so wünschen, dass du das verstehst.«

Ich seufzte. Natürlich verstand ich es. Aber nur weil Riley keine Angst vor dieser Veränderung hatte, hieß das nicht, dass für mich das Gleiche zutraf. Die Vorstellung, wie es nach der Hochzeit sein würde, machte mich verrückt. Ich wollte meine Schwester nicht verlieren. Aber aus irgendeinem Grund konnte ich Riley das nicht sagen. Dabei hatte ich noch nie in meinem Leben ein Geheimnis vor ihr gehabt. Ich konnte ihr *alles* erzählen, und sie verstand mich immer. Sie war die Einzige, bei der ich nie einen Filter gebraucht hatte. Selbst Dawn kannte nur die Version von mir, von der ich wollte, dass sie sie kannte.

Riley sah so traurig aus. Vielleicht war es an der Zeit, dass ich mich zusammenriss. Und wenn das bedeutete, dass ich mit ihr nicht mehr mein wahres Ich und meine wahren Gedanken teilen konnte, sondern nur noch die gefilterte Sawyer – dann sollte es eben so sein.

»Gestern war kein leichter Tag. Für uns beide nicht«, fing ich leise an.

Riley nickte und drehte ihren Kopf zu mir, um mich anzusehen. »Ich hätte dir nicht gerade gestern von unseren Plänen erzählen müssen.«

»Tut mir leid, wie ich reagiert habe. Ich war … nicht ganz ich selbst«, murmelte ich.

»Ich auch nicht. Ich wollte einfach von irgendetwas reden, das gerade gut läuft, damit wir bessere Laune bekommen. Aber es hat nicht so funktioniert, wie ich mir das vorgestellt habe.«

Wieder schwiegen wir. Dann fasste ich einen Entschluss.

»Lass uns Morgan später vor der Arbeit abholen und zu eurem Lieblingsplatz fahren. Dann kann ich dort Bilder von euch machen«, schlug ich vor.

Riley setzte sich auf. Ein langsames Lächeln breitete sich auf ihrem Gesicht aus. »Wirklich?«

Ich nickte. »Ich würde sehr gerne die Bilder für eure Einladungen schießen. Ich habe sogar schon ein paar Ideen, was du anziehen könntest.«

Riley quietschte und presste sich dann erschrocken eine Hand auf den Mund.

Sie räusperte sich. »Danke, Sawyer.«

Ich setzte mich ebenfalls auf und umarmte sie, mindestens so fest wie sie mich. Doch das Gefühl, dass ich im Begriff war, sie zu verlieren, verschwand nicht.

Als ich in Woodshill aus dem Zug stieg, atmete ich zum ersten Mal wieder tief ein, und nachdem ich mir einen großen Smoothie geholt und es mir damit in meinem Zimmer vor meinem Laptop gemütlich gemacht hatte, fühlte ich mich schon wieder halbwegs normal.

Ich schrieb eine Arbeit fertig, die ich in der kommenden Woche abgeben musste. Danach checkte ich meine Mails. Ich hatte zwei Anfragen von Leuten, die meine Bilder im Uni-

Flur gesehen hatten und mich für eigene Fotos buchen wollten. Sofort antwortete ich ihnen. Schon seit einiger Zeit juckte es mich in den Fingern, mir eine eigene Webseite zu erstellen und darauf mein Portfolio zu veröffentlichen. Allerdings hatte ich keine Ahnung, was man beachten musste, wenn man sich selbstständig machte. Und da ich noch zwei Jahre lang an der Uni feststecken würde, wusste ich auch nicht, ob es überhaupt Sinn ergab, sich darüber jetzt schon Gedanken zu machen. Nichtsdestotrotz hatte ich mir fest vorgenommen, Robyn am Ende des Semesters darauf anzusprechen.

Davor musste ich allerdings mein Abschlussprojekt fertig bekommen. Ich öffnete den Ordner, den ich »Grant Isaac Grant« genannt hatte und in den ich alle Bilder, die ich bisher von Isaac gemacht hatte, hineingeschoben hatte. Ich begann, mich der Reihe nach durchzuklicken und mir eins nach dem anderen genau anzusehen.

Als Erstes kamen die Bilder, die wir noch bei *Wesley's* gemacht hatten. Auf einigen sah Isaac fast unnatürlich steif aus und starrte mit unsicherem Blick direkt in die Kamera. Ich öffnete einen neuen Ordner, nannte ihn »Nein« und schob alle hinein. Die Bilder, auf denen er am PC saß, gefielen mir schon besser. Er sah genauso aus, wie ich ihn hatte zeigen wollte: fein säuberlich nach hinten gegelte Haare, die Brille auf der Nase und ein konzentrierter Blick. Ich schob drei in den »OK«-Ordner. Auch die Bilder, die wir auf dem Campus gemacht hatten, waren gut geworden, vor allem die vom Schluss, als ich es aufgegeben hatte, Isaac Anweisungen zu geben und ihn einfach hatte machen lassen. Mein Favorit war eins, auf dem er – das Buch aufgeklappt in seiner Hand – an der Gebäudewand lehnte, eine Augenbraue hochzog und in die Kamera sah, als würde er allein mit seinem Blick sagen wollen: »Das ist das Bescheuertste, was ich je gemacht habe, und es ist allein deine Schuld.«

Das Bild brachte mich zum Schmunzeln, und ich packte es in den »UNBEDINGT«-Ordner.

Die besten Fotos waren allerdings zweifellos die aus der Umkleidekabine des *Cure Closet*. Isaac sah in seinen neuen Klamotten so gut und gleichzeitig so skeptisch aus, dass ich sie gut würde nutzen können, um das Dazwischen zu dokumentieren. Etwas neu, aber eben noch nicht völlig neu. Als könnte er seine Verwandlung selbst kaum glauben.

Ich klickte durch die Bilder, die ich bisher in den »UNBEDINGT«-Ordner geschoben hatte. Sie waren objektiv betrachtet gut. Das Licht stimmte, und man konnte die Veränderung an Isaac sehen. Und doch schien es noch nicht so richtig zu klicken. Ich runzelte die Stirn. Irgendetwas fehlte. Aber ich hatte keine Ahnung, was es war. Ich schloss den Ordner wieder und schaute mir die restlichen Fotos aus dem *Cure Closet* an.

Sie waren okay, rissen mich aber auch nicht wirklich vom Hocker. Bis ich zu dem Bild mit Isaacs Hintern kam. Ich hatte ihn mehr zum Spaß fotografiert, weil ich es lustig fand, Isaac aus der Fassung zu bringen. Aber als ich das Bild jetzt betrachtete, entdeckte ich, dass man in dem Spiegel, vor dem wir gestanden hatten, Isaac auch von vorne sehen konnte. Damals war mir das nicht aufgefallen. Ich zoomte den Bildausschnitt näher heran. Isaac beobachtete durch den Spiegel, wie ich ihn fotografierte, und ein Schmunzeln lag dabei in seinen Mundwinkeln, so als würde er mir diesen Gefallen gnädigerweise tun. Ich war mir nicht sicher, ob es zum Thema des Projekts passte, aber nichtsdestotrotz war es ein genialer Schnappschuss. Auf meinen Armen stellten sich aufgeregt die Härchen auf.

Ich öffnete das Bild in Photoshop und fing an, es zu bearbeiten. Ich probierte ein bisschen herum, spielte mit dem Licht, änderte die Sättigung und betrachtete es in Schwarz-Weiß. Oh ja. Es klickte.

Ich öffnete mein E-Mail-Programm, fügte das Bild als Anhang hinzu, schrieb »Erste Sahne« in den Betreff und gab Isaac als Empfänger ein. Als ich die Mail abgeschickt hatte, rief ich ihn auf dem Handy an.

Es dauerte eine Weile, aber dann ging er ran. »Hallo?«

»Curlyfry«, sagte ich fröhlich.

Er stöhnte. »Ich hätte dir das nie erzählen dürfen.«

»Selbst schuld, wenn du so mitteilungsbedürftig bist.«

»Nur, weil ich dich aufheitern wollte«, meinte er. Ich hörte ein Knistern, das mit ziemlicher Sicherheit von diesem merkwürdigen Pokémon-Sitzsack kam, der bei ihm und Gian im Wohnzimmer stand. Ich erinnerte mich genau an das Geräusch.

»Hat geklappt«, sagte ich. »Als kleines Dankeschön habe ich dir ein Bild geschickt. Guck mal in deinen Mailer.«

Er ächzte, und jetzt war ich mir sicher, dass er in dem Sitzsack gesessen hatte – davon aufzustehen, war mit ungemeiner Anstrengung verbunden. Wenig später hörte ich, wie er auf einer Tastatur tippte. Dann lachte er rau.

»Und?«, fragte ich.

»Das Bild ist großartig. Danke, Sawyer.«

Bei seinem Lob wurde mir warm. »Eigentlich hatte ich vor, es als meinen Desktop-Hintergrund zu nehmen, um Dawn zu ärgern. Aber irgendwie finde ich es dafür jetzt zu gut.«

»Weil mein Hintern erste Sahne ist?«, fragte er und wiederholte dabei meine eigenen Worte.

Ich verdrehte die Augen, schaute aber unwillkürlich erneut auf das Bild. Dabei stach mir plötzlich etwas ins Auge, und ich zoomte näher ran. In Isaacs Nacken kräuselten sich die Locken. Ich hielt die Hand über die Stelle. Es würde besser aussehen, wenn sie – zumindest unten – nicht ganz so lang wären wie oben.

»Deine Haare sind zu lang.«

»Das nenne ich mal einen abrupten Themenwechsel.«

»Würdest du mir erlauben, sie zu schneiden?«, fragte ich.

Er verstummte. Wortwörtlich. Da kam kein einziges Geräusch mehr aus der Leitung. Ich hielt das Handy kurz von meinem Ohr weg und blickte auf die Anzeige. Die Verbindung stand noch.

»Isaac?«, fragte ich.

»Ich bin noch da.«

»Also?«

Er räusperte sich. »Was meine Haare angeht, bin ich eigen.«

»Süßer.« Ich schnaubte. »Nicht nur, was deine Haare angeht.«

»Locken sind unberechenbar. Ich weiß nicht, ob du damit umgehen kannst, *Süße*.« Seine Stimme klang, als müsste er ein Lachen unterdrücken.

»Nein, nein. So funktioniert das nicht mit Spitznamen.«

»Oh. Ich wusste nicht, dass es da ein Richtig und ein Falsch gibt.«

Ich schüttelte den Kopf. »Es gibt für alles Regeln, Isaac! Du kannst doch nicht einfach die weibliche Form von dem Spitznamen nehmen, den ich dir gegeben habe. Wie einfallslos ist das denn.«

Er stöhnte frustriert. »Was wird das, Flirt-Lektion Nummer 273?«

Ich schnalzte mit der Zunge. »Wie frech du am Telefon sein kannst, Grant Isaac Grant.«

Wieder verstummte er.

»Das können wir zu deinem Vorteil nutzen«, fuhr ich fort.

»Tatsächlich?«, fragte er.

»Ja, für Lektion Nummer 274: Flirten am Telefon.«

»Oh nein.«

»Oh *ja.* Tipp Nummer eins: Wähle den richtigen Ort dafür. Es gibt nichts Schlimmeres, als wenn man mit einem Typen telefoniert, und im Hintergrund johlen die Mitbewohner. Oder wenn der Sitzsack, auf dem er sitzt, komische Geräusche von sich gibt«, fügte ich hinzu.

»Keine Mitbewohner und kein Relaxo«, sagte Isaac amüsiert. »Ist notiert.«

Ich lehnte mich zurück und zog den Laptop mit. »Tipp Nummer zwei: Vergiss alle Regeln, die da draußen so kursieren. Bis auf meine natürlich.«

»Welche meinst du?«, fragte er.

»Na, dieser Kram, dass man drei Tage warten soll, bevor man ein Mädchen anruft. Wenn sie dir ihre Nummer gegeben hat, ruf sie an oder schreib ihr sofort. Zeig ihr ruhig, dass du an sie denkst. Diese ganzen Hin-und-her-Spiele sind überflüssig.«

Ich hörte das Klicken der Tastatur.

»Du schreibst nicht ernsthaft mit, oder?«, fragte ich verdutzt.

Er räusperte sich. »Würdest du mir glauben, wenn ich jetzt Nein sage?«

»Nein.«

»Dachte ich mir«, murmelte er und wieder klickten seine Tasten.

»Tipp Nummer drei: Lächle, während du redest. Das kann man hören.«

»Ich habe das Gefühl, das wird eine lange Lektion«, sagte Isaac.

»Jetzt hast du zum Beispiel nicht gelächelt. Jede Wette, dass du gerade schrecklich skeptisch guckst.«

Das Klicken stoppte. »Das kannst du ernsthaft hören?«

»Ja. Und jetzt hör um Gottes willen auf, dieses Telefonat mitzuschreiben. Das waren nur ein paar gut gemeinte Tipps.«

»Ja, und die waren super!«, sagte er. »Ich will sie nicht vergessen.«

Ich verdrehte die Augen. »Du musst sie nur ein paarmal anwenden, dann läuft das schon.«

»Du hast recht.«

»Hm?«

»Ich hab ganz deutlich gehört, dass du gerade die Augen verdreht hast.« Ein weiteres Klicken erklang, dann ein leises Rascheln. Ich vermutete, dass er nicht mehr an seinem Schreibtisch, sondern wieder auf dem Sitzsack saß.

»Wie war das denn mit deiner Exfreundin? Ihr habt doch sicherlich telefoniert«, sagte ich.

Es dauerte einen Moment, bis er zu einer Antwort ansetzte. »Wir haben uns auf der Farm kennengelernt. Damals hatte ich noch nicht mal ein Handy.«

»Habt ihr gechattet?«

»Nicht wirklich, sie war ohnehin fast jeden Tag auf dem Hof. Ich habe ihr damals Reitstunden gegeben.«

»Dann bleibt uns nichts anderes übrig, Isaac«, sagte ich. »Wir müssen üben.«

Ich hatte es halb im Scherz gemeint, aber überraschenderweise protestierte er nicht, sondern sagte schlicht: »Okay.«

Ich schob meinen Laptop von meinen Beinen und setzte mich im Schneidersitz aufs Bett. »Ich bin ein Mädchen, dessen Nummer du gerade bekommen hast, und du rufst mich jetzt zum ersten Mal an«, erklärte ich.

»Geht klar.«

Ich wartete einen Moment, dann räusperte ich mich.

»Hallo?«, fragte ich mit verstellter Stimme.

»Ähm … hi. Hier ist Isaac.« Er klang tatsächlich nervös.

Ich spielte mit. »Hallo, Isaac! Wie geht's?«

»Gut.«

Eine Pause entstand, in der er schwieg.

»Small Talk, Isaac«, sagte ich in meiner normalen Stimme.

Ich hörte es rascheln und stellte mir vor, wie er auf dem Pokémon saß und konzentriert gegen die Decke starrte. »Ich bin echt schlecht im Small Talk.«

»Das stimmt doch gar nicht.«

Er brummte bloß. »Doch. Ich kann mit fremden Menschen einfach nicht so gut umgehen.«

»Damals im *Hillhouse* hat es doch auch geklappt. Und da kannten wir uns so gut wie gar nicht.«

»Bei dir ist das irgendwie was anderes. Du hast mir ja gar keine andere Wahl gelassen, als mich mit dir zu unterhalten.«

Ich runzelte die Stirn.

Anscheinend merkte Isaac, dass das nicht besonders nett geklungen hatte, denn sofort setzte er hinterher: »Oh Gott, so war das nicht gemeint. Ich meinte, dass es leicht war, sich mit dir zu unterhalten, weil du die Initiative ergriffen hast. Und außerdem hast du mir das Gefühl gegeben, dass du wirklich interessiert bist an dem, was ich zu sagen habe. Das Gefühl habe ich immer, wenn ich mit dir spreche.«

Für einen Moment war ich sprachlos. Das war das Netteste, was seit Langem jemand zu mir gesagt hatte.

Isaac räusperte sich. »Egal. Wahrscheinlich bin ich einfach ein hoffnungsloser Fall.« Ich wollte etwas erwidern, aber er sprach sofort weiter. »Wo warst du eigentlich am Wochenende? Dawn hat erzählt, dass sie die ganze Zeit in Ruhe schreiben konnte.«

Seine Frage traf mich völlig unvorbereitet. »Ich …«, begann ich zögerlich. »Ich war bei meiner Schwester in Renton.«

»Ah. War es schön?«

Es überraschte mich, wie gern ich ihm in diesem Moment die Wahrheit gesagt hätte.

Dass es furchtbar gewesen war, nicht nur wegen Dads Todestag, sondern weil ich mich mit Riley gestritten hatte und furchtbare Angst vor dem hatte, was nach der Hochzeit mit uns passieren würde. Dass ich es sogar schaffte, die einzige Person, die mich bedingungslos liebte, mit meiner emotionalen Unfähigkeit von mir zu stoßen, und ich mich dafür hasste.

Ich sagte nichts davon.

Stattdessen antwortete ich betont locker: »Es war okay. Sie und ihr Verlobter sind widerlich verliebt.«

»So verliebt, dass sie vor einem knutschen und man sich wie das dritte Rad am Wagen fühlt?«, fragte Isaac.

»Schlimmer. Sie schauen einander ständig so tief in die Augen, dass man meinen könnte, sie wären hypnotisiert worden oder so.«

»Geben sie sich auch schnulzige Spitznamen?«

Gegen meinen Willen musste ich grinsen. Das taten sie tatsächlich. »Du wirst nie draufkommen, wie meine Schwester ihren Verlobten nennt.«

»Das klingt wie eine Herausforderung.«

»Ist es vielleicht auch.«

Es raschelte im Hintergrund. Anschließend hörte ich wieder das Klicken von Tasten. »Sie nennt ihn Honey Bun.«

Meine Mundwinkel zuckten. »Nein.«

»Pancake.«

»Nein.«

»Snoochie Boochie.«

Ich lachte. Es kam einfach aus mir raus, so plötzlich, dass ich mich selbst erschreckte. Sofort drückte ich mir die Hand auf den Mund. »Himmel, Isaac, wo gräbst du diesen Quatsch aus?«

»Ich habe doch gesagt, dass ich die Herausforderung annehme. Momentan lese ich mir den Artikel ›Zweihundert niedliche Namen für deinen Freund‹ auf der Glammag-Seite durch.«

Ich schüttelte den Kopf. »Nerd«, sagte ich mit einem Schmunzeln in der Stimme.

»Mh. Komisch, der steht gar nicht auf der Liste.«

»Schick mir sofort den Link«, forderte ich.

Kurz darauf bekam ich eine Mail mit dem Link zu der Website. Die nächsten Minuten verbrachten wir damit, uns total bescheuerte Spitznamen vorzulesen, wovon mich mehr an Riley und Morgan erinnerten, als mir lieb gewesen wäre. Und obwohl wir Flirt-Lektion Nummer 274 nicht abgeschlossen hatten, stellte ich nach dem Auflegen fest, dass ich eine ganze Menge Spaß gehabt hatte.

kapitel 12

Isaacs Gesichtsausdruck war göttlich, als er zwei Tage später die Tür zu seiner Wohnung öffnete und mich mit der Schere in der Hand und einem irren Grinsen auf dem Gesicht erblickte.

»Du genießt es richtig, mir Angst einzujagen, oder?«, fragte er und trat beiseite, um mich reinzulassen.

Während ich an ihm vorbeiging, schnitt ich ein paarmal zum Spaß mit der Schere in die Luft, genau vor seiner Nase. »Ein bisschen«, gab ich zu. Ich sah mich im Wohnzimmer um. »Wo ist Gian?«

»In seinem Zimmer«, meinte Isaac und deutete auf die Tür, die sich gegenüber von seinem eigenen Zimmer und neben dem Bad befand.

»Will er sich das wirklich entgehen lassen?«

Isaac antwortete nicht, sondern betrachtete nachdenklich Gians verschlossene Zimmertür.

»Isaac?«

»Regina ist bei ihm«, murmelte er.

»Seine Ex?«, fragte ich. »Ich dachte, das wäre vorbei.« Gian hatte mir damals von Regina erzählt, als wir zusammen in der Wohnung auf Isaac gewartet und Lasagne gegessen hatten. Er hatte nicht den Eindruck gemacht, dass er Hoffnung hatte, sie zurückzugewinnen.

»Ja.« Isaac räusperte sich und sagte dann leise: »Sie ist … merkwürdig.«

»Inwiefern?« Ich warf einen Blick ins Bad und ging dann zum Esstisch, um einen der Stühle zu holen. Bevor ich ihn ganz hervorziehen konnte, war Isaac neben mir und nahm ihn mir ab.

Er trug den Stuhl ins Badezimmer und stellte ihn vor dem Waschbecken ab. Dann drehte er sich zu mir. »Sie wollte eine offene Beziehung. Und weil er das nicht wollte, hat sie ihn abserviert.«

»Wenigstens war sie ehrlich zu ihm«, sagte ich und legte meinen Rucksack auf dem geschlossenen Toilettendeckel ab.

Isaac sah mich ungläubig an. »Aber sie waren *zusammen*.«

»Schon. Aber ich finde das besser, als ihn zu betrügen.«

»Für mich hat es eine Bedeutung, wenn man sich auf eine Beziehung einlässt«, sagte Isaac mit zusammengezogenen Brauen. »Da kann man dann nicht einfach sagen: ›Oh, im Moment läuft es nicht so toll, ich habe spontan Lust, mich mit anderen Männern zu treffen!‹ Das ist … das ist doch einfach scheiße.« Er klang ernsthaft aufgebracht.

Hui. Da hatte ich anscheinend einen wunden Punkt getroffen. »Okay.«

Er seufzte und ließ sich auf den Stuhl fallen. »Tut mir leid. Es ist nur …«

»Ja?«, fragte ich und setzte mich auf den Wannenrand.

Er starrte auf die weißen Fliesen. »Gian ist ein guter Kerl. Er hat es nicht verdient, von ihr so behandelt zu werden. Aber Regina braucht nur das Zauberwort zu sagen, und er lässt sich wieder auf sie ein. Da bin ich mir sicher. Und ich weiß nicht, ob er es verkraftet, ein weiteres Mal von ihr abserviert zu werden.«

Eine Weile lang sah ich Isaac dabei zu, wie er sorgenvoll auf seiner Unterlippe herumkaute. »Du bist ein guter Freund.

Solange er dich hat, schafft er es schon wieder auf die Beine.« Plötzlich dämmerte mir noch ein weiterer Gedanke. »Und ich glaube auch nicht, dass Gian dich hier rauswirft, sollten er und Regina wieder zusammenkommen.«

Isaac hob den Blick und sah mich an. Ich hatte keine Ahnung, was er dachte, als er lächelnd den Kopf schüttelte. »Wie machst du das?«

»Wie mache ich was?«

»Immer die richtigen Sachen zu sagen, meine ich.«

Ich schnaubte.

»Nein, wirklich. Du sagst immer genau die Dinge, die dafür sorgen, dass ich mich besser fühle. Du bist wie mein persönlicher Yoda.«

»Dieses merkwürdige grüne Tier aus *Star Trek?*«, fragte ich verwirrt.

Isaac schnappte empört nach Luft. »*Star Wars*, Sawyer.«

»Das Ding ist klein, schrumpelig und redet komisch. Ich bin kein bisschen so. Denk dir was anderes aus.«

»Gut. Gandalf?«

Dafür boxte ich ihn gegen den Arm.

»Auch nicht, okay.« Er überlegte einen Moment lang übertrieben fieberhaft. »Professor X aus *X-Men*.«

»Wenn das der Glatzkopf im Rollstuhl ist, landet mein nächster Schlag in deinem Gesicht.«

Isaac grinste breit. »Dann sage ich jetzt besser nichts mehr.«

»Gut so. Schließlich bin ich im Begriff, mit einer Schere auf deine Haare loszugehen.« Augenblicklich verschwand das Grinsen aus Isaacs Gesicht. Stattdessen beobachtete er besorgt, wie ich mich vom Badewannenrand erhob.

Ich beugte mich über ihn und nahm vorsichtig die Brille von seiner Nase. Ich legte sie auf der Ablage über dem Waschbecken ab und drehte anschließend den Wasserhahn auf.

»Wieso hast du mich nur mit männlichen Figuren verglichen?«, fragte ich.

Isaac zuckte mit den Schultern. »Wenn du bessere Vorschläge hast, dann her damit. Die merke ich mir fürs nächste Mal.«

Ich entdeckte eine Flasche Shampoo auf dem Regal neben der Badewanne und schnappte sie mir. »Katherine Ann Watson.«

»Wer ist das?«

»Die Dozentin in *Mona Lisas Lächeln*. Sie kommt nicht mit der konservativen Mentalität klar, die in den Fünfzigern verbreitet war, und animiert ihre Studentinnen dazu, den Kopf einzuschalten.«

Isaac nickte. Sein Blick folgte mir, als ich ein graues Handtuch aus einem der Regale zog. »Alles klar. Hast du noch andere Vorschläge?«

Ich holte Luft. »Mary Poppins, Elizabeth Bennett, diese Orakel-Elfe aus *Herr der Ringe* – die, die in der einen Szene so gruselig aussieht, meine ich –, Professor McGonagall, irgendwie auch Hermine Granger, Tante May, Fräulein Honig, Scarlett O'Hara, Minny Walker …«

»Okay!«, sagte Isaac laut. »Okay.« Sein Mund ging auf, nur für einen kurzen Moment, dann lächelte er. »Gut. Nie wieder Yoda.«

»Fabelhaft.« Ich deutete auf das Waschbecken. »Und jetzt wasch dir die Haare, Curlyfry, damit ich loslegen kann.«

Lachend beugte Isaac sich übers Waschbecken. Als er fertig war, reichte ich ihm das Handtuch. Er drückte das Wasser aus seinen Haaren und ließ sich dann auf den Stuhl fallen.

»Tob dich aus«, sagte er resigniert.

»Jetzt guck nicht so deprimiert. Ich mache es *besser*, nicht schlechter. Vertrau mir.«

»Sawyer«, sagte Isaac und ließ zu, dass ich das Handtuch

über seine Schultern legte. »Wenn ich dir nicht – aus welchem Grund auch immer – vertrauen würde, wären du, ich und diese Schere nicht in einem Raum zusammen.«

»Du wirst es nicht bereuen«, murmelte ich und fischte den Kamm, den ich von zu Hause mitgebracht hatte, aus meiner hinteren Hosentasche. »Kannst du mit dem Stuhl ein Stück nach vorne rutschen, damit ich auch hinten rankomme?«

Er rückte den Stuhl nach vorne. Ich stellte mich vor ihn und fuhr mit den Fingern probehalber durch sein Haar.

Jeder Muskel in Isaacs Körper spannte sich an.

Vorsichtig begann ich, seine Locken zu kämmen.

Er ballte die Hände zu Fäusten.

Großer Gott. Ich würde das nicht machen können, wenn Isaac aussah, als würde er kurz vor seiner Hinrichtung stehen. Fieberhaft suchte ich nach einem Thema, mit dem ich ihn ablenken konnte.

»Wer ist dein Lieblingsmusiker?«, fragte ich schließlich.

Wenn Isaac wusste, was ich mit der Frage bezweckte, ließ er es sich nicht anmerken. »Schwierige Frage.«

Ich nickte. »Das stimmt. Schließ die Augen.« Er zögerte nur einen kurzen Moment, dann kam er meiner Aufforderung nach. Ich kämmte weiter durch seine Haare. »Dann anders gefragt: Welcher Künstler hat dich in deinem Leben am meisten beeinflusst?«

»Arturo Benedetti Michelangeli«, kam es wie aus der Pistole geschossen.

»Den Namen höre ich gerade zum ersten Mal«, gab ich zu.

»Er war Pianist. Eine richtige Legende. Wenn er ein Lied nicht perfekt spielen konnte, hat er es bleiben lassen. Er hat sogar Konzerte abgesagt, wenn er mit sich nicht zufrieden war. Zwar war sein Repertoire im Gegensatz zu anderen Pianisten nicht besonders groß, aber dafür konnte er spielen wie kein

Zweiter. Er war …« Er unterbrach sich und sah zu mir hoch. Ich hatte es gar nicht gemerkt, aber meine Hände waren an seinem Kopf zum Stillstand gekommen.

»Er war?«, hakte ich nach.

Isaac wandte seinen Blick wieder ab »Er war mein Vorbild, als ich noch gespielt habe«, sagte er, und seine Wangen färbten sich dabei rosa.

Ich trennte eine Partie Haare ab und klemmte die erste Strähne zwischen zwei Finger. »Ich wusste gar nicht, dass du Klavier spielst.«

Er hob eine Schulter. »Ich habe mit fünf angefangen, Unterricht von unserer Nachbarin zu bekommen. Sie hat dafür bei uns reiten dürfen, wann sie wollte. Gespielt habe ich dann, bis ich achtzehn war. Inzwischen bin ich aus der Übung.«

Ich schnitt die erste Strähne ab. Es waren nur zwei Daumen breit, aber Isaac zuckte dennoch zusammen. »Das denkst du bestimmt nur, weil du ein genauso großer Perfektionist bist wie Arturo Bene … Irgendwas.«

Isaacs Augen verfolgten jedes einzelne Haar, das neben ihm auf den Boden fiel. Aber er beschwerte sich nicht, sondern sagte lediglich: »Arturo Benedetti Michelangeli. Jetzt will ich dir eines seiner alten Konzerte zeigen.«

»Wir gucken es, wenn wir deine Haare in Form gebracht haben. Als Belohnung, wenn du weiter schön stillhältst.« Ich wackelte mit den Augenbrauen, und Isaac lachte.

»Abgemacht.«

Ich schlug ihn sanft gegen die Schulter. »Nur jemand wie du hat einen toten Pianisten als Lieblingsmusiker.«

»Ich bin eben merkwürdig.«

»Ist ja auch in Ordnung. Man kommt sich nur ein bisschen blöd vor, wenn man auf dieselbe Frage mit My Chemical Romance antwortet.«

»My Chemical Romance ist auch cool.«

Ich grinste und trat um den Stuhl herum, um an seinen Hinterkopf zu gelangen. »Viele Mädchen, die ich kenne, finden es übrigens ziemlich heiß, wenn Kerle musikalisch sind.«

Offensichtlich wusste Isaac nicht, was er darauf antworten sollte, denn er machte nur: »Mh.«

Er schien wirklich noch nicht viele Frauen kennengelernt zu haben, die ihm gesagt – oder gezeigt – hatten, dass sie ihn attraktiv fanden. Unwillkürlich fragte ich mich, was seine Ex getan haben musste, um sein Selbstbewusstsein in solchen Trümmern zurückzulassen.

»Was ist denn mit deiner Ex? Die fand das doch bestimmt sexy. Oder zumindest romantisch.«

»Kann schon sein«, murmelte Isaac.

Es war nicht zu übersehen, dass ihm das Thema unangenehm war, und unter normalen Umständen hätte ich nicht weiter nachgehakt. Ich wusste aus eigener Erfahrung, wie ätzend es war, wenn Leute nicht merkten, wenn sie zu persönlich wurden und Sachen wissen wollten, die sie absolut nichts angingen. Bei Isaac hatte ich allerdings das Gefühl, dass das, was er mit dieser mysteriösen Ex erlebt hatte, Spuren hinterlassen hatte.

»Wie seid ihr eigentlich zusammengekommen?«

Isaac atmete hörbar ein und stieß die Luft dann langsam wieder aus. Er senkte den Kopf, was mir ganz gelegen kam, weil er mir so leichteren Zugang zu den Haaren an seinem Nacken verschaffte.

»Ich habe ihr Reitstunden gegeben«, sagte er mehr zum Boden als zu mir. »Sie … ähm.«

Ich ließ ihm Zeit und wartete.

»Sie war die beste Freundin meiner Mom.« Er räusperte sich. »Ist. Sie ist die beste Freundin meiner Mom.«

Oh. Ich ließ meine Hände sinken. Die Gedanken in meinem Kopf überschlugen sich.

»Wie … ähm.«

Isaac schien meine Frage zu erahnen. »Sie war Anfang dreißig«, murmelte er.

»Und du?«, fragte ich leise.

Seine Schultern spannten sich an. »Alt genug, um zu wissen, was ich tue.«

Das war sein wunder Punkt. Die Art, wie er reagierte, verriet mir, dass er bisher mit noch nicht vielen Leuten darüber gesprochen hatte, wenn überhaupt.

Er schämte sich.

Mein Herz zog sich schmerzhaft zusammen.

Als wäre nichts gewesen, setzte ich wieder die Schere an und machte weiter. »Ich würde dich niemals verurteilen, Isaac«, sagte ich. »Ich hoffe, das weißt du.«

Ein paar Minuten lang sprachen wir beide nicht. Das einzige Geräusch war das meiner Schere, wenn ich in Isaacs Haare schnitt.

»Sie war der einzige Mensch, der mir damals auch nur annähernd das Gefühl gegeben hat, etwas wert zu sein«, sagte er irgendwann, so leise, dass ich ihn kaum verstand. »Die Schulzeit war einfach furchtbar für mich, Sawyer. Ich hatte keine Freunde. Und meine Eltern waren die meiste Zeit mit der Farm beschäftigt. Oder damit, Eliza toll zu finden. Und dann … habe ich angefangen, mehr Zeit mit Heather zu verbringen. Sie hat mich angesehen, als wäre das, was ich zu sagen hatte, wichtig. Wenn man jeden Tag zu spüren bekommt, dass andere einen für minderwertig halten, fängt man irgendwann an, das zu glauben. Heather hat dabei geholfen, dass dieses Gefühl verschwindet.«

Es war das Natürlichste der Welt, dass Isaac sich damals

nach jemandem gesehnt hatte, der ihm zuhörte und ihn ernst nahm. Auch wenn dieser jemand doppelt so alt wie er gewesen war und es eigentlich hätte besser wissen müssen.

Ich schluckte schwer. »Hast du sie geliebt?«

Er zuckte bloß mit den Achseln.

»Als wir einkaufen waren, da hast du gesagt, es wäre nichts Ernstes gewesen. Deshalb frage ich«, sagte ich sanft.

»Wir hatten ein Ablaufdatum. Uns beiden war immer klar, dass ich weggehen würde, deshalb haben wir es rechtzeitig beendet. Dass ich letztlich durch Dads Operation doch länger geblieben bin, hat daran nichts geändert.«

Er hatte die Frage nicht beantwortet, aber ich ließ es ihm durchgehen.

»Und seitdem du in Woodshill wohnst, gab es niemanden mehr?«, fragte ich. Ich war fertig mit seinen Haaren, behielt diese Tatsache aber für mich. Dieses Gespräch war noch nicht zu Ende.

Isaac zuckte erneut mit den Schultern. »Als ich hergekommen bin, war das Letzte, woran ich gedacht habe, jemanden kennenzulernen. Ich habe Heather vermisst. Und meine Familie. Das war ganz schön viel auf einmal.« Er stieß ein humorloses Lachen aus. »Mal ganz abgesehen davon, dass sich ohnehin niemand für mich interessiert hat.«

»Und selbst wenn es so gewesen wäre, das hättest du mit allem, was sonst noch bei dir los war, überhaupt nicht realisiert.«

Isaac erwiderte darauf nichts, und wir schwiegen eine Weile.

»Wie geht es dir jetzt?«, fragte ich schließlich.

»Besser. Ich habe Freunde, und auch wenn meine Eltern enttäuscht von mir sind, habe ich meine Geschwister und meine Großeltern. Außerdem macht es mich unheimlich glücklich, dass ich studieren kann. Ich habe das Gefühl, dass ich mich hier komplett neu erfinde, weil das, was auf der Highschool passiert ist, keinen Menschen mehr interessiert.«

»Das stimmt.« Nach einer Weile fügte ich hinzu: »Ich bin übrigens fertig.«

Isaac hob seinen Kopf, und ich begann, die Haare, die an seinem Nacken klebten, wegzustreichen. Anschließend nahm ich das Handtuch von seinen Schultern und schüttelte es aus. Isaac wollte schon aufstehen, aber ich legte eine Hand auf seine Schulter und drückte ihn zurück auf den Stuhl. Er wehrte sich nicht.

Ich ging zu meinem Rucksack und holte die kleine, runde Packung Matt-Paste heraus, die ich auf dem Weg hierher aus der Drogerie mitgenommen hatte. Ein angenehm herber Geruch stieg mir in die Nase, als ich ein bisschen davon zwischen meinen Fingern verrieb. Ich stellte mich vor Isaac und begann, seine Locken in Form zu bringen. Ich hatte nur ein paar Zentimeter weggenommen, aber die neue Länge stand ihm perfekt, und als ich fertig war, sah seine Frisur aus wie die perfekte Mischung aus zerzaust und trotzdem gestylt.

»So, jetzt darfst du gucken«, sagte ich. Ich ging zum Waschbecken, um meine klebrigen Finger zu waschen. Isaac stellte sich hinter mich und blickte über meinen Kopf hinweg in den Spiegel. Er drehte den Kopf auf beide Seiten. Erst inspizierte er sich kritisch, und ich wollte schon anfangen, ihm gut zuzureden. Aber dann lächelte er. Langsam. Genau, wie ich es ihm beigebracht hatte.

Mein Mund wurde trocken.

Er gefällt mir.

Der Gedanke traf mich völlig unerwartet, und als sich unsere Blicke im Spiegel trafen, schien es mir quer übers Gesicht geschrieben zu sein.

Isaac starrte mich mit dunklen Augen an. Sein Mund öffnete sich leicht.

Für eine Millisekunde huschte mein Blick zu seinen Lippen.

Keiner von uns sagte ein Wort.

Im Licht der Badezimmerlampe waren Isaacs Augen stechend grün, und er sah mich so durchdringend und so intensiv an, dass ich das Gefühl hatte, die Luft anhalten zu müssen.

Ich konnte mich nicht rühren. Es war, als hielte er mich mit seinem Blick an Ort und Stelle gepinnt. Also verharrte ich vor dem Waschbecken, mit den Händen unter dem fließenden Wasser. Ohne wegzusehen, kam Isaac noch näher. Er griff an mir vorbei, um den Wasserhahn abzudrehen. Jetzt konnte ich seinen Körper in meinem Rücken spüren. Meine Wangen wurden heiß, und in meinem gesamten Körper breitete sich ein aufgeregtes Kribbeln aus.

Ich blinzelte.

Was zur Hölle?

Augenblicklich machte ich einen großen Schritt zur Seite und weg von Isaac. »Wenn ich mich nicht irre«, sagte ich etwas zu laut und zu enthusiastisch, »wolltest du mir ein Video von deinem toten Pianisten zeigen.«

Einen Moment lang starrte Isaac auf die Stelle, an der ich gerade noch gestanden hatte, und wirkte völlig verloren. Dann schüttelte er den Kopf, und sein Blick klärte sich. Jetzt war er derjenige, der rot wurde. »Ja.« Er räusperte sich. »Stimmt. Genau.«

Er sah sich im Bad um. Erst dachte ich, er wollte meinem Blick ausweichen, aber dann entdeckte ich seine Brille auf dem Waschbeckenrand. Ich nahm sie und hielt sie ihm hin. Als er danach griff, berührten sich unsere Finger. Wie vom Blitz getroffen ließen wir beide los, und die Brille landete mit einem Klirren auf dem Boden.

»Shit«, stieß ich hervor. »Tut mir leid.«

»Nein, meine Schuld«, sagte Isaac.

Ich bückte mich und hob die Brille auf. Dann stellte ich mich auf die Zehenspitzen und schob sie ihm kurzerhand auf die Nase.

Isaac sah mich an, als hätte er eine völlig neue Seite an mir entdeckt. Und als wäre er nicht sicher, was er damit anfangen sollte.

Ich wich seinem Blick aus. »Michelangelo?«, sagte ich und ging an ihm vorbei ins Wohnzimmer.

»Michelangeli.«

Wir setzten uns an die beiden gegenüberliegenden Enden der Couch. Isaac schaltete den Fernseher an und rief über sein Handy YouTube auf.

Während er nach dem richtigen Video suchte, versuchte ich, meinen Puls wieder unter Kontrolle zu bekommen und meine Gedanken zu ordnen. Ich hatte keine Ahnung, was das eben im Bad gewesen war, aber ich wusste, dass es nicht noch mal passieren würde. Niemand kam mir so nahe, dass er meinen Körper zum Kribbeln brachte. Oder meine Wangen zum Glühen. Auch nicht Isaac, egal, wie gut er in seinen neuen Klamotten und mit seiner neuen Frisur aussah. *Vor allem* nicht Isaac.

Ich war dankbar, als er das Video schließlich startete und das Konzert begann. So konnte ich mich auf etwas anderes konzentrieren als meine verwirrenden Gedanken.

Und ich war sofort fasziniert. Klassik war nicht mein Ding. Leute, die eine Leidenschaft für Musik hatten, dafür aber umso mehr. Und dieser Pianist hatte eine ganze Menge Leidenschaft. Er streichelte die Tasten, nur um im nächsten Moment wieder darauf einzuschlagen. Unwillkürlich fragte ich mich, ob Isaac ebenso entrückt und ekstatisch aussah, wenn er an einem Klavier saß.

Ich sank ein Stück weiter in die Kissen der Couch und zog die Beine an. Ich konnte es nicht verhindern, dass mein Blick zu ihm wanderte. Isaacs Kopf bewegte sich leicht zur Musik, und er sah total mitgerissen aus. Und glücklich.

Ich musste daran denken, was er mir heute alles von sich erzählt hatte. Wie naiv von mir, zu glauben, dass ich das Puzzle Isaac Grant schon so gut wie zusammengesetzt hatte. Heute erst hatte ich wieder gemerkt, dass mir noch eine ganze Menge Teile fehlten.

kapitel 13

»Bist du dir sicher, dass das eine gute Idee ist?«, flüsterte Isaac und sah mir mit einem sorgenvollen Stirnrunzeln dabei zu, wie ich mich unter dem kaputten Maschendrahtzaun hindurchschob.

»Du musst nicht flüstern, Isaac«, antwortete ich extra laut. »Hier ist kein Schwein.«

Ich drehte mich zu ihm um und hob den Draht ein Stück hoch, damit er ebenfalls durchsteigen konnte. Er sah mich weiter skeptisch an, machte dann aber einen Schritt nach vorne.

»Pass auf mit deiner Jacke«, murmelte ich und stellte mich auf die Zehenspitzen, um den Zaun noch höher zu halten. Als Isaac auf der anderen Seite war, ließ ich ihn wieder fallen.

Ich sah mich um und nickte zufrieden. Wir befanden uns ein Stück außerhalb von Woodshill auf dem Gelände einer heruntergekommenen und inzwischen geschlossenen Fabrik. Genau so hatte ich mir die Kulisse für Isaacs Nachher-Bilder vorgestellt. »Perfekt.«

»Perfekt? Dank dir lande ich noch im Knast«, wisperte er, und ich rollte die Augen.

»Krieg dich mal wieder ein. Selbst wenn uns jemand erwischen sollte – wir machen nur ein paar Bilder für ein Uniprojekt. Mehr nicht. Und jetzt komm.« Ich lief auf das Gebäude zu.

»Hast du dich schon öfter strafbar gemacht?«, fragte Isaac, als er zu mir aufschloss.

»Ja. Aber ich war nie blöd genug, mich erwischen zu lassen.« Ich grinste ihn an.

»Großartig«, murmelte Isaac. »Einfach großartig.«

Ich sah mich um, und mein Blick fiel auf eine Metalltür, auf der ein riesiges Warnschild prangte. Links und rechts davon waren riesige Fenster, deren Glas eingeschlagen worden war. Es sah bedrohlich aus, so als wäre hier gerade eben erst etwas Schreckliches geschehen. »Nicht schlecht«, sagte ich. Isaac folgte meinem Blick, und ich konnte sehen, dass er genau das Gleiche dachte wie ich.

Ich schaltete meine Kamera ein. Durch die Linse betrachtete ich die Lichtverhältnisse und stellte den Fokus ein. »Stell dich mal dorthin.«

Isaac lehnte sich gegen den Türrahmen.

»Kannst du einen Arm heben und dich …«

Als hätte er meine Gedanken gelesen, brachte er sich in Position. Er stützte sich mit dem Arm ab und lehnte sich ein Stück nach vorne. »So?«

Er sah heiß aus. Die schwarzen Jeans saßen perfekt auf seinen Hüften, und er trug das graue Shirt und die Lederjacke, als hätten sie schon immer zu ihm gehört. Außerdem hatte er auf Haargel verzichtet, und seine leicht zerzausten Haare ließen ihn in Verbindung mit seiner Brille noch verwegener aussehen.

Ich drückte ein paarmal auf den Auslöser und sah mir die Bilder an.

»Schau mal zur Seite. Und guck mal sexy.«

»Ich kann nicht auf Anhieb sexy gucken.«

Doch, kannst du, hätte ich beinahe gesagt und merkte, wie meine Wangen warm wurden, als ich an den Moment in Isaacs Badezimmer dachte.

Ich verdrängte den Gedanken sofort wieder.

»Isaac, im Ernst«, sagte ich und ließ die Kamera sinken. »Es kann nicht sein, dass du nach den Wochen, die wir miteinander verbracht haben, immer noch so wenig Selbstbewusstsein hast. Ich kann dir jeden Tag sagen, wie attraktiv du bist, wenn du das brauchst – aber du musst auch ein bisschen dran glauben.«

Er schluckte schwer und betrachtete mich aus dunklen Augen. Dann nickte er kurz. »In Ordnung.«

Er lehnte sich wieder ein Stück vor, sah zur Seite, und sein Gesichtsausdruck war schon viel besser als vorher. Er gab meinen Anweisungen seine eigene Note, sah zum Teil sogar ein bisschen grimmig aus, was ihm zusammen mit dem Outfit und seiner Brille eine Härte verlieh, die einen sehr schönen Kontrast zu den ersten Bildern, die wir gemacht hatten, bot.

Ein paar Schüsse später zog Isaac von sich aus seine Jacke aus und ließ sie locker an einem Finger über seine Schulter baumeln. Ich hob einen Daumen, um ihm zu zeigen, dass ich es gut fand. Isaac hatte wirklich schöne Arme. Gebräunt, mit wohlgeformten Muskeln. Jedes Mal, wenn er im Steakhouse ein Tablett mit Getränken wegbrachte oder mehrere Teller auf einmal trug, traten sie deutlich hervor, und ich sah ein bisschen länger hin als nötig.

Es war nicht von der Hand zu weisen, dass Isaac sich verändert hatte. Doch ich hatte den Eindruck, dass das meiste davon bislang rein äußerlich geschehen war. In seinen Augen sah ich noch viel zu oft die Unsicherheit aufblitzen, und wenn er so etwas tat wie gerade mit der Lederjacke, dann nur, weil er wusste, dass es für die Bilder gut sein würde. Nicht, weil er sich gern zeigen wollte. Es frustrierte mich. Teil unseres Deals war auch, dass er sich gut *fühlte* und nicht nur gut aussah.

Aber nach allem, was er mir über seine Schulzeit und seine Familie erzählt hatte, war mir klar geworden, dass es viel länger als ein paar Wochen dauern würde, ihm seine Schüchternheit zu nehmen. Ich wusste, dass es irgendwo in ihm drin war, schließlich hatte ich erst vor wenigen Tagen gesehen, wie er sein konnte, wenn er vollkommen losließ – als wir diesem Pianisten zugehört hatten. Ich wünschte mir für ihn, dass er sich das öfter erlaubte und er mehr solcher Momente hatte.

Und *das* war es auch, was ich auf meinen Bildern haben wollte. Dieses Funkeln in seinen Augen, wenn er etwas voll und ganz genoss.

Jetzt gerade genoss er nichts. Es wirkte gestellt und kein bisschen locker. Plötzlich fühlte ich mich furchtbar, dass ich ihn überhaupt in eine solche Situation gebracht hatte, wo er sich offensichtlich unwohl fühlte. Ich ließ die Kamera sinken und öffnete den Mund.

»Alles in Ordnung?«, fragte Isaac mit einem Stirnrunzeln.

»Ich …«

»Hey!«

Ich riss den Kopf herum. In einiger Entfernung stand ein Wachmann mit Hund, der Isaac und mich anstarrte.

»Shit«, fluchte ich leise und schraubte hektisch das Objektiv auf meine Kamera.

»Was machen Sie da? Das ist ein Privatgrundstück!«, rief der Wachmann und kam mit schnellen Schritten auf uns zu.

Ich sah Isaac mit großen Augen an. Dann formte ich mit dem Mund das Wort »Lauf!«.

Er nickte, und in der nächsten Sekunde rannten wir los.

»Stehen geblieben!«

Wir dachten nicht daran.

Ich hörte, wie der Hund laut zu bellen begann und der Wachmann uns hinterherschrie.

Isaac rannte vor mir zum Zaun und kletterte hindurch. Er hielt ihn hoch. »Komm schon, Sawyer!«, zischte er.

Mein Herz schlug so schnell, dass ich Angst hatte, es würde mir gleich aus der Brust springen. Ich stolperte unter dem Zaun hindurch.

»Bleiben Sie stehen!«

Isaac packte mich am Arm und zog mich hinter sich her. Verflucht, er war schnell. Mit einer Hand hielt ich meine Kamera fest, während wir quer über einen Parkplatz auf ein angrenzendes Waldgebiet zurannten. Irgendwann wurde das Bellen des Köters leiser. Wir hielten trotzdem nicht an. Wir stolperten über Dickicht und Geäst, quer über einen der Wanderwege, weiter in die Tiefen des Waldes.

»Ich kann nicht mehr«, japste ich und beugte mich vornüber, um mich auf meinen Knien abzustützen. Gierig rang ich nach Luft.

Dann hörte ich plötzlich ein Geräusch, das so überhaupt nicht zu der Situation passen wollte, in der wir uns gerade befanden. Im Gegensatz zu mir japste Isaac nicht.

Er lachte. Richtig laut.

Dieser Irre.

Ich stemmte die Hände in meine stechenden Seiten, blies mir eine Haarsträhne aus dem verschwitzten Gesicht und sah zu ihm auf.

Er hatte die Hände hinter dem Kopf verschränkt, und sein Gesicht gen Himmel gestreckt. Und er lachte.

Ich hatte ihn noch nie so gesehen.

Es war wunderschön.

Ohne wegzuschauen, fummelte ich an meiner Kamera herum und hob sie hoch. Es war mir egal, wie der Hintergrund war oder dass das Licht helle Punkte auf seinen Oberkörper und seine Nase warf. Es zählte nur, dass es echt war.

Beim Klicken des Auslösers sah er mich an. Er schüttelte grinsend den Kopf.

»Was machst du nur mit mir?«, fragte er.

Beinahe hätte ich die Frage zurückgegeben.

Am Abend hatten Isaac und ich wieder eine gemeinsame Schicht im Steakhouse. Gegen halb acht kam Dawn vorbei und setzte sich an den Tresen. Sie drehte sich nach Isaac um, der gerade dabei war, einen der Tische abzudecken.

»Er sieht gut aus«, sagte sie kopfschüttelnd.

»Ich weiß«, brachte ich zwischen zusammengebissenen Zähnen hervor.

An unserem Gefrierfach unterhalb der Spüle hatte sich eine Schraube gelöst und war in den Eiswürfeln verschwunden. Seit über zwanzig Minuten suchte ich danach. Meine Hände waren schon ganz taub.

»Ich meine«, fuhr Dawn unbeirrt fort, »er sah vorher auch gut aus. Aber jetzt hat er was ganz Verwegenes an sich, mit dem neuen Haarschnitt und so.«

»Mh hm«, machte ich. Ich war mir ziemlich sicher, dass mir jeden Moment ein Finger abfallen würde.

»Eigentlich habe ich dieses Projekt für keine gute Idee gehalten. Aber inzwischen?« Ein Schatten fiel über mich, und ich wusste, dass sie sich über den Tresen beugte und zu mir runter sah. »Ich glaube, du tust ihm total gut.«

Ich brummte nur.

»Hör auf, nur zu brummen, und rede mit mir. Sonst erzähle ich allen, dass ich dich letztens mit der Patchworkdecke meiner Grandma gefunden habe«, sagte Dawn.

Ich riss den Kopf hoch und funkelte sie aus zusammengekniffenen Augen an. »Als ob.«

Sie wackelte mit den Brauen. »Oh, doch. Du hast dich darin

eingekuschelt und sahst aus wie ein Burrito. Ich habe sogar ein Beweisbild.«

Ich versteifte mich. »Du lügst.«

Dawns Grinsen wurde diabolisch. »Ich wusste, dass mir das irgendwann zugutekommen würde. Du hast echt kaum Schwächen, da brauchte ich dringend mal ein Druckmittel.«

»Sawyer ist kitzelig«, erklang plötzlich Isaacs Stimme über mir. Er war durch die Schwingtür gekommen, ohne dass ich es gemerkt hatte.

Dawn richtete sich auf. »Echt?«

»Nein«, rief ich im selben Moment, als Isaac »Ja« sagte.

Jetzt grinste sie noch breiter. »Danke, Isaac. Du hast was gut bei mir.«

Isaac machte sich daran, die Getränkebestellungen vorzubereiten, zu denen ich noch nicht gekommen war. »Burritobild?«, fragte er, beugte sich zu mir nach unten und schaufelte Eiswürfel in drei Gläser.

»Ich habe Sawyer dabei erwischt, wie sie mit der Decke meiner Grandma geschlafen hat. Sie sah so niedlich aus, da musste ich einfach ein Bild machen. Damit kann ich sie erpressen, falls sie mal wieder fies ist«, erklärte sie stolz.

»Ich werde dieses Bild vernichten, Dawn«, knurrte ich. Immer noch keine Schraube. Leise fluchte ich.

»Aber nicht, bevor ich es gesehen – oh Mann. Das ist echt niedlich«, sagte Isaac.

Ich riss meinen Kopf hoch. Isaac sah sich mit einem breiten Grinsen das Bild auf Dawns Handy an. Ich sprang auf und wollte danach greifen, aber meine Hand war so taub und unkoordiniert, dass sie wie ein toter Fisch auf den Tresen klatschte.

»Zeig sofort her«, forderte ich und warf Dawn meinen Todesblick zu.

Leider ließ der sie inzwischen kalt.

Sie hielt das Handy einen Meter von mir entfernt in die Höhe, sodass ich die Augen zusammenkneifen musste, um das Bild darauf zu erkennen.

Tatsächlich.

Das Miststück hatte mich beim Schlafen fotografiert. Eingewickelt in die grottenhässliche Decke ihrer Grandma, die viel flauschiger und gemütlicher war, als sie aussah.

»Du weißt schon, dass es ganz schön gruselig ist, jemanden beim Schlafen zu fotografieren, oder?«, fragte ich und rieb meine Hände. Ich spürte überhaupt nichts mehr in meinen Fingern.

»Sagt diejenige, die mich halbnackt in einer Umkleide fotografiert hat«, murmelte Isaac.

»Was?«, fragte Dawn laut.

»Verräter«, zischte ich.

Isaac grinste bloß, stellte die vollen Gläser auf ein Tablett und brachte sie zu den Gästen an einem der Tische.

Ich ging weiter auf die Suche nach der Schraube. Irgendwo musste dieses verdammte Ding doch sein. Langsam begann das Eis zu schmelzen, ganz zu schweigen von den Seitenwänden des Fachs, die völlig zugeeist waren, weil die Klappe nicht mehr richtig schloss.

»Du hast Isaac nackt fotografiert?«, fragte Dawn nach einer Weile.

»Wenn du die Bilder sehen willst, petze ich es Spencer.«

»Der hat damit kein Problem, glaub mir. Manchmal gucken wir uns zusammen Fanvideos von One Direction an und führen ernsthafte Diskussionen darüber, wer am heißesten ist.«

»Ihr seid so komisch.«

»Ich weiß.«

Ich blickte kurz hoch und sah sie verträumt grinsen.

Es überraschte mich selbst, wie sehr ich mich darüber freute, dass sie glücklich war.

»Ich will die Bilder von Isaac trotzdem sehen«, sagte sie unvermittelt.

»Erst, wenn sie fertig sind. Vorher nicht.«

»Werden sie auch ausgestellt? So wie die mit den Klamotten gerade? Die sind übrigens der Hammer.«

»Danke, Dawn«, sagte ich, während ich meine Hände ausschüttelte und mit den Fingern wackelte, damit sie wieder durchblutet wurden. »Kommt drauf an, ob sie meiner Dozentin gefallen oder nicht.«

»Ich drücke dir auf jeden Fall die Daumen.« Sie lächelte mich aufmunternd an, bevor sie ihre Kopfhörer aufsetzte und anfing, konzentriert in die Tasten zu hauen.

Isaac kam währenddessen zurück an den Tresen und stellte sein Tablett ab.

»Sorry, dass ich bisher keine große Hilfe war.« Ich deutete auf die Klappe. »Ich habe die verdammte Schraube noch immer nicht gefunden.«

»Lass mich mal«, sagte er und kniete sich neben mich. Ich zog meine Hände aus dem Kühlfach.

»Verdammt, Sawyer, deine Finger sind schon ganz blau.« Isaac sah mich erschrocken an. Er stand auf und griff unter meine Arme, um mich hochzuziehen. Mit einer Hand auf meinem Rücken schob er mich zur Spüle. Er drehte den Wasserhahn auf und prüfte die Temperatur, bevor er vorsichtig meine Hände darunter führte.

»Du tust so, als müsstest du gleich den Krankenwagen rufen«, sagte ich schmunzelnd.

Er schwieg und begann, meine Finger sanft unter dem lauwarmen Wasserstrahl zu massieren. Allmählich kehrte das Gefühl zurück. Ich zuckte zusammen. Autsch. Es fühlte sich an, als würden Tausende kleiner Nadeln in meine Fingerkuppen dringen. Ich wollte mich seinem Griff entziehen, aber Isaac ließ mich nicht los.

Ich seufzte resigniert und sah an ihm hoch. Seine Locken waren genau so, wie sie sein mussten – wild, aber nicht zu wild. Die Tatsache, dass ich wusste, wie es sich anfühlte, wenn ich meine Finger in ihnen versenkte, ließ meine Wangen warm werden. Ich betrachtete sein Gesicht, die Konzentration in seinen Augen, seine Nase, seine Wangenknochen. Er hatte eine Stelle an seinem Kiefer beim Rasieren ausgelassen. Am liebsten hätte ich mich auf die Zehenspitzen gestellt, um sie mit der Zunge nachzufahren.

In dem Moment drehte er leicht den Kopf. Als hätte er meine Gedanken gelesen, ging sein Blick zu meinem Mund und verharrte eine Sekunde zu lang dort. Er betrachtete mich genauso innig wie ich ihn zuvor und schien mein Gesicht Zentimeter für Zentimeter in seine Gedanken aufzunehmen.

Die kreisenden Bewegungen an meinen Fingern wurden langsamer, doch seinen Blick spürte ich überall. Besonders zwischen meinen Schenkeln.

In der nächsten Sekunde platzte Al durch die Schwingtür. Isaac und ich zuckten zusammen und rissen die Köpfe herum.

»Ist mit dem Eisfach wieder alles in Ordnung?«, fragte er. Als er uns vor der Spüle stehen sah, furchte er die Stirn. »Alles okay?«

Ich entzog Isaac meine Hände und drehte den Hahn wieder zu. »Ja, Isaac sorgt sich nur um das Wohlergehen meiner Hände.«

»Guter Junge. Also, soll ein Techniker kommen, oder bekommt ihr das wieder hin?«, fragte er ungeduldig.

»Ich bekomme das hin«, sagte Isaac schnell.

Ich nickte und lehnte mich rücklings gegen die Arbeitsfläche. Al verschwand wieder nach hinten. Ich spürte Isaacs Blick auf mir, wich ihm aber geflissentlich aus. Stattdessen machte ich mich daran, die schmutzigen Gläser zu spülen, die Isaac von den Tischen geräumt hatte.

kapitel 14

Zu sagen, dass Amanda und ich uns vor dem Cooper-Debakel gemocht hatten, wäre übertrieben gewesen. Wir hatten kaum ein Wort miteinander gewechselt und uns die meiste Zeit ignoriert. Seit sie allerdings das Bild auf meinem Laptop gesehen hatte, machten sie und ihre beiden Freundinnen mir jeden Montag aufs Neue die drei Stunden in Robyns Kurs zur Hölle.

Sie setzten sich immer in die Reihe direkt hinter mir und kommentierten alles, was ich tat, mal mehr und mal weniger laut. Sie waren so offensichtlich in dem, was sie taten, dass nicht nur der eine Kerl neben mir, sondern sogar Robyn mich darauf angesprochen und mir empfohlen hatten, mich wegzusetzen. Aber diese Genugtuung wollte ich ihnen nicht geben. Sollten sie sich doch weiter kindisch verhalten. Ich stand darüber.

Während Robyn vorne irgendetwas anhand einer Präsentation erklärte, öffnete ich den »UNBEDINGT«-Ordner in meinem »Grant Isaac Grant«-Ordner und klickte mich langsam durch die Bilder. Ich war ziemlich nervös, weil ich sie Robyn heute zum ersten Mal zeigen wollte und nicht einschätzen konnte, wie sie sie finden würde. Dass sie technisch gesehen einwandfrei waren, wusste ich. Ich hatte eher die Sorge, dass Robyn meine Befürchtungen teilte und man Isaac seine Verwandlung nicht abnahm.

»Guck mal«, flüsterte Amanda so laut, dass ich die Augen verdrehte.

Ihre Freundin flüsterte genauso laut zurück. »Das ist der komische Typ, der Madison mal angemacht hat, weißt du noch?«

»Ach, *der.*« Amanda lachte leise. »Der hat ›Jungfrau‹ quer über seiner Stirn geschrieben.«

Ich fuhr herum und sah sie wütend an.

»Oh«, machte Amanda. »Wohl nicht mehr.«

Die drei kicherten hinter vorgehaltenen Händen. Mit zusammengebissenen Zähnen drehte ich mich wieder um und konzentrierte mich auf meine Bilder.

Es kam mir wie eine Ewigkeit vor, bis Robyn alle Reihen durchhatte und zu mir kam. Ausgerechnet heute hatte sie hinten angefangen, aber wenigstens war Amandas Reihe schon dran gewesen, und sie und ihre Freundinnen hatten danach den Seminarraum verlassen dürfen.

»So, dann zeig mal«, sagte Robyn freundlich. Sie zog sich einen Stuhl an meinen Tisch und ließ sich breitbeinig darauf nieder, beide Arme auf die Lehne gestützt.

Ich öffnete die Bilder in der Reihenfolge, wie ich sie mir für das Projekt überlegt hatte. Dann schob ich Robyn den Laptop zu, damit sie sich selbst ein zweites Mal und mit ihrer eigenen Geschwindigkeit durchklicken konnte. Ab und zu runzelte sie die Stirn oder machte ein Brummgeräusch. Als sie fertig war, schob sie den Laptop zurück zu mir. Sie legte die gefalteten Hände an ihre Lippen und sah mich an.

»Sie gefallen dir nicht«, sagte ich tonlos.

Sie holte Luft und ließ die Hände wieder sinken. »Das ist es nicht. Sie sind nur …« Sie machte eine Grimasse und lehnte sich wieder über die Lehne, um die Bilder noch ein weiteres Mal durchzugehen. »Sie sind gestellt. Dein Model weiß, dass es fotografiert wird, und das merkt man. Ich kaufe ihm nicht ab, dass er ein cooler Typ ist, nur weil ihr hier an einer tollen Location steht und er eine Lederjacke trägt.« Sie deutete auf besagtes Bild. »Guck dir doch mal an, wie steif und gestellt das aussieht.«

Ich senkte den Blick auf meine Hände. Nervös fing ich an, an meinem schwarzen Nagellack rumzupuhlen, der schon an manchen Stellen abgeblättert war.

»Hast du auch andere Ansätze?«, fragte sie und schloss die Datei.

Ich schüttelte den Kopf. »Nein. Ich wollte eine Verwandlung zeigen und die Vorher-Nachher-Bilder als krassen Kontrast nebeneinanderstellen.«

»Ich verstehe die Botschaft. Aber die Bilder sind nicht echt genug. Ich spüre nichts hier drin.« Sie klopfte sich mit der flachen Hand auf den Brustkorb. »Das tue ich bei deinen Bildern sonst immer.«

Ich biss mir auf die Unterlippe. Je länger ich mir die Bilder ansah, desto bescheuerter kam ich mir vor. Robyn hatte recht. Isaac wirkte wirklich steif. Ich hatte ihm all das aufgedrängt – nichts davon war seine Idee gewesen. Und das *sah* man. Gerade jetzt, wo ich ihn so viel besser kennengelernt hatte, kamen mir die Bilder noch viel dämlicher vor.

»Vielleicht wäre es ganz gut, wenn du noch mal etwas anderes ausprobierst. Meinetwegen auch mit einem anderen Model. Manchmal hat man einen tollen Ansatz, der aber in der Umsetzung nicht so wirkt, wie man es sich eigentlich vorgestellt hat«, erklärte Robyn.

Ich konnte nur entmutigt brummen.

»Du bekommst das hin«, sagte sie zuversichtlich und nickte mir noch einmal freundlich zu, bevor sie sich erhob und mich mit meinem Laptop und den Bildern allein ließ.

Eins nach dem anderen ging ich die Bilder noch mal durch und wurde dabei immer ratloser. Ich hatte so viel Arbeit in dieses Projekt gesteckt. Isaac hatte alles mitgemacht, sich auf jeden Vorschlag von mir eingelassen – und jetzt? Sollte ich zu ihm gehen und verkünden, dass sich die Sache erledigt hätte und ich mich auf die Suche nach einem anderen Model begeben würde? Dass er ab sofort wieder Hosenträger und Fliegen tragen sollte und unser Deal der Vergangenheit angehörte?

Nein. Ich konnte nicht einfach nach jemand Neuem suchen. Ich glaubte an das Projekt, denn es gab Momente, in denen ich Isaac fotografierte und es sich vollkommen richtig anfühlte. Ich brauchte einfach mehr solcher Momente.

Aber in erster Linie brauchte ich jetzt Isaacs Meinung.

Nach einem kurzen Zwischenstopp im Wohnheim, wo ich meine Kamera holte, machte ich mich auf den Weg zu Isaac. Die Haustür stand offen, und so konnte ich direkt durchs Treppenhaus zu seiner Wohnung durchgehen. An der Tür stutzte ich. Italienische Musik dröhnte in den Flur, begleitet von so lautem Gebrüll, dass ich mich einen Moment lang fragte, ob ich womöglich vor der falschen Wohnung stand. Ich warf einen Blick auf das Klingelschild. Nein, ich war richtig. Ich drückte auf den Knopf. Als nach einer geschlagenen Minute keiner aufmachte und die Musik noch lauter wurde, schlug ich mit der Faust gegen die Tür.

Isaac öffnete. Er sah aus, als wäre er gerade einen Marathon gelaufen.

»Was machst du denn hier?«, fragte er atemlos.

»Hi. Ich wollte …« Ohrenbetäubendes Grölen unterbrach mich. Stirnrunzelnd sah ich an Isaac vorbei in den Flur. Jacken und Schuhe lagen wild verstreut auf dem Boden, dazwischen

Kleidungsstücke, die eindeutig einer Frau gehörten. Außerdem konnte ich eine getrocknete Rose, eine Schneekugel und ein Plüschherz ausmachen. Fragend blickte ich Isaac an.

»Regina hat sich wieder von Gian getrennt«, sagte er und trat beiseite, damit ich reinkommen konnte. »Ich kam nach Hause, da war er stockbesoffen und hat ihren ganzen Kram durch die Wohnung geschmissen. Er dreht total durch.«

Im Flur war die Musik so laut, dass ich dem Drang widerstehen musste, mir die Ohren zuzuhalten.

»Was hat sie mit ihm gemacht?«, fragte ich laut, um die Musik zu übertönen.

»Ich weiß es nicht. Sie muss …« Seine restlichen Worte gingen unter, als Gian begann, voller Inbrunst das Eros-Ramazzotti-Lied, das aus dem Lautsprecher kam, mitzusingen. Oder besser gesagt: zu schreien.

Eigentlich hatte ich Isaac von meinem Gespräch mit Robyn erzählen und ihn nach seiner Meinung zu den Bildern fragen wollen. Doch das konnte warten. Stattdessen machte ich einen Schritt auf die geschlossene Wohnzimmertür zu, unsicher, ob ich mich auf das, was mich dahinter erwarten würde, freuen oder mich davor fürchten sollte.

»Wenn du da reingehst, dann ist es auf eigene Gefahr«, rief Isaac mir noch hinterher, doch ich hatte die Tür schon aufgestoßen.

Gian stand auf dem Wohnzimmertisch. Er war oberkörperfrei, sein Shirt trug er wie einen Turban verknotet um seinen Kopf. In einer Hand hielt er eine halb geleerte Weinflasche, die er als Mikrofon benutzte.

Ich sah mich nach der Anlage um und wollte gerade hingehen, um den Ton leiser zu stellen, da packte Isaac mich am Arm.

»Als ich das versucht habe, hat er eine leere Flasche nach

mir geworfen«, sagte er laut und deutete auf einen Berg dunkler Scherben, der vor dem Tisch lag, auf dem der Fernseher und die Anlage standen. Ich hob die Augenbrauen. Isaac hatte nicht übertrieben, als er gesagt hatte, dass sein Mitbewohner durchdrehte.

Gian tanzte und schunkelte währenddessen weiter auf dem Tisch. Er hatte die Augen geschlossen und gab eine herzzerreißende italienische Ballade zum Besten, von der ich kein einziges Wort verstand. Ich ging zu ihm und zupfte am Stoff seiner Jeans.

Er sah zu mir hinunter. »Bella!«, sagte er laut und prostete mir mit dem Wein zu.

»Hey, Gian!«, rief ich über die Musik hinweg.

»Komm und tanz mit mir!« Er legte den Kopf in den Nacken und setzte die Flasche erneut an.

Ich dachte nicht lange darüber nach, sondern stieg zu ihm auf den Tisch.

»Jaaa!«, rief er und drückte mir die Flasche in die Hand. Als der Refrain des Liedes einsetzte, brüllte er mit voller Kraft los. Ich hielt die Weinflasche hinter mich in der Hoffnung, dass Isaac den Wink verstand. Einen kurzen Moment später nahm er sie mir ab.

»Was ist passiert?«, fragte ich Gian laut.

Er hob nur die Hand und schüttelte den Kopf. Mit dem anderen Arm zog er mich an sich und fing an, mit mir auf dem Tisch zu tanzen. Es war ein Wunder, dass wir dabei nicht auf den Boden krachten, so nah wie wir dem Rand ein paarmal kamen.

Als das Lied vorbei war, lehnte ich mich ein Stück von ihm weg und legte die Hände an sein Gesicht, damit er mich ansah. Seine braunen Augen waren blutunterlaufen.

»Wie viel hast du getrunken?«, fragte ich.

Er hob Daumen und Zeigefinger und rieb sie grinsend aneinander. »Solo un pochino.«

»Was ist denn passiert, Gian?«, fragte ich und hielt sein Gesicht fest, damit er nicht wegsah. Rote Flecken hatten sich auf seinem Hals und seinem Oberkörper gebildet. Sein Gesicht war von einer Schweißschicht bedeckt. Er sah überhaupt nicht gut aus. Eher so, als würde er sich jeden Moment übergeben oder umfallen.

»Io non voglio parlare«, sagte er. »Noch nicht.« Er ließ seinen Kopf nach vorne auf meine Schulter fallen. Ich tätschelte seinen Hinterkopf und fand Isaacs Blick. Er sah besorgt, überrascht und amüsiert aus – alles auf einmal.

»Komm, Gian«, sagte er und griff nach seinem Arm. »Ich helfe dir runter.«

Gian strauchelte, und einen Moment lang hatte ich Angst, dass er stürzen und er und Isaac in den Scherben landen würden. Aber er schaffte es heil vom Tisch und mit Isaacs Hilfe auf die Couch.

»Sawyer«, murmelte er mit geschlossenen Augen und klopfte neben sich. Ich setzte mich neben ihn, und sofort ließ er sich zur Seite fallen. Sein Kopf landete auf meiner Schulter und ein Arm über meinem Bauch.

Isaac nutzte die Gelegenheit und schaltete schnell die Musik aus. Ich atmete auf. Endlich.

Gian schien es gar nicht zu bemerken.

»Was ist mit Regina und dir?«, fragte ich.

Aus dem Augenwinkel sah ich, wie Isaac in der Küche verschwand und kurz darauf mit einem Handbesen zurückkam. Er fing an, die Scherben aufzufegen.

»Ich hab es wirklich versucht. Aber …« Gian erschauerte.

Ich erinnerte mich an das, was Isaac mir über Reginas und Gians Beziehung erzählt hatte.

»Was hast du versucht?«, fragte ich.

»Sie hat gesagt, dass sie mich liebt, aber dass sie noch jung ist und Sachen ausprobieren möchte.« Ich musste mich anstrengen, um zu verstehen, was er da an meiner Schulter lallte. »Sie wollte einen Dreier. Ich aber nicht. Also haben wir einen Kompromiss gesucht.«

»Was für einen Kompromiss?«

»Sie wollte …« Er verstummte.

»Was wollte sie?«, hakte ich nach.

Gian antwortete nicht.

»Komm schon, Gian.«

Er stieß die Luft aus. »Sie wollte, dass ich ihr beim Sex zusehe. Mit einem anderen Mann.«

Ich starrte ihn an. »Sag nicht, dass du das gemacht hast.«

Er stöhnte. »Was hatte ich denn für eine Wahl? Ich liebe sie.«

»Du hattest die Wahl, ihr zu sagen, dass sie zur Hölle fahren soll.«

Er atmete stockend ein. »Du verstehst das nicht.«

»Scheiß auf Regina«, sagte Isaac plötzlich laut. »Sie ist es nicht wert.«

Ruckartig löste Gian sich von mir. »Scheiß auf *dich*, Isaac. Du mochtest sie schon die ganze Zeit nicht.«

»Aus gutem Grund, wie man sieht«, erwiderte Isaac trocken.

»Du kannst das nur sagen, weil du keine Ahnung hast, wie es sich anfühlt, verliebt zu sein.«

Etwas Dunkles flackerte in Isaacs Augen auf. Wortlos drehte er sich um und ging mit der Schaufel voller Scherben in die Küche. Kurz darauf schepperte und klirrte es laut.

Gian schluckte schwer. »Shit. Ich bin ein Arschloch.«

»Und was für eins«, stimmte ich ihm zu.

»Danke«, murrte er.

»Aber mal ehrlich: Deine Ex hat sie nicht mehr alle. Hör auf, dir diesen Scheiß anzutun, und vergiss sie.«

»Ich wünschte, ich könnte«, murmelte er so leise, dass ich mir ziemlich sicher war, dass er es mehr zu sich selbst als zu mir gesagt hatte.

Nach einer Weile hob er seinen Kopf und sah mich aus zusammengekniffenen Augen an. »Sawyer, ich muss dir was beichten.«

»Was?«, fragte ich.

»Es könnte sein, dass ich doch ziemlich viel getrunken habe.«

Meine Mundwinkel zuckten. »Was du nicht sagst.«

»Doch, wirklich. Und das mit der Flasche und Isaac … Das war ein Versehen. Er wollte die Musik ausmachen, ich bin zu ihm rum«, er simulierte die Bewegung, »und dann ist sie aus meiner Hand gerutscht und mit voller Wucht gegen die Wand.« Er ahmte eine Explosion mit den Händen nach.

»Ist ja nichts passiert«, sagte ich beruhigend. »Isaac lebt noch.«

Er machte Anstalten, aufzustehen, hielt aber in der Bewegung inne und ließ sich wieder zurück auf die Couch fallen. »Shit. Ich kann nie wieder in meinem Bett schlafen.«

Ich starrte erst ihn an und dann seine Zimmertür. »Ist das etwa *da drin* passiert?«

Er verzog das Gesicht bitter.

»Du kannst in meinem Zimmer schlafen.« Gian und ich drehten gleichzeitig unsere Köpfe zu Isaac. Er stand mit verschränkten Armen im Türrahmen der Küche und beobachtete uns.

»Danke«, murmelte Gian, mied aber Isaacs Blick.

Ich half ihm, aufzustehen. Als ich mir sicher war, dass er nicht zur Seite kippen und wohlbehalten Isaacs Bett finden würde, ließ ich ihn los. Er torkelte in das Zimmer und zog die Tür hinter sich ins Schloss.

Ich drehte mich zu Isaac um. Er hatte sich nicht von der Stelle bewegt und starrte mit grimmigem Blick aufs Sofa. Gians Worte mussten ihn ziemlich hart getroffen haben.

»Morgen wird er den Kater seines Lebens haben.«

Isaac sah mich nicht an und antwortete auch nicht.

Ich startete einen neuen Versuch. »Du hast nicht übertrieben, was seine Ex angeht. Die hat sie wirklich nicht mehr alle.«

Jetzt nickte Isaac zwar, doch sein Blick war nach wie vor entrückt, so, als wäre er ganz woanders. Er sah grimmig und verschlossen aus, und diese neue Seite von ihm gefiel mir nicht.

Ich schnipste mit den Fingern. Sein Kopf schoss hoch.

»Wohin verschwindest du die ganze Zeit?«, fragte ich und ging auf ihn zu. Eigentlich hatte ich vorgehabt, mich aufs Sofa zu setzen. Oder auf einen der Stühle beim Esstisch. Oder den Sitzsack. Aber Isaac zog mich an wie ein Magnet.

»Was er gesagt hat, stimmt nicht«, sagte er schließlich.

Ich wartete.

Seine Augen waren dunkel und der Ausdruck darin beinahe stürmisch. »Ich weiß genau, wie es sich anfühlt, verliebt zu sein.«

Ich fragte nicht nach. Stattdessen stellte ich mich direkt vor ihn und legte meine Hände auf seine Arme. »Du weißt genau, dass er das nicht so gemeint hat. Ich meine … der steht doch total neben sich. Er musste seiner Freundin dabei zusehen, wie sie es von einem anderen Kerl besorgt bekommt. Da sagt man schon mal Sachen, die verletzend sind.«

Er gab bloß ein Grunzen von sich.

Ich rüttelte sanft an seinen Armen, damit er die angespannte Haltung verlor. »Komm schon.«

Er seufzte und nickte schließlich. Dann schien ihm etwas einzufallen. »Ich will jetzt nicht unhöflich klingen, aber was machst du eigentlich hier?«

Ich beschloss, dass jetzt gar kein guter Zeitpunkt war, um mit ihm über meine Zweifel bezüglich der Bilder zu sprechen. Im Moment hatte Isaac gerade genug an der Backe, da musste ich ihm nicht auch noch meinen Ballast aufladen.

»Hab ich vergessen. Soll ich gehen? Hast du was anderes vor?«

»Nein«, sagte er so schnell, dass er beinahe über das Wort stolperte.

Seine Wangen wurden rot. Dann räusperte er sich. »Hast du Hunger? Gian hat gestern wieder Reste mitgebracht.«

Als hätte mein Magen ihn verstanden, knurrte er laut.

Isaac lachte. »Das war klar und deutlich.«

Ich folgte ihm in die Küche. »Können wir Gians CD wieder anmachen? Dann ist es, als wären wir in Italien.«

Es war als Scherz gemeint gewesen, aber Isaac gab einen entsetzen Würgelaut von sich. »Ich will nie wieder in meinem Leben ein Lied von Eros Ramazzotti hören. Am liebsten würde ich Gians CDs verbrennen.«

Das war quasi eine Aufforderung, loszusingen. »*Se bastasse una bella canzoneee!*«

Isaacs Hand schoss zu meinem Mund und hielt ihn zu. »Oh mein Gott, hör sofort auf.«

Ich leckte mit der Zunge an seinen Fingern, und lachend zog er sie wieder weg.

»Blabla irgendwas *amooooree!*«

»Blabla irgendwas *amore?* Ich bin mir ziemlich sicher, der Text geht anders.«

»Se bastasse una bella canzone«, fing ich wieder an.

»Das ist also die einzige Zeile, die du kannst.«

»Weil Gian sie mir so oft ins Ohr gegrölt hat. Aber ich kann den Rest des Textes googeln, kein Problem!«

Isaac schüttelte grinsend den Kopf. Er hob die Hand und strich mir eine verirrte Haarsträhne aus dem Gesicht. Ich hielt den Atem an. Seine Fingerknöchel streiften meine Wange kurz. Anschließend klemmte er die Strähne hinter meinem Ohr fest. Bei der Berührung seiner Finger an meiner Ohrmuschel wurde mir warm. Die Hitze schoss in mein Gesicht und gleichzeitig in meinen Magen – der prompt ein zweites Mal knurrte.

Isaacs Mundwinkel zuckten. »Hallo, Sawyers Magen«, sagte er, ohne den Blick von meinen Augen abzuwenden. »Worauf hättest du denn Lust? Wir haben Pasta Carbonara, Pizzabrötchen und Caprese. Wie bitte?« Isaac beugte sich nach unten, bis er sich mit seinem Gesicht direkt vor meinem Bauch befand. Er legte sein Ohr an meinen Bauch, als würde er auf eine Antwort warten.

»Du blöder Idiot«, sagte ich und schlug mit der flachen Hand gegen seinen Kopf.

»Pscht, ich höre gerade auf das, was dein Magen mir sagt.«

»Mein Magen sagt, du sollst aufhören, so seltsam zu sein.«

»Ich glaube, du hast ihn falsch verstanden. Mir hat er nämlich gerade zugeflüstert, dass er nichts gegen Pasta einzuwenden hätte.« Isaac erhob sich grinsend und ging an den Kühlschrank. Ich beobachtete ihn dabei, wie er einige Alubehälter herauszog und deren Inhalt inspizierte.

Die Stelle an meinem Ohr, wo er mich berührt hatte, pochte.

Und plötzlich wurde mir etwas ganz deutlich bewusst.

Ich wollte dieses Projekt auf gar keinen Fall abbrechen.

kapitel 15

Als ich am Donnerstagabend die Tür öffnete und Isaac erblickte, musste ich lächeln. Er hatte sich in Schale geworfen – zumindest meiner Definition des Begriffs zufolge. Da ich wusste, welche Art von Kleidung er ästhetisch fand, konnte ich nur ahnen, wie er sich mit den zerrissenen Jeans und den strubbeligen Haaren fühlte.

»Komm rein. Bin gleich fertig«, sagte ich und stellte mich wieder vor meinen Spiegel.

»Ist Dawn schon bei Spencer?«, fragte Isaac.

»Ja, sie ist vor einer Stunde schon los«, murmelte ich, während ich mir einen hohen Zopf band und gleich darauf mit den Fingern die Haare wieder etwas herauszog, damit er nicht so streng aussah.

»Du siehst gut aus«, sagte Isaac unvermittelt.

Ich versuchte, mir meine Überraschung nicht anmerken zu lassen. Vor ein paar Wochen wäre er eher gestorben, als ein solches Kompliment laut auszusprechen. »Danke. Du aber auch.«

Er bedankte sich nicht, wie immer, sondern wechselte das Thema. »Langsam gewöhne ich mich sogar an die neuen Sachen. Du hättest Ariel sehen müssen, als ich letztes Wochenende nach Hause gekommen bin.«

»Was hat sie gesagt?«, fragte ich. Ich nahm meinen schwarzen Kajalstift und fing an, mein linkes Auge damit zu umrahmen.

Von dem Make-up, das ich heute Morgen aufgetragen hatte, war so gut wie nichts mehr übrig. Ich hatte den ganzen Tag im Studio auf dem Campus gesessen und die Hochzeitseinladungen für Riley und Morgan entworfen. Es war das Einzige, worum sie mich gebeten hatten, weshalb ich all meine Energie hineingesteckt hatte, so lange, bis ich mit dem Ergebnis hundertprozentig zufrieden gewesen war.

Seit Rileys und meinem Streit in Renton hatte ich mich sehr bemüht, so zu tun, als würde ich mich für sie freuen und es mir gern anhören, wenn sie von der Hochzeit erzählte. Doch die Tatsache, dass sie mich nicht gefragt hatte, ob ich ihre Brautjungfer sein wollte, nagte immer noch an mir. Ich wusste gar nicht richtig, warum, denn ich konnte mir nichts Schlimmeres vorstellen, als ihren Hochzeitstag bis ins kleinste Detail planen zu müssen.

»Erst hat sie mich nicht wiedererkannt«, riss Isaac mich aus meinen Gedanken. »Anschließend hat sie gekreischt. Und dann hat sie gemeint, dass sie unbedingt ihrer besten Freundin erzählen muss, dass ihr großer Bruder jetzt aussieht wie ein Popstar.« Er sah sich im Zimmer um, offenbar auf der Suche nach einer Sitzgelegenheit, aber überall lagen Klamotten, Bilder und anderer undefinierbarer Kram, weil Dawn irgendetwas gebastelt und ich meine alte Mappe aussortiert hatte. Isaac blickte fragend auf mein Bett.

»Setz dich ruhig«, meinte ich. Ich kniff meine Augen zusammen und überprüfte, ob der Lidstrich auf beiden Seiten ungefähr gleich aussah.

Isaac schob einen Stapel Fotos zur Seite und ließ sich auf dem äußersten Rand meines Bettes nieder. »Wie haben die anderen reagiert?«, fragte ich.

»Levi hat nichts gemerkt, und Ivy war ziemlich verwirrt. Für einen Moment hat sie mich nicht erkannt. Oh, und mein Grandpa hat mich gefragt, ob ich etwas Großes vor…«

Er verstummte plötzlich.

Fragend drehte ich mich zu ihm um.

Isaac hatte eines der Bilder aus dem Stapel gezogen und starrte es an.

Es war ein Halbakt von mir, auf dem ich oberkörperfrei war. Ich hatte meinen Kopf in den Nacken gelegt. Einen Arm hielt ich über meinen Bauch, den anderen angewinkelt, sodass ich mit den Fingern meine Lippen leicht berühren konnte. Ich hatte die Arme so positioniert, dass meine Brüste verdeckt waren, aber dennoch zeigte das Bild viel von meiner nackten Haut. Und es ließ ein paar meiner Tattoos erahnen. Zwar verdeckte ich sie größtenteils aufgrund meiner Haltung, und man konnte die Schriftzüge auf meinen Rippen nicht lesen, aber der eine oder andere Umriss war zu erkennen.

»Bist du das?«, fragte Isaac mit kratziger Stimme.

»Ja«, sagte ich.

Isaac stieß den Atem aus. Langsam wurde ich nervös, weil er nichts sagte und ich seinen Blick beim besten Willen nicht deuten konnte. Vielleicht fand er die Szene total unästhetisch und wusste nicht, wie er mir das schonend beibringen sollte.

»Es ist nicht ganz scharf«, murmelte ich, um die Stille zu füllen, die sich zwischen uns ausgebreitet hatte. »Und das Licht fällt auch nicht so, wie ich mir das vorgestellt hatte. Aber ich …«

»Sawyer.«

Ich hörte auf zu reden und beobachtete, wie Isaac mit einem Finger über das Bild strich – über meine Schulter und entlang des Tattoos. Dann blickte er zu mir auf. »Es ist … wirklich sehr schön.«

Mein Mund fühlte sich ganz trocken an. Mit der Zunge befeuchtete ich meine Lippen. »Danke.«

»Darf ich mir deine Mappe angucken?«

»Okay. Aber sie ist so gut wie leer, ich habe sie heute erst aussortiert.«

Ich drehte mich wieder zum Spiegel und überprüfte ein letztes Mal mein Make-up. Dann legte ich den Kajal zurück in meine Kosmetiktasche und schloss den Reißverschluss.

»Das muss deine Schwester sein«, sagte Isaac.

Ich drehte mich um. Er betrachtete eines der Fotos, die ich von Riley und Morgan für ihre Einladung geschossen hatte. Ich hatte das, das mir von allen am besten gefallen hatte, auch für mich entwickelt, da es sich gut in meinem Portfolio machen würde.

»Ja. Und ihr Verlobter.«

»Sie sehen aus, als würden sie auf das Cover eines Tattoomagazins gehören«, meinte er lächelnd. »Das Bild ist neu, oder?«

»Wie kommst du darauf?«, fragte ich.

Er zuckte mit den Schultern. »Die hier«, er deutete auf den unordentlichen Berg auf dem Bett, »haben irgendwie alle einen unterschiedlichen Stil und wirken ziemlich verträumt. Das hier«, er hielt die Mappe hoch, »sieht aus, als hätte Sawyer Dixon es gemacht.«

Überrascht sah ich ihn an. Als ich vorhin die alten Bilder aus meiner Mappe geholt und die neuen hinzugefügt hatte, hatte ich genau das Gleiche gedacht. Man konnte deutlich erkennen, dass ich mich im letzten Jahr weiterentwickelt und meinen eigenen Stil gefunden hatte. Aber dass das Isaac auffiel, der kaum etwas mit Kunst oder Fotografie am Hut hatte, fand ich faszinierend.

Ich setzte mich neben ihn. »Ich habe es gemacht, als ich Riley in Renton besucht habe.«

Isaac lächelte. »Ich mag es. Gehen die Hochzeitsplanungen gut voran?«

Ich versteifte mich. Er durfte mich gerne weiter über meine Bilder ausfragen – aber über die Sache mit Riley würde ich mit ihm nicht mehr sprechen. Ich hatte einmal den Fehler gemacht und ihm zu viel erzählt, damals im Vorratskeller an seinem Probetag bei Al. Das würde mir nicht noch mal passieren.

»Jedes Mal, wenn ich dich darauf anspreche, machst du komplett dicht«, sagte er leise.

Ich wich seinem Blick aus und starrte stattdessen auf Riley und Morgan, die sich verliebt in die Augen sahen. »Dann sprich mich halt nicht darauf an, Isaac.«

Er klappte die Mappe zu und legte sie zurück aufs Bett. Gleich darauf nahm er sich den Stapel mit meinen alten Fotos und schob sie vorsichtig zusammen, bis keine der Kanten mehr überstanden und alles ein bisschen ordentlicher aussah. Und dann ... dann hob er seine Hand an mein Gesicht. Mindestens genauso behutsam, wie er eben noch meine Bilder geordnet hatte, berührte er meine Wange mit den Fingerspitzen. Aber ich war nichts, was er sortieren und in Ordnung bringen konnte.

Sein Blick wurde schwer, und als er den Mund öffnete, um etwas zu sagen, kam ich ihm zuvor.

»Wollen wir los?«

Er ließ die Hand sinken und nickte.

kapitel 16

Bislang hatte ich mich jedes Mal, wenn Dawn mich zu Spencer eingeladen hatte, erfolgreich wehren können. Aus ihren Erzählungen wusste ich allerdings, dass er in einer guten Gegend wohnte und ein ganzes Haus für sich alleine hatte.

Ich hatte allerdings nicht damit gerechnet, wie *riesig* dieses Haus war. Seine Eltern mussten steinreich sein. Während ich mich fassungslos in Spencers Vorgarten umsah, schien Isaac neben mir deutlich weniger beeindruckt zu sein. Vielleicht war er schon mal hier gewesen. Oder er war einfach nicht so leicht zu beeindrucken wie ich.

Wir klingelten, und keine zwei Sekunden später öffnete Dawn die Tür. Sie strahlte mich breit an, dann wanderte ihr Blick zu Isaac.

»Wow!«, rief sie entzückt.

Isaac trat vom einen aufs andere Bein. Seine Wangen wurden rosa, als Dawn ihn von oben bis unten musterte. »Wir haben uns doch schon gesehen.«

»Ja, schon. Aber das war in der Uni. Da konzentriere ich mich auf die Vorlesung und nicht auf dich«, sagte Dawn mit einer Bewegung, die Isaacs ganzen Körper einschloss. Sie machte einen Schritt nach vorne und roch an ihm. »Du siehst zwar aus wie eine aufgepimpte Version von Isaac. Aber zum Glück riechst du noch wie *mein* Isaac. Das ist gut.«

Isaac sah aus, als wäre er am liebsten auf der Stelle im Erdboden versunken.

Ich rümpfte die Nase. »Hat dir schon mal jemand gesagt, dass es merkwürdig ist, an anderen Menschen zu riechen?«, fragte ich.

»Lass mich«, erwiderte sie und griff nach meiner Hand, um mich ins Haus zu ziehen. Sie schloss die Tür und starrte dann wieder Isaac an. Oder besser gesagt seine Arme, denn er hatte soeben seine Jacke ausgezogen.

»Dawn, ehrlich, wenn du ihn weiter so anstarrst, dann erzähle ich es Spencer«, drohte ich.

»Was willst du mir erzählen?« Wie auf Knopfdruck schlenderte Dawns Freund zu uns in den Flur. Als er Isaac entdeckte, pfiff er anerkennend. »Heiße Scheiße, Grant. Hätte dich fast nicht erkannt.«

Isaac wurde immer röter.

»Ähm, Leute, langsam wird's unangenehm«, sagte ich.

Spencer grinste und schlang einen Arm um Dawns Taille. »Komm, Süße. Wir sind gerade das gruselige Paar, mit dem keiner was zu tun haben möchte. Das ist ein Ruf, den wir niemals haben wollten, oder?« Er küsste ihren Hals und zog sie hinter sich her zu seinen Gästen.

Isaac und ich folgten ihnen in gebührendem Abstand. Während Isaac noch immer peinlich berührt auf seine Schuhe starrte, blickte ich mich neugierig um.

Spencers Haus sah von innen genauso aus wie von außen – als würde jemand darin wohnen, der unverschämt viel Geld hatte. Die Möbel waren hochwertig, die Deko stilvoll. Ich war mir ziemlich sicher, dass sich hier ein Innenausstatter ausgetobt hatte. Kein Kerl in unserem Alter richtete sich so ein.

Während Spencer sich zu zwei Typen stellte, die ich nicht kannte, führte Dawn uns durch das Wohnzimmer. Mehrere Grüppchen standen zusammen und unterhielten sich über die laute Popmusik hinweg, die aus großen Lautsprechern den Raum beschallte. Wir gingen an einer offenen Tür vorbei, die auf die Terrasse und in den Garten führte, wo ein paar Leute Bier-Pong spielten, und betraten dann die größte, modernste Küche, die ich jemals zu Gesicht bekommen hatte.

»Diese Küche ist größer als mein Schlafzimmer«, raunte Isaac hinter mir.

»Diese Küche ist größer als unser ganzes Wohnheimzimmer«, stimmte ich leise zu.

»Ich freue mich so, dass ihr gekommen seid!«, sagte Dawn und fuchtelte überschwänglich mit einer Flasche Sekt herum. Dass oben der Schaum heraus und ihr über die Hand lief, scherte sie nicht. Ihren geröteten Wangen nach zu urteilen, war das nicht das erste Glas, das sie sich an diesem Abend einschenkte. »Echt, Sawyer kommt sonst nie mit. Das habe ich nur dir zu verdanken, Isaac.«

»Danke für die Einladung«, antwortete er höflich.

»Und?«, fragte sie und reichte erst mir und dann ihm ein randvoll gefülltes Glas. »Wie läuft euer Projekt sonst so?«

Wir stießen an.

»Es läuft«, sagte ich. »Langsam. Aber es läuft.«

»Ich dachte, du hättest ihn schon längst in einen totalen Bad Boy verwandelt«, sagte Dawn mit einem vielsagenden Blick auf Isaacs Outfit.

»Ich auch«, meinte Isaac und sah mich nachdenklich an.

Ich hob beide Augenbrauen. »Tatsächlich. Dann geh und sprich ein Mädchen an.«

Er hatte gerade von seinem Sekt getrunken und verschluckte sich. »Was?«

»Nach den ganzen Lektionen, die ich dir beigebracht hatte, sollte das doch ein Kinderspiel sein«, sagte ich.

»Lektionen? Hast du ihm etwa Flirt-Unterricht gegeben?«, fragte Dawn und klatschte in die Hände. »Wie aufregend! Ich will Isaac beim Flirten beobachten.«

»Als könnte ich flirten, wenn ich weiß, dass ihr mir dabei zuseht.«

»Das ist bloß eine Ausrede, damit du es nicht tun musst«, sagte ich und stieß ihm den Ellenbogen in die Seite.

Sein Sektglas schwappte über, und er sah mich böse an. Ich hielt seinem Blick stand, so lange, bis er schließlich seufzte und resigniert den Kopf schüttelte. »Meinetwegen.«

»Du tust so, als wäre das eine Bestrafung«, sagte ich, als wir zusammen zurück ins Wohnzimmer gingen. »Du wirst Spaß dabei haben. Vertrau mir.«

Dawn und ich setzten uns auf zwei freie Stühle am Esstisch. Isaac blieb unschlüssig stehen. »Du meinst wohl, dass *ihr* dabei Spaß haben werdet«, grummelte er. »Ich hingegen mache mich wieder total zum Affen.«

»Warum solltest du?«, fragte ich mit einem Seufzen. »Muss ich dich wirklich noch mal daran erinnern, was die wichtigste Lektion ist, Grant Isaac Grant?«

»Welche ist die wichtigste Lektion?«, fragte Dawn.

Ich konnte genau sehen, dass Isaac ein Augenrollen unterdrückte, als er sagte: »Selbstbewusst sein.«

»Ah«, sagte Dawn.

Ich drehte mich zu ihr. »Dir und Spencer sind eben fast die Augen rausgefallen, als ihr ihn gesehen habt.« Ich zuckte mit den Schultern. »Aber egal, wie oft man ihm sagt, dass er heiß ist – er glaubt es einfach nicht.«

»Komm schon, Sawyer«, sagte Isaac mit dunklem Blick.

Dawn sah lächelnd zwischen uns hin und her. Ich konnte den Ausdruck auf ihrem Gesicht nicht deuten, aber irgendwas schien gerade in ihrem Kopf vorzugehen. »Ich bin ja immer noch dafür, dass du es mal bei Everly probierst«, sagte sie schließlich.

Isaac seufzte. »Nicht schon wieder die Liste von deinen Single-Freundinnen, Dawn.«

»Sie würde sich freuen, wenn du mit ihr sprichst, da bin ich mir sicher. Irgendetwas ist bei ihr los, aber sie will nicht drüber reden. Ein bisschen Ablenkung tut ihr bestimmt gut.« Wir folgten Dawns Blick zur gegenüberliegenden Seite des Raumes, wo ihre Stiefschwester auf dem Sofa saß. Nicht zum ersten Mal fiel mir auf, wie hübsch sie war mit ihren feinen Gesichtszügen, dem blassen Teint und den kurzen schwarzen Haaren. Allerdings starrte sie katatonisch auf ihr Handy und schien überhaupt nicht wahrzunehmen, was um sie herum geschah.

»Sie sieht eher so aus, als möchte sie allein gelassen werden«, sagte Isaac, hob aber beschwichtigend die Hände, als er meinen Blick sah. »Okay, okay. Ist ja gut.« Er trank seinen Sekt in einem Zug aus. Dann stellte er das Glas auf den Tisch und sah zwischen Dawn und mir hin und her. »Ich gehe jetzt da rüber und werde mich mit diesem Mädchen über Steak unterhalten.«

Er drehte sich um und ging mit entschlossenen Schritten auf das Sofa und Everly zu.

»Steak?«, fragte Dawn verwirrt, während sie ihm hinterhersah.

»Small Talk«, erklärte ich.

Eine kurze Pause. »Über Fleisch?«

»Ich hab ihm gesagt, er soll über Themen sprechen, bei denen er sich wohlfühlt, damit es ihm leichter fällt. Er redet halt gerne über die Arbeit.«

Dawn nickte, und wir beobachteten, wie Isaac sich auf die Sofalehne setzte und Everly ansprach.

»Vielleicht hätte ich ihm dann sagen sollen, dass Everly Vegetarierin ist.«

Ich starrte sie erschrocken an. Dann brachen wir beide in Gelächter aus.

»Worüber lacht ihr?«, fragte Spencer. Er kam zu uns und stützte sich auf die Lehne von Dawns Stuhl. Ich fragte mich, ob er vielleicht von ihrem Lachen angelockt worden war.

»Nichts Wichtiges.«

»Dann kannst du ja mit mir kommen und ein bisschen tanzen«, sagte er und beugte sich noch ein Stück weiter über den Stuhl. Dawn legte den Kopf in den Nacken und grinste ihn an. Dann drehte sie sich mit fragendem Blick zu mir um.

Ich machte bloß eine wedelnde Handbewegung. »Geht ruhig. Ist es okay, wenn ich ein paar Bilder mache?«, fragte ich.

»Klar«, sagte Spencer und begann, an Dawns Armen zu ziehen, damit sie aufstand.

Dawn lächelte. »Bin sofort wieder zurück, Sawyer.«

Die beiden gingen in die Mitte des Raums, wo sich schon ein paar Leute zum Takt der Musik bewegten – oder es zumindest versuchten.

Ich holte Frank aus meinem Rucksack, und als ich mir die Kamera um den Hals hängte, fühlte ich mich augenblicklich wohler. Ich schraubte das Objektiv ab und schoss ein Bild von der provisorischen Tanzfläche. Ich versuchte, auch eine Nahaufnahme von Spencer und Dawn zu bekommen, aber die beiden bewegten sich so schnell, dass der Großteil der Schüsse verschwommen war. Als Dawn merkte, dass ich die Kamera auf sie richtete, streckte sie mir die Zunge raus und zog eine Grimasse. Ich lächelte und drückte genau im richtigen Moment auf den Auslöser. Das Bild würde ich ausdrucken und ihr übers Bett hängen.

Ich blickte durch die Linse und schwenkte die Kamera möglichst unauffällig in Isaacs Richtung.

Er saß noch immer auf der Lehne des Sofas, aber Everly

hatte sich inzwischen zu ihm gedreht. Er sagte etwas, das sie zum Lachen brachte. Sofort drückte ich auf den Auslöser. Ich wusste nicht, worüber sie sich unterhielten, aber Isaacs Wangen waren rot. Ich zoomte sein Gesicht näher heran. Genau in dem Moment beugte er sich vor, und ich musste wieder rauszoomen, um sehen zu können, was er machte.

Mein Herz stockte.

Isaac hatte die Hand auf Everlys Arm gelegt und strich mit dem Daumen über ihre nackte Haut. Sie lächelte ihn an und ließ es zu.

Ob ich ihn auch so angesehen hatte, als er mich berührt hatte? Mein Finger verharrte über dem Auslöser, während ich die beiden beobachtete. Wie sie an den Lippen des anderen hingen. Wie sie einander anlächelten. Wie Everly ihre Hand kaum merklich in Isaacs Richtung schob, als würde sie sich erhoffen, dass er sie dort ebenfalls berührte.

Offensichtlich hatte ich alles richtig gemacht.

Wieso fühlte es sich dann an, als würde gerade etwas schrecklich verkehrt laufen?

Ich konnte unmöglich auf den Auslöser drücken. Das, was Isaac da tat, konnte ich unmöglich auf einem Bild festhalten. Wie von selbst ließ ich die Kamera sinken. Doch das machte es noch schlimmer. Durch die Linse hatte die Szene beinahe wie ein Schauspiel gewirkt – nicht echt und irgendwie gestellt.

Aber das hier passierte wirklich, und zwar direkt vor meinen Augen. Ich konnte nicht wegsehen.

Jetzt hatte Everly etwas gesagt, und Isaac lachte. Da war kein Funken Schüchternheit an ihm zu erkennen. Nichts von der Zurückhaltung und den Selbstzweifeln, die ihm sonst immer so deutlich ins Gesicht geschrieben standen.

Ich biss die Zähne fest zusammen und wandte den Blick ab. Dann schaltete ich meine Kamera aus und stopfte sie zurück in den Rucksack. Ohne einen weiteren Blick auf Isaac und Everly erhob ich mich und ging in die Küche, geradewegs zu der Anrichte, wo Spencer den Alkohol aufgebaut hatte. Ich betrachtete die verschiedenen Flaschen, bis ich meinen Lieblingswodka unter ihnen entdeckte.

Ich goss mir einen großzügigen Schluck davon in ein Glas und wollte ihn gerade mit Orangensaft mischen, als sich jemand neben mich stellte, so nah, dass sich unsere Seiten von der Schulter bis zur Hüfte berührten.

Für den Bruchteil einer Sekunde hoffte ich, dass es Isaac war.

Doch stattdessen grinste mich Cooper schief von der Seite an. »Hey.«

Einen kurzen Moment lang hatte ich keine Ahnung, wie ich reagieren sollte, und sah ihn nur fassungslos an.

Dann stellte ich in aller Ruhe die Flasche zurück auf den Tisch, nahm mein Glas in die Hand und ging, ohne ein Wort zu sagen, an ihm vorbei zurück in Richtung Wohnzimmer.

An der Tür holte er mich ein. Seine Hand landete auf meinem Oberarm. »Warte doch mal.«

Mit hochgezogenen Augenbrauen drehte ich mich zu ihm. »Was willst du?«

Cooper blinzelte. »Ich wollte nur Hi sagen.«

»Hi«, sagte ich trocken und wollte meinen Arm seinem Griff entziehen, aber er hielt mich fest.

»Was ist denn mit dir los?«, fragte er.

»Willst du mich verarschen? Lass mich in Ruhe, Cooper, und geh zu deiner Freundin.«

Er sah ehrlich verwirrt aus, als hätte er keine Ahnung, was mein Problem war.

Ich runzelte die Stirn. Es konnte doch unmöglich sein, dass er nicht wusste, warum ich nichts mehr mit ihm zu tun haben wollte. Ich öffnete den Mund genau in dem Moment, als hinter mir eine eiskalte Stimme sagte: »Hände weg von meinem Freund, Dixon.«

Ich erstarrte.

Konnte dieser Abend noch schlimmer werden? Warum um alles in der Welt hatte Spencer all diese Leute eingeladen?

Ich drehte mich um und sah in Amandas wutverzerrtes Gesicht.

Cooper nahm seine Hand von meinem Arm. »Babe …«, sagte er und machte einen Schritt auf sie zu.

Doch Amanda beachtete ihn überhaupt nicht. Sie sah nur mich an. »Du musst es echt nötig haben«, sagte sie bitter und deutete mit der Bierflasche in der Hand auf mich. »Kannst du wirklich nicht die Finger von den Freunden anderer Frauen lassen?«

Oh Mann. Ich konnte dieses Drama gerade wirklich nicht gebrauchen. »Du hast keine Ahnung, wovon du redest, Amanda«, sagte ich so ruhig, wie ich nur konnte.

Sie lachte schrill. »Jeder hier weiß *genau*, wovon ich rede«, sagte sie laut. Gleich mehrere Leute auf einmal drehten sich in unsere Richtung. »Einmal Schlampe, immer Schlampe.«

Ich zuckte zusammen.

Genau wie deine Mutter.

Aus dem Augenwinkel registrierte ich, dass Isaac sich vom Sofa erhoben hatte. Ich biss die Zähne fest zusammen und senkte den Blick auf meine Schuhe. Ich wollte nicht, dass er das mit ansah.

»Amanda«, sagte Cooper leise, aber beharrlich. »Lass es gut sein.«

»Du hast es mir versprochen, Cooper! Du hast gesagt, dass es nur eine einmalige Sache mit ihr war! Dass jeder einmal auf Sawyer Dixon steigt und es nichts bedeutet.«

Jemand lachte laut. In meinen Ohren rauschte es, und vor meinen Augen verschwamm alles. Ich ballte die Hände zu Fäusten, so fest, dass es wehtat. Ich konnte nicht mehr atmen.

Du Hure. Du bist genau wie deine Mutter.

Amanda hatte recht.

Was machte ich hier eigentlich? Hatte ich wirklich geglaubt, dass das die Normalität für mich werden konnte? Auf eine Party zu gehen, gemeinsam mit Freunden, und einfach nur Spaß zu haben?

Das war nicht meine Realität.

Meine Realität war, dass der Typ, mit dem ich den Abend verbringen wollte, zu dem unschuldigsten Mädchen im gesamten Raum ging und sie ansprach. Wie lächerlich, zu glauben, dass ich für jemanden mehr als eine schnelle Nummer für eine Nacht sein könnte.

Ich schluckte trocken. Es tat weh, mehr als die Ohrfeige, die Amanda mir an jenem Tag verpasst hatte.

»Ihr beiden solltet jetzt verschwinden«, erklang eine leise Stimme neben mir. Dawn.

»Sonst was?«, höhnte Amanda. »Das hier ist nicht dein Haus.«

»Aber meins«, sagte Spencer. »Und ich kann mich nicht erinnern, euch eingeladen zu haben.«

»Aber *sie*, oder was?«

»Ja, weil sie eine Freundin ist«, sagte er ausdrücklich. »Und ich lasse nicht zu, dass du sie schikanierst. Geht jetzt, bitte.«

Ich starrte auf meine Schuhspitzen, als Cooper etwas Beruhigendes zu Amanda sagte und die beiden schließlich den Raum verließen. Ich war nicht fähig, mich auch nur ein Stück zu bewegen.

Jemand legte mir sanft die Hand auf die Schulter. Ich zuckte zusammen und hob den Kopf. Dawn sah mich aus kugelrunden Augen an. »Alles okay?«, wisperte sie.

Ich hatte immer noch keine Luft geholt. Ich wusste, dass ich dringend atmen musste, aber es war, als hätte ich verlernt, wie.

»Wollen wir nach Hause?«, fragte Dawn weiter.

Ich brachte nur ein Nicken zustande.

Ohne ein weiteres Wort mit irgendjemandem zu wechseln, ließ ich mich von Dawn in die kühle Septembernacht hinausführen. Ich konnte erst wieder atmen, als wir Spencers Haus hinter uns ließen und die Geräusche der Party in der Nacht verklangen.

kapitel 17

Dawn ließ mich die ganze Nacht nicht allein. In unserem Zimmer angekommen schob sie mich entschlossen zu ihrem Bett, holte ihren Laptop, kletterte neben mich und rief Netflix auf. Ich entschied mich halbherzig für die neueste Staffel von *Supernatural*, schaute aber nicht wirklich zu. Mir war schwindelig und schlecht, und ich wollte weder die Schokolade essen, die Dawn aus den Tiefen ihres Nachttisches kramte, noch mit ihr über das sprechen, was gerade geschehen war. Irgendwann gab Dawn ihre Versuche auf, mich zum Reden zu bringen.

Im frühen Morgengrauen schlief sie schließlich neben mir ein. Ich klappte den Laptop zu und versuchte, so leise wie möglich aus ihrem Bett zu schlüpfen. Ich zog meine Jacke an, schnappte mir meinen Rucksack und schloss geräuschlos die Tür hinter mir.

Ich brauchte dringend frische Luft. Und ich brauchte Ruhe. Ruhe und Zeit, um meine Gedanken zu ordnen und zurück zu mir selbst zu finden.

Es war so früh, dass auf den Straßen kaum etwas los war. Die Sonne war noch nicht richtig aufgegangen, und der Himmel konnte sich noch nicht entscheiden, ob er lieber pink oder dunkelblau sein wollte. Ich holte meine Kamera hervor und legte den Kopf in den Nacken, um die Farben auf einem Bild festzuhalten. Den gesamten Weg vom Wohnheim bis zu meinem Lieblingsort in Woodshill – der kleine See im Tal der Berge, an dem auch das Steakhouse lag – machte ich Fotos. Ich hatte eine Gänsehaut, und meine Finger waren so kalt, dass es mir schwerfiel, die Kamera richtig zu bedienen, aber ich war froh, etwas zu tun zu haben. Es war besser, ich konzentrierte mich auf das Schöne hier draußen und nicht auf das, was in meinem Inneren vorging.

Ich machte Halt bei einer Parkbank, von der aus man über den See direkt auf das Steakhouse blicken konnte. Ich zog die Beine an meinen Körper und schlang die Arme um meine Knie. Dann legte ich den Kopf in den Nacken und atmete tief ein. Die frische Luft tat gut. Ich hatte das Gefühl, dass ich all das Gute wieder einatmen musste, das aus mir herausgepresst worden war, als Amanda mir diesen Spruch an den Kopf geworfen hatte.

Einmal Schlampe, immer Schlampe.

Amandas Worte hallten in Dauerschleife in meinem Kopf. Immer und immer wieder hörte ich ihre spöttische, verbitterte Stimme. Und sie vermischte sich mit einer anderen Stimme. Einer aus meiner Vergangenheit, die ich seit Jahren versuchte zu vergessen.

Genau wie deine Mutter.

Ich schluckte trocken und umfasste das Medaillon von Mom, in der Hoffnung, mich dadurch besser zu fühlen.

Ob Mom mich für eine Schlampe gehalten hätte? Ich wusste es nicht. Sie war gestorben, lange bevor ich begonnen hatte, mir Gedanken über Jungs zu machen und mit ihr darüber hätte sprechen können. Ich wusste nicht viel über sie, aber … ich meinte trotzdem, sie zu kennen. Von den wenigen Momenten, an die ich mich noch erinnerte, von den Fotos, die Riley damals unter ihrem Bett versteckt hatte, damit sie uns niemand wegnahm, und von den Erzählungen von Moms bester Freundin

Gloria, die in Renton wohnte und Riley und mich früher oft beherbergt hatte, wenn wir es bei Melissa nicht mehr ausgehalten hatten. Von ihr wussten wir, dass Mom und Dad sich nie darum geschert hatten, was andere von ihnen dachten, und ihren Rock-'n'-Roll-Lebensstil durchgezogen hatten, auch wenn sie von anderen stets nur belächelt wurden.

Wir hatten damals zu viert in einer winzigen Wohnung gelebt, ohne Fernseher und ohne Computer. Aber ich erinnerte mich noch genau daran, wie gemütlich es bei uns gewesen war und wie gern Riley und ich mit Mom auf der Couch gekuschelt und einfach nur gemeinsam eine neue CD oder eine neue Platte durchgehört hatten. Anderen in unserem Alter war es wichtiger gewesen, angesagte Klamotten oder ein eigenes Handy zu haben. Riley und ich hatten unsere Eltern angebettelt, uns mit in den Plattenladen, auf ein Konzert oder eine After-Show-Party zu nehmen.

Es war uns auch egal, dass unsere Mitschüler nichts mit uns zu tun haben wollten, nur weil Mom Band-T-Shirts trug, als wären sie Kleider, und Dad Motorrad fuhr. Die eine Lektion, die unsere Eltern uns beigebracht hatten, war, immer nur das zu tun, was sich richtig für einen selbst anfühlte, und nie auf das zu hören, was andere über einen sagten. So hatten Riley und ich von klein auf versucht, zu leben. Und es hatte auch immer gereicht.

Natürlich wusste ich, dass ich ein Problem damit hatte, feste Bindungen einzugehen. Ich hatte keine Freundin außer Dawn, und sie war nur meine Freundin, weil sie mir keine andere Wahl gelassen hatte. Männer ließ ich nur auf eine Weise an mich heran. Allein der Gedanke, mich jemandem zu öffnen und von meiner Vergangenheit zu erzählen, versetzte mich in Panik.

Ich brauchte niemanden.

Zumindest hatte ich das geglaubt.

Ich dachte an gestern Abend. Irgendetwas hatte sich in mir verändert. Ich wusste nicht genau, was es war, aber tief in mir drin fühlte sich etwas anders an. Bevor Cooper und Amanda aufgetaucht waren, hatte ich Spaß gehabt – mit Dawn und mit Isaac. Und wenn ich an die letzten Wochen zurückdachte, musste ich zugeben, dass es nicht das erste Mal gewesen war.

Ich fragte mich, was wäre, wenn ich … anders wäre. Mich nicht mehr nur abschottete, sondern Leute an meinem Leben teilhaben ließ. Dawn hatte sich letzte Nacht rührend um mich gekümmert. Spencer hatte mich vor all seinen Freunden verteidigt. Und Isaac …

Isaac löste etwas in mir aus, über das ich mir deutlich mehr Gedanken machen sollte als über Amandas Worte.

Konnte ich das, was Riley geschafft hatte, auch hinbekommen? Sie hatte damals noch viel mehr durchgemacht als ich, schließlich hatte sie keine große Schwester, die sich um sie kümmerte. Seit ihrem dreizehnten Lebensjahr war sie vollkommen auf sich allein gestellt.

Aber jetzt war sie glücklich. Sie hatte einen Mann, der sie liebte, Freunde, auf die sie sich verlassen konnte, und einen Job, in dem sie gut war und der sie erfüllte. Sie hatte sich ein richtiges Zuhause geschaffen. Wenn sie die Kurve bekam … vielleicht würde es mir auch irgendwann gelingen.

Ich betrachtete die spiegelglatte Oberfläche des Sees und fasste einen Entschluss. Vorsichtig hob ich die Kamera von meinem Hals und legte sie auf der Bank ab. Dann zog ich meine Jacke, mein Shirt und meine Jeans aus und legte sie daneben. Nur noch mit Unterwäsche bekleidet lief ich zum See. Ich machte einen ersten Schritt ins Wasser. Zischend holte ich Luft, machte aber sofort einen zweiten. Scheiße, war das kalt. Ein dritter Schritt. So verdammt kalt.

Ich lief weiter. Unter meinen Füßen spürte ich Sand, Steine und Pflanzen. Es fühlte sich glitschig an. Die Kälte kroch von meinen Beinen aufwärts in jeden Winkel meines Körpers. Sie weckte und betäubte mich gleichzeitig. Das war gut. Ich lief weiter, bis ich bis zur Hüfte im Wasser stand.

Dann breitete ich die Arme aus und ließ mich nach hinten fallen.

Erst am späten Abend machte ich mich auf den Weg zurück ins Wohnheim. Ich hatte die Zeit am See genossen, war ein paarmal um ihn herumgegangen und hatte Fotos gemacht. Gegen Mittag hatte ich mir in einem Café einen Smoothie und Snacks gekauft und war dann weitergegangen über verschiedene Wanderwege entlang des Mounts. Dass ich meinen Freitagskurs an der Uni verpasste, war mir egal.

Ich hatte einzig meine Kamera bei mir und genoss die Tatsache, dass es hier draußen für mich nur Schönes gab und nichts, was mir ein schlechtes Gefühl vermitteln konnte.

Ich fotografierte und fotografierte und vergaß die Zeit völlig. Als ich das Wohnheim betrat, war die Sonne bereits untergegangen, und ich war völlig fertig. Aber es hatte sich auch eine seltsame Ruhe in mir ausgebreitet, die ich so noch nie gespürt hatte – zumindest konnte ich mich nicht daran erinnern. Meine Boots waren total zugematscht, und ich versuchte, sie mit einer Hand auszuziehen, während ich mit der anderen die Tür zu meinem Zimmer öffnete.

Drei Augenpaare richteten sich auf mich.

Ich hielt mitten in der Bewegung inne und starrte zurück.

»Bist. Du. Vollkommen. Irre?«, presste Dawn zwischen zusammengebissenen Zähnen hervor.

Ich richtete mich auf und blickte zwischen Dawn, Spencer und Isaac hin und her. »Ähm. Habe ich was verpasst?«

Isaac sah mich an, als wäre ich eine Erscheinung, und kam auch genauso langsam auf mich zu. Im nächsten Moment hatte er mich an sich gezogen und die Arme fest um mich geschlungen. Er murmelte etwas in mein Haar, das ich nicht verstand.

»Kann mir vielleicht einer sagen, was hier los ist?«, nuschelte ich gegen Isaacs Brust, während ich seinen Rücken unbeholfen tätschelte.

Die Hände auf meinen Schultern, lehnte er sich ein Stück von mir zurück und sah mich fassungslos an. »Was glaubst du denn? Du bist abgehauen. Ohne irgendwem zu sagen, wohin du gehst!«

Ich sah zu Dawn, deren Gesicht gerötet war, genau wie ihre Augen. Neben ihr erwiderte Spencer meinen Blick kopfschüttelnd. Sein Kiefer war angespannt.

»Ich war … beim See«, sagte ich lahm.

Dawn lachte humorlos. »Beim See«, wiederholte sie.

»Ich bin heute Morgen los, weil ich den Sonnenaufgang fotografieren wollte.«

Kopfschüttelnd ging sie auf mich zu und nahm mich ebenfalls in den Arm. Sie drückte mich so fest, dass mir die Luft pfeifend entwich.

»Ich habe mich zu Tode erschreckt, als ich aufgewacht bin, und du warst nicht mehr da. Letzte Nacht …« Sie schüttelte den Kopf und hob mahnend einen Finger. »Mach das nie wieder. Nie wieder, hast du verstanden?«

»Ich sag schnell Kaden Bescheid«, sagte Spencer und ging durch die Tür nach draußen.

»Und ich Gian«, stimmte Isaac zu und folgte ihm.

»Wieso?«, fragte ich, obwohl die beiden schon nicht mehr im Zimmer waren.

»Weil sie dich suchen«, sagte Dawn bissig.

Mein Mund klappte auf.

»Du warst heute Morgen nicht mehr hier. Normalerweise sagen wir uns *immer*, wenn wir weggehen und wann wir wiederkommen, oder schreiben uns zumindest eine SMS. Das war die Regel, die du wegen Spencer hier eingeführt hast! Aber dein Handy lag auf dem Schreibtisch. Da habe ich sofort bei Isaac angerufen, und als er mir sagte, dass er dich nicht gesehen hat, hab ich Panik bekommen und die anderen angerufen. Dein Chef ist sogar extra zum Steakhouse gefahren und hat geguckt, ob du vielleicht da bist.«

»Aber *wieso* denn?«, fragte ich, völlig entgeistert.

»Wieso fragst du das die ganze Zeit? Ich habe dich *lieb*, du blöde Kuh. Du kannst dich nach so einer Sache wie letzter Nacht nicht einfach ohne ein Wort rausschleichen und davon ausgehen, dass ich nicht durchdrehe!«

Es fühlte sich an, als würde in mir alles in entgegengesetzte Richtungen verrutschen. Ich öffnete den Mund, um Dawn zu antworten, aber ich brachte kein einziges Wort heraus. Es ging einfach nicht. Ich wandte den Blick ab und starrte auf den Boden. Hinter meinen Augen brannte es, und ich blinzelte angestrengt. Meine Unterlippe fing an zu zittern.

Dawn machte einen Schritt auf mich zu und berührte meine Hand. Nur ganz kurz, als wollte sie mir zeigen, dass sie bei mir war, mich aber nicht bedrängte. »Als ich damals nach Portland verschwunden bin – da warst du auch wütend auf mich, weil du dir Sorgen gemacht hast.«

Ich nickte kurz.

»Siehst du. Dann kann es doch nicht so schwer sein, zu glauben, dass wir uns alle Gedanken um dich machen.«

Das war es. Sie wusste ja gar nicht, wie schwer es war.

Wenn ich als Jugendliche meiner Tante gesagt hatte, wohin ich gehen und wann ich zurückkommen würde, hatte ihre Antwort in den meisten Fällen »Mir doch egal« gelautet. Und auch in Woodshill hatte es bisher niemanden gegeben, der sich für das, was ich machte, interessierte. Oder dem es wichtig war, dass es mir gut ging.

Dass Dawn sich solche Sorgen machen könnte, nur weil ich einen Tag lang verschwunden war, wäre mir nie in den Sinn gekommen.

»Du warst so fertig gestern … Ich dachte echt …«

»Ich hatte Frank dabei«, sagte ich schwach und hob meinen Rucksack mit der Kamera hoch.

Dawn stieß ein Geräusch aus, das wohl so was wie ein Lachen sein sollte, ihr aber ziemlich misslang.

Im nächsten Moment klopfte es.

»Kannst reinkommen, Isaac«, rief Dawn.

Er öffnete die Tür. »Woher wusstest du, dass ich es bin?«

»Weil Spencer generell nicht klopft«, sagte sie und wurde im selben Moment feuerrot.

Ich spürte, wie mein Mundwinkel zuckte. »So so«, sagte ich, in der Hoffnung, die Stimmung etwas aufzulockern.

Sie verdrehte die Augen, lächelte aber zaghaft zurück.

»Gian bringt gleich Essen vorbei.« Isaac hob sein Handy hoch. »Er freut sich, dass es dir gut geht.«

Dawn sah zwischen mir und Isaac hin und her. Dann sagte sie laut, »Ich gehe mal gucken, wo Spence bleibt«, und verschwand schnellen Schrittes aus dem Zimmer.

Isaac stand unschlüssig mitten im Raum und schien nicht zu wissen, was er mit seinen Händen anstellen sollte. Erst vergrub er sie in seinen hinteren Jeanstaschen, dann in den vorderen, dann verschränkte er die Arme, nur um sie im nächsten Moment wieder hängen zu lassen. Der Anblick war mir mittlerweile so vertraut. Ich hätte ihm gerne gesagt, dass er nicht so schüchtern sein und einfach sagen sollte, was ihm auf der Zunge lag.

Aber stattdessen sah ich ihn nur an und wartete.

»Du hast mir einen ziemlichen Schrecken eingejagt«, sagte er schließlich.

Ich ließ mich auf mein Bett fallen. »Ich habe Bilder gemacht«, sagte ich, weil ich keine Ahnung hatte, was ich ihm darauf antworten sollte. »Es war echt schön draußen, und der See ist einer meiner Lieblingsorte, vor allem wenn …«

»Wirst du ignorieren, was ich gerade gesagt habe?«, unterbrach er mich und machte einen Schritt auf mich zu. Er zog sich meinen Schreibtischstuhl heran und setzte sich genau vor mich. »Ich habe mir Sorgen um dich gemacht.«

Was sollte ich darauf erwidern? Okay? Cool? Danke?

»Ist dir völlig egal, dass wir den ganzen Tag nach dir gesucht haben?«, fragte er weiter.

Ich blickte abrupt auf und schüttelte den Kopf. Isaacs nachdenklicher Blick wanderte über mein Gesicht.

»Ich bin das nicht gewohnt«, flüsterte ich nach einer Weile.

»Was?«

Ich fixierte Isaacs Knie. Seine helle Haut blitzte durch den Riss in seiner Jeans durch. Ich wollte meine Hand darauflegen und fühlen. Ihn einfach fühlen.

»Was bist du nicht gewohnt?«, hakte er nach.

Ich zuckte mit den Schultern. »Dass sich jemand Sorgen um mich macht.«

Er atmete hörbar aus. Dann wieder ein. Noch mal aus, und noch mal ein. Es war offensichtlich, dass er etwas sagen würde, für das er Anlauf brauchte.

»Dawn macht sich wahnsinnige Sorgen. Spencer auch. Gian ist fast ausgerastet, als ich ihm erzählt habe, dass dich keiner finden kann. Und ich … ich hatte eine Scheißangst um dich, Sawyer.«

Seine Worte brachten mich dazu, aufzublicken, doch es war unmöglich, seinen Gesichtsausdruck zu deuten. Seine Augen waren dunkel, aber sanft. Ich war mir ziemlich sicher, dass er in diesem Moment selbst nicht wusste, ob er mich umarmen oder schütteln wollte.

»Bitte sei nicht wütend auf mich.«

Er seufzte frustriert. »Bin ich nicht. Verdammt, Sawyer, ich bin nicht wütend.«

»Du siehst aber so aus.«

Isaac schwieg. Den ganzen Tag hatte ich die Stille um mich herum genossen, hatte es genossen, niemandem zuhören zu müssen. Aber dieser Moment zwischen uns war für mich beinahe unerträglich.

Irgendwann senkte Isaac den Blick auf seine Hände. »Ich gucke so, weil …«

»Weil?«, fragte ich leise.

»Weil ich denke, dass du glaubst, was Amanda gestern über dich gesagt hat. Und das will ich nicht.«

Ich schluckte trocken. »Wieso?«

Er schüttelte den Kopf. »Weil du so viel Gutes in mein Leben gebracht hast. Ich will, dass du auch nur Gutes bekommst.«

Seine Worte setzten all das wieder zusammen, was gestern Abend in mir zu Bruch gegangen war. Stück für Stück.

Isaac hatte mir gesagt, dass ich ständig die richtigen Sachen zu ihm sagte. Dass ich wie sein persönlicher Yoda wäre. Erst jetzt verstand ich, was er damit gemeint hatte.

»Tut mir leid, dass ihr euch Sorgen gemacht habt«, flüsterte ich nach einer Weile.

»Sag beim nächsten Mal einfach Bescheid, wenn du Zeit für dich brauchst. Dann dreht Dawn nicht durch. Und ich auch nicht.«

Ich biss auf meine Unterlippe. »Ich wusste nicht, dass sie

gleich eine Vermisstenanzeige aufgeben und einen ganzen Suchtrupp losschicken würde.«

»Wir reden hier von Dawn«, sagte Isaac lächelnd. »Hat es wenigstens geholfen? Das mit dem Rauskommen, meine ich.«

Ich hob die Achseln. »Schon ein bisschen. Hier drin wäre mir die Decke auf den Kopf gefallen«

»Ich kenne das. Immer wenn es mir nicht so gut geht, fahre ich auf die Farm. Beim Arbeiten auf den Feldern bekommt man den Kopf immer frei. Manchmal nehme ich mir auch eines unserer Pferde und reite aus. Oh, oder ich spiele mit meinem Grandpa eine Runde Poker.«

»Ich hatte leider kein Pferd parat«, sagte ich trocken. Genauso wenig wie einen Großvater oder ein Elternhaus, in das ich mich zurückziehen konnte, aber das behielt ich für mich.

»Gut, dass du das ansprichst. Ich teile gern mit dir.«

Ich runzelte die Stirn. »Was? Dein Pferd?«

Er nickte. »Auch meinen Grandpa, falls es hilft. Ich überlasse dir auch ein Stück Feld, damit du dich darauf austoben kannst.«

Ich starrte ihn mit offenem Mund an. Wovon zum Teufel redete er?

»Das sollte eine indirekte Einladung sein«, fuhr er fort und lehnte sich auf dem Stuhl nach vorne, näher zu mir. »Mein Grandpa hat morgen Geburtstag. Ich fahre nach Hause und würde mich freuen, wenn du mitkommst.«

»Du willst mich mit zu dir nach Hause nehmen?«, fragte ich ungläubig.

Isaacs Lächeln war schüchtern, aber auch vorsichtig aufgeregt. Für einen Moment verlor ich mich fast in seinen braungrünen Augen. »Wir könnten einen kleinen Roadtrip machen. Mal ein bisschen rauskommen. Natürlich nur, wenn du noch nichts vorhast.«

Ich blinzelte und versuchte herauszufinden, ob er mich gerade auf den Arm nahm.

»Ich war noch nie auf einer Farm«, krächzte ich.

Isaac lächelte mich weiter an. »Das wird cool, glaub mir.«

Zum wiederholten Mal an diesem Abend fehlten mir die Worte. Isaac begann, mir von der Farm seiner Eltern zu erzählen, während ich auf meine Hände starrte, meinen Nagellack abkratzte und das, was gerade geschehen war, zu verarbeiten versuchte. So saßen wir da, bis Dawn und Spencer mit Gian und einer ganzen Wagenladung voll italienischem Essen im Schlepptau wieder zu uns ins Zimmer kamen.

kapitel 18

Die Auffahrt zum Hof von Isaacs Familie war länger als die Hauptstraßen in Woodshill. Zumindest kam es mir so vor. Vielleicht lag es aber auch an meiner Nervosität.

Wir waren etwa eine halbe Stunde gefahren, bis wir auf einen Schotterweg zwischen gigantischen Maisfeldern gebogen waren. Isaacs Auto war alt und rostig und hatte weder eine Klima- noch eine intakte Musikanlage, aber das machte mir nichts. Ich ließ meinen Arm aus dem Beifahrerfenster hängen und genoss es, wie der Wind gegen meine Finger peitschte.

Das flaue Gefühl in meinem Magen konnte ich allerdings nicht verdrängen. Im Gegenteil, es wurde schlimmer, je näher wir der Farm kamen. In ein paar Minuten würde ich Isaacs Familie kennenlernen, und ich hatte keine Ahnung, was das bedeutete. Mit Ausnahme von Dawns Vater, der ab und zu im Wohnheim vorbeischaute, hatte ich noch nie jemandes Familie kennengelernt. Wie sollte ich mich verhalten? Was sollte ich sagen? Und was nicht? Hatte ich die richtigen Klamotten an?

Ich sah auf meine Beine. Das übergroße schwarze Hemd, das ich trug, war einige Zentimeter kürzer, als angebracht war, dessen war ich mir plötzlich sicher. Und die Overkneestrümpfe in Kombination mit den Boots machten alles andere als einen schicken Eindruck. Am liebsten hätte ich Isaac gesagt, er solle umdrehen, aber genau in dem Moment fuhren wir an einem grünen Schild vorbei, auf dem »Grant Farms« stand.

Oh Gott. Von Agrikultur hatte ich auch keinen blassen Schimmer. Ich hätte mich vorher schlaumachen und ein Buch über Landwirtschaft in der Bibliothek ausleihen sollen. Oder zumindest die Grundlagen im Internet recherchieren.

Abrupt drehte ich mich zu Isaac.

»Ich habe keine Ahnung von Landwirtschaft.«

Er warf mir einen Blick von der Seite zu. »Und?«

»Was, wenn deine Eltern sich über – ich weiß nicht – die Maisernte unterhalten wollen und mich nach meiner Meinung fragen?«

»Dann sagst du einfach: Das Ziel von Landwirtschaft ist nicht der Anbau von Mais, sondern die Optimierung und Zivilisierung des menschlichen Daseins, und dafür schätze ich euch und eure Arbeit sehr.«

»Erstens«, sagte ich mit einer hochgezogenen Augenbraue, »verarsch mich nicht. Zweitens … So was Geschwollenes würde ich niemals von mir geben.«

Seine Mundwinkel zuckten verräterisch. »Schade. Wäre bestimmt lustig gewesen.«

»Ja, total witzig«, murrte ich und starrte wieder nach draußen.

Was, wenn seine Eltern mich grauenhaft fanden? Ich war nicht gerade das, was man als Vorzeigefreundin bezeichnen konnte. Ich erinnerte mich noch gut an meine Schulzeit, als die Eltern meiner Mitschüler mich für einen schlechten Umgang für ihre Kinder hielten und ihnen verboten, sich mit mir abzugeben.

Meine Brust wurde eng.

Was, wenn Isaacs Familie mich so schrecklich fand, dass sie mich nicht in der Nähe der kleinen Kinder sehen wollten? Was, wenn …

»Du siehst aus, als würden wir zu deiner Hinrichtung fahren«, unterbrach Isaac meine Gedanken.

Ich wollte ihm gerade antworten, als die Felder links und rechts plötzlich zu Ende waren und stattdessen die eigentliche Farm vor uns lag.

Whoa.

Alles war so … *riesig*.

Vor dem Haus, das sich quer über das gesamte Grundstück zog, war ein großer Vorplatz mit Granitpflaster und Rasen sowie einer Vielzahl von Pflanzen und Bäumen, die, obwohl längst Herbst war, ihr sattes Grün behalten hatten und nur vereinzelt rote, gelbe und braune Stellen aufwiesen.

Nicht nur der Platz war riesig, auch das Haus, das sich dahinter erstreckte. Und es schien größer zu werden, je näher wir ihm kamen. Ich blickte an der hellen Fassade entlang nach oben und musste mir die Hand vor die Augen halten, weil die Sonne mich blendete.

Das Haus hatte zwei Stockwerke. Ein paar Stufen führten auf eine weiße Veranda, über die man zu der dunkelgrünen Haustür kam, neben der zwei kleine Laternen hingen. Um das gesamte Haus zog sich ein Kiesbett, aus dem mehrere Büsche ragten.

Weiter hinten auf dem Grundstück begann eine dunkelrote, L-förmige Scheune, mehrere Meter daneben eine weitere, die geradlinig war, und noch weiter hinten konnte ich einen Stall erkennen. Direkt vor dem Haus waren zwischen den Bäumen eine Schaukel und ein Klettergerüst aufgestellt, darunter waren auf dem Rasen alle möglichen Spielzeuge verteilt.

Außerdem stand da eine Hundehütte. Eine verdammte *Hundehütte*. Wie in einem kitschigen Werbespot.

Ich merkte gar nicht, wie Isaac den Wagen ausschaltete, und realisierte erst, dass wir angehalten hatten, als er die Fahrertür öffnete. Schnell schnallte ich mich ab und stieg aus. Die Luft roch ungewohnt: ländlich und frischer als in Woodshill.

Isaac war gerade dabei, unser Geschenk für seinen Großvater aus dem Kofferraum zu holen, als plötzlich ein lautes Bellen ertönte. Ich wirbelte zur Hundehütte herum und erstarrte. Ein riesiger schwarzer Labrador lief heraus. Als das Tier uns entdeckte, bellte es erneut und rannte los. Ich quiekte, machte einen Satz nach hinten und schob mich zwischen Isaac und den Wagen.

Isaac ging lachend in die Hocke und rieb zur Begrüßung mit beiden Händen fest über seinen Kopf und seine Schnauze.

»Vader, das ist Sawyer. Sei lieb zu ihr«, sagte er in ganz normalem Tonfall, so als würde er mit einem Menschen sprechen. Dann blickte er über die Schulter zu mir hoch. »Sawyer, das ist Vader. Sei lieb zu ihm.«

Ich schüttelte den Kopf und hockte mich neben ihn, um Vader meine Hand hinzuhalten. Skeptisch roch er daran. Im nächsten Moment machte er einen Satz auf mich zu und sprang auf mich. Ich landete auf dem Rücken und versuchte mit beiden Händen mein Gesicht vor seiner übereifrigen Zunge und seinem Sabber abzuschirmen. Vergebens.

Isaac lachte. »Das ist ein bisschen zu viel Liebe, Vader. Komm runter von ihr.« Er schnipste mit den Fingern, und Vader ließ augenblicklich von mir ab. Danach hielt Isaac mir die Hand hin und zog mich hoch. Er zupfte mir ein paar Grashalme aus dem Haar. »Das lief doch schon ganz gut.«

Ich wischte mir mit dem Handrücken über die Wange. »Wenn sein Speichel in meinem Gesicht bedeutet, dass er mich mag, dann wohl schon.«

»Auf jeden Fall.«

Okay. Kennenlernen Nummer eins hatte ich erfolgreich hinter mich gebracht. Bei dem Rest seiner Familie würde das bestimmt auch irgendwie klappen.

»Komm«, sagte Isaac, nahm die Geschenkbox und führte mich zum Eingang. Noch bevor wir in der Nähe der Haustür waren, wurde sie von innen aufgerissen. Ein winziges Mädchen rannte auf die Veranda. Sie hatte wilde hellbraune Locken und trug gelb-weiß geringelte Strumpfhosen zu einem grünen Kleid. Ehe ich wusste, was passierte, stürzte sie sich mit einem vergnügten Quietschen auf Isaac. Er fing das Mädchen mit seinem freien Arm auf und wirbelte es dann lachend herum. Danach drückte er sie seitlich an seinen Körper und reichte mir die Geschenkbox, damit er sie auch mit dem zweiten Arm halten konnte.

»Ivy, das ist Sawyer«, sagte er und nickte zu mir.

Das Mädchen sah mich unsicher aus ihren braunen Augen an. Dann drehte sie sich weg und vergrub das Gesicht an Isaacs Hals. Er sah mich an und formte mit dem Mund »schüchtern«. Ich lächelte. Anscheinend war Schüchternheit kein Isaac-Phänomen, sondern ein Grant-Phänomen.

Mit Ivy auf dem Arm lief Isaac ins Haus. Das Mädchen warf mir einen skeptischen Blick über seine Schulter hinweg zu, und ich zog eine Grimasse, von der ich hoffte, dass sie lustig und nicht gruselig aussah. Ivy kicherte leise an Isaacs Hals, und ihre Locken wippten wild. Innerlich jubelte ich.

Als ich über die Türschwelle trat, kam mir ein holziger, warmer Geruch entgegen, beinahe wie eine intensivere Version von dem Duft, den ich mit Isaac identifizierte. Ich atmete tief ein. Augenblicklich fühlte ich mich wohler.

Der Eingangsflur war breit und lang. Auf der linken Seite war eine weiß lackierte, hölzerne Garderobe in die Wand eingelassen, an der eine Vielzahl von Jacken hing, in allen möglichen Größen. Der Boden bestand aus dunklen Steinfliesen, und zwei schmale rechteckige Teppiche waren darauf ausgebreitet. Isaac ging geradewegs zur Tür ganz am Ende des Flurs. Ich folgte ihm schnell, und je näher ich kam, desto deutlicher hörte ich aufgeregtes Stimmengewirr und das Klirren von Gläsern und Besteck.

Für einen kurzen Moment überkam mich der Impuls, das Geschenk auf dem Boden abzulegen, auf dem Absatz kehrtzumachen und einfach davonzulaufen.

Stattdessen holte ich tief Luft, zählte bis drei und folgte Isaac, als er mit Ivy auf dem Arm das Wohnzimmer durchquerte und zielsicher auf die breite, offen stehende Terrassentür zuging, die in den Garten führte. Im Vorbeigehen nahm ich den hellen Raum wahr. Die weißen Wände, die groben Holzdielen und die massiven Balken, die sich an der Decke entlangzogen. Die Möbel im Wohn- und Esszimmer waren dunkelbraun, einzig das Klavier, das an der rechten Wand stand, stach heraus, weil es aus hellem Holz bestand.

Ich hätte mich gerne noch weiter umgesehen, aber Isaac war längst in den Garten verschwunden, also eilte ich ihm hinterher.

Ich kam gerade dazu, als die Leute, die draußen saßen und standen, Isaac entdeckten. Mehrere von ihnen quietschten und sprangen gleichzeitig auf.

Ich hatte keine Ahnung, dass Isaac solche Reflexe besaß und beobachtete fasziniert, wie er zwei weitere Kinder auffing – und das, obwohl Ivy noch immer an seinem Arm hing. Das andere Mädchen, von dem ich vermutete, dass es seine Schwester Ariel war, war schon ziemlich groß, und Isaac taumelte ein paar Schritte nach hinten, bevor er sich fangen und auch einen kleinen Jungen in den Arm nehmen konnte.

So viele kleine Menschen auf einmal. Von den ganzen großen mal abgesehen, die an einem langen, üppig gedeckten Gartentisch saßen oder um einen Grill herumstanden.

Ich erstarrte und fühlte mich augenblicklich überfordert. Hilfe suchend blickte ich mich nach Isaac um, dem es ganz eindeutig nicht so ging wie mir. Alles an ihm verkörperte pure Freude und Glück, und sein Lachen ... Ich hatte ihn noch nie so gesehen. Noch nie.

Er ließ Ariel zurück auf den Boden sinken, und sie kam, ohne zu zögern, auf mich zu. Ihre Haare waren glücklicherweise alle wieder nachgewachsen und sahen um einiges schöner aus als auf dem Bild, das Isaac mir geschickt hatte. Sie grinste mich an. Dafür hatte sie jetzt keine Schneidezähne mehr.

»Du bist Sawyer«, sagte sie und lispelte, als sie meinen Namen aussprach.

»Und du Ariel«, gab ich zurück.

Sie grinste noch breiter, und ich betrachtete so fasziniert ihr Zahnfleisch, dass ich erst, als es schon zu spät war, mitbekam, dass sie nach meiner Hand gegriffen und begonnen hatte, mich zu dem Tisch in der Mitte des Gartens zu zerren. Isaac, der Ivy inzwischen Huckepack trug, war bereits dabei, jeden einzelnen der gut zwanzig Personen nacheinander zu umarmen.

»Guckt mal! Er hat Sawyer wirklich mitgebracht!«, sagte Ariel aufgeregt.

Eine Flut aus »Wie schön, dich kennenzulernen!«, »Wir haben schon so viel von dir gehört!«, »Fühl dich ganz wie zu Hause!« und »Ich hoffe, du hast Hunger mitgebracht!« brach über mich herein. Ich hatte damit nicht gerechnet, weder mit so vielen Leuten – Freunde, Tanten, Onkels, Cousins und Cousinen, sogar Nachbarn – noch mit so viel Herzlichkeit. Isaac stellte mir jeden Einzelnen vor, und ich schüttelte Hände und wurde in den Arm genommen. Ich hoffte, dass ich nicht so überwältigt aussah, wie ich mich fühlte. Ich konnte auf ihre lieben Worte nichts erwidern. Meine Kehle war wie zugeschnürt.

Irgendwann, nachdem ich fast alle, die um den Tisch herumsaßen, begrüßt hatte, legte Isaac die Hand auf meinen Rücken und schob mich zu einem robusten älteren Herrn mit weißen Haaren und grauem Bart, der eine selbst gebastelte Papierkrone auf dem Kopf trug. Er hatte tiefe Falten, von denen die meisten aber aussahen wie Lachfalten. Seine Brauen waren buschig und ebenso grau wie sein Bart, und seine unverkennbare Augenfarbe und das darin liegende Funkeln verrieten mir sofort, dass dieser Mann Isaacs Großvater sein musste.

»Alles Liebe zum siebzigsten Geburtstag, Grandpa«, sagte Isaac und umarmte ihn lange und fest.

Je länger ich Theodore Grant ansah, desto klarer wurde mir, wie ähnlich Isaac seinem Großvater war. Und das lag nicht nur an der Ähnlichkeit in ihrem Ausdruck, sondern vor allem an der Kleidung, die er anhatte.

Er trug ein mintgrünes Hemd, blaue Hosenträger und eine dazu passende Fliege mit Punkten – ein Outfit, von dem ich mir hundertprozentig sicher war, dass ich es auch schon mal an Isaac gesehen hatte.

Trotz der Fliege und der gebastelten Krone sah er Respekt einflößend aus. Wie ein Mann, der schon eine Menge gesehen hatte und den nichts mehr so leicht beeindrucken konnte. Er saß aufrecht, und wäre da nicht dieses ehrlich glückliche Funkeln in seinen Augen gewesen, hätte ich mich wahrscheinlich ein bisschen vor ihm gefürchtet.

Als Isaac ihn schließlich losließ, einen Schritt zur Seite machte und sich zu mir umdrehte, schluckte ich schwer. Ich war so nervös, dass ich mein Herz in meinem Brustkorb hämmern spürte und meine Hände eiskalt waren.

Warum war ich nicht umgekehrt und hatte mich im Auto

versteckt? Ich wusste doch, dass ich nicht besonders gut darin war, Leute kennenzulernen und einen guten ersten Eindruck zu machen. Vor allem nicht bei den Leuten, bei denen es auf etwas ankam und bei denen ich einen guten ersten Eindruck machen *wollte*.

Small Talk auf Partys, um jemanden aufzureißen? Kein Problem. Isaacs Großvater, von dem ich wusste, wie viel er ihm bedeutete? Keine Spur meiner sonstigen Gelassenheit. Ich bekam kein einziges Wort raus und hielt ihm nur stumm das Geschenk entgegen, das Isaac und ich mitgebracht hatten.

»Grandpa, das ist Sawyer. Ich habe dir von ihr erzählt«, sagte Isaac neben mir.

Sein Großvater nahm das Geschenk, legte es auf dem Tisch ab und ergriff dann meine Hand.

»Freut mich, dich kennenzulernen«, sagte er und legte auch seine zweite Hand für einen kurzen Moment über meine.

»Mich freut es auch, Mr Grant«, krächzte ich. »Happy Birthday.« Bestimmt machte ich mit meinem angespannten Gesicht und meinen klammen Fingern einen ganz tollen Eindruck.

Ich versuchte, nicht allzu erleichtert zu wirken, als er meine Hand wieder losließ.

Er winkte ab. »Nenn mich Theodore.«

»Ist Ihr Zweitname Isaac?«

Die Worte hatten meinen Mund noch nicht ganz verlassen, da fragte ich mich schon, was zum Teufel verkehrt mit mir war. Warum stellte ich so eine Frage? Neben mir versuchte Isaac vergeblich, ein Lachen zu unterdrücken, und ich wäre am liebsten im Erdboden versunken. Theodore schien die Frage allerdings gar nicht merkwürdig zu finden – oder vielleicht ließ er es sich auch nur nicht anmerken. Er schüttelte den Kopf und sagte in einem ernsthaften Tonfall: »Nein, mein Zweitname ist Malcolm.«

Ich lächelte gequält. Das war das schlimmste und peinlichste Gespräch, das ich jemals geführt hatte. Zu allem Überfluss bemerkte ich in diesem Moment, dass uns der halbe Tisch zugehört hatte.

Hier waren so viele Menschen, die ich nicht kannte. Die *mich* nicht kannten, aber dafür Isaac schon ihr Leben lang. Was, wenn sie mich furchtbar fanden und zu dem Entschluss kamen, dass Isaac zu gut für mich war?

Ich zuckte zusammen, als irgendwo in der Nähe ein Kind schrie, und gleich darauf ein zweites.

Ich spürte, wie jemand nach meiner Hand griff. Im ersten Moment dachte ich, es wäre Isaac, aber dann sagte Theodore mit einem Nicken auf den freien Stuhl neben seinem: »Setz dich doch.«

Dankbar ließ ich mich von ihm auf den Stuhl ziehen.

Isaac beugte sich über mich, und sein Schatten fiel über meinen Körper.

»Möchtest du was trinken?«, fragte er leise.

Ich nickte.

»Kuchen?«, fragte er weiter.

Ich nickte wieder, obwohl ich mir ziemlich sicher war, keinen Bissen runterbekommen zu können. Außerdem wollte ich nicht, dass Isaac mich alleine ließ. Ich hatte gerade eindrucksvoll bewiesen, dass ich nicht in der Lage war, ein normales Gespräch zu führen.

»Ich gucke, was wir so dahaben«, sagte er. Dann wandte er sich an seinen Großvater. »Ist Eliza schon da?«

Theodore schüttelte den Kopf, wobei er seine Krone mit einer Hand festhalten musste. »Noch nicht. Ihr Flug hatte Verspätung, aber heute Abend kommt sie bestimmt an.«

Isaac sah nicht besonders glücklich aus, nickte aber. »Okay.«

»Wenn du schon dabei bist, begrüß die anderen noch.«

Jetzt wurde Isaacs Blick noch finsterer. Er öffnete den Mund, um etwas zu erwidern, aber sein Großvater unterbrach ihn.

»Mach es mir zuliebe, Isaac.«

Er stieß hörbar den Atem aus, und ich konnte sehen, wie angespannt er mit einem Mal war. Seine Kiefermuskeln traten deutlich hervor, als er seinen Kopf zur Seite drehte und sein Blick auf die Gruppe von Männern fiel, die um den Grill herumstanden. »Bin gleich wieder da.«

Ich beobachtete, wie er den Rasen überquerte und sich neben einen von ihnen stellte. Selbst aus der Entfernung war die Ähnlichkeit zwischen den beiden unverkennbar. Er musste Isaacs Vater sein.

Er reagierte nicht, als Isaac etwas zu ihm sagte, drehte sich nicht einmal in seine Richtung. Stattdessen verharrte er in seiner Position und sah stur geradeaus.

Irgendwann zuckte Isaac mit den Schultern und ging mit grimmigem Gesichtsausdruck weiter. Isaacs Vater wendete ein Steak, als wäre nichts gewesen.

»Mein Enkel hat mir viel von dir erzählt.«

Ich wandte mich Theodore zu, dessen Augen Isaac verfolgten, wie er zu dem üppigen Büffet ging, das seitlich des Hauses aufgebaut war, und zwei Teller mit Kuchen belud.

»Tatsächlich?«, fragte ich, bemüht darum, nicht zu angespannt zu wirken, aber auch nicht zu sehr zu lächeln. Mein Gesicht fühlte sich an, als stünde es unter Hochspannung. Wahrscheinlich sah ich aus wie eine Irre.

Falls es so war, ließ Isaacs Großvater sich nichts anmerken. »Isaac kommt so gut wie jedes Wochenende nach Hause und da quetschen wir immer alle Neuigkeiten aus ihm heraus, ob er es will oder nicht. Wenn ich mich recht entsinne, verbringt ihr momentan recht viel Zeit miteinander, oder?«

Ich schaffte es zu nicken, und, als er mich weiter geduldig

ansah, sogar eine einigermaßen vernünftige Antwort zu geben. »Isaac hilft mir bei meinem Abschlussprojekt, und wir arbeiten zusammen im Steakhouse. Wir sind … Freunde.«

Das Wort fühlte sich seltsam an, als es über meine Lippen kam, aber ich glaubte, dass wir das waren. Freunde.

»Isaac ist es immer schwergefallen, Freunde zu finden. Deshalb freut es mich umso mehr, dass er an der Uni ein paar Leute gefunden hat, die ihn so gut aufgenommen haben.«

Ich wusste nicht, was ich darauf antworten sollte, und zupfte stumm am Reißverschluss meiner Tasche herum.

»Außerdem hat er erzählt, dass du ihm dabei geholfen hast, einen neuen Job zu finden.«

Langsam nickte ich. »Wir hatten im Steakhouse eine Stelle frei, das hat ganz gut gepasst.«

»Eine glückliche Fügung. Ich weiß ja, dass er ein echtes Händchen für Computer hat, aber ich habe ihm schon öfter gesagt, dass er sich etwas Neues suchen soll. Ich bin wirklich froh, dass er nicht mehr bei diesem furchtbaren Mann schuften muss. Wobei ich ja eigentlich der Meinung bin, dass er nicht so viel arbeiten sollte.«

»Er möchte bloß niemandem auf der Tasche liegen«, rutschte es mir raus, bevor ich es zurückhalten konnte. Ich blickte erschrocken auf, aber Theodores Blick war weiterhin freundlich, ja, fast sanftmütig. Er strahlte eine so angenehme Ruhe aus, dass ich merkte, wie ich mich langsam ein bisschen entspannte und wohler fühlte.

»Anscheinend spricht er über vieles mit dir.«

»Manchmal«, sagte ich ausweichend.

»Das ist schön«, fuhr Theodore fort. »Als er im letzten Jahr gegangen ist, hatte ich nicht das Gefühl, dass es ihm gut geht.«

Es stand mir nicht zu, die Dinge, die Isaac mir anvertraut hatte, mit seinem Großvater zu diskutieren, auch wenn ich wusste, wie nahe sich die beiden standen. »Auf mich macht er einen glücklichen Eindruck.«

Auf Theodores Gesicht breitete sich ein Lächeln aus. »Ich bin froh, dass mein Enkel dich mit nach Hause gebracht hat, Sawyer.«

Ich erwiderte sein Lächeln, und diesmal fühlte es sich gar nicht mehr so sehr wie eine Grimasse an. »Ich auch.«

Danach begann Theodore, mich über meine Fotografie auszufragen und lenkte unser Gespräch damit dankenswerterweise auf etwas, bei dem mir nicht mulmig war, wenn ich darüber erzählte.

So taute ich im Laufe des Nachmittags immer mehr auf. Isaac brachte mir zwischendurch Limonade und ein Stück der besten Zitronentorte, die ich jemals in meinem Leben gekostet hatte. Ich musste so verzückt ausgesehen haben, dass Isaac mich amüsiert dabei beobachtete, wie ich jeden einzelnen Krümel von meinem Teller verschlang, nur um mir dann stolz seine Großmutter vorzustellen, die den Kuchen gebacken hatte.

Kurz darauf ließ er mich mit den beiden allein, um ein Pärchen zu begrüßen, das gerade durch die Terrassentür in den Garten getreten war. Das war okay für mich, denn Mary war genauso herzlich wie ihr Mann, und die beiden ließen mir keine Gelegenheit, mich auch nur eine Minute lang in ihrer Gegenwart unwohl oder unwillkommen zu fühlen. Ganz im Gegenteil, sie vermittelten mir ununterbrochen das Gefühl, dass sie sich über meine Anwesenheit freuten.

Isaacs Grandma brachte mir noch ein weiteres Stück von ihrer Torte und erzählte mir dann, wie sie und Theodore sich vor fünfundfünfzig Jahren kennengelernt hatten. Mary war in der Stadt groß geworden, in einer einflussreichen und wohlhabenden Familie. Ihr Vater war alles andere als begeistert gewesen, dass die einzige Tochter sich Hals über Kopf in einen Farmer verguckt hatte, aber ihre Liebe zu Theodore war so stark gewesen, dass eine Trennung für sie nicht infrage gekommen war.

Ich hing an ihren Lippen, als sie und Theodore davon erzählten, wie Mary sich erst einmal an das Leben und die Arbeit auf einer Farm gewöhnen musste und dass es nicht immer leicht war, vor allem in den Zeiten, in denen die Familie auseinanderzubrechen drohte. »Aber wir Grants halten immer zusammen, egal, was geschieht«, sagte Theodore eindringlich, und ich bekam eine Gänsehaut, als er und Mary einander bei den Händen fassten und sich aus glücklichen Augen anlächelten, Theodore noch immer mit seiner Papierkrone auf dem Kopf.

Plötzlich hatte ich einen Kloß im Hals. Ich wandte den Blick ab und sah mich um. Mittlerweile tummelten sich bestimmt über dreißig Personen im Garten. Sie saßen bei uns am Tisch oder standen in kleinen Gruppen am Grill und am Büffet. Etwas abseits spielten und lachten Kinder.

Dieser Moment fühlte sich für mich so unwirklich an, so fremd. So viele glückliche Leute auf einem Haufen, die sich alle mochten und umeinander kümmerten. Isaac hatte mir auf der Fahrt hierher erklärt, dass sie nie nur die eigene Familie einluden, sondern immer auch die Mitarbeiter der Farm, die Nachbarn oder auch Mitschüler von Ariel. Er hatte gesagt, dass das Haus immer voll war und dass es sich für ihn nur normal anfühlte, wenn es laut und lebendig war.

Theodore und Mary hatten ein richtiges Zuhause geschaffen, in das Isaac immer heimkehren konnte, wenn er Hilfe brauchte oder sich alleine fühlte. Ich schien jetzt erst richtig zu begreifen, was das eigentlich bedeutete.

Der Kloß in meinem Hals wuchs. Bevor ich Isaac kennengelernt hatte, war es mir so einfach gefallen, meine Gefühle zu verdrängen. *Nichts* zu fühlen. Doch seit einer Weile schien das nicht mehr zu funktionieren. Abrupt stand ich auf.

»Ist es für euch okay, wenn ich ein paar Fotos von der Feier mache?«, sagte ich, als Theodore und Mary mich überrascht ansahen.

Sie willigten ein, und ich stand auf, um Frank aus meiner Tasche zu holen.

Mit der Kamera in der Hand ging es mir wie immer gleich besser. Wenn ich das Geschehen durch ihre Linse betrachtete, dann musste ich mich auf die Einstellungen des Winkels, des Blitzes, des Formats konzentrieren, nicht auf die Gefühle, die beim Anblick von Isaacs Familie in mir ausgelöst wurden.

Nachdem ich ein Bild von Theodore und Mary gemacht hatte, die darauf so verliebt aussahen, als hätten sie sich gerade erst kennengelernt, blickte ich mich auf dem großen Grundstück um. Schließlich ging ich zu Isaacs Geschwistern, die mit ein paar anderen Kindern spielten und sich so schnell bewegten, dass die meisten meiner Schüsse verschwommen waren. Ich überlegte gerade, ob es sich lohnen würde, ein anderes Objektiv zu verwenden, da knallte einer der Jungs mit voller Wucht gegen meine Beine. Ich verlor das Gleichgewicht und landete mit einem »Uff!« auf dem Boden, die Hand, in der ich die Kamera hielt, in die Luft gestreckt. Zum Glück war das Gras weich.

Alle Kinder erstarrten gleichzeitig und sahen mich aus vor Schrecken geweiteten Augen an.

Ich kämpfte mich in eine sitzende Position und starrte zurück. Erst als ich die Unterlippe von dem kleinen Jungen, der in mich gerannt war, zittern sah, wurde mir klar, dass sie Angst vor meiner Reaktion hatten. Also versuchte ich, einen möglichst freundlichen Gesichtsausdruck hinzukriegen. »Alles okay«, sagte ich und wedelte mit meiner freien Hand in ihre Richtung. »Macht weiter.«

Sie rannten sofort los, wahrscheinlich, um so schnell wie möglich weg von mir zu kommen.

Nur Ariel lief zu mir. »Kann ich ein paar Bilder sehen?«, fragte sie und deutete auf meine Kamera.

»Na klar.« Ich kniete mich neben sie, damit wir gemeinsam die letzten paar Fotos durchgehen konnten.

»Da sind ja gar keine von Zac bei«, sagte sie nach einer Weile.

»Zac?«, fragte ich verwirrt. Ich war heute so vielen Menschen vorgestellt worden. Da waren Theodore, Peter, John, Chris, Paul und Jeff gewesen … aber Zac?

Ariel hob beide Augenbrauen.

Als ich sie nur weiter fragend ansah, schmunzelte sie. »Na, Isaac!«

»Oh«, machte ich. Ups. Aber Isaac sah für mich einfach überhaupt nicht nach einem Zac aus. Eher wie … ein Isaac eben. Oh Mann, ich stand total neben mir.

»Also?«, fragte Ariel und sah mich erwartungsvoll an. »Ich dachte, du machst Bilder von ihm, nicht von uns.«

Ich senkte den Blick auf meine Kamera. Dieses Kind schien einen direkten Draht zu unangenehmen Themen zu haben und genau zu wissen, wie man schmerzhaft in ihnen herumbohrte. Sofort hatte ich Robyns Stimme im Kopf, die mir sagte, dass die Bilder, die ich gemacht hatte, nicht gut genug waren. Dass sie nicht echt wirkten und keine Emotionen in ihr auslösten. Ich hatte Isaac immer noch nichts davon gesagt, und dank seiner Schwester wurde mir gerade bewusst, dass ich es nicht mehr allzu lange würde herauszögern können.

»Das liegt daran, dass meine halbe Festplatte voll mit Bildern von deinem Bruder ist«, antwortete ich mit einiger Verzögerung.

»Ha! Also benutzt du sie inzwischen?«, sagte Isaac hinter mir.

Ich legte den Kopf in den Nacken und sah zu ihm hoch. Wieder hielt er Ivy mit einem Arm an seiner Seite, und es wirkte wie das Normalste der Welt für ihn.

Es war süß. Und irgendwie auch ziemlich heiß.

Ich räusperte mich. »Ich mache auch täglich Backups.«

»Musik in meinen Ohren«, sagte er grinsend.

Ariel boxte gegen meinen Arm. »Zeig ihm das Bild, das du von mir gemacht hast!« Offensichtlich hatte sie das Grant-Schüchternheitsgen nicht vererbt bekommen.

Bei dem Gedanken musste ich lächeln. Ich rief das Bild auf – eines der wenigen, die nicht verschwommen waren – und hielt es Isaac entgegen. Er beugte sich über das Display und schirmte mit einer Hand die Sonne ab. Auf dem Bild posierte Ariel wie ein Model und hauchte der Kamera einen Luftkuss zu.

»Sehr hübsch. Deutlich hübscher als das Bild, das ich dir von ihr gezeigt habe.«

»Ja, oder? Ich finde, es ist …« Ariels Kopf schoss hoch, und sie starrte ihren Bruder fassungslos an. Dann knurrte sie. »Das ist nicht dein Ernst, Zac!«

»Was denn?«, fragte er unschuldig.

Sie kniff die Augen zusammen. »Du hast ihr *das Bild* geschickt?«

»Möglicherweise.«

»Wieso musst du mich bei allen ständig blamieren?«, stöhnte sie verzweifelt.

»Ich bin der schlimmste Bruder der Welt, ich weiß. Tut mir leid.«

»Es tut dir überhaupt nicht leid, du Arsch.«

»Arsch«, meldete sich Ivy zu Wort.

»Ariel«, zischte Isaac und versuchte, Ivy mit einer Hand beide Ohren zuzuhalten, obwohl es dafür längst zu spät war.

»Arsch!«, wiederholte diese ein weiteres Mal vergnügt und baumelte mit den Beinen.

»Das ist deine Schuld!«, sagte Ariel und deutete mit dem Zeigefinger auf ihn.

Sie machte auf dem Absatz kehrt und stürmte zu ihrer Mutter an den Esstisch.

Isaac seufzte.

»Mach dir nichts draus«, sagte ich aufmunternd. »Früher oder später hätte Ivy das mit dem Fluchen sowieso gelernt. Jetzt ist sie eben die erste Zweijährige, die das A-Wort kennt.« Ich erhob mich und strich ein paar Grashalme von meinen Beinen.

Plötzlich fing Isaac an, zu lachen. Verwundert sah ich ihn an. »Was denn?«

»Was haben meine Geschwister mit dir angerichtet?«, fragte er und machte einen Schritt auf mich zu. Er fasste in mein Haar und zupfte etwas heraus. »Du hast überall Gras. Und Laub. Du siehst aus wie eine von diesen Jahreszeiten-Feen aus Ariels Heftchen. Eigentlich fehlt nur noch ein Kleid aus Blütenblättern.«

Ich schüttelte meine Haare und sah, wie ein paar Blätter herausfielen. Ivy quietschte, streckte eine winzige Hand aus und zog dann mit voller Kraft an einer Strähne. Nur im allerletzten Moment konnte ich ein lautes »*Fuck!*« zurückhalten und biss mir stattdessen fest auf die Lippe.

»Du tust ihr weh, Ivy. Sei ein bisschen sanfter«, sagte Isaac mit warmer Stimme und löste ihre kleinen Finger vorsichtig. »Guck? So.« Er strich mit seiner Hand über meine Haare. Eine Wohltat nach Ivys Angriff. Er wiederholte die Bewegung, nur kämmte er diesmal mit den Fingern durch meine Haarsträhnen, und seine Fingerspitzen glitten leicht über meine Kopfhaut. Gänsehaut breitete sich auf meinem gesamten Körper aus, und ich stieß gegen meinen Willen ein leises Seufzen aus. Isaac blinzelte mich überrascht an, sagte aber nichts. Stattdessen nahm er Ivys Hand in seine und führte sie in derselben Bewegung über mein Haar.

»Ei«, machte Ivy.

»Genau, ei«, stimmte er leise zu.

Ich schluckte trocken und konnte Isaac nur anstarren.

Wie er mit seiner Familie umging – es war so berührend und echt. Ich wusste nicht, was mit mir geschah, aber in diesem Moment hätte ich alles getan, damit er nicht aufhörte, mich zu berühren. Ich wollte, dass er weiter über meinen Kopf streichelte, mich fest in den Arm nahm und mit seiner beruhigenden Stimme zu mir sprach.

Gott, was war bloß los mit mir?

Ich machte hastig einen Schritt zurück. Als Ivy und Isaac mich erschrocken ansahen, zwang ich ein Lächeln auf meine Lippen und hob demonstrativ die Kamera.

»Ihr seht so niedlich aus«, erklärte ich atemlos und ein wenig zu schnell.

Isaac schien mir nichts anzumerken oder war zumindest freundlich genug, mich nicht darauf anzusprechen. Er flüsterte Ivy etwas ins Ohr, das sie zum Kichern brachte. Ihre Locken wippten, und ich drückte den Auslöser. Ich würde die beiden einfach so lange fotografieren, bis das Kribbeln, das sich überall in mir ausgebreitet hatte, verschwunden war.

kapitel 19

Es verschwand nicht. Nicht, als Isaac mich mit seinem Grandpa über den Hof führte und sie mir mit vor Aufregung leuchtenden Augen ihren neuesten Traktor zeigten. Nicht, als Isaac eines der Pferde aus dem Stall holte und es mir als Moonshine vorstellte und wir es gemeinsam einmal um den Stall führten. Nicht, als wir zu der Feier zurückkehrten und er seine Grandma an sich zog und begann, mit ihr unter leuchtenden Lampions auf dem Rasen zu tanzen.

Als Isaac mir an jenem Abend in Woodshill gesagt hatte, dass er nicht gerne tanzte, hatte ich geglaubt, dass er einfach verklemmt war, hatte ihn genauso in eine Schublade gesteckt, wie alle es mit mir machten. Aber jetzt, wo ich ihn besser kannte und ihn hier erlebt hatte, sah ich ihn mit völlig anderen Augen. Er war lustig, loyal, liebevoll, kümmerte sich rührend um seine Geschwister, die allesamt verrückt nach ihm waren, und schaffte es, nur mit ein paar Worten ein Lächeln auf die Gesichter von all diesen Leuten zu zaubern – meines eingeschlossen. Ich wusste, dass ihn die Sache mit seinen Eltern belastete, und wenn man ihn ganz genau beobachtete, bemerkte man ab und zu, wie sein Blick wie automatisch zu seinem Vater oder seiner Mutter wanderte und er für einen kurzen Moment sein Lachen verlor und nur noch traurig aussah. Doch es brauchte nur einen Wimpernschlag, und der Ausdruck war verschwunden. Aber ich hatte ihn gesehen, und ich bewunderte Isaac, dass er seine fröhliche Fassade konsequent aufrechterhielt, trotzdem liebevoll und ungezwungen mit seinen Geschwistern und seinen Großeltern umging, obwohl er so tief verletzt worden war.

Isaac Theodore Grant war viel mehr, als ich gedacht hatte.

So wollte ich ihn auf den Bildern zeigen. Dieses Gefühl von Unbeschwertheit, Zugehörigkeit und Liebe, das er hier versprühte, aber auch den Schmerz und die Traurigkeit in seinen Augen wollte ich dokumentieren.

Es ging dabei gar nicht um sein Äußeres oder ob er einen verführerischen Blick beherrschte oder nicht, sondern um das, was tief in ihm drin war und ihn zu dem Menschen machte, der er war. Ob er eine Fliege trug oder eine Lederjacke – es war vollkommen egal. Wie oberflächlich ich gewesen war.

Ich war das Ganze völlig falsch angegangen. Wieso hatte ich das nicht viel früher erkannt?

Plötzlich zupfte jemand am Saum meines Hemds und holte mich so in die Gegenwart zurück. Ich sah nach unten. Ivy stand vor mir und streckte fordernd die Arme aus.

Ich starrte sie an.

Sie starrte zurück.

Als ich nicht reagierte, schob sie die Unterlippe vor.

Wollte sie etwa …? Oh Gott, sie wollte hochgehoben werden. Von mir.

Hilfesuchend sah ich mich nach allen Seiten um, aber Isaac führte noch immer seine Großmutter über die Tanzfläche, und Theodore war in ein Gespräch mit einer jungen Frau und einem Mann verwickelt, die ich noch nicht kannte.

Ivys Lippe fing an zu beben. Oh Gott, sie würde jeden Moment losheulen.

Ich schluckte schwer, dann beugte ich mich zu ihr, griff mit den Händen unter ihre kleinen Arme und hob sie hoch. Ich setzte sie seitlich auf meine Hüfte, so, wie ich es zuvor bei Isaac gesehen hatte, und hoffte, dass ich ihr dabei nicht wehtat.

Sofort schlang Ivy die Arme um meinen Hals und schmiegte ihr Gesicht an meine Halsbeuge.

»Ei«, sagte sie und patschte mit ihrer Mini-Hand gegen meinen Kopf.

Eine merkwürdige Wärme machte sich in meinem Brustkorb breit.

Ich verfestigte meinen Griff. Obwohl sie so winzig war, fühlte sie sich warm und fest an und gab mir ein ungewohntes Gefühl von Geborgenheit. Ich wiegte meinen Körper hin und her, so lange, bis sich Ivys Griff um meinen Hals lockerte und ich plötzlich ein leises Schnarchen von ihr hörte.

Genau so hatte ich früher auch in den Armen meines Dads gelegen. Voller Vertrauen. Voller Liebe.

Das Kribbeln, das sich schon den ganzen Tag in mir ausgebreitet hatte, wurde immer stärker, ebenso die Wärme in meinem Brustkorb, die sich plötzlich zu heiß und nach viel zu viel anfühlte. Ich war völlig hilflos und konnte es nicht verhindern, dass die Emotionen in mir überhandnahmen.

Erst als sich ein salziger Geschmack in meinem Mund ausbreitete, merkte ich, dass ich weinte.

Ich musste so schnell wie möglich weg von hier.

Ich stolperte blindlings auf Theodore zu, der inzwischen wieder am Gartentisch saß. Er lächelte, als er mich entdeckte, allerdings verblasste das Lächeln, als er mein Gesicht sah. Er stellte keine Fragen, sondern erhob sich und nahm mir Ivy ab. Ich spürte die neugierigen Blicke des Paars auf mir, das bei ihm saß, aber ich drehte mich, ohne ein Wort zu sagen, um und rannte über den Garten ins Haus. Ich wollte nicht, dass mich jemand so sah – vor allem nicht Isaac.

Ich lief durch das Wohnzimmer, direkt in die Arme von Isaacs Mutter, die mich erschrocken ansah.

»Sawyer«, sagte sie – nach »Guten Tag« das erste Wort, das sie am heutigen Tag mit mir wechselte. Wie Isaacs Vater auch, hatte sie sich konsequent von Isaac und mir ferngehalten. Ich hätte nicht gedacht, dass sie überhaupt meinen Namen kannte. Ich hatte ihren vergessen. »Ist alles in Ordnung?«

»Ich …« Ich schüttelte den Kopf. »Ich muss nur kurz …«

Der erschrockene Ausdruck auf ihrem Gesicht wich Besorgnis. »Komm«, sagte sie sanft und griff nach meinem Arm. Sie führte mich über den Flur und durch eine Tür in ein kleines Gästezimmer.

»Soll ich Isaac holen?«, fragte sie.

»Nein«, sagte ich. »Bitte nicht.«

Sie nickte. »Ich bin im Wohnzimmer, wenn du mich brauchst.« Dann drehte sie sich um und schloss die Tür hinter sich.

Von draußen schien das Licht der Lampions durch das Fenster und warf einen schmalen gelbroten Streifen auf den Boden. Ich setzte mich auf das Einzelbett und sackte in mich zusammen. Die Tränen liefen weiter über mein Gesicht, und auch als ich beide Handballen fest auf meine Augenlider presste, hörte es nicht auf. Ich weinte und weinte und weinte, als hätte Ivy eine Schleuse geöffnet, die ich jetzt nicht mehr schließen konnte.

Diese Familie hatte heute etwas in mir verändert. Ivys bedingungsloses Vertrauen, als sie auf meinem Arm eingeschlafen war. Theodores vorbehaltlose Freundlichkeit mir gegenüber, obwohl ich anders aussah und mich anders verhielt als alle anderen Menschen, die auf seine Geburtstagsfeier gekommen waren. Und Isaac …

Isaac, der seinen Geschwistern zeigte, was Zärtlichkeit war

und was Familie bedeutete. Der, obwohl seine Eltern ihn so ungerecht behandelten, diesem Hof nicht den Rücken gekehrt hatte, sondern seinen Stolz hinten anstellte und weiter unterstützte, wo er gebraucht wurde. Isaac, der … der in mir den Wunsch weckte, mich zu verändern. Ich wollte nicht länger in der Vergangenheit festhängen, am Tod meiner Eltern und an Melissas fiesen Beschimpfungen, wollte nicht länger denken, dass es okay war, vollkommen allein zu sein und sich auf niemanden einzulassen.

Ich war so blind gewesen. Nicht *Isaac* war derjenige, der sich verändern musste. Er war gut so, wie er war. *Ich* war diejenige, die ein Makeover brauchte.

Es dauerte keine fünf Minuten, bis Isaac sich durch die Tür des Gästezimmers schob. Ich wusste, ohne hinsehen zu müssen, dass er es war. Trotzdem, oder vielleicht gerade deswegen, ließ ich meine Hände, wo sie waren. Ich wollte nicht, dass er mich so sah. Ich wollte mich ja selbst nicht einmal so sehen.

»Sawyer«, raunte er. Mehr nicht. Nur meinen Namen, und das ließ mich noch heftiger weinen, weil niemand meinen Namen jemals so ausgesprochen hatte wie Isaac.

Ich hörte, wie er die Tür leise schloss und den Raum in wenigen Schritten durchquerte. Dann war er bei mir und umfing mich mit seinen Armen. Er fühlte sich warm und fest an und so, als könnte er alles, was in mir aufgewirbelt worden war, zusammenhalten. Ich klammerte mich an ihm fest und vergrub mein Gesicht an seiner Brust, und auch wenn ich mir wünschte, er würde mich nicht so verletzlich sehen, war der Wunsch, ihn nie wieder loszulassen, viel größer.

Irgendwann sank Isaac mit mir im Arm nach hinten und lehnte sich gegen das Rückteil vom Bett. Er hielt mich weiterhin fest, legte die Hand um meinen Hinterkopf, berührte mich sanft und beruhigend, strich in Kreisen über meinen Rücken.

Er machte Geräusche, leise, brummende Laute, als würde er ein kleines Kind trösten wollen, das sich die Knie aufgeschlagen hatte. Und es half.

Ich verlor jegliches Zeitgefühl, hatte keine Ahnung, wie lange wir so dasaßen. Isaac ließ mich zu keiner Sekunde los. Auch nicht, als mein Körper nicht mehr von stummen Schluchzern erschüttert wurde.

Irgendwann löste ich meine Finger von seinem Shirt. Ich hatte sie so fest in den Stoff gekrallt, dass meine Gelenke schmerzten. Ich öffnete meine Hand ein paarmal und schloss sie wieder, dann legte ich sie flach auf seine Brust. Sie hob und senkte sich gleichmäßig unter meinen Fingern. Es war tröstlich, fast schon hypnotisierend.

Wenig später legte Isaac seine Hand an meinen Kopf und zupfte sanft an einer Haarsträhne. Ich folgte seiner stummen Aufforderung und sah ihn an. Ein Lichtstrahl fiel aufs Bett und tauchte einen Teil seines Gesichts in einen warmen Schein. Seine Augen wirkten mehr grün als braun.

»Ich würde dich gerne fragen, ob alles okay ist«, fing er leise an. »Aber ich habe das Gefühl, dass das eine ziemlich bescheuerte Frage wäre.« Er sah mich eindringlich an. »Was ist los, Sawyer?«

Ich ließ meinen Blick langsam über sein Gesicht wandern. Es war mir inzwischen so vertraut. Außer Riley hatte ich noch nie in meinem Leben jemanden so gut gekannt.

»Ich kann mich nicht daran erinnern, wann ich das letzte Mal geweint habe«, sagte ich schließlich mit heiserer Stimme.

»Dann wurde es aber auch mal wieder Zeit«, lautete seine prompte Antwort.

»Wann hast du das letzte Mal geweint?«, entgegnete ich.

Er musste nicht lange nachdenken. »Als Eliza ausgezogen ist.«

Ich streichelte über seinen Brustkorb. »Ist sie eigentlich inzwischen hier?«

Er schüttelte den Kopf. »Ihr Flug wurde gestrichen. Sie kommt nicht mehr.«

Ich fluchte.

Isaac lächelte. »Ja, finde ich auch. Aber darum geht es hier gerade gar nicht. Du bist wirklich ziemlich talentiert im Ablenken.«

Dabei hatte ich das noch nicht einmal mit Absicht gemacht. Es war ein Automatismus: Sobald die Sprache auf mich kam, lenkte ich ab. Das war noch nie jemandem aufgefallen – mit Ausnahme von Isaac.

»Du musst mir nichts erzählen, wenn du nicht willst. Aber … ich habe das Gefühl, dass du sonst auch mit niemandem redest. Und das ist nicht gut«, fuhr er nach einem Moment fort.

»Ich weiß«, flüsterte ich.

Ich umschloss Moms Medaillon mit einer Hand, ohne den Blick von Isaac zu nehmen.

Vielleicht wurde es Zeit, dass ich mich jemandem anvertraute. Und wenn nicht Isaac, wem dann?

Er war der Erste, der versucht hatte, hinter meine sorgfältig errichteten Mauern zu blicken, der Erste, der sich für die Person interessierte, die sich dahinter verbarg. Er sah mir an der Nasenspitze an, wenn es mir nicht gut ging und ich eine Umarmung brauchte. Er war mir in dieses Zimmer gefolgt, und er gab mir das Gefühl, dass er mich niemals im Stich lassen würde, sollte es drauf ankommen. Wem, wenn nicht Isaac?

Ich atmete tief ein. Es fiel mir schwer, die richtigen Worte zu finden.

»Deine Familie … ist so lieb.«

»Versuchst du schon wieder, abzulenken?«, fragte Isaac leise.

Sofort schüttelte ich den Kopf. »Nein. Es ist nur … Ich kenne das nicht. Alle Leute, denen ich heute begegnet bin, waren so freundlich zu mir. Als wäre ich nicht zum ersten Mal hier, sondern würde seit Ewigkeiten dazugehören. Deine Großeltern, deine Geschwister, deine Tante Trudy … *alle.* Und man merkt, wie ihr alle zusammenhaltet. Ihr seid eine richtige Familie. Selbst deine Eltern … Ich weiß, dass es zwischen euch schwierig ist, aber wenn es hart auf hart kommt … Ich weiß nicht. Irgendwann musste ich plötzlich an meine eigene Familie denken, und dann … bin ich hier gelandet. Und sah so aus«, erklärte ich und deutete auf mein feuchtes Gesicht.

Isaac strich in sanften Bewegungen über meinen Rücken. Der Ausdruck in seinen Augen war nachdenklich und ernst. »Von deiner Schwester hast du mir schon erzählt. Was ist mit dem Rest deiner Familie?«

»Den gibt es nicht mehr«, flüsterte ich. Keine Lüge. Riley war die einzige Person auf der Welt, die ich als Familie bezeichnen würde. Melissa hatte dieses Privileg vor langer Zeit verspielt, und andere Onkel oder Tanten hatte ich nicht. Auch meine Großeltern lebten nicht mehr. Riley und ich waren die Überbleibsel einer Tragödie.

Immer wieder fuhr Isaac mit seiner warmen Hand über meinen Rücken. Ganz langsam, auf und ab. »Was ist mit deinen Eltern?«, fragte er vorsichtig.

Ich schluckte schwer. Diesen Teil der Geschichte hatte ich noch nie jemandem anvertraut. Ich hatte noch kein einziges Mal laut ausgesprochen, was damals geschehen war. Mir wurde fast ein bisschen schwindelig bei dem Gedanken, es endlich zu tun. »Als ich neun war, ist mein Dad an Krebs gestorben«, flüsterte ich.

»Das tut mir so leid, Sawyer«, murmelte Isaac. »Krebs ist scheiße.«

»Ja«, stimmte ich krächzend zu und senkte den Blick, weil

ich ihn bei meinen nächsten Worten auf gar keinen Fall ansehen konnte. »Und dann hat sich … meine Mom kurz darauf umgebracht. Das war … auch echt scheiße.«

Isaac erstarrte.

»Was?« Seine Stimme war so leise, dass ich ihn fast nicht gehört hätte, und doch war sie das Einzige, das mich im Hier und Jetzt hielt, als die Erinnerungen – die schrecklichen, grausamen Bilder, die ich niemals würde vergessen können – über mich hereinzubrechen drohten.

»Sie hat sich die Pulsadern aufgeschlitzt«, brachte ich hervor.

Isaac war vollkommen still neben mir. Ich war mir ziemlich sicher, dass er sogar aufgehört hatte, zu atmen.

Ich spürte, dass mich jeden Moment der Mut verlassen würde. Aber ich wollte Isaac nicht nur einen Teil erzählen. Er hatte es verdient, alles zu erfahren. Die ganze schreckliche Geschichte.

»Ich habe sie gefunden.« In meinen Ohren hörten sich die Worte an, als hätte sie jemand anders ausgesprochen. »Sie lag in unserer Badewanne. Ihr Arm lag auf dem Rand. Überall war Blut und …« Meine Stimme versagte in dem Moment, als Isaac mich auf sich zog. Er schlang beide Arme um mich, und ich konnte spüren, wie sie bebten. Es tat gut, festgehalten zu werden. Die Tränen liefen mir übers Gesicht und tropften auf Isaacs Shirt und den Ansatz seines Schlüsselbeins. Er drückte mich an sich, und obwohl ich so schon kaum Luft bekam, schlang ich die Arme noch fester um seinen Hals. Vermutlich würden wir einander ersticken, bevor der Abend vorbei war, aber das war egal. Das Einzige, das zählte, war, dass sich dieser Druck in meinem Inneren, diese eisige Kralle, die sich damals um mein Herz gelegt und seitdem nicht mehr lockergelassen hatte, zum ersten Mal etwas weniger geworden war. Wie ein Knoten, der zwar noch da war, mich aber nicht mehr erstickte.

Hätte ich gewusst, dass es sich so anfühlen konnte, sich jemandem anzuvertrauen, hätte ich es vielleicht schon früher getan.

»Willst du sie sehen?«, flüsterte ich nach einer Weile.

»Ja, bitte«, sagte Isaac mit rauer Stimme. Ich löste die Arme von seinem Hals und griff nach meiner Kette, um sie mir über den Kopf zu ziehen. Mit einem leisen Klicken öffnete ich das goldene Medaillon. Im Inneren waren zwei Bilder. Eines mit meinen Eltern und eines von Riley und mir, auf dem wir noch ganz klein waren.

»Das sind meine Eltern«, sagte ich und reichte Isaac die Kette.

Er nahm sie vorsichtig entgegen und betrachtete die Bilder eingehend. Er lächelte sanft. »Du siehst aus wie deine Mom.«

Ich versuchte, sein Lächeln zu erwidern, aber es gelang mir nicht. Mein Herz schlug wie verrückt und meine Hände waren kalt und feucht. Ich konnte nicht glauben, dass ich Isaac tatsächlich das Medaillon – meinen wertvollsten und liebsten Besitz – halten ließ.

Isaacs Blick ging von der rechten Seite zur linken. Er drehte das Bild zu mir. »Wie alt wart ihr da?«

Ich musste mich räuspern, bevor ich antworten konnte. »Auf dem Foto war ich fünf. Riley acht.«

Er nickte nachdenklich und schloss das Medaillon. Er betrachtete die verschnörkelten Ränder, dann drehte er es um und strich mit den Fingern über die eingravierten Initialen meiner Mom.

»E. D.?«, fragte er.

»Erin Dixon. Das Medaillon hat meiner Mom gehört.« Ich räusperte mich. »Mein zweiter Vorname ist Erin. Das … weiß niemand. Ich spreche nicht darüber.«

Isaacs Blick war undurchdringlich, als er sich ein Stück vorbeugte, um mir die Kette wieder über den Kopf zu streifen. »Es tut mir leid, Sawyer. So sehr«, wisperte er. »Ich hatte ja keine Ahnung.«

»Es braucht dir nicht leidtun.«

Isaac strich mit seinen Fingerknöcheln über meine Wange. Erst jetzt merkte ich, dass sie immer noch nass war und er gerade meine Tränen wegwischte.

»Auch wenn du das nicht hören willst, tut es mir leid. Für dich. Für deine Schwester. Kein Kind sollte so etwas durchmachen müssen«, sagte er mit fester Stimme. »Wenn ich mir vorstelle, dass Ariel das …«

Ich sah Ariels Gesicht mit den großen, unschuldigen Augen vor mir. Ich war bloß ein Jahr älter gewesen als sie, als ich meine Eltern verloren hatte. Als ich bemerkt hatte, dass Wasser unter unserer Badezimmertür hindurchgelaufen war. Als ich ins Bad gestürzt und auf den Fliesen ausgerutscht war. Als ich die blutverschmierte Hand über dem Wannenrand gesehen hatte und langsam, ganz langsam auf allen vieren auf sie zugerutscht war.

»Ich wünschte, ich könnte ungeschehen machen, dass dir das widerfahren ist«, sagte Isaac leise. Seine Finger waren noch immer an meiner Wange.

Ich presste meine Lippen fest zusammen. Ich fühlte mich zittrig und schwach, gleichzeitig aber auch seltsam behütet. Zum ersten Mal gab es jemanden, an dem ich mich anlehnen konnte. Der mir ein Teil meiner Last abnehmen konnte. Und wollte.

»Was ist danach passiert? Wo sind Riley und du aufgewachsen?«, fragte er, ohne die Hände von meinen Wangen zu nehmen. Er hielt mich in seinem Blick gefangen, und ich konnte nicht wegsehen.

»Nach dem Tod unserer Eltern sind wir zu meiner Tante Melissa gekommen, unsere einzige lebende Verwandte. Sie und Mom haben sich irgendwann in ihrer Jugend zerstritten und seither gehasst. Melissa wollte uns nicht, was sie uns jede Minute, die wir in ihrer Gegenwart verbringen mussten, auch spüren ließ. Mit Riley ist sie verhältnismäßig normal umgegangen, wahrscheinlich weil sie älter war als ich und sich von Anfang an besser wehren konnte. An mir hat sie vom ersten Moment an ihren ganzen Frust und ihre ganze Wut ausgelassen. Sie hat mir das Leben zur Hölle gemacht, ohne dass ich jemals wusste, was ich falsch gemacht hatte.« Ich zuckte mit den Schultern »Vielleicht war es, weil ich aussehe wie meine Mom.«

Zwischen Isaacs Brauen hatte sich eine tiefe Falte gebildet. »Hat sie dich geschlagen?«

»Nicht oft«, sagte ich sofort. »Aber das meinte ich auch gar nicht.«

Isaacs Mund öffnete sich, sein Blick fassungslos. »Was denn dann?«

Ich schluckte trocken. Am liebsten wäre ich von seinem Schoß gerutscht und hätte ein bisschen Abstand zwischen uns gebracht, aber der Arm, den er um mich gelegt hatte, ließ nicht zu, dass ich mich auch nur einen Millimeter von ihm wegbewegte.

Ich versuchte seit meinem sechzehnten Lebensjahr, seit Riley und ich unsere Sachen gepackt und aus Melissas Haus verschwunden waren, keinen Gedanken an diese hasserfüllte, verbitterte Frau zu verschwenden. Riley hatte mir beigebracht, nie zurückzublicken, sondern nur nach vorne. Und auch wenn ich das stets getan hatte, merkte ich in diesem Moment, dass es guttat, den dunklen Schleier, den Melissa über meine Kindheit und meine Jugend gehängt hatte, mit Isaacs Hilfe wenigstens ein Stück weit zu lüften.

»Sie hat uns täglich deutlich gemacht, was für eine riesige Enttäuschung wir waren. Dass wir nur bei ihr wohnen durften, weil sie dazu verpflichtet war und uns sonst niemand wollte. Dass es kein Wunder war, dass unsere Mom nicht hatte bei uns bleiben wollen.«

Isaacs Finger wanderten von meiner Wange über meinen Hals zu meiner Schulter und wieder zurück. »Du warst neun Jahre alt. *Neun*«, knurrte er, die Wut in seiner Stimme ein krasser Kontrast zu seinen sanften Berührungen.

»Je älter ich wurde, desto schlimmer wurde es. Riley ist irgendwann nur noch selten nach Hause gekommen. Sie war ja drei Jahre älter als ich und hat sich in Bars und Clubs eingeschlichen. Ich war dafür noch zu jung. Freunde hatte ich auch keine, weil meine Mitschüler nicht mit mir spielen durften. Erst war ich das Mädchen mit den verrückten Eltern gewesen, dann das Waisenmädchen, das bestimmt einen Knacks weghatte. Also blieb mir nichts anderes übrig, als nach Hause zu gehen. Glücklicherweise hat Melissa tagsüber gearbeitet. Aber wenn sie heimkam, war es, als hätte sie den ganzen Tag nur darauf gewartet, mich fertigzumachen. Nichts an mir hat ihr gepasst. Einen Tag war ich zu dick, den anderen zu dünn. Meine Klamotten waren zu prüde, dann zu freizügig. Meine Noten schlecht oder Beweis dafür, dass ich ein furchtbarer Streber war. Wenn man zehn Jahre alt ist, sehnt man sich nach Lob. Und Zuneigung. Einer Umarmung. Aber irgendwann hab ich aufgehört zu versuchen, es ihr recht zu machen. Und als ich älter wurde und in die Pubertät kam, da war ich plötzlich nur noch eins: genau wie meine Mutter. Eine genauso große Versagerin, die es zu nichts im Leben bringen würde.«

»Verdammt«, murmelte er kopfschüttelnd.

»Ich habe ihre Worte heute noch im Ohr … *Du siehst furchtbar aus, ziehst dich an wie eine billige Schlampe, du siehst aus wie deine Mutter, keiner wird dich jemals ernst nehmen, du bekommst niemals etwas auf die Reihe, du dreckiges Stück …*«

»Hör auf.« Isaacs Stimme war plötzlich eiskalt, die Muskeln in seinem Kiefer zum Zerreißen angespannt. »Ich kann das nicht hören«, sagte er leise. »Ich kann das echt nicht hören.«

Ich wandte den Blick ab. »Tut mir leid«, flüsterte ich.

»Wieso zum Teufel entschuldigst du dich jetzt?«

»Weil du wütend bist und ich dir die Party deines Grandpas mit meiner deprimierenden Lebensgeschichte total versaue«, antwortete ich. »Weißt du was? Wir sollten wieder rausgehen. Deine Eltern fragen sich bestimmt, wo du bleibst. Nicht, dass sie denken, ich würde es mit dir im Gästezimmer treiben.«

Ich machte Anstalten, mich zu erheben, kam aber nicht weit. Isaac hielt mich mit einer Hand an der Hüfte fest, die andere umfasste mein Kinn. Er neigte meinen Kopf nach hinten und zwang mich so, ihn anzusehen. Sein Blick allein genügte, um mir einen Schauer über den Körper zu jagen.

»Erstens bin ich nicht wütend. Das heißt, ich bin unfassbar wütend. Aber doch nicht auf dich«, erklärte er. »Sondern auf diese schreckliche Frau, die dir deine Kindheit versaut hat. Ich habe nie verstanden, wieso dir egal ist, was andere über dich sagen – jetzt schon, und ich ertrage den Gedanken nicht.«

»Wie meinst du das?«, flüsterte ich.

Er atmete tief ein. Mit dem Daumen zeichnete er eine Linie entlang meines Wangenknochens, weiter nach hinten, bis er mit seinen Fingern durch mein Haar kämmte und sie dann ganz darin vergrub. »Die letzten beiden Monate waren die besten meines Lebens, und das habe ich nur dir zu verdanken«, sagte er, ohne den Blick von mir zu nehmen.

Es dauerte einen Moment, bis die Bedeutung seiner Worte zu mir durchdrang. Mein Magen machte einen Satz.

»Ich habe noch nie jemanden getroffen, der ein so großes Herz hat wie du«, fuhr er ungerührt fort. »Auch wenn du immer so tust, als wär dir alles egal – das stimmt nicht. Seit dem Abend im *Hillhouse* hast du mich immer wieder dazu animiert, an meine Grenzen zu gehen. Ich habe das wirklich gebraucht. Und selbst als wir uns noch so gut wie nicht kannten, hast du dich für mich eingesetzt. Ich kann nie verstehen, wie die Leute so blind und dumm sein können und nicht erkennen, was für ein wundervoller Mensch du bist.«

Seine Worte klangen schöner als jeder meiner Lieblingssongs.

»Meinst du das ernst?«, flüsterte ich.

Er nickte. »Du bist der stärkste Mensch, der mir jemals begegnet ist«, antwortete er genauso leise.

Ich starrte ihn an, sprachlos.

Und dann tat ich das Einzige, was mir in diesem Moment in den Sinn kam.

Ich schlang die Arme um seinen Hals und küsste ihn.

Isaac gab einen überraschten Laut von sich, ein tiefes Geräusch aus seiner Brust, das ich an meiner eigenen spüren konnte, und als hätten wir seit Wochen nichts anderes getan, erwiderte er den Kuss. Ich fuhr mit den Fingern an seinem Nacken hoch und vergrub sie in seinem Haar. Es war so weich, sein Körper dagegen so hart an meinem, und …

… im nächsten Moment zog Isaac sich von mir zurück. »Keine gute Idee.«

Es fühlte sich an, als hätte meine Welt gerade eine Vollbremsung hingelegt. Schwer atmend sah ich ihn an.

Isaac ließ sich mit gequältem Gesichtsausdruck gegen das Kopfteil des Bettes sinken.

Oh Gott. Er wollte mich nicht. Natürlich wollte er mich nicht. Wir hatten wochenlang damit verbracht, ihn für ein

Date mit einem Mädchen vorzubereiten, und dieses Mädchen war mit Sicherheit nicht ich, sondern jemand wie Dawns Stiefschwester, Everly. Ich hatte es vorgestern Abend mit eigenen Augen gesehen. Ich schlug die Hand vor den Mund. »Tut mir leid.«

»Hast du dich gerade ernsthaft dafür entschuldigt, dass du mich geküsst hast?«, fragte er und klang dabei genauso atemlos, wie ich mich fühlte.

»Ähm … ja.«

Im nächsten Moment beugte er sich vor und schob eine zittrige Hand in mein Haar. Er strich mit seinen Lippen über meine, eine ganz sanfte Berührung. Er tat es ein zweites Mal, und ich schloss die Augen. Beim dritten Mal verstärkte er den Druck, und ich seufzte leise. Dieser Kuss fühlte sich besser an. Weniger hektisch und weniger impulsiv. Einfach wunderschön.

Isaac küsste meine Mundwinkel, zog eine Spur an meinem Kiefer entlang, bis er bei meinem Hals ankam und seine Lippen auf meinen Puls presste. Dort verharrte er. Seine Atemzüge waren bemüht ruhig, aber als ich mich leicht bewegte, konnte ich fühlen, was meine Nähe mit ihm machte.

»Echt keine gute Idee«, wiederholte er mit rauer Stimme.

»Wieso nicht?«

Er lehnte sich ein Stück zurück und sah mich mit verhangenem Blick an.

»Wenn du das Bedürfnis hast, mich zu küssen, dann nicht, weil du nicht weißt, wie du dich sonst bei mir bedanken sollst, sondern weil du nicht anders kannst«, raunte er.

»Isaac …«

Er schüttelte den Kopf. »Ist schon okay. Wenn es jemals so weit sein sollte, sag einfach Bescheid.«

kapitel 20

Ein lautes Kreischen riss mich aus dem Schlaf. Es dauerte eine Minute, bis ich erkannte, dass es vergnügter Natur war und niemand im Begriff war, abgeschlachtet zu werden. Dann quiekte jemand, und ausgelassenes Lachen folgte. Zwischendrin konnte ich die sanften Klänge eines Klaviers hören.

Ich setzte mich auf und sah mich um. Helle Sonnenstrahlen fielen durch den Spalt des Vorhangs. Mittlerweile musste es später Morgen sein. Isaac war nicht mehr da. Das einzige Zeichen, dass er über Nacht bei mir geblieben war, war die Brille, die auf dem Nachttisch lag. Ein merkwürdiges dumpfes Pochen machte sich in meiner Brust breit. Ich nahm die Brille und befestigte sie mit dem Bügel vorsichtig an der Brusttasche meines Hemds. Dann stand ich mit wackeligen Beinen auf und verließ das Gästezimmer.

Levi stürmte kreischend an mir vorbei durch den Flur. Gleich darauf folgte Ariel, die mich im Vorbeirennen angrinste. Während die beiden offensichtlich putzmunter waren, fühlte ich mich, als wäre ich bei Nacht von einem Lastwagen überrollt worden. Ich war mir ziemlich sicher, dass ich auch so aussah.

Glücklicherweise befand sich gegenüber vom Gästezimmer ein Bad, in das ich mich kurz zurückziehen konnte. Ich wusch mein Gesicht ausgiebig mit kaltem Wasser und schrubbte mit der Ecke eines Handtuchs die Mascara- und Kajalreste von meinen Wangen. Dann putzte ich meine Zähne notdürftig mit einem Finger und der Zahnpasta, die ich im Spiegelschrank über dem Waschbecken fand. Anschließend flocht ich meine Haare zu einem Zopf.

Ich betrachtete mich im Spiegel. Mein Gesicht war blass und meine Augen vom Weinen rot und verquollen, aber wenigstens sah ich jetzt wieder halbwegs wie ein Mensch aus. Ich holte tief Luft, um mich für das peinliche Aufeinandertreffen, das mir bevorstand, zu wappnen. Dann ging ich zum Wohnzimmer. Je näher ich kam, desto lauter wurde die Klaviermusik. Aber erst, als ich den lichtdurchfluteten Raum betrat, realisierte ich, dass sie nicht aus einer Anlage stammte.

Isaac saß mit Ivy am Klavier. Er spielte eine fröhliche, schnelle Melodie, wurde allerdings zwischendrin immer wieder von Ivy unterbrochen, die ihre kleinen Hände in die Mitte der Klaviatur schlug und vergnügt quietschte, wenn die Tasten alle auf einmal erklangen.

Ich lehnte mich gegen den Türrahmen und beobachtete, wie seine Schultern vor Lachen bebten. Er begann das Lied von vorne, aber nach einer halben Minute patschte Ivy wieder zwischen seine Finger. Sie gab ein paar gelispelte Worte von sich, was Isaac lauter lachen ließ und mich wiederum dazu brachte zu grinsen. Nach letzter Nacht hätte ich nicht gedacht, dass mir das so schnell wieder gelingen würde.

So leise wie möglich holte ich meine Kamera aus meiner Handtasche und machte ein Foto. In genau diesem Moment stellte sich jemand neben mich. Mein Kopf schoss zur Seite, und ich ließ die Kamera ertappt sinken.

Das Mädchen war gestern nicht auf der Feier gewesen, dessen war ich mir sicher. Mir wäre aufgefallen, wenn jemand dort herumgelaufen wäre, der beinahe exakt wie die weibliche Version von Isaac aussah: dasselbe Gesicht, dieselben schönen Wangenknochen, dieselbe nicht genau definierbare Augenfarbe, dieselbe starke Kieferpartie. Nur ihre Haare waren anders – lang und glatt und dunkelbraun.

Das musste Eliza sein.

Ich öffnete den Mund, um mich vorzustellen, doch sie legte mit einem Grinsen den Finger an die Lippen, stellte ihre Reisetasche auf dem Boden ab und schlich über die Holzdielen zu Isaac und Ivy ans Klavier.

»Das hört sich ja wundervoll an«, sagte sie, als Ivy die ganz linken Tasten erwischte und mehrere tiefe Töne gleichzeitig laut erklangen.

Isaac fuhr herum, und seine Augen weiteten sich. Er stieß ein überraschtes Geräusch aus, wartete, bis Ivy vom Hocker gesprungen war, und machte dann einen Satz auf Eliza zu. Er hob sie hoch und wirbelte sie herum, genau wie er es auch mit seinen anderen Geschwistern gemacht hatte. Da Eliza fast so klein war wie Dawn und zudem sehr zierlich, machte es auch keinen Unterschied, dass sie im Gegensatz zu ihnen ein ausgewachsener Mensch war.

»Ich dachte, du kommst nicht mehr«, sagte Isaac, ohne Eliza runterzulassen.

»Ich hab einfach so lange Stress gemacht, bis sie mein Gesicht nicht mehr sehen konnten und mich umgebucht haben. Ich lasse mir von einer blöden Airline doch nicht meine Herbstferien vermiesen.«

»Weil du mich vermisst hast.«

»Eigentlich eher, weil ich Sawyer unbedingt mal kennenlernen wollte«, sagte Eliza mit einem Augenzwinkern und deutete auf mich.

Isaacs Kopf wirbelte herum, und unsere Blicke trafen sich. Für den Bruchteil einer Sekunde spiegelten sich mehrere Emotionen gleichzeitig in seinem Gesicht wider – Sorge, Freude, Bedauern, Verlangen, Angst –, und plötzlich bekam ich keine Luft mehr, weil mir mit einem Schlag bewusst wurde, was ich in der vergangenen Nacht alles mit ihm geteilt hatte und dass er jetzt mehr über mich und meine Vergangenheit wusste als jeder andere Mensch auf dieser Welt, mit Ausnahme von Riley.

Dann breitete sich ein warmes Lächeln auf seinem Gesicht aus, und er ließ Eliza runter. »Wehe, du erzählst ihr peinliche Geschichten.«

Und ich konnte wieder atmen.

Eliza lachte, und es klang so einladend und herzlich, dass ich mich von der Tür abstieß und endlich das Wohnzimmer betrat. Eliza bückte sich kurz, um Ivy zu drücken, doch die strampelte sich gleich wieder frei und kletterte zurück auf den Klavierhocker.

Ohne Vorwarnung schlang Eliza ihre Arme auch um mich. Ich versuchte, mich nicht zu versteifen und die Geste zu erwidern. Irgendwann würde ich mich an die Herzlichkeit der Grant-Geschwister gewöhnen. Bestimmt.

»Endlich habe ich mal ein Gesicht zu den Geschichten, die Zac erzählt hat.« Sie grinste mich an.

»Gleichfalls. Die einzige Schwester, von der ich vorher ein Bild zu sehen bekommen habe, war Ariel.«

Eliza fixierte ihren Bruder. »Du hast ihr hoffentlich nicht *das Foto* gezeigt.«

Er zuckte mit den Schultern.

»Wart's bloß ab. Ihre Rache wird noch folgen. Sie weiß, wo deine peinlichen Bilder versteckt sind.«

»Das ist es mir wert. Es hat Sawyer zum Lachen gebracht«, antwortete er, und sein Lächeln fühlte sich so intim an, dass es mir unangenehm war, dass seine Schwester direkt neben uns stand. Ich fummelte die Brille aus meiner Hemdtasche hervor und reichte sie ihm.

»Ah, danke«, sagte er und setzte sie auf. »Jetzt kann ich auch erkennen, was … Oh Gott, was hast du mit deinen Haaren gemacht?«

Eliza strich sich übers Haar und wirkte mit einem Mal unsicher. »Ich wollte mal was Neues ausprobieren.«

»Es ist auch hübsch«, sagte Isaac schnell. »Nur … so dunkel. Du siehst fast aus wie ein Vampir.«

»Das fällt dir erst jetzt auf, wo du deine Brille aufhast? Ich dachte, du wärst weitsichtig, nicht farbenblind«, murmelte ich.

»Ha!« Eliza schlang einen Arm um meine Taille und drückte mich kurz an sich. »Ich mag dich, Sawyer.«

Bevor ich etwas erwidern konnte, stürmten Ariel und Levi ins Wohnzimmer. Kurz darauf folgten Theodore und Isaacs Mutter. Während sie alle Eliza begrüßten, drückten und ihre Haare bewunderten, wagte ich einen Blick zu Isaac. Er stand mit hinter dem Kopf verschränkten Händen da und beobachtete die Szene.

In mir breitete sich eine ungewohnte Wärme aus. Es dauerte einen Moment, bis ich begriff, warum.

Weil ich mich freute, dass Isaac glücklich war.

Es machte Spaß, sich mit Eliza zu unterhalten. Mittlerweile saßen wir seit über einer Stunde auf der Holzbank am Esstisch, frühstückten und sprachen über alles Mögliche – ihr Studium, mein Studium, Woodshill, Boston. Isaac hatte sich zwischenzeitlich wieder ans Klavier gesetzt und klimperte jetzt abwechselnd mit Levi und Ivy zwischen seinen Beinen darauf herum.

»Er hat seit Ewigkeiten nicht mehr gespielt«, meinte Eliza, als sie mich dabei ertappte, wie ich zum wiederholten Mal zu ihm sah.

»Wieso nicht?«, fragte ich.

Sie wandte den Blick ab und zuckte mit den Schultern. »Er hat mit dem Hof auf einmal so viel um die Ohren gehabt.« Sie drehte ihren Kopf zum Klavier und betrachtete ihren Bruder mit warmen Augen. »Und ich glaube, dass er am Tag seines Schulabschlusses auch beschlossen hat, von da an nichts mehr mit dem Jungen gemeinsam haben zu wollen, der er die ganzen Jahre davor gewesen war. Er hatte …« Sie unterbrach sich selbst, als wüsste sie nicht, wie viel Isaac mir womöglich schon erzählt hatte und ob sie mit mir darüber sprechen konnte.

»Er hat mir davon erzählt, wie schlimm die Highschool für ihn war.«

Eliza wandte ihren Blick nicht von Isaac ab. »Ich war nicht unbeteiligt daran.«

»Wie meinst du das?«

»Isaac war nicht beliebt. Alle hielten ihn für einen Freak. Ich weiß gar nicht mehr so genau, wie das angefangen hatte und warum. Mich hingegen … Mich mochten die Leute. Ich hatte Freundinnen. Ich hätte mich in der Pause nur mal zu Isaac an den Tisch setzen müssen. Oder im Flur mit ihm sprechen. Oder nach Schulschluss auf ihn warten.« Sie brauchte einen Moment, bis sie weitersprechen konnte. »Aber ich hab mich nicht getraut, obwohl ich genau gesehen habe, wie einsam er war.«

Es kostete mich alle Mühe, mir nicht anmerken zu lassen, wie furchtbar ich Eliza in diesem Moment fand. Am liebsten wäre ich aufgestanden und von ihr weggegangen, aber irgendetwas hinderte mich daran. Vielleicht war es das Bedauern in ihrem Blick. Sie sah aus, als würde sie das, was sie Isaac angetan hatte, zutiefst bereuen.

»Unsere Eltern hatten keine Ahnung, was in der Schule los war. Isaac hat es zu Hause nie angesprochen, und er hat mir kein einziges Mal einen Vorwurf gemacht oder mich zur Rede gestellt.« Sie stockte. »Und ich habe in Kauf genommen, dass unser Verhältnis immer schlechter wurde. Als ich ihm dann auch noch gesagt habe, dass ich nach Harvard gehe … Er war so enttäuscht von mir.«

»Ich kann es ihm nicht verübeln«, sagte ich, ohne nachzudenken, aber es tat mir nicht leid. Gerade fiel es mir schwer, Eliza Sympathie entgegenzubringen.

Sie seufzte. »Auf diesem Hof lebt man für die Landwirtschaft. Und ich weiß, dass das egoistisch klingt, aber ich wollte endlich mal etwas nur für mich haben. Ich fand, dass ich das verdient hatte.«

»Das hätte Isaac auch«, sagte ich und bemühte mich, ruhig zu sprechen. »Aber er ist hier geblieben.«

»Als Dad seine Operation hatte, war ich längst in Harvard. Ich hätte auf keinen Fall mein Studium abbrechen können.«

»Du *wolltest* nicht«, entgegnete ich. Ich konnte verstehen, dass ein Stipendium für Harvard eine Sache war, auf die man nicht leichtfertig verzichtete. Aber Isaac war derjenige, der unter all dem hatte leiden müssen. Er hatte für diese Farm und seine Familie gekämpft – während Eliza einfach abgehauen war.

»Er hat sein Studium aufgeschoben, damit du dir deinen Traum erfüllen kannst.«

Eliza schluckte schwer. »Ein Traum, der nicht so ist, wie ich ihn mir vorgestellt hatte. Aber so etwas merkt man ja meistens erst im Nachhinein.«

Ihr Blick war abwesend, als wären ihre Worte nicht für mich bestimmt gewesen, sondern für sie selbst.

»Wir verstehen uns inzwischen wieder viel besser. Aber ich bin nicht naiv. Mir ist klar, dass das, was damals passiert ist, immer noch zwischen uns steht. Ich würde es so gerne wiedergutmachen. Aber ich weiß nicht, wie.«

»Das kann ich dir auch nicht sagen«, sagte ich ehrlicherweise. »Aber ich weiß, dass ihm eine Riesenlast von den Schultern fallen würde, wenn eure Eltern endlich über ihren Schatten springen und ihn wieder wie ihren Sohn behandeln würden. Dieser Streit … der hilft doch wirklich niemandem.«

»Ich wusste nicht, dass es immer noch so schlimm ist«, sagte Eliza leise. »Ich dachte, es hätte sich wieder gelegt. Er hat es am Telefon immer klingen lassen, als wäre alles in Ordnung.«

»Weil er Isaac ist. Er will dir kein schlechtes Gewissen machen. In Wahrheit reden sie nicht mehr mit ihm, seit er ihnen gesagt hat, dass er studieren und kein Geld mehr von ihnen annehmen wird.«

»Er nimmt kein Geld von unseren Eltern an?«, unterbrach Eliza mich ungläubig. »Wie kommt er in Woodshill denn über die Runden?«

»Er arbeitet sich tot. Während er gefühlt zwanzig Fächer gleichzeitig studiert. Er will euren Eltern nicht auf der Tasche liegen, wenn er sie schon so enttäuscht hat.«

Elizas Augen weiteten sich, und sie schüttelte den Kopf. »Das wusste ich nicht.«

»Er würde *alles* für diese Familie tun, und das obwohl er hier schon so oft verletzt worden ist.«

Eliza wandte den Blick ab. »Ich weiß.«

»Er kümmert sich um alle«, fuhr ich fort und musste an letzte Nacht denken, als er mich gehalten und getröstet hatte, bis ich eingeschlafen war. »Aber um ihn kümmert sich niemand. Das ist nicht fair.«

Es entstand eine Pause zwischen uns. »Das stimmt nicht«, sagte Eliza nach einer Weile. Dann sah sie mir direkt in die Augen. »Er hat dich, Sawyer. Mehr könnte ich mir nicht für ihn wünschen.«

kapitel 21

Wir verbrachten noch den gesamten Sonntag bei Isaacs Familie, und als ich abends die Tür zu unserem Wohnheimzimmer aufschloss, wartete Dawn bereits auf mich. Sie tat zwar so, als würde sie total beschäftigt an ihrem Laptop arbeiten, aber um sie herum surrte die Luft förmlich, und ich wusste aus Erfahrung, wie viel Mühe es sie kostete, mich nicht sofort über jedes kleinste Detail meines Ausflugs auszufragen.

Dabei hätte ich mich am liebsten einfach nur aufs Bett fallen lassen und die Augen zugemacht. Ich war todmüde. So müde, wie ich mich normalerweise fühlte, wenn ich drei Tage lang durchgefeiert hatte. Nur dass ich die letzten beiden Tage nicht gefeiert, sondern gespielt hatte. Ich hatte gespielt, geredet, war meilenweit gerannt. Und ich war geritten – etwas, das ich seit meinem fünften Lebensjahr hatte tun wollen.

Wenn es nach mir gegangen wäre, hätte ich mich auf Isaacs Pferd gesetzt und wäre schreiend über die Felder galoppiert, doch Isaac war der Meinung, dass Moonshine mich erst kennenlernen und eine Bindung zu mir aufbauen müsste, bevor er mich allein mit ihr in die Wildnis entlassen konnte. Also hatte ich sie erst mit einer merkwürdig aussehenden Bürste striegeln müssen, bevor er mir beim Aufsteigen geholfen und uns anschließend an einer Leine im Schneckentempo über den Hof geführt hatte. Es war trotzdem cool gewesen.

Nach der Nacht im Gästezimmer hatte ich eigentlich gedacht, dass es merkwürdig werden würde, Isaacs Familie – vor allem seiner Mutter und seinem Großvater – wieder unter die Augen zu treten. Aber die Grants erwähnten den Vorfall mit keinem Wort und gaben mir auch nicht das Gefühl, dass sie mich seltsam fanden. Nur Isaacs Vater beachtete mich den gesamten Sonntag überhaupt nicht, sondern arbeitete die meiste Zeit draußen. Ich hatte mehrmals beobachtet, wie Isaac ihm seine Hilfe angeboten hatte und mit einem knappen Kopfschütteln wieder weggeschickt worden war. Isaac hatte jedes Mal so niedergeschmettert ausgesehen, dass ich seinen Vater am liebsten angeschrien hätte. Elizas Gesichtsausdruck nach zu urteilen, hatte sie dasselbe gedacht wie ich, und ich hegte die Hoffnung, dass sie jetzt, wo sie wusste, was in ihrer Familie los war, vielleicht endlich anfangen würde, zwischen ihnen zu vermitteln.

Dawn hüstelte. Ich ließ mich neben sie auf ihr Bett fallen und verschränkte die Arme vor der Brust. Erleichtert atmete sie auf und klappte sofort ihren Laptop zu.

»Geht es dir besser?«, fragte sie.

Ich hätte fast »Wieso?« gefragt, aber dann fiel mir ein, weshalb ich den Ausflug zur Grant-Farm überhaupt gemacht hatte. Ich hatte seit gestern Morgen nicht mehr an Amandas fiese Worte gedacht. Und jetzt kamen sie mir neben all den Dingen, die auf der Farm geschehen waren, plötzlich völlig unbedeutend vor.

Das war es wohl, was Isaac gemeint hatte, als er von der heilenden Wirkung der Farm erzählt hatte.

»Es geht mir gut«, sagte ich und betrachtete die bunte Weltkarte, die über Dawns Bett hing. Ich war noch nie im Urlaub gewesen, hatte die Staaten noch nie verlassen. Aber das Wochenende mit Isaac – ganz gleich, wie emotional und aufwühlend es zwischendurch gewesen war – fühlte sich im Nachhinein wie Urlaub an.

»Du siehst ziemlich müde aus, aber auch ziemlich zufrieden. Fast so, als hättest du das Wochenende damit verbracht, dich über Isaacs nackten Körper herzumachen.«

Ich verdrehte die Augen. »Ich habe mich von seinem Grandpa beim Pokern über den Tisch ziehen lassen. Und mit seinen Geschwistern gespielt. Und sein Pferd Moonshine kennengelernt.«

Perplex sah sie mich an. »Im Ernst?«

»Es war echt toll«, sagte ich.

Sie nickte. »Ich will alles hören.«

Also erzählte ich ihr von Isaacs Farm, seiner Familie und seinen Tieren. Als ich fertig war, schüttelte Dawn lächelnd den Kopf.

»Ich hätte niemals gedacht, das mal zu erleben«, sagte sie und überschlug ihre Beine.

»Was?«, fragte ich.

Sie grinste verschmitzt, so, als wüsste sie Dinge, von denen ich nicht einmal die leiseste Ahnung hatte. »Ist egal. Du kommst schon noch drauf.«

Ich runzelte die Stirn und wollte noch einmal nachhaken, aber Dawn wechselte abrupt das Thema und erzählte mir von einer neuen Geschichte, die sie in der Nacht zuvor begonnen hatte zu schreiben.

In der folgenden Woche musste ich vier Schichten im Steakhouse übernehmen. Da es allmählich immer kälter und schneller dunkler wurde, kamen die Leute früher und gingen später. Al war froh darüber, da er höhere Einnahmen hatte, aber für Isaac und mich bedeutete das, dass wir längere Schichten übernehmen mussten.

Ich war froh, dass das, was am letzten Wochenende geschehen war, die Dinge zwischen uns nicht seltsam machte. Ich hätte es nicht ertragen, wenn Isaac sich mir gegenüber plötzlich anders verhalten hätte, aber das tat er nicht. Anscheinend hatte ich ihn – mal wieder – unterschätzt. Ich musste das dringend sein lassen, denn neben der Tatsache, dass ich ihn inzwischen so viel besser kannte, nahm ich immer öfter Veränderungen an ihm wahr. Er geriet kaum noch ins Stottern, wenn ein Mädchen ihn während unserer Schicht ansprach. Manchmal ging er sogar darauf ein, wenn jemand mit ihm flirtete, und schloss Wetten mit mir ab, wer an einem Abend mehr Trinkgeld bekommen könnte.

Das war geradezu ein Quantensprung zu dem Isaac, der am Limonadenstand vor der Uni beinahe umgefallen wäre, weil er sein Kleingeld nicht gefunden hatte. Dass es mir jedes Mal einen Stich verpasste, wenn ich ihn mit einem anderen Mädchen reden sah, ignorierte ich geflissentlich. Und ich wagte es auch nicht, ihn nach Everly zu fragen. Dawn hatte mir erzählt, dass er bei ihrer Stiefschwester anscheinend einen bleibenden Eindruck hinterlassen hatte, und auch, dass die beiden Nummern ausgetauscht hatten.

Das reichte mir. Mehr wollte ich darüber definitiv nicht wissen.

An den Tagen, an denen ich nicht arbeitete, war ich mit meinen Kursen eingespannt. Ich traf mich mit ein paar Kommilitonen für eine Gruppenarbeit, die bald eingereicht werden musste, und quälte mich durch zwei theoretische Abhandlungen für einen anderen Kurs.

Ich war froh, als das Ende der Woche in Sicht war – auch wenn das bedeutete, dass ich nach Portland fahren und gemeinsam mit Riley nach Kleidern für ihre Hochzeit suchen musste.

Ich war so überrascht gewesen, als sie mich gefragt hatte, dass ich, ohne nachzudenken, zugesagt hatte. Und nachdem sie mir – mehrmals – versichert hatte, dass sie keine große Sache daraus machen würde und ich weder quietschen noch weinen musste, wenn sie sich in einen Haufen Stoff quetschte, der sie wie einen Windbeutel aussehen ließ, freute ich mich sogar darauf. Zumal sie ihre bastelnden Brautjungfern zu Hause lassen würde.

Der erste Laden, den wir betraten, erschlug uns mit seinem Angebot an Plüsch und Tüll, sodass wir ihn rückwärts wieder verließen. Im zweiten Laden wurden wir von den beiden Verkäuferinnen mit einem verkniffenen Lächeln und einem abschätzigen Blick auf unsere Tattoos begrüßt, und als wir uns umsahen, war uns eine von ihnen so dicht auf den Fersen, dass Riley sich unwohl fühlte und ihr Fluchtinstinkt einsetzte. Im dritten Laden wurden wir deutlich besser behandelt. Riley probierte sogar eines der cremeweißen Puffärmelkleider an, brach aber in Gelächter aus, als sie sich darin im Spiegel betrachtete, was die Verkäuferinnen allerdings gar nicht lustig fanden.

»Ich glaube, das wird nichts, Riley«, sagte ich, als wir wieder draußen waren und beide auf die Liste von Geschäften starrten, die Rileys Freundinnen ihr auf einem Zettel aufgeschrieben hatten. »Deine Freundinnen haben dir total traditionelle Läden rausgesucht. Aber traditionell gefällt dir doch gar nicht. Abgesehen davon, dass die alle schweineteuer sind.«

Riley seufzte tief. »Ich weiß. Aber ich habe echt keine Ahnung, wo ich sonst gucken soll.«

Als wir noch jünger gewesen waren, hatten wir oft Ausflüge nach Portland gemacht, meistens, um in irgendwelche Clubs oder auf Konzerte zu gehen, manchmal aber auch, um durch Secondhandläden zu streifen und dort nach Schätzen für unseren Kleiderschrank zu suchen.

»Erinnerst du dich noch an den Laden, in dem wir dir deine ersten Docs gekauft haben?«, fragte ich sie.

»Ich glaube schon. Der war …« Sie runzelte die Stirn. »Meinst du echt, dass wir da was finden?«

Ich zuckte mit den Schultern. »Keine Ahnung, aber ich glaube, dass wir uns dort wohler fühlen werden, als in den Kotzläden mit versnobten, unfreundlichen Verkäuferinnen.«

Riley presste die Lippen zu einer dünnen Linie zusammen. Sie sah noch einmal auf die Liste. Dann nahm sie sie mir aus der Hand, knüllte sie zusammen und schmiss sie in den nächstgelegenen Mülleimer.

Ich grinste. Meine Schwester hakte sich bei mir unter. »Komm. Ich weiß noch, wo der Laden liegt.«

Wenig später gingen Riley und ich durch die Drehtür vom *Owen House Thrift Store*. Der Laden erstreckte sich über zwei Etagen und war riesig. An den Wänden standen Regale, einige davon so hoch, dass man nur mit einer Leiter an die oberen Bretter gelangen konnte und die Hilfe eines Verkäufers brauchte, um Sachen herauszuholen.

»Hier finden wir was. Das kann ich riechen«, sagte ich und drückte Rileys Arm.

»Ich weiß noch, wie wir hier Stunden verbracht haben. Ich kann mich genau an den Teppich da drüben erinnern. Oh und an die Umkleiden«, sinnierte meine Schwester.

»Weil du es in der Umkleide mit einem Kerl getrieben hast«, murmelte ich.

Riley stieß mir ihren Ellenbogen in die Seite. »Wir kaufen mein Hochzeitskleid, Sawyer. Da darfst du mich jetzt nicht an meine Jugendsünden erinnern.«

»Ich erinnere mich aber ziemlich genau daran, wie ich dich gesucht habe, und dann nur noch Stöhnen als Antwort bekommen habe«, sagte ich grinsend. Diesmal wich ich ihrem Schlag aus und lachte, als ich auf der Suche nach Kleidern in den ersten Gang einbog.

»Ich habe dich übrigens erstaunlich lange nicht mehr über dein Liebesleben reden gehört«, sagte Riley hinter mir.

Ich schob ein paar Kleiderbügel zur Seite, weil ich an einer Stange ein Bandshirt entdeckt hatte, das ich cool fand. »Da gibt es momentan nicht so viel zu erzählen.«

»Huch?«

Ich rieb über den Oasis-Schriftzug. Kurzerhand nahm ich das Shirt und hängte es mir über den Arm. »Im Moment ist es ziemlich stressig bei mir. Ich habe keine Zeit für One-Night-Stands. Und auch keine Lust.«

»Wer bist du, und was hast du mit Sawyer gemacht?«

Ich verdrehte nur die Augen.

»Also bei mir und Morgan läuft es grandios.«

»Kein Wunder, ihr seid ja auch verlobt.«

»Mh hm. Und Sex mit meinem *Verlobten*«, sie zog das Wort in die Länge, »ist einfach der Wahnsinn. Ich hätte nicht gedacht, dass es noch besser werden könnte. Aber das tut es.«

Schon als die beiden noch nicht fest zusammen gewesen waren, hatte Riley mir in aller Ausführlichkeit beschrieben, wie Morgan im Bett war (phänomenal), und zu meinem Leidwesen auch, welche Piercings er an welchen Stellen hatte (unaussprechlich). Anfangs hatte ich mir Sorgen um die Mädchenteile meiner Schwester gemacht, aber irgendwann eingesehen, dass ich das nicht brauchte. Morgan machte Riley glücklicher, als sie es je in ihrem Leben gewesen war.

»Ich freue mich für euch«, sagte ich und warf ihr einen Blick über meine Schulter zu. Sie sollte sehen, dass ich die Worte ehrlich meinte. Es hatte eine Weile gedauert, bis ich das erkannt hatte, aber ganz gleich, wie groß die Angst war, die ich vor ihrer Hochzeit und dem hatte, was danach kommen würde – dass Riley glücklich war, war mir wichtiger als alles andere.

Sie lächelte schief. »Ich mich auch. Und ich würde mir total wünschen, dass du auch so jemanden findest.«

Ich antwortete nicht.

Es war nett, dass sie das sagte. Anscheinend dachte sie wirklich, dass es jemanden da draußen gab, der das für mich sein könnte, was Morgan für sie war. Der mich bedingungslos lieben könnte – trotz meiner Vergangenheit und meiner Fehler. Aber selbst wenn dieser jemand existierte – ich hatte bei Dawn mit erlebt, wie viel Überwindung es sie gekostet hatte, sich Spencer vollkommen zu öffnen, und mit wie viel Mut es verbunden gewesen war. Ich wusste nicht, ob ich jemals bereit sein würde, dieses Risiko einzugehen.

Aber das war okay. Liebe war nicht für jedermann was.

»Hallo? Erde an Sawyer?«, riss Riley mich aus meinen Gedanken.

»Hm?«

»Guck mal«, sagte sie und deutete auf ein Schild bei der Treppe.

1. OG: Abendgarderobe

»Dann los«, sagte ich und ging auf die Treppe zu.

Oben angekommen sah ich mich fasziniert um. »Ich kann mich gar nicht daran erinnern, schon mal hier gewesen zu sein«, murmelte ich.

»Wahrscheinlich weil wir uns früher nicht für Abendkleider interessiert haben«, meinte Riley. Gemeinsam begannen wir, uns umzuschauen. Im Gegensatz zu unten war hier kein bunter Teppich ausgelegt, sondern Holzdielen, die unter unseren Füßen knarrten, als wir durch die Gänge gingen. Tief hängende helle Lampen unter Kupferschirmen bestrahlten die Kleider und Anzüge, die wild durcheinander auf den Ständern hingen.

»Schau mal, das hier«, sagte ich und zog ein weißes Kleid im Meerjungfrau-Schnitt vom Ständer. Ich hielt es meiner Schwester entgegen, aber sie rümpfte sofort die Nase und schüttelte den Kopf. »Schön, aber zu lang. Außerdem werde ich darin nicht so gut tanzen können.«

»Geht klar.«

»Merk dir aber, wo es hängt. Wenn ich nichts anderes finde, will ich es zumindest anprobieren.«

Ich nickte und hängte das Kleid zurück.

Wir gingen weiter. Das Oasis-Shirt hatte ich mir inzwischen über die Schulter gelegt, weil ich beide Hände brauchte, um mich durch die Unmengen von Kleidern zu wühlen.

Ich zog noch drei weitere weiße Kleider heraus und zeigte sie Riley, aber sie schüttelte jedes Mal den Kopf. Ich war schon fast so weit, aufzugeben, als wir den nächsten Gang betraten und sich ihr Gesicht plötzlich aufhellte. Vor ihr stand ein Ständer, auf dem lauter schwarze Kleider hingen.

»Eigentlich darf ich hier überhaupt nicht gucken«, murmelte sie und strich mit leuchtenden Augen über einen schwarzen Tüllrock. Riley liebte schwarzen Tüll.

»Wieso nicht?«, fragte ich.

Sie seufzte. »Weil ich schlecht in Schwarz heiraten kann.«

»Wer sagt das denn?«, entgegnete ich stirnrunzelnd und holte ein schwarzes Etuikleid heraus.

»Das macht man einfach nicht. Es ist eine Hochzeit.«

Ich hob eine Braue. »Ihr macht, was ihr wollt. Das hast du selbst gesagt, Riley. Wenn du Schwarz tragen willst, dann mach das, verdammt. Niemand kann es dir verbieten.«

Sie erwiderte meinen Blick, und ich konnte genau beobachten, wie die Zweifel in ihren Augen verschwanden und durch vorfreudige Aufregung ersetzt wurden. »Du hast recht«, sagte sie erst leise und dann noch mal, lauter: »Du hast recht.«

Von der einen auf die nächste Sekunde fing sie an, die Kleider durchzugehen. Lächelnd beobachtete ich sie.

Und dann sah ich es.

Das Kleid.

Rileys Kleid.

Ich hielt die Luft an und schob die danebenhängenden vorsichtig beiseite.

»Oh mein Gott«, flüsterte ich.

»Was?«

»Riley«, brachte ich hervor und nahm den Kleiderbügel vom Ständer. Ich hielt das Kleid hoch.

Rileys Augen weiteten sich, als sie es betrachtete. Das Oberteil bestand aus weißem Stoff, über den grobe schwarze Spitze genäht war. Der Rock war bauschig und lang und aus demselben weißen Stoff wie das Oberteil. Darüber lag eine dünne Schicht schwarzer Tüll, der das Weiß abschwächte und beinahe grau wirken ließ.

Es war perfekt.

Ich konnte es spüren. Und ich sah es deutlich an ihrem Gesichtsausdruck. Es war Rileys Kleid. »Du musst es anziehen«, sagte ich energisch und stellte mich auf die Zehenspitzen, um mich nach den Umkleiden umzusehen.

Ich griff nach Rileys Arm und marschierte mit ihr zu den schweren Samtvorhängen im hinteren Teil des Raums. Dort nahm ich ihr Tasche und Jacke ab und schob sie dann mit dem Kleid in die erste Kabine. Sie wirkte beinahe benommen, und während ich ungeduldig wartete, hörte ich sie drinnen ununterbrochen murmeln.

»Wehe, es passt nicht. Sawyer, wenn es nicht passt, dann drehe ich total durch …«

Aber dann verstummte sie. Nach einer gefühlten Ewigkeit riss sie den Vorhang auf.

Mein Mund klappte auf.

Sie sah magisch aus.

Das Kleid war hochgeschlossen, aber die Spitze an den Armen und dem Dekolleté ließ ihre blasse Haut hindurchschimmern. Der Rock betonte ihre schmale Taille und wurde nach unten hin weit und üppig. Er war ein bisschen zu lang, aber ich war mir sicher, dass man ihn ohne Probleme kürzen konnte. Riley drehte sich um und zeigte mir den Rückenausschnitt. Er war geschmackvoll, aber tief, und an der Seite konnte man einen Teil der Worte erkennen, die wir beide an genau der gleichen Stelle auf unserem Körper trugen.

not **empty**

not **alone**

not **lost**

Sie sollten uns daran erinnern, dass wir, solange wir einander hatten, alles überstehen konnten.

Die Zeilen jetzt zu sehen, auf Riley, während sie das Kleid trug, in dem sie womöglich heiraten würde, ließ mich an Mom und Dad denken. Und plötzlich drohte alles, was am letzten Wochenende so heftig aus mir herausgebrochen war, erneut hochzubrodeln. Tränen brannten in meinen Augen, und als Riley sich wieder zu mir umdrehte und mich sah, verblasste ihr Lächeln sofort. Sie raffte den Rock, um auf mich zuzukommen.

Scheiße.

»Was ist los? Oh Gott, sehe ich so schrecklich aus?« Sie fasste mich sanft am Arm.

»Nein! Nein, du siehst wunderschön aus. Ich wünschte nur ...« Ich schüttelte den Kopf und legte blinzelnd den Kopf in den Nacken, damit die Tränen nicht aus meinen Augen und über mein Gesicht liefen. »Ich wünschte, Mom und Dad wären da, um das mitzuerleben.«

Für den Bruchteil einer Sekunde versteifte Riley sich. Dann schloss sie mich in ihre Arme. Ich vergrub das Gesicht an ihrer Halsbeuge. Es fühlte sich unglaublich gut an, von ihr gehalten zu werden.

»Mir geht es auch so, Sawyer. Du glaubst gar nicht, wie sehr«, wisperte sie an meine Schläfe.

Sie strich über meinen Rücken und ich über ihren, und wir schienen es beide zu genießen, wenigstens für diesen einen Moment einmal nicht so tun zu müssen, als wäre alles okay mit uns, als hätten wir kein Problem mit all dem, was uns in unserem Leben widerfahren war.

Nach einer Weile lehnte Riley sich ein Stück zurück. Ihre Hände umfassten meine Oberarme, und sie sah mir direkt in die Augen. »Wenn sie sehen könnten, was du alles schaffst – deinen Job, dein Studium – und dass du dein Talent so nutzt, dann wären sie unglaublich stolz auf dich. Da bin ich mir ganz sicher.«

Ich biss mir auf die Lippe. »Manchmal frage ich mich, ob das wirklich stimmt. Ich meine … ich bin nicht gerade eine Vorzeigetochter.«

Riley zog die Augenbrauen zusammen. »Wer sagt so einen Scheiß?«, fragte sie aufgebracht.

»Niemand! Es ist nur …« Ich räusperte mich. »Ich mache mir eben Gedanken. Ich habe sie nur so kurz gekannt. Manchmal versuche ich mir, ihre Gesichter vorzustellen, und dann muss ich erst das Medaillon öffnen, um mich wieder richtig erinnern zu können.«

»Aber das geht mir doch auch so«, flüsterte sie. »Das ist normal, Sawyer. Es ist elf Jahre her.«

Das aus ihrem Mund zu hören, erleichterte mich.

»Wir haben viel zu lange nicht mehr ernsthaft geredet«, sagte Riley und rieb über meine Arme.

»Weil Reden scheiße ist.«

»Ich weiß. Trotzdem.« Sie ließ mich los und stellte sich vor den deckenhohen Spiegel, der zwischen zwei Umkleiden hing. Sie neigte ihren Kopf zur Seite.

»Ich sehe toll aus«, sagte sie, als könnte sie es nicht glauben.

Ich nickte energisch. »Wunderschön.«

»Soll ich es kaufen?«

Ich hörte mit dem Nicken gar nicht mehr auf.

Sie drehte sich und betrachtete über ihre Schulter den Rückenausschnitt. Ihr Blick fiel auf das Tattoo, und dann breitete sich Verständnis auf ihrem Gesicht aus. Sie lächelte mich an. »Ich nehme es.«

»Soll ich einen Verkäufer holen, damit wir den Saum abmessen können?«, fragte ich.

Riley schüttelte den Kopf. »Wir sind noch nicht fertig.«

Als ich sie nur fragend ansah, wurde ihr Lächeln schrecklich diabolisch. »Du kannst schlecht im Oasis-Shirt zu unserer Hochzeit kommen.«

»Oh«, machte ich tonlos. »Ich soll auch Kleider anprobieren?«

Riley nickte kurz. »Ich ziehe mich kurz um, wir legen das Kleid zurück, und dann bist du dran.«

Aus ihrem Mund klang das beinahe wie eine Drohung.

Als ich wenig später in der Umkleide stand und ein Kleid nach dem anderen anprobierte, war von der Rührung, die ich gerade noch gespürt hatte, nichts mehr übrig. Im Gegenteil. Ich wurde mit jeder Sekunde wütender auf Riley, die mich nicht nur dazu zwang, Kleider in anderen Farben als Schwarz anzuziehen, sondern außerdem welche für mich rausgesucht hatte, die Rüschchen und Schleifen hatten. Rüschchen. Und Schleifen.

Während ich innerlich kochte, hatte Riley es sich inzwischen auf den Sitzpolstern vor den Kabinen bequem gemacht und nippte an der Cola, die unser Verkäufer Tommy ihr gebracht hatte. Er war zunächst etwas nervös gewesen, als wir ihm gesagt hatten, wonach wir suchten, und hatte sich sogar dafür entschuldigt, nicht mit anderen Brautmodegeschäften mithalten zu können. Daraufhin hatten wir ihm von den Reinfällen in den anderen Läden berichtet, und dass Riley bei ihm hingegen sofort fündig geworden war, was ihn anscheinend so glücklich stimmte, dass er uns mit Getränken und Knabbersachen versorgte.

Jetzt stand er mit verschränkten Armen neben Riley und betrachtete mich von oben bis unten.

»Das sieht nicht gut aus«, sagte er zu Riley.

»Aber es wäre so schön, wenn sie wenigstens ein bisschen zur Dekoration passen würde«, sagte Riley in todernstem Tonfall.

Ich würde sie umbringen.

»Dann zieh du es doch an«, knurrte ich und blickte an mir herab. Dieses Kleid war ein Albtraum in Lila. »Ich sehe total bescheuert aus.«

»Okay, du darfst es ausziehen. Aber nicht, bevor ich«, sie zückte mein Handy, »ein Bild von dir gemacht habe. Perfekt!« Ich verdrehte die Augen und stampfte zurück in die Umkleide.

Wenn ich ehrlich war, alberte ich lieber mit ihr herum, als dass ich den Tränen nahe in der Umkleidekabine eines Geschäfts in ihren Armen lag. Von daher wollte ich mich nicht allzu sehr beklagen.

»Sawyer, wer ist Isaac?«, fragte sie plötzlich.

Ich steckte meinen Kopf an dem schweren Samtvorhang vorbei nach draußen. »Warum?«

»Er fragt, wie das Kleidershoppen vorangeht«, antwortete sie und hielt mir das Handydisplay entgegen. Ich sah es von

Weitem bloß leuchten. Ich schloss den Vorhang wieder und begann, mich aus dem Kleid zu schälen.

»Soll ich ihm antworten?«

»Tu, was du nicht lassen kannst«, gab ich möglichst desinteressiert zurück.

Die Stille, die daraufolgte, war sicher kein gutes Zeichen, aber ich hatte noch einen ganzen Haufen Kleider, die ich anprobieren musste. Das nächste, das ich hochhob, war grün. Ich stöhnte und zog es über meinen Kopf. Dann musste ich mich halb verrenken, um den Reißverschluss, der sich hinten befand, zumindest halb zuzuziehen.

Mit einem genervten Gesichtsausdruck schob ich den Vorhang beiseite. Als Riley von meinem Handy aufblickte, schlug sie sich prustend die Hand vor den Mund.

»Du siehst aus wie eine furchtbar misslungene Version von Tinkerbell«, sagte sie lachend.

»Vielen Dank. Darf ich jetzt endlich auch ein schwarzes anziehen?«, fragte ich hoffnungsvoll.

»Ja. Moment.« Wieder hob sie mein Handy und machte ein Foto. Dann flogen ihre Finger über das Display.

»Was zum Teufel machst du da?«

Sie blickte kurz auf, hörte aber nicht auf zu tippen. »Ich schreibe mit Isaac.«

»Bitte sag nicht, dass du ihm die Bilder geschickt hast«, stöhnte ich.

Riley lächelte schelmisch. »Doch, habe ich. Er sagt, ich solle lieber Fotos *in* der Umkleide machen.«

»Perversling«, murmelte ich und zog den Vorhang wieder zu.

»Ist dieser Isaac der Grund dafür, dass du mir nichts mehr über dein Liebesleben erzählst?«

»Der Grund dafür ist, dass ich kein Liebesleben habe, Riley. Es gibt nichts zu erzählen«, rief ich, während ich mich aus dem

Kleid herauskämpfte und es dann mit einiger Genugtuung neben mich auf den Boden fallen ließ.

»Du weißt schon, dass ich euren kompletten SMS-Verlauf lesen kann, oder?«

»Und? Ist ja nicht so, als hätte ich mit ihm gesextet.«

Riley schnaubte. »*Danke für das schöne Wochenende*«, zitierte sie in hoher Stimmlage. Mir rutschte das Herz in den Magen. »*Nächstes Mal werde ich Moonshine richtig reiten, verlass dich drauf.* Bitte sag mir nicht, dass du seinen Schwanz Moonshine getauft hast.«

Ich konnte Tommy verhalten hüsteln hören.

»Moonshine ist sein Pferd«, rief ich. »Er hat mich mit zur Farm seiner Eltern genommen.«

»Aha.« Ich konnte an ihrem Tonfall hören, dass sie mir kein Wort glaubte. Blöde Kuh.

Ich zog mir eines der schwarzen Kleider aus dem Stapel und schlüpfte hinein. Das Kleid hatte dünne Träger und reichte mir nur bis knapp über die Knie. Wahrscheinlich war es ein bisschen zu freizügig für eine winterliche Hochzeit, aber diese Tatsache ignorierte ich geflissentlich, denn ich hatte mich auf der Stelle in den weichen Stoff und die Art, wie er sich auf meiner Haut anfühlte, verliebt. Es war schlicht und unaufgeregt, bis auf den Brustbereich, der mit zarter Spitze gesäumt war und einen wunderschönen Ausschnitt zauberte. Das Oberteil saß locker bis zur Taille, wo der Rock des Kleides weit ausfiel.

Als ich diesmal aus der Umkleide trat, lächelte ich. Tommy öffnete seinen Mund und schloss ihn wieder, dann sah er fragend Riley an.

Meine Schwester seufzte. »Okay, ich gebe es auf. Eigentlich können wir gleich alle in Schwarz kommen.«

»Ich muss es kaufen«, sagte ich in ernstem Tonfall.

»Natürlich musst du das. Wenn jemand so aus der Umkleide kommt, steht doch eigentlich schon alles fest.«

Ich stellte mich vor den Spiegel und drehte mich einmal um mich selbst. Ich fühlte mich wie ein kleines Mädchen, als sich dabei der Rock hob und sich um mich herum ausbreitete. Strahlend blickte ich zu Riley, die genau in diesem Moment mein Handy hob und auf den Auslöser der Kamera drückte. Mir war egal, ob sie das Bild an Isaac schicken würde oder nicht – ich würde dieses Kleid auf der Hochzeit meiner Schwester tragen. Für mich war alles super.

Ich zog mich um und reichte Tommy die Kleider, die nicht gepasst oder einfach schrecklich ausgesehen hatten. Als ich mit meinem Kleid über dem Arm die Umkleide verließ, übergab Riley mir grinsend mein Handy.

»Du kannst mir nichts vormachen«, sagte sie, bevor sie mir das Kleid abnahm und damit in Richtung Kasse lief. Ich rechnete mit dem Schlimmsten, als ich mein Handy entsperrte und den Nachrichtenverlauf von Isaac und Riley aufrief.

Sie hatte ihm drei Bilder geschickt, die sie jedes Mal genau in dem Moment gemacht hatte, wenn ich aus der Umkleide gekommen war und sie angesehen hatte, als wäre sie von allen guten Geistern verlassen.

Er hatte geschrieben: *Du siehst nicht besonders glücklich aus*

Woraufhin meine Schwester geantwortet hatte: *Sie ist nie glücklich, wenn sie Kleider anprobieren muss, die nicht schwarz sind*

Die nächste Nachricht lautete: *Wer ist da?*

Ich: *Riley. Sawyers bessere Hälfte.*

Isaac: *Herzlichen Glückwunsch zur Verlobung, Riley!*

Ich: *Danke. Guck mal hier, sie ist gerade wieder rausgekommen.*

Dann folgte ein Bild von mir in dem scheußlichen grünen Kleid.

Isaac: *Offensichtlich mag Sawyer kein Grün.*

Ich: *Offensichtlich nicht. Ich habe sie gerade geärgert. Jetzt hat sie das rote Kleid aus der Kabine gekickt und zieht das schwarze an.*

Isaac: *Ich bin gespannt.*

Dann hatte Riley das Bild geschickt, auf dem ich mich in dem schwarzen Kleid zur Kamera umdrehte und breit lächelte.

Isaac: *Riley, bitte gib Sawyer das Handy zurück.*

Ich: *Wieso, willst du ihr was Schmutziges schreiben?*

Isaac: *Möglicherweise.*

Ich: *Okay. War schön, dich kennengelernt zu haben. Komm gerne mit zur Hochzeit im November, falls du Zeit und Lust hast.*

Isaac: *Gerne. Irgendwelche Wünsche?*

Ich: *Sorg einfach dafür, dass Sawyer gut gelaunt ist* ☺

Isaac: … *Ich gebe mein Bestes.*

Ich hob eine Augenbraue und wollte ihm gerade schreiben und fragen, was das denn bitte bedeuten sollte, aber er kam mir zuvor.

Isaac: *Sawyer?*

Ich seufzte.

Ich: *Ja?*

Isaac: *Bitte kauf das Kleid.*

Grinsend schüttelte ich den Kopf.

Ich: *Und ich dachte, du schreibst mir jetzt was total Versautes.*

Isaac: *Kauf das Kleid. Du siehst wunderschön darin aus.*

Ich: *Das ist kein bisschen versaut, Isaac.*

Isaac: *Ich kann es kaum erwarten, dich in diesem Kleid zu nehmen, bis du meinen Namen schreist. Wehe, du trägst Unterwäsche.*

Ich musste die Nachricht drei Mal lesen, dann brach ich in lautes Gelächter aus. Erst als ich mich einigermaßen beruhigt hatte, konnte ich zu einer Antwort ansetzen.

Ich: *Hast du etwa eine von Dawns Geschichten gelesen?*

Isaac: … *Hot for You.*

Ich: *Warum bin nicht ich da draufgekommen! Das ist total gutes Training.*

Isaac: *Ja. Kaum zu glauben, aber ich habe unglaublich viel gelernt.*

Ich: *Ich will mehr hören!*

Isaac: *Den Rest spare ich mir lieber für die Hochzeit auf …*

Isaac: *Oder für nächstes Wochenende.*

Ich: *Was ist nächstes Wochenende?*

Isaac: *Komm wieder mit mir auf die Farm.*

Isaac: *Also, nur wenn du willst*

Isaac: *Es war echt schön. Und meine Geschwister fanden dich toll. Ariel redet über nichts anderes als über deine Tattoos.*

Die nächste Nachricht war ein Bild, auf dem Ariel mit einem zahnlosen Grinsen ihren Handrücken stolz vor sich in die Kamera hielt. Darauf war ein Abziehtattoo in Form eines Einhorns zu sehen, das sich an den Rändern schon leicht abgerubbelt hatte.

Isaac: *Ich soll dir sagen, dass du ihr das nächste draufmachen musst.*

Isaac: *Sawyer?*

Isaac: *Du musst natürlich nicht mitfahren! Wenn du nicht willst.*

Isaac: *Als ich heute heimkam, haben nur alle nach dir gefragt. Grandma hatte sogar Zitronenkuchen gebacken*

Isaac: *Aber ich kann total verstehen, wenn du deine Zeit lieber mit Gleichaltrigen verbringst als mit Kindern und meinen Großeltern!*

Isaac: *Vergiss es einfach.*

Isaac: *Das Wetter soll sowieso nicht gut werden.*

Ich: *ISAAC*

Isaac: *Sorry*

Ich: *So schnell kann ich gar nicht tippen.*

Ich: *Ich möchte gern noch mal mit auf die Farm kommen.*

Ich: *Danke*
Isaac: *Oh! Ok*
Isaac: *Cool*
Isaac: ☺

kapitel 22

Ich hätte es nicht für möglich gehalten, aber die darauffolgende Woche wurde noch stressiger als die vorherige. Al hatte sich einen fiesen Virus eingefangen und konnte zwei Tage nicht ins Steakhouse kommen, was für Isaac und mich nicht nur mehr Arbeit während unserer Schichten, sondern auch mehr Verantwortung bedeutete. Von der Tatsache mal abgesehen, dass Al alle zwei Minuten anrief und sich vergewisserte, dass Roger, sein Koch, die Küche noch nicht abgebrannt und ich das Restaurant noch nicht in einen Rockclub verwandelt hatte. Außerdem war Robyn montags auf mich zugekommen und hatte mir erzählt, dass ihre Kollegen von meiner »Der Morgen danach«-Reihe so begeistert waren, dass ich noch diese Woche einen kurzen Vortrag darüber vor den Erstsemestern halten sollte. Ich liebte es, über meine Bilder zu sprechen, und fühlte mich geehrt, aber mit all den Sachen, die ich gerade sonst noch um die Ohren hatte, hätte ich gut darauf verzichten können. Wenigstens ließen Amanda und ihre Freundinnen mich seit Spencers Party in Ruhe.

Als ich am Freitag aus meinem letzten Kurs kam und Isaac an seine Klapperkiste gelehnt am Straßenrand auf mich warten sah, hätte ich am liebsten vor Erleichterung laut aufgeschrien. Die Aussicht, wieder mit ihm auf die Farm zu fahren, hatte mich die gesamte Woche über Wasser gehalten.

Dawn hatte mich mit neugierigen Blicken bombardiert, als ich heute Morgen meine Tasche gepackt hatte, aber ich hatte sie geflissentlich ignoriert. Ich wusste selbst nicht, was in mich gefahren war, als ich Isaacs Einladung ein zweites Mal angenommen hatte. Wie sollte ich ihr erst erklären, was es damit auf sich hatte?

Aber ich wollte das auch gar nicht hinterfragen. Ich wollte nicht darüber nachdenken, was es bedeutete, dass ich nur sein Lachen hören musste, damit es mir augenblicklich besser ging.

»Ich muss dich vorwarnen«, sagte er, als wir an den Maisfeldern vorbeifuhren und uns dem Hof näherten. »Ariel hat beschlossen, dass sie wie du Fotografin werden will, und in den letzten beiden Wochen alles auf Kamera festgehalten, was ihr unter die Augen gekommen ist. *Alles.* Bestimmt will sie dir jedes einzelne Bild zeigen.«

Bei der Vorstellung musste ich lächeln. »Wo hat sie denn die Kamera her?«

»Von Dad, glaube ich«, sagte Isaac mit einem Schulterzucken.

Als wir vor dem Haus parkten und ausstiegen, war mir gar nicht mehr so mulmig zumute wie noch vor zwei Wochen. Ich ließ es sogar geduldig über mich ergehen, dass Vader mich ansprang und seine Schnauze voller Sabber liebevoll an meiner schwarzen Jeans abwischte. Obwohl es ein ganz normaler Freitagabend war und keine Party gefeiert wurde, war das Haus voller Leben. Isaacs Großeltern saßen an dem kleinen gemütlichen Ecktisch in der Küche und spielten Karten, während Levi zwischen den beiden hin- und hersprang und unentwegt auf sie einquasselte.

Isaacs Mutter, ihr Name war Debbie, wie Isaac mich auf der Fahrt erinnert hatte, saß im Wohnzimmer und hatte einen Berg von Zetteln vor sich auf dem Tisch ausgebreitet. Sie nahm einen nach dem anderen in die Hand, trug etwas in ein großes rotes Buch ein und heftete ihn dann in einem Ordner ab. Zwischen ihren Beinen auf dem Boden saß Ivy und spielte mit einer Plüschschildkröte.

Es überraschte mich, dass Debbie aufsah, als wir das Wohnzimmer betraten, und fragte, wie die Fahrt gewesen war. Auf Isaacs Gesicht breitete sich ein vorsichtiges Lächeln aus, und er begann, von den drei Traktoren zu erzählen, hinter denen wir auf dem Weg hierher hatten hertuckern müssen.

Ich ging in die Küche und begrüßte Isaacs Großeltern.

»Setz dich zu uns, Sawyer«, sagte Mary, nachdem sie mich mit einem Arm an sich gedrückt hatte. »Wir starten gerade die nächste Runde.«

Dankbar, etwas zu tun zu haben und mich nicht länger unschlüssig nach Isaac umsehen zu müssen, setzte ich mich neben sie, schob die Ärmel meines Pullovers nach hinten und nahm die Karten entgegen, die Theodore mir mit einem Lächeln reichte.

Der Samstag verging wie im Flug. Vormittags erledigten wir ein paar Besorgungen für Isaacs Großmutter und fuhren dafür in die nächstgrößere Stadt, nachmittags misteten wir gemeinsam den Pferdestall aus und mähten Rasen, was mehr Spaß machte, als ich für möglich gehalten hätte. Am Abend waren wir von der Arbeit im Freien so durchgefroren, dass wir heißen Kakao tranken und in Wolldecken eingewickelt in Isaacs altem Kinderzimmer, das mittlerweile in ein zweites Gästezimmer umfunktioniert worden war, einen Star-Wars-Marathon abhielten. Als ich mich nachts um drei in mein eigenes Zimmer hinunterschlich, hatte ich eingesehen, dass Yoda eigentlich gar nicht so verkehrt war, wie ich ursprünglich gedacht hatte.

Am Sonntag nach dem Mittagessen traute Ariel sich endlich, mir ihre Bilder zu zeigen. Ich setzte mich neben sie auf das Sofa im Wohnzimmer und betrachtete die kleinen Kunstwerke, die sie im Laufe der letzten beiden Wochen kreiert hatte. Dafür, dass eine Achtjährige sie gemacht hatte, waren sie gar nicht schlecht, und als ich Ariel sagte, dass ich in diesem Alter niemals solche Fotos hätte schießen können, platzte sie fast vor Stolz.

Irgendwann legte Mary ein großes schwarzes Fotoalbum vor uns auf dem Tisch ab. »Hier drin sind *meine* Lieblingsbilder«, sagte sie, während sie wieder in die Küche verschwand. Ich war kein Fan von süßen Speisen, aber der Geruch, der von dort zu uns strömte, war köstlich.

Ariel zog das Album vom Tisch, schlug es auf und positionierte es so, dass eine Hälfte auf ihrem und die andere auf meinem Bein lag.

Auf der ersten Seite waren Babyfotos zu sehen, die mit Daten von vor zwanzig Jahren beschriftet waren.

»Das ist …«, begann Ariel, wurde aber von Isaac unterbrochen, der am Klavier saß und ein lautes, frustriertes Brummen von sich gab.

»Zac macht komische Geräusche«, flüsterte sie mir verschwörerisch zu, ohne den Blick vom Album zu nehmen.

»Weil er unzufrieden mit sich ist«, gab ich genauso leise zurück.

Nachdem er gemeinsam mit seinem Grandpa den Tisch abgeräumt hatte, hatte Isaac sich zu Ariel und mir auf die Couch setzen wollen. Aber Ariel hatte aufgeschrien und ihre Kamera hinter dem Rücken versteckt. Anscheinend waren ihre Bilder noch streng geheim, und niemand außer mir durfte sie sehen. Isaac hatte übertrieben verletzt getan, aber Ariel war stur geblieben und hatte sich geweigert, die Kamera wieder hervorzuholen.

Schließlich war Isaac schmunzelnd zum Klavier gegangen, wo er inzwischen seit über einer Stunde saß. In meinen Ohren hörte sich das, was er spielte, wunderschön an. Allerdings schien er überhaupt nicht zufrieden mit sich zu sein.

Erneut stöhnte er auf, und im nächsten Moment klang es, als hätte er beide Hände auf die Klaviatur gehauen. Laute, schiefe Töne breiteten sich im Raum aus.

»Langsam macht er mir Angst«, flüsterte Ariel.

»Ignorier ihn einfach«, flüsterte ich zurück. »Es kann eben nicht jeder so hochtalentiert sein wie wir.«

Ariel kicherte.

»Wer ist das?«, fragte ich und deutete auf das erste Bild im Album.

»Das ist meine große Schwester Eliza«, erklärte Ariel lächelnd. »Ich hab als Baby genauso ausgesehen, guck mal«, fuhr sie fort und schlug eine Seite weiter hinten im Buch auf.

Tatsächlich. Die beiden sahen sich zum Verwechseln ähnlich. Bestimmt würde Ariel mit Anfang zwanzig so aussehen wie Eliza jetzt.

Wieder stöhnte Isaac frustriert, als er die falsche Taste beim Spielen traf.

»Sei nicht so streng mit dir«, sagte Isaacs Mutter plötzlich von der Terrassentür aus. Sie klopfte ihre Schuhe ab und betrat das Wohnzimmer. »Du hast jahrelang nicht gespielt. Woher sollst du das alles noch können?«

Isaac zuckte bloß mit den Schultern.

Sie ging auf ihn zu. »Ich kann mich noch gut erinnern, wie lange es gedauert hat, bis du dein allererstes Lied fehlerfrei spielen konntest«, fuhr sie fort. »Rutsch ein Stück.«

Isaac starrte sie einen Moment lang an.

Neben mir wurde Ariel ganz still, und wir beobachteten beide, wie Isaac zur Seite rückte, damit seine Mutter neben ihm

Platz nehmen konnte. Sie sagte leise etwas, legte ihre Hände auf die Tasten und spielte die gleiche Melodie wie Isaac kurz zuvor. An der Stelle, an der Isaac gescheitert war, hielt sie an und machte ihm dann langsam vor, worauf er achten musste. Es war ein so schöner, friedlicher Anblick, und das nicht nur, weil ich wusste, wie zerrüttet das Verhältnis zwischen den beiden in den letzten Jahren gewesen war. Vielleicht hatte Eliza sich meine Worte ja tatsächlich zu Herzen genommen und begonnen, ihre Familie zu flicken. Irgendetwas war seit Theodores Geburtstag jedenfalls geschehen. Blindlings griff ich über Ariel und nahm mir ihre Kamera. Ich schaltete sie ein, hob sie hoch und drückte auf den Auslöser.

»Guck mal«, sagte Ariel unvermittelt. »Das ist das allerlustigste Bild von Zac, das es gibt.«

Ich musste zweimal hinschauen, um zu erkennen, dass es sich bei dem Jungen auf dem Bild tatsächlich um einen zehnjährigen Isaac handelte. Er war ganz dürr und hatte Gliedmaßen, die für seinen noch nicht ausgewachsenen Körper viel zu lang schienen. Sein Haar glänzte und war glatt gegen seine Stirn gedrückt, die Klamotten, die er trug, waren gleichzeitig zu weit und zu kurz für ihn. Eigentlich wäre das Bild witzig gewesen, hätte Isaac darauf nicht so unglücklich ausgesehen. Seine Augen waren gerötet, als hätte er geweint, und ich fragte mich, welcher Idiot ein Bild von ihm in diesem Zustand gemacht hatte. Er hätte eindeutig eine Umarmung gebraucht und nicht eine Kamera, die man ihm ins Gesicht hielt.

Ich blätterte eine Seite weiter und fand weitere Fotos von Eliza, die damals – genau wie Ariel heute – nicht genug vor der Kamera hatte posieren können. Manchmal sah man Isaac im Hintergrund stehen, mit einem unsicheren Lächeln. Als ich weiterblätterte, wurden Isaac und Eliza immer größer. Irgendwann tauchte Baby Ariel auf, und auf den Bildern mit ihr strahlte Isaac endlich auch mal. Inzwischen waren seine Arme und Beine genau richtig proportioniert, und er stellte auch keine Experimente mehr mit seinen Haaren an. Seine Klamotten waren allerdings nach wie vor scheußlich.

»Da war Daddy krank«, erklärte Ariel mir, als wir umblätterten. Sie strich mit den Fingern über das Gesicht ihres Vaters, der in einem Krankenhausbett lag und blass und abgemagert aussah, das völlige Gegenteil zu dem agilen, starken Mann, den ich hier auf der Farm kennengelernt hatte. »Er ist am Rücken operiert worden.«

»Das war bestimmt nicht leicht für euch«, murmelte ich. Ich betrachtete mir die Bilder, auf denen Isaac, Eliza und Ariel um das Krankenbett herumstanden und zutiefst betroffen aussahen. Ich erinnerte mich kaum an die Zeit, in der mein Vater krank gewesen war, aber ich wusste noch, wie es sich angefühlt hatte, ihn in den weißen Betten des Krankenhauses liegen zu sehen, zwischen all den Geräten und Schläuchen, und zu beobachten, wie er uns langsam verloren ging. Die Geräusche der Maschinen hatten sich für immer in mein Gedächtnis gebrannt. Ebenso wie die verzweifelten Schreie meiner Mom, die Riley und mich Nacht für Nacht wachgehalten hatten.

»Jetzt ist er ja wieder gesund«, sagte Ariel und blätterte schnell weiter. Ich konnte verstehen, dass sie sich nicht gerne an diese Zeit zurückerinnerte.

Auf der nächsten Seite befanden sich Bilder einer ramponierten Scheune, davor Isaac mit drei anderen jungen Männern, die alle von oben bis unten verdreckt waren. Isaac trug zerschlissene Jeans und ein einfaches, schwarzes Shirt und wischte sich gerade über die Stirn.

Ich hätte kein besseres Bild machen können.

Die nächsten Seiten dokumentierten die Renovierungen

der Scheunen und des Pferdestalls, die so heruntergekommen aussahen, dass man Angst haben musste, sie könnten jeden Moment in sich zusammenbrechen. Auch die Trecker auf den Bildern wirkten, als stammten sie aus einem ganz anderen Jahrzehnt. Je weiter Ariel und ich im Album blätterten, desto neuer wurde die Ausrüstung. Auf ein paar Bildern saß Isaacs Dad in einem Rollstuhl, sein Sohn direkt daneben, mit einem stolzen Lächeln auf den Lippen.

Wenn der Hof in der Zeit, in der Isaac für ihn verantwortlich gewesen war, eine solche Entwicklung durchgemacht hatte, konnte ich verstehen, wieso Isaacs Eltern gedacht hatten, er würde bleiben. Er schien für die Arbeit hier geboren worden zu sein. Und wenn man das Leuchten in seinen Augen auf diesen Bildern sah, war es schwer vorstellbar, dass Isaac zu diesem Zeitpunkt eigentlich gar nicht so genau wusste, was er mit seinem Leben anstellen wollte.

»Hätte ich geahnt, dass ihr meine peinlichen Kinderfotos anguckt, hätte ich euch nicht alleine gelassen«, riss Isaacs Stimme mich aus meinem Grübeln.

Ich blickte auf und sah, dass er sich zu uns umgedreht hatte. Seine Mutter erhob sich und kam lächelnd zum Sofa. Sie setzte sich neben Ariel und strich ihr sanft über den Kopf. »Die Bilder habe ich mir seit einer Ewigkeit nicht mehr angesehen. Guck mal, wie hell deine Haare da noch waren, Schatz. Jetzt sind sie viel dunkler.«

»Granny hat uns das Album gegeben«, sagte Ariel und blätterte ein paar Seiten zurück. Isaac ließ sich neben mir aufs Sofa fallen und beugte sich ein Stück über mich, damit er die Bilder besser sehen konnte. Er war mir so nah, dass ich seinen Körper an meinem spüren konnte.

»Ich will gar nicht hinsehen«, sagte er und hielt sich eine Hand vors Gesicht.

»Ich wollte dich sowieso bitten, mal kurz bei Heather vorbeizuschauen, bevor du zurück nach Woodshill fährst. Sie ist gestern aus dem Urlaub zurückgekommen, und irgendwas stimmt mit ihrem Computer nicht. Sie hat gefragt, ob du dir das mal anschauen kannst. Anscheinend ist der Bildschirm einfach nur blau, wenn sie ihn anschaltet.«

Ich merkte, wie Isaac mich kurz von der Seite ansah. Als ich meinen Kopf zu ihm drehte, wich er meinem Blick jedoch aus und erhob sich. »Klar. Ich beeil mich«, murmelte er und verschwand mit schnellen Schritten aus dem Wohnzimmer.

»Tante Heather hat gar nicht Hallo gesagt«, beschwerte sich Ariel.

Heather. Tante *Heather.*

Plötzlich machte es Klick.

Gegen meinen Willen versteifte ich mich. »Tante Heather?«, fragte ich leise nach.

Debbie lächelte. »Heather ist meine beste Freundin. Wir sind zusammen aufgewachsen. Ihr Mann ist gestorben, kurz nachdem die beiden geheiratet hatten. Sie ist für mich wie eine Schwester, deshalb habe ich sie damals überredet, hierher zu ziehen, damit sie nicht so einsam ist. Sie wohnt auf der kleinen Farm am anderen Ende der Straße.«

»Heather ist meine Patentante«, fügte Ariel stolz hinzu.

Ich nickte langsam, und ein erdrückendes Gefühl machte sich in meiner Brust breit.

Isaac war also gerade auf dem Weg zu seiner Exfreundin. Zu der einzigen Frau, die ihm das Gefühl gegeben hatte, etwas wert zu sein. Zu der Frau, mit der er sein erstes Mal erlebt hatte. Die erste Frau, in die er sich verliebt hatte.

»Alles okay, Sawyer?«, fragte Debbie freundlich.

Ich versuchte, in ihrem Blick zu erkennen, ob sie wusste oder zumindest ahnte, was damals zwischen Isaac und Heather geschehen war. Dass diese Frau – *ihre beste Freundin* – sich über den Tod ihres Mannes mit einem emotional labilen Jugendlichen hinweggetröstet hatte.

Aber Debbie wusste es nicht, da war ich mir ziemlich sicher. Ihr Lächeln war zu unbeschwert und zu offen.

In diesem Moment hätte ich alles dafür gegeben, genauso ahnungslos zu sein. Denn dann müsste ich jetzt nicht dieses schmerzhafte Ziehen in meiner Brust ertragen – oder mich fragen, was es zu bedeuten hatte.

Es vergingen zwanzig Minuten.

Eine halbe Stunde.

Eine weitere halbe Stunde.

Zwischendurch holte ich mein Handy aus der Tasche, sicher, dass Isaac mir geschrieben hatte, um zu sagen, dass es länger dauern würde – aber da war nur eine Nachricht von Dawn, die mich fragte, wann ich zurückkäme, keine von Isaac. Und auch kein Anruf. Ich versuchte mich abzulenken, indem ich Ariel zum fünften Mal alle Fragen, die sie zu meinen Tattoos hatte, beantwortete und mich dann bereit erklärte, gemeinsam mit ihr eines zu entwerfen.

Doch irgendwann konnte ich das mulmige Gefühl in meinem Magen nicht mehr ignorieren, ebenso wenig wie die Wut, die langsam, aber sicher in mir hochkochte.

Wie konnte er nur?

Wie konnte er mich in sein Zuhause einladen und mich dann hier sitzen lassen, um zu seiner *Exfreundin* zu gehen?

Egal, welche Bedeutung Heather für diese Familie hatte, das war nicht in Ordnung.

Als ich ihn schließlich – nach geschlagenen eineinhalb Stunden – zur Haustür reinkommen hörte, wäre ich am liebsten aufgesprungen und hätte ihn angeschrien. Doch selbst mein bissiger Kommentar blieb mir im Hals stecken, als ich die Frau sah, die hinter ihm das Wohnzimmer betrat.

Heather war hübsch – ziemlich hübsch sogar. Sie hatte braunes, welliges Haar, das zerzaust war, trug eine enge Jeans und eine Bluse, die sie in der Taille verknotet hatte und die einen schmalen Streifen gebräunter Haut frei ließ.

»Tut mir leid, Debbie, ich habe ihn ein bisschen länger in Anspruch genommen«, sagte sie fröhlich und warf Isaac ein Lächeln von der Seite zu. Ihre Wangen waren gerötet, und bei dem Gedanken, was die beiden gerade gemacht haben könnten, wurde mir speiübel.

Sie ging durch das Wohnzimmer, als würde es ihr gehören, begrüßte erst Debbie mit einem Kuss auf die Wange, dann Ariel mit einer festen Umarmung. Als ihr Blick auf mich fiel, hob sie eine Augenbraue.

»Heather, das ist Sawyer«, stellte Isaac mich vor.

Heathers Blick glitt über meine schwarzen Jeans, die mehr Löcher als Stoff hatten, sowie über meinen Pulli, der mir am Kragen zu weit war und deshalb ständig an einer Schulter herunterrutschte und zwei meiner Tattoos entblößte. Sie lächelte höflich, aber ich konnte in ihren Augen sehen, dass sie mich in diesem Moment am liebsten wie ein Insekt zerquetscht hätte.

Bevor sie mir die Hand hinhielt, sah sie Isaac fragend an.

»Äh.« Er stockte und räusperte sich. Ich sah zu ihm auf, aber er mied meinen Blick. »Sawyer ist … eine Freundin.«

Ich zuckte zusammen, und für einen Moment bekam ich keine Luft mehr, so sehr taten seine Worte mir weh.

Ich schluckte trocken.

Wie mechanisch ergriff ich Heathers Hand und ignorierte den Ausdruck von Genugtuung, der über ihr Gesicht gehuscht war, als Isaac mich ihr vorgestellt hatte. »Freut mich, dich kennenzulernen, Sawyer.«

»Gleichfalls«, gab ich knapp zurück.

Sekunden verwandelten sich in Minuten und Minuten in Stunden. Alles um mich herum verschwamm zu einem undeutlichen Brei. Nur am Rande bekam ich mit, dass Isaac Heather und Debbie in die Küche folgte.

Ich wusste nicht, was mit mir los war, aber mit einem Mal ging es mir überhaupt nicht gut. In meinen Schläfen pochte es, meine Handinnenflächen waren kalt und klebrig, und es kostete mich unglaubliche Konzentration, gleichmäßig zu atmen.

Mir wurde immer schlechter. Ich erhob mich, um Isaac zu sagen, dass ich fahren wollte, doch an der Tür zur Küche erstarrte ich. Heather hatte ihre Hand auf seine Schulter gelegt. »Du musst versprechen, dass du bald wiederkommst«, sagte sie strahlend. »Wir sehen hier viel zu wenig von dir.«

Das Stechen in meinem Herzen, das ich ab und zu gespürt hatte, wenn Isaac bei der Arbeit mit einem Mädchen geflirtet hatte, war nichts gegen den Schmerz, der nun von mir Besitz ergriff.

Isaac lächelte schüchtern. »Ich bin jedes Wochenende auf der Farm, Heather«, sagte er, dann drehte er sich zu seiner Mutter. Unschlüssig hob er eine Hand. »Also, wir fahren dann. Sag Grandpa und Grandma Tschüss von mir.«

Für einen Moment sah es so aus, als würde Debbie ihn umarmen wollen, aber dann nickte sie nur. »Ja, das mache ich. Fahr vorsichtig, Isaac.«

Ich winkte Debbie von der Tür aus zu und bedankte mich für das Wochenende, dann ging ich, ohne Isaac zu beachten, an die Garderobe, zog meine Schuhe und meine Jacke an, schnappte mir meinen Rucksack und lief nach draußen zum Auto.

Die kühle, frische Luft tat mir gut, und ich atmete tief ein.

Eine Freundin.

Das war ich also für ihn.

Warum hatten seine Worte mich so verletzt? Das war doch eigentlich mehr, als ich jemals von ihm gewollt hatte.

Und warum tat es so weh, ihn mit dieser Frau zu sehen?

»Hey, alles in Ordnung?« sagte Isaac hinter mir, aber ich konnte ihn gerade nicht ansehen, ohne etwas zu tun oder zu sagen, was ich im Nachhinein bereuen würde. Also wartete ich neben der Beifahrertür, bis Isaac das Auto aufschloss.

Nur, dass das nicht geschah.

Isaac stellte sich direkt neben mich.

»Was ist los?«, fragte er leise.

Ich sah ihn nicht an, sondern starrte auf den Griff der Autotür. War er wirklich so dämlich, oder *stellte* er sich nur dumm? Ich hatte ihn eigentlich immer für einen empathischen, intelligenten Mann gehalten.

»Du hast mich allein gelassen«, platzte es aus mir heraus, und ich bereute sofort, den Mund aufgemacht zu haben. Jetzt kam ich mir nämlich einfach lächerlich vor.

Lächerlich ... und verletzlich.

Er hob die Hand und berührte mich an der Schulter. Sofort fuhr ich zu ihm herum und funkelte ihn an. Ich würde mich sicher nicht von ihm anfassen lassen.

»Es tut mir leid, dass es so lange gedauert hat«, sagte er leise und sanft.

Wieso redete er mit mir, als wäre ich ein scheues Tier?

»Das war sie, oder?«, fragte ich und war selbst erstaunt darüber, wie kalt meine eigene Stimme klang. »Die Alte, mit der du damals was hattest, meine ich.«

Sein Blick wurde dunkel. Er antwortete nicht auf die Frage. Aber das musste er auch nicht.

»Ich glaube das nicht«, murmelte ich und starrte auf den Boden. »Ich glaube das einfach nicht.«

»Du hast gesagt, du verurteilst mich nicht dafür.«

»Das tue ich auch nicht, verdammt. Kannst du jetzt das Auto aufmachen? Ich würde gerne nach Hause.«

»Wenn du so wütend auf mich bist, kann ich mich beim Fahren nicht konzentrieren, und das wäre gefährlich. Also nein, bis wir das geklärt haben, werde ich den Wagen nicht aufmachen.«

Ich verpasste ihm einen bitterbösen Blick. Es schien ihn nicht zu interessieren. Alles, was er tat, war, mich nachdenklich anzusehen, als würde er versuchen herauszufinden, was sich hinter meiner Maske aus Wut verbarg. Das machte mich aber nur noch wütender.

»Schön, dann diskutieren wir das eben aus«, fauchte ich und ballte die Hände zu Fäusten, bis es schmerzte. »Ich bin mit zu dir nach Hause gekommen. Ich habe zwei Partys, auf die ich eingeladen war, und eine Schicht bei Al sausen lassen, damit ich mit dir hier sein kann – und was machst du? Du verschwindest für über eine Stunde bei deiner verdammten Exfreundin, um was weiß ich was zu reparieren, und bringst sie dann auch noch mit hierher, mit ihren roten Wangen, den zerzausten Haaren und dem bauchfreien Top, und stellst mich ihr als – ähm – *eine Freundin* vor. Dabei geht es sie überhaupt nichts an, wer ich bin oder was ich für dich bin oder welche Rolle ich in deinem Leben spiele, und …«

»Sawyer«, raunte er.

»Wieso zum Teufel soll ich dir beibringen, wie man jemanden aufreißt?«, fragte ich außer Atem. »Du hast da doch jemanden quasi auf Abruf bereitsitzen.« Meine Kehle war ganz trocken, und ich hatte das Gefühl, jeden Moment in Tränen ausbrechen zu müssen. Aber das würde ich sicher nicht tun. Nicht schon wieder. Nicht vor Isaac, und schon gar nicht *wegen* Isaac.

»Sawyer«, flüsterte er wieder.

Er nannte mich bei meinem Namen. Immer bei meinem Namen, und nie Baby oder Süße, so wie all die Männer vor ihm es getan hatten. Bei Isaac war ich einfach Sawyer. Ich fragte mich, ob er wusste, wie viel mir das bedeutete.

Im nächsten Moment legte er die Hände an meine Wangen. Ich konnte gar nicht anders, als den Kopf in den Nacken zu legen und seinen Blick zu suchen.

Isaac sah mich warm an. Er streichelte meine Wangen, ganz vorsichtig, und atmete ruhig ein und aus. Ich tat es ihm automatisch gleich, obwohl sich mein Körper immer noch anfühlte, als könnte er jede Sekunde in die Luft gehen.

»Ich empfinde nichts für Heather«, sagte er schließlich. »Und es tut mir leid, dass ich so lange verschwunden bin, obwohl ich mit dir hergekommen bin. Ich dachte, es geht um ein kleines Computerproblem von zwei Minuten, aber dann kam Heathers Mann Keith dazu und hat mir gefühlt einhundert Fragen zu dem neuen System gestellt, das sie sich vor ihrem Urlaub geholt haben.«

Ich schluckte trocken. »Sie ist wieder verheiratet?«

»Seit letztem Jahr, ja.«

Oh.

»Außerdem habe ich dir gesagt, dass das zwischen uns nichts Ernstes war.«

Ich wollte das so stehen lassen und nichts mehr dazu sagen, aber die Worte sprudelten irgendwie doch an die Oberfläche. »War es wohl, wenn sie die einzige Frau war, die dir das Gefühl gegeben hat, etwas ganz Besonderes zu sein.«

Er schüttelte langsam den Kopf. »Sie war die erste. Nicht die einzige.«

Ich biss mir auf die Lippe. Was hatte ich mir eigentlich vorgemacht? Das war der Grund, weshalb wir diese Sache überhaupt erst angefangen hatten – dass Isaac Selbstvertrauen gewann und Mädchen kennenlernte. Ich hatte schließlich mit eigenen Augen gesehen, wie Dawns Stiefschwester an seinen Lippen gehangen hatte.

Ich wandte den Blick ab.

Für einen kurzen Moment an diesem Wochenende war tatsächlich der Wunsch in mir aufgekeimt, dass vielleicht ich das richtige Mädchen für Isaac sein könnte.

Was für ein absurder Gedanke.

kapitel 23

In der kommenden Woche ging ich Isaac aus dem Weg. Ich traf mich nicht mit ihm, antwortete nicht auf seine Nachrichten und blockte jeden seiner Versuche ab, mich bei der Arbeit in ein Gespräch zu verwickeln.

Es war einfach zu viel für mich geworden.

Das Wochenende bei seiner Familie hatte mir den Rest gegeben. Ich hatte an jenem Sonntag einen absoluten Kontrollverlust erlitten, was meine Gefühle betraf. So etwas war mir noch nie passiert, und es hatte mir im Nachhinein einen solchen Schrecken eingejagt, dass ich mich weitestgehend zurückzog.

Ich konnte keine Sekunde länger in seiner Gesellschaft verbringen, solange er all diese unterschiedlichen Gefühle in mir auslöste. Mein Zusammenbruch beim Geburtstag seines Grandpas war schon schlimm genug gewesen. So etwas würde mir nicht noch einmal passieren, dafür würde ich sorgen.

Ich war kein Mädchen, das heulte. Und auch keines, das eifersüchtig wurde, sobald ein Kerl eine andere Frau anguckte. Ich hatte keine Ahnung, was Isaac Grant mit mir angestellt hatte, aber es reichte. Ich hatte genug.

Ich wollte endlich wieder ich selbst sein.

Jahrelang war ich wunderbar alleine zurechtgekommen. Ich brauchte niemanden. Und am allerwenigsten brauchte ich Isaac.

Davon musste ich mich nur selbst überzeugen. Und genau das würde ich an diesem Abend tun.

Ich machte alles wie sonst auch. Ich rief meine Lieblingsplaylist auf und schminkte mich auffällig, mit breitem Lidstrich und silbernem Glitzer unter meinen Augen. Ich zog ein trägerloses schwarzes Kleid an, zerrissene Strumpfhosen und Boots mit Plateausohle. Ich beschloss, das Campustaxi zu nehmen, das mich direkt zum Club fahren würde, und verzichtete deshalb auf eine Jacke.

Als ich mich von Dawn verabschiedete und ihr sagte, dass ich wahrscheinlich erst am Morgen zurückkehren würde, wirkte sie nicht begeistert, aber das war mir egal.

Ich hatte dicht gemacht. Ich würde nichts mehr an mich heranlassen und mich nicht mehr verletzen lassen.

Das *Faded* lag etwas abseits vom Campus und war einer meiner Lieblingsclubs in Woodshill. Ich mochte den gruftigen Vibe, der hier herrschte, und die Tatsache, dass die meisten Gäste einen ähnlich ausgefallenen Stil wie ich hatten. Im Gegensatz zum *Hillhouse*, wo ich herausstach wie ein bunter Papagei, fiel ich hier so gut wie gar nicht auf. Hinzu kam, dass gute Musik gespielt wurde, die Getränke bezahlbar waren und man mit Lasern coole Lichtbilder an die heruntergekommenen Wände malen konnte.

Der Türsteher begrüßte mich mit einem »Lange nicht gesehen« und winkte mich in den Club. An der Bar traf ich drei Kommilitonen aus dem Semester über mir, die ich hier schon öfter getroffen hatte. Einer von ihnen hieß Masao, und der glühende Blick, mit dem er mich ansah, während wir uns über die Musik hinweg zu unterhalten versuchten, ließ keinen Zweifel daran, was er sich von mir wünschte. Ich zog ihn mit mir auf die Tanzfläche, wo er sich von hinten gegen mich drängte und ich das Gefühl seiner Hände auf meinem Körper genoss. Er wisperte Worte in mein Ohr, die von der Musik verschluckt wurden, deren Bedeutung ich aber trotzdem verstand. Ich schlang die Hand von hinten um seinen Nacken und behielt ihn ganz nah bei mir. Der Song war gut, und Masao wusste, wie man sich bewegte. Der Druck seiner Finger auf meiner Taille zeigte mir deutlich, was er wollte. Ich legte meine Hände über seine, während er sie weiter hinabwandern ließ. Dabei fühlte ich, wie sein Brustkorb an meinem Rücken vibrierte, fast so sehr wie der Bass, der ebenfalls in mir surrte. Ich schloss die Augen, und …

… plötzlich flackerte in meinem Kopf ein Bild von Isaac auf.

Ich erstarrte mitten in der Bewegung.

Das konnte doch nicht wahr sein!

Und dann erinnerte ich mich an alles gleichzeitig: an seine grün-braunen Augen, die immer viel mehr sahen, als mir eigentlich lieb war; an seine warmen Lippen; an die Art, wie sich sein Körper unter meinen Händen angefühlt hatte; der Klang meines Namens aus seinem Mund; dass sich mit ihm alles anders anfühlte. Besser.

Mir wurde warm. Nicht nur körperlich, sondern auch innen drin. In meinem Herzen. Und das … das war doch einfach nur beschissen!

Ich riss die Augen auf. Mit einem Mal wurde mir bewusst, was ich da gerade im Begriff war zu tun. Die Hände auf meiner Hüfte, deren Berührung ich vor weniger als einer Minute noch genossen hatte, fühlten sich mit einem Mal fremd und falsch auf meinem Körper an. Ich wollte nichts dringender, als von Masao wegzukommen.

Ich biss die Zähne fest zusammen. Lavaartiger Zorn durchströmte mich.

Das war alles Isaacs Schuld! Dieser verdammte Nerd mit

seinen blöden, liebevollen Worten und seiner dämlichen, sanftmütigen Art. Oh Gott, ich wurde immer wütender. Masao bemerkte, dass etwas nicht mit mir stimmte, und sah mich fragend an. Ich schüttelte den Kopf, formte das Wort »Sorry« mit meinem Mund und ließ ihn dann stehen.

Ich wusste, dass es völlig irrational war, und vielleicht hatte ich auch ein Glas Wodka zu viel zu mir genommen, aber ich musste Isaac sehen. Ich musste ihn sehen und ihm mitteilen, wie absolut inakzeptabel es war, dass er mein Leben innerhalb von wenigen Wochen vollkommen auf den Kopf gestellt und mich zu einem anderen Menschen gemacht hatte.

In schnellen, energischen Schritten verließ ich das *Faded.*

An seinem Haus angekommen, schlüpfte ich hinter einem eng umschlungenen Pärchen, das auf dem Weg nach draußen war, ins Treppenhaus, stampfte die Treppe nach oben und schlug mit der flachen Hand gegen die Tür. So kräftig und laut, dass ich mit Sicherheit alle Nachbarn aufscheuchte.

Leider war es nicht Isaac, der öffnete, sondern Gian. Ich ließ ihn nicht zu Wort kommen.

»Wo ist er?«, fauchte ich.

»In seinem Zimmer?« Es klang eher nach einer Gegenfrage als nach einer richtigen Antwort. »Sawyer, was …«

Ohne Gian weiter zu beachten, durchquerte ich den Flur und das Wohnzimmer und öffnete die Tür zu Isaacs Zimmer schwungvoll.

Er saß an seinem Schreibtisch, vor ihm ein Buch, aus dem viele bunte Post-its herausragten. War ja klar. Nur ein Kerl wie Isaac schaffte es, donnerstagabends, wenn für die allermeisten Studenten bereits das Wochenende begonnen hatte, mit der Nase in Unilektüre zu stecken.

»Du!« Ich deutete mit dem Finger auf ihn.

Er starrte mich an, als wäre ich wahnsinnig.

So fühlte ich mich auch. Wahnsinnig und völlig durchgeknallt. Und das nur seinetwegen.

»Das ist alles deine Schuld!«, sagte ich mit bebender Stimme.

»Was ist meine Schuld?«, fragte er und klappte das Buch zu, ohne den Blick von mir zu nehmen. Er sah an mir hinab, ganz langsam, und dann wieder hinauf. Er schluckte, und etwas Tiefes und Dunkles flackerte in seinen Augen auf, das eine Gänsehaut auf meinem gesamten Körper ausbreitete.

»Du solltest ein Projekt sein. Nicht mehr«, brachte ich hervor. Ich drückte die Zimmertür zu und lehnte mich mit dem Rücken dagegen. Ich brauchte Halt, und außerdem fühlte sich das Holz gut an meinem erhitzten Rücken an.

Isaac stand auf. Er vergrub die Hände in den Taschen seiner Jeans und kam langsam auf mich zu. Jeder Schritt schnürte mir die Luft weiter ab. Als er dicht vor mir stehen blieb, hatte ich das Gefühl, überhaupt nicht mehr atmen zu können.

Was machst du mit mir, was zum Teufel machst du nur mit mir?, schoss es durch meinen Kopf, und mein Herz schlug immer schneller. Ich drückte die Hand auf meine Brust, um es daran zu hindern.

»Was ist los?«, fragte er leise.

Ich holte zitternd Luft. »Ich kann nicht mehr.«

Er hob kurz die Hand an mein Gesicht, ließ sie aber, kurz bevor er mich berührte, wieder sinken und ballte sie stattdessen zur Faust. »Was kannst du nicht mehr, Sawyer?«

»Alles! Weinen. Eifersüchtig sein. Das bin ich nicht.«

»Bei mir kannst du sein, wer du willst.«

Ich runzelte die Stirn. »Was?«

»Ich kann in deiner Gegenwart sein, wer ich will. Ohne mir Gedanken darüber zu machen, wie andere mich sehen. Und ich glaube, dass es dir genauso geht«, sagte er leise, aber eindringlich.

Ich schluckte trocken. »Hör auf damit.«

»Womit?«, fragte er herausfordernd.

»Solche Sachen zu mir zu sagen. Lass das sein.«

»Bist du mir deshalb die ganze Woche aus dem Weg gegangen? Weil du so was nicht hören willst?«

Es gab so vieles, was ich auf diese Frage hätte antworten können. Dass mir die Gefühle, die er in mir auslöste, eine Heidenangst einjagten. Dass ich mich in seiner Gegenwart wie ein anderer Mensch fühlte. Dass ich mehr von ihm wollte.

Letzten Endes konnte ich nur hilflos die Schultern heben.

Isaac seufzte leise. Im nächsten Moment hob er die Hand und strich mir das Haar aus dem Gesicht. Als er mich berührte, war ich verloren. Das Kribbeln, das durch mich hindurchjagte, war so heftig, dass ich dankbar für die Tür in meinem Rücken war. »Ich war heute feiern«, krächzte ich nach einer Weile und sah zu ihm hoch.

»Hab ich mir schon gedacht«, murmelte er und strich vorsichtig über die Stelle unterhalb meines Auges, entlang meines Wangenknochens bis zu meiner Schläfe. »Du bist voller Glitzer. Sieht schön aus.«

Mir wurde noch wärmer. Ich war machtlos gegen das, was er in mir auslöste. Gegen die Art, wie er mit mir sprach. Jedes Wort, das seine Lippen verließ, war ehrlich und unerträglich zärtlich.

Ich holte tief Luft und sammelte mich. »Da war dieser Kerl, mit dem ich nach Hause wollte.«

Isaacs Hand erstarrte an meinem Gesicht. Sein Blick zuckte zu meinen Augen.

»Aber ich konnte nicht«, fuhr ich stockend fort.

»Wieso nicht?«, fragte er heiser.

»Weil …« Meine Stimme versagte. Noch nie in meinem Leben hatte ich mich so sehr davor gefürchtet, etwas laut auszusprechen.

»Sawyer …«

»Weil ich die ganze Zeit nur an dich denken kann, Isaac.«

Ich hielt die Luft an.

Einen Moment sahen wir uns einfach nur an, als wären wir beide erstaunt darüber, dass ich das gerade wirklich gesagt hatte.

Und dann drückte ich meinen Mund vorsichtig auf seinen.

Es war unschuldig und nur ganz kurz. Er sollte einfach wissen, dass ich … ihn wollte.

Ich wollte ihn tatsächlich.

Mein Herz schlug so laut und so fest, dass mein ganzer Körper zu vibrieren schien. Ich löste meine Lippen von Isaacs und lehnte mich leicht zurück, um seinen Blick zu suchen.

Aber seine Augen waren geschlossen. »Du hast mich geküsst«, sagte er leise.

Darüber musste ich lächeln. »Nicht zum ersten Mal.«

Er lächelte zurück. »Stimmt. Aber diesmal hat es sich anders angefühlt.«

»Hat es das?«, flüsterte ich.

Er nickte. Ohne die Augen zu öffnen, umfasste er mein Gesicht mit den Händen und beugte sich zu mir. Er strich mit seinen Lippen über meine. Und obwohl er mich kaum berührte, fühlte es sich an, als würde ich jeden Moment vom Boden abheben.

So war es noch nie gewesen. Wenn sich bereits diese federleichte Berührung seiner Lippen so gut anfühlte …

Ich wusste, dass ich im Begriff war, einen Fehler zu begehen. Isaac war mein einziger Freund. Meine Aufgabe war es, ihn mit *anderen* Mädchen zusammenzubringen, mit Mädchen, die besser zu ihm passten als ich.

Aber eine verräterische Stimme in meinem Kopf fragte mich, warum in dieser einen Nacht nicht *ich* diejenige sein konnte, die zu ihm gehörte. Nur heute, nur ein einziges Mal.

»Isaac«, flüsterte ich.

Ich ließ die Hände über seinen Oberkörper nach unten zu seinen Hüften gleiten. Dort hielt ich mich fest, während er mich küsste, wie ich noch nie geküsst worden war. Es fing langsam an, so leicht, als würde er die Form meines Mundes mit seinen Lippen erkunden wollen. Als er den Kuss vertiefte, kitzelten seine Haare meine Stirn.

Es war, als hätte ich alles verlernt, was ich sonst so gut konnte. Mein Kopf war wie leergefegt. Da war nur noch Isaac, nur noch das Gefühl seines Körpers an meinem, seines warmen Mundes und meines Herzschlags, der mir beinahe ungesund schnell vorkam.

Nur die Tür hielt mich aufrecht. Wäre sie nicht da gewesen, wäre ich vermutlich einfach umgefallen. Isaac machte mich schwach, sandte aber gleichzeitig so viel Adrenalin durch meinen Körper, dass ich zitterte.

Als hätte er gemerkt, dass meine Knie kurz davor waren, nachzugeben, legte Isaac einen Arm um meine Hüfte. Er zog mich an sich, und ich hielt mich an seinen Schultern fest. Dann glitt er mit der Zunge in meinen Mund. Ich fühlte es bis in die Zehenspitzen. Und da wusste ich es einfach: Ich wusste, dass das hier richtig war. Und noch viel mehr – es war schlichtweg unausweichlich. Wie eine Naturgewalt.

Ich klammerte mich an seinem Körper fest, während er seine Zunge in meinen Mund tauchte und mir das gab, wonach ich mich so sehr gesehnt hatte. Verdammt. *Verdammt.* Nicht nur meine Knie gaben nach – mein ganzer Körper schien Stück für Stück zu schmelzen. Ich konnte mich auf nichts anderes konzentrieren als seinen Mund, seinen Körper, die unsägliche Hitze, die mich durchflutete.

Wir küssten uns, bis wir keine Luft mehr bekamen. Dann lehnte er seine Stirn gegen meine Schläfe, und wir atmeten einfach.

»Ich bin froh, dass du nicht mit diesem Kerl nach Hause gegangen bist«, murmelte er. Er strich mit seinen Fingern über meine Taille. Langsam nach unten und wieder hoch. Ich bekam Gänsehaut. So würde ich sicher nicht wieder zu Atem kommen. Aber vielleicht war Atmen in diesem Moment auch einfach überbewertet.

»Ich auch«, flüsterte ich. Ich streichelte bedächtig seinen Nacken.

»Stattdessen bist du hergekommen«, sagte er weiter. »Zu mir.«

Ich starrte auf seinen schönen Mund und konnte nur nicken.

»Ich denke auch an dich«, sagte er schließlich und seine Wangen wurden rosa. Wie vertraut mir dieser Farbton mittlerweile war.

Mein Herz machte einen albernen Satz nach oben.

Er senkte seinen Mund wieder zu meinem. Kurz bevor unsere Lippen sich berührten, murmelte er: »Ununterbrochen.«

Diesmal machten wir keine Pause zum Luftholen. Isaac umfasste meinen Kopf und küsste mich, intensiver, heißer und tiefer als zuvor. Dann drängte er sich gegen mich, so abrupt und plötzlich, dass ich mit dem Rücken gegen die Tür prallte.

»Sorry«, keuchte Isaac. »Das wollte ich nicht.«

»Macht nichts«, sagte ich atemlos. »Ich fand es irgendwie heiß.«

Trotz des stürmischen Ausdrucks in seinen Augen breitete sich ein jungenhaftes Grinsen auf seinem Gesicht aus. »Ja?«

Zur Antwort packte ich ihn beim Kragen und zog ihn zurück zu mir. Isaac stöhnte, als unsere Zungen sich trafen. Er glitt mit den Händen an meinem Körper hinab und umfasste meinen Hintern. Erst zögerlich, dann ein wenig fester, bis ich keuchte. Ermutigt stieß er mit seinen Hüften gegen meine. Ich konnte deutlich fühlen, wie erregt er war. Es setzte meinen gesamten Körper in Flammen.

Das Bedürfnis, ihn zu berühren, war überwältigend. Ich schob meine Hände unter sein Shirt und seufzte, als ich die warme Haut ertastete. Ich fuhr mit den Fingern über die Muskeln an seinem Rücken bis zu seinen Schultern, wo ich sie schließlich vergrub.

Isaac zog eine Spur von Küssen an meinem Kiefer entlang bis zu meinem Hals. Dort presste er seine Lippen auf meinen Puls genau in dem Moment, in dem er seine Hände unter mein Kleid schob. Er umfasste meine Oberschenkel von hinten, weiter nach oben wagte er sich nicht. »Verdammt, Sawyer, ich will dich.«

Seine Worte machten mich sprachlos. Immerhin war das *Isaac*. Isaac, der bis vor Kurzem noch halb gestorben war, wenn ein Mädchen ihn nur angelächelt hatte. Isaac, der bei jeder Kleinigkeit rot anlief.

Isaac, der mich gerade gegen eine Tür drückte und heiß in mein Ohr keuchte.

Seine Brust hob und senkte sich schwer. Ich legte einen Finger unter sein Kinn, damit er mich ansah. In seinen Augen flackerte Unsicherheit auf, als wüsste er nicht, was nach seinen Worten der nächste Schritt sein würde. Ich hatte selbst keine Ahnung.

Mit Isaac war alles anders. Ich hatte das Gefühl, als würde ich das alles zum ersten Mal machen, zum ersten Mal einen Mann küssen, zum ersten Mal einen Mann berühren.

Meine Hände bebten, ob vor Verlangen oder Nervosität

wusste ich nicht. Ich hoffte inständig, dass er es nicht merkte, als ich meine Finger mit seinen verschränkte und mich auf die Zehenspitzen stellte. Ich küsste ihn und dirigierte ihn gleichzeitig nach hinten.

Wir stolperten gegen einen Schreibtischstuhl, und ich stieß mit der Wade gegen den Bettpfosten, aber das war egal. Aufzuhören, ihn zu küssen, und stattdessen zu gucken, wo wir langliefen, war keine Option.

»Ich brauche Hilfe mit dem Reißverschluss«, flüsterte ich heiser. Isaacs Pupillen waren riesig, seine Lippen ganz rot. Nur mit Mühe brachte ich es fertig, ihm meinen Rücken zuzudrehen.

Er schob mein Haar zur Seite. Ich konnte spüren, dass seine Finger mindestens genauso sehr bebten wie meine eigenen. Dann hakte er den oberen Verschluss des Kleides auf. Er brauchte mehrere Anläufe, aber dann hörte ich ihn erleichtert die Luft ausstoßen. Gleich darauf legte er eine Hand auf meinen Rücken, um das Kleid straff zu halten, während er es mit der anderen langsam aufzog. Als er unten ankam, hielt er inne. Dann berührte er zögerlich den Ansatz meiner Wirbelsäule und fuhr mit seinen Fingern sanft nach oben.

Selbst diese eine leichte Berührung sorgte dafür, dass mir fast schon schwindelig vor Verlangen wurde. Vorsichtig schob Isaac das Kleid auseinander, während ich es vor meiner Brust festhielt, damit es nicht herunterrutschte. Er atmete scharf ein – vielleicht, weil ich keinen BH trug.

Oder aber wegen der Tattoos auf meinem Rücken, die er gerade zum ersten Mal sah. Isaac strich mit dem Finger erst über die Worte, die auch Riley an exakt der gleichen Stelle trug, dann weiter über die Reihe von kleinen Runen, die die Stelle unterhalb meines Schulterblatts zierten. Ich erschauerte.

»Was bedeuten sie?«, fragte er leise.

»Mut. Kraft. Durchhaltevermögen.«

»Sie passen zu dir«, murmelte er, und im nächsten Moment spürte ich erst seine Hand auf meiner nackten Taille und dann seine Lippen auf meinem Rücken. Er verteilte Küsse auf jedem einzelnen meiner Tattoos, strich mit seinem Mund über meine Haut.

Seine Hände fuhren unter dem Stoff nach vorne, bis sie auf meinen Rippen lagen. Langsam ließ ich meinen Kopf nach hinten gegen seine Schulter sinken, und er saugte an meinem Hals, erst ganz sanft, dann kräftiger. Die Spannung in mir wurde unerträglich. Ich ließ das Kleid los und es rutschte mir bis zur Taille. Isaacs Atem war heiß an meinem Nacken, als er den Stoff weiter nach unten schob, über meine Hüften, bis es auf den Boden fiel. Ich stieg hinaus und schob es mit dem Fuß beiseite.

Dann drehte ich mich mit wummerndem Herzen wieder zu ihm um. Sein glühender Blick lag auf meinem Gesicht, und seine Hände strichen an meinen Seiten hinauf, bis er mit den Daumen die Unterseite meiner Brust streifte. Meine Brustwarzen verhärteten sich, und am liebsten hätte ich seine Hände genommen und sie das letzte Stückchen nach oben geschoben. Aber ich ermahnte mich selbst.

Sein Tempo.

Ich hatte mich noch nie so gefühlt wie im Moment, so wertvoll und begehrt und besonders. Und das lag daran, dass Isaac mich berührte.

Ich war so verwirrt gewesen, als ich hierhergekommen war, so verloren und verletzlich. Aber Isaac schaffte es, dass ich mich bei ihm geborgen fühlte.

Ungeduldig, ihn ebenfalls zu berühren, fuhr ich mit den Händen unter sein Shirt. Ich wollte es ihm ausziehen, endlich seine Haut an meiner spüren, aber Isaac kooperierte nicht so, wie ich mir das vorstellte.

»Isaac«, brachte ich atemlos hervor.

Er war gerade damit beschäftigt, Küsse entlang meines Schlüsselbeins zu verteilen. »Mh?«

Ich zog an seinem Shirt. »Ausziehen.«

»Oh. Ups«, murmelte er. Das Lächeln, das er mir schenkte, war so süß und gleichzeitig so anzüglich, dass es mich für einen kurzen Moment völlig aus dem Konzept brachte. Dann schüttelte ich den Kopf und zog erneut an seinem Shirt. »Ausziehen«, wiederholte ich.

Sein Lächeln wurde frech. »Und ich dachte, du magst das Shirt.«

Ich wollte ihn boxen, was allerdings nur dazu führte, dass er mein Handgelenk festhielt, es an seinen Mund zog und lauter kurze Küsse darauf verteilte. Ich ließ sein Shirt los und vergrub meine Hand stattdessen in seinen Locken.

Isaac verpasste mir einen sanften Stoß in Richtung Bett.

Im Ernst. Isaac Theodore Grant *schubste* mich auf sein Bett.

Mit trockener Kehle sah ich ihm dabei zu, wie er seine Brille langsam abnahm und auf dem Schreibtisch ablegte. Allein das reichte schon, um mir noch mehr Hitze in die Wangen und den Bauch schießen zu lassen. Dann umfasste er mit beiden Händen den Saum seines Shirts und zog es sich in einer Bewegung über den Kopf. Ich richtete mich auf den Ellenbogen auf.

Oh, verdammt.

Isaacs Körper war genauso fantastisch, wie ich ihn in Erinnerung hatte. Ich ließ meinen Blick langsam über seine breiten Schultern wandern, über seine starken Arme und seine muskulöse Brust und entlang seiner unteren Bauchmuskeln, die in einem V unter dem Bund seiner tiefsitzenden Jeans verschwanden.

»Mich hat noch nie jemand so angesehen wie du.«

Bei seinen leisen Worten sah ich wieder an ihm hoch.

Isaacs Blick war lodernd und intensiv, und bevor ich antworten konnte, kletterte er zu mir auf das Bett und drückte mich mit seinem Körper in die Matratze. Seine Haut war heiß an meiner, und endlich traute er sich, meine Brüste zu berühren. Das Geräusch, das er ausstieß, als sein Daumen über meine Brustwarze strich, war so tief und sexy, dass ich es zwischen meinen Schenkeln spürte. Ich reckte mich ihm entgegen. So wild und gierig seine Hände waren, so zärtlich und hingebungsvoll war sein Mund. Er küsste erneut meinen Hals und mein Schlüsselbein, dann wanderte er tiefer, über den Ansatz meiner Brust, bis seine Lippen sich um meine linke Brustwarze schlossen. Er saugte daran.

Ich bäumte mich auf und vergrub die Hände in seinem Haar.

»Sorry«, murmelte er.

»Hör auf, dich zu entschuldigen«, murmelte ich und lockerte meinen Griff.

»Okay.«

Ich streichelte seinen Nacken. »Es ist nur eine Weile her. Ich bin empfindlich.«

Er blickte durch gesenkte Lider zu mir hoch und lächelte. »Ich glaube, unsere Auffassungen von ›einer Weile‹ sind ziemlich unterschiedlich.«

Ich kam nicht dazu, zu fragen, was er meinte, weil er erneut an meinem Nippel saugte und dann mit den Zähnen sanft darüberschabte.

»Komm her«, brachte ich hervor. Vermutlich riss ich ihm ein paar Haare aus, so fest zog ich daran. Aber ich konnte nicht anders. Er machte mich wahnsinnig.

Er brummte ein »Noch nicht« an meiner Haut. Er schien es zu genießen, mich zu foltern.

Seine Hände lagen auf meinen Brüsten, während er jeden Fleck Haut an meinem Bauch küsste und mit der Zunge nachfuhr. Beim Bund meiner Strumpfhose zögerte er einen Moment, dann rutschte er auf dem Bett nach unten und zog mir zuerst meine Boots aus, dann streifte er mir – unerträglich langsam – die Strumpfhose von den Beinen.

Ich starrte atemlos an die Decke, als er mit dem Mund an den Innenseiten meiner Schenkel hochfuhr, und unterdrückte ein Stöhnen, als er Küsse auf den empfindlichsten Stellen verteilte.

Wo zum Teufel hatte er das gelernt?

Eigentlich wollte ich die Antwort auf diese Frage gar nicht wissen.

Er erkundete mit einer solchen Zärtlichkeit und Ehrfurcht meinen Körper, dass meine Brust ganz eng wurde. Ich konnte spüren, dass das hier nicht nur für mich war. Es war auch für ihn. Er genoss es, mich zu berühren.

Ich streichelte seine Schultern, glitt mit den Händen an seinen Armen hinab und zog ihn zu mir hoch. Dann schlang ich die Beine um seine Hüfte und rollte mich auf ihn. Ich fühlte ihn hart durch den Stoff seiner Jeans und schob ihm mein Becken entgegen. Ich hielt kurz inne, um zu sehen, wie er reagierte und ob es ihm zu schnell ging. Aber Isaac umfing meine Hüften mit den Händen und zog mich noch mal gegen sich. Er hatte den Kopf in den Nacken gelegt und die Augen geschlossen, und er stieß diese tiefen Laute aus, bei denen mir ganz schwindelig wurde.

»Du fühlst dich gut an«, flüsterte ich und beugte mich vor, um sein Ohrläppchen zwischen meine Lippen zu nehmen.

Aber es war nicht genug. Ich wollte jeden Zentimeter seines Körpers mit meinen Lippen erkunden. Langsam arbeitete ich mich nach unten, strich mit den Lippen über seine Schulter, schabte mit den Zähnen über seine Brustwarzen. Ich lauschte seinem stockenden Atem und fand langsam heraus, was ihm gefiel. Ich senkte meinen Mund auf seinen Bauch, fühlte, wie sich die Muskeln unter meiner Berührung anspannten. Als ich einmal quer über die Haut direkt über dem Bund seiner Jeans leckte, stieß er keuchend den Atem aus. »Das wollte ich schon machen, als ich dich in der Umkleide gesehen habe«, murmelte ich und sah zu ihm hoch.

Er schob seine Hand sachte in mein Haar. »Ich dachte damals, du hast nur Mitleid mit mir.«

»Glaubst du das immer noch?«, fragte ich, während ich Küsse um seinen Bauchnabel verteilte. Das erstickte Geräusch, das er ausstieß, genügte mir als Antwort.

Seine Finger bebten an meinem Kopf, als ich den Knopf seiner Jeans öffnete. Ich blickte zu ihm hoch.

»Hilf mir, Isaac«, wisperte ich.

Er hob sein Becken an, und ich streifte ihm die Hose mitsamt seinen Boxershorts von den Beinen. Dann lag er nackt vor mir, und einen Moment lang konnte ich ihn einfach nur anstarren.

Er war wunderschön.

Ich beschloss, dass wir uns lange genug an Isaacs Tempo gehalten hatten. Sein Penis hatte genau die richtige Größe, er war dick und gerade, und als ich die Hand um ihn legte, zuckte er. Ich beugte mich vor und leckte eine Spur an seinem Schaft nach oben.

Isaac stöhnte und fluchte gleichzeitig, und ich unterdrückte ein Grinsen.

»Denk nicht, ich merke nicht, dass du grinst«, presste er atemlos hervor. »Du genießt das.«

Ich blickte zu ihm hoch und erwiderte seinen glühenden Blick. »Du hast keine Ahnung, wie sehr.«

Wieder senkte ich meinen Kopf, und diesmal nahm ich ihn langsam in den Mund. Es gab mir Macht zurück – Macht, die ich in den letzten Wochen seinetwegen vollends verloren hatte, und es fühlte sich fantastisch an.

Ich saugte an ihm.

»Oh verflucht, Sawyer«, stöhnte Isaac und packte meine Haare fest. Ich hatte ihn noch nie grob erlebt, geschweige denn so, als wäre er kurz davor, die Kontrolle zu verlieren. Es machte mich ziemlich an.

Immer und immer wieder ließ ich meinen Kopf auf ihn hinabsinken, nahm meine Hand zur Unterstützung, ließ meine Zunge um seine Spitze kreisen. Nach ein paar Minuten spannten sich seine Muskeln an, und seine Beine versteiften sich.

Dann setzte er sich plötzlich auf. Bevor ich wusste, was geschah, waren seine Hände unter meinen Armen und er zog mich hoch, bis ich breitbeinig auf ihm saß. Dann küsste er mich stürmisch, fast verzweifelt.

Ich schob eine Hand in seinen Nacken, in sein weiches Haar, und stützte mich mit der anderen Hand auf seiner Schulter ab. Isaac hatte seine Finger in meinen Hintern gekrallt und presste mich gegen sich. Ich wiegte mein Becken, rieb mich an seiner Härte und genoss die tiefen Geräusche, die er ausstieß.

Dann fanden seine Hände den Weg unter meinen Slip. Er schob den dünnen Stoff runter, so weit wie möglich. Als er nicht weiterkam, stieg ich von seinem Schoß und streifte ihn mir das letzte Stück von den Beinen. Während Isaac mich mit seinen Blicken verschlang, setzte ich mich wieder auf ihn.

Eine Weile lang sahen wir uns einfach nur an, staunend. Dann beugte Isaac sich, ohne den Blick von mir zu nehmen, zur Seite, zog die Schublade seines Nachtschranks auf und holte ein Kondom heraus. In mir keimte die Frage auf, warum er überhaupt welche griffbereit neben seinem Bett hatte, aber ich schob sie resolut in den hintersten Winkel meines Gehirns.

Ich beugte mich vor und fuhr mit den Lippen über seinen

Hals, während er die Folie aufriss und sich das Kondom überrollte. Das Adrenalin jagte durch meinen Körper und versetzte mich in einen Rausch. Ich spürte, wie mein Herz flatterte, und verstand plötzlich, warum: Ich war aufgeregt.

Ich war noch nie aufgeregt gewesen, nur weil ich kurz davor war, mit jemandem zu schlafen. Noch nie.

»Alles okay bei dir?«, fragte Isaac leise und schlang einen Arm um meinen Rücken. Das sanfte Streicheln seiner Finger ließ mich erschauern.

Ich nickte gegen seine Schulter, dann setzte ich mich auf und sah ihn an. Sein Blick war warm und offen, und augenblicklich beruhigte sich mein Herz etwas. »Bei dir?«

Er hob eine Schulter. »Würde es die Stimmung total zerstören, wenn ich dir sage, dass ich nervös bin?«

Ich lächelte sanft. »Nein«, murmelte ich und fuhr mit den Fingerspitzen über seinen Brustkorb. »Ich bin auch nervös.« Es kostete mich Mühe, die Worte laut auszusprechen. Denn aus irgendeinem Grund hatte ich das Gefühl, damit vor Isaacs Augen eine Mauer einzureißen.

So entblößt wie in diesem Moment hatte ich mich noch nie in meinem Leben gefühlt.

Isaac betrachtete mich lange, während seine Hände auf meinen Oberschenkeln auf- und abfuhren. Dann lächelte er schief. »Ich bin wirklich aus der Übung. Und ich will dich … nicht enttäuschen.«

Sofort schüttelte ich den Kopf und umschlang seinen Nacken mit der Hand. Ich küsste ihn fest auf den Mund. »Erstens kommt es mir nicht vor, als wüsstest du nicht, was du tust.« Wieder küsste ich ihn. »Zweitens könntest du mich nie enttäuschen.« Ein dritter Kuss. »Und drittens habe ich die ganze Nacht Zeit.«

Isaac lachte atemlos.

»Aber wenn du nicht möchtest, dann …«

»Ich möchte«, unterbrach er mich und schlang die Arme um meinen Rücken. »Es gibt nichts, was ich mehr möchte.«

Als er seinen Mund auf meinen drückte, war es, als wäre ein Schalter zwischen uns umgelegt worden. Plötzlich waren da nur noch seine Lippen, die mit meinen verschmolzen, seine Hüften, die gegen mich stießen, sein Stöhnen, das Gefühl seiner rastlosen Hände auf meiner Haut.

Seine Wangen waren tiefrot, als ich mich über ihm positionierte und ihn zu meiner Mitte führte. Wir hielten beide den Atem an, als ich mich langsam auf ihn sinken ließ. Das Gefühl, Isaac endlich in mir zu haben, war so überwältigend, dass ich mich erst gar nicht traute, mich zu bewegen. Doch allein die Reibung, als ich einatmete, ließ mich erschauern. Meine Muskeln zogen sich um Isaac zusammen, und er grub mit angespanntem Kiefer die Finger in meinen Rücken.

Keine Ahnung, wie lange wir so verharrten. Irgendwann beugte ich mich vor, küsste seinen Hals und biss ihn sanft in die Schulter. Ich arbeitete mich mit meinen Lippen und meinen Zähnen nach oben, bis ich bei seinem Gesicht angekommen war. Ich nahm es in meine Hände und glitt mit der Zunge zwischen seine Lippen. Er stöhnte tief und stieß sein Becken ruckartig nach oben.

Oh.

»Das war gut«, murmelte ich. »Mach es noch mal.«

Erst hatten wir ein paar Schwierigkeiten, einen Rhythmus aufzubauen. Doch irgendwann griff ich nach seinen Händen und platzierte sie auf meinen Hüften, damit er das Tempo bestimmen konnte, während ich mein Gesicht an seinem Hals vergrub und einfach nur fühlte.

Es war, als würde Isaac jede Sekunde voll auskosten wollen. Wie in Zeitlupe zog er sich aus mir zurück, fast vollständig, bevor er wieder tief in mich eindrang. Seine Finger krallten sich in meine Oberschenkel, und ich konnte nur ahnen, wieviel Beherrschung es ihn kosten musste, sich so kontrolliert zu bewegen.

Ich keuchte, als seine Stöße langsam schneller wurden. Und härter. Tief in mir sammelte sich eine Hitze, und ich hatte das Gefühl, nicht nur mich bei lebendigem Leibe zu verbrennen, sondern auch ihn. Ich hielt mich an ihm fest, krallte mich in sein Haar, bekam kaum noch Luft. Ich spürte seinen Atem an der Seite meines Halses, hatte sein Stöhnen in meinem Ohr, und es war fast zu viel, aber so gut, dass ich um nichts auf der Welt aufhören wollte.

Ich verlor mich völlig in ihm, und als er das nächste Mal zustieß, war es um mich geschehen. Ich stöhnte an seinem Hals, ließ mich immer und immer wieder auf ihn sinken, bis auch er unter mir erbebte und seine Finger so fest in meine Hüfte grub, dass ich mit Sicherheit Spuren davontragen würde.

Aber es war egal. Es zählten nur noch er, sein bebender Körper unter mir, unser Rhythmus, der langsam abebbte, bis wir uns keuchend aneinander festhielten und mein Kopf kraftlos auf Isaacs Schulter sank.

Während wir wieder zu Atem kamen, schlang Isaac seine Arme um mich. Er legte sein Ohr an meinen Brustkorb und lauschte meinem Herzschlag, der eine ganze Weile brauchte, bis er sich wieder normalisierte. Ich strich über seinen Nacken nach oben und zog sanft an einer der abstehenden Locken. Ich hatte seine Haare völlig durcheinandergebracht.

Isaacs Hände legten sich um mein Gesicht, und er dirigierte meinen Mund zu seinem. Der Kuss, den er mir auf meine Lippen drückte, fühlte sich zufrieden und glücklich an, und genau so sah Isaac auch aus.

»Das war toll«, sagte er leise.

»Fand ich auch.«

Sein Blick ging von meinen Augen zu meinem Mund und zurück. »*Du* bist toll.«

Kopfschüttelnd lehnte ich meine Stirn gegen seine Schläfe. Für einen Moment schloss ich die Augen und genoss es einfach, ihm so nahe zu sein.

Aber wir konnten nicht ewig in dieser Position verweilen, sosehr ich mir das auch gewünscht hätte. Also löste ich mich kurz darauf von ihm. Isaac stand auf und entsorgte das Kondom in dem Mülleimer unter seinem Schreibtisch. Dann stieg er wieder zu mir ins Bett. Er zog mich an sich und breitete die Decke über uns aus. Dann schob er seine Hand in meinen Nacken und küsste mich, genau so heiß und innig wie wenige Minuten zuvor.

Anscheinend hatte er es ernst genommen, als ich gesagt hatte, dass ich die ganze Nacht lang Zeit hätte. Und das Überraschende war, dass ich dagegen überhaupt nichts einzuwenden hatte. Ich drückte meinen nackten Körper gegen seinen und genoss die Hitze zwischen uns und jeden seiner Küsse.

Die Panik und die Angst, die ich noch vor weniger als einer Stunde gespürt hatte, waren verschwunden. Ich wollte nirgendwo anders sein.

kapitel 24

Am nächsten Morgen wachte ich alleine auf. Einen Moment lang war ich verwirrt, weil ich mich nicht daran erinnern konnte, eingeschlafen zu sein, geschweige denn wusste, wo ich mich befand und was geschehen war. Aber dann sah ich mich um, und als ich mich bewegte, spürte ich jeden schmerzenden Muskel in meinem Körper. Stöhnend vergrub ich das Gesicht in den Kissen.

Oh. Mein. Gott.

Ich hatte die Nacht mit Isaac verbracht.

Wir hatten fünfmal miteinander geschlafen.

Fünf. Mal.

Rekordverdächtig.

Benommen schwang ich meine Beine über die Bettkannte und rieb mir die Augen. Dann klaubte ich mein Kleid vom Boden und suchte nach meiner Unterwäsche. Letztlich fand ich sie unterm Bett und meine Strumpfhose über der Lehne des Schreibtischstuhls. Ich sammelte alles ein und riskierte dann einen Blick in den Spiegel.

Isaac hatte mir Knutschflecke verpasst. In meiner Halsbeuge, auf meiner linken Brust, an meiner Leiste und auf der Innenseite meines rechten Oberschenkels. Weiter oben an meinen Hüften hatten sich dunkle Flecken gebildet, genau dort, wo er fest zugepackt hatte.

Fassungslos schüttelte ich den Kopf.

Erst nachdem ich mir das zerzauste Haar zu einem hohen Zopf gebunden hatte, traute ich mich, das Zimmer zu verlassen. Eigentlich hatte ich vorgehabt, schnell ins Bad zu huschen und mich dort frisch zu machen, aber als ich an der Küche vorbeilief, entdeckte ich Isaac, der an der Kaffeemaschine stand und gerade einen Filter mit Kaffee füllte.

Die Muskeln an seinem Rücken bewegten sich geschmeidig, als er die Maschine bediente und sich dann streckte, um die Kaffeedose zurück ins oberste Regal des Schranks zu schieben.

Überall auf dem Rücken waren Spuren unserer Nacht zu finden – lange Kratzer über seinem Schulterblatt und rote halbmondförmige Punkte, wo ich meine Fingernägel in ihn gekrallt hatte.

Mein Mund wurde ganz trocken, und ich musste mich räuspern. Sofort drehte er sich um. Einen Moment lang starrten wir uns einfach nur an.

Und dann wurde es merkwürdig.

»Guten Morgen«, krächzte ich schließlich.

Er öffnete den Mund, aber es kam nichts heraus. Stattdessen huschte ein Ausdruck über sein Gesicht, den ich nicht deuten konnte. Ein ungutes Gefühl breitete sich in mir aus.

»Ich …«, begann ich nach ein paar Sekunden, die sich wie Stunden anfühlten. »Vielleicht sollte ich …« Ich brach ab, hilflos.

Isaac wandte den Blick von mir ab und drehte sich wieder zum Schrank.

In diesem Moment lief Gian an mir vorbei in die Küche.

»Mann, Leute«, sagte er. Er ging zur Kaffeemaschine und begutachtete, wie viel Kaffee schon durch und in die Kanne gelaufen war. »Ich musste mit Kopfhörern schlafen. Zwischendurch dachte ich, ihr bringt euch gegenseitig um, so laut habt ihr gestöhnt.«

Ich spürte, wie Hitze in mein Gesicht schoss. Betreten starrte ich auf den Küchenschrank, dann auf die Schublade, dann auf den Fußboden, nur um keinen der beiden ansehen zu müssen. Ich hatte keine Ahnung, wie man sich an einem »Morgen danach« verhielt, wenn man den One-Night-Stand mit jemandem gehabt hatte, der einem nicht scheißegal war.

»Warum habt ihr mich nicht einfach vorgewarnt, dann wäre ich abgehauen«, grummelte Gian unbeirrt weiter. Er nahm sich ein Glas aus dem Schrank und füllte es mit Orangensaft. »Alter«, sagte er plötzlich und starrte Isaac an – oder besser gesagt seine Schulter. Dann packte er ihn und drehte ihn herum. »Sawyer! Du Raubkatze!«

Breit grinsend hielt er Isaac die Hand zum Highfive hin.

Das war dann wohl mein Stichwort. Unbeholfen deutete ich mit dem Daumen über die Schulter. »Ich bin dann mal weg.«

Isaac fuhr sofort herum. »Ich bringe dich.«

Ich schüttelte reflexartig den Kopf. »Quatsch. Nein. Schon okay.«

Er schien unschlüssig, ob er protestieren sollte oder nicht. Ich nahm ihm die Entscheidung ab und drehte mich auf dem Absatz um. Dann hechtete ich zur Tür und sah zu, dass ich so schnell wie möglich aus dieser Wohnung verschwand.

Der Heimweg war schrecklich. Mit jedem Meter, den ich zwischen mich und Isaacs Wohnung brachte, wurde das ungute Gefühl in meinem Magen schlimmer. Das Einzige, woran ich denken konnte, war die Frage, was zum Teufel ich mir dabei gedacht hatte.

Zum ersten Mal in meinem Leben hatte ich einen Freund – jemanden, der mich verstand, dem es wichtig war, dass es mir gut ging, und mit dem ich lachen konnte. Und was machte ich? Ich versaute es, weil ich meine Finger nicht bei mir behalten konnte.

Bei dem Gedanken daran, wie seltsam der Moment in der Küche zwischen uns gewesen war, wurde mir schlecht.

Verdammte Scheiße.

Als ich das Wohnheim betrat und in unseren Flur abbog, sah ich, dass Dawn ebenfalls gerade erst heimkam. Auch sie trug die Klamotten vom Vortag und sah aus, als hätte sie in der letzten Nacht nicht besonders viel Schlaf bekommen. Sie wollte gerade die Tür hinter sich ins Schloss ziehen, da entdeckte sie mich.

Ich schob mich hinter ihr ins Zimmer und schloss die Tür. »Hey«, sagte ich.

Sie zog die Augenbrauen hoch. »Guten Morgen.« Ihr Blick wanderte von meinem Gesicht zu meinem Hals und weiter runter zu meinem Ausschnitt. »Heilige Scheiße, hattest du was mit einem Piranha?« Sie machte einen Schritt auf mich zu und inspizierte den lila Fleck zwischen Hals und Schulter. Sofort bedeckte ich ihn mit der Hand, mit der anderen zog ich mein Kleid ein Stück hoch. Ich ging an ihr vorbei zu meinem Schrank und holte mir eine Leggings und ein Shirt heraus. Von der Lehne meines Schreibtischstuhls schnappte ich mir mein Handtuch. Ich brauchte dringend eine Dusche.

Dawn starrte mich an.

»Was?«, fragte ich genervt.

»Du wirst rot«, sagte sie völlig verblüfft und machte einen Schritt auf mich zu. »Wieso wirst du rot?«

»Es ist kalt draußen«, gab ich trocken zurück. Als ich zur Tür gehen wollte, baute sich Dawn davor auf.

»Du versteckst deine Knutschflecke und ignorierst meine Fragen«, sagte sie mit zusammengekniffenen Augen und sah mich prüfend an.

»So ein Quatsch, Dawn. Ich will nur unter die Dusche.«

»Wo warst du letzte Nacht?«

»Im *Faded*«, sagte ich und versuchte erneut, zur Tür zu gelangen. Keine Chance.

»Du weißt genau, was ich meine! *Bei wem* warst du letzte Nacht?«

Von ihrem Blick wurde mir ganz mulmig zumute.

Als ich nicht antwortete, ging sie einen Schritt auf mich zu. »Du erzählst mir sonst immer alles über deine nächtlichen Ausflüge. Mehr, als ich wissen will! Aber jetzt benimmst du dich ganz merkwürdig.« Sie kniff die Augen zusammen. »Wenn ich es nicht besser wüsste, würde ich sagen, du warst bei jemandem, den ich kenne.«

Ich senkte den Blick auf ihre Füße, die in merkwürdig gemusterten Socken steckten. Sie sahen aus, als wären sie selbst gestrickt.

»Oh mein Gott«, flüsterte Dawn mit einem Mal.

Als ich zu ihr aufsah, waren ihre Augen kugelrund. Ich presste die Lippen aufeinander.

»Wer war es?«

»Dawn …«

»Wer war es, Sawyer?«

»So wie du guckst, weißt du es doch schon.«

»Sawyer! Sag mir sofort, wer es war!«

»Es war Isaac, du Nervensäge. Bist du jetzt zufrieden?«

Dawn schlug sich die Hand vor den Mund. Sie sah fassungslos aus. Fassungslos, entsetzt, ungläubig, ängstlich und aufgeregt. Alles auf einmal. »Isaac?«, sagte sie, aber es wurde von ihrer Hand so gedämpft, dass es eher nach »Mfaac« klang.

»Ja. Kann ich jetzt duschen gehen?« Sie wollte noch etwas sagen, aber ich drängte mich an ihr vorbei und sprintete förmlich zu den Duschräumen. Ich musste erst mal selbst wieder klarkommen, bevor ich mir Dawns Meinung zu der ganzen Geschichte anhören konnte.

Eine geschlagene halbe Stunde lang ließ ich das heiße Wasser über meinen Körper prasseln. Meine Gliedmaßen schmerzten auf eine Weise, die mir vertraut war, und allein der Gedanke an das, was wir letzte Nacht alles getan hatten, ließ eine Hitze durch meinen Körper schießen, die nichts mit der Temperatur der Dusche zu tun hatte.

Es war so gut gewesen. So. Gut.

Nach all dem, was Isaac mir von seinem nicht vorhandenen Liebesleben erzählt hatte, hätte ich eigentlich erwartet, dass er viel zurückhaltender sein würde und zumindest ein bisschen ahnungslos. Aber das Gegenteil war der Fall gewesen: Isaac wusste genau, wo er mich berühren musste, wusste genau, was er tun musste. Und wenn er sich einmal nicht sicher gewesen war, hatte er einfach gefragt – »So?«, »Fühlt sich das gut an?«, »Kannst du so kommen?« –, und das war heißer gewesen als alles, was ich je beim Sex erlebt hatte.

Wie sollte ich ihm wieder unter die Augen treten und so tun, als wäre nichts gewesen, wenn ich wusste, dass er sich *so* anhören konnte? Ich seufzte und stellte das Wasser ab. Genau deshalb war ich das Mädchen für One-Night-Stands. Ich war in dem ganzen anderen Kram einfach nicht gut.

Ich *wollte* darin ja auch gar nicht gut sein.

Nachdem ich mich abgetrocknet hatte, schlüpfte ich in die Leggings und das Oasis-Shirt, das ich mir im *Owen House* gekauft hatte. Es erinnerte mich an Riley, und dieses Gefühl von Geborgenheit brauchte ich gerade.

Als ich zurück ins Zimmer kam, saß Dawn auf meinem Bett, nicht auf ihrem eigenen. Sie sah mich mit großen Augen an. »Ich habe blöd reagiert, oder?«, fragte sie.

Ich hatte meine Klamotten von gestern Nacht auf dem Arm und fuhr abwesend mit dem Finger über den Reißverschluss meines Kleids. Ich dachte daran, wie Isaac es mir ausgezogen hatte, und die Erinnerung war so frisch, dass mir ein Schauer über die Arme ging.

»Ein bisschen vielleicht«, murmelte ich.

»Tut mir leid. Das wollte ich nicht«, sagte sie sofort und klang dabei ernsthaft zerknirscht. Sie klopfte dann neben sich aufs Bett.

Ich stopfte wortlos meine Sachen in den Wäschekorb und drehte mich zu ihr um. Ihr reuevoller Blick machte es mir schwer, lange böse auf sie zu sein.

»Es ist nur ... normalerweise kenne ich die Typen nicht, mit denen du schläfst. Und wenn du so heimkommst ...«, sie wedelte mit der Hand in die ungefähre Richtung meiner Halsbeuge, die zum Glück inzwischen von meinem Shirt bedeckt war, »denke ich mir, huh, okay. Krasser Typ. Aber Isaac ... Isaac kenne ich! Isaac ist mein niedlicher, nerdiger, unschuldiger Freund, und wenn ich ihn jetzt angucke, dann ...« Sie wurde rot. »Mal ehrlich, was hat er da *gemacht?*«

Ich stöhnte und ließ mich bäuchlings auf das Bett fallen, nur knapp an Dawn vorbei. Ich presste mein Gesicht ins Kissen, bis ich keine Luft mehr bekam und den Kopf auf die Seite legen und mich Dawns Blick stellen musste. Sie sah mich neugierig an, aber auch, als wäre sie unsicher, was sie von der Situation halten sollte.

»War es nicht ... gut?«, fragte sie nach einer Weile zögerlich.

Ich spürte, wie Hitze in meine Wangen schoss und ich wieder rot wurde. Dabei wurde ich nicht rot. Niemals.

Ich zuckte mit den Schultern und setzte mich schließlich auf. Ich zog ein Kissen auf meinen Schoß und spielte am Bezug herum. Ich hatte mich noch nie so gefühlt wie in diesem Moment – völlig überfordert, verwirrt und ratlos.

»Nein«, sagte ich stirnrunzelnd. »Es war … toll.«

»Wieso guckst du dann so skeptisch?«, fragte sie.

Ich senkte den Blick und zupfte an einem losen Faden. »Weil es heute Morgen total komisch war. Er hat kein Wort gesagt und konnte mich nicht mal richtig anschauen.«

Dawn brummte nachdenklich.

»Wir waren Freunde. Jetzt habe ich alles kaputtgemacht.«

»Nichts ist kaputt, Sawyer.«

»So fühlt es sich aber an«, brummte ich.

»Für Isaac ist das bestimmt nicht so leicht und total ungewohnt. Wahrscheinlich war er einfach nur verunsichert«, sagte sie.

Ich dachte an den Moment zurück, als er bemerkt hatte, dass ich in der Küche stand. An den Blick in seinen Augen, den ich nicht deuten konnte, und die Tatsache, dass er sich von mir weggedreht hatte.

»Sein Mitbewohner kam in die Küche, als ich zu ihm gehen wollte. Es war … so abgrundtief peinlich.« Wieder vergrub ich das Gesicht im Kissen. Dawn tätschelte meinen Rücken eine Weile und sorgte dafür, dass ich mich ein bisschen besser fühlte, mir aber gleichzeitig wie ein Kleinkind vorkam. Ich drehte meinen Kopf auf die Seite und sah sie an. »Ich benehme mich wie eine Irre.«

Sie wackelte mit den Brauen. »Wahrscheinlich, weil Isaac dir das Hirn …« Sie zog eine Grimasse. »Oh Gott, nein. Ich kann es nicht laut aussprechen.«

Ich grinste, dankbar, dass sie die Stimmung etwas aufgelockert hatte. Ich sah ihr an, dass sie tausend Fragen hatte. Aber anstatt sie zu stellen, begann sie, mir von ihrem Abend bei Spencer zu erzählen.

»Sawyer?«, fragte sie, nachdem sie geendet hatte und wir uns noch eine Weile über andere Dinge unterhalten hatten. Sie spielte an meinem Zopf herum und trennte eine schmale Strähne davon ab.

»Mh hm«, machte ich und sah ihr dabei zu, wie sie anfing, die Strähne zu flechten.

»Du weißt, dass du das mit dem Projekt jetzt nicht mehr so durchziehen kannst, oder?«, fragte sie vorsichtig, ohne mich anzusehen.

Ich schluckte trocken und ließ die Frage unbeantwortet.

»Wenn ihr weitermacht, brecht ihr euch gegenseitig das Herz.«

Sie hatte recht.

Ich konnte Isaac unmöglich länger dabei behilflich sein, andere Mädchen kennenzulernen, und ihm beibringen, wie man mit ihnen flirtete. Das würde nicht funktionieren. Ich musste einen Schlussstrich unter dieses Projekt ziehen. »Ich weiß«, murmelte ich in mein Kissen.

Danach beschloss Dawn, beim Asiaten Mittagessen für uns zu bestellen. Sie schaltete die Wiederholung der letzten Bachelorette-Folge ein, und ich beschwerte mich ausnahmsweise nicht. Die Ablenkung war mir recht. Dawn liebte Trash-TV und konnte sich dabei tierisch über die Teilnehmer aufregen und in Rage reden. Ich beobachtete sie eine Weile, und als ihr Kopf so rot war, dass ich mir sicher war, er würde jeden Augenblick explodieren, schnappte ich mir mein Handy, um ein Foto zu machen.

Mein Herz setzte eine Sekunde aus, als ich sah, dass Isaac mir geschrieben hatte.

Hey, alles klar?

Ich spürte Dawns Blick auf mir, ignorierte sie aber.

Ja. Bei dir? Hat Gian dich noch genervt?

Er macht mir das Leben zur Hölle. Sorry, dass es vorhin so komisch war.

Ich schluckte schwer. Dann setzte ich zu einer Antwort an, die ich sofort wieder löschte. Am liebsten hätte ich etwas Witziges geschrieben und so getan, als wäre alles nur halb so wild und als könnten wir die letzte Nacht einfach ignorieren und zur Tagesordnung übergehen. Aber das wäre unehrlich gewesen.

Nach einer halben Stunde tippte ich schließlich drei Worte.

Wir müssen reden.

Er brauchte genauso lange, um zu antworten. Ich stellte mir vor, wie er mehrere Sätze tippte und sie wieder löschte, um letzten Endes doch nur zwei Worte abzuschicken.

Ich weiß.

kapitel 25

Am Montag ging ich mit meinem Laptop bewaffnet in Robyns Sprechstunde. Zwar musste das Abschlussprojekt erst im Dezember, am Ende des Semesters, eingereicht werden, aber da ich alles, was ich bislang dafür getan hatte, verwerfen und noch einmal ganz von vorne beginnen würde, musste ich mit meiner Dozentin sprechen.

Ich wartete ein paar Minuten auf der Bank vor Robyns Büro, bis sich die Tür öffnete und Robyn sich von einer anderen Studentin verabschiedete. Dann wandte sie sich an mich. »Sawyer, hi! Komm rein. Mach es dir bequem.«

Ich nahm auf dem Stuhl an dem kleinen runden Tisch Platz, der neben einem Bücherregal stand. Jeder Winkel hier war vollgestopft mit Kram, von Postern über Bücher, Blumen und Foto-Equipment bis zu leeren Kaffeetassen auf dem Schreibtisch, dem Boden und im Regal. Gegen dieses Büro war Wesleys Werkstatt ein Musterbeispiel für Ordnung am Arbeitsplatz gewesen.

Robyn schenkte uns zwei Gläser Wasser ein und schob mir eins über den Tisch. Dann lehnte sie sich auf ihrem Stuhl zurück.

»In deiner Mail klang es, als wäre es dringend. Was gibt's?«, fragte sie.

Verdammt, es war schwieriger, als ich gedacht hatte, darüber zu sprechen. Auch wenn Robyn meine Lieblingsdozentin war und ich das Gefühl hatte, dass ich ehrlich zu ihr sein konnte – ich verstand selbst nicht, was in den letzten paar Wochen mit mir passiert war und wie alles so sehr außer Kontrolle geraten konnte.

»Ich muss mein Projekt vorzeitig beenden«, fing ich nach einer Weile an.

Eine kleine, nachdenkliche Falte bildete sich zwischen Robyns Brauen. »Wieso?«

Ich räusperte mich. »Aus … persönlichen Gründen.«

Robyn beugte sich vor und nahm ihr Glas, ohne den Blick von mir zu nehmen. Sie trank einen Schluck. »Es ist aber nicht wegen meines Feedbacks, oder? Das sollte dich nämlich eigentlich dazu animieren, es besser zu machen, statt aufzugeben.«

Ich schüttelte den Kopf. »Ich habe nicht aufgegeben.« Im nächsten Moment griff ich nach meinem Rucksack und holte meinen Laptop raus. Ich klappte ihn auf, gab das Passwort ein und öffnete die Fotos, die ich von Isaac und seiner Familie gemacht hatte. Ich drehte den Laptop zu Robyn.

Ich hatte ein paar der älteren Fotos an den Anfang getan, die Robyn beim letzten Mal gefallen hatten. Dann folgten Fotos von der Geburtstagsparty auf der Farm. Ich hatte Isaac mit seinen Geschwistern fotografiert, Ivy hing an seinem Hals, Levi an einem Arm. Es sah aus, als würde der kleine Junge Klimmzüge an Isaacs Bizeps machen. Anschließend ein Bild von Isaac mit seiner Grandma auf der Tanzfläche, auf dem beide lachten. Dann ein paar von ihm und Gian auf ihrer Couch, eines in Schwarz-Weiß, auf dem er in einem Buch las, während er gleichzeitig am Herd hantierte. Das brachte Robyn zum Grinsen.

»Das finde ich super«, sagte sie.

»Es ist so typisch Isaac«, murmelte ich.

Sie blickte fragend auf, und ich spürte, wie meine Wangen warm wurden. Schon wieder.

Robyn schob den Laptop zurück zu mir und verschränkte dann die Arme vor der Brust. »Die Bilder sind toll, Sawyer. Bist du dir sicher, dass du sie nicht verwenden willst?«

Am liebsten hätte ich gesagt: »Doch! Doch, das will ich unbedingt.« Ich liebte diese Fotos. Sie gehörten zu den schönsten, die ich je gemacht hatte. Das gesamte Wochenende hatte ich in meinem Wohnheimzimmer gesessen, sie angestarrt und bewundert, wie viel Seele und Leben in ihnen steckte.

Jedoch blieb mir keine andere Wahl. Isaac und ich hatten einen Deal gehabt – ich half ihm, und er half mir. Aber ich würde meinen Teil nicht länger einhalten können. Und ich wollte es auch überhaupt nicht. Abgesehen davon, dass diese Bilder auch nicht weiter von der ursprünglichen Idee, die ich für das Projekt hatte, entfernt sein konnten.

Ich musste das jetzt hinter mich bringen. Es war besser so.

»Ich bin mir sicher«, sagte ich mit leiser Stimme, auch wenn es wehtat. Ich trank einen Schluck Wasser, weil sich meine Kehle trocken und kratzig anfühlte. Erst danach konnte ich Robyn wieder ansehen. »Ich weiß nicht, was ich jetzt machen soll.«

Robyn betrachtete mich einen Moment lang still. Verständnis machte sich auf ihren Zügen breit. Sie tippte sich nachdenklich mit einem Finger an die Lippen. Dann drehte sie sich um und streckte sich zu ihrem Schreibtisch, wo sie einen Zettel von einem schmalen Papierstapel nahm. Sie reichte ihn mir. »Meine Freundin und ich eröffnen eine Galerie in der Innenstadt«, erklärte sie. Ich blickte von dem Flyer auf und sah sie verwirrt an. »Es werden einige Bilder ausgestellt, die dir vielleicht ganz gut als Inspiration dienen können.«

Ich hatte damit gerechnet, dass sie mir sagen würde, wie enttäuscht sie von mir war und wie leichtsinnig ich mich verhielt, wenn ich jetzt noch mal anfing, nach einem neuen Projekt zu suchen. Ich hatte sogar damit gerechnet, dass sie mich durchfallen ließ und ich den Kurs noch mal machen musste. Dass sie mich stattdessen zu der Eröffnung ihrer Galerie einlud, überraschte mich.

»Komm dorthin und schau dir an, was wir so ausstellen. Danach sprechen wir noch mal und schauen, ob wir einen Kompromiss für dein Abschlussprojekt finden«, fuhr sie fort.

»Vielen Dank«, stammelte ich.

Sie lächelte. »Dann sehen wir uns am Mittwochabend. Bring gerne jemanden mit, wenn du dich dann wohler fühlst.«

Sprachlos ergriff ich ihre entgegengestreckte Hand und schüttelte sie.

Am Montagabend hatten Isaac und ich eine gemeinsame Schicht im Steakhouse. Ich hatte ihn seit Freitag nicht mehr gesehen. Er war wie jedes Wochenende zu seiner Familie gefahren, und ich hatte Samstag und Sonntag größtenteils im Bett verbracht und versucht, an nichts zu denken.

Nach dem Gespräch mit Robyn hatte ich mir erst einmal einen Smoothie geholt und war vom Campus aus bis zum See gelaufen, wo ich mich auf die Bank gesetzt und mir den restlichen Tag den Kopf darüber zerbrochen hatte, wie ich Isaac beibringen würde, dass ich unser Projekt abbrechen wollte.

Als ich das Steakhouse betrat – extra etwas früher als nötig – hatte ich mir alles, was ich sagen wollte, genau zurechtgelegt. Ich hatte mich gegen die Enttäuschung in seinem Blick gewappnet, und auch gegen seinen möglichen Zorn. Doch alles, worauf ich mich gedanklich vorbereitet hatte, verschwand aus meinem Kopf, als ich Isaac im Umkleideraum stehen sah.

Er war gerade dabei, seine Schürze zuzubinden, und für einen Augenblick blieb mir die Luft weg. Er trug ein schwarzes, schlichtes Shirt, seine Brille – oh Gott, diese Brille – und hatte sein Haar ordentlich gestylt, wie er es bei der Arbeit meistens tat.

Das war doch total verrückt. Isaac band sich bloß seine Schürze um, und dennoch konnte ich meinen Blick nicht von ihm losreißen. »Hey«, unterbrach er meine Gedanken, und ich zuckte ertappt zusammen.

»Hi.« Ich trat neben ihn an den Spind, um meine Jacke aufzuhängen. »Alles klar?«

Small Talk. Das bekam ich hin.

»Alles super. Und selbst?«

Ich zog eine meiner Schürzen heraus und wollte sie mir gerade umbinden, als ich merkte, wie er hinter mich trat. Ich spürte die Wärme, die von seinem Körper ausging. Er hob die Hände an meine Hüften. Mir wurde heiß, mein Herz schlug schneller.

»Was machst du da?«, murmelte ich.

»Ich helfe dir«, sagte er leise. Er trat noch dichter an mich und wickelte die Bänder an meinem Bauch zu einer Schleife. Doch als er fertig war, verschwanden seine Hände nicht. Er hielt mich fest, strich mit den Daumen über meine Seiten und drückte sich der Länge nach gegen mich.

Er ließ seine Finger an meinem Körper nach unten wandern, über meinen Bauch, hinab zu meiner Leiste, wo ich nach wie vor seine Knutschflecke sehen und spüren konnte. Es schien, als wüsste er genau, an welchen Stellen er zu fest gesaugt und gebissen hatte, denn er fuhr mit den Fingern genau darüber.

»Isaac«, flüsterte ich.

»Ja?«, gab er genauso leise zurück. Er beugte sich vor und drückte seine Lippen auf meinen Hals.

Ich räusperte mich. »Wir wollten reden.«

»Ich weiß«, murmelte er. Er drehte mich zu sich herum, sein einer Arm noch immer fest um mich geschlungen. Er ließ seine Augen über mein Gesicht wandern, öffnete den Mund, als ob er etwas sagen wollte. Dann holte er tief Luft und … küsste mich.

Er küsste mich.

Heiß und innig. Als hätte sich nichts zwischen uns geändert, als befänden wir uns immer noch in jener Nacht, wo sich alles richtig und nichts merkwürdig zwischen uns angefühlt hatte.

Ich vergaß, was ich hatte sagen wollen. Jedes einzelne Wort. In mir war nur noch Platz für das Kribbeln, das er in mir auslöste. Hilflos hielt ich mich an ihm fest, als wir rückwärts taumelten und gegen die Spinde knallten. Ich zuckte zusammen, als sich einer der Griffe in meinen Rücken bohrte, aber Isaac entschuldigte sich nicht, sondern schob lediglich eine Hand zwischen mich und die Schranktür und küsste mich weiter. Immer weiter. Es war wahnsinnig. Ich zog seine sorgfältig gebundene Schleife auf, und die Schürze glitt zu Boden, er fuhr mit den Händen unter mein Shirt und umfasste meine Brüste. Wir waren wieder genau da, wo das ganze Problem erst angefangen hatte. Aber ich konnte nicht aufhören. Er konnte nicht aufhören. Wir waren viel zu leichtsinnig und steuerten unaufhaltsam auf eine grandiose Katastrophe zu.

Aber der freie Fall fühlte sich einfach überwältigend an.

kapitel 26

Am Mittwoch ging ich mit Dawn zu Robyns Galerie. Sie lag im Stadtzentrum von Woodshill, in einer Einkaufspassage direkt neben dem Jugendzentrum. Wir fanden den Eingang erst beim dritten Versuch, weil er ein bisschen versteckt lag und wir zu viel geredet hatten, anstatt auf die handgeschriebenen Schilder zu achten, die provisorisch aufgehängt worden waren.

Auf der unteren Etage des alten Backsteingebäudes befand sich eine heruntergekommene Bar, von daher war ich skeptisch, als wir hinter einer Gruppe älterer Leuten die Treppe zur Galerie hinaufstiegen. Doch oben angekommen klappte mein Mund auf.

Die Fläche war weitläufig und hell mit hohen, weißen Decken. Weiße Wände standen sowohl mitten im Raum als auch an der Seite, und überall waren Fotografien auf großen Leinwänden aufgestellt, die von Strahlern beleuchtet wurden. Aus Boxen ertönte ruhige, leise Musik, die ich neben den gemurmelten Gesprächen der Besucher nur leicht wahrnahm.

»Sawyer!«, erklang plötzlich Robyns Stimme. Weiter hinten im Raum sah ich ihren erhobenen Arm. Ich winkte zurück, und sie machte eine Bleib-wo-du-bist-ich-komme-gleich-Bewegung mit ihrer Hand.

Wenig später hatte sie sich durch die Besucher zu uns durchgeschlängelt. »Du hast es geschafft«, begrüßte sie mich erfreut und reichte mir die Hand.

»Ja.« Ich deutete auf Dawn. »Ich habe meine Freundin Dawn mitgebracht.«

»Ah, ich erinnere mich. Von der Bilderreihe, die Sawyer letztes Semester gemacht hat, stimmt's? Freut mich«, sagte Robyn und ergriff auch Dawns Hand. »Außerdem spricht Nolan viel über dich. Hast du nicht kürzlich erst einen Verlagsvertrag für ein Buch bekommen?«

Dawn lief rot an. »Äh, ja. Genau. Ich wusste nicht, dass …« Sie unterbrach sich selbst.

»Nolan und ich sind befreundet«, sagte Robyn lächelnd. »Deshalb tauschen wir uns manchmal über unsere Studenten aus. Er ist auch hier.« Robyn warf einen Blick über die Schulter. »Da hinten irgendwo. Naja, egal. Habt ihr euch schon ein bisschen umgucken können?«

»Ein bisschen nur«, antwortete ich ehrlich. »Mir gefallen diese vielen kleinen Leinwände, die da hinten an der Wand hängen. Die, von denen ein paar exakt wie Backsteine aussehen und ein paar voller Farbflecken sind. Ich mag, wie es aussieht, als würden sich die Bilder in die Wand einfügen.«

Neben mir nickte Dawn energisch, und Robyn strahlte. »Ja, eine tolle Inszenierung. Ich bin echt froh, dass wir alles zeitlich einigermaßen hinbekommen haben. Zwischendurch dachte ich, es wird nichts.« Sie zog eine Grimasse. »Ihr seid bestimmt auch erst dreimal um das Gebäude gelaufen, bevor ihr den Eingang gefunden habt, so wie jeder hier. In den nächsten Wochen bringen wir noch richtige Schilder an, auch weiter vorne. Wir haben uns schon mit den Eigentümern der Bar abgesprochen und geben gemeinsam welche in Auftrag. Aber bis man sich da mal auf ein Material geeinigt und Angebote verglichen hat …« Sie holte tief Luft, und im selben Moment trat eine schwarzhaarige Frau neben sie und legte einen Arm um ihre Schultern.

»Komm runter, Robyn.«

»Ah, Pat!«, sagte Robyn fröhlich. »Das hier ist die Studentin, von der ich dir erzählt hatte.«

Pat lächelte. Es wirkte offen und ehrlich, und neben den vielen kleinen Lachfalten um ihren Mund und ihre Augen machte sie mir das sofort sympathisch. Außerdem mochte ich ihren Style: Sie hatte ein Lippenbändchenpiercing, weiße Strähnen in ihren sonst pechschwarzen Haaren und war von oben bis unten in Schwarz gekleidet. Sie trug sogar enge schwarze Handschuhe. Ich wusste nicht, ob das ein Fashionstatement war oder einen gesundheitlichen Grund hatte, deshalb nickte ich ihr nur zu. »Ich bin Sawyer. Freut mich.«

Sie nickte zurück, ohne dass ihr Lächeln verblasste. »Die Freude ist ganz auf meiner Seite. Ihr seid gerade erst angekommen, oder?« Sie blickte zwischen Dawn und mir hin und her. »Dann bekommt ihr jetzt die VIP-Tour. Kommt mit.«

Dawn und ich folgten den beiden durch die Galerie und hörten uns Erläuterungen und Geschichten zu den jeweiligen Bildern und Fotoreihen an.

An einer seitlichen Wand hingen Portraits von Robyn. Ich musste näher hingehen, um zu erkennen, was sie da trug. Es war ein Kostüm aus …

»Pappe?«, fragte ich stirnrunzelnd.

»Ja. Das war ein Projekt von einem befreundeten Fotografen. Der Rock«, sie deutete auf den ausladenden grünen Rock, der die Hälfte des Bildes einnahm, »war eine Sonderanfertigung. Die Bluse bestand aus Decopatchpapier mit unterschiedlichen Musterungen, die er wild zusammengeklebt hatte. Ich musste damals drei Stunden lang nackt da rumstehen, bis sie mich fertig beklebt hatten.«

»Dabei war da das leckerste Büffet, das ich je gesehen habe. Ich erinnere mich noch genau, wie ich versucht habe, solidarisch zu sein, aber das sah einfach alles so lecker aus …«, sinnierte Pat.

»Du hast versucht, solidarisch zu sein?«, sagte Robyn aufgebracht. »Du hast dich mit diesem Wrap absichtlich vor mich gestellt, du Arschkuh.« Ihr erschrockener Blick zuckte zu mir, als hätte sie kurz vergessen, dass ich ihre Studentin war und sie wahrscheinlich nicht so vor mir reden sollte. Dabei fand ich es niedlich, wie sich die beiden kabbelten.

»Die Bilder sind wunderschön«, sagte Dawn freundlich und neigte den Kopf auf die Seite, um sich eines genauer anzusehen. Darauf hatte Robyn die Hände in die Hüfte gestemmt und krümmte ihren Körper so, dass der Rock nach vorne geneigt war. Ihr Make-up war so bunt wie das Pappkleid, das sie trug.

»Solche Bilder habe ich noch nie gemacht«, murmelte ich.

»Ich erinnere mich noch an erotisch-verträumt«, sagte Dawn mit hochgezogener Braue.

»Aber das war kein Editorial-Shooting. Wir haben es ganz provisorisch auf dem Campus gemacht.«

»Könntest du dir denn vorstellen, mal solche Bilder zu machen?« Pat schien ehrlich interessiert zu sein und nicht nur aus Höflichkeit zu fragen.

Ich nickte sofort. »Ja. Gerade mit Dawn könnte ich mir so bunte Bilder sehr gut vorstellen. Ihre Haare sind gemacht für Colorblocking, und …«

Dawn hüstelte unauffällig.

»Ich denke nur laut nach, Dawn, keine Angst. Ich habe ja nicht mal ein Studio.«

»Ich könnte dir das Galeriestudio zur Verfügung stellen. Wir haben auch Material, mit dem du herumprobieren könntest.

Meine Schule hat uns reichlich Zeug geschenkt, als sie erfahren haben, dass wir eine Galerie eröffnen werden«, erklärte Pat.

Sprachlos sah ich sie an. »Wirklich?«

»Klar. Ich weiß, dass man an der Uni kaum dazu kommt, mal richtig etwas auszuprobieren. Die meiste Zeit verbringt man damit, sich um die Studios zu prügeln, und wenn man eins hat, herrscht dann auch keine besonders inspirierte Stimmung. Komm gerne her, wenn du mal ein konkretes Projekt hast, und dann sehen wir weiter.«

»Sehr gerne«, sagte ich und strahlte Dawn an.

»Ich mache alles mit, solange ich dabei angezogen sein darf«, sagte sie trocken.

»Sawyer hat ein gutes Auge. Ich bin mir sicher, sie würde tolle Aktbilder von dir machen.« Robyn begutachtete Dawn von oben bis unten, als würde sie sich sie nackt vorstellen. Meine Freundin lief knallrot an.

»Das sage ich auch immer, aber noch habe ich sie nicht dazu bekommen, sich darauf einzulassen.«

»Ist ja auch nicht für jedermann was«, stimmte Pat zu und musterte Dawn nun auch von oben bis unten. »Wie wäre es denn mit Bodypainting? Damit sieht man angezogen aus, ist es aber nicht.«

Sofort hatte ich ein Bild von Mystique aus *X-Men* vor Augen. Dawn würde das Blau bestimmt ganz toll stehen. »Dawn, kennst du *X-Men?*«, fragte ich.

Sie starrte mich entgeistert an. »Vergiss es. Ich werde mich nicht blau anmalen und nackt fotografieren lassen. Niemals.«

Ich grinste, ließ sie aber in Ruhe. Als wir zu den nächsten Bildern gingen, hörte ich Dawn neben mir murmeln: »Woher weißt *du* überhaupt, wer die *X-Men* sind?«

Und dann musste ich an den Abend denken, an dem Isaac und ich auf seiner Couch gesessen und Bilder von der letzten

Comic Con angeschaut hatten. Er hatte mir bei jedem Kostüm erklärt, welche Figur es darstellen sollte und in welches Spiel oder welche Serie sie gehörte. Als ich nicht wusste, wer Mystique war, war er vor Schock fast vom Sitz gerutscht und hatte ohne ein weiteres Wort einen der Filme angeschaltet.

Ich ertappte mich dabei, wie ich mir wünschte, Isaac wäre ebenfalls mit mir hier. Ich vermisste ihn, obwohl erst ein Tag vergangen war, seit wir uns das letzte Mal gesehen hatten. Dabei fürchtete ich mich gleichzeitig davor, ihm gegenüberzutreten, denn dann würde ich ihm sagen müssen, dass ich im Begriff war, mir ein neues Projekt zu suchen. Und tief in meinem Inneren ahnte ich, dass das wie ein Todesstoß sein würde für das, was sich zwischen uns entwickelt hatte.

»Die sind von Emmett Glasbury«, riss Robyn mich aus meinen Gedanken. Sie deutete stolz auf eine Reihe von Bildern, auf denen Models Masken trugen und sich die Augen und Ohren zuhielten.

Ich starrte sie an. »Ist das dein Ernst?«

Emmett Glasbury war einer der renommiertesten Fotografen der letzten zehn Jahre. Er hatte schon etliche Prominente vor der Linse gehabt, Konzerte fotografiert und einen Preis nach dem anderen gewonnen.

»Emmett hat bei mir gelernt«, erklärte Pat mit warmer Stimme. Sie sah auf die Bilder, und ich erkannte den Stolz in ihren Augen.

»Ich komme mir ein bisschen blöd vor, dass ich frage, aber … wer ist Emmett Glasbury?«, meldete sich Dawn kleinlaut zu Wort.

Ich erzählte ihr sofort alles, was ich über Emmett wusste, und beschrieb ihr meine Lieblingsbilder von ihm. »Er hat es schon so weit gebracht, dabei ist er erst Mitte dreißig.«

»Da hat aber jemand gut in deinem Kurs aufgepasst«, sagte

Pat mit hochgezogenen Augenbrauen, während Robyn mich überrascht anstrahlte.

»Dabei tut sie immer so, als würde sie ins Koma fallen, wenn ich auch nur einen Satz Theorie von mir gebe.«

Wir setzten den Rundgang fort. Als Dawn erzählte, dass Spencer einige Kunstkurse belegte und seine Schwester ebenfalls Künstlerin werden wollte, drückte Pat ihr gleich ihre Karte in die Hand und sagte, die beiden sollten sich unbedingt bei ihr melden. Dawn steckte die Karte freudestrahlend ein und schrieb Spencer dann sofort eine Nachricht. Währenddessen erzählten Pat und Robyn mir, wie sie darauf gekommen waren, ausgerechnet hier eine Galerie zu eröffnen.

»Wir haben das Gebäude eigentlich durch Zufall entdeckt, als wir unten in der Bar den Geburtstag eines Freundes gefeiert haben. Irgendwie sind wir hier oben gelandet«, erzählte Robyn.

»Damit will sie sagen, dass wir betrunken hier eingebrochen sind«, ergänzte Pat.

»Sawyer ist meine Studentin, Pat.«

»Okay, kommen wir zum eigentlichen Punkt zurück: Ich habe das Obergeschoss gesehen und hatte sofort Ideen, was man daraus machen könnte.« Sie zuckte mit den Schultern. »Eine Woche später haben wir den Mietvertrag unterschrieben.«

Ich erinnerte mich daran, wie heruntergekommen die Bar ausgesehen hatte. »Musstet ihr viel renovieren?«

Robyn nickte. »Ja, aber wir haben fast alles selbst gemacht, mithilfe von Freunden.«

»Es ist echt toll geworden«, sagte ich.

Irgendwann entdeckte Dawn ihren scharfen und meiner Meinung nach völlig durchgeknallten Dozenten Nolan und wurde von ihm in eine andere Ecke des Raums entführt. Ich stellte mich mit Robyn und Pat an einen Tisch, auf dem eine Reihe von Sektflöten aufgestellt waren.

»Nimm dir gerne ein Glas, wenn du magst.«

Ich nahm mir vorsichtshalber eines mit Orangensaft, denn Robyn hatte recht: Ich war ihre Studentin, ganz gleich, wie cool sie drauf war. Ich nippte an dem Saft.

»Ich wollte noch einmal mit dir über dein Abschlussprojekt sprechen«, sagte Robyn unvermittelt.

»Oh«, sagte ich. Damit hatte ich nicht gerechnet. Ich umklammerte das Glas ein bisschen fester.

»Nichts Schlimmes, keine Angst.« Robyn lächelte. »Es ist nur so: Wir könnten hier in der Galerie noch Unterstützung gebrauchen. Wir haben einige Künstler, deren Werke für die nächste Ausstellung fotografiert werden müssten. Jetzt, wo du die Galerie gesehen hast: Was würdest du davon halten, wenn wir dein neues Abschlussprojekt gemeinsam ausarbeiten und du Bilder für die Galerie schießen würdest?«, fragte Robyn.

Ich starrte sie an, vollkommen sprachlos.

»Glaubst du, das ist Entsetzen oder Freude?«, fragte Robyn an Pat gewandt.

»Ich bin mir nicht sicher«, sagte Pat. »Du kennst sie besser als ich.«

»Ist das euer Ernst?«, platzte es schließlich aus mir heraus.

Robyn lachte. Dann nickte sie. »Das, was wir geplant haben, würde den Anforderungen für das Abschlussprojekt entsprechen.«

»Und wenn es gut läuft, könnten wir schauen, ob wir dich regelmäßig engagieren«, fügte Pat hinzu.

Wieder starrte ich die beiden an.

»Ich weiß, dass das nicht das ist, was du dir ursprünglich vorgestellt hast, aber es ist eine gute Alternative, finde ich.« Robyn stellte ihr Glas zurück auf den Tisch. »Was meinst du?«

»Ich …« Ich stockte. »Vielen Dank, Robyn. Das ist …« Dann riss ich mich zusammen. Ich räusperte mich und richtete mich auf. »Egal, was es für ein Shooting wird: Ich werde mein Bestes geben.«

Sie lächelte mich an. »Davon gehe ich aus.«

Danach verabschiedeten sie sich von mir, und ich starrte wie in Trance auf die graue Steinwand neben mir. Schrille Fotografien wurden darauf projiziert, jetzt gerade von einem Mädchen, das geschminkt war wie ein Paradiesvogel. Ich sah sie mir an, betrachtete die ineinander übergehenden Farben, bis das Bild wieder wechselte.

Das, was Robyn mir eben angeboten hatte, war eine großartige Möglichkeit. Ich würde nicht nur mein Abschlussprojekt zusammen mit meiner Dozentin ausarbeiten, sondern auch Erfahrungen und Referenzen sammeln, die mich später enorm weiterbringen würden. Das war die größte Chance, die ich jemals bekommen hatte.

Wieso fühlte es sich dann an, als müsste ich jeden Moment in Tränen ausbrechen?

kapitel 27

Ich hasste es.

Ich hasste, dass ich vor Isaacs Tür stand und zum dritten Mal die Hand hob und sie wieder sinken ließ.

Ich hasste, dass ich keine Ahnung hatte, wie ich ihm sagen sollte, dass ich so nicht weitermachen konnte.

Ich hasste es, mich so zu fühlen.

Aber am meisten hasste ich, dass ich wusste, dass ich keine andere Wahl hatte.

Nach einem letzten Atemzug hob ich die Hand an die Klingel. Es dauerte nicht lange, bis er die Tür öffnete. Und wie immer, wenn er vor mir stand, setzte alles in mir für einen Moment aus.

Der Blick in seinen Augen war überrascht, dann verzogen sich seine Mundwinkel zu einem Lächeln. Wärme machte sich in meinem Brustkorb breit, und mein Herz begann, schneller zu schlagen, als sein Blick einen Moment an meinem Mund hängen blieb. Und dann wusste ich überhaupt nichts mehr.

Ich schlang meine Arme um Isaacs Hals und küsste ihn. Heftig. Ich krallte meine Hände in sein Shirt, erwischte vielleicht sogar Haut und hielt ihn fest – dieses eine, letzte Mal. Isaac stöhnte gedämpft und taumelte ein Stück zurück. Ich kickte die Tür mit dem Fuß zu, und der Knall, als sie ins Schloss fiel, tönte laut in meinen Ohren.

Isaac hob mich hoch und ich schlang die Beine um ihn. Ich fuhr mit den Händen in sein Haar, und meine Zähne stießen gegen seine, verzweifelt und schmerzhaft.

Je drängender unser Kuss wurde, desto schlimmer wurde das Gefühl in meinem Inneren. Es zog heftig an mir, diese elende Verzweiflung, bis ich kaum noch Luft bekam. Ein leises Wimmern, fast ein Schluchzen, befreite sich aus meiner Kehle. Sofort löste Isaac seinen Mund von mir und sah mich erschrocken an. Ich weiß nicht, was er in meinen Augen sah, aber er lockerte seinen Griff um meinen Hintern und ließ seine Hände stattdessen in einer zärtlichen Bewegung zu meinen Beinen gleiten.

Ich ließ meine Stirn gegen seine Schulter sinken und spürte, wie die Anspannung in meinem Körper nachließ.

Er sagte nichts, als er mich durch die Wohnung trug und im Wohnzimmer auf der Couch absetzte. Dann verschwand er in der Küche und kam wenige Minuten später mit einem dampfenden Becher zurück. Er stellte ihn auf dem Wohnzimmertisch ab, auf den ich wie apathisch gestarrt hatte.

Isaac nahm neben mir Platz. Er hob meine Beine auf seinen Schoß und rückte näher zu mir. Seine Hände fuhren sanft über mein Schienbein, vor und wieder zurück.

»Wo ist Gian?«, fragte ich nach einer Weile.

»Bei seiner Familie. Seine Mutter hat Geburtstag.«

Ich nickte langsam.

Er streichelte meine Beine wieder. »Was war das eben?«

»Nichts«, murmelte ich und wandte den Blick ab.

»Das hat nicht nach ›nichts‹ ausgesehen. Und es hat sich auch nicht nach ›nichts‹ angefühlt«, sagte Isaac leise.

Ich schluckte trocken. Jedes Mal, wenn ich einen Text in meinem Kopf zurechtlegte, wurden meine Hände klebrig und mein Atem schneller. Es fühlte sich nicht gesund an. Und trotzdem wusste ich, dass ich es nicht länger hinauszögern konnte. Letzten Donnerstag hatten Isaac und ich eine Grenze überschritten. Wenn wir jetzt nicht damit aufhörten, würden wir uns gegenseitig verletzen, das wusste ich.

»Ich …«

Ich konnte nicht. Ich konnte es ihm einfach nicht sagen. Wenn ich es erst einmal laut ausgesprochen hatte, dann würde es vorbei sein. Und dafür war ich noch nicht bereit.

»Okay, wir machen das anders«, sagte er unvermittelt. Er schob meine Beine von sich, stand auf und lief in die Küche. Wenig später kam er mit einer großen Flasche Sambuca und zwei Schnapsgläsern zurück.

»Alkohol«, sagte ich und setzte mich auf. »Sagt mir deutlich mehr zu als Tee.«

Isaac lächelte leicht. Mit einer Fernbedienung schaltete er die Anlage an, und sofort erfüllte leise Klaviermusik den Raum. Dann schenkte er die beiden Gläser voll und reichte mir eins, ohne sich wieder zu mir zu setzen. Er stieß mit mir an und kippte den Likör runter. Ich tat es ihm gleich. Das Brennen fühlte sich gut in meinem Hals an, und noch besser wurde es, als sich die Wärme in meinem Bauch breitmachte.

»Wir betrinken uns jetzt. Und dann redest du mit mir«, sagte Isaac und deutete mit seinem leeren Glas auf mich.

»Wieso sollte ich?«, fragte ich.

»Weil ich für jede Info, die du mir verrätst, ein Kleidungsstück ausziehen werde.«

Ich hob eine Augenbraue. »Ich bekomme einen Striptease, wenn ich mit dir *rede?*«

Er nickte und schenkte unsere Gläser ein zweites Mal voll.

Das war gar keine gute Idee. Wirklich überhaupt keine gute Idee, aber … ich trank das zweite Glas trotzdem, weil ich den Mut brauchte. Isaac schien es ähnlich zu gehen, denn er schenkte sich auch noch eins ein.

Ich hätte ihn aufhalten sollen. Ich hätte mich definitiv nicht auf dieses Spiel einlassen sollen, wenn ich wusste, was ich ihm gleich sagen würde. Aber ich konnte nicht, wenn er mich so ansah. Ich brachte es nicht über mich, ihn aufzuhalten, wenn er so selbstbewusst und mutig war – genau so, wie ich immer gehofft hatte, dass er irgendwann einmal sein würde.

Ich hielt ihm mein Glas entgegen. Er füllte es randvoll, und sofort kippte ich den Alkohol runter. Dann lehnte ich mich zurück.

Isaac stand inmitten des Wohnzimmers und sah mich eindringlich an. »Okay. Was hast du heute Abend gemacht?«

Das war sicheres Terrain, das konnte ich beantworten. »Meine Dozentin Robyn hat zusammen mit ihrer Freundin eine Galerie in der Innenstadt eröffnet und mich eingeladen. Ich war mit Dawn dort und habe mir die Bilder ihrer ersten Ausstellung angesehen.«

»Klingt doch gut«, sagte er und blickte dann an sich hinunter. Er schien kurz zu überlegen, was er als Erstes ausziehen sollte, und entschied sich für seinen Cardigan. Langsam fing er an, einen Knopf nach dem anderen zu öffnen.

Ich beugte mich vor und schenkte unsere Gläser wieder voll. Ich kippte den Alkohol runter, während ich Isaac dabei zusah, wie er sich aus seiner Jacke schälte. Sein Blick zuckte zu mir, und er lächelte mich unsicher an. Hitze breitete sich in mir aus und vermischte sich in meinem Magen mit dem Brennen des Alkohols. Es juckte mich in den Fingern, zu ihm zu gehen und ihm die Jacke selbst von seinen Schultern zu streifen. Aber ich blieb sitzen.

»Nächste Frage«, sagte er und ließ den Cardigan auf den Boden fallen. »Deine Dozentin scheint dich sehr zu mögen, wenn sie dich an so einem wichtigen Abend eingeladen hat.«

Ich drehte das Glas in meiner Hand. »War das eine Frage?«

»Nein.« Isaac fuhr sich mit einer Hand durchs Haar. »Hattest du einen guten Abend?«

Das war so typisch Isaac. Jeder andere hätte nicht die Geduld, aber er tastete sich vorsichtig nach vorne. Als wäre ich ein verängstigtes Tier, das er nicht verscheuchen wollte, indem er zu schnell auf es zuging.

»Es war toll. Die Galerie ist der Wahnsinn. Sie haben sogar Bilder von Emmett Glasbury. Das ist einer der größten und besten Fotografen der Gegenwart, und anscheinend war Robyns Freundin Pat seine Lehrerin, was unfassbar ist, weil sie keinen Tag älter als vierzig aussieht, und …« Ich unterbrach mich selbst und biss mir auf die Lippe.

»Und?«, fragte er sanft.

Ich schluckte schwer. »Es war ein … guter Abend.«

Er sah wieder an sich hinab. »Was jetzt? Socken oder Brille?«

»Die Brille ist doch kein Kleidungsstück!«

Er nickte. »Ist sie wohl.«

»Spielverderber.«

Ich genoss das hier mehr, als ich sollte. Vielleicht war es der Alkohol. Vielleicht aber auch die Angst, dass dieser Abend der letzte sein könnte, an dem wir so unbeschwert miteinander umgingen. Wenn ich ihm erst einmal gesagt hatte, dass ich das Projekt nicht länger mit ihm machen wollte, und er daraufhin keinen Sinn mehr darin sah, Zeit mit mir zu verbringen – dann war es vorbei.

Isaac nahm seine Brille ab und legte sie auf den Wohnzimmertisch. Er sah mich aus funkelnden Augen an. Kurz darauf griff er nach dem Saum seines Shirts. Ich hielt den Atem an, als er es über seinen Kopf zog und es zu seiner Jacke auf den Boden warf.

Ich seufzte leise. Zum einen, weil ich einfach nicht genug

von seinem Anblick bekommen konnte, und zum anderen, weil ich auf eine seltsame Art und Weise stolz auf ihn war. Dass er das hier tat und mir dabei fest in die Augen sah, zeigte deutlich, dass er seine Unsicherheit zu großen Teilen überwunden hatte. Er hatte es verstanden.

Als er sich nach vorne beugte, um sich ein weiteres Glas einzuschenken, bewunderte ich die Muskeln an seinem Arm und seinem Bauch. Meine Finger fingen zu kribbeln an. Ich wollte ihn berühren.

»Ist irgendetwas mit deiner Dozentin vorgefallen?«

Ich riss den Blick von seinem Körper und sah ihn an. Das war der Moment. Ich musste es ihm sagen. Jetzt. Weil ich es sonst gar nicht machen und früher oder später daran kaputtgehen würde.

»Sie hat mir …« Meine Stimme versagte. Ich räusperte mich und versuchte, mich zusammenzureißen. Der Alkohol hatte mich noch verwirrter gemacht, als ich es ohnehin schon gewesen war. »Sie hat mir angeboten, ein neues Abschlussprojekt mit mir auszuarbeiten.«

Isaac erstarrte mit dem Glas an seinen Lippen. Langsam ließ er es sinken. Ich konnte sehen, wie es hinter seinen Augen arbeitete. Einen Moment lang wirkte er, als hätte er sich verhört. Dann furchte er die Stirn. »Ein neues Abschlussprojekt?«, fragte er.

Der Kloß in meiner Kehle wurde größer. Ich konnte bloß nicken.

»Was … was soll das heißen?«, fragte er.

»Wir können so nicht weitermachen, Isaac«, flüsterte ich.

Sein Kiefer spannte sich an. Er öffnete den Mund, hielt sich dann aber zurück und schüttelte nur den Kopf.

»Du weißt, dass es so nicht weitergehen kann«, sagte ich leise.

Er sah mich ausdruckslos an. Seine Stimme war völlig ruhig, als er sagte: »Wann wolltest du mir das denn mitteilen? Bevor oder nachdem ich mich komplett ausgezogen habe?«

Es wäre mir lieber gewesen, wenn er mich angeschrien hätte.

»Ich möchte bloß Schlimmeres verhindern«, krächzte ich. Er sah mich an, als wäre ich eine Fremde. Ein schmerzhaftes Stechen machte sich in meinem Bauch breit. »Ich wollte dir schon Freitagmorgen sagen, dass das so nicht weitergehen kann, aber …«

»Freitagmorgen«, unterbrach er mich tonlos. »Du wolltest mir am Morgen, nachdem wir miteinander geschlafen hatten, sagen, dass du dir ein neues Abschlussprojekt suchst.«

»Ich weiß nicht, wie du dir das vorstellst.« Kopfschüttelnd sah ich an ihm hoch. Ich hatte ihn noch nie so gesehen. Sein Gesicht war eine undurchdringliche Maske, einzig das Flackern in seinen Augen verriet, dass ihm meine Worte wehtaten. »Ich kann meinen Teil unserer Abmachung so nicht einhalten. Es tut mir wirklich leid, aber ich kann dir nicht beibringen, wie man Mädchen rumkriegt, und dir dann auch noch dabei zuschauen.«

Er machte zwei lange Schritte auf mich zu. »Glaubst du wirklich, dass es mir darum geht?«

Ich erwiderte seinen Blick. In meinem Magen tanzte alles auf und ab, und das lag mit Sicherheit nicht am Alkohol, sondern nur an Isaac. »Ich weiß es nicht, Isaac. Ich weiß überhaupt nichts mehr.«

Er hockte sich vor mich und sah zu mir hoch. »Es geht doch schon lange nicht mehr um dieses dämliche Projekt.«

Ich schloss die Augen. Ich hielt das nicht mehr aus. Denn das, was er da gerade gesagt hatte, war gleichzeitig meine größte Angst und meine größte Hoffnung. Und ich hatte keine Ahnung, wie ich damit umgehen sollte.

»Was hattest du denn vor?«, fragte er leise. »Mich einfach aus deinem Leben zu streichen, als wäre ich nie da gewesen?«

Ich konnte nichts antworten.

»Sawyer«, sagte er eindringlich. Ich liebte es so sehr, wenn er meinen Namen sagte. »Hör auf, uns zu boykottieren. Wovor hast du denn Angst?«

Verletzt zu werden.

Nicht gut genug für dich zu sein.

Dir wehzutun.

Dich zu verlieren.

Ich fühlte, wie Isaac noch ein Stück näher kam. Er legte seine Hände sanft auf meinen Beinen ab. »Willst du das, was zwischen uns ist, wirklich aufgeben?«

»Nein«, flüsterte ich. Und weil ich fürchtete, dass er es nicht verstanden hatte, schüttelte ich den Kopf und wiederholte lauter: »Nein.«

Isaacs Hände fuhren langsam über meine Oberschenkel zu meinen Fingern, die ich in den Saum meines Hemds gekrallt hatte. Er löste einen nach dem anderen sanft und nahm meine Hände in seine.

Ich öffnete die Augen, und sein Blick brannte sich in meinen. Dieser Moment zwischen uns war so überwältigend, dass mir schwindelig wurde. Es machte mir Angst, so viel gleichzeitig zu empfinden. Doch ich war machtlos gegen das, was er mit mir anstellte. Ich war ihm völlig ausgeliefert.

Ich wusste nicht, wer sich zuerst bewegte. Wir küssten uns unendlich sanft und vorsichtig, als könnte das, was gerade zwischen uns geschehen war, bei der kleinsten ruckartigen Bewegung wieder kaputtgehen.

Isaac zog mich in seine Arme und hielt mich fest. Seine nackte Haut fühlte sich warm unter meinen Fingern an. Gemeinsam sanken wir zu Boden, und ihm so nahe zu sein, war jetzt vollkommen anders als noch vor wenigen Minuten. Nicht hektisch und verzweifelt, sondern sicher und genau richtig. Ich flüchtete mich nicht in seine Berührung, um etwas zu verdrängen, sondern wollte mich von ihm ganz bewusst an den Ort führen lassen, wo nur noch er und ich existierten.

Er schob seine Hände unter mein Hemd, zog es mir über den Kopf und ließ es zu Boden gleiten. Danach stützte ich mich mit einem Arm neben seinem Kopf ab. Ich strich ihm mit der freien Hand eine widerspenstige Strähne aus der Stirn und umfasste dann sanft seine Wange.

Er legte seine Hand über meine und schmiegte sich einen Moment in die Berührung, dann zog er mein Handgelenk an seinen Mund und küsste es. Mein Atem stockte, als er seine Zunge über die empfindliche Haut gleiten ließ.

Ich beugte mich über ihn. Er kam mir auf halbem Weg entgegen, schloss eine Hand um meinen Nacken, und dann küssten wir uns. Tief und langsam und so, dass es mir den Atem raubte. Der Boden unter meinen Knien fühlte sich wie Wasser an. Ich war wie hypnotisiert, nur Isaacs Mund und seine Hände hielten mich im Hier und Jetzt.

Ich wusste nicht, wann mein BH verschwand, aber irgendwann lagen wir Haut an Haut aneinander, und ich keuchte in seinen Mund. Isaac rollte sich auf mich und küsste eine Spur an meinem Hals entlang. Langsam. Gemächlich. Als hätten wir alle Zeit der Welt.

Er strich mit den Lippen und der Zunge über meine Haut, immer weiter nach unten, bis ich mich ihm entgegenbäumte. Er schob die Finger unter den Bund meiner Strumpfhose und zog sie mir aus, dann half er mir dabei, seine Jeans auszuziehen.

»Du bist wunderschön«, flüsterte er, und seine Lippen streiften mein Ohr. »So schön.« Er rollte sich wieder auf mich und stützte sich auf einem Ellenbogen ab, um mich anzusehen. »Keine Ahnung, womit ich das verdient habe.«

Bei seinen Worten machte mein Herz einen Satz. Isaac schaffte es, dass ich mich in jeder Minute, die ich in seiner Gegenwart verbrachte, wertgeschätzt fühlte. In seinen Armen war ich immer wertvoll.

Unser nächster Kuss war zunächst bittersüß, wurde aber heiß, als unsere Zungen aufeinandertrafen. Isaac drängte sich gegen mich, verzweifelter diesmal, und ich konnte durch den Stoff seiner Boxershorts spüren, wie hart er war. Es war nicht genug. Ich wollte ihn spüren, ohne auch nur eine einzige Lage Stoff zwischen uns. Ich schob meine Hände unter den Bund seiner Boxershorts und zog ungeduldig daran. Isaac verstand und rollte sich von mir, um sie auszuziehen. Danach hob ich auffordernd mein Becken, und sofort streifte er auch mir den Slip von den Beinen.

Sein Blick ging flammend heiß über meinen Körper, bevor er Küsse auf den Innenseiten meiner Beine verteilte, über meine Leiste und meinen Bauch weiter nach oben, bis ich kaum noch einen klaren Gedanken fassen konnte.

Ich streichelte seine Schultern, seinen Hals, seine schönen Arme. Als er sich auf mich legte, schlang ich wie automatisch die Beine um ihn. Ich fühlte ihn heiß und hart an meiner Mitte und drückte mich gegen ihn, bis er ein Stück in mich eindrang.

Wir atmeten beide zischend ein.

»Sawyer …«, brachte er mühsam hervor.

»Ich bin gesund«, flüsterte ich und nahm sein Gesicht in meine Hände. »Und ich nehme die Pille.«

»Bist du sicher?«, fragte er und sah mich eindringlich an. Seine Augen waren so dunkel, und in seinem Blick konnte ich das beinahe schmerzhafte Verlangen erkennen, das ich in meinem ganzen Körper spürte.

»Ganz sicher«, gab ich zurück und küsste ihn. Gleichzeitig hob ich mein Becken an, was ihn tiefer in mich gleiten ließ.

Isaac stöhnte leise in meinen Mund. »Wow. Oh, wow«, raunte er.

Ich wagte es kaum, zu atmen, so überwältigend war es, ihn auf diese Weise in mir zu spüren. Einen Moment lang bewegte sich keiner von uns, und meinetwegen hätte es ewig so bleiben können.

Ich wollte mich für immer daran erinnern. An die Art, wie sich sein Körper auf meinem anfühlte, wie sein Atem stockte, wenn er in mir war. Ich wollte mich an die Röte auf seinen Wangen erinnern, die in diesem Moment völlig anders aussah, als wenn ihm etwas peinlich war. Ich wollte mich daran erinnern, wie es war, wenn seine Haare meine Schläfe kitzelten oder seine Lippen auf meinen lagen.

Isaac fing an, sich in mir zu bewegen, zog sich zurück und stieß wieder zu. Ich strich mit den Fingern über seinen Rücken und hielt mich an seinen Schultern fest.

Das Gleiten von Haut an Haut, ohne dass etwas zwischen uns war, fühlte sich besser an, als ich es mir jemals erträumt hatte. Ich hätte nie gedacht, jemals irgendjemandem so nahe zu kommen, dass ich das wagen würde – aber wie immer hatte Isaac es unwissentlich geschafft, dass sich alle meine Ängste in Luft auflösten, so als wären sie nie wirklich da gewesen. Es fühlte sich schön an, ihm so nahe zu sein, und dieser Moment war so bedeutend für mich, dass es mir beinahe die Tränen in die Augen trieb.

Ich schlang ein Bein um seine Hüfte, was den Winkel so veränderte, dass er noch tiefer in mich drang. Ich konnte die Geräusche, die sich aus meiner Kehle befreiten, nicht unterdrücken, aber Isaac war genauso laut. Ich spürte, wie sehr er sich bemühte, sanft zu sein, doch sein Griff um mein Bein war ebenso fest wie seine Stöße in mir, die immer schneller und unkontrollierter wurden.

Ich liebte es, dass ich das mit ihm machen konnte. Dass ich ihn dazu bringen konnte, wild zu sein, ohne Selbstbeherrschung, einfach, weil er mit mir zusammen war.

Ein unglaublicher Druck bildete sich in mir, bis ich kaum noch Luft bekam.

»Sawyer …«

Ich war ihm hilflos ausgeliefert, als er meinen Namen flüsterte, immer und immer wieder, während er in mich stieß und mich festhielt. Wir erschauerten gemeinsam, und obwohl mir Tränen in die Augen schossen, zwang ich mich, sie offen zu halten. Ich wollte mich für immer an seinen Gesichtsausdruck erinnern. Er gehörte nur mir.

Denn auch wenn das einer der schönsten Momente meines Lebens war, ahnte ich tief in meinem Inneren, dass es nicht so bleiben konnte.

kapitel 28

Riley hatte es tatsächlich ernst gemeint und Isaac zu ihrer Hochzeit eingeladen. Es war mir ein Rätsel, wie sie ihn kontaktiert hatte, weil Isaac keinen einzigen Social-Media-Account besaß und die E-Mail-Adressen der Uni nicht an Fremde herausgegeben wurden. Aber sie hatte es geschafft, und Isaac hatte zugesagt.

Der Vorteil an der Sache war, dass wir so mit Isaacs Auto nach Renton fahren konnten, und ich nicht um vier Uhr nachts am Bahnhof stehen und auf den Zug warten musste. Der Nachteil: Seit jenem Abend, an dem wir das Projekt offiziell abgebrochen hatten, war die Stimmung zwischen uns zum Zerreißen angespannt. Irgendwas hatte sich verändert, noch während wir schwer atmend auf dem Boden von Isaacs Wohnzimmer gelegen hatten.

Isaac war danach höflich gewesen, aber unnatürlich still. Und auch während unserer Schicht bei Al am nächsten Tag hatte ich das Gefühl nicht abschütteln können, dass er versuchte, Abstand zwischen uns zu bringen. Ich wusste nicht, was das zu bedeuten hatte, und verbrachte die gesamte Fahrt nach Renton damit, durch das Autofenster in den schwarzen Himmel zu starren und nicht wahnsinnig zu werden. Aber ich traute mich auch nicht, ihn darauf anzusprechen. Riley würde in wenigen Stunden heiraten, und es war schwer genug, die Fassung zu behalten und Isaac nicht zu sagen, dass er bitte sofort wieder umdrehen sollte.

Als wir in Renton ankamen, fuhr Isaac langsamer und schaute sich um. Falls er erschöpft von der kurzen Nacht und der vierstündigen Fahrt war, ließ er es sich nicht anmerken. Wir fuhren durch das Wohngebiet, vorbei an Vorgärten, vor denen uns Kürbisse mit wilden Grimassen entgegengrinsten, und Häusern, deren Fassaden mit bunten Lichterketten behangen waren. Auch in Woodshill wurde für Halloween dekoriert, aber auf dem Campus sah das ganz anders aus als hier. Ich genoss den Anblick und stellte mir für einen kurzen Moment vor, später auch mal ein für die Feiertage üppig geschmücktes Haus zu haben und Süßigkeiten aus riesigen Schüsseln an kleine Geister und Gespenster zu verteilen. Ich konnte mich nur an ein einziges Halloween erinnern, das ich mit meinen Eltern gefeiert hatte. Ich war als Zombie verkleidet gewesen, und Mom hatte mein Gesicht weiß angemalt und lauter schwarze Narben auf meinen Wangen verteilt. Ich sah Dads Grinsen vor mir, als er einen Kürbis mit uns ausgehöhlt hatte.

Wie jedes Mal, wenn ich es mir erlaubte, an meine Eltern zu denken, spürte ich ein schmerzhaftes Ziehen in meinem Brustkorb. Ich war froh, dass wir nicht an dem Haus vorbeifuhren, in dem wir gelebt hatten, bevor wir zu Melissa gekommen waren. Meine Haut fühlte sich ohnehin schon kribbelig und zu eng für meinen Körper an, und ich wollte auf keinen Fall, dass es noch schlimmer wurde. An diesem Wochenende ging es nicht um meine Unfähigkeit, mit meiner Vergangenheit fertigzuwerden. Es ging um meine Schwester und ihre Zukunft mit dem Mann, den sie liebte.

Wir kamen um acht Uhr bei Rileys und Morgans Haus an. Es lag am Rand der Stadt, neben einem Wald mit hohen Bäumen, der im Dunkeln ziemlich gruselig aussehen konnte, jetzt bei Sonnenaufgang aber wunderschön beleuchtet war. Durch die Baumwipfel wurden orange- und pinkfarbene Strahlen auf die Auffahrt geworfen.

Ich nahm einen tiefen Atemzug der frischen Luft, als ich ausstieg und meine Arme über dem Kopf ausstreckte. Gerade als Isaac die Taschen aus dem Kofferraum holte, wurde die Haustür aufgerissen. Ich sah noch Rileys lila Haar, das mit etlichen Lockenwicklern auf ihrem Kopf befestigt war, da fiel sie mir bereits um den Hals und kreischte irgendetwas.

»Ich freue mich auch, dich zu sehen«, erwiderte ich und schlang die Arme um sie. Es tat so gut, meine Schwester zu umarmen. Nach allem, was in der letzten Woche mit Isaac geschehen war, und all der Angst, die ich seit Monaten vor dem heutigen Tag gehabt hatte, war ich in diesem Moment emotional völlig ausgehöhlt. In Rileys Nähe ging es mir augenblicklich besser. Sie fühlte sich nach Zuhause an.

»Du bist hier. Du bist wirklich gekommen!« Sie packte mich bei den Schultern und schüttelte mich, bis mir ganz schummrig wurde.

»Nur, weil Isaac mich gezwungen hat«, sagte ich trocken und deutete über meine Schulter zu Isaac, der neben dem Auto stand und zwischen uns hin- und hersah.

»Oh mein Gott!«, rief Riley atemlos und fiel dann auch Isaac um den Hals. Er erwiderte die Umarmung und tätschelte meiner Schwester den Rücken.

»Danke für die Einladung, Riley. Es ist schön, dich kennenzulernen.«

Sie ließ ihn los und strahlte ihn an. Dann musterte sie ihn von oben bis unten. »Sawyer hat so ein riesiges Geheimnis aus dir gemacht.« Sie warf mir einen Blick zu, und auf ihrem Gesicht erschien ein breites, glückliches Lächeln. »Du kannst dir nicht vorstellen, wie froh ich bin, dich endlich kennenzulernen.«

Ich unterdrückte das unangenehme Flattern in meinem Magen. »Lasst uns reingehen«, sagte ich und hob meinen Rucksack auf, den Isaac neben dem Kofferraum auf dem Boden abgestellt hatte. »Riley, du hast nicht mal Schuhe an.«

Sie blickte an ihrem Bademantel hinab zu ihren nackten Füßen. »Oh Gott. Du hast recht.« Sie zog eine Grimasse. »Mist. Janice hat mir gerade erst die Zehennägel lackiert, jetzt meckert sie bestimmt gleich. Ich bekomme eh die ganze Zeit zu hören, dass ich viel zu entspannt bin dafür, dass ich gleich heirate.«

Ich sah sie regungslos an, während ihre Worte in meinem Kopf nachhallten.

Heiraten. Riley würde *heiraten.*

Ich wusste seit Wochen, dass dieser Tag kommen würde. Und trotzdem spürte ich, wie mein Puls bei ihren Worten in die Höhe schnellte und meine Kehle von einer Sekunde auf die andere wie zugeschnürt war.

Ich wollte etwas antworten, aber ich konnte einfach nicht.

Plötzlich spürte ich Isaacs Hand zwischen meinen Schulterblättern. Selbst durch den Stoff meiner Lederjacke fühlte sie sich warm an, und die Berührung holte mich runter und ließ die Panik in mir abebben. Er war bei mir. Ich war nicht allein. Heute nicht.

Er lächelte schwach und nickte dann in Richtung des Hauses. Obwohl er nichts sagte, beruhigte mich seine Anwesenheit. Wie er das machte – es würde mir wohl ewig ein Rätsel bleiben.

Als ich wieder zu Riley sah, starrte sie uns mit leicht geöffneten Lippen an.

»Was ist, wird's bald?«, fragte ich.

Sofort machte sie kehrt und verschwand in Richtung Haustür. Ich stieß hörbar die Luft aus und folgte ihr. Isaacs Hand verschwand von meinem Rücken, und als ich mich zu ihm umdrehte, wich er meinem Blick aus.

Wir betraten das Haus und wurden von aufgeregtem Stimmengewirr begrüßt, das aus dem Wohnzimmer in den Flur drang.

»Wo ist Morgan?«, fragte ich unsicher.

Riley warf einen Blick über die Schulter. »Der macht sich bei Lawrence fertig.«

»Sag mir nicht, dass er auch da geschlafen hat?«, sagte ich und zwang meine Lippen zu einem Lächeln.

Sie schnaubte. »Als ob. Aber das bleibt unser Geheimnis, okay? Die da drinnen dürfen das auf keinen Fall erfahren.«

Im Wohnzimmer saßen Rileys engste Freundinnen und Brautjungfern Harlow und Janice am Esstisch, auf dem mehrere Sektflöten und ein ganzer Haufen Schminke und Lockenstäbe aufgebaut waren. Sie sprangen auf, als sie mich sahen, und nahmen mich fest in den Arm.

»Wir haben uns schon ewig nicht mehr gesehen, Sawyer.« Sie strahlten mich an. »Geht's dir gut?«, fragte Janice, bevor sie ihren Blick zu Isaac schweifen ließ. »Und wer ist dein Begleiter?«

»Das ist Isaac«, erklärte ich und zeigte mit der Hand auf ihn. Die beiden sahen mich erwartungsvoll an, aber mehr würde ich dazu nicht sagen. Ich war nicht hier, um in allen Details zu erläutern, was zwischen Isaac und mir lief. Nicht einmal Riley hatte ich davon erzählt.

Isaac stellte sich den beiden höflich vor, bevor Riley mit uns nach oben lief und Isaac eine Mini-Führung durch das Haus gab. Wir stellten unsere Taschen im Gästezimmer ab und begannen dann, uns herzurichten. Kurze Zeit später tauchte Harlows Freund Pete auf, der Isaac unter seine Fittiche nahm, während Janice mir die Haare machte. Da ich eine Abneigung gegen Haarnadeln hegte und generell alles, das meine Bewegungsfreiheit in irgendeiner Weise einengte, kostete es mich große Mühe, sie nicht anzufauchen, während sie an mir ziepte und zerrte. Glücklicherweise hatte jemand bereits den Sekt geöffnet. Der Alkohol half mir, wenigstens ein bisschen runterzukommen. Das, und das aufgeregte Lächeln auf Rileys Gesicht.

Harlow wollte mein Make-up machen, aber ich schaffte es, sie abzuwimmeln. Ich ließ niemanden an mein Gesicht, der nicht meine Schwester war – und die hatte gerade anderes im Kopf.

Während im Hintergrund eine Playlist lief, die hundertprozentig Riley im Vorfeld zusammengestellt hatte, und ich großzügig schwarzen Lidschatten verblendete, unterhielten sich Rileys Freundinnen über die Single-Männer, die Janice heute abschleppen wollte.

»Ich kann nicht glauben, dass ich der einzige Single bin«, sagte sie in einem Tonfall, bei dem man nicht genau wusste, ob sie sich freute oder es eher blöd fand. »Ich meine, wer hätte gedacht, dass ausgerechnet du die Erste bist, die unter die Haube kommt?«

Riley zuckte bloß mit den Schultern. »Ich sicher nicht. Aber wie sagt man so schön? Wenn du es weißt, weißt du es.«

Harlow seufzte verzückt. »Ich will auch einen Antrag von Pete bekommen. Mal ehrlich, er sollte sich ein Beispiel an Morgan nehmen.«

»Ich werde nachher den Part mit dem Brautstrauß überspringen und ihn dir einfach direkt in die Hand drücken, damit er den Wink mit dem Zaunpfahl versteht.«

Ich schmunzelte.

»Was ist mit dir, Sawyer?«, fragte Janice und deutete mit ihrem Glas in meine Richtung. Sie saß mir gegenüber am Tisch und wippte mit ihrem Stuhl.

»Ich freue mich auf den kostenlosen Alkohol«, sagte ich und pinselte weiter an meinem Auge herum, obwohl ich eigentlich längst fertig war.

Janice verdrehte die Augen. »Du weißt genau, dass ich das nicht gemeint habe. Das war auf den Kerl bezogen, mit dem du hergekommen bist.«

So gern ich Janice mochte, aber ihre Fragerei nervte mich. Mal ganz abgesehen davon, dass sie das überhaupt nichts anging.

»Lass meine Schwester in Ruhe und überleg dir lieber jetzt schon einen Plan für nachher. Die Hälfte der Gäste kennt dich. Die andere Hälfte nicht. Willst du lieber was Neues ausprobieren oder eine alte Flamme wieder brennen lassen?«

Ich warf Riley einen Blick zu, der dankbar und entgeistert zugleich war.

»Eine alte Flamme wieder brennen lassen? Sag mal, Riley, wie viel Sekt hattest du schon?«, fragte Harlow kichernd.

Riley sah aus, als würde sie im Kopf zählen. »Wahrscheinlich sollte ich lieber auf Wasser umsteigen.«

»Gute Idee.« Sofort stand ich auf und ging in die Küche, um ihr welches zu holen.

Als ich zurückkam, stand ein Mann im Anzug im Wohnzimmer, und es dauerte einen Moment, bis mein Gehirn registrierte, dass es Isaac war.

Mein Mund klappte auf und wurde ganz trocken, als ich an ihm hinab- und wieder hinaufblickte. Er trug einen graublauen Anzug mit einem weißen Hemd und einer dunkelblauen Fliege. Der Anzug saß perfekt und schmiegte sich an genau den richtigen Stellen an seinen Körper. Hilflos starrte ich ihn an, als mich das Bedürfnis überkam, meine Finger in die Knopfleiste seines Hemds zu haken und es mit Gewalt aufzureißen.

Isaac entdeckte mich im Türrahmen. Das angedeutete Lächeln rutschte ihm aus dem Gesicht, als er mich in dem schwarzen Kleid, das ich mit Riley gekauft hatte, und den gewellten, halb hochgesteckten Haaren sah. Ich wusste, dass er dasselbe dachte wie ich. Man konnte es ihm an den Augen ablesen. Und als hätte er das gemerkt, wandte er den Blick ab.

Ich schluckte schwer und stellte das Wasserglas vor meiner Schwester ab. Meine Finger zitterten. Ich musste mich dringend zusammenreißen.

»Danke, Sawyer«, sagte sie und trank sofort einen großen Schluck. »Isaac, du siehst übrigens großartig aus.«

»Danke«, sagte er leise und wurde rot.

Im Komplimente-Annehmen war er nach wie vor nicht sonderlich gut. Aber ich war mir sicher, dass es nur eine Frage der Zeit war, bis er auch das konnte.

»Morgan hat mir gerade geschrieben«, sagte Pete, der neben Harlow stand und einen Arm um ihre Taille geschlungen hatte. Er scrollte mit seiner freien Hand über den Bildschirm seines Handys. »Sie sind jetzt unterwegs und schauen in der Scheune, ob alles so weit fertig ist.«

Alle Farbe wich aus Rileys Gesicht, und die Hand, in der sie das Glas hielt, fing gefährlich an zu zittern. Sofort war ich bei ihr und legte von hinten meine Hände auf ihre Schultern. Beruhigend strich ich mit den Daumen über ihren Rücken. Riley griff nach meiner Hand und klammerte sich daran fest. Sie warf einen Blick über die Schulter und sah mich an.

»Ich werde heiraten«, flüsterte sie.

Ich nickte. »Und wie du das wirst.«

Sie schluckte schwer. »Sawyer, ich muss dir was sagen …«

»Nicht jetzt«, unterbrach ich sie. »Wir haben danach doch alle Zeit der Welt.« Ich merkte erst, dass ich mit der Stimme nach oben gegangen war und es sich wie eine Frage angehört hatte, als Riley heftig nickte.

»Ja, natürlich.« Sie stockte. »Es ist nur …«

»Wir bringen dich jetzt zu deinem Verlobten«, fiel ich ihr erneut ins Wort. »Und dann kannst du mich mit allem volllabern, was dir auf dem Herzen liegt. Okay?«

Sie zögerte. Aber dann breitete sich ein zaghaftes Lächeln auf ihren Lippen aus. »Okay.«

Nachdem wir es geschafft hatten, Riley in ihr Kleid zu bekommen, ohne ihre Frisur zu zerstören, machten wir uns auf den Weg zur Location. Isaac und ich nahmen Janice mit, während Pete mit Harlow und Riley fuhr. Ich drehte wie verrückt an den Knöpfen von Isaacs Musikanlage und wechselte alle paar Minuten den Radiosender, weil ich kurz davor stand, vor Nervosität durchzudrehen. Und je näher wir der Scheune kamen, desto schlimmer wurde es. Isaac fragte währenddessen Janice über ihre Arbeit in der Tierklinik aus. Ich versuchte, mich auf seine Stimme zu konzentrieren, aber das unangenehme Kribbeln in meinem Körper ließ nicht nach, ebenso wenig wie das Pochen hinter meinen Schläfen.

Der Weg dauerte nur zwanzig Minuten und führte ein Stück am Wasser entlang, bis wir in den Wald einbogen. Leider war das Wetter am Vormittag umgeschlagen, und jetzt war der Himmel dunkelgrau, und es schüttete wie aus Kübeln. Außerdem war es schweinekalt. Ich war froh, dass die Trauung drinnen stattfinden würde, denn in meinem Kleid wäre ich sonst erfroren.

Auf den letzten Metern waren Lampions zu beiden Seiten des Schotterwegs angebracht, auf denen Rileys und Morgans Initialen leuchteten. Da es so düster war und die Sonnenstrahlen es nicht mehr durch die Wolken hindurchschafften, wirkte der warme Lichtschein der Lampions umso einladender. Wir folgten den handgeschriebenen Holzschildern zum Parkplatz, und Isaac parkte den Wagen.

Auf dem Weg zur Scheune versanken Janice und ich beide mit unseren Absätzen in dem durchnässten Boden, während Isaac sein Bestes tat und einen Schirm über unsere Köpfe hielt.

Janice erklärte uns, dass die Trauung in einem kleinen Anbau stattfinden würde und die Feier dann in der großen Scheune, die direkt danebenlag. Da sie beim Aufbauen und Dekorieren geholfen hatte, wusste sie genau, wo wir langgehen mussten. Je mehr sie erzählte, desto schmerzhafter wurde mir bewusst, wie wenig ich an den Hochzeitsvorbereitungen meiner Schwester teilgenommen hatte.

»Ich wünschte, ich hätte mehr geholfen«, murmelte ich.

»Du hast doch die Einladungen gemacht«, erwiderte Janice. »Damit hast du Riley viel Arbeit abgenommen.«

Den Rest des Weges blieb ich still. Allmählich drang die Kälte in meine Knochen und sorgte für eine Gänsehaut auf meinen Armen, die ich versuchte wegzurubbeln. Ich war froh, als wir endlich die Tür zum Anbau aufstießen und den kleinen Raum betraten.

»Hübsch«, sagte Isaac neben mir, und ich sah mich um.

Mehrere Reihen von Stühlen waren aufgebaut, wobei man einen breiten Gang in der Mitte frei gelassen hatte, der von der Tür bis ins Zentrum des Raums führte. Dort befand sich eine große Schiebetür, die geöffnet war und vor der Girlanden hingen, die von der Decke bis zum Boden reichten und sich sanft im Wind wiegten. Direkt davor stand ein länglicher Tisch, auf dem Blumen lagen und der mit einem cremefarbenen Tuch überzogen worden war, das im warmen Licht schimmerte. Die restliche Dekoration war schlicht und passte zu dem rustikalen Stil der gesamten Location. Es war genau so geworden, wie Riley es mir beschrieben hatte, und ich liebte es.

Wir waren viel zu früh, aber vereinzelt nahmen schon ein paar andere in den hinteren Reihen Platz. Ich entdeckte Morgan, der an der Seite stand und mit einer Frau sprach, von der ich annahm, dass sie die Trauung durchführen würde. Als er mich sah, legte er eine Hand auf ihren Arm und sagte etwas, das sie zum Nicken und Lächeln brachte. Danach kam er zu mir.

Er trug einen schwarzen Anzug, an dessen Jackett eine Ansteckblume befestigt war, darunter ein dunkles Hemd und Hosenträger. Er umarmte mich fest und grinste mich breit an.

»Du siehst toll aus, Morgan«, sagte ich lächelnd.

»Kann ich nur zurückgeben«, erwiderte er und sah nun auch Isaac an. »Hey, Mann. Ich bin Morgan.«

»Isaac. Freut mich, dich kennenzulernen.« Er ergriff Morgans Hand und schüttelte sie fest. »Und, aufgeregt?«

Morgan zuckte mit den Schultern. »Nah, nicht wirklich. Kann kaum erwarten, dass es endlich losgeht.«

So war Morgan immer. Ein Fels, den nichts erschüttern konnte. Nicht einmal seine eigene Hochzeit.

»Wie geht's Riley?«, fragte er unvermittelt.

»Super. Sie hat ordentlich Sekt intus«, sagte ich grinsend.

Er lachte rau. »Das kann ich mir vorstellen.«

»Sawyer!«, erklang Janice' Stimme von weiter hinten. Ich fuhr herum und sah, wie sie mich herbeiwinkte.

»Morgan, kannst du Isaac seinen Platz zeigen? Ich glaube, meine Schwester braucht mich.«

»Klar«, meinte Morgan und nickte in Richtung der Sitzplätze. »Euer Platz in der ersten Reihe, da vorne ganz links.«

Isaac nickte und wollte Morgan schon folgen, da packte ich ihn am Arm. Mein Herz klopfte wie verrückt und meine Finger gruben sich in den Stoff seines Anzugs. Er sah mich überrascht an, aber dann veränderte sich etwas in seinem Blick, und seine Augen wurden sanft. Nach einem kurzen Moment schob er seine Hand in meinen Nacken und streichelte mich kurz. Dann ließ er mich los und folgte Morgan zu unseren Plätzen.

»Ich glaube, alle sind aufgeregter als du und Morgan«, sagte ich, als ich zu Riley in das winzige Badezimmer trat, in das nicht mehr als zwei Personen passten.

Sie zuckte nur mit ihren Schultern, genau wie ihr Verlobter wenige Minuten zuvor. »Ich freue mich einfach darauf, seine Frau zu werden.«

Ich nickte und schüttelte gleich darauf den Kopf. Es kam mir vor wie ein Traum, dass meine Schwester tatsächlich heiraten würde. Wir waren zusammen aufgewachsen, hatten zusammen unsere Eltern verloren, hatten zusammen die Zeit bei Melissa durchgestanden und hatten uns geschworen, immer zusammenzubleiben. Und jetzt? Jetzt befand sie sich an einem vollkommen anderen Punkt in ihrem Leben als ich. Es war … einfach unwirklich.

»Riley, ich wollte dir noch was geben. Etwas Altes«, murmelte ich nach einer Weile und zog die Kette mit dem Medaillon über meinen Kopf.

Sie erstarrte. Sie wusste genau, wie viel mir diese Kette bedeutete. »Aber ich habe doch das Armband, Sawyer. Du brauchst es mir nicht geben.«

»Ich möchte, dass du es trägst. Mom hätte das auch gewollt, da bin ich mir ganz sicher«, sagte ich heiser.

»Ich …« Riley räusperte sich. »Ich weiß nicht, was ich sagen soll.«

Ich streifte ihr die Kette über den Kopf und drehte das Medaillon richtig herum. Riley nahm es sofort in die Hand und öffnete es. Sie betrachtete die Bilder von uns und das Foto von Mom und Dad. Plötzlich glänzten ihre Augen verdächtig.

»Ich wünschte, sie könnten heute bei uns sein«, flüsterte sie.

»Ich auch.«

In diesem Moment steckte Harlow den Kopf ins Badezimmer. »Ah! Nicht jetzt schon weinen! Dein Make-up!«

Sofort fächelte ich ihr Luft zu, damit keine der Tränen aus ihrem Auge lief.

»Mein Gott, sieh uns nur an«, sagte Riley und schüttelte ungläubig den Kopf. »Ich kann nicht glauben, was für Heulsusen wir geworden sind.«

Ich brummte zustimmend. »Einfach widerlich.«

Harlow zog eine Braue in die Höhe. »Ihr Dixons habt nicht mehr alle Tassen im Schrank.«

Ich presste die Lippen zusammen. Gleich würde Riley keine Dixon mehr sein. Sie würde ihren Namen ablegen und Riley Compton werden. In wenigen Minuten würde ich die einzige Dixon sein, die noch übrig geblieben war.

»Sawyer«, sagte Riley und griff nach meiner Hand. Ich hatte das Gefühl, dass sie noch etwas sagen wollte, aber ich zwang mir ein Lächeln auf meine Lippen und erwiderte den Druck ihrer Finger. »Ich freue mich für euch.«

Es war nicht gelogen. Aber es fühlte sich auch nicht nach der Wahrheit an.

Die Musik setzte ein. Die Band, die später auch auf der Party auftreten würde, spielte einen langsamen, gefühlvollen Song, und die Brautjungfern betraten den Raum. Jetzt, wo es voller war und nahezu alle der knapp siebzig Sitzplätze belegt waren, war es angenehm warm. Trotzdem bekam ich Gänsehaut, als ich Harlow und Janice, beide wunderschön in ihren fliederfarbenen Kleidern, langsam den Gang entlangschreiten sah.

Als sie auf der Hälfte des Weges waren, ließ ich meinen Blick nach vorne zu Morgan wandern. Jetzt wirkte auch er angespannt, und als er in meine Richtung sah, lächelte ich bekräftigend. Er erwiderte es, und sein Brustkorb hob sich, als er einen tiefen Atemzug nahm.

Als Harlow und Janice vorne angekommen waren, drehten

sie sich erwartungsvoll zur Tür. Die Band begann ein langsames Lied zu spielen, bei dem ich sofort eine Gänsehaut bekam. Als Riley mit Morgans Vater am Arm im Eingang erschien, standen alle Gäste auf und drehten sich, um sie ansehen zu können.

Einen Augenblick lang fürchtete ich, Riley könnte sich umdrehen und davonlaufen, so angespannt wirkte sie. Aber dann erblickte sie Morgan, und der Ausdruck auf ihrem Gesicht verwandelte sich in pures Glück. Ihre Augen leuchteten auf und man sah ihr an, dass sie am liebsten nach vorne rennen und ihm um den Hals fallen würde. Glücklicherweise hielt sein Dad sie fest und tätschelte beruhigend die Hand, die sie bei ihm untergehakt hatte.

Ich hielt die ganze Zeit den Atem an. Als Riley vorne ankam und ihren Schwiegervater auf die Wange küsste, sagte er zu ihr: »Ich freue mich sehr, ab heute eine weitere Tochter zu haben.«

Der Schmerz in meinem Herzen traf mich völlig unvorbereitet. Ich zuckte zusammen und spürte sofort Isaacs Blick auf mir.

»Danke«, krächzte Riley. Dann übergab er ihre Hand an Morgan.

Und da stand sie. Meine wunderschöne Schwester, neben dem wichtigsten Menschen in ihrem Leben. Während ich hier unten saß und zusah.

Morgan murmelte etwas, das sie zum Lachen brachte. Ich konnte ihr Gesicht nicht richtig sehen, aber ihre Schultern bebten. Während sie sich zu Harlow drehte und ihr den Brautstrauß reichte, warf sie mir ein Lächeln zu. Sie berührte kurz das Medaillon, und ich lächelte tapfer zurück, auch wenn es sich so anfühlte, als würde mein Herz dabei an mehreren Stellen bröckeln. Dann verstummte die Musik, und die Hochzeitsrednerin fing an zu sprechen. Ihre Worte flogen wie im Rausch an mir vorbei, selbst die Traufrage, die beide natürlich mit »Ja« beantworteten, nahm ich nur mit einem Ohr wahr. Erst als die Gäste um mich herum in Gelächter ausbrachen, holte mich das aus meinem tranceartigen Zustand zurück in die Gegenwart.

Ich beobachtete, wie Morgan mit einem verschmitzten Grinsen einen Zettel in seine Anzugtasche stopfte – anscheinend hatte er so getan, als könnte er sich nicht an sein Eheversprechen erinnern und müsste es ablesen. Dann wurde sein Blick wieder ernst, und er räusperte sich. Er sah Riley fest in die Augen, als er ihre Hände in seine nahm.

»Riley«, fing er an und musste sich noch einmal räuspern. Er lächelte und fuhr dann fort: »Als wir uns kennengelernt haben, wusste ich sofort, dass du die Frau bist, mit der ich mein Leben verbringen möchte. Du hast lange gebraucht, um das zu verstehen, aber nun … stehen wir hier. Und ich bin der glücklichste Mann der Welt, weil ich immer noch nicht glauben kann, dass du tatsächlich Ja gesagt hast.« Für einen kurzen Moment flackerte etwas Dunkles in seinem Blick auf, und seine nächsten Worte fühlten sich an wie ein Faustschlag in meine Magengrube: »Ich weiß, dass das Leben nicht immer fair zu dir und deiner Familie war. Ich weiß, dass du und Sawyer Dinge durchmachen mussten, die ich niemandem wünschen würde. Und nicht nur deshalb verspreche ich, dir vom heutigen Tag an für immer eine Stütze zu sein. Ich verspreche dir, dich zu ermutigen, dir zu vertrauen und dich zu respektieren. Ich verspreche dir, deine Familie zu sein, an deiner Seite zu wachsen, mit dir immer auf Augenhöhe zu sein. Ich werde mich um dich kümmern und mich gemeinsam mit dir allen Herausforderungen stellen, die uns das Leben entgegenwirft. Ich liebe dich.«

Ich schluckte mehrmals hintereinander und versuchte verzweifelt, die Tränen zurückzukämpfen, die mir bei seinen Worten in die Augen gestiegen waren. Mein Blick war verschleiert, deshalb konnte ich Rileys Reaktion nicht sehen, aber plötzlich spürte ich, dass Isaac sich neben mir bewegte. Im nächsten Moment ergriff er meine Hand und verschränkte unsere Finger. Er drückte sanft zu, nur einmal.

Ich wagte es nicht, ihn anzusehen, aus Angst, ich könnte die Fassung verlieren.

»Morgan«, setzte Riley in diesem Moment an und stieß dann die Luft hörbar aus. Ich konnte mir nur vorstellen, wie schwer dieser Moment für sie sein musste. Wir hatten nie über Gefühle geredet, hatten nie laut ausgesprochen, wie es in uns drin aussah. Dass sie jetzt im Begriff war, vor all diesen Menschen genau das zu tun, machte mir ein weiteres Mal an diesem Tag bewusst, wie wenig wir noch gemeinsam hatten.

Sie lachte, ein kurzer, unsicherer Laut, bevor sie weitersprach: »Ich bin nicht gut mit Worten. Vor allem nicht, wenn ich unter Druck stehe und mir siebzig Menschen zuhören.« Alle lachten mit ihr. »Aber ich kann so viel sagen: Als ich dich kennengelernt habe, habe ich mich an keinem guten Punkt in meinem Leben befunden. Ich habe viele Fehler gemacht. Ungesunde Dinge getan, die mich mit Sicherheit früher oder später das Leben gekostet hätten. Aber seitdem ich dich kenne, hat das Bedürfnis, mich selbst zu zerstören, abgenommen.« Ich hörte ihre Stimme beben und hätte am liebsten die Arme um sie geschlungen. Aber das war nicht mehr meine Aufgabe. »Nur dank dir bin ich heute hier. Du hast mich dazu gebracht, wieder Freude empfinden zu können. Es gibt nicht genug Worte, die meinen Dank dafür ausdrücken könnten.«

Harlow reichte ihr ein Taschentuch, und Riley tupfte damit über die Stellen unter ihren Augen. Inzwischen kämpfte auch Morgan mit den Tränen, und ich musste den Blick abwenden.

Stattdessen starrte ich auf Isaacs und meine Hände, die auf meinem Oberschenkel lagen.

»Du bist mein bester Freund. Durch dich fühle ich mich nicht mehr allein, sondern habe ein Zuhause gefunden. Ich verspreche dir, mit dir zu lachen und zu weinen. Mit dir zu wachsen und deine Träume zu unterstützen. Ich verspreche dir, bei keinem Abenteuer von deiner Seite zu weichen und dich zu lieben, jeden Tag und alle Nächte, jede Sekunde unseres Lebens.«

Riley hatte ihr Zuhause gefunden.

Sie das sagen zu hören, machte mich auf der einen Seite so unfassbar glücklich und tat auf der anderen Seite so unfassbar weh, dass ich mit meinen Gefühlen völlig überfordert war und kaum atmen konnte. Wir hatten uns seit dem Tod unserer Eltern nichts anderes gewünscht als eine Familie. Menschen, denen wir vertrauen konnten und die uns glücklich machten. Dass sie das mit Morgan gefunden hatte, war mehr, als ich mir je für sie hätte erhoffen können. Er würde sie nicht verletzen. Und sie würde ihn nicht wegstoßen. Dessen war ich mir vollkommen sicher.

Ich bemerkte erst, dass ich angefangen hatte zu weinen, als Tränen auf meine und Isaacs Hände tropften, eine nach der anderen. »Hey«, murmelte Isaac. Sein Daumen strich in sanften Kreisen über meine Haut.

Ich sah ihn an. Einen Moment lang verlor ich mich in seinen Augen und ließ zu, dass seine Hand mir Wärme spendete. Dann richtete ich meinen Blick wieder nach vorne.

Der erste Trauzeuge reichte Morgan ein kleines Kissen, auf dem die Ringe lagen. Morgan nahm Rileys Ring und hielt ihn an ihren linken Finger. »Ich gebe dir diesen Ring als ein Symbol meiner Liebe, mit allem, was ich bin, und allem, was ich habe.«

Er schob ihn langsam auf ihren Finger. Riley nahm den anderen Ring und wiederholte die Worte, während sie ihn Morgan ansteckte.

Ich hatte keine Ahnung, was danach geschah. Ich war wie betäubt. Das Einzige, was ich verschwommen wahrnahm, war, wie meine Schwester und ihr Mann, Mr und Mrs Compton, sich unter Applaus küssten.

kapitel 29

Isaac und ich schwiegen, als wir den anderen Gästen in die große Scheune folgten, wo die eigentliche Feier stattfinden würde. Ich sah mich nicht nach unserem Tisch um, sondern steuerte augenblicklich die Bar an. Doch dort angekommen merkte ich, dass ich gar kein Verlangen nach Alkohol hatte. Ich wollte einfach nur ins Bett.

Isaac fand mich wenig später und lehnte sich neben mich an den Tresen.

»Das war eine schöne Trauung«, sagte er, als würde er übers Wetter reden.

Ich sah an ihm hoch und versuchte, den Ausdruck in seinen Augen zu deuten – vergeblich.

»Ein bisschen zu schön für meinen Geschmack«, erwiderte ich und wischte mir mit dem Finger unterm Auge entlang, um auch die letzten verschmierten Mascaraspuren zu beseitigen.

»Ist alles okay?«, fragte er nun, diesmal viel leiser.

Ich zuckte mit den Schultern, obwohl ich eigentlich heftig den Kopf hätte schütteln sollen. Überhaupt nichts war okay, aber ich glaubte, dass er mich inzwischen genug kannte, um das genau zu wissen.

Isaac sah unschlüssig zwischen mir und dem Innenraum hin und her. »Wollen wir zu unserem Tisch?«

Wieder zuckte ich mit den Schultern, ließ es aber zu, dass er mir das Glas abnahm, es auf den Tresen stellte und mir eine Hand auf den Rücken legte. Er führte mich zu den großen runden Tischen, die alle mit weißen, langen Tüchern bedeckt waren. Auf ihnen befanden sich schwarze Servietten und Glasflaschen, in denen schwarze Rosen steckten. Es bestand kein Zweifel, dass Janice und Harlow die Dekoration auf Rileys Kleid abgestimmt hatten. Mir gefiel es. Die Stühle waren weiß und bildeten einen schönen Kontrast zu der Scheune, die aus dunklem Holz bestand. An manchen Ecken war sie schon recht heruntergekommen, aber mit den vielen Lichterketten, die in jeder Ecke hingen und den Raum in ein schönes, warmes Licht tauchten, fiel das kaum auf. Um uns herum »oh«-ten und »ah«-ten die Gäste, als sie nach und nach hereinkamen und ihren Sitzplatz fanden.

Isaac und ich saßen an Rileys und Morgans Tisch. Isaac wurde sofort von Morgans Mom in ein Gespräch verwickelt, während ich danebensaß und am Saum meines Kleids herumfummelte.

Ich war froh, als Riley und Morgan nach einer gefühlten Ewigkeit zu uns kamen. Sofort nahm ich meine Schwester fest in den Arm und hielt sie an mich gedrückt. Ich vergrub das Gesicht an ihrem Hals, und ihre Umarmung wurde so fest, dass ich kaum Luft bekam.

Wenig später wurde das Büffet eröffnet. Das Essen sah köstlich aus, aber ich bekam keinen einzigen Bissen herunter. Ich stocherte auf meinem Teller herum und versuchte angestrengt, Small Talk mit Morgans Eltern zu halten. Hin und wieder spürte ich Isaacs Blick auf mir, doch er sagte nichts.

Nach dem Essen gab es ein paar Reden von befreundeten Pärchen und Morgans Vater. Ein Toast wurde ausgesprochen, und danach beobachtete ich von meinem Platz am Tisch aus, wie Riley und Morgan ihren Hochzeitstanz tanzten. Er schlang einen Arm um ihre Taille und zog sie ganz dicht an sich. Mit der anderen hielt er ihre Hand fest und drückte sie sich auf die Brust. Es war keine einstudierte Choreografie, sondern ein Moment nur für die beiden. Ich wünschte mir inständig, ich hätte meine Kamera mitgenommen, um die beiden zu fotografieren. Aber Frank lag zu Hause – auf Rileys Wunsch hin. Sie hatte mir gesagt, ich solle die Feier genießen und nicht arbeiten. Dabei wäre mir nichts lieber gewesen, als in diesem Moment etwas zu tun zu haben.

Noch bevor die letzten Takte verklungen waren und die Band in den nächsten Song überleitete, küssten sich meine Schwester und ihr Mann kurz. Dann ließen sie sich los und kamen direkt auf uns zu. Riley streckte Isaac die Hand entgegen, und im selben Moment griff Morgan nach meiner. Das nächste Lied fing an, und er führte mich in eine Drehung und dabei mitten auf die Tanzfläche.

»Und? Ist doch gar nicht so schlimm wie erwartet, oder?«, fragte er mich mit seiner dunklen Stimme.

Ich lächelte schwach. Ich warf einen Blick zur Seite und sah, wie meine Schwester mit Isaac tanzte. Sie strahlte bis über beide Ohren. »Danke, dass du Riley glücklich machst«, sagte ich leise.

»Es ist das Beste, was ich jemals machen durfte. Ich werde mein Leben damit verbringen, jeden Tag zum besten ihres Lebens zu machen. Ich hoffe, das weißt du.«

»Natürlich.«

»Ich meine es ernst. Ich weiß, dass du Vorbehalte hattest, was die Hochzeit angeht, aber ich liebe Riley. Ich würde alles für sie tun. Ich weiß, dass nichts das wiedergutmachen kann, was euch zugestoßen ist – aber ich werde ihr jeden Tag zeigen, wie sehr sie geliebt wird.«

Ich spürte, wie mir schon wieder die Tränen in die Augen stiegen. »Du musst dringend aufhören, mich zum Weinen zu bringen.«

Er lachte bloß rumpelnd und zog mich noch fester an sich heran.

»Du bist auch meine kleine Schwester, Sawyer. Du kannst immer zu mir – zu uns – kommen, wenn irgendetwas ist. Ich hoffe, das weißt du. Wir sind alle eine Familie, seit heute auch ganz offiziell.«

Zum Glück war er so groß und hielt mich so dicht an sich gedrückt, sonst hätte jeder die Tränenspuren auf meinen Wangen gesehen.

Ich wusste es zu schätzen, dass er das sagte, auch wenn es nicht stimmte. Das hier war nicht meine Familie. Ich kannte einen Großteil der Menschen ja nicht mal, und ich hatte auch nicht das Bedürfnis, sie näher kennenzulernen.

Aber ich schwieg und ließ den Rest des Liedes über mich ergehen. Am Ende machte Morgan einen Schritt von mir weg und sah mich prüfend an.

»Sehe ich schlimm aus?«, fragte ich und zuckte beim nasalen Klang meiner Stimme zusammen. Bäh.

»Ein bisschen wie ein Waschbär«, erwiderte er lächelnd und wischte mir über die Wange.

»Ich gehe am besten mal kurz …«, murmelte ich. Morgan hielt mich noch kurz fest.

»Bei Riley hat es Jahre gedauert, bis sie mir geglaubt und mir vertraut hat. Und auch bei dir werde ich nicht lockerlassen, Sawyer, und es immer und immer wiederholen, bis du es verstehst.«

Ich nickte und machte auf dem Absatz kehrt, bevor er noch mehr sagen konnte. In schnellen Schritten lief ich in Richtung der Waschräume. Doch ich kam nicht weit. Plötzlich fasste mich jemand am Arm. Ich stolperte und kam zum Stehen. Verwirrt blickte ich auf.

Und erstarrte zur Salzsäule.

Es fühlte sich an, als hätte jemand die ganze Luft aus dem Raum gesogen. Mir wurde schwindelig und heiß und kalt zugleich, und mein Herz schlug erst gar nicht mehr und dann mit einem Mal viel zu schnell.

Vor mir stand Melissa.

Sie hatte sich kein bisschen verändert, sondern sah noch genauso aus wie vor fünf Jahren: groß und dürr, das gleiche hellblonde Haar, die gleiche markante Nase und die gleichen blauen Augen, wie auch ich sie hatte. Nur die länglichen Falten neben ihren Mundwinkeln waren länger geworden, sodass sie noch bitterer aussah als damals und viel älter als ihre zweiundvierzig Jahre.

»Hallo, Sawyer«, sagte sie spöttisch. »Lange nicht gesehen.«

Ich starrte sie an. Schweiß trat auf meine Stirn, während gleichzeitig auf meinem gesamten Körper eine Gänsehaut ausbrach.

Wieso war sie hier? Was zum Teufel machte sie auf Rileys Hochzeit?

»Das letzte Mal, als wir uns gesehen haben, hast du kotzend über meinem Klo gehangen, weil du zu viel gesoffen hattest. Am nächsten Morgen warst du weg.«

Ich entriss ihr meinen Arm und machte einen Schritt von ihr weg. Doch ich konnte mich nicht umdrehen. Warum konnte ich mich nicht umdrehen?

»Aber keine Sorge, Riley hat mir alles erklärt«, fuhr Melissa ungerührt weiter. Ihr Ton triefte vor Spott und Hass. Ich hatte keine Ahnung, wovon sie sprach. Hilflos sah ich mich um, suchte Riley oder Morgan, *irgendwen*, der mich aus diesem Albtraum befreien konnte.

»Hast du mir wirklich gar nichts zu sagen?«

Ich starrte sie wortlos an.

Sie lachte humorlos, ein fieser, kurzer Laut, der schreckliche Erinnerungen in mir wachrief.

Ich erinnerte mich an meinen zehnten Geburtstag, als ich niemanden aus meiner Klasse hatte einladen dürfen und den Tag alleine in meinem Zimmer verbracht hatte, ohne Geschenke und ohne Umarmung. Es war der erste Geburtstag ohne meine Eltern gewesen. Ich erinnerte mich daran, als ich dreizehn gewesen und Riley so krank geworden war, dass sie nicht mehr laufen konnte und im Bad ohnmächtig wurde. Ich hatte versucht, sie zu halten, hatte aber das Gleichgewicht verloren und war dabei mit der Schläfe auf die Badewanne geknallt. Ich hatte schlimm geblutet und wahrscheinlich eine Gehirnerschütterung erlitten. Melissa hatte es nicht interessiert.

»Du bist wirklich genau wie deine Mutter«, zischte sie jetzt und riss mich aus meinen Gedanken.

Ich fand meine Stimme wieder. »Was?«, krächzte ich.

»Genauso dumm und genauso undankbar. Ich habe dich großgezogen, und du schaffst es noch nicht mal, mich ordentlich zu begrüßen?«

Allmählich schienen die Synapsen in meinem Hirn wieder zu funktionieren. »Hast du sie noch alle?«, knurrte ich und wollte mich von ihr entfernen, als sie erneut nach meinem Arm griff und mich festhielt.

»Du bist genau wie deine Mutter. Tanzt mit deinem frisch angetrauten Schwager, als würdest du gleich mit ihm in die Kiste springen wollen. Ich kann nicht glauben, dass du Riley das antust«, fauchte sie mich an. Ihre Finger krallten sich immer fester in meinen Arm. Ich versuchte, mich zu befreien, aber verdammt, sie war stark.

»Lass mich sofort los«, sagte ich tödlich leise und war selbst überrascht davon, wie ruhig meine Stimme klang. In meinem Inneren brach in diesem Moment nämlich alles auseinander, was ich die letzten Jahre versucht hatte zusammenzuhalten.

Wieso war sie hier?

»Was ist mit dem Typ, mit dem du hergekommen bist? Reicht dir der nicht?«, fuhr sie fort und die Falten neben ihrem Mund schienen noch tiefer zu werden. Eine Ader an ihrem Hals trat hervor, und ihre Nägel gruben sich in meine Haut. »Du bist wirklich ganz deine Mutter.«

»Lass mich sofort los, Melissa«, wiederholte ich. Meine Brust fühlte sich so eng an, dass ich das Gefühl hatte, jeden Moment zu ersticken.

Ich sah aus dem Augenwinkel, wie sich um uns herum ein paar Köpfe in unsere Richtung drehten. Aufgeregtes Flüstern und Tuscheln erklang in meinen Ohren und wurde immer lauter.

Das konnte jetzt nicht passieren.

Das konnte wirklich nicht passieren.

»Ihr wolltet es ja nie hören. Ihr wolltet nicht wahrhaben, was für eine widerliche Schlampe Erin …«

Ich hörte nur ein Klatschen.

Dann fühlte ich ein heftiges Brennen in meiner rechten Hand. Und sah Melissa, die zurücktaumelte und zu Boden ging. Sie presste sich die Hand gegen die Nase und starrte zu mir hoch. Als sie die Hand wegnahm, sah ich Blut an ihren Fingern.

Ich wich einen Schritt zurück, bis ich gegen einen Tisch stieß und mich daran festklammerte.

Ich konnte kein Blut sehen, nicht, seit ich Mom damals in der Badewanne gefunden hatte.

»Was zur Hölle?«, erklang Rileys Stimme unvermittelt. Sie

eilte durch die Traube von Menschen, die sich um uns herum versammelt hatte, und kam zu einem abrupten Stopp, als sie Melissa mit ihrem blutigen Gesicht auf dem Boden liegen sah. Ihre Hand flog zu ihrem Mund, und sie wurde kalkweiß.

Als sie zu mir herumwirbelte und mich ansah, war ihr Blick voller Enttäuschung und Unglauben.

Melissa erhob sich mit Morgans Hilfe. Er nahm das Anstecktuch aus seiner Brusttasche und reichte es ihr, damit sie es sich unter die Nase halten konnte.

»Gott, Melissa, das tut mir leid«, murmelte Riley und fasste sie behutsam am Arm.

Mein Mund klappte auf. Und wieder zu. Fassungslos starrte ich meine Schwester an. »Du hast sie zu deiner Hochzeit eingeladen?«, flüsterte ich. Die Band hatte längst aufgehört zu spielen, sonst hätte Riley mich nicht verstanden.

Riley presste die Lippen zu einer dünnen Linie zusammen. Schließlich nickte sie knapp.

Ich zitterte am ganzen Körper. »Sag mir, dass das nicht wahr ist«, brachte ich mühsam beherrscht hervor. »Sag mir, dass du das nicht gemacht hast.«

Riley machte einen Schritt auf mich zu, aber ich wich zurück. »Sawyer …«, sagte sie flehentlich.

»Wer *bist* du?«, fragte ich. Ich hatte ernsthafte Mühe, aufrecht stehen zu bleiben. »Nach allem, was sie uns angetan hat!«

»Genau deswegen habe ich es dir nicht gesagt. Weil ich wusste, dass du eine große Sache daraus machen würdest«, gab Riley zurück. Ihre Stimme bebte.

»Du hast dich kein Stück verändert«, schaltete sich Melissa dazwischen. »Du bist immer noch dasselbe verzogene Miststück von damals.«

»Melissa«, zischte Riley. »Du hast es mir versprochen.«

Melissa deutete mit ihrer freien Hand auf mich. »Guck dir doch an, was aus ihr geworden ist, Riley!«, sagte sie aufgebracht. »Das kannst du doch unmöglich gut finden! Und für so was habe ich Jahre meines Lebens geopfert.«

Es war zu viel. Es war einfach zu viel. Es gab eine Grenze, was ein einzelner Mensch an einem Tag alles ertragen konnte. Und meine war hiermit erreicht.

»Wie kannst du es wagen, so mit mir zu sprechen?«, schrie ich Melissa an. Es war, als wären in mir mehrere Sicherungen auf einmal durchgebrannt. »Wie kannst du es wagen, mich vor all diesen Leuten zu beleidigen und mir diese Dinge an den Kopf zu werfen?« Ich wurde immer lauter und machte einen drohenden Schritt auf sie zu.

Plötzlich war Isaac da und stellte sich mir in den Weg.

»Hör auf«, sagte er ruhig.

»Geh aus dem Weg, Isaac«, fauchte ich.

Riley trat neben Isaac und starrte mich an. »Ich kann nicht glauben, dass du sie geschlagen hast.«

»Sie hat Mom beleidigt. Und mich. Sie hat …«

»So war sie schon immer, Sawyer!«, entgegnete sie erhitzt. »Dass wir sie eingeladen haben, sollte ein Schritt in die richtige Richtung sein. Eine Art Neuanfang.«

»Ein Neuanfang?« Am liebsten hätte ich Riley geschüttelt. »Ein Neuanfang für was denn, Riley? Nur weil du jetzt einen tollen Mann und eine tolle neue Familie hast, heißt das nicht, dass du alles von damals ungeschehen machen kannst!«

Riley zuckte zusammen, und augenblicklich bereute ich, was ich gesagt hatte. »Riley …« Ich machte einen Schritt auf sie zu, doch sie wich vor mir zurück.

»Merkst du, was du anrichtest?«, sagte Melissa höhnisch. »Du bist gerade dabei, das Glück deiner Schwester zu zerstören. Genau wie deine Mutter es mit mir gemacht hat, als sie den feigen Ausweg gewählt und sich die Pulsadern aufgeschlitzt hat!«

Ich verlor einfach die Kontrolle. Wieder machte ich einen Schritt auf sie zu. Und wieder war da Isaac, der mich zurückhielt. Er redete auf mich ein, sanft und beruhigend, aber ich wehrte mich. Ich wollte ihm nicht zuhören. Doch dann umschlag er mich von hinten fest mit seinen Armen und sagte mit dem Mund ganz nah an meinem Ohr: »Ist dir bewusst, dass du gerade den schönsten Tag deiner Schwester kaputtmachst?«

Mein ganzer Körper zitterte. »Lass mich los, Isaac.«

»Nein. Du benimmst dich total daneben. Egal, was sie gesagt hat, ich lasse nicht zu, dass du noch mal auf diese Frau losgehst.«

Seine Worte fühlten sich an wie ein Messerstich, mitten in meinen Rücken. Sie taten so weh, dass ich mich krümmte und einen Moment lang nur entsetzt keuchen konnte.

Isaac nutzte die Gelegenheit und hob mich hoch. Mit schnellen Schritten trug er mich nach draußen, als wöge ich nicht mehr als ein leerer Umzugskarton. Er setzte mich auf der Veranda ab, weit weg von den anderen Gästen. Nur ließ er mich nicht los. Er hielt mich weiter in seinen Armen und drückte mich an sich, als könnte er so verhindern, dass ich völlig den Verstand verlor.

»Du hast dich auf ihre Seite gestellt«, brachte ich hervor. Ich konnte mich nicht bewegen, so fest umklammerte er mich.

»Das stimmt nicht. Ich will nur nicht …«

»Du hast gehört, was sie gerade zu mir gesagt hat«, brachte ich hervor und schaffte es endlich, mich aus seinem Griff zu befreien.

Ich fuhr zu ihm herum. Sein Blick war voller Schmerz. »Ja, habe ich. Und das war schrecklich. Aber ich wollte nicht, dass dadurch Rileys Hochzeit zerstört wird. Du hättest das dein Leben lang bereut.«

»Ich bin also dafür verantwortlich, dass Rileys Hochzeit den Bach runtergeht? *Ich?*«, fuhr ich ihn an.

Ich stieß mit beiden Händen gegen seinen Brustkorb, und weil es sich so gut anfühlte, gleich noch einmal. Und ein drittes Mal, bis er zurücktaumelte und sich mit der Hand kurz an einem Holzbalken festhalten musste.

»Wie konnte ich nur glauben, du würdest etwas an meinem beschissenen Leben ändern können?« Ich fuhr mir durchs Haar und zog daran. Den stechenden Schmerz hieß ich willkommen. »Wie hatte ich nur glauben können, du wärst anders?«

»Ich *bin* anders«, knurrte er und ballte die Hände zu Fäusten. »Nur weil ich mich nicht wie ein Irrer auf sie gestürzt habe, heißt das nicht, dass ich sie nicht auch schrecklich finde. Ich hasse, was sie dir angetan hat, und wenn ich könnte, würde ich alles davon rückgängig machen. Aber das musst du doch nicht unbedingt auf der Hochzeit deiner Schwester klären, Sawyer!«

Ich konnte ihn nicht mehr ansehen. Jeder noch so kleine Muskel in meinem Körper tat mir weh, und der Schmerz raubte mir nicht nur den Atem, sondern auch meine Stimme. »Ein einziges Mal wollte ich auch jemanden, der für mich einsteht. Aber wieso habe ich gedacht, dass ausgerechnet du das könntest?«, flüsterte ich. »Ich hätte dich nicht mit hierhernehmen sollen. Das alles war ein riesiger Fehler.«

»Sawyer …« Er machte einen Schritt auf mich zu, aber ich wich zurück und schüttelte den Kopf.

»Nein. Ich dachte … Für einen Moment dachte ich, wir könnten mehr sein als dieses lächerliche Projekt. Aber du bist noch immer derselbe naive, dumme Junge, den ich damals aus Mitleid geküsst habe.«

Er zuckte zusammen, als hätte ich ihn geschlagen. Sein Blick wurde kalt, und in seinen Augen erschien eine Härte, die ich dort noch nie gesehen hatte. Mit einem Mal wurde ich mir der Kälte hier draußen bewusst. Ohne ein weiteres Wort drehte Isaac sich um und stapfte über den Rasen davon. Er sah nicht mehr, wie ich mich an dem Balken hinter mir klammern musste, damit ich nicht auf den Boden sank.

kapitel 30

Noch in derselben Nacht fuhr ich zurück nach Woodshill. Bis auf die kleine Clutch, die ich mit zur Hochzeit genommen hatte, hatte ich nichts bei mir, weil meine restlichen Sachen bei Riley und zum Teil noch in Isaacs Wagen waren. Aber das war mir egal.

Ich war wie betäubt.

Es gab jetzt nur noch eine einzige Person, die ich mitten in der Nacht anrufen und fragen konnte, ob sie mich am Bahnhof in Woodshill abholen konnte – Dawn.

Außer ihr hatte ich niemanden mehr. Ich hatte es geschafft, sowohl Riley als auch Isaac an einem einzigen Abend von mir zu stoßen.

Dawn ging sofort an ihr Handy. Sie stellte keine Fragen, sondern sagte nur, dass sie so schnell wie möglich da sein würde. Ich hätte vor Dankbarkeit fast angefangen zu weinen. Es war November, und ich trug nichts als ein kurzes, dünnes Kleid und ein Paar hoher Schuhe. Mit meinem verlaufenen Make-up und den Haaren, in denen wild verteilt die ganzen Haarnadeln hingen, musste ich absolut furchterregend aussehen.

Immerhin sprach mich so im Zug niemand an und ich konnte die gesamte Fahrt über nach draußen ins Dunkle starren, wo ich schemenhaft die Bäume, Berge und Wälder erkennen konnte, die an mir vorbeizogen.

Ich stolperte mehr aus dem Zug, als dass ich ausstieg, dabei war ich stocknüchtern. Ich erkannte Dawn von Weitem. Sie stand am Ende des Gleises, neben ihr Spencer, der einen Arm um sie gelegt hatte. Als Dawn mich entdeckte, kam sie mit kreidebleichem Gesicht auf mich zu und fasste mich bei den Oberarmen. Spencer war direkt hinter ihr und zog seine Jacke aus, um sie um meine Schulter zu legen.

Dann nahm Dawn mich in den Arm. Sie fragte nicht, was passiert war. Stattdessen murmelte sie, dass alles wieder gut werden würde. Ich sagte ihr nicht, dass ich daran nicht glaubte.

Spencer setzte uns am Wohnheim ab. In unserem Zimmer angekommen ging ich sofort an meinen Schrank und holte die Flasche Wodka raus, die ich dort für Notfälle versteckt hatte. Allerdings hatte ich die Rechnung ohne Dawn gemacht, die augenblicklich neben mir stand und sie mir aus der Hand nahm. Dann lief sie aus dem Raum und kam wenige Minuten später mit der leeren Flasche zurück.

»Ich lasse nicht zu, dass du dir jetzt die Birne wegsäufst«, sagte sie streng.

Ich ignorierte sie, ließ mich auf mein Bett fallen und schloss die Augen.

Auch diese Rechnung hatte ich ohne Dawn gemacht. Sie nahm sich ihre Decke und kam zu mir, ein Päckchen mit Abschminktüchern in der Hand.

»Darf ich?«, fragte sie und setzte sich neben mich.

Ich nickte. Mir war einfach alles egal.

Dawn nahm eines der Tücher aus der Packung und wischte damit sanft über mein Gesicht. »Mach die Augen zu«, sagte sie leise.

Ich schloss die Augen, und sie fing an, die schwarzen Überreste meines Make-ups von meinen Wangen zu wischen. Sie tat das ganz sanft, und nach all den Tränen und dem Schmerz war es eine Wohltat, ihre warmen Finger auf meiner Haut zu spüren. Sie machte weiter, bis alle Spuren verschwunden waren. Dann lehnte sie sich zurück und begann, über mein Haar zu streicheln.

»Danke, dass du meine Freundin bist«, flüsterte ich nach einer Weile und hoffte inständig, dass es nicht so erbärmlich klang, wie ich mich fühlte.

Sie hielt nur ganz kurz inne. Dann streichelte sie meinen Kopf weiter, so lange, bis ich in einen unruhigen Schlaf fiel.

Als ich am nächsten Morgen aufwachte, starrte ich gegen die Decke. Im ersten Moment fragte ich mich, wieso ich mich so hundsmiserabel fühlte, bis die Erinnerungen an das zurückkamen, was am Vortag geschehen war.

Ich setzte mich ruckartig auf. Mir wurde schwindelig, und ich musste mich mit einer Hand an der Wand festhalten. Dawn drehte sich an ihrem Schreibtisch um und sah mich besorgt an.

»Guten Morgen«, sagte sie und stand auf, um zu mir zu kommen.

»Morgen«, erwiderte ich gehetzt und griff nach meiner Tasche, die vor dem Bett auf dem Boden lag. Ich kramte mein Handy raus.

Morgan hatte versucht, mich anzurufen. Neunmal.

»Shit«, fluchte ich und drückte sofort auf Rückruf.

»Soll ich dich kurz allein lassen?«, fragte Dawn. »Oder lieber bei dir bleiben?«

»Ich … ich glaube, ich muss allein mit Riley sprechen«, stammelte ich, als das Freizeichen ertönte.

»Hallo?«, erklang Morgans Stimme am anderen Ende der Leitung.

»Morgan? Ich bin's«, sagte ich schnell, während Dawn leise aus dem Zimmer ging und die Tür hinter sich ins Schloss zog.

»Gott sei Dank.« Ich hörte ihn ausatmen. »Wir haben uns Sorgen gemacht.«

»Ist sie das?«, hörte ich Rileys Stimme im Hintergrund. »Gib mir sofort den Hörer!« Es raschelte. »Sawyer?«

»Ja, ich bin's. Riley …«

»Geht es dir gut?«, unterbrach sie mich.

»Ich … nein. Ja. Ich meine, ich …«

»Bist du heil angekommen? Wohin auch immer du abgehauen bist, meine ich.« Ich kannte Riley gut genug, um ihr anzuhören, wie viel Kraft es sie kostete, mich in diesem Moment nicht anzuschreien.

Ich seufzte leise. »Ja. Ich bin in Woodshill. Ich wollte nur sagen …«

»Mir ist egal, was du sagen willst. Ich bin so wütend auf dich. Nicht nur wegen der Sache mit Melissa, sondern weil du einfach verschwunden bist.«

»Ich dachte, ihr wolltet mich nicht mehr dahaben«, krächzte ich.

Sie machte ein undefinierbares Geräusch. »Lass einfach gut sein, Sawyer. Ich brauche ein bisschen Ruhe nach dem, was gestern passiert ist.«

»Es tut mir leid«, platzte ich raus. »Es tut mir so wahnsinnig leid, Riley. Sie hat so schlimme Sachen gesagt, über Mom und … und über mich, und ich … ich habe einfach die Kontrolle verloren.«

Einen Moment lang sagte sie nichts, und ich hörte, wie sie zittrig einatmete. »Ich glaube dir, dass es dir leidtut. Aber das ändert nichts daran, dass ich enttäuscht von dir bin.«

Ich schluckte schwer. »Was heißt das?«, fragte ich nach einer Weile, meine Stimme kaum hörbar.

Ich spürte mein Herz gegen meine Rippen schlagen, als Riley nicht sofort antwortete.

»Ich akzeptiere deine Entschuldigung«, sagte sie schließlich, leise, aber mit fester Stimme. »Aber … ich brauche jetzt einfach ein bisschen Zeit für mich und meinen Ehemann.«

Ich hatte das Gefühl, zu fallen. »Okay.«

»Ich melde mich bei dir. In Ordnung?«

Ich nickte, und obwohl sie das nicht sehen konnte, legte sie auf.

Ich biss so fest auf meine Unterlippe, dass ich Metall schmeckte. Mir war schlecht, und ich hatte das Gefühl, immer weiter zu fallen. Da war nichts, was mich auffing, kein Boden, auf dem ich landen konnte. Ich fiel einfach weiter, und irgendwann übertönte das Rauschen in meinen Ohren alles.

Drei Tage lang bewegte ich mich nicht vom Fleck. Ich stand nur auf, um ins Bad zu gehen, und aß nur, wenn Dawn mich dazu zwang. Wir sprachen nicht viel, dazu war ich auch nicht in der Lage. Es war, als wäre mir die Kraft geraubt worden, mit dem realen Leben fertigzuwerden. Ich funktionierte nur noch in meinem Kokon aus Decken auf dem Bett meines Wohnheimzimmers.

An Tag vier hatte ich mich selbst satt. Ich hatte mein Selbstmitleid satt, ich hatte es satt, mir den Kopf über Melissa und Riley zu zerbrechen, und am allermeisten hatte ich es satt, dass ich Isaac vermisste. Sobald ich an ihn dachte, zog sich mein Herz so schmerzhaft zusammen, dass ich es kaum aushielt. Am liebsten hätte ich ihn angerufen, nur um seine Stimme zu hören, die mir fehlte. Aber ich traute mich nicht. Stattdessen schrieb ich ihm eine SMS:

Es tut mir leid, wie ich mich verhalten habe. Und was ich gesagt habe. Ich war nicht ich selbst.

Er antwortete nicht.

An Tag fünf wurde ich wütend. Auf Melissa, auf Isaac, auf

die ganze Welt – aber am meisten auf mich selbst. Noch vor wenigen Monaten hatte es nichts gegeben, was mich aus dem Konzept bringen konnte. Ich hatte mich von allem abgeschottet und keine Gefühle zugelassen. Damit war es mir gut gegangen.

Es wurde Zeit, dass ich wieder ich selbst wurde. Aber erst mal brauchte ich einen klaren Kopf. Deshalb raffte ich mich an diesem Tag auf, schrieb Dawn eine kurze Nachricht und ging zum ersten Mal seit einer Ewigkeit ins Fitnessstudio.

Ich trainierte und trainierte und trainierte, genau wie früher, wenn ich so wütend auf Melissa gewesen war, dass nur eine Stunde auf dem Laufband meinen Kummer einigermaßen dämpfen konnte. Es tat gut, alle Gedanken und Gefühle auszuschalten, aber selbst als ich völlig außer Atem war und meine Muskeln bereits schmerzten, fühlte es sich nicht an, als wäre es genug. Ich musste noch immer an Rileys trauriges Gesicht und Isaacs harten Blick denken, sah die beiden noch immer vor mir, wie sie innerlich mit mir abschlossen. Es hörte nicht auf wehzutun, und das machte mich wahnsinnig wütend.

Als ich den Boxsack sah, der weiter hinten in der Halle an der Decke angebracht war, überlegte ich nicht lange. Ich lief hin, holte aus – und wurde unvermittelt beim Handgelenk gepackt.

Ich fuhr herum.

»Willst du dir die Hand brechen, oder was?«, fragte Kaden mich mit gerunzelter Stirn.

Das hatte mir jetzt gerade noch gefehlt.

»Nein. Ich …« Ich zuckte mit den Schultern und versuchte, ihm meine Hand zu entziehen.

Sofort ließ Kaden mich los. Er beugte sich runter, um in seine Sporttasche zu greifen. Ich beäugte seine bandagierten Hände, als er erst eine Flasche Wasser rausholte und gleich darauf zwei seltsam aussehende rote Rollen.

»Gib mir deine Hand«, sagte er mit grimmigem Gesichtsausdruck.

Argwöhnisch sah ich ihn an. »Wieso?«

»Weil du scheiße aussiehst.«

»Fick dich doch, Kaden«, fauchte ich und machte kehrt. Ich kam nicht weit, er fasste mich am Ellenbogen und drehte mich zurück zu sich herum. Ich wollte ihn nicht ansehen, also starrte ich auf den Schweißfleck auf seiner Brust.

»Damit meinte ich, dass du aussiehst, als könntest du ein bisschen Dampf ablassen, Sawyer«, sagte er.

Ich zuckte bloß mit den Schultern.

»Ich habe Bandagen und kann dir zeigen, wie man richtig zuschlägt«, fuhr er fort. »Deine Entscheidung.«

Ich blickte zu ihm auf. Seine Augen waren düster, genau wie seine ganze Aura. Früher hatte mir das mal total an ihm gefallen, aber jetzt hätte es mich nicht kälter lassen können.

Ich hatte keine Lust, mich zu unterhalten, geschweige denn auf Gesellschaft, aber da Kaden der mürrischste und schweigsamste Typ war, den ich kannte, war seine Gegenwart vielleicht gar nicht so unerträglich. Alles war besser als Dawn, die in jeder freien Minute versuchte, mich zum Reden zu bringen.

»Einverstanden«, murmelte ich. »Zeig mir, wie das funktioniert, ohne dass ich mir was breche.«

Er nickte, und ich hielt ihm meine Hände hin. Kaden fing an, die Bandagen um meine Handgelenke zu wickeln. Sein Ausdruck war zwar konzentriert, aber seine Finger wirkten geübt und sicher. Nachdem er fertig war, verschwand er kurz nach vorne zum Empfang und kehrte wenig später mit schwarzen Boxhandschuhen zurück. Anschließend half er mir dabei, sie richtig anzuziehen.

Er zeigte mir, wie ich meine Beine richtig positionierte und wie ich meine Arme halten musste, damit ich mir nicht wehtat. Er führte mir Schlagkombinationen vor, erst ganz langsam, dann schneller, damit ich sah, wie man es richtig machte. In knappen Worten erklärte er mir, was Punch-Out-Drills, Aufwärtshaken und Crossschläge waren und dass er seine Übungen immer in Intervallen durchführte. Es dauerte eine gefühlte Ewigkeit, bis er mich schließlich an den Boxsack ließ.

Er stellte sich dahinter, hielt ihn fest und nickte mir zu. Endlich. Das Gewicht der Handschuhe an meinen Händen war ungewohnt. Ich stellte mich eine Armlänge vom Sack entfernt hin, hob die rechte Hand vor mein Kinn und die linke versetzt davor, wie Kaden es mir gezeigt hatte. Dann schlug ich zu.

»Niedlich«, meinte Kaden unbeeindruckt. »Ich hab hier hinten nichts gemerkt.«

Ich knurrte. Schön, wenn er es so wollte.

Ich holte aus und boxte noch mal auf den Sack, mehrmals hintereinander, in den Kombinationen, die Kaden mir gezeigt hatte, und großer Gott, war das anstrengend. Ich wusste schon nach einer halben Minute, dass ich garantiert Muskelkater bekommen würde. Trotzdem hörte ich nicht auf. Ich schlug mit aller Kraft auf den Sack ein, während Kaden mir Anweisungen gab wie »Vergiss nicht, in die Deckung zu gehen« und »Achte auf deine Beine«.

Irgendwann hatte ich den Dreh einigermaßen raus. Und es half. Ich konnte förmlich spüren, wie mit jedem Schlag die Anspannung etwas mehr aus meinem Körper wich, und als ich nach einer halben Stunde schweißüberströmt gierig mein Wasser trank, fühlte ich mich viel besser als in den letzten Tagen.

Dann bot ich Kaden an, den Boxsack für ihn zu halten. Ich dachte erst, dass er es ausschlagen würde, aber er nickte nur knapp und brachte sich in Position. Wir wechselten kein Wort, während er zuschlug, und ich merkte, wie meine Gedanken wieder abzudriften begannen. Ob es Kaden mit Allie genauso gegangen war wie mir mit Isaac? Wir waren uns damals ziemlich ähnlich gewesen – er hatte wie ich keine Emotionen zugelassen, weder äußerlich noch innerlich. Ob Allie ihm auch Stück für Stück die Kontrolle über sich entzogen hatte? Und falls ja, wie hatte er das zulassen können?

Allein der Gedanke an Isaac genügte, und schon bekam ich keine Luft mehr vor Schmerz. Das musste dringend aufhören. Ich wollte mich so nicht mehr fühlen. Wenn ich ehrlich war, wollte ich überhaupt nichts mehr fühlen. So wie früher.

Ich wollte die Kontrolle über mich selbst zurückgewinnen. Ich wollte nicht das Mädchen sein, das schwach und auf andere angewiesen war. Ich war zwanzig Jahre meines Lebens alleine zurechtgekommen – ich brauchte niemanden. Schon gar nicht Isaac.

Scheiße, wieso tat es dann so weh, an ihn zu denken?

Kadens nächster Schlag war heftig. Ich rutschte auf der Matte ein Stück zurück und musste mich gegen den Sack lehnen, um nicht umzufallen.

»Weniger träumen, mehr aufpassen«, knurrte er und öffnete seinen Handschuh mit den Zähnen. Er befreite seine Hände, dehnte kurz seine Finger und nahm ein paar große Schlucke aus seiner Wasserflasche. Nachdem er sich den Schweiß mit einem Handtuch vom Gesicht gewischt hatte, sah er mich nachdenklich an. »Wir können das öfter machen, wenn du Bock hast.«

»Wieso?«, fragte ich perplex.

Er zuckte mit den Schultern. »Wieso nicht?«

Ich verschränkte meine klebrigen Arme vor der Brust und hob meine Augenbrauen.

Resigniert seufzte er. »Schön. Du siehst aus, als könntest du es gebrauchen, und ich habe keine Lust, mir den Sack ständig von irgendwelchen Fremden halten zu lassen.«

Meine Mundwinkel zuckten. »Ich würde mir meinen Sack auch nicht von einem Fremden halten lassen wollen.«

»Ja oder Nein?«, sagte er mit einem Augenrollen.

Ich musste nicht lange überlegen. »Ich bin dabei.«

Ich zog die Handschuhe aus und löste die Bandagen von meinen Handgelenken. Ich rollte sie auf, aber als ich sie Kaden zurückgeben wollte, winkte er ab.

»Behalt sie.«

Dann ließ er mich stehen und verschwand in Richtung der Umkleiden.

kapitel 31

Ich kündigte meinen Job im Steakhouse.

Al war alles andere als begeistert und fragte mich, ob es an der Bezahlung lag und falls ja, wie viel ich haben wollte, damit ich blieb. Ich sagte ihm nur, dass es persönliche Gründe hatte und ich mich außerdem mehr auf mein Studium konzentrieren wollte. Er nahm es hin, bat mich aber, in dieser Woche noch Schichten zu übernehmen, damit er etwas Zeit hatte, Ersatz zu finden. Ich sagte ihm, dass ich es nur machen konnte, wenn er mich nicht mit Isaac einteilte. Allein der Gedanke, ihn zu sehen, versetzte mich in Panik.

Al hatte mich einen Moment lang prüfend angesehen und dann bloß resigniert geseufzt. Einen Tag später hatte er angerufen, um mir mitzuteilen, dass er jemand Neues gefunden hatte und ich nur noch meine Arbeitskleidung zurückgeben musste.

Mir wurde ganz wehmütig zumute, als ich am nächsten Vormittag das Steakhouse betrat. Ich wollte die Sache hinter mich bringen und war noch vor meiner ersten Vorlesung hergekommen, aber als ich jetzt mit meinen Schürzen in der Hand dastand und die leeren Tische betrachtete, wurde mir bewusst, wie sehr ich die Arbeit hier gemocht hatte. Selbst die sterbenslangweilige Musik, die aus den Lautsprechern kam, half nicht, im Gegenteil, sie verstärkte das Ziehen in meinem Brustkorb nur.

Ich ging nach hinten zu Als Büro. Er saß über seinen Schreibtisch gebeugt und blickte in dem Moment auf, als ich am Türrahmen klopfen wollte.

»Hey«, sagte ich unbeholfen und hielt die Schürzen hoch. »Ich wollte dir die hier noch vorbeibringen.«

Einer seiner Mundwinkel hob sich leicht. Dann deutete er auf den Stuhl vor sich. »Setz dich eine Minute, Dixon.«

Ich atmete tief ein und betrat sein Büro. Ich würde das schon schaffen.

Al klappte den Ordner, in den er gerade etwas geheftet hatte, zu, und faltete dann die Hände auf dem Tisch. »Ich kann dich nicht überzeugen, hierzubleiben?«

»Nein«, sagte ich leise. »Tut mir leid.« Ich konnte unmöglich mehrere Stunden am Stück mit Isaac verbringen. Er hatte nie auf meine SMS reagiert, und meine Tasche, die von Rileys Hochzeit noch in seinem Auto gelegen hatte, hatte er Dawn in der Uni in die Hand gedrückt. Das war ziemlich eindeutig. Ich würde es nicht ertragen, in seiner Nähe zu sein und zu wissen, dass ich seine Freundschaft verloren hatte und nicht mehr zurückbekommen würde.

Zu kündigen war die richtige Entscheidung gewesen.

Ich musste dringend mein Leben wieder auf die Reihe kriegen, und dafür brauchte ich einen klaren Kopf.

»Das ist wirklich schade. Du warst eine meiner besten und zuverlässigsten Mitarbeiter.« Al rieb sich den kahl rasierten Schädel und lehnte sich dann mit verschränkten Armen in seinem Stuhl zurück. »Es liegt an dem Jungen, oder?«

Ich glaubte einen Moment, mich verhört zu haben. »Was?«, krächzte ich.

Al hob eine Braue. »Grant hat nichts … angestellt, oder? Wenn ja, reicht ein Wort von dir, und ich schmeiße ihn raus.«

»Nein«, sagte ich schnell.

Ich wusste, wie dringend Isaac diesen Job brauchte. Er durfte ihn auf keinen Fall meinetwegen verlieren.

»Es ist nur so, dass meine Nichte jetzt für dich eingesprungen ist, und da würde ich jedes Drama gerne vermeiden. Ich kann es mir nicht leisten, einen Herzensbrecher zu beschäftigen.«

»Mach dir keine Sorgen. Isaac ist ein guter Kerl.« Ich war diejenige, die nicht gut war. Weder für Isaac noch für irgendjemand anderen. Für eine Weile hatte ich das vergessen und lächerlicherweise gehofft, es könnte anders sein. *Ich* könnte anders sein. Doch ich hatte mir etwas vorgemacht. Das, was auf Rileys Hochzeit passiert war, hatte mich auf den Boden der Tatsachen zurückgeholt.

»Ich wollte nur sichergehen.« Al seufzte. »Scheiße, ich werde dich vermissen, Dixon.«

Ein trauriges Lächeln breitete sich auf meinen Lippen aus. »Ich dich auch.«

»Du bist hier jederzeit willkommen, nur damit du's weißt. Sei es, um etwas zu trinken, zu essen, oder dich an meiner Musiksammlung zu vergreifen.«

Ich konnte nur dankbar nicken und nach seiner Hand greifen. Dann erhob ich mich. »Ich geh noch kurz in die Küche und sage Roger Tschüss.«

Al nickte und machte sich mit einem Räuspern wieder an seinem Ordner zu schaffen. Gut zu wissen, dass ich nicht die Einzige war, die mit sentimentalen Situationen nicht gut zurechtkam.

Ich ging durch den Flur zurück ins Restaurant. Als Worte hatten mich mehr aufgewühlt, als ich es für möglich gehalten hätte. Doch egal, wie traurig es sich angefühlt hatte, mich von ihm zu verabschieden – ich tat das Richtige. Dessen war ich mir sicher. Ich starrte so gedankenverloren auf die Schürze in meiner Hand, dass ich erst bemerkte, dass jemand hinter der Bar stand, als ich ein raues Lachen hörte.

Ich sah auf – und traute meinen Augen nicht.

Hinter dem Tresen stand eine junge Frau.

Sie balancierte auf einer Trittleiter, aber weil sie so klein war, schaffte sie es trotzdem nicht ganz, an das oberste Regal mit Gläsern heranzukommen. Ihre langen braunen Locken fielen ihr ins Gesicht, und sie schüttelte den Kopf, um weiterhin sehen zu können. Das brachte sie ins Taumeln. Sofort waren da zwei Hände, die ihre Hüften umfassten und sie stabilisierten.

Sie lachte erleichtert. »Du bist mein Held. Danke«, sagte sie, und ich stellte fasziniert fest, dass sie mit ihren rosigen Wangen und den wilden Locken gleichzeitig unschuldig und sexy aussah.

Übelkeit breitete sich in mir aus, und das Blut rauschte in meinen Ohren, als Isaac neben sie trat.

»Kein Problem«, antwortete er mit einem Lächeln.

Ich beobachtete, wie sie sich zu ihm umdrehte, sich auf seinen Schultern abstützte und von der Leiter runterkam. Er nahm seine Hände erst von ihrer Hüfte, als sie mit beiden Beinen wieder sicher auf dem Boden stand.

Dann fiel sein Blick auf mich.

Ich erstarrte.

Er sah mich regungslos an. Ich hätte nicht sagen können, was er dachte, selbst wenn mein Leben davon abgehangen hätte.

Das Mädchen, von dem ich annahm, dass sie Als Nichte war, hatte nicht gemerkt, dass sich noch jemand außer ihr und Isaac im Raum befand. Sie redete einfach weiter. »Ah, cool. Ist die für mich?« Sie beugte sich an Isaac vorbei und schnappte sich die Schürze, die hinter ihm auf dem Tresen lag. »Ich bin ja echt froh, dass Al mich hier arbeiten lässt. Ich wollte eigentlich nicht in Woodshill studieren, sondern mit meinem

Freund nach Seattle ziehen, aber der hat dann eine Zusage von der UCLA bekommen und, naja. Mit mir Schluss gemacht.« Sie zuckte mit den Schultern und schüttelte kurz die Schürze aus. Dann wickelte sie sie sich um die Hüften. »Kannst du vielleicht …?« Sie drehte ihm den Rücken zu.

Mein Herz schlug mir bis zum Hals.

»Vielleicht kommen hier ja ein paar süße Typen vorbei«, fuhr sie fort und lächelte Isaac über ihre Schulter hinweg an. »Oder bist du vielleicht single?«

Isaac starrte mich noch immer an, weiterhin mit diesem Blick, den ich nicht verstand, in dem ich aber auch nichts von dem Mann wiederfand, mit dem ich vor wenigen Tagen noch geschlafen hatte. Die Muskeln an seinem Kiefer waren so angespannt, dass sie deutlich hervortraten.

»Ja«, sagte er, ohne von mir wegzusehen. »Ja, bin ich.«

In meinem Brustkorb zerfetzte etwas.

Dann griff er nach den Schnüren, die Als Nichte ihm hinhielt, und begann, sie an ihrem Rücken zusammenzubinden.

Die Schürzen fielen mir aus der Hand. Ich stieß ein »Fuck!« aus und bückte mich sofort.

Als ich mich wieder aufrichtete, war das Mädchen zu mir herumgewirbelt und sah mich überrascht an.

»Hi«, sagte sie.

Isaac sagte nichts.

Ich hatte noch nie innere Verletzungen gehabt, aber ich bezweifelte, dass es schmerzhafter was als das, was ich in diesem Moment erlebte. Es fühlte sich an, als würden sich tausend Scherben gleichzeitig in meinen Brustkorb bohren.

Denn gerade war mir etwas klar geworden: Ich hatte Isaac einmal zu oft von mir gestoßen. Und es würde nicht lange dauern, bis er merkte, dass jemand wie dieses Mädchen, mit dem pinken Lippenstift und den untätowierten Armen, viel besser zu ihm passte als ich. Oder vielleicht hatte er es längst gemerkt.

Fest biss ich die Zähne zusammen. Ich musste auf der Stelle aus diesem Raum verschwinden.

»Ich wollte nur meine Schürzen vorbeibringen«, sagte ich mit steinerner Miene und war selbst erstaunt darüber, dass ich es schaffte, so gefasst zu klingen.

»Oh, super! Dann braucht Isaac mir beim nächsten Mal keine von sich leihen. Danke.« Sie nahm mir die Schürzen aus der Hand und strahlte ihn an.

Keiner der beiden reagierte, als ich eine Verabschiedung murmelte und das Steakhouse verließ.

Am Nachmittag traf ich mich zum zweiten Mal mit Kaden im Fitnesscenter. Er redete nicht mit mir, aber das war mir mehr als recht. Ich wusste nicht, was mit meiner Stimme geschehen wäre, hätte ich irgendetwas sagen müssen.

Er hielt den Boxsack für mich, wie beim letzten Mal, und ich schlug darauf ein, immer und immer wieder, während ich Isaacs Gesicht vor Augen hatte. Zwischendurch merkte ich, dass Kaden sogar einmal ein Stück über den Boden rutschte, aber ich machte einfach weiter. Immer weiter, bis meine Arme genauso sehr schmerzten wie mein Herz.

Ich war nicht dumm. Natürlich war mir klar, dass Isaac irgendwann jemand Neues finden würde. Aber seit Rileys Hochzeit war gerade einmal eine Woche vergangen. Ich hätte nicht erwartet, dass er alles, was geschehen war, so schnell abhaken und die erstbeste Gelegenheit nutzen würde, um mit einem anderen Mädchen zu flirten. Vor meinen Augen.

Vor wenigen Monaten hätte er sich nicht mal getraut, ein Mädchen anzusprechen, geschweige denn, es so zu berühren. Wenn ich an die Selbstverständlichkeit dachte, mit der er die Hüften des Mädchens gepackt hatte, wurde mir ganz schlecht.

Ich kniff die Augen zusammen und schlug wieder gegen den Boxsack. Und noch einmal. Ich stellte mir vor, dass er ihr Gesicht hatte, aber das half auch nicht, sondern sorgte dafür, dass ich mich noch viel schlechter fühlte.

Ich boxte fester.

»Sawyer.«

Ich hörte nicht auf Kaden. Mir war klar, dass das hier nichts mit Technik zu tun hatte oder den Kombinationen, die er mir gezeigt hatte, aber ich wusste nicht, wohin mit der blinden Wut und dem zermürbenden Schmerz in meinem Innern.

»Sawyer,« wiederholte Kaden. »Hör auf.«

Ich konnte nicht. Ich musste weitermachen, wenn ich verhindern wollte, dass Isaac sich zurück in meine Gedanken drängte, wenn ich irgendwie mit dieser ganzen schrecklichen Geschichte abschließen wollte. Ich sah nichts mehr, nur noch schwarze Punkte, und bei meinem nächsten Schlag spürte ich keinen Widerstand und der Sack flog nach hinten.

Dann packte Kaden mich bei den Armen, genau in dem Moment, als meine Beine nachgaben und ich auf der Matte zusammenbrach. Meine Knie rutschten über das Gummi und ich stöhnte vor Schmerz. Mir war schwindelig, ich wusste nicht mehr, wo oben und unten war. Ich wusste nur, dass ich den ausdruckslosen Blick, mit dem Isaac mich heute Morgen angesehen hatte, niemals würde vergessen können.

Ich krümmte mich zusammen, weil ich keine Luft mehr bekam.

»Sawyer«, erklang Kadens Stimme wie aus weiter Ferne.

Es fühlte sich an, als würde ich jeden Moment ohnmächtig werden. Beinahe sehnte ich das Gefühl herbei.

»Du musst tief einatmen. Hey, sieh mich an.«

Ich öffnete die Augen. Kaden hatte mich an den Armen gepackt und atmete tief ein. Langsam ließ er die Luft entweichen, nur um gleich darauf wieder einzuatmen. Ich versuchte, es ihm nachzutun. Aber dann erinnerte ich mich daran, dass ich für Kaden damals nicht mal gut genug für eine belanglose Affäre gewesen war. Allie war auf seiner Bildfläche erschienen, und er hatte mich abserviert. Er hatte sogar zugelassen, dass sie mich auf seiner Party vor allen seinen Freunden gedemütigt hatte. Aber mit Sawyer Dixon konnte man es ja machen. Sawyer hatte ja keine Gefühle. Oder ein Herz.

»Fass mich nicht an«, brachte ich hervor und stieß seine Hände beiseite. Auf allen vieren rutschte ich auf der Matte zurück. Immer weiter, bis ich den kühlen Hallenboden unter meinen Händen spürte. Mit Mühe atmete ich ein und wieder aus, immer wieder, bis mir nicht mehr schwindelig war, ich aufstehen und die Halle verlassen konnte.

kapitel 32

In der nächsten Woche verbrachte ich die meiste Zeit in Robyns und Pats Galerie. Robyn hatte mir angeboten, ihnen erst einmal bei der Arbeit zuzusehen, bevor ich mit meiner eigentlichen Aufgabe dort begann, nämlich Bilder von der Galerie für den Webauftritt zu machen.

Sie sprach mich nicht auf die dunklen Ringe unter meinen Augen an oder die Tatsache, dass ich noch wortkarger war als sonst. Stattdessen ließ sie mir freie Hand bei der Auswahl meiner Motive und ermutigte mich, alles auszuprobieren, was mir in den Sinn kam. Ich machte Vorher-Bilder von einem der Räume, der gerade noch renoviert wurde, fotografierte Pat und Robyn, als sie die neuen Schilder zusammen mit den Inhabern der Bar aufhängten, und versuchte, den Charakter der Galerie und der Menschen, die dort arbeiteten, einzufangen. Es herrschte eine tolle Atmosphäre, die einen motivierte, das Bestmögliche bei der Arbeit zu geben.

Jeden Abend, wenn ich nach Hause kam, versuchte Dawn, mich in ein Gespräch zu verwickeln. Sie fragte mich über die Galerie aus, aber ich wusste, dass sie nur auf einen geeigneten Moment wartete, um auf Rileys Hochzeit umzuschwenken. Ich hatte ihr noch immer nicht erzählt, was damals vorgefallen war, und Dawns ehrlich neugierigem Blick nach zu schließen, war ich mir ziemlich sicher, dass auch Isaac geschwiegen hatte.

Ich beschloss, in Zukunft vorsichtiger zu sein. Ich hatte sie in der letzten Zeit hinter viel zu viele meiner Mauern blicken lassen. Und da es nur eine Frage der Zeit war, bis auch sie einsah, dass ich die ganze Mühe nicht wert war, wollte ich ihr lieber zuvorkommen.

Robyn und Pat waren begeistert von meinem Einsatz und dass ich jede Minute, die ich nicht in der Uni war, bei ihnen verbrachte und aushalf. Ich fragte mich, ob sie sich darüber auch so gefreut hätten, wenn ihnen bewusst gewesen wäre, dass ich schlichtweg niemand anderen hatte, zu dem ich gehen konnte.

Als ich am Donnerstag aus meinem Vormittagskurs kam, stand Dawn an der gegenüberliegenden Wand gelehnt und wartete auf mich. Ich versuchte, nach rechts auszuweichen, aber ihr wütender Blick pinnte mich an Ort und Stelle fest. Sie stieß sich von der Wand ab und kam auf mich zu.

»Wir gehen jetzt zusammen mittagessen«, sagte sie und hakte sich bei mir unter. Ich versteifte mich sofort. Falls sie es merkte, ließ sie sich nichts anmerken. Als wäre es das Selbstverständlichste der Welt, zog sie mich neben sich her in Richtung Mensa. »Allie und Scott sind schon da und halten uns Plätze frei.«

»Ich habe echt keine Lust, mit dir und deiner Clique essen zu gehen«, murrte ich und sträubte mich gegen ihren forschen Gang.

»Mir scheißegal.«

Stirnrunzelnd blickte ich auf sie hinunter. »Da hat jemand aber gute Laune.«

Dawn gab ein Knurren von sich und blieb abrupt stehen. Sie funkelte mich aus zusammengekniffenen Augen an. »Was glaubst du? Du benimmst dich seit über einer Woche wie ein totales Arschloch, Sawyer, und dir ist total egal, ob du jemanden dabei verletzt. Wäre schön, wenn du mit deinem Ego-Trip aufhörst und dich endlich mal wieder einkriegst. Ich gehe nämlich nirgendwohin. Ich bin hier, und ich bleibe deine Freundin, und es ist mir total egal, wie du das findest oder wie mies du dich verhältst – ich höre damit nicht von einem auf den nächsten Tag auf. Kapiert?«

Ihre Worte versetzten mir einen Stich und sorgten dafür, dass ich mich noch mieser fühlte. Ich räusperte mich und starrte zu Boden. »Sorry.«

»Schon okay«, sagte sie.

Dann zog sie mich weiter in Richtung Mensa. Ich wehrte mich nicht, auch nicht, als sie mich dort zwischen den vielen Menschen hindurchschleuste, mir an der Essensausgabe ein Tablett in die Hand drückte und kurzerhand ein Gericht für mich mitbestellte.

Ich folgte ihr zu einem Tisch im hintersten Eck des Saals. Scott und Allie saßen bereits dort und lächelten, als wir zu ihnen kamen.

»Hey, Leute«, sagte Dawn und schob sich auf die Bank gegenüber von ihnen. Sie zog an meinem Ärmel, bis ich nicht anders konnte, als mich neben sie zu setzen.

»Hi«, sagte ich mit einem gezwungenen Lächeln und konnte es nicht verhindern, dass mein Blick kurz zu Allie zuckte. Ihrem mitleidigen und gleichzeitig neugierigen Blick nach zu urteilen, hatte Kaden ihr von meinem Zusammenbruch im Fitnessstudio erzählt. Großartig.

Ich stützte meinen Kopf auf meine Hand und starrte auf die Portion Spaghetti, die Dawn für mich ausgesucht hatte.

»Iss«, sagte sie neben mir und deutete drohend mit ihrer Gabel auf mich.

Ich stocherte in meinen Nudeln herum. Ich verspürte weder Appetit noch Hunger, aber da Dawn mich unnachgiebig anstarrte, nahm ich schließlich eine Gabel voll in den Mund.

»Mh, köstlich«, sagte ich demonstrativ. Mir gegenüber lachte Scott verhalten in seine Faust. Ich sah ihn zum ersten Mal richtig an und stutzte.

Scott sah aus, wie ich mich fühlte.

Total beschissen.

Er war normalerweise einer dieser Menschen, die immer gut und perfekt gestylt aussahen, egal, wann und wo man sie antraf. Doch heute trug er einen hässlichen, ausgeblichenen Pullover, und seine Haare standen in alle Richtungen ab. Seine Wangen waren aschfahl, und wenn er lächelte, sah es aus wie eine Grimasse.

Ich runzelte die Stirn, und er wandte den Blick ab und starrte auf seinen Teller. Den Cheeseburger, der darauf lag, hatte er nicht angerührt. Gedankenverloren nahm er eine Pommes und rührte damit in einer Ketchup-Pfütze herum.

»Alles okay bei dir?«, fragte ich unvermittelt.

Er hob eine Braue. »Was denkst du denn?«

Meine Mundwinkel verzogen sich leicht nach oben. »Okay. Bescheuerte Frage, sorry.«

»Allerdings«, murrte er und schob sich die Pommes in den Mund. Dann hielt er mir eine hin, und ich nahm sie ihm ab.

»Ich habe gleich gesagt, dass das eine gute Idee ist«, meldete sich Allie wenig später zu Wort.

»Uns zum Essen zu zwingen? Ja, total. Bester Einfall aller Zeiten«, murmelte Scott und fuhr sich durchs Haar, nicht wissend, dass Ketchup an seinem Finger klebte. Jetzt war eine seiner vorderen Haarsträhnen rot, und es sah aus, als hätte er eine Kopfwunde.

»Was ist bei dir los?«, fragte ich und beugte mich über den Tisch, um ihm mit der Serviette über die Stirn und das Haar zu wischen. Er hielt still, als scherte er sich schlichtweg nicht darum, dass jemand an ihm herumfummelte.

»Ich wurde verlassen«, sagte er tonlos.

»Tut mir leid.«

»Danke.« Eine weitere Pommes verschwand in seinem Mund. »Und bei dir?«

Ich zuckte mit den Schultern. »Nichts.«

»*Nichts?*«, brachte Dawn neben mir hervor und verschluckte sich beinahe an einer Spaghetti. Sie nahm einen großen Schluck Wasser, bevor sie weitersprach. »Gott, Sawyer! Du bist wirklich unglaublich!«

»Was denn? Ich bin nicht mit hierhergekommen, um mit euch über meine Gefühle zu sprechen. Ich will das alles einfach nur so schnell wie möglich vergessen.«

Scott gab ein Geräusch von sich, das ich als Zustimmung deutete.

»Probleme löst man, indem man darüber spricht. Und nicht, indem man sich zu Tode arbeitet und versucht, sie so zu verdrängen. So funktioniert das nicht«, sagte Dawn leise.

Ich versteifte mich. Bisher klappte es eigentlich ziemlich gut, aber das würde ich ihr in diesem Moment sicher nicht auf die Nase binden.

»Ihr beide müsst dringend mal wieder unter Leute. Einfach mal Spaß haben und auf alles andere pfeifen«, sagte Allie lächelnd.

»Wow, Allie. Was für ein toller Einfall. Nicht«, murmelte Scott und lutschte den Ketchup von einer Pommes, bevor er sie erneut eintunkte.

»Sei nicht so zynisch, Scottie. Das macht Falten«, erwiderte sie bloß.

»Ich mag ihn lieber, wenn er so grantig ist«, sagte ich zu Dawn.

Dawn rollte die Augen. »Ob du es glaubst oder nicht, aber das überrascht mich kein bisschen.« Sie legte ihre Gabel zur

Seite. »Aber jetzt mal ehrlich. Allie hat recht. Ihr müsst mal wieder raus und endlich euer Trauerkloß-Dasein ablegen. Kommt heute Abend mit ins *Hillhouse.*«

Scott und ich stöhnten gleichzeitig auf.

»Ich will nur nach Hause, mir eine Jogginghose anziehen und mich auf die Couch legen«, jammerte Scott.

»Jogginghosen kannst du danach wieder anziehen«, sagte Dawn, und ich kannte sie inzwischen gut genug, um zu wissen, dass sie keinen Widerspruch dulden würde.

»Ich komme nur mit, wenn Sawyer auch mitkommt. Mit euch beiden verliebten Schmetterlingen halte ich es keine zehn Minuten alleine aus.« Scott sah mich flehend an.

»Vergiss es«, sagte ich kopfschüttelnd. »Sorry, aber da muss Dawn mich schon k.o. hauen, dass ich das *Hillhouse* noch mal betrete.«

»Dann gehen wir woanders hin«, sagte Allie schnell. »Da hat doch dieser neue Club am Stadtrand aufgemacht.«

Dawn nickte energisch. »Gute Idee!«

Ich starrte die beiden an, musste aber schließlich einsehen, dass ich keine Chance hatte. »Von mir aus. Aber nur, weil ich Angst habe, dass Dawn mich irgendwann nachts erwürgt. Mal ehrlich, du kannst so böse gucken. Wie eine Serienkillerin.«

Aber Dawn hörte mich gar nicht. Sie war zu beschäftigt damit, zu jubeln und mit Allie zu planen, welche Outfits wohl am besten in den neuen Club passen könnten.

Großartig.

Mit Scott auf der Tanzfläche den Frust wegzutanzen, tat fast genauso gut, wie mit Kaden auf einen Boxsack einzuschlagen. Ich hatte erwartet, dass es merkwürdig sein würde, mit Dawns Freunden wegzugehen – vor allem mit Allie –, und mich auf das Schlimmste eingestellt, aber der Abend entwickelte sich besser als gedacht. Zumal es beinahe befreiend war, jemanden dabeizuhaben, dem es genauso mies ging wie mir und der verstand, dass ich mich über Gott und die Welt unterhalten konnte, über eine Sache aber unter keinen Umständen sprechen wollte. Dawn versuchte ein paarmal, das Thema auf Isaac zu bringen, aber ich ignorierte sie. Und als sie mir beichtete, dass auch er nicht mit ihr sprach und sie sich Sorgen um ihn machte, wurde es mir zu viel.

Ich schnappte mir Scotts Hand und zog ihn hinter mir auf die Tanzfläche. Scott wusste, wie man sich bewegte, und es fiel mir gar nicht schwer, meine Bewegungen seinen anzupassen und mich einfach nur dem Rhythmus hinzugeben, ohne nachzudenken, ohne zu fühlen. Ich fuhr mir mit beiden Händen durch die Haare und schloss einen Moment die Augen, als ich den Bass genoss, der durch meinen Körper hämmerte.

Ich sah ihn, als ich die Augen wieder öffnete.

Ich musste mehrmals blinzeln, um sicherzugehen, dass mir mein Hirn gerade keinen Streich spielte.

Isaac war hier.

Er war wirklich hier.

Er saß an der Bar, und neben ihm …

Neben ihm saß das Mädchen mit den braunen Locken.

Mein Atem stockte, und genau in dem Moment trafen sich unsere Blicke. In seinem Gesicht regte sich nichts, aber hinter seinen Augen konnte ich die Gedanken umherwirbeln sehen. Ohne von mir wegzusehen, setzte er seine Flasche an die Lippen und trank. Ich hätte so gerne gewusst, was in seinem Kopf vorging, und gleichzeitig verabscheute ich mich dafür, dass ich so neugierig war. Es ging mich nichts an. Er ging mich nichts mehr an, ganz egal, wie gern ich in diesem Moment zu ihm gegangen wäre, mich vor ihn gestellt, sein Gesicht in meine Hände genommen und ihn besinnungslos geküsst hätte. Genau wie an jenem ersten Abend.

Mit eisernem Willen riss ich meinen Blick von ihm los. Scott sah erst mich an, dann in die Richtung, in die ich gestarrt hatte. Erkenntnis machte sich auf seinem Gesicht breit.

»Soll ich uns vielleicht doch einen Drink besorgen?«, fragte er.

Ich nickte mechanisch. Scott umfasste meinen Arm sanft und nickte dann in Richtung unseres Tisches. »Geh zurück zu den anderen. Bin gleich wieder da.«

Dann verschwand er an die Bar, während ich mich umdrehte und wie betäubt zurück zu Allie und Dawn lief.

»Ihr saht scharf aus«, sagte Dawn und rutschte auf der Bank zur Seite.

Ich antwortete nicht.

»Ist alles in Ordnung?«, fragte Allie.

»Platz da«, erklang Scotts Stimme unvermittelt neben uns. Im nächsten Moment stellte er ein Glas mit einer orangebraunen Flüssigkeit vor mir ab. Zitronenscheiben schwammen an der Oberfläche. Er setzte sich gegenüber von mir und hob sein eigenes Glas erwartungsvoll in die Höhe. Ich stieß mit ihm an. Dann nahm ich den Strohhalm, legte ihn auf der kleinen Serviette ab und setzte den Drink an meine Lippen. Ich trank in großen, gierigen Schlucken.

»Soll ich fragen, was hier gerade passiert, oder lieber nicht?«, fragte Dawn leise.

»Frag nicht«, riet ihr Scott.

Ich versuchte mit aller Kraft, die Tatsache zu verdrängen, dass Isaac nur wenige Meter entfernt mit einem anderen Mädchen an der Bar saß. Ich trank den kompletten Cocktail aus und stellte das Glas auf der Tischplatte ab.

»Sawyer?«, fragte Dawn leise.

Ich begegnete ihrem Blick, der so mitfühlend war, dass mir davon ganz schlecht wurde.

Vielleicht war es doch ein Fehler gewesen, mit ihr herzukommen. Ich rutschte von meinem Stuhl. »Ich glaube, ich muss tanzen«, sagte ich.

Ich ignorierte Dawn, die nach meinem Arm greifen wollte, und lief einmal quer über die Tanzfläche, an den Punkt, der so weit wie möglich von der Bar und Isaac entfernt war.

Es dauerte nicht lange, und einer der Kerle, die neben mir in einer kleinen Gruppe tanzten, kam zu mir. Ich kannte ihn vom Sehen, konnte mich aber beim besten Willen nicht an seinen Namen erinnern. Er lächelte, und auf seinen Wangen erschienen längliche Grübchen. Ich versuchte zurückzulächeln, obwohl sich mein Gesicht taub anfühlte, aber es funktionierte: Er legte eine große, warme Hand an meine Taille und zog mich zu sich.

Er war riesig, mindestens eins neunzig, und so breit gebaut, dass ich mir daneben winzig und zerbrechlich vorkam. Unter seinem rechten Shirtärmel konnte ich die schwarzen Linien eines Tattoos erkennen.

Ich legte eine Hand auf seinen Brustkorb und bewegte mich mit ihm im Takt, ließ die Hitze zu, die sich durch seine Nähe in mir ausbreitete. Das war so viel besser als der Schmerz, den ich seit Tagen spürte.

»Ich bin Adam«, raunte er irgendwann in mein Ohr. Die Stoppeln seines Barts kratzten über meine Wange.

»Sawyer«, gab ich zurück und legte meine zweite Hand auf seine Schulter. Heilige Scheiße, der Typ hatte Muskeln.

Das waren die einzigen Worte, die wir wechselten. Die nächsten Songs verbrachten wir eng miteinander tanzend, mit seinen heißen Händen auf meinem Körper und seinem Schritt, der sich gegen meinen Hintern drückte. Mir gefiel, dass er so stark war. Ich genoss das Gefühl, gehalten zu werden, und lehnte mich an ihn, als mir immer schwindeliger wurde.

Adam ließ seine Hände über meine Hüften nach oben gleiten und legte sie auf meinen Rippenbogen. Kurz wagten sich seine Finger zu meinem Brustansatz, fast als würde er testen, wie weit ich ihn gehen ließ. Dann presste er sich noch fester gegen mich. Ich seufzte leise. Genau das hatte ich gebraucht. Fremde Hände und einen großen, warmen Körper, der mir Halt gab.

Plötzlich wirbelte Adam mich zu sich rum. Im nächsten Moment presste er seine Lippen auf meine.

Ich war so überrascht, dass mein Herzschlag kurz aussetzte und ich wie gelähmt einfach nur dastand, während die Musik unnatürlich laut in meinen Ohren dröhnte.

Der Kuss war grob und schmeckte nach Zigaretten und Alkohol. Adams Zunge war klobig und fühlte sich wie ein Fremdkörper an, der sich unerlaubt Weg in meinen Mund gebahnt hatte.

Ich fand es schrecklich. Und mit einem Mal wurde mir klar, wie falsch das hier alles war.

Sofort drehte ich meinen Kopf zur Seite und drückte mit beiden Händen gegen seine Schultern, damit er aufhörte. Aber er ließ sich davon nicht beirren, sondern presste seine Lippen auf meine Wange, meinen Kiefer und letztlich auf meinen Hals, wo er zubiss. Ich atmete zischend ein. Autsch, verflucht, das war überhaupt nicht sexy.

»Adam«, brachte ich hervor. Entweder er hörte mich wirklich nicht, oder er wollte mich nicht hören, denn im nächsten Moment glitt seine Zunge in meine Ohrmuschel. »Adam, hör auf.«

»Baby«, murmelte er.

Wieder stieß ich ihn von mir, diesmal kräftiger, damit er

endlich losließ. Er zog seinen Kopf zurück, und als er mich ansah, flackerten die bunten Lichter der Scheinwerfer über sein Gesicht.

»Hör auf«, sagte ich energisch.

»Wieso?«, fragte er, und ein gefährliches Grinsen breitete sich auf seinem Gesicht aus. Wieder drückte er seine Lippen auf meine, diesmal so fest, dass ich keine Luft mehr bekam. Ich stieß einen frustrierten Schrei aus, der von seinem Mund verschluckt wurde. Verzweifelt zog ich meinen Kopf nach hinten, stieß immer wieder gegen seinen Brustkorb, bis ich mich an das erinnerte, was Kaden mir im Fitnesscenter gezeigt hatte.

Ich holte aus und boxte Adam mit voller Kraft in den Bauch. Fluchend wich er zurück und rieb sich die Stelle, wo ich ihn getroffen hatte. Sein Gesicht lief rot an, und auf seiner Stirn trat eine Ader deutlich hervor.

»Was zum Teufel willst du eigentlich von mir?«

»Ich will, dass du aufhörst, mir deine Zunge in den Hals zu stecken«, fauchte ich und wischte mir mit dem Handrücken über den Mund. Ich hatte seinen Speichel in meinem Mundwinkel kleben, und es fühlte sich so furchtbar falsch an, dass mir ganz übel wurde.

Mittlerweile waren die Leute, die um uns herum gestanden und getanzt hatten, auf uns aufmerksam geworden. Einige reckten ihren Hals und stellten sich auf die Zehenspitzen, um bloß nichts zu verpassen.

Adam schnaubte verächtlich. »Erst machst du mich dermaßen an, und jetzt tust du so, als wärst du schwer zu haben? Mach dir keine Mühe, Sawyer.« Er breitete die Arme aus. »Alle hier wissen, dass du jeden ranlässt.«

Im nächsten Moment wurde er nach hinten gerissen. Eine Faust landete in seinem Gesicht. Sie traf ihn völlig unvorbereitet, und sein bulliger Körper taumelte zu Boden.

»Nimm das zurück.«

Das musste eine Halluzination sein. Anders konnte ich mir nicht erklären, was sich gerade vor meinen Augen abspielte.

Isaac hatte sich auf Adam gestürzt und hockte breitbeinig über ihm. Mit einer Hand hielt er ihn am Kragen, die andere war immer noch zur Faust geballt.

»Nimm. Das. Zurück«, wiederholte er langsam.

»Sonst was?« Adam lachte. Er versetzte Isaac einen heftigen Stoß, doch der fing sich schnell und ließ, das Gesicht vor Wut verzerrt, ein zweites Mal seine Faust nach vorne schnellen, diesmal direkt auf Adams Mund.

Irgendjemand packte Isaac unter den Armen. Er wehrte sich nicht, als er von Adam runtergezogen wurde, aber sein Gesicht war ganz rot und der Blick in seinen Augen wild. Er riss sich los und hob entwaffnet die Hände, ohne den Blick von Adam zu nehmen, der auf dem Boden lag und sich die aufgeplatzte Lippe hielt. Blut klebte an seinen Fingern, und sofort wurde mir schlecht.

»Sprich nie wieder so respektlos mit ihr«, sagte Isaac leise.

Von Weitem konnte ich einen Security-Mitarbeiter sehen, der sich durch die Menge kämpfte. Ohne lange darüber nachzudenken, nahm ich Isaacs Hand und zerrte ihn in Richtung Notausgang. Sein ganzer Körper bebte, aber darauf konnte ich keine Rücksicht nehmen. Ich musste zusehen, dass ich ihn hier rausholte, bevor er meinetwegen Schwierigkeiten bekam. Kaum waren wir an der Tür, riss ich sie auf und schob ihn hindurch. Dann zog ich ihn im Laufschritt über den Parkplatz. Erst als wir hundert Meter vom Club entfernt waren, hielt ich an. Ich ließ Isaac los und wandte mich kurz ab, um zu Atem zu kommen. Noch immer spürte ich Adams Mund auf meinem. Ich wischte mir über die Lippen.

Als ich mich umdrehte, starrte Isaac seine Hand an. Er lockerte seine Finger und ballte sie dann erneut zur Faust. Er sah aus, als könnte er nicht glauben, dass diese brutale Hand tatsächlich Teil seines Körpers war.

»Du hättest das nicht tun brauchen.« Ich klang verwirrt, und genau so fühlte ich mich auch.

So ging es mir in seiner Nähe immer.

»Im Gegenteil«, sagte er.

Ich runzelte die Stirn. »Was?«

»Im Gegenteil, Sawyer. Ich hätte das schon viel früher tun sollen.«

Die Bedeutung seiner Worte traf mich mitten ins Herz. Ich öffnete den Mund, um etwas zu erwidern, aber nichts kam heraus.

»Ich hätte schon viel früher etwas sagen sollen. Aber jedes Mal war ich zu feige und habe nur danebengestanden und dabei zugeguckt, wie Leute – Leute, die dich überhaupt nicht kennen – dich beleidigen.«

Er machte einen langen Schritt auf mich zu, und ich merkte an seiner angespannten Haltung und der Energie, die von ihm ausströmte, dass er noch immer unter Adrenalin von seiner ersten Schlägerei stand.

»Du fehlst mir«, raunte er.

Ich schüttelte den Kopf und wich zurück. Er seufzte leise. Aber dann griff er nach meiner Hand und zog mich unendlich sanft in eine Umarmung.

»Du fehlst mir«, wiederholte er, leiser diesmal. Seine Lippen streiften meine Schläfe, und ich spürte seinen Atem an meiner Haut, als er mich mit seinen Armen einfach nur festhielt.

Ich war völlig überfordert. Einerseits wollte ich genau hier und nirgendwo anders sein, aber auf der anderen Seite …

Das Gesicht von Als Nichte tauchte vor meinen Augen auf.

»Lass mich los«, brachte ich heiser hervor. Ich sträubte mich nicht gegen ihn, aber das brauchte ich auch nicht. Isaac ließ mich sofort los. Er sah mich an, und ich konnte die Enttäuschung und den Schmerz in seinen Augen kaum ertragen. Trotzdem nahm ich all meinen Mut zusammen.

»Ich bin gewohnt, dass mich alle nur als Lückenbüßer benutzen, bis sie jemanden gefunden haben, der ihnen wichtiger ist, mit dem sie wirklich zusammen sein wollen. Kaden. Ethan. Und auch wenn es kein sonderlich gutes Gefühl ist, einfach weggeworfen zu werden, war das immer okay für mich. Ich wollte ja gar nicht mehr als jemanden, mit dem ich mich ein paar Nächte lang ablenken konnte. Aber bei dir …« Ich stockte. »Bei dir habe ich für kurze Zeit tatsächlich geglaubt, ich könnte mehr sein. Aber ich war auch nur ein Platzhalter für das, was du eigentlich willst.«

Isaac starrte mich entgeistert an. »Das ist das Dümmste, was du jemals zu mir gesagt hast.«

Ich schnaubte. »So bin ich eben, Isaac. Blond und dumm und nur gut fürs Bett.«

»Und ich naiv, ein Nerd und Jungfrau, oder was?«

Ich zuckte mit den Schultern, was ihn noch mehr in Rage versetzte.

»Ich kann nicht glauben, dass du das wirklich denkst. *Wir sind nicht das, was sie über uns sagen.* Erinnerst du dich?«

Ich schlang die Arme um meinen eigenen Körper und krallte die Finger in meine Seite, um den Drang, ihn berühren zu müssen, zu unterdrücken. »Willkommen in der Realität, Isaac. Ich bin genau das, was sie über mich sagen, und ich habe dir zu verdanken, dass ich mir nicht weiter vormache, es könnte irgendwann einmal anders sein.«

»Willst du uns einfach wegwerfen?«, fragte er aufgebracht. »Wirklich? Wegen eines bescheuerten Streits?«

»Eines bescheuerten Streits? Isaac, *du* hast *mich* weggeworfen!«

»Ich … was?«, brachte er ungläubig hervor.

Ich riss meine Arme in die Höhe. »Du hast mir unmissverständlich klargemacht, dass du nichts mehr von mir wissen willst.«

»Ich war sauer auf dich, Sawyer! Du hast mich verletzt, und ich … was ich im Steakhouse gesagt habe, tut mir leid. Ich wollte …«

»Komm schon«, unterbrach ich ihn. »Uns war doch beiden von Anfang an klar, dass du nicht an jemandem wie mir interessiert bist.«

»*Du* bist diejenige, die das Projekt beendet hat. Nicht umgekehrt.«

»Weil ich mich nicht länger von dir benutzen lassen wollte!«

»Glaubst du wirklich, dass ich deshalb mit dir geschlafen habe? Weil ich üben wollte, um eine andere rumzukriegen?«, fragte er fassungslos.

»Naja, es ist offensichtlich, dass es geklappt hat«, sagte ich trocken.

Das ließ ihn verstummen. Eine Minute lang starrten wir einander einfach an.

»Was ist nur verkehrt mit dir?«, fragte er leise.

Ich ignorierte den Schmerz, den seine Worte in mir auslösten. Ich nickte in Richtung des Clubs. »Du bist derjenige, der jetzt schon eine Neue hat, also sag du es mir.«

Er sah mich an, als hätte ich den Verstand verloren. »Traust du mir das wirklich zu? Dass ich nach dem, was zwischen uns passiert ist, nachdem ich dich meiner *Familie* vorgestellt habe, mit den Schultern zucke und mir einfach jemand anderes suche?«

Ich antworte nicht.

»Sie ist neu in der Stadt, und Al hat mich gebeten, sie ein

bisschen rumzuführen. Sie wollte gucken, wo man feiern kann. Aber Sawyer, du musst mir glauben, ich …« Er unterbrach sich selbst und rieb seinen Nacken mit einer Hand. Er atmete kurz durch. »Ich habe mich nur deinetwegen auf dieses Projekt eingelassen. Weil ich, seit du mich zum ersten Mal geküsst hast, an nichts anderes denken konnte als an dich.«

Ich schüttelte den Kopf.

»Du brauchst den Kopf nicht schütteln. Es ist die Wahrheit.«

Es änderte nichts. Nichts von dem, was er gerade gesagt hatte, änderte etwas an der Tatsache, dass das mit uns niemals gut gehen würde. Wir würden uns wehtun und uns zerstören, dessen war ich mir hundertprozentig sicher. Wir hatten ja jetzt schon damit begonnen. Wir passten einfach nicht zueinander, und je eher Isaac das einsah, desto besser.

Plötzlich streckte Isaac seine Hand aus und legte sie ganz vorsichtig auf meinen Unterarm, der vor meinem Bauch verschränkt war. Mit dem Daumen fuhr er über meine nackte Haut, und ich erschauerte. Ich musste mir auf die Zunge beißen, um nicht aufzuschluchzen. Nichts hatte mich jemals so viel Kraft gekostet wie dieser Moment.

Ich wich einen Schritt zurück, so schnell, dass ich stolperte. Isaac biss fest die Zähne zusammen und ballte die Hand, mit der er mich eben noch berührt hatte, zur Faust.

Dann drehte ich mich um und lief davon.

kapitel 33

Ich hatte keine Ahnung, wie ich es nach Hause schaffte, aber als ich endlich in unser Zimmer taumelte, war ich vollkommen am Ende. Ich konnte einfach nicht mehr. Ich sank noch an der Tür zu Boden und vergrub das Gesicht schluchzend in den Händen. So fand Dawn mich wenig später, als sie bestürzt nach Hause kam. Sie setzte sich noch in ihrer Jacke neben mich auf den Boden und redete auf mich ein, aber ich nahm ihre Worte nicht wahr. Das Rauschen in meinen Ohren und das Wummern meines kaputten Herzens übertönten alles.

»Mach, dass es aufhört«, schluchzte ich und nahm die Hände vom Gesicht, um Dawn anzusehen.

Ihr Blick war traurig und mitfühlend. »Ich wünsche mir gerade so sehr, dass ich das könnte.«

Du fehlst mir.

Ich hörte seine Stimme in meinem Ohr. Er fehlte mir auch. Aber ich war überzeugt davon, dass ich das Richtige gemacht hatte. Er hatte jemanden verdient, der ihn glücklich machte. Und dass ich das nicht konnte, hatte ich in den letzten Wochen ja mehr als eindrucksvoll bewiesen.

»Ich halte das nicht aus«, flüsterte ich erstickt, und heiße Tränen strömten über mein Gesicht, als Dawn ihre Arme um mich legte und mich an sich zog.

»Es tut mir so leid, Sawyer«, antwortete sie und strich über meinen Rücken.

Ich ließ meine Stirn auf ihre Schulter sinken, und Dawn hielt mich, während sie beruhigende Worte murmelte, die ich nur zum Teil verstand.

Eine lange Weile später half sie mir vom Boden auf und schob mich zu meinem Bett. Sie kramte ein langes T-Shirt aus meiner Kommode und reichte es mir.

»Versprich mir etwas, Sawyer«, sagte sie, als ich gerade dabei war, es mir überzuziehen. Ich erstarrte für einen Moment mit beiden Händen in den Ärmeln, zog es mir dann aber das restliche Stück über den Kopf und sah sie an.

»Was?« Mein Hals war so trocken, dass ich nur ein Krächzen zustande brachte.

Dawn deutete auf mich. »Das muss aufhören. Dieses Zu-Tode-Arbeiten, Mit-niemandem-Reden, Selbst-Hassen. Der ganze Alkohol. Ich ertrag es nicht, das noch länger mit anzusehen.«

Ich verharrte regungslos auf meinem Bett.

»Du bist meine Freundin, und es ist meine Pflicht, auf dich aufzupassen. Aber du musst mich auch lassen. Das mit Isaac ist scheiße gelaufen, und es tut weh. Das verstehe ich. Aber du kommst darüber hinweg, und danach bist du stärker als vorher. Das verspreche ich dir.«

Sie kam zu mir und setzte sich neben mir aufs Bett. Mit ihrem Daumen wischte sie die Tränen weg, die mir bei ihren letzten Worten über die Wangen gelaufen waren. »Versprichst du mir, dass du mich deine Freundin sein lässt?«

Der Kloß in meinem Hals war so groß, dass ich kein einziges Wort herausbrachte. Aber mein Nicken war ihr Antwort genug.

Dawn war fair genug, mir die ersten paar Tage etwas Freiraum zu lassen, und schleppte mich erst am darauffolgenden Dienstag in die Mensa, wo wir uns wieder mit Allie und Scott trafen.

Scott sah schon ein bisschen besser aus, wobei er immer noch in einem sackförmigen Sweatshirt rumlief, das so gar nicht zu seinem fein säuberlich gegelten Haar passen wollte. Auch die Augenringe waren noch da, aber als ich mich auf den Sitz ihm gegenüber fallen ließ, schenkte er mir ein Lächeln, das ich mit Mühe erwiderte.

Danach wurde es jedes Mal ein bisschen leichter. Ab da verbrachten wir nahezu jede Mittagspause miteinander. Ich sprach nicht viel, aber das tat Scott glücklicherweise auch nicht. Wir bildeten eine schweigende Front, während Dawn und Allie sich über alles und nichts unterhielten. Am Freitag stieß Spencer zu uns, der es mit seinen dämlichen Sprüchen sogar schaffte, dass meine Mundwinkel ein bisschen zuckten. Wenn auch nur minimal.

Dawn hatte recht. Ich konnte so nicht weitermachen. Die Partys, die Männer, der Alkohol. Das wollte ich nicht mehr sein. Denn auch wenn es wehtut, an die Zeit mit Isaac zurückzudenken, so hatte ich bei ihm das erste Mal erlebt, was es bedeutete, nicht vor der Wirklichkeit davonzulaufen, sondern mich ihr zu stellen.

In der kommenden Woche traute ich mich, wieder ins Fitnesscenter zu gehen. Kaden war zwar nicht da, aber ich hatte noch immer seine Bandagen und lieh mir Boxhandschuhe am Empfang. Ich machte ein paar Aufwärmübungen und begann dann, so zu trainieren, wie Kaden es mir beigebracht hatte, wobei ich feststellte, dass er recht gehabt hatte: Es war nervig, wenn niemand den Boxsack hielt und er die ganze Zeit hin- und herschwang. Trotzdem wollte ich es alleine probieren. Und obwohl meine Muskeln zitterten und meine Arme sich wie Blei anfühlten, ging es mir nach dem Training um einiges besser. Als Kaden am darauffolgenden Montag mit Allie in die Mensa kam und sich zu uns an den Tisch setzte, traute ich mich sogar, ihn vor allen zu fragen, ob er wieder mit mir trainieren würde. Für seinen besserwisserischen Blick hätte ich ihn zwar treten können, aber als er »Klar« sagte, verschwand der Drang schnell.

An diesem Nachmittag suchte ich zusammen mit Robyn und Pat die Bilder aus, die sie für die Website verwenden wollten. Insgesamt hatte ich über fünfzig in die Endauswahl gepackt, und ihnen gefielen die meisten so gut, dass sie über eine Stunde brauchten, um sich zu einigen. Als ich mich verabschiedete, sagte Pat mir, dass sie begeistert von meiner Leistung waren und sie sich freuen würden, wenn ich in Zukunft öfter Projekte für sie realisieren würde.

Als ich abends die Tür zum Wohnheim aufschloss, konnte ich es kaum erwarten, Dawn davon zu erzählen. Sie saß an ihrem Schreibtisch, und ich fing an, zu erzählen, ehe ich ganz im Zimmer war. »Sie waren total zufrieden mit den Bildern! Und sie haben mich sogar gefragt, ob ich an der nächsten Ausstellung beteiligt sein möchte. Endlich mal was, das gut läuft.«

Dawn lächelte vorsichtig. »Super, ähm …«

»Hi«, erklang eine zweite Stimme aus meiner Zimmerhälfte.

Ich zuckte zusammen, weil ich mich so erschreckte. Dann drehte ich mich zu meinem Tisch in der anderen Ecke des Zimmers.

Meine Schwester erhob sich langsam und sah mich unsicher an.

»Riley?«, krächzte ich. »Was machst du hier?«

Sie zu sehen, riss Wunden auf, die bloß halb verheilt waren, aber gleichzeitig überkam mich eine Woge der Erleichterung. Ich hatte sie vermisst und befürchtet, sie könnte sich vielleicht gar nicht mehr bei mir melden.

Am liebsten wäre ich ihr um den Hals gefallen, wusste aber nicht, ob ich das durfte. Schließlich hatte sie mir bei unserem letzten Gespräch deutlich gesagt, dass sie eine Pause von mir brauchte.

»Ich wollte mit dir sprechen«, sagte sie, nachdem wir uns eine Weile stumm gegenübergestanden hatten. »Über die Hochzeit. Und … alles andere.«

»Ich würde dann zu Spencer fahren«, beeilte sich Dawn zu sagen, hob ihren Schlüssel hoch und ließ ihn klimpern. »Es sei denn, du willst, dass ich bleibe.« Den letzten Satz hatte sie geflüstert, sodass nur ich ihn hören konnte. Dankbar lächelte ich sie an, schüttelte aber den Kopf. Diese Sache musste ich unter vier Augen mit Riley besprechen. Das war ich meiner Schwester schuldig.

»Wenn irgendetwas ist, melde dich«, sagte Dawn und schulterte ihre riesige Laptoptasche mit einem leisen Ächzen. Sie kam zu mir und drückte mir einen Kuss auf die Wange. »Ich meine es ernst. Melde dich«, sagte sie noch mal nachdrücklich.

»Okay.« Ich wischte mir naserümpfend über die Wange, was sie zum Grinsen brachte. Dann drehte sie sich um und lief nach draußen. Ich sah, wie sie die Tür hinter sich ins Schloss zog, und starrte ihr noch eine Weile hinterher, bevor ich es wagte, mich zu meiner Schwester umzudrehen.

Sie sah gut aus. Erholt und glücklich, auch wenn sie gerade besorgt auf ihrer Unterlippe herumkaute.

»Ich wollte …«

»Es tut mir …«

Wir verstummten gleichzeitig, um der jeweils anderen den Vortritt zu lassen.

»Mann, sind wir Memmen«, meinte Riley und nahm nun doch wieder an meinem Tisch Platz.

Ich zuckte mit den Schultern und setzte mich ihr gegenüber. »Hast recht. Schrecklich.«

Wieder schwiegen wir.

Dann holte Riley tief Luft, als würde sie etwas sagen wollen, aber einen Moment brauchen, um dic richtigen Worte zu finden.

»Es tut mir so leid, wie ich mich auf der Hochzeit benommen habe, Riley«, platzte es aus mir heraus. »Ich war nicht ich selbst. Und ich wollte ...«

Sie hob die Hand, um mich vom Reden abzuhalten, und sofort presste ich die Lippen aufeinander.

»Ich muss mich bei dir entschuldigen. Nicht umgekehrt.« Sie schluckte schwer. »Es tut mir leid, dass ich dir nicht von Melissa erzählt habe. Ich dachte ... du kommst nicht, wenn ich das tue.«

»Natürlich wäre ich gekommen. Ich hätte besser reagiert, wenn ich vorbereitet gewesen wäre, glaube ich.«

»Ich wollte es dir noch kurz vorher sagen, aber dann ... konnte ich nicht.« Sie schüttelte den Kopf. »Ich weiß eh nicht, was ich mir dabei gedacht habe. Ich wollte einfach irgendwie versuchen, die Überreste unserer Familie beisammenzuhalten. Aber das funktionierte nicht so, wie ich mir das vorgestellt hatte«, sagte Riley zerknirscht.

Ich schluckte schwer und gab mir Mühe, meine Gedanken zu sortieren.

»Ich will auf keinen Fall, dass du mich falsch verstehst – ich liebe Morgan wie einen Bruder. Als du mir von eurer Verlobung erzählt hast, wollte ich mich unbedingt für euch freuen. Aber es hat sich auch angefühlt, als würdest du mir entgleiten.« Ich musste mich räuspern, und als Riley den Mund öffnete, um etwas zu erwidern, sprach ich schnell weiter. »Als du mir dann von deinen Brautjungfern erzählt hast, habe ich mich ausgeschlossen gefühlt. Als würdest du mich an nichts teilhaben lassen wollen, als würde ich in deinem neuen Leben überhaupt keine Rolle spielen.«

»Ich habe dich nicht gefragt, weil ich Angst hatte, dass du Nein sagen würdest. Und noch mehr Angst hatte ich, dass du aus der Verpflichtung heraus Ja sagen und jede Sekunde hassen würdest.« Sie griff nach meiner Hand und drückte sie. »Natürlich hätte ich dich gerne da vorne bei mir gehabt, Sawyer. Es gibt niemanden, mit dem ich lieber dort gestanden hätte. Außer Morgan vielleicht.«

Ich lächelte schwach.

»Ich meine es ernst. Es war nie meine Absicht, dich auszuschließen. Ich wollte die ganze Sache nur möglichst sanft für dich über die Bühne bringen, weil ich genau weiß, wie schwer Veränderungen für dich sind.«

Ich nickte und erwiderte den leichten Druck ihrer Hand. »Ich war so vor den Kopf gestoßen, als ich Melissa gesehen habe. Ich konnte einfach nicht glauben, dass du sie wirklich zu deiner Hochzeit eingeladen hast. Sie hat uns so sehr gequält. Ich habe ihre Worte heute noch im Kopf. Es war für mich unvorstellbar, dass du sie freiwillig auf diese Weise an deinem Leben teilhaben lässt.«

Riley nickte langsam. »Natürlich werde ich niemals vergessen, wie beschissen unsere Kindheit bei ihr war. Aber ich kann diese Wut nicht für immer in mir tragen. Und …« Sie zögerte einen Moment. »Es gibt eine Sache, die du nicht über sie weißt, Sawyer.«

Eine unangenehme Gänsehaut überlief meine Arme. »Was?«

»Melissa war früher mit Dad zusammen«, sagte sie, und der Blick in ihren Augen wurde mitfühlend.

Ich verstand, was sie sagte, aber es ergab keinen Sinn.

Mein Mund klappte auf und wieder zu. Ich wollte fragen,

was sie damit meinte, aber ich brachte kein einziges Wort hervor.

»Damals auf der Highschool war Dad mit Melissa zusammen. Aber dann hat er Mom kennengelernt und sich Hals über Kopf in sie verliebt. Er hat das nicht geplant, es ist ... einfach passiert. Melissa hat es das Herz gebrochen. Sie war so verletzt und gedemütigt. Vor allem als Mom und Dad nach dem Abschluss durchgebrannt sind. Dann ... kam ich. Und du. Wir waren eine glückliche Familie, während Melissa komplett allein war. Das hat sie so bitter werden lassen.«

Ich konnte nichts sagen. In meiner Brust zog sich alles fest zusammen, bis ich kaum noch atmen konnte und das Bedürfnis verspürte, mich zu einem Ball zusammenzurollen.

»Das glaube ich dir nicht«, krächzte ich.

Riley drückte meine Hand erneut.

»Deswegen hatte Melissa so einen Hass auf Mom. Und auf uns. Weil sie nie über die Sache hinweggekommen ist. Ich glaube, es war nicht sehr hilfreich, dass du ganz genauso aussiehst wie Mom damals.«

Meine Augen brannten, und ich musste wie verrückt blinzeln. Alles, was ich geglaubt hatte, über meine Familie zu wissen, war durch Rileys Worte zerstört worden. Meine Mom war plötzlich ein völlig anderer Mensch. Ich konnte einfach nicht glauben, dass diese Geschichte wahr war.

Auch wenn sie viel erklären würde.

»Als Dad krank wurde ... da war Melissa am Boden zerstört. Sie hatte nie aufgehört, ihn zu lieben. Und trotzdem stand sie Mom während der ganzen Zeit zur Seite. Aber dann ...« Rileys Stimme versagte. »Melissa hat nicht nur ihre große Liebe verloren, sondern auch ihre Schwester. Und plötzlich stand sie mit uns da. Sie war so wütend auf Mom und auf Dad und hat das an uns ausgelassen.«

All die fiesen, schlimmen Worte. All die Wut und der Hass in Melissas Augen, sobald sie mich angesehen hatte. Ich hatte sie an Mom erinnert. Sie musste furchtbar gelitten haben.

»Wieso erzählst du mir das jetzt erst?«, fragte ich heiser.

Rileys Blick war schmerzerfüllt – und genauso traurig, wie ich mich fühlte.

»Weil ich weiß, dass Mom immer deine Heldin war und das auch heute noch ist. Als ich davon erfahren habe, hat sich mein Bild von ihr verändert – und das wollte ich auf keinen Fall für dich. Du solltest sie so in Erinnerungen behalten, wie du sie kennengelernt hast. Und dich davon nicht beeinflussen lassen.« Ihre Augen begannen, verdächtig zu glänzen, und auch meine Sicht verschwamm. Riley drückte meine Hand fest, ein bisschen zu fest sogar, aber das war okay.

Es hatte nicht an mir gelegen. Melissa hatte nicht mich gehasst, sondern lediglich ihre Trauer und die Wut, die sie auf meine Eltern hatte, auf mich projiziert. Das rechtfertigte nichts von dem, was sie mir angetan hatte, aber ich wusste jetzt, dass sie nicht einfach nur eine böse, verbitterte Frau war, der es Freude bereitete, anderen Leid zuzufügen. Denn sie litt. Sie litt genauso sehr wie jeder andere.

»Mom war Dads große Liebe. Daran wird sich nichts ändern, und daran ist auch nichts falsch«, sagte Riley unvermittelt.

Ich nickte gedankenverloren. Ich erinnerte mich noch genau daran, wie verliebt und glücklich unsere Eltern gewesen waren.

Mom hatte Dad so sehr geliebt, dass sie ihm in den Tod gefolgt war.

»Das ändert nichts«, murmelte ich nach einer Weile. Auf Rileys fragenden Blick hin räusperte ich mich und fuhr fort. »Mom und Dad sind immer noch meine Helden. Ganz gleich, was damals mit Melissa geschehen ist.«

»Gut. So soll es auch sein, Sawyer.«

»Auch wenn ich ihr nie verzeihen kann … Ich verstehe jetzt ein bisschen besser, warum sie so zu uns war. Es muss schrecklich für sie gewesen sein.«

Riley brummte zustimmend. »Ich weiß, dass es nichts entschuldigt. Aber … ich dachte, wir können irgendwann darüber hinwegkommen. Deshalb die Einladung zur Hochzeit und der Versuch, neu mit ihr anzufangen.«

»Ich kann das verstehen. Du hättest nur schon viel früher mit mir darüber reden müssen«, sagte ich.

Bedauern flackerte in ihrem Blick auf. »Ich wollte dich nicht belasten. Ich wusste, wie viel du um die Ohren hast und dass du das, was damals geschehen ist, zu vergessen versuchst. Ich wollte dich nicht … in Panik versetzen oder … Ach, ich weiß doch auch nicht. Aus irgendeinem Grund dachte ich, dass meine Hochzeit vielleicht ein guter Anlass sein könnte, um miteinander ins Gespräch zu kommen.«

»Hat ja super geklappt.«

Riley zeigte mir den Mittelfinger. Ich stieß ein schnaubendes Lachen aus, das die Anspannung zwischen uns ein bisschen lockerte. Danach blieben wir eine Weile lang still und hingen unseren Gedanken nach.

»Wieso wusstest du davon?«, fragte ich.

Es dauerte einen Moment, bis Riley antwortete. »Eine Freundin und ehemalige Klassenkameradin von Melissa und Dad hat ihren Hund zu uns in die Klinik gebracht. Sie hat mich gefragt, wie es uns geht, und darüber gesprochen, wie tragisch die ganze Sache damals doch gewesen war, vor allem für Melissa. Ich hatte keine Ahnung, wovon sie spricht, aber als ich angefangen habe, nachzuhaken, hat sie sich rausgeredet und ist schnell wieder verschwunden. Ich bin noch am selben Tag zu Melissa gefahren und habe sie zur Rede gestellt.«

Es fiel mir schwer, zu glauben, dass diese Geschichte wirklich wahr sein sollte, aber gleichzeitig wusste ich, dass niemand sich so etwas ausdenken konnte. Es war einfach zu makaber.

»Es tut mir so leid.« Kopfschüttelnd sah ich Riley an. »Da war so viel angestaute Wut in mir. Ich wollte nicht so extrem aus der Haut fahren. Das wird nie wieder vorkommen, Riley. Und ich hoffe, irgendwann könnt Morgan und du mir verzeihen.«

»Das haben wir doch schon längst«, sagte sie sanft. »Ich habe dir schon verziehen, als wir telefoniert haben.«

»Wirklich?«

Sie nickte energisch. »Ich war nur so aufgewühlt. Da war die Hochzeit und Morgans Familie und die Gäste und Melissa – das war einfach alles zu viel. Ich war überfordert und wollte einfach nur noch ins Bett und nie wieder aufstehen.«

»Das kann ich so gut verstehen. Glaub mir.«

»Ich will nie wieder so lange nicht mit dir reden, Sawyer. Das war einfach nur furchtbar«, sagte Riley.

Ich war so erleichtert, dass ich nicht anders konnte, als einen Satz nach vorne zu machen und sie stürmisch zu umarmen. Sie stieß ein Ächzen aus, drückte mich aber genauso fest wie ich sie. Eine Weile lang hielten wir uns nur, und ich konnte hören, dass sie genau wie ich versuchte, ihr Schniefen zu unterdrücken. Trotzdem spürte ich ihre Tränen an meiner Halsbeuge.

Erst nach einer gefühlten Ewigkeit lösten wir uns voneinander. Riley strich sanft mit den Daumen unter meinen Augen entlang. »Isaac hat eine ganz schöne Heulsuse aus dir gemacht.«

Ich versteifte mich. »Was?«

»Ich muss ja ehrlicherweise sagen, dass ich niemals damit gerechnet hätte, dass du dir ausgerechnet einen Typen wie ihn suchst. Der sah so unschuldig aus und war so höflich! Aber als er mich angerufen hat … Ich glaube, dass er wirklich gut für dich ist. Und ich merke auch, dass du dich verändert hast. Du bist nicht mehr so verschlossen wie noch vor ein paar Monaten.« Sie lächelte. »Verrückt, was die Liebe mit einem macht, oder?«

Perplex starrte ich sie an. »Isaac hat dich angerufen?«, brachte ich ungläubig hervor.

»Oh.« Riley runzelte die Stirn. »Hätte ich das nicht sagen dürfen?«

Als ich nicht antwortete, hob sie entwaffnet die Hände. »Bitte, sag ihm nicht, dass ich ihn verpetzt habe. Ich dachte nur, ihr wärt … Ihr seid doch zusammen, oder nicht?«, fragte sie unsicher.

Ich schüttelte den Kopf.

»Aber er …« Sie brach ab und schüttelte den Kopf. Dann wurde der Ausdruck in ihrem Gesicht weich.

»Was guckst du so?«, fragte ich.

»Nichts. Es ist nur … Er hat mich angerufen, weil er wusste, wie sehr dir der Streit zugesetzt hat. Er hat sich bei mir entschuldigt und gesagt, er hofft, dass wir das wieder auf die Reihe bekommen, weil Geschwisterliebe etwas ganz Kostbares und Wichtiges ist.«

Das klang wirklich nach etwas, was Isaac von sich geben würde.

»Wir passen nicht zusammen«, murmelte ich.

»Warum nicht?«

»Weil er sich jemanden suchen soll, der besser für ihn ist.« Ehe ich wusste, wie mir geschah, breitete sich ein höllischer Schmerz auf meiner Stirn aus. »Autsch, du verdammte Kuh! Das tut weh!«

»Das soll es auch. Sag so etwas nie wieder«, fauchte Riley und hob den Finger, mit dem sie mir gerade gegen die Stirn geschnipst hatte, ein zweites Mal drohend.

»Aber es stimmt doch.« Hilflos hob ich die Schultern. »Er ist ein guter Mensch, Riley. Er verdient jemand ganz Besonderen, jemand, der ihn glücklich macht und nicht nur Drama in sein Leben bringt.«

Riley sah mich kopfschüttelnd an. »Das ist das Schwachsinnigste, was ich jemals gehört habe, Sawyer.«

»Aber die Wahrheit.«

»Du hast einfach nur Angst vor deinen eigenen Gefühlen.«

»Ich habe überhaupt keine Angst.«

»Doch, hast du. Und ich weiß das so genau, weil es mir damals mit Morgan exakt gleich ging.«

»Das ist was anderes.«

»Ist es gar nicht.«

Ich presste meine Lippen aufeinander, weil dieses Gespräch allmählich lächerlich wurde.

»Du bist verliebt in ihn«, stellte Riley fest.

Sofort schüttelte ich den Kopf. »Bin ich überhaupt nicht.«

»Schon klar. Deswegen geht es dir auch dermaßen beschissen.«

»Mir geht es nicht beschissen.«

Riley hob eine Augenbraue. »Da hat Dawn mir vorhin aber was anderes erzählt.«

»Okay. Mir ging es beschissen, weil ich mich mit meinem liebsten Menschen auf der ganzen Welt fürchterlich gestritten habe – damit meine ich dich. Das heißt, zumindest warst du das, bevor du angefangen hast, mich zu nerven.«

»Aha. Du willst mir also weismachen, dass jetzt, wo wir uns wieder vertragen haben, alles wieder wie vorher ist?«, fragte Riley skeptisch.

Ich nickte energisch.

Dabei wusste ich ganz genau, dass nichts sein würde wie zuvor. Der ziehende Schmerz in mir war da, als gehörte er zu meinem Körper. Er war da, wenn ich morgens aufstand, und er war da, wenn ich ins Bett ging, und es war egal, was ich tat, egal, wie sehr ich versuchte, mich abzulenken – er verschwand nicht.

Ich vermisste Isaac. Jeden verdammten Tag. Alles, was mir blieb, waren unsere gemeinsamen Momente, die mich auch jetzt noch glücklich machten, obwohl ich wusste, dass sie in der Vergangenheit lagen und er bald neue Erinnerungen sammeln würde mit einem Mädchen, das nicht ich war.

Niemand hatte es je geschafft, mich so glücklich zu machen wie Isaac. Niemand hatte es je geschafft, dass ich meine Schutzschilder fallen ließ und mich traute, mich zu öffnen. Niemand hatte es je geschafft, diese Art von Gefühlen in mir auszulösen.

Es gab nur Isaac für mich. Und tief in meinem Inneren war ich mir sicher, dass es auch immer so bleiben würde.

»Gefühle sind der letzte Mist«, flüsterte ich an Rileys Schulter.

Und während meine Schwester mich hielt, ließ ich meine Tränen laufen und weinte um all das, was ich erfahren und verloren hatte.

kapitel 34

Der Dezember begrüßte Woodshill mit eisiger Kälte und viel Schnee. Die Berge und Täler waren in Weiß gehüllt, und auch die Stadt lag unter einer magischen, schimmernden Schicht, die mich förmlich anflehte, sie zu fotografieren. Ich verbrachte mehrere Tage fast durchgehend draußen und kam erst abends heim, völlig durchgefroren und mit vor Kälte tauben Zehen und Fingern, in die erst nach einer langen, heißen Dusche langsam wieder das Gefühl zurückkehrte.

Ich liebte es.

Umso aufgeregter war ich, als Robyn und Pat mir erzählten, dass sie es über einen Kontakt in Portland geschafft hatten, die Künstlerin Angel Whittaker zu engagieren, und mich baten, die Schneeskulpturen, die sie für sie kreierte, für die anstehende Weihnachtsausstellung in der Galerie zu fotografieren.

Die beiden holten mich in Robyns Wagen vom Wohnheim ab, kurz nachdem die Sonne aufgegangen war. Gemeinsam fuhren wir an den Fuß des Mount Wilson, wo Angel seit ein paar Tagen arbeitete. Ich hatte zwar schon einen Zwischenstand der Skulpturen auf Bildern gesehen, die Robyn mir per Mail geschickt hatte, aber ehrlich gesagt hatte ich darauf nicht viel erkannt außer Massen an Schnee, die in riesigen Haufen zusammengeschaufelt worden waren.

Als wir uns jetzt, beladen mit professionellen Stativen, Reflektoren und Objektiven, die ich kaum erwarten konnte, auszuprobieren, den Weg durch den tiefen Schnee bahnten und zu der abgesperrten Fläche kamen, die Angel für ihre Arbeiten zur Verfügung gestellt bekommen hatte, traute ich meinen Augen nicht. Sieben gigantische Skulpturen aus Schnee waren in einem Kreis angeordnet. Manche von ihnen hatten Muster, die Fossilien glichen, manche Gesichter, die man nur erkennen konnte, wenn man im richtigen Winkel davorstand. Die Sonne war inzwischen vollständig aufgegangen, und ihre Strahlen setzten die Maserungen so in Szene, dass es auf den ersten Blick so aussah, als würden die Skulpturen von innen heraus leuchten. Es war wunderschön.

Ich konnte mich gar nicht sattsehen, und als die Erschafferin der Kunstwerke uns sah und winkend auf uns zukam, musste ich mich zusammenreißen, um nicht vor Aufregung zu stammeln. Sie war in einen dicken schwarzen Mantel eingepackt und trug eine dunkelrote Wollmütze, unter der ihr schlohweißes Haar zum Vorschein kam. Ich hatte ihren Lebenslauf gegoogelt und wusste, dass sie zweiundsechzig war, allerdings wirkte sie auf den ersten Blick viel jünger. Das musste an dem lebendigen Ausdruck in ihren Augen und dem strahlenden Lächeln liegen, mit dem sie uns begrüßte.

Sie reichte zuerst Robyn und Pat die Hand, dann wandte sie sich an mich.

»Das ist unsere studentische Aushilfe Sawyer. Sie wird dein Werk heute für uns fotografieren«, erklärte Pat.

»Hallo«, sagte ich nervös.

»Freut mich, Sawyer. Ich bin Angel.« Ihre Hand zu schütteln, stellte sich als schwieriger als gedacht heraus, weil ihre Handschuhe klobiger waren als meine. Sie erinnerten mich außerdem daran, dass ich meine ganz würde ausziehen müssen, sobald ich mit Fotografieren loslegte.

»Großartige Arbeit«, sagte ich und zeigte auf die Skulpturen.

Angels Lächeln wurde breiter. »Vielen Dank.«

Ich legte den Kopf in den Nacken und sah mich noch mal um. Bald würde die Sonne weiterziehen, und das wäre für die Bilder, die ich mir gerade vorstellte, ein echter Verlust.

»Das Licht ist gerade so perfekt, dass ich eigentlich jetzt schon anfangen würde, wenn das in Ordnung geht.«

»Natürlich«, sagte Angel.

»Sawyer spielt sehr gut mit Licht«, sagte Robyn, und bei ihrem stolzen Tonfall breitete sich Wärme in meiner Brust aus.

»Ich bin gespannt. Es freut mich total, dass ihr etwas von mir in Woodshill ausstellen wollt. Mein Mann und ich haben eine Zeitlang hier gewohnt, bevor es uns zurück nach Portland verschlagen hat.«

»Oh, wirklich?«, fragte Pat, und Angel fing an, von ihrer Zeit in Woodshill zu erzählen. Ich bekam die Geschichte nur am Rande mit, weil Robyn und ich währenddessen um die Skulpturen herumgingen. Sie zeigte mir, welchen Winkel sie sich in etwa vorgestellt hatte, und ließ mich daraufhin erst mal ein paar Probeschüsse machen. Nach einer Weile sah sie sich die Bilder an, und genau wie im Unterricht gab sie mir Feedback und sagte mir, was ich verbessern konnte. Es war spannend, die Bilder mit ihr gemeinsam zu machen, und obwohl ich mich weiterhin auf mein Gefühl verließ, merkte ich, dass mich die Tipps, die sie mir immer wieder gab, weiterbrachten.

Bei einer Skulptur legte ich mich auf den Bauch in den Schnee und ließ mir, erst als ich die richtige Position gefunden hatte, die Kamera von Robyn reichen. Von hier unten sahen die Einkerbungen und Musterungen noch mal ganz anders aus, und die Sonnenstrahlen ließen sie schimmern und glitzern, was dem Motiv eine wunderschöne Optik verlieh. Ich lag dort ungefähr eine Viertelstunde, bevor Robyn mir wieder aufhalf, und zitterte am ganzen Körper, als ich mir den Schnee von meinen Klamotten klopfte. Trotzdem spürte ich, als in der hinteren Tasche meiner Jeans mein Handy zu summen begann. Mit vor Kälte starren Fingern fummelte ich es hervor.

Ein Blick auf das Display genügte, um meine tauben Gliedmaßen kribbeln zu lassen.

Isaac.

Ich hatte seit Wochen nicht mehr mit ihm gesprochen und war davon ausgegangen, dass er meine Nummer längst gelöscht hatte.

Ich hatte keine Ahnung, warum er sich ausgerechnet jetzt bei mir meldete.

Dennoch nahm ich den Anruf mit zitternden Fingern an und drückte den Hörer fest an mein Ohr, weil ich fürchtete, dass ich das Handy jeden Moment fallen lassen könnte, mitten in den Schnee.

»Hallo?«

Stille. Einen Moment lang, dann: »Hey, ich bin's … ähm, Isaac.«

»Ich weiß, ich habe deine Nummer noch gespeichert.«

Der Preis für das dämlichste Telefongespräch der Menschheitsgeschichte ging dann wohl an uns.

Isaac sagte nichts, aber plötzlich hörte ich, wie unregelmäßig sein Atem ging.

»Was ist los?«, fragte ich alarmiert.

Wieder antwortete er nicht, sondern holte nur schnappend Luft.

»Was ist los?«, fragte ich erneut, diesmal sanfter.

Es klang, als würde er mit aller Macht versuchen, nicht zu hyperventilieren.

»Sprich mit mir«, wisperte ich und drehte mich von Robyn

weg, die mich besorgt ansah. Als sein Atem immer schneller und hektischer wurde, bekam ich es mit der Angst zu tun. »Isaac?«

»Meine Mom …«, brachte er hervor.

Mein Herzschlag setzte aus.

»Meine Mom hatte einen Autounfall.«

»Wo bist du?«, fragte ich und überraschte mich selbst, weil meine Stimme so ruhig war.

»Ich bin gerade auf dem Hof angekommen und sitze im Auto, weil ich … Ich kann nicht da reingehen und vor meinen Geschwistern den Helden spielen, wenn ich jeden Moment durchdrehe. Dad ist mit Mom im Krankenhaus, und ich muss mich um Ariel und Levi und Ivy kümmern und … Sawyer, ich weiß nicht, was ich jetzt machen soll, ich schaffe das n–«

»Isaac«, unterbrach ich ihn, noch immer ruhiger, als ich für möglich gehalten hätte. »Eins nach dem anderen. Erst mal musst du tief durchatmen.«

Er stieß einen hilflosen Laut aus, der mir das Herz brach.

»Mach es. Tief ein- und ausatmen.«

»Ich schaffe das nicht ohne dich«, sagte er mit hektischer Stimme. »Ich brauche dich hier, Sawyer, ich …« Er schluckte hörbar. »Ich brauche dich.«

Seine Worte lösten tief in mir eine Lawine an Gefühlen aus.

Ich ging im Kopf kurz meine Möglichkeiten durch, aber eigentlich wusste ich genau, wo ich jetzt sein musste. Es gab keine Alternative. »Ich mache mich gleich auf den Weg.«

Isaac atmete zittrig ein. »Sawyer«, sagte er leise. So leise, dass ich es kaum hörte.

»Du schaffst das, Isaac.«

»Ich …« Er räusperte sich. Dann sagte er nur: »Danke.«

Wir legten auf, und ich brauchte einen Moment, bis ich mich wieder gesammelt hatte und mich zu Robyn umdrehen konnte.

»Es tut mir so leid, Robyn. Ich … Ich muss schnell weg.«

Sie sah mich besorgt an. »Ist alles in Ordnung?«

Darauf konnte ich bloß hilflos mit den Schultern zucken.

»Brauchst du einen Wagen?«, fragte sie weiter.

Als ich sie nur verständnislos ansah, griff sie in ihre Jackentasche und fischte ihren Schlüssel heraus. »Hier«, sagte sie und drückte ihn mir in die Hand.

Ich starrte erst sie und dann den Schlüssel an. »Bist du dir sicher?«

»Ja.« Sie nickte. »Ich vertraue dir.«

»Ich weiß gar nicht, wie ich dir danken soll«, sagte ich, als ich meine Stimme wiedergefunden hatte. »Es tut mir so leid, dass ich nicht mehr weitermachen kann. Wirklich, ich wünschte …«

»Du hast tolle Bilder gemacht, Sawyer«, unterbrach sie mich. »Und du hast offensichtlich einen Notfall. Jetzt hau ab, und fahr bitte vorsichtig.«

Ich machte kehrt und kämpfte mich, so schnell es ging, durch den Schnee in Richtung Parkplatz.

Der Schnee auf den Straßen hatte sich größtenteils in braunen Matsch verwandelt, und während die Leute auf den Gehwegen unentwegt ausrutschten, hatte ich auf meiner Fahrt keine Probleme mit Glätte oder Eis. Nichtsdestotrotz umklammerte ich das Lenkrad so fest, dass meine Fingerknöchel weiß hervortraten, während ich gleichzeitig versuchte, vor Sorge um Isaac nicht den Kopf zu verlieren.

Er hatte sich am Telefon so traurig und verzweifelt angehört. Ich wusste nicht, wie schlimm es um seine Mom stand, und hatte Angst vor dem, was mich erwartete, wenn ich erst auf der Farm angekommen war.

Als ich auf die Auffahrt einbog, sah ich Isaacs Auto sofort, und obwohl ich die Heizung so heiß wie möglich eingestellt hatte, wurde mir eiskalt, als ich ihn mit hängendem Kopf am Steuer sitzen sah.

Ich parkte Robyns Wagen neben seinem und stieg aus, um zu ihm zu gehen. In diesem Moment war es egal, was in den vergangenen Wochen zwischen uns gewesen war, was wir uns alles gesagt, oder viel schlimmer noch, nicht gesagt hatten. In diesem Moment zählte nur noch, dass ich für ihn da sein wollte.

Ich klopfte an die Fensterscheibe. Er zuckte zusammen und stieg sofort aus dem Wagen. Jede seiner Bewegungen wirkte, als stünde er unter Schock, und auch sein Blick war so durcheinander und ratlos, dass mir mein Herz wehtat.

»Hey«, sagte ich sanft und versuchte mich an einem Lächeln. Er erwiderte es nicht, sondern schloss lediglich die Autotür hinter sich und drehte sich dann zu mir, scheinbar unschlüssig, was er nun machen sollte. Ich nahm ihm die Entscheidung ab und umarmte ihn. Ich hielt ihn so lange fest, bis er die Geste erwiderte und ein Teil der Anspannung seinen Körper verließ. Er erlaubte es, dass ich ihn stützte und für ihn da war, und es tat gut, ihm ohne viele Worte klarzumachen, dass ich nicht mehr weggehen würde. Denn er hatte mich angerufen. Niemand anderen, sondern mich. Und egal wie oft ich mir sagte, dass ich nicht gut genug für ihn war – das bedeutete doch etwas, oder nicht?

»Ich muss Al anrufen«, murmelte er nach einer Weile und hob das Handy hoch, das er in seiner rechten Hand umklammert hielt. »Ich kann morgen Mittag nicht arbeiten.«

»Darüber brauchst du dir keine Gedanken machen. Wir müssen erst mal rein. Sind Theodore und Mary da?«, fragte ich.

Er nickte, dann schüttelte er den Kopf. »Grandma ist mit Ivy auf dem Wochenmarkt. Grandpa hat Ariel und Levi aus der Schule abgeholt.«

»Okay«, sagte ich und nahm seine Hand. Seine Haut war eiskalt, und ich wünschte, ich hätte meine Handschuhe mitgenommen, als ich vom Mount Wilson losgefahren war.

Er ließ sich von mir zur Haustür ziehen. Als er sie aufschließen wollte, zitterten seine Finger so heftig, dass er das Schlüsselloch mehrmals verfehlte und ich ihm den Schlüssel letztlich abnehmen musste, um selbst aufzuschließen. Ich schob ihn vor mir her durch die Tür.

»Hallo?«, rief ich ins Haus und schlüpfte aus meinen schneebedeckten Schuhen. Dann half ich Isaac aus seiner Jacke – seine langen Gliedmaßen schienen gerade zu nichts zu gebrauchen zu sein – und legte sie auf der Kommode im Flur ab. »Jemand da?«, rief ich.

»Wir sind im Wohnzimmer!«, kam Theodores Antwort.

Wieder nahm ich Isaac bei der Hand. Der vertraute Duft dieses Hauses stieg mir in die Nase, und wäre die Situation nicht so angespannt gewesen, hätte ich das Gefühl, wieder hier zu sein, genossen.

Theodore saß auf der Couch im Wohnzimmer, Ariel dicht an ihn gekuschelt und Levi auf seinem Schoß. Als er sah, dass Isaac mit mir gekommen war, lächelte er warm. Alleine seine Anwesenheit übte eine enorme Ruhe auf mich aus, und ich hoffte inständig, dass dies auch bei Isaac zutraf.

Im Gegensatz zu den letzten Malen quietschte dieses Mal niemand, als wir in den Raum kamen. Ariel war still, als sie von der Couch glitt und auf Isaac zulief. Ich ließ seine Hand los, damit er seine Schwester auf den Arm nehmen konnte. Die beiden klammerten sich aneinander, und Isaac murmelte etwas in ihr Ohr, das ich nicht verstand.

Ich ging zum Sofa und streichelte über Levis Kopf, bevor ich mich neben ihn und Theodore setzte. Theodore legte einen Arm um mich und drückte mich kurz an sich. Er sagte nichts.

Es war gespenstisch still in dem sonst so lebendigen Haus. Man merkte ganz deutlich, dass etwas nicht stimmte. Am liebsten hätte ich Theodore gefragt, was genau passiert war, aber das wollte ich nicht vor den Kindern tun. Auch Isaac sagte nichts, sondern hielt weiterhin Ariel auf dem Arm und begann, mit ihr im Wohnzimmer auf und ab zu laufen, bis sich ihre verkrampfte Haltung ein kleines bisschen lockerte und sie ihn nur noch umarmte, anstatt zu erwürgen. Er schien genau so viel Trost in ihrer Umarmung zu finden, wie er ihr spendete, denn nach einer Weile war sein Blick klarer und nicht mehr ganz so verzweifelt.

»Was ist das?«, fragte Levi unvermittelt und deutete auf meinen rechten Arm.

Für einen Moment wusste ich nicht, was er meinte, aber dann sah ich, dass ich den Ärmel meines schwarzen Pullovers hochgeschoben hatte und er auf die kleine Schwalbe auf meinem Unterarm deutete.

»Ein Tattoo«, antwortete ich.

Levi wurde sofort hellhörig und setzte sich auf dem Schoß seines Großvaters auf. »Was ist ein Tattoo?«

»Ein Tattoo ist ein Bild, das man sich auf die Haut malen lässt«, erklärte ich, und im nächsten Moment packte Levi meinen Arm, um ihn sich direkt vor die Nase zu halten.

Theodore lächelte.

»Was ist, wenn du badest?«, fragte Levi und sah mich skeptisch an.

Ich stutzte und sah hilfesuchend zu Theodore, doch sein Lächeln wurde bloß breiter. Dann überlegte ich kurz, wie ich einem Sechsjährigen pädagogisch wertvoll erklären sollte, was ein Tattoo war. »Tattoos werden mit einem magischen Stift aufgemalt, den man nicht abwaschen kann.«

Levis Mund klappte auf und seine grünbraunen Augen wurden ganz groß. Er stieß ein leises »Whoa« aus, bevor er sich wieder mit konzentriertem Ausdruck über meinen Arm beugte und das kleine Symbol betrachtete. »Bleibt das für immer da?«

Ich nickte. Dann lehnte Levi sich zurück und sah seinen Großvater mit ernstem Gesichtsausdruck an.

»Ich möchte auch ein Tattoo«, verkündete er feierlich.

Großartig. Nach Ariel hatte ich jetzt auch Levi auf den Geschmack gebracht. Warum ließ mich eigentlich überhaupt irgendjemand in die Nähe dieser Kinder? Ich ohrfeigte mich gerade innerlich, als ich plötzlich ein ganz anderes Geräusch hörte. Und zwar eines, mit dem ich absolut nicht gerechnet hatte, schon gar nicht an diesem Tag, in dieser Situation.

Lachen.

Ich drehte mich um und entdeckte Isaac am anderen Ende des Wohnzimmers. Er sah mich kopfschüttelnd an und lachte. Leise und rau, aber dennoch meinetwegen.

Mein Herz begann, schneller zu schlagen.

»Das machen wir, wenn du ein bisschen größer bist«, sagte er belustigt und kam mit Ariel auf dem Arm zu uns. Er ließ sich auf das andere Ende des Sofas fallen und behielt seine Schwester auf dem Schoß. Sie schmiegte ihr Gesicht an seine Brust, die Augen geschlossen. Sie sah so verängstigt aus, dass es mir die Kehle zuschnürte, vor allem weil ich wusste, wie fröhlich sie sonst immer gewesen war.

»Wie groß?«, fragte Levi.

Isaac hob den Arm so hoch, wie es ihm im Sitzen möglich war. »So groß in etwa.«

Der Kleine sah traurig zu mir zurück. »Aber ich will auch ein Bild auf dem Arm.«

»Dann malen wir dir eins mit einem Stift auf«, schlug ich vor.

»Wirklich?«, fragte er begeistert.

»Du musst mir nur sagen, was du für eines möchtest«, sagte ich nickend.

Levi hüpfte von Theodores Schoß und rannte aus dem Raum. »Ariel, ich nehme deine Stifte, okay?«

»Du gehst nicht in mein Zimmer!«, rief sie sofort. Schneller, als ich es für möglich gehalten hätte, sprang sie von Isaacs Schoß und rannte Levi hinterher.

Kaum waren beide Kinder aus dem Wohnzimmer verschwunden, fragte Isaac: »Wie geht es ihr? Gibt es was Neues? Wann können wir sie besuchen?«

»Sie ist immer noch im OP«, sagte Theodore ernst, aber ruhig.

»Was ist überhaupt passiert?«, fragte ich leise.

»Debbie hatte einen schweren Autounfall. Sie ist von der Fahrbahn gerutscht und hat sich überschlagen.«

Bei seinen Worten lief mir ein eiskalter Schauer über den Rücken. »Oh Gott.«

»Sie hat sich Knochen gebrochen und innere Verletzungen zugezogen«, fuhr er fort. »Seit fast zwei Stunden wird sie operiert.«

Ich traute mich nicht, meine nächste Frage laut zu stellen, aber Theodore schien sie zu erahnen. »Sie wird wieder gesund«, sagte er mit fester Stimme. Er sah zu Isaac, der mit gesenktem Kopf dasaß und auf seine Hände starrte. »Daran müssen wir jetzt alle fest glauben.«

Ich nickte, auch wenn ich keine Ahnung hatte, wie Debbies Chancen standen und ob Theodore das nur sagte, um Isaac und vielleicht auch sich selbst zu beruhigen. »Natürlich. Was kann ich tun?«

»Du tust schon genug, indem du da bist, Sawyer.« Sein Blick zuckte kurz zu Isaac, dann wieder zurück zu mir.

Er griff nach meiner Hand, und ich drückte sie fest. »Das ist doch selbstverständlich.«

»Danke.« Er lächelte warm und erhob sich von der Couch. Auf dem Weg zur Küche drückte er Isaacs Schulter, doch der schien das gar nicht wahrzunehmen. Ich wollte so unbedingt etwas für ihn tun, ihn trösten oder ablenken. Ich wollte ihm sagen, dass ich genau wusste, wie er sich fühlte. Dass ich wusste, wie schlimm es war, wenn man Angst hatte, seine Eltern zu verlieren. Aber auch, dass ich wusste, dass er stark genug war, das durchzustehen. Egal, wie es ausgehen würde. Und dass ich für ihn da sein würde.

Doch gerade, als ich etwas sagen wollte, polterten Ariel und Levi zurück ins Wohnzimmer – bewaffnet mit Massen von Stiften, die sie auf dem Wohnzimmertisch ausbreiteten. Während ich mich zu den beiden auf den Boden setzte und anfing, ihre Arme mit bunten Bildern zu verzieren, blieb Isaac mit gedankenverlorenem Gesichtsausdruck auf der Couch sitzen.

Kurz darauf kehrten Mary und Ivy vom Markt zurück. Ivy verstand zwar noch nicht, dass ihrer Mom etwas Schlimmes passiert war, aber sie merkte, dass etwas nicht stimmte, und war dementsprechend unruhig und quengelig.

Den Rest des Nachmittags verbrachten wir damit, Kinderserien im Fernsehen zu schauen, Suppe zu essen, die Theodore gekocht hatte, und zu versuchen, nicht wie hypnotisiert das Telefon anzustarren in der Hoffnung, dass endlich der erwartete Anruf von Isaacs Dad kam.

Am frühen Abend beschlossen Theodore und Mary, die Kinder ins Bett zu bringen. Levi verlangte laut, dass ich ihn zudecken sollte, und als Isaac meinen panischen Blick sah, musste er lachen und begleitete mich in das Zimmer. Während er die Vorhänge zuzog, machte ich die kleine orange Lampe neben Levis Bett an und half ihm dabei, sich zuzudecken, bis nur noch sein kleiner Kopf herausragte.

»Wird alles wieder okay werden?«, fragte er kleinlaut.

Aus dem Augenwinkel sah ich, wie Isaac in seiner Bewegung erstarrte. Mit so viel Überzeugung, wie ich in dieser Situation aufbringen konnte, sagte ich: »Natürlich wird es das. Egal, wie schlimm manche Tage sind, Levi … es kommt immer alles wieder in Ordnung. Mach dir keine Sorgen.«

Er sah mich nachdenklich an. »Okay.«

»Okay«, sagte ich.

»Aber was, wenn Mom nicht zurückkommt?«, fragte er, diesmal viel leiser.

Die Worte trafen mich mitten ins Herz, und es kostete mich alle Mühe, meine Gesichtszüge nicht entgleiten zu lassen.

Isaac lief schnellen Schrittes aus dem Raum. Ich hörte ihn noch im Flur, bevor irgendwo eine Tür laut ins Schloss fiel. Mit einem leisen Seufzen beugte ich mich wieder über Levi und strich ihm die Locken aus der Stirn.

»Deine Mom wird wiederkommen, wenn es ihr besser geht, Levi. Da glaube ich ganz fest dran, und du musst mir dabei helfen«, flüsterte ich.

Er nickte langsam.

»Schlaf schön.« Ich stand vom Boden auf und schaltete das Licht neben der Tür aus, sodass nur noch das neben dem Bett leuchtete. Levi schloss die Augen und kuschelte sich in seine Decke, und ich schob mich durch die Tür und zog sie leise hinter mir zu. Dann ging ich zu Isaacs altem Kinderzimmer.

Vorsichtig klopfte ich an der Tür. Als er nicht antwortete, öffnete ich sie vorsichtig und lugte durch den Spalt.

Isaac saß mit gesenktem Kopf auf seinem Bett und starrte auf seine Hände. Ich hatte ihn schon traurig und niedergeschlagen erlebt, aber noch nie so. Es tat weh zu sehen, wie sehr er litt. Und am meisten tat es weh, dass ich ihn nicht so trösten konnte, wie ich wollte. Ich hätte ihn am liebsten in die Arme genommen und überhaupt nicht mehr losgelassen, aber … das war nicht mein Recht. Ich hatte ihn von mir gestoßen und das zwischen uns für beendet erklärt, und mit diesen Konsequenzen musste ich jetzt leben.

»Ich bin ein Versager«, sagte er tonlos.

»Hör auf damit«, sagte ich ernst und durchquerte das Zimmer. Erst als ich vor ihm in die Hocke ging, sah ich, dass er ein Foto in den Händen hielt. Es war ein Abzug von jenem, das ich mit Ariels Kamera gemacht hatte, als Isaac und seine Mom zusammen am Klavier gesessen und gespielt hatten. Ich fuhr sanft mit meinen Fingern darüber. Es war wunderschön geworden, genau wie der Moment damals.

Er schüttelte den Kopf. »Ich habe diesen Streit nie richtig mit ihr klären können. Wir haben monatelang nicht richtig miteinander geredet. Was soll ich nur machen, wenn sie stirbt?«

»Hör. Auf«, sagte ich eindringlich und umfasste sein Gesicht. Auch wenn ich ihn eigentlich nicht hatte berühren wollen – er musste unbedingt in meine Augen sehen, wenn ich ihm die nächsten Worte sagte. »Deine Mutter wird nicht sterben, Isaac.«

Sein Blick war genau so wie an jenem ersten Abend im *Hillhouse*, als ich mich darüber aufgeregt hatte, wie diese Mädchen ihn behandelten. Als würde er nur mich wahrnehmen, und alles andere auf der Welt wäre ihm in diesem Moment völlig gleichgültig.

Ich musste meine Stimme klären, um weitersprechen zu können. »Außerdem weißt du nicht, wie es deiner Mutter geht, wenn du dich hier verkriechst.« Ich erhob mich und nahm ihm das Foto aus der Hand. Vorsichtig legte ich es auf den Nachttisch neben dem Bett. Danach griff ich nach seiner Hand. »Komm jetzt.«

Er stand auf und folgte mir, ohne Widerstand zu leisten. Seine Hand war warm und lebendig, als er seine Finger mit meinen verschränkte.

In der nächsten Stunde telefonierte ich durch die Gegend, während Isaac mit seinen Großeltern die Reste der Suppe aß. Ich sprach mit Al und schilderte ihm kurz, was geschehen war und dass Isaac es in den nächsten Tagen nicht zur Arbeit schaffen würde. Al brummte, aber ich merkte, dass ihm die Geschichte leidtat. Anschließend sprach ich mit Robyn, die mir sagte, es wäre völlig okay, wenn ich ihr ihren Wagen erst am nächsten Abend zurückbrachte. Dann sprach ich mit Dawn, die am liebsten sofort in Spencers Auto gesprungen und hierhergekommen wäre, wovon ich sie aber abhalten konnte. Isaac war am Rande eines Nervenzusammenbruchs, ich bezweifelte, dass ihm noch mehr Leute in diesem Haus gutgetan hätten.

Um kurz vor zwölf rief Isaacs Dad an. Während wir zu viert auf der Couch saßen und auf Isaacs Handy starrten, das in der Mitte des Tisches lag und auf Lautsprecher gestellt war, erfuhren wir, dass Debbie die Operation gut überstanden hatte und jetzt schlief. Der Bruch in ihrem Bein war geschient, der instabile Beckenbruch operativ behandelt worden. Ihre Milz hatte entfernt werden müssen, weil sie beim Unfall gerissen war, und der Blutverlust, den sie erlitten hatte, war lebensbedrohlich gewesen, aber die Ärzte hatten ihn rechtzeitig stoppen können.

»Sie wird es schaffen«, sagte Isaacs Dad. »Debbie wird es schaffen.«

»Ich wusste es«, sagte Mary mit erstickter Stimme.

»Debbie ist eben eine Kämpferin«, fügte Theodore hinzu.

Ich sah zu Isaac. Einen Moment lang schien er nicht zu begreifen, was sein Vater da gerade gesagt hatte. Sein Blick zuckte vom Telefon zu seinen Großeltern, zurück zum Telefon und schließlich zu mir.

Dann wich die Angst aus seinen Augen, und auf seinem Gesicht breitete sich ein wunderschönes Lächeln aus.

Danach war es, als hätte jemand eine riesige Last von allen unseren Schultern genommen. Isaac rief Eliza an und wiederholte alles, was sein Vater gesagt hatte, während Theodore und Mary das Gästezimmer herrichteten, mir Handtücher und Waschzeug raussuchten und dabei halfen, das Bett frisch zu beziehen. Ich versuchte mehrmals, ihnen zu sagen, dass ich das auch alleine konnte, aber anscheinend ließ sich das nicht mit ihrer Idee von Gastfreundschaft vereinbaren. Dabei merkte ich deutlich, wie sehr ihnen der Tag zugesetzt hatte. Inzwischen sah man ihnen ihr Alter an, und ihre schleppenden Bewegungen verrieten mir, dass sie dringend Schlaf brauchten.

Ich wünschte ihnen eine gute Nacht, bevor ich in das T-Shirt schlüpfte, das Mary mir aus Isaacs Zimmer gebracht hatte, und mich ins Bett legte. Ich war erschöpft von der Aufregung und der Sorge um Isaacs Familie, aber gleichzeitig seltsam glücklich, dass ich die Möglichkeit gehabt hatte, in dieser Situation für ihn da zu sein. Und nicht nur für ihn. Für seine ganze Familie. Für Theodore, Mary, Ariel, Levi und Ivy ... Sie alle lagen mir am Herzen, und das war ein ganz neues Gefühl für mich. Noch vor wenigen Monaten hätte ich niemals so viele Menschen so nahe an mich herangelassen. Aber heute konnte ich es. Heute konnte ich mich sogar voller Gewissheit hinstellen und sagen, dass egal, wie schlimm einem eine Situation erscheinen mochte, es immer wieder gut werden würde. Und ich würde alles tun, auch in den nächsten Wochen für sie da zu sein, wenn sie mich brauchten. Mit diesem Gedanken im Kopf drehte ich mich auf die Seite und döste ein.

Ich wachte wenig später wieder auf, als sich die Tür zum Gästezimmer öffnete. Ich blinzelte verwirrt und rieb mir die Augen. Es war stockdunkel, bloß schemenhaft konnte ich den Schrank und die Vorhänge erkennen, genau wie die Gestalt, die gerade die Tür hinter sich zuzog. In ein paar Schritten war Isaac bei mir. Ich hielt den Atem an, als er sich neben mich in das kleine Gästebett legte. Erst nachdem ich die Gewissheit hatte, dass ich nicht träumte, schaffte ich es, die Decke ein Stück anzuheben, damit er darunterschlüpfen konnte. Sein warmer Körper war meinem so nahe, dass ich kaum wagte zu atmen.

»Alles okay?«, flüsterte ich.

Er schlang einen Arm um mich und zog mich noch enger an sich, bis ich an meinem Rücken spüren konnte, wie sich seine Brust hob und senkte.

»Jetzt ist es besser.«

Es gab so viele Dinge, die ich ihm sagen wollte. Ihn fragen musste. Aber dafür war jetzt nicht der richtige Zeitpunkt. Also legte ich meinen Arm über seinen und hielt ihn einfach nur fest.

kapitel 35

Am nächsten Morgen war die Stimmung nach wie vor angespannt, auch wenn sich alle große Mühe gaben, das nicht vor den Kindern zu zeigen. Ich half Mary und Theodore dabei, Frühstück zu machen und Schulbrote zu schmieren, während Isaac versuchte, Ariel aufzumuntern, die total schlecht geschlafen hatte.

Ich beobachtete die beiden. Ariel stocherte lustlos in ihrem Rührei rum, während Isaac leise auf sie einredete und es irgendwie schaffte, sie davon zu überzeugen, wenigstens ein bisschen zu essen. Es war ein Fehler, zu glauben, Kinder würden nicht mitbekommen, was in ihrem Umfeld geschah. Im Gegenteil, sie waren ganz besonders empfänglich für Gefühle und Stimmungen. Das wusste ich aus Erfahrung. Ich hatte damals gemerkt, dass etwas nicht stimmte, lange bevor Mom mir erzählt hatte, dass Dad krank war und nicht mehr gesund werden würde.

Nach dem Frühstück brachen Isaac und ich direkt zum Krankenhaus auf. Während der Fahrt sprach Isaac kaum, aber ich ließ ihn, weil ich spürte, wie nervös er war. Als wir aus dem Auto stiegen, war sein Gesicht aschfahl, und er lief so schnell über den Parkplatz, dass ich Mühe hatte, auf dem glatten Weg hinterherzukommen.

An der Rezeption wurden wir von einer freundlichen Krankenschwester begrüßt.

»Wir sind für Deborah Grant hier«, sagte ich, weil ich wusste, dass Isaac kein Wort herausbekommen würde.

Sie erklärte uns kurz den Weg zu den Fahrstühlen und wo genau wir im dritten Stock hinmussten. Isaacs Atem ging immer schneller, je näher wir dem Zimmer kamen, und am liebsten hätte ich wieder nach seiner Hand gegriffen, aber ich wagte es nicht. Ich wusste nicht, was er in diesem Moment brauchte.

»Hier ist es«, sagte ich, als wir vor Debbies Zimmertür standen.

Isaac starrte die hellblaue Tür an, als würde sich dahinter sein Todesurteil verbergen. Er schluckte hart und starrte auf seine Schuhspitzen.

»Verfluchte Scheiße«, murmelte er.

»Wir können auch auf deine Großeltern warten, wenn dir das lieber ist«, sagte ich ruhig.

Er schüttelte bloß den Kopf. »Ich habe nur Angst, dass ich anfange, zu heulen wie ein kleiner Junge. Das kann momentan niemand gebrauchen.«

»Daran ist nichts schlimm, Isaac.«

»Ich will aber stark für sie sein«, sagte er leise.

»Das bist du so oder so«, erwiderte ich sanft. »Und wenn nicht, dann hast du immer noch mich. Ich bin gerne stark für dich.«

Isaac sah mich eine Weile lang an. Ich hatte den Eindruck, als wollte er noch etwas sagen, aber dann nickte er nur. Er schloss die Augen, holte tief Luft und klopfte an der Tür.

Ich hörte einen Stuhl über den Boden schaben und leise Schritte – dann wurde die Tür aufgezogen und Isaacs Dad erschien. Als er seinen Sohn erblickte, wirkte er unschlüssig, ob er ihn umarmen sollte oder nicht. Letztendlich trat er beiseite, um uns reinzulassen.

»Die Visite ist gerade durch«, sagte er. Ich zögerte kurz, weil ich mir nicht sicher war, ob ich mich überhaupt in dem Zimmer aufhalten durfte, aber Jeff nickte mir zu.

Ich trat neben Isaac und hörte, wie sein Atem stockte.

Und auch mir blieb die Luft weg, als ich Debbie zum ersten Mal sah.

Ihr Gesicht war rot und lila verfärbt und eines ihrer Augen so geschwollen, dass man es kaum noch als solches ausmachen konnte. An der Lippe hatte sie eine Platzwunde, über der sich bereits eine dicke Blutkruste gebildet hatte. Um ihr Bein war ein riesiger weißer Gips, der in einer Schlaufe hing, und in ihrem Arm steckte eine Infusion. An der Seite des Bettes hing ein Urinbeutel, und es sah aus, als würde sich darin verdünntes Blut sammeln. Das regelmäßige Piepen der Überwachungsmaschine war in dem sonst stillen Raum ohrenbetäubend laut.

Ich merkte erst, dass Isaac sich in meinen Arm krallte, als es anfing wehzutun. Doch ich sagte nichts. Ich hatte ihm versprochen, stark zu sein. Für ihn.

»Sie hat alles so weit gut überstanden«, sagte Jeff leise. »Die Ärzte meinen, dass ihre Verletzungen alle innerhalb von vier bis sechs Wochen verheilen sollten. Allerdings …« Seine Stimme versagte, und er musste sich räuspern.

Neben mir erstarrte Isaac. »Was, allerdings?«

Jeff rieb sich mit beiden Händen übers Gesicht. »Vielleicht solltest du dich kurz setzen.«

»*Was,* allerdings, Dad?«

Jeff atmete hörbar aus. Man konnte ihm deutlich ansehen, wie sehr er darum kämpfte, die Fassung zu bewahren. »Sie haben heute Morgen ein Paar Tests gemacht. Und … anscheinend besteht die Möglichkeit, dass ihr Gehirn Schäden davongetragen hat.«

Isaac ließ abrupt meinen Arm los. »Was?«

»Das kann man erst mit Sicherheit wissen, wenn sie aufwacht.«

»Was heißt das?«, fragte Isaac mit bebender Stimme. »Kann es sein, dass sie … dass sie nicht mehr wie früher ist?«

Jeff zögerte einen Moment, aber dann nickte er. »Es ist unwahrscheinlich, aber die Gefahr besteht.«

Ich sah, wie Isaac die Hände zu Fäusten ballte, damit nicht auffiel, wie sehr sie zitterten.

Jeff sah es auch. »Sie schafft das schon«, sagte er heiser, und als Isaac nicht reagierte, machte er einen Schritt auf ihn zu.

»Es tut mir leid, Dad«, krächzte Isaac unvermittelt und riss den Blick von seiner Mom. »Es tut mir so leid.«

Jeff schüttelte den Kopf. »Dir braucht nichts leidtun, Isaac.«

»Ich … Wenn es … Wenn es so kommt«, sagte Isaac unaufhaltsam, und sein Atem ging schnell und unregelmäßig. »Wenn sie nicht ganz gesund wird, übernehme ich den Hof. Ich würde alles für euch machen, Dad, bitte sei nicht mehr wütend auf mich, bitte sei nicht mehr …«

Das Gesicht von Isaacs Dad war schmerzverzerrt, und im nächsten Moment schloss er seinen Sohn in die Arme und drückte ihn fest. Isaac sprach weiter, aber die Worte wurden an der Schulter seines Vaters gedämpft.

»Du wirst den Hof nicht übernehmen, wenn das nicht das ist, was du willst, Isaac«, sagte Jeff behutsam. »Und ich bin deswegen nicht wütend auf dich.«

Ich hätte auch nicht gewollt, dass jemand bei Rileys und meiner Aussprache gelauscht hätte, also öffnete ich vorsichtig die Zimmertür und schob mich durch den Spalt nach draußen. Dort setzte ich mich auf den nächstbesten Stuhl und versuchte, die Panik zu bekämpfen, die langsam in mir aufzusteigen drohte.

Was, wenn Isaacs Mom nicht ganz gesund werden würde?

Was, wenn sie für den Rest ihres Lebens Pflege brauchte? Wie sollten die Grants das schaffen? Nicht nur personell, sondern auch finanziell? Wie sollten Ariel, Ivy und Levi das überstehen?

Oder Isaac?

Nach einiger Zeit ging die Tür auf und Jeff trat hinaus in den Flur. Er blickte sich suchend um. Sofort erhob ich mich und ging auf ihn zu. »Ist alles in Ordnung?«

Er nickte knapp und rieb sich über das Gesicht. »Ich bin nur ziemlich müde und würde mir gerne einen Kaffee holen.«

»Das kann ich machen«, bot ich an.

Er schüttelte den Kopf und deutete mit dem Kinn in Richtung des Zimmers. »Ich mache das schon. Ich glaube … er braucht dich.«

»Natürlich«, sagte ich schnell.

Als ich wieder ins Zimmer trat und die Tür leise hinter mir schloss, sah Isaac mich mit geröteten Augen an. Er saß inzwischen auf einem Stuhl neben dem Bett und hatte seine Hand vorsichtig über die seiner Mutter gelegt.

Ohne ein Wort zu sagen, ging ich zu ihm. Er blickte zu mir hoch, verzweifelt und traurig und völlig am Boden zerstört. Dann ließ er seinen Kopf gegen meine Hüfte sinken. Und während ich einen Arm um seine Schulter schlang und mit der anderen Hand seinen Kopf streichelte, begann ich, Versprechen zu flüstern, von denen ich inständig hoffte, dass sie sich bewahrheiten würden.

Die kommenden Tage waren kräftezehrend. Ich versuchte, für meine Prüfungen zu büffeln, weiter in der Galerie auszuhelfen und gleichzeitig für Isaac da zu sein, der mit seinen Gedanken rund um die Uhr bei seiner Mutter war. Auch nach sechs Tagen war sie noch nicht aufgewacht, und ich wusste, dass er kurz davor war, durchzudrehen.

Dawn und Gian halfen mir dabei, Isaac zumindest zeitweise abzulenken. Dawn, indem sie ihn zu seinen Vorlesungen schleifte, und Gian, indem er ihn mit Essen versorgte und Gaming-Marathons in ihrer Wohnung veranstaltete.

Genau eine Woche nach Debbies Unfall rief mich Al an, um zu fragen, ob ich kurzfristig die Abendschicht im Steakhouse übernehmen konnte. Isaacs Vertretung war ausgefallen, und er konnte so schnell niemand anderen auftreiben. Ich willigte ein, weil ich noch immer ein schlechtes Gewissen hatte, dass ich ihn damals von heute auf morgen im Stich gelassen hatte.

Ich hatte nicht damit gerechnet, dass ich die Schicht ausgerechnet mit Als Nichte machen musste. Egal, was Isaac mir damals vor dem Club gesagt hatte – ich hatte mit eigenen Augen gesehen, wie sie mit ihm geflirtet hatte. Hier im Steakhouse und auch im Club, und allein dieser Gedanke sorgte dafür, dass meine Nackenhaare sich aufstellten. Nichtsdestotrotz würde ich den Abend hinter mich bringen. Ich hatte schon Schlimmeres geschafft.

Sie stand bereits hinter dem Tresen, als ich zum Steakhouse kam, und war gerade dabei, die Servietten zu Fächern zu falten.

»Hi«, sagte ich und hob die Hand steif zur Begrüßung.

»Oh, hallo! Du bist Sawyer, richtig?«, fragte das Mädchen interessiert und legte die Servietten beiseite, um mit ausgestreckter Hand auf mich zuzukommen. »Ich bin Alice.«

»Hi«, sagte ich und bemühte mich darum, ihre Hand nicht zu zerquetschen.

»Mein Onkel hat mir schon gesagt, dass du für Isaac einspringst. Irgendetwas ist bei ihm passiert, oder? Al meinte, es wäre was Familiäres«, plapperte sie los, ohne sich von dem skeptischen Ausdruck auf meinem Gesicht abschrecken zu lassen. »Ach Mensch, ich hoffe es geht ihm gut.«

»Den Umständen entsprechend«, murmelte ich vage. Erleichterung breitete sich in mir aus. Sie wusste nicht, was geschehen war und warum Isaac nicht zur Arbeit kam. Isaac hatte ihr nichts erzählt.

»Naja, aber wir bekommen die Schicht bestimmt auch ohne Isaac hin.« Alice zwinkerte mir zu. »Und natürlich mit Roger, der hinten ist und mir gerade ein Steak macht. Aber psst, sag es bitte nicht Onkel Al. Ich meine, natürlich kannst du es ihm sagen, aber das musst du nicht, also … Du weißt schon, wie ich meine. Auf jeden Fall hat Isaac erzählt, dass du Fotografie studierst? Finde ich ja total interessant. Ich stand mal Modell für einen Fotografen, total witzige Sache, die kann ich dir ja gleich erzählen, ich meine, wir haben ja total viel Zeit und …« Ihre Worte waren wie ein Wasserfall. Sie strömten ungebremst aus ihrem Mund, und ich hatte Schwierigkeiten, ihr zu folgen, weil sie so schnell redete und die Themen so abrupt wechselte. Und sie hörte den gesamten Abend nicht auf. Nicht, als Kunden reinkamen, nicht, während sie bediente, nicht, während sie mir dabei zusah, wie ich Getränke vorbereitete oder Gläser polierte.

Sie. Hörte. Nicht. Auf.

Ich fragte mich, wie Isaac es ausgehalten hatte, mit ihr zu arbeiten. Es war die längste Schicht, die ich jemals im Steakhouse verbracht hatte. Als sie sich endlich von mir verabschiedete und ich die Schürze auszog und zurück in Isaacs Spind hing, war ich fix und fertig. Ich stellte mir schon vor, wie ich mich in mein Bett im Wohnheim fallen ließ und einfach nur die Stille genoss, aber dann warf ich einen Blick auf mein Handy und erschrak.

Ich hatte drei verpasste Nachrichten. Und einen Anruf. Alle von Isaac.

Das Herz sank mir in die Hose, und mit bebenden Fingern öffnete ich die Nachrichten.

Wieso gehst du nicht ran?

Oh, das klingt, als wäre es etwas Schlimmes – aber das ist es nicht! Gute Nachrichten!

Und dann die dritte Nachricht.

Okay, ich halte es nicht mehr aus: Mom ist aufgewacht. Alles ist okay.

Ich las die Nachricht noch mal. Und noch mal. Das Herz klopfte mir bis zum Hals, und plötzlich verspürte ich nur einen Wunsch: Ich musste Isaac sehen.

So schnell ich konnte, tippte ich:

Wo bist du?

Seine Antwort kam innerhalb einer halben Minute.

In der Wohnung. Gerade aus dem Krankenhaus zurückgekommen.

Bleib, wo du bist.

Es war so kalt draußen, dass ich völlig durchgefroren war, als ich an seiner Wohnung ankam. Ich hechtete die Treppe hoch, wobei ich mich mehr am Geländer hochzog, als tatsächlich zu springen.

Ich musste nur zweimal gegen die Tür klopfen, da zog er sie auf und lächelte mich an. Im nächsten Moment schloss er mich in seine Arme und hob mich hoch.

»Die Ärzte sagen, sie ist auf einem guten Weg. Und sie darf schon in eineinhalb Wochen nach Hause. Sie darf nach Hause,

Sawyer!«, sagte er aufgeregt, und er wirkte so viel lebendiger als in den letzten Tagen, dass mir ganz leicht ums Herz wurde. Ich vergrub mein Gesicht an seinem Hals und sog seinen vertrauten Geruch tief in mich auf.

»Das ist toll, Isaac. So toll«, murmelte ich und genoss das Gefühl seiner Arme um meinen Körper.

»Oder?« Er ließ mich wieder runter. Dann runzelte er die Stirn. Im nächsten Moment beugte er sich vor und roch an meinen Haaren. »Du riechst nach Steak.«

Ich nickte. »Ich habe heute eine Schicht übernommen.«

Er schloss die Tür. »Du hast eine Schicht übernommen? Bei allem, was du sonst noch zu tun hast?«

Ich nickte und rieb mir die Augen mit meinen kalten Händen.

Isaac sah mich an, als würde er gerade erst realisieren, wer da eigentlich vor ihm stand. »Wieso hast du das gemacht?«

»Weil ich dich …«

Oh, fuck.

Kein guter Moment.

Gar kein guter Moment, ihm meine Gefühle zu offenbaren. Eigentlich war es sogar der denkbar schlechteste Moment, den ich mir dafür hätte aussuchen können. Beinahe wäre es mir rausgerutscht, mitten im Flur, dick eingepackt in meine Wintersachen, mit triefender Nase und vor Kälte tauben Händen.

Isaacs Blick war dunkel geworden. »Weil du was?«

»Nichts. Ich bin müde. Habt ihr noch Essen? Ist Gian da?«, fragte ich schnell und schälte mich erst aus meiner Jacke und dann aus einem Stiefel. Bevor ich den zweiten aufmachen konnte, fasste Isaac mich am Arm und zog mich zu sich. Ganz nah, bis mein Gesicht nur noch wenige Zentimeter von seinem entfernt war. Ich sah das unsichere Flackern in seinen Augen, als er seine andere Hand auf meinem Rücken ablegte.

»Weil du mich *was*, Sawyer?«, fragte er heiser.

Ich stieß leise den Atem aus. »Weil du meine Hilfe brauchst und ich will, dass es dir besser geht.«

»Aber wieso?«, fragte er weiter, als würde er sich eine andere Antwort erhoffen.

»Weil ich Lust auf Folter hatte. Mal ehrlich, ein anderer Begriff fällt mir für Alice' Gequatsche echt nicht ein.« Ich wich seinem Blick aus, aber als er leise lachte, wurde es mir ganz leicht ums Herz. »Wie konntest du mit der nur auf ein Date gehen?«

»Ich hab dir schon mal gesagt, dass das kein Date war. Sie ist neu in der Stadt und hat mir leidgetan, weil sie keine Freunde hat. Außerdem schien sie mir nett genug, um sie mit Gian zu verkuppeln. Im Ernst, hast du wirklich gedacht, dass ich so leicht mit uns abschließen kann und mir, ohne mit der Wimper zu zucken, jemand anders suche?«

Ich zuckte unbeholfen mit den Schultern. »Ihr habt geflirtet.«

»Was?«, fragte er ungläubig. »Wann habe ich bitte mit irgendjemandem geflirtet?«

»Als ich das letzte Mal im Steakhouse war, hast du ihre Schürze zugemacht.«

Er hob einen Mundwinkel. »Du hast Rogers Schürze auch öfters zugemacht.«

»Und du hast ihr von der Leiter runtergeholfen.« Ich merkte selbst, wie bescheuert das klang, aber irgendwie konnte ich nicht anders.

Ich konnte nicht anders, weil ich so sehr in ihn verliebt war, dass es mich verrückt machte.

»Ich schwöre dir, dass da nichts läuft. Oder lief. Ich könnte niemals …« Er schüttelte den Kopf.

»Ich dachte wirklich … Ich meine. Jemand wie sie wäre einfach so viel besser für dich«, sagte ich hilflos.

Sein Griff in meinem Rücken wurde fester. »Es gibt niemanden, der besser für mich ist oder den ich mehr will als dich, Sawyer. Niemanden.«

Es fiel mir noch immer schwer, zu glauben, dass er das tatsächlich dachte. Und dass er das sagte, obwohl doch gerade alles um uns herum total chaotisch war. Aber inzwischen hatte sich etwas verändert. Inzwischen *wollte* ich ihm glauben. Ich *wollte* die Richtige für ihn sein. Und wenn mir die letzten Wochen etwas gezeigt hatten, dann, dass ich mir ein Leben ohne ihn einfach nicht mehr vorstellen konnte.

»Ich liebe dich«, platzte ich heraus.

Ich steckte noch in einem nassen Stiefel, roch nach fettigem Steak, und auch meine Nase lief, aber das war total egal.

»Was?«, krächzte Isaac.

»Ich weiß, dass das nicht der beste Augenblick ist, um dir das zu sagen. Ich sehe nicht gut aus, und in eurem Flur ist es auch nicht sonderlich romantisch … nicht mal für meine Verhältnisse. Aber«, ich zuckte unbeholfen mit den Schultern. »Ich liebe dich, Isaac. Ziemlich heftig sogar.«

Und dann küsste er mich.

Sein Mund lag auf meinem und öffnete sich, und als sich unsere Zungen trafen, stieß ich ein verzweifeltes Wimmern aus. Ich hatte ihn so sehr vermisst. Er krallte eine Hand in mein Haar und drückte mich mit der anderen so fest an sich, dass ich kaum mehr atmen konnte. Aber auch das Atmen war wie meine Stiefel oder die laufende Nase Nebensache, solange er nur weitermachte.

»Ich liebe dich auch. So sehr«, brachte er atemlos hervor, küsste mich aber sofort weiter.

Isaac liebte mich.

Er *liebte* mich.

Und ich liebte ihn.

Wie verrückt war das?

»Wir müssen reden«, sagte ich zwischen zwei Küssen, doch Isaac schüttelte den Kopf und rieb seine Nase dabei an meiner.

»Morgen. Übermorgen. Irgendwann«, murmelte er und verteilte zwischen seinen Worten Küsse auf meinem Kiefer und meinem Hals. Er biss in meine Halsbeuge und saugte daran, während ich den zweiten Stiefel von meinem Fuß kickte. Im nächsten Moment hob er mich hoch, und ich schlang beide Beine um ihn. Wir küssten uns so heftig, dass unsere Zähne gegeneinanderstießen und seine Brille verrutschte. Er nahm sie ab und ließ sie achtlos auf den Boden fallen.

»Ich brauche dringend Kontaktlinsen«, murmelte er und presste seine Lippen an meine Kehle.

»Kommt überhaupt nicht infrage«, gab ich zurück und strich durch sein widerspenstiges Haar. Ich hatte das Gefühl seiner Locken unter meinen Fingern so sehr vermisst. Genau wie alles andere an ihm.

Während er mich durch die Wohnung trug, hob er interessiert eine Augenbraue. »Du stehst also auf die Brille.«

Ich küsste seinen Mundwinkel und eine Spur an seinem Kiefer entlang. »Jetzt tu nicht so, als wüsstest du das nicht.«

»Deshalb hast du mich damals überhaupt erst geküsst«, sinnierte er grinsend und stieß mit einem Fuß die Zimmertür hinter uns zu.

Ich hielt seinen Blick fest. Mit meinen Fingern fuhr ich die Linien seines schönen Gesichts nach und fragte mich, ob mein Unterbewusstsein vielleicht schon damals gewusst hatte, dass Isaac und ich zusammengehörten.

Unser nächster Kuss war langsam und gefühlvoll. Er war wie ein guter Song, bereitete mir eine Gänsehaut und machte mich süchtig nach mehr. So wie alles an Isaac, auch wenn ich einige Zeit gebraucht hatte, das zu akzeptieren. Aber jetzt, wo ich hier war, in seinen Armen, mit seinen geflüsterten Worten in meinem Ohr, die mir versicherten, dass ich genug war, dass ich alles für ihn war, so wie er für mich, fragte ich mich, wie ich jemals daran hatte zweifeln können.

Ich wollte ihn auf Repeat stellen, diesen wunderschönen Moment, und ihn wiederholen, bis es in meinem Kopf nur noch Platz für ihn gab. Denn ich fühlte *alles*. Und ich fürchtete mich kein bisschen.

epilog

3 Wochen später

Die Galerie war brechend voll, aber ich konnte trotzdem beobachten, wie Levi sich durch die vielen Menschen schlängelte, schnurstracks auf Kaden zulief und ihm mit voller Wucht gegen das Schienbein trat. Ich verbarg mein Grinsen hinter meiner Sektflöte.

»Hab ich das gerade eben richtig mitbekommen?«, flüsterte Isaac in mein Ohr. »Du hast meinen Bruder mit Schokolade bestochen, damit er Kaden tritt?«

Lächelnd drehte ich mich zu ihm um. »Kinder sind toll.«

Isaac schüttelte schmunzelnd den Kopf und schlang einen Arm um meine Taille. »Du bist unmöglich.«

»Du liebst mich.«

Sein Blick wurde zärtlich. »Tue ich. Und wie.« Er drückte einen süßen Kuss auf meinen Mund.

»Ihhhh«, machte Ariel und würgte übertrieben laut.

Okay. Vielleicht waren Kinder doch nicht so toll. Genau in dem Moment kehrte Levi zurück und forderte mit seiner ausgestreckten Mini-Hand die versprochene Bezahlung. Ich holte den Schokoriegel aus meiner Tasche, und noch bevor ich ihn ihm geben konnte, entriss Levi ihn mir und lief dann mit einem seligen Lächeln zu seinem Dad, der ein Stück von uns entfernt stand und sich gerade mit Robyn unterhielt.

Heute eröffnete unsere Weihnachtsausstellung offiziell, und Robyn und Pat hatten auch ein paar meiner Bilder ausgewählt. Sie waren auf große Leinwände gedruckt worden und hingen in meiner Lieblingsecke der Galerie, an der hellen Backsteinwand ganz hinten. Ich konnte es noch immer nicht ganz glauben, dass ich wirklich einen Beitrag zu einer Kunstausstellung geleistet hatte und dass Menschen Geld dafür bezahlen würden, sich unter anderem meine Bilder anzusehen. Es war surreal. Und total aufregend.

»Wo ist mein Bild?«, fragte Ariel nun zum dritten Mal.

»Komm mit, ich zeige es dir«, sagte ich.

Ariel griff nach meiner Hand und ließ sich von mir durch die Galerie führen, vorbei an Angel Whittaker, die mir zuzwinkerte und jemandem wild fuchtelnd etwas über ihre Skulpturen erzählte, die auf den Fotos, die ich gemacht hatte, abgebildet waren und hinter ihr an der Wand hingen. Sie sah stolz aus, und das Gefühl übertrug sich automatisch auch auf mich.

Als ich in den hinteren Bereich der Galerie kam, sah ich Dawn und Spencer mit Allie und Scott vor meinen Bildern stehen. Einen Moment lang zögerte ich, dann lief ich zu ihnen.

»Schau mal. Da bist du«, sagte ich leise zu Ariel und deutete auf das Schwarz-Weiß-Foto von ihr, auf dem sie ihre Sonnenbrille trug und wie ein Model posierte.

»Das ist so cool geworden, Sawyer!«, quietschte sie und riss sich von meiner Hand los. Sie stellte sich ganz dicht vor das Bild und berührte es vorsichtig mit ihrer Hand. Dann fuhr sie herum und imitierte die Pose.

Alle Umstehenden lachten.

»Bleib so«, sagte ich schnell und holte mein Handy aus der Tasche. Ich öffnete die Kamera-App und schoss ein Foto von Ariel mit dem Bild im Hintergrund. »Das schicken wir deiner Mom, oder was meinst du?«

Sie strahlte, und ich ging in die Hocke, damit sie mir dabei zusehen konnte, wie ich die Nachricht an Debbie verfasste. Während der Rest der Grant-Familie heute hergekommen war, musste diese sich nämlich nach wie vor schonen und das Bett hüten. Für Debbie, die wie Isaac war und auf der Farm immer etwas fand, das sie tun konnte, mussten die letzten drei Wochen die Hölle gewesen sein. Aber auch wenn es ihr inzwischen viel besser ging und sie mittlerweile schon alleine aufstehen konnte – sie würde noch Monate brauchen, bis sie wieder völlig gesund war.

»Die Bilder sind ganz anders, als ich sie mir vorgestellt hatte«, sagte Dawn.

Es waren fünf Stück. Eines von Ariel, eines von Mary und Theodore … und drei von Isaac. Das von ihm mit seiner Grandma auf der Tanzfläche, das von ihm und Ivy vor dem Klavier, und dann mein Lieblingsbild. Das, auf dem er lachend in den Himmel schaute.

»Ich finde die Fotos so schön. Wenn ich mal Bilder brauchen sollte, würde ich sie total gerne von dir machen lassen, Sawyer«, sagte Allie.

Ich blinzelte überrascht, während Dawn mich erwartungsvoll ansah.

»Klar, mache ich gerne«, antwortete ich schließlich. Das hätte ich auch getan, wenn Dawn mich nicht von der Seite angestarrt hätte. Ich hatte kein Problem mehr mit Allie, und auch nicht mit Kaden, mit dem mich das gemeinsame Training verband. Wir waren fast so etwas wie Freunde geworden. Mittlerweile brauchte Dawn mich nicht mal mehr zwingen, am Wochenende etwas mit ihnen zu unternehmen.

»Ich will auch Fotos! Am besten Nacktbilder. Ich brauche welche für mein Datingprofil«, meinte nun auch Scott, und ich klatschte in die Hände.

»Wirklich? Ich brauche nächstes Semester jemanden, der nackt Modell steht.«

Scott grinste. Auch ihm ging es inzwischen besser. Manchmal, wenn er sich unbeobachtet fühlte und man ganz genau hinsah, konnte man noch ein paar Überbleibsel von dem Schmerz entdecken, den er gefühlt hatte. Aber als wir uns unter vier Augen unterhalten hatten, hatte er mir versichert, dass es besser so war.

Er hielt mir die Hand hin, und ich schlug ein, bevor Dawn etwas dagegen unternehmen konnte. Ich hörte sie aufstöhnen, dann gleich darauf: »Was richte ich hier nur andauernd an?«

»Wofür war der Handschlag?«, erklang Isaacs Stimme neben mir, und ich drehte mich automatisch zu ihm und schlang die Arme um seinen Hals.

»Du musst nicht mehr als Nacktmodell herhalten, Isaac Theodore. Scott hat sich gerade bereit erklärt, das zu übernehmen.«

Isaac stieß einen erleichterten Seufzer aus. Über meine Schulter hinweg sagte er zu Scott: »Danke. Echt. Du hast voll einen gut bei mir.«

»Du könntest auch ohne Probleme für Nacktbilder posieren«, sagte Scott wohlwollend.

»Sawyer meint das auch. Ich bin wohl der Einzige, der das für eine üble Idee hält.«

»Wenn ich wollte, würde ich dich dazu bekommen. Das weißt du, oder?«, fragte ich ihn leise und lehnte mich ein Stück zurück, um ihm in die Augen sehen zu können.

Sein Blick war amüsiert. »Du könntest mich zu allem bekommen. Und das Schlimme ist, dass du das ganz genau weißt und deshalb mit ganz unfairen Mitteln spielst.«

Ich lächelte und stellte mich auf die Zehenspitzen, um ihn zu küssen.

»Hört jetzt mal kurz auf, süß zu sein, damit ich ein Foto von euch machen kann«, unterbrach uns Dawn und hielt ihr Handy hoch.

Ich mochte es nicht, für ein Bild direkt in die Kamera zu lächeln, also betrachtete ich stattdessen meinen Freund. Es faszinierte mich noch immer, wie selbstsicher er geworden war. Er stand aufrecht, und sein Lächeln war sicher und offen. Man merkte ihm an, dass er glücklich war. Ich war so stolz auf ihn. Und ich würde nie wieder etwas an ihm ändern wollen.

Vor allem nicht, dass er nach wie vor knallrot wurde, wenn man ihm perverse Sachen ins Ohr flüsterte. Heute hatte ich das schon sechsmal getan, und ich wollte gerade auf sieben erhöhen, da traten sein Vater und seine Großeltern auf uns zu.

Sofort brachte ich ein bisschen Abstand zwischen uns.

»Wir haben gesehen, dass ihr gerade ein Bild gemacht habt«, sagte Theodore und hielt seine etwas in die Jahre gekommene Kamera hoch. »Wir wollten gern auch noch ein Familienfoto machen, wenn es für dich okay ist.«

»Ja, klar«, sagte ich und hielt ihm die Hand hin, damit er mir die Kamera gab.

Er schüttelte den Kopf. »Du sollst natürlich mit aufs Foto, Sawyer. Das ist deine Ausstellung. Außerdem gehörst du zur Familie.«

Seine Worte trafen mich so unerwartet, dass ich mich versteifte. Völlig regungslos stand ich da und beobachtete, wie Theodore die Kamera an Dawn weiterreichte, die sich in einigem Abstand zu uns aufstellte. Isaacs Vater positionierte Levi und Ariel vor uns, während Mary Ivy auf den Arm nahm.

Ich stand genau in der Mitte, mit Isaacs Arm um meine Taille. Sein Dad stellte sich neben uns, und dann sagte Dawn laut: »Spaghetti Bolognese!«

Meine Brust wurde eng.

Ich war mir umgeben von Menschen immer einsam vorgekommen und hatte geglaubt, dass ich mich nirgends dazugehörig fühlen könnte. Aber jetzt … jetzt stand ich hier. Mit lauter Menschen, die mir etwas bedeuteten. Und denen ich etwas bedeutete. Ich spürte Isaacs Lippen an meiner Schläfe, und um mein Herz wurde es unglaublich warm.

Ich hatte mein Zuhause gefunden.

danksagung

Feel Again hat mich in den Wahnsinn getrieben. Sawyer und Isaac haben es mir nicht leicht gemacht, ihre Geschichte zu erzählen, aber jetzt, wo ich sie in den Händen halte, könnte ich glücklicher nicht sein.

Tausendfacher Dank geht an Stephanie Bubley, die diesmal nicht nur heldenhafte Lektorin, sondern auch erste Leserin der Rohfassung war. Danke, dass du *Feel Again* in seine Einzelteile zerlegt und es zusammen mit mir zu der Geschichte gemacht hast, die ich erzählen wollte. Du bist wie mein persönlicher Lektorats-Yoda. Ich freue mich schon riesig auf die nächsten Projekte, an denen ich mit dir arbeiten darf!

Ein großes Dankeschön an Gesa Weiß und Kristina Langenbuch Gerez, weil sie das beste Agentinnen-Duo der Welt sind.

Ich danke Kim, Laura, Bianca, Caro und Yvo für die lieben Worte und das Anfeuern während des Schreibprozesses.

Ein gigantisches Dankeschön an all die Menschen hinter den Kulissen, insbesondere Sandra Krings aus der Herstellung, die alle Termine möglich macht. Außerdem danke ich dem gesamten Team bei LYX, die alles tun, damit meine Bücher den Weg zu den Lesern finden. Ich freue mich so sehr, mit euch zusammenzuarbeiten.

An dieser Stelle eine große Umarmung an meine Uni-Mädels, Jenny, Jasmin, Elisa, Theresa, Ilka, Maddy und Xiaoyu (und den Rest der C-Gruppe). Danke für die gemeinsamen Buchjagden. Ihr seid die besten Kommilitoninnen, die man sich wünschen kann. Außerdem danke ich meinen Freundinnen Wiebke, Eda und Derya dafür, dass sie immer da sind.

Dank gebührt meiner Familie, die mich unentwegt unterstützt und mir mit Rat und Tat zur Seite steht. An meinen Mann Christian: Du bist der Beste. An meine Katzen: Ihr seid die Niedlichsten.

Und zum Schluss an alle Leser:

Ihr seid wunderbar. Egal, was ihr tragt, mit wem ihr was treibt, ganz gleich, was andere über euch sagen. Ich hoffe, das wisst ihr.

Danke, dass ihr mich und die Again-Clique nach Woodshill begleitet habt. Ganz gleich, wohin die Reise hiernach führt: Ich bin froh, euch an meiner Seite zu haben!

Leseprobe

Bianca Iosivoni
Der letzte erste Blick

»Es ist nicht gerade die feine Art, das erste Semester damit zu beginnen, jemandem die Nase zu brechen, Miss Lance.« Die Frau hinter dem Schreibtisch zog ihre randlose Brille ein Stück hinunter und warf mir einen tadelnden Blick zu. »Da stimmen Sie mir doch zu, nicht wahr?«

Nein, nicht wirklich. Genau genommen hätte es keine bessere Art gegeben, den ersten Tag meines neuen Lebens zu beginnen, als Mason Lewis eine reinzuhauen. Wobei ich ihm auch mein Knie in die Eier hätte rammen können. Das hätte diesem Vormittag die Krone aufgesetzt. Nachdenklich kratzte ich an dem verblassten Froschaufkleber auf meiner Umhängetasche. Ich hätte mir eine neue besorgen sollen, bevor ich hergekommen war, aber ich konnte mich einfach nicht von dem alten Ding trennen.

Ein Räuspern ließ mich aufblicken. Mrs Peterson sah mich auffordernd an. Oh, erwartete sie tatsächlich eine Antwort auf ihre rhetorische Frage?

Ich setzte ein Lächeln auf, das meine Highschoollehrer nie überzeugt hatte, doch vielleicht hatte ich hier mehr Glück. »Aber natürlich«, presste ich in der süßesten Stimme hervor, die ich aufbringen konnte.

»Schön.« Mrs Peterson öffnete eine Akte, auf der mein Name in großen schwarzen Buchstaben stand: Emery Lance. »Ihrer alten Schule zufolge ist dies nicht der erste Vorfall, bei dem Sie handgreiflich geworden sind.«

Verdammte Axt. Ich sank etwas tiefer in meinen Sessel. Da rutschte einem einmal die Hand aus, und schon landete es in der Schulakte. Dabei war das nur passiert, weil Stephen Merrick mich in der Mensa befummelt hatte.

Neben mir erklang ein Geräusch, das eine Mischung aus Schniefen und Schnauben war. Mason Lewis saß vornübergebeugt und versuchte sein Nasenbluten mit Toilettenpapier zu stoppen. Wenn er nicht gerade aussah wie ein abgeschlachtetes Schwein, war er ganz attraktiv. Millimeterkurzes Haar, groß, breitschultrig, tätowiert und mit einer offenen Sweatweste. Er war der Typ Mann, mit dem ich mich gut verstehen würde – müsste ich mir kein Zimmer mit ihm teilen.

Wer hatte sich das überhaupt ausgedacht? Klar gab es gemischte Wohnheime, sogar Badezimmer, die sich Jungs und Mädchen teilten. Aber wer steckte denn ein Mädchen zu einem wildfremden Kerl in ein Zimmer und zwang sie, für den Rest des Semesters zusammenzuwohnen? War doch klar, dass es dabei zu Unstimmigkeiten kam. Oder zu blutigen Auseinandersetzungen wie in unserem Fall.

»Mister Lewis hier soll Sie auf unangemessene Weise berührt haben«, sprach Mrs Peterson weiter. »Ist das korrekt?«

Auf unangemessene Weise? Nannte man das heutzutage so? Ich richtete mich wieder auf. »Er hat mir an den Hintern gegrapscht.«

»Gestreift!« Mason warf mir einen wütenden Blick zu. »Ich habe sie höchstens gestreift. Und es war unabsichtlich!«

»Ja, klar.« Ich drehte mich so zu ihm um, dass wir uns direkt in die Augen sehen konnten. Volle Konfrontation, kein Wegducken und Hinnehmen. Nie wieder. »Deine Hand hat sich nur zufällig zu meinem Hintern verirrt. Genauso zufällig, wie meine Faust deine Nase getroffen hat. Ach nein, höchstens gestreift.«

»Das genügt.« Mrs Peterson hob beide Hände wie ein Schiedsrichter und bedachte uns mit einem strafenden Blick. »An der Blackhill University dulden wir keine Gewalt. Nur in einer friedvollen, sicheren Umgebung können unsere Studenten ihr ganzes Potenzial entfalten und all das Wissen aufnehmen, das wir ihnen vermitteln. Es ist daher von größter Wichtigkeit …«

Ich klinkte mich in Gedanken aus und betrachtete meine geröteten Fingerknöchel. Inzwischen brannten sie, als hätte jemand Entwicklerflüssigkeit aus dem Fotolabor darauf geschüttet.

Ich konnte es kaum erwarten, endlich hier rauszukommen, mein neues Zimmer zu beziehen und meine Hand zu kühlen. Wäre da nicht dieser kleine Zwischenfall, der mich hierher gebracht hatte.

»Betrachten Sie dies als Verwarnung, Miss Lance«, beendete Mrs Peterson ihre Rede und faltete die manikürten Finger auf dem Schreibtisch.

»Das ist alles?«, rief Mason ungläubig. Der silberne Ring in seiner Unterlippe bebte. »Eine Verwarnung? Diese Furie hätte mich fast umgebracht!«

Angesichts des ganzen Blutes, das seit mehreren Minuten aus seiner Nase strömte, könnte das sogar stimmen. Ich erkannte meinen neuen Mitbewohner kaum wieder. Sein Gesicht war zur Hälfte unter Toilettenpapier verborgen, über seine Wange zog sich eine verschmierte rote Spur, und auch auf seinem gebräunten Unterarm waren dunkelrote Flecken zu sehen. Alles in allem könnte der Kerl einem Zombiefilm entsprungen sein. Sein tiefes Grollen würde dazu passen.

»Oh, bitte.« Mrs Peterson wedelte ungeduldig mit der Hand. »Sie haben eine angeknackste Nase, keinen Schädelbruch. Und hören Sie endlich auf, meinen Teppich vollzubluten.«

Ich presste die Lippen aufeinander, um mir mein Lachen zu verkneifen, aber mir entkam trotzdem ein glucksender Laut. Zwei Augenpaare richteten sich auf mich. Das eine forschend, das andere wütend.

Ich neigte den Kopf, bis mir mein eisblondes Haar vors Gesicht fiel und mein Grinsen verbarg. »Entschuldigung«, murmelte ich und tat, als würde ich meine pinkfarbenen Haarspitzen betrachten.

Damit schien sich Mrs Peterson zufriedenzugeben, obwohl Mason mich noch immer musterte, als wollte er mich eigenhändig aus dem Fenster werfen. Pech für ihn, dass sich das Büro der Hausverwaltung im Erdgeschoss befand.

»Bevor ich Sie beide entlasse, muss ich Ihnen noch eine Frage stellen.« Mrs Petersons ernster Blick wanderte zu mir.

Oh, oh. Ich kannte diesen Gesichtsausdruck. Ein Prickeln breitete sich in meinem Nacken aus, wie Ameisen, deren dünne Beinchen über meine Haut krabbelten. Ich unterdrückte den Impuls, mich zu schütteln, und setzte mich stattdessen auf. Schultern zurück, Rücken gerade, Kinn hoch erhoben. *Zeig ihnen nicht, wie sehr sie dir zusetzen.*

»Hat Mister Lewis Sie sexuell belästigt?«

»Was?«, schnappte er neben mir. Seine Fassungslosigkeit war nicht gespielt, genauso wenig wie das Entsetzen in seiner Miene. »So etwas würde ich nie tun!«

Es überraschte mich selbst am meisten, aber ich glaubte ihm. Mason war nicht wie die Jungs an meiner Highschool, die mir im letzten Jahr das Gefühl gegeben hatten, eine billige Schlampe zu sein. Das hier war nicht Montana. Ich war weit weg von zu Hause. Nur weil Mason und ich einen schlechten Start gehabt hatten, bedeutete das nicht, dass ich ihn für einen Sexualstraftäter hielt. Oder ihn mit meiner Aussage in den Augen der Welt zu einem machen wollte. Wenn es jemanden gab, der wusste, wie zerstörerisch Gerüchte sein konnten, dann ich.

»Nein«, antwortete ich ehrlich. »Es war ein Missverständnis«. Das sich hoffentlich geklärt hatte, nachdem ich ihm eine runtergehauen hatte.

Mrs Peterson fixierte uns einige Sekunden lang schweigend, dann schloss sie die Akten auf ihrem Tisch. »Gut. In dem Fall ist alles geklärt. Sie dürfen gehen.«

»Was ist mit dem Zimmer?«, fragte ich sofort. »Auch wenn es ein Missverständnis war, würde ich gern ein anderes zugewiesen bekommen.«

»Ich bin stark dafür«, brummte Mason und riss die letzten Blätter von der Klopapierrolle in seinen Händen, um sie gegen seine Nase zu pressen.

»Tut mir leid.« Scheinbar mitfühlend zog Mrs Peterson die Schultern hoch. »Das ist eine ungewöhnliche Situation, und ich bin sicher, bei der Einteilung ist jemandem ein Fehler unterlaufen. Aber eine Umsiedlung in ein anderes Zimmer oder Wohnheim ist zu diesem Zeitpunkt leider unmöglich, da zum Semesterbeginn nichts mehr frei ist. Sofern sich keiner von Ihnen eine Wohnung außerhalb vom Campus suchen möchte, müssen Sie fürs Erste miteinander auskommen.«

Wie bitte? Das war alles? Ich starrte die Frau hinter dem Schreibtisch an. Sie hatte gut reden, sie musste sich kein Zimmer mit irgendeinem Idioten teilen, dessen Hand sich *aus Versehen* zu ihrem Hintern verirrte.

»In ein paar Wochen kann das natürlich anders aussehen«, redete Mrs Peterson unbeirrt weiter. »Ich habe mir Ihre Handynummern und E-Mail-Adressen notiert und werde Sie informieren, sobald etwas frei wird.«

Als wäre damit die Welt wieder in Ordnung, stand Mrs Peterson auf, schüttelte uns die Hände und scheuchte uns aus ihrem Büro. Im Gang bog Mason sofort nach rechts ab und steuerte die Männertoilette an. Vermutlich, um sich eine neue Rolle Klopapier zu besorgen.

Ich blieb allein in dem kühlen Flur zurück. An einem College, das ich nicht kannte, in einer fremden Stadt in einem Bundesstaat, in dem ich nie zuvor gewesen war. Mit dem zweifelhaften Talent, mir gleich am ersten Tag Feinde zu machen. Großartig.

Schwüle Luft schlug mir entgegen, als ich aus dem Verwaltungsgebäude ins Freie trat. Es war Mitte August und deutlich wärmer als zu Hause in Missoula. Ich vermisste die schneebedeckten Berge in der Ferne, die ich jeden Tag und jede Nacht meines Lebens gesehen hatte. Mit einem Kopfschütteln wischte ich das aufkeimende Gefühl von Heimweh beiseite. Ich hatte mich bewusst dafür entschieden, so weit von zu Hause entfernt zu studieren, und würde sicher nicht beim ersten Zwischenfall einknicken. Nicht einmal, wenn ich einen Vermerk in meiner Akte bekam, noch bevor das Semester richtig begonnen hatte.

Langsam setzte ich mich in Bewegung. An diesem Samstagvormittag entdeckte ich nur vereinzelt andere Menschen auf dem Campus, aber mir gefiel die Stille. Ich war gut darin, allein zu sein. Das Einzige, was mir in diesem Moment fehlte, war meine Kamera, um die Eindrücke um mich herum einzufangen und für immer festzuhalten. Die Leute auf den Grünflächen wirkten so entspannt, während sie sich sonnten, ein Buch lasen oder in kleinen Gruppen zusammensaßen. Mit den Bäumen, die sie umgaben, und den roten Backsteingebäuden, die dazwischen aufblitzten, hatte das Bild etwas Überirdisches. Wie ein kleines Fleckchen Idylle fernab des Alltags.

Leider lag meine Kamera zusammen mit meiner Reisetasche auf dem Bett in Masons Zimmer. Korrigiere: in *unserem* Zimmer.

Wie auf Kommando vibrierte das Handy in meiner Tasche mit einer neuen Nachricht. Ich zog es hervor und entsperrte den Bildschirm mit einer Wischbewegung.

Na, schon jemandem das Leben schwer gemacht?

Zum ersten Mal an diesem Tag musste ich lächeln. Die Anspannung, die mich überkommen hatte, seit ich mein neues Zimmer betreten und Mason Lewis dort vorgefunden hatte, fiel von mir ab. Ich blieb mitten auf dem gepflasterten Weg stehen und tippte eine Antwort.

Mein neuer Mitbewohner hat eine blutige Nase. Zählt das?

Keine fünf Sekunden später vibrierte mein Handy erneut.

Er? Hat er dich angemacht? Ich würde ja zurückfahren und ihn für dich verprügeln, aber das kannst du anscheinend sehr gut allein, Schwesterchen.

Kein Smiley begleitete die Nachricht, aber ich erkannte Robs Sarkasmus trotzdem. Anders als unsere Eltern fand er meine Idee gut, weit weg von zu Hause zu studieren. Vor knapp einer Stunde hatten wir uns voneinander verabschiedet, nachdem er mich hier abgesetzt hatte. Seit wir beide den Führerschein hatten, machten wir jeden Sommer einen mehrtägigen Roadtrip. Diesmal waren wir von Montana nach West Virginia gefahren, wo ich am Montag mein Studium beginnen würde. Dass er sich jetzt schon meldete, um nachzufragen, wie es mir ging, war untypisch, aber nicht überraschend nach allem, was in den vergangenen Monaten vorgefallen war.

Du hast deine Pflichten als großer Bruder fürs Erste erfüllt. Trotzdem danke für das Angebot. Komm gut heim & grüß Bree von mir!

Damit packte ich mein Handy wieder ein, denn auch ohne nachzusehen wusste ich, dass die Nachricht von Rob die einzige war, die ich erhalten hatte. Und ich war dankbar dafür. Mit der neuen Nummer waren die Tage der zahllosen anonymen Meldungen und Hassnachrichten endlich vorbei. Nur meine Familie und Robs Freundin Bree wussten, wie sie mich erreichen konnten.

Ich setzte mich wieder in Bewegung und orientierte mich dabei an den beiden Backsteingebäuden, die hoch in den Himmel ragten. Mit jedem Schritt schlug meine Tasche gegen meine Hüfte, wie eine penetrante Erinnerung daran, dass das Ganze eine dämliche Aktion gewesen war. Nicht die, Mason die Nase zu brechen, denn das hatte er verdient. Aber hierherzukommen war möglicherweise nicht meine klügste Entscheidung gewesen.

Ich kannte niemanden. Anders als meine Kommilitonen, die in dieser Gegend aufgewachsen waren oder bereits Anschluss gefunden hatten, hatte ich die Einführungswoche, die in Wirklichkeit nur aus wenigen Tagen bestand, verpasst und war erst heute hier eingetroffen. Darum auch das letzte freie Bett im Wohnheim und dieser blutige Start mit Mason.

Egal. Es konnte nur besser werden. Außerdem war ich nicht hergekommen, um neue Fake-Freunde zu finden, die mich bei der erstbesten Gelegenheit fallen ließen, sondern um meinen Abschluss zu machen. Genau darauf würde ich mich konzentrieren: lernen, meine Prüfungen so gut wie möglich bestehen und die weltbesten Fotos schießen.

Ich ging am Gebäude für die öffentliche Sicherheit vorbei und überquerte die Straße. Vor mir erhob sich das erste von vier Wohnheimen, die gemeinsam eine Art grünen Innenhof bildeten. Hier war deutlich mehr los als bei der Verwaltung oder den einzelnen Fakultäten. Die meisten Erstsemester hatten ihre Zimmer bereits vor einigen Tagen bezogen, erst heute war der Einzugstag für die höheren Semester. Während ich über den Platz marschierte, entdeckte ich volle Kisten und Wäschekörbe und beobachtete, wie Mädchen einander kreischend um den Hals fielen und Jungs sich lässig per Handschlag begrüßten.

Eine zierliche Rothaarige zerrte einen überdimensionalen Rollkoffer hinter sich her und schleppte gleichzeitig eine unförmige Reisetasche. Selbst aus der Entfernung konnte ich erkennen, dass ihr die Tasche gleich runterfallen würde. Der Riemen rutschte von ihrer Schulter, und die Tasche krachte zu Boden. Das Klirren war bis hierher zu hören, genau wie ihr entsetzter Aufschrei.

Automatisch machte ich einen Schritt auf sie zu, um ihr zu Hilfe zu eilen, aber jemand anderes kam mir zuvor.

Wie aus dem Nichts tauchte ein großer Kerl mit kurzen braunen Haaren auf, redete mit dem Mädchen und hob ihre Reisetasche auf. Mit einem charmanten Lächeln entwand er auch den Koffergriff aus ihrer Hand. Das Mädchen wirkte erleichtert, wenn auch etwas verblüfft. Sie deutete auf eines der vier Gebäude, und Mr Unbekannt folgte ihr samt Gepäck in diese Richtung.

Einen Moment lang sah ich den beiden nach, dann zwang ich mich dazu, weiterzugehen. Es war nichts Besonderes gewesen. Nur eine nette Geste. Etwas Alltägliches. Doch nach meinem letzten Highschooljahr waren mir selbst diese selbstverständlichen Zeichen von Hilfsbereitschaft fremd geworden. Was sagte das über mich aus?

Ich beschleunigte meine Schritte, um endlich in mein neues Zimmer zu kommen und die Ruhe zu genießen, bevor Mason wieder reinplatzte. Doch dann trat mir plötzlich ein braunhaariges Mädchen in den Weg. Ich bremste abrupt ab. »Whoa, hey. Pass doch auf!«

»Hi!« Sie hatte sich ihr rot-schwarzes College-Shirt über dem Bauchnabel zusammengeknotet und strahlte mich trotz meiner schroffen Worte an. »Du bist ein Freshman, richtig?«

»Ähm.« Ich blinzelte irritiert. War das so offensichtlich?

»Perfekt. Hier.« Von irgendwoher zauberte sie einen bunten Flyer hervor und drückte ihn mir in die Hand. »Heute Abend findet die erste große Campusparty statt. Komm vorbei.«

Ich war noch immer überrumpelt, aber das schien das Mädchen nicht weiter zu stören. Sie griff nach meiner Hand und schüttelte sie eifrig. Ein scharfes Brennen zog sich durch meine Fingerknöchel, und ich zuckte zurück, doch das unangenehme Pochen blieb.

»Oh Gott, alles in Ordnung? Was ist mit deiner Hand?«

Ich wusste nicht, ob ihr Entsetzen echt oder nur gespielt war. Meiner Fähigkeit, andere Menschen einzuschätzen, vertraute ich schon lange nicht mehr.

»Nichts. Alles okay«, murmelte ich in dem Versuch, die Sache herunterzuspielen. Eine Partyeinladung? Ging in Ordnung. Das hier war schließlich ein College. Aber einem Mädchen, das ich gerade mal eine Minute kannte, von meiner Begegnung mit Mason zu erzählen? Definitiv nicht.

Sie schien nicht überzeugt zu sein, nickte jedoch und strahlte mich wieder an. »Dann sehen wir uns auf der Party.« Diesmal wirkte ihr Lächeln weniger aufgesetzt, sondern ruhiger. Ehrlicher. Aber was wusste ich schon?

Manchmal genügt ein einziger Blick …

Bianca Iosivoni
DER LETZTE
ERSTE BLICK
464 Seiten
ISBN 978-3-7363-0412-3

Endlich frei! Emery Lance kann es nicht erwarten, ihr Studium in West Virginia zu beginnen. Niemand kennt hier ihre Geschichte. Niemand weiß, was zu Hause geschehen ist. Dafür ist sie auch bereit, in Kauf zu nehmen, dass die Situation im Wohnheim alles andere als ideal ist. Nicht nur treibt ihr Mitbewohner sie regelmäßig in den Wahnsinn – sein bester Freund Dylan Westbrook bringt ihr Herz mit einem einzigen Blick zum Rasen …

»Frech, humorvoll, sexy: eine Geschichte zum Verlieben!« Mona Kasten

LYX